Сергей Каренгин

Сквозь Воды Тьмы

Игры демиургов

Dragonwell Publishing

Copyright © 2015 by Sergey Karengin
Cover art by by Sergey Karengin
Design by Olga Karengina

Published by Dragonwell Publishing
www.dragonwellpublishing.com
Издательство Dragonwell Publishing

ISBN 978-1-940076-30-0

First edition
Первое издание

Оглавление

Предисловие

Это фантастическая повесть, первая часть истории из цикла «Игры Демиургов». Алекс, главный герой этой повести, только что стал студентом после службы в армии. Используя возможность немного отдохнуть перед началом учебы, он отправляется в горы, где намеревается провести две недели в веселой компании с друзьями. Но его планам не дано было осуществиться. Дело в том, что вся компания уехала раньше, и ему пришлось добираться к месту сбора в одиночку. Изменив маршрут в горах, чтобы срезать путь, он попадает в аномальную зону. А затем события начинают развиваться стремительно и непредсказуемо.

Глава 1. Реанимация

Передо мной было зеркало, обрамленное узким треснутым багетом. Я смотрел в него долго и терпеливо, как будто ждал от него какого-то чуда. Меня не удивляло, что в зеркале нет отражения, это было неважно. Я ждал чего-то особенного. Но в темной бездне, подобной глубине ночного океана, я видел лишь едва различимое мерцание далеких огней, отсветы нездешних зарниц и неуловимое движение призрачных теней. Слишком долго ничего не происходило, и от этого было тревожно. К тому же меня беспокоили обрывки непонятных фраз, которые были единственным достоянием моей памяти.

«Да не знаю я, откуда он в машине взялся! И водитель не видел! Мне его надо было на улицу выбросить, что ли?!»

«А если он ласты склеит? Да с меня потом семь шкур сдерут! Черт, я как чувствовал, надо было поменяться сегодня! Ведь просила теща на дачу шифер отвезти! Черт! Ладно, Пломбир, давай его скорей в реанимационное!»

Зеркало молчало, а меня настойчиво отвлекали новые голоса. С трудом я отвернулся от бездонной глубины и увидел, что нахожусь в коридоре. Облезлые зеленые стены, убогий свет, потолок в потеках, на полу рваный затертый линолеум. Голоса доносились откуда-то из-за стены прямо передо мной. Лишь только мне захотелось оказаться ближе к ним, я очутился по ту сторону стены. Моему взору предстало холодное неприветливое помещение. Здесь горели яркие лампы, болезненно отражаясь в белом потрескавшемся кафеле, масляной краске, блестящем железе и стеклянных шкафах. Незнакомые люди в белых халатах и масках — две женщины и мужчина — были заняты какими-то инструментами. Они совершенно не обратили на меня внимания, словно меня и не было вовсе.

Под лампами на железной каталке, прикрытый мятой короткой простыней в застиранных пятнах, лежал молодой человек, опутанный проводами. Из бутылки, висящей на железной рогатине, тянулась тонкая прозрачная трубка, впившаяся острым стальным жалом в его синюю вену. На черном экране, чуть вздрагивая, бежала зеленая линия.

— ... досталось бедняжке. Как поправится, заберу его к себе, — голос молодой женщины, видимо, медсестры, звучал приятно и дружелюбно. Она негромко засмеялась, вытряхивая из лотка в мусорную корзину красные комки марли. — Дальнобойщик-то мой что-то долго не вертается. Загулял, небось. А этот как раз весь в моем вкусе, все у него на месте.

— Его счастье, что нож прошел удачно, — голос мужчины был усталым, — только бы он в кому не канул, а там, глядишь, и замуж тебя отдадим. Ирина Владимировна, будьте добры, гляньте давление.

— Интересный кавалер, — мечтательно вздохнула медсестра, — на бомжа не похож, а документов никаких, ни телефона, ничего, только амулет, крестик и перстенек. А обручального колечка нет!

— Давление падает, наполнение слабое, — голос второй женщины звучал старше и строже. Она взяла стеклянную ампулу и пощелкала пальцем по ее носику. — Дарья, а если дальнобойщик твой вернется?

— А я его с лестницы спущу. У меня, Ирина Владимировна, не забалуешь. Пускай к своей Марусе обратно в Бобруйск катится.

— Снимите с него этот шнурок, — мужчина стащил с рук хирургические перчатки и бросил их в корзину, — а то еще удавится, не дай бог.

— Я уж пробовала, Игорь Федорович, — махнула рукой медсестра, — у меня не получилось.

— Что значит, не получилось? — удивился мужчина. Он подошел к каталке и протянул руку к амулету, но прикоснуться к нему не смог, амулет как будто отталкивал его. Врач растерянно посмотрел на женщин. — Что за...

— Может, сообщить куда следует? — нахмурилась Ирина Владимировна, набирая жидкость из ампулы в шприц.

— Да, Любовь Михална уж позвонила, — сердито махнула рукой медсестра, — без нее нигде не обойдется!

Тревожное беспокойство накатилось издалека, и я почувствовал приближение опасности. Каким-то странным образом, оставаясь в этой комнате, я увидел, что по вестибюлю идут четверо в серых костюмах, среди них одна женщина. Один из мужчин был в черных очках. Они прошли вахту, их не заметили. Охранник, оторвавшись от журнала, попытался подняться из кресла, но тот, что был в очках, всего лишь взглянул на него, и охранник рухнул обратно в кресло. Выражение ужаса застыло на его перекошенном лице, он не в силах был пошевелиться.

Мне показалось, что я услышал далекий знакомый голос, он звал меня и, кажется, просил вернуться. Вернуться куда? И откуда? Я вновь повернулся к человеку, лежащему на каталке, всмотрелся в его лицо и вдруг в один миг осознал, что он — это я! Это ведь я там лежу!!! Как же это может быть?! Неужели... Неужели я умер? Но ведь зеленая линия на приборе вздрагивает, хоть и редко, но ведь вздрагивает!

Четверо в костюмах уже прошли по коридору мимо зеркала, в которое я недавно смотрел, и остановились перед дверью палаты.

Я приблизился к каталке. Люди в халатах меня по-прежнему не замечали. Я вгляделся в изможденное лицо, покрытое ссадинами, с кровоподтеком под левым глазом. На скуле справа ожог, волосы подпалены. Это ведь я, точно я! Ошибки быть не может. Но что же случилось?! Почему я ничего не помню?!

«Пока не поздно, немедленно возвращайся!» — прозвучал настойчивый голос. Теперь он был значительно громче и явственней.

Кто это говорит, и куда возвращаться?

Двери распахнулись, и в помещение вошли двое — тот, что был в черных очках, и женщина. Женщина была красива, только мужской костюм портил ее фигуру. Лицо ее показалось мне знакомым, и беспокойство мое усилилось.

— Здесь реанимационное отделение! — сердито воскликнула медсестра и кинулась к ним навстречу. — Посторонним нельзя! Ну-ка, выметайтесь!

— Попрошу немедленно очистить помещение, — сурово добавил врач.

— Не беспокойтесь, — развязно ответил «очкастый», и наотмашь ударил медсестру по лицу. Она вскрикнула и повалилась на боксы, составленные у стены.

— Не надо суеты, — «очкастый» достал нож-бабочку и виртуозно разложил его в воздухе.

Я бросился на подонка, но незримая могучая сила вдруг остановила меня, подняла в воздух и стремительно потащила в тело, лежащее на каталке. Я успел увидеть, как на «очкастого», размахиваясь стулом, рванулся врач, и как из зеркала в коридоре появился плотный человек в белом морском кителе с золотыми эполетами, со свежим шрамом над левой бровью. Патрик... Это Патрик! Вот и чудо, которого я так ждал!

Меня ослепили немилосердные лампы, а потом все поглотила мгла. Мрак выплюнул меня, не медля ни секунды. Когда глаза мои открылись, я увидел, как врач летит спиной в стеклянные шкафы, как лопнуло стекло, и плеснули искристые осколки, как женщина, которую называли Ириной Владимировной, окаменела от ужаса, прижав ладони к лицу, как «очкастый» швырнул вдогонку доктору стул и злобно выругался, скривив лицо и осторожно трогая свое ухо. Ухо краснело и распухало на глазах.

Я попытался пошевелиться, но тело мое, онемевшее и тяжелое, не слушалось. А тем временем слева ко мне подошла женщина в сером костюме. Теперь я узнал ее. Не так давно нам довелось встретиться на балу. Она была представлена мне как Лиана де Алмоньен. Честно говоря, я тогда ей увлекся. Но эта встреча едва не стоила мне жизни, потому что на самом деле это была гнусная и опасная тварь. И имя ее скорее всего было вымышлено или украдено. А теперь в руке у нее тускло поблескивало лезвие стилета. Острие оружия было покрыто чем-то маслянистым, ядовито-зеленого цвета.

— Кончай его быстрей! — раздраженно крикнул «очкастый», осторожно трогая свое ухо.

Его неприятные слова неожиданно заглушил треск распахнувшихся дверей и шум падения двух серых тел. Это были те двое, что оставались в коридоре. Лиана и «очкастый» резко обернулись, и в тот же миг раздался выстрел. Сквозь облачко дыма в палату вошел Патрик, переступив через лежащее тело. Почему-то он был в кителе морского офицера, а в вытянутой руке он держал дымящийся пистолет, направленный на «очкастого». Лиана, стоявшая рядом со мной, вдруг выронила стилет и безмолвно рухнула на пол.

— Ножичек сдай! — Патрик качнул пистолетом и показал «очкастому» пальцем в сторону и вниз. Тот нехотя отбросил свой нож к поваленным шкафам, где лежал бесчувственный врач, засыпанный битым стеклом.

Патрик медленно подошел к «очкастому» и стволом сбросил с него очки. За черными стеклами блеснули желтые глаза с узкими вертикальными зрачками.

— Зорилла? — настороженно прищурился Патрик. — Какого черта?

Тот неожиданно выбил у Патрика пистолет и нанес удар слева. Он метил в висок, но Патрик уклонился, и рука прошла вскользь, лишь задев по лицу. Патрик ответил встречным ударом под дых, локтем в лицо и коротким жестким по горлу. «Очкастый» засипел, рухнул на колени и прижал руки к шее.

— Неважные у тебя друзья, Зорилла, — тяжело дыша, сказал Патрик. — Доведут они тебя до греха.

— Ты ответишь, — прохрипел «очкастый» едва слышно, сверкая снизу на Патрика ненавидящим взглядом. В его потемневших глазах тугими волнами плескалась боль.

— Пасть закрой, кишки простудишь! — Патрик устало вытер лоб, потом подобрал свой пистолет, щелкнув предохранителем, спрятал его во внутренний карман кителя и подошел ко мне. Рана у него на лбу кровоточила из-под запекшейся корки. Патрик взял тампон из лотка, промокнул кровь и бросил его в корзину.

— Патрик, — с трудом прошептал я.

— Извини, что так долго, — пробормотал он, сдергивая с меня датчики.

У стены застонала и загремела боксами медсестра Дарья. Губы у нее были разбиты, она с трудом выплюнула тягучий сгусток с раскрошенным зубом. Ирина Владимирозна наконец пришла в себя, кинулась к медсестре и дрожащими руками помогла ей подняться, а потом они вдвоем, испуганно косясь на Зориллу и причитая сквозь слезы, стали вытаскивать из стекла хирурга и совать ему в нос нашатырь.

Патрик наклонился, забросил мою руку себе на плечи и помог подняться. На полу я увидел Лиану. Лицо ее потемнело, ледяные мутные глаза смотрели в потолок с лютой ненавистью. Нагрудный карман ее костюма был испорчен маленькой черной дырочкой, а в середине лба ее я заметил круглый шрам размером с горошину.

— Пойдем-ка, — отвлек меня Патрик, — нужно поскорей сваливать отсюда. Эта красавица теперь уже не проснется, но я боюсь, что скоро могут появиться другие неприятные персонажи. Мы с тобой их сильно разозлили.

Патрик вывел меня в коридор и втащил в зеркало. Здесь было темно и прохладно.

— Тут мы пока в безопасности, — Патрик перевел дух. — Но они уже идут, я их чувствую.

— Патрик, ты живой! Я все вспомнил... Все вспомнил...

Глава 2. Путь к перевалу
(Территория СССР, 27 июля, пятница, 1984 года)

Каменистая тропа все поднималась и поднималась к перевалу. И конца ей не было видно. Прозрачный буковый лес почти не спасал от палящего солнца, и душно было, как в парилке. И на небе ни облачка. Рюкзак становился все тяжелее, рубаха промокла от пота, а плечи онемели. Ноги и спина гудели, как печь на хорошей тяге.

Неподалеку от основной тропы слева открылся распадок с пышной зеленью, что намекало на присутствие воды. Похоже, это был второй родник на пути из четырех, указанных на карте моего маршрута. Я глянул на часы, было около двенадцати. Небольшой запас по времени имелся, а организм категорически требовал привала. Заодно можно было и подкрепиться маленько. Я решительно свернул на первую попавшуюся тропку и через пару минут сбросил рюкзак под раскидистым дубом. Из-под его переплетенных корней весело журчал родник. Развесив мокрую рубаху на ветвях дерева, я с наслаждением умылся холодной водой и напился. Потом скинул кеды и вымыл гудящие ноги. Жить сразу стало легче.

Покончив с бутербродами, я раскатал спальник и с наслаждением вытянулся в тени дуба. Возможно, именно этот момент и повлиял на дальнейшее развитие событий. Спать я, конечно, не собирался. Днем я обычно никогда не сплю. И все-таки незаметно заснул.

А когда проснулся, то обнаружил, что из-за горных вершин на востоке выползают мрачные тучи. Перспектива оказаться под проливным дождем меня совсем не обрадовала. На часах стрелка перевалила за пять. Как я мог столько проспать? Это было невероятно.

Я торопливо собрался и глянул карту. Чтобы немного сократить путь, я решил не возвращаться на основной маршрут, а рискнуть и пройти по южному склону на запад.

Поначалу все складывалось неплохо. Нашлась набитая тропка, и она оказалась вполне проходимой. Лес сменился на сосновый. Здесь было немного прохладнее, и воздух был насыщен густым смолистым ароматом. Как я мечтал об этом воздухе в асфальтированных городских джунглях! И вот, пожалуйста, ароматические ванны практически даром. А если бы я попёрся поверху, то так бы и не узнал об этом замечательном месте. Но радость моя была недолгой. Минут через двадцать тропка резко пошла под уклон, а потом и вовсе разбежалась многочисленными ручейками осыпей по крутому заросшему склону. Чертыхаясь, я стал забираться выше, думая, что незаметно сошел с тропы. Вскоре лес сделался совершенно непроходимым, а потом я уперся в отвесную скалу.

— Так, — сказал я. — Здравствуйте, горы.

Возвращаться было обидно, добраться до перевала к наступлению темноты теперь было нереально. Я решил все-таки двигаться дальше вдоль скалы, в надежде снова выйти на тропу или хотя бы найти какое-нибудь укрытие от дождя.

Лес кончился довольно неожиданно. Я продрался сквозь шипастые кусты и вышел на простор. Передо мной открылась широкая долина. Поразила она меня по двум причинам. Во-первых, на карте, насколько я помнил, ничего подобного не было. А во-вторых, на одной из террас долины возвышался замок. Я сбросил рюкзак, достал из-под клапана карту и попытался привязаться к местности, учитывая расстояние, которое я прошел, и направление моего движения. Карта на местность не накладывалась. Я даже компас достал, хотя по солнцу и так было понятно мое положение. Бесполезно. Местность карте не соответствовала.

Некоторое время я смотрел на замок в полном недоумении, потом стал размышлять, как быть дальше. В любом случае, на перевал до темноты я уже не успевал. Возвращаться на основной маршрут теперь было совсем глупо. Слева, с востока, все ближе подползали черные тучи, и уже были слышны глухие раскаты грома. Я поглядел на замок. Напрямую до него было километра полтора-два, перепад высот метров двести. Безлесный гребень, который начинался у моих ног, с плавным изгибом понижался в направлении долины. Спуститься можно было без проблем.

Что может быть в этом замке? С вероятностью девяносто девять процентов это музей. Чем же еще в нашей стране может быть замок? Там наверняка найдется какая-нибудь комнатушка, где можно переночевать.

Я засунул карту поглубже под клапан, взвалил рюкзак на плечи и решительно двинулся по лысому гребню вниз.

Ни разу ни от кого я не слышал про замок в этих местах. Странно, что никто ни словом не обмолвился про такую достопримечательность... Минут десять я терзался этим вопросом, а потом переключился на отрешенное созерцание природы.

Когда гребень нырнул в дубовый лесок, мне снова пришлось

продираться сквозь колючий кустарник. К счастью, эта пытка длилась недолго, я скоро оказался на плато. Под ногами захрустела золотистая сушеная трава. В горячем полынном мареве отчаянно стрекотали кузнечики.

Отсюда замок просматривался во всех подробностях. Надо сказать, что выглядел он впечатляюще и в общих чертах напоминал европейские укрепленные замки. Скорее всего, когда-то он был построен именно в виде оборонительного сооружения, основу которого составляли три мощных башни с конусными крышами. Башни, как полагается, были соединены зубчатой стеной, очевидно, образуя внутренний двор. По периметру весь замок опоясывала терраса. Подойдя ближе, я заметил на ней человека, сидящего в плетеном кресле-качалке. Это был полноватый мужчина с круглой лысиной, окаймленной пушком волос, и задумчивыми зелеными глазами на смиренном свежем лице. Лет ему было не более сорока. На нем была расстегнутая до пуза льняная рубашка с короткими рукавами, шорты цвета хаки и сандалеты на босу ногу. Он сидел, сложив руки на животике, покачивался в кресле, склонив голову набок, и внимательно наблюдал за мной. Я подошел к ступеням террасы и поздоровался.

— Вечер добрый, — ответил незнакомец, прикрываясь рукой от солнца. — Какими судьбами?

— Да вот, заблудился, — честно признался я.

— Бывает, — кивнул он. — Ну, что ж, прошу на борт.

Я поднялся по ступеням, он встал с кресла и протянул руку:

— Меня зовут Патрик.

— Александр, — мы пожали друг другу руки. — Можно просто Саша. Или Алекс.

— Александр… Саша, Шурик… Алекс… Неплохо, — с задумчивой улыбкой пробормотал он, словно пробуя имена на вкус или взвешивая их. — Что-то долго вы добирались.

Я не понял, что он имел в виду, и ответил, что рад познакомиться.

— Значит, путешествуете?

— Да, ребят догоняю. Договорился с ними на турбазе встретиться. Рассчитывал проскочить перевал и выйти на верхнюю дорогу до темноты, но где-то сбился с тропы. Не могу понять, как это вышло. И с картой какая-то ерунда.

— Это бывает, — Патрик понимающе кивнул. — Студент?

— Да, — почему-то смутился я. — В университет поступил, на биофак. Из армии этой весной вернулся.

— Значит, студент.

— Студент, — кивнул я. Мне сразу почему-то вспомнился фильм про приключения Шурика, и я смутился еще больше.

— Это хорошо. Однако гроза собирается, — Патрик глянул на тучи, сползающие с гор. — На всю ночь зарядит. Как бы потопа не было. Совсем неподходящее время для похода.

— Да уж, приятного мало.

— Вот что, Алекс, у меня предложение, — в глазах Патрика стрельнула озорная искра, — может, в дом зайдем, выпьем чего-нибудь? Мы и ужин как раз собирались организовать.

Это было дельное предложение.

— С удовольствием, — решительно ответил я безо всякого жеманства.

— И грозу можно у нас переждать.

— Спасибо. А это все музей? — спросил я, чтобы поддержать беседу.

— Музей? — удивился Патрик, но потом кивнул, словно только что об этом вспомнил. — Пожалуй, да. Исторический памятник, так сказать, культурное наследие и все такое.

— А я про него ни разу не слышал.

Мы прошли по террасе, а дальше следовало войти в распахнутую дверь.

— Это тот самый случай, когда лучше один раз увидеть, — улыбнулся Патрик и предупредительно пропустил меня вперед.— Прошу.

Я шагнул и совершенно неожиданно впечатался лбом в дубовую притолоку.

— Ё-моё! — всплеснул руками Патрик. — Ну надо же! Дикий кур глаза отвел! Но ничего, это мы мигом поправим!

«Как я мог не заметить эту балку?» — недоумевал я, растирая ладонью гудящий лоб. Мне показалось, что дверной проем был обычной высоты.

Патрик порылся в кармане шорт, вытащил огромный медный пятак Петровских времен, дунул на него и ловко прилепил мне на лоб.

— Эта штука превосходно снимает боль! — сочувственно пояснил он. — Пять минут — и ушиба как не бывало! Это особый пятак. Достался мне от бабушки, а она плохого не посоветует. Заходите, только, ради бога, осторожно. Дело в том, что парадный вход у нас с противоположной стороны. Там-то двери не в пример больше. А это всего лишь боковой выход в сад. Строили-то цверги, а они, знаете ли, малорослые, да и вообще за строителями глаз да глаз нужен.

Патрик махнул перед дверью рукой, будто муху прогнал, и

вошел первым.

— Ну входите же, не робейте.

Пригнувшись, я осторожно вошел следом и оказался в просторном зале.

Здесь было заметно прохладней. Стены из камня песочных тонов были украшены картинами, бронзовыми канделябрами и увиты неизвестными мне растениями с бархатными листьями и крупными белоснежными цветами. Посреди зала стоял длинный стол в окружении высоких старинных стульев темного дерева, украшенных тонкой резьбой. Пол, словно шахматная доска, был выложен из черных и цвета слоновой кости каменных плит. Слева, на восточной стене, между высокими стрельчатыми окнами с витражами красовался камин с замысловатым лепным гербом. Перед камином стояли два кресла с круглым столиком. Справа от камина на стене висело огромное, почти до пола, зеркало в массивной резной раме.

В западной стене, не имеющей окон, было несколько крепких дубовых дверей на кованых узорных петлях. Высокий потолок терялся в сумраке, угадывался лишь рисунок массивных перекрещивающихся балок.

— Вещи можно пока оставить здесь, — Патрик показал на широкую скамью из темного дерева, стоявшую у стены. — Не беспокойтесь, потом определим им достойное место.

— Да я и не беспокоюсь, — я снял рюкзак, посмотрел на скамью музейного вида, фигурная спинка которой была украшена резьбой, похожей на древнерусский или кельтский плетеный орнамент, и поставил рюкзак на пол.

Тут открылась одна из внутренних дверей, и в зал неторопливо вошли мужчина и женщина.

— Про Заповедный можешь даже не беспокоиться, — успокаивал мужчина свою спутницу. — Туда они точно не сунутся. Они же Кукумац боятся как огня. Она им такие фитили вставляла, можешь мне поверить, они теперь не скоро забудут.

— Все равно неспокойно как-то, — покачала головой женщина.

— Не переживай. А у нас, кстати, гости, — кивнул мужчина, увидев меня, и они направились к нам.

Мужчина был высок, атлетически сложен, с прямыми светло-русыми волосами до плеч, одет в свободную белую рубашку, черные брюки и замшевые темные туфли. Умные серые глаза смотрели внимательно. Лицо у него было суровое. Сразу чувствовалось, что он немало повидал за свои тридцать пять, может быть, тридцать семь лет.

Женщина рядом с ним казалось маленькой, хотя она была среднего роста. На ней были джинсы и белая блузка, в открытом вороте которой виднелось ожерелье из кусочков резного полированного дерева на кожаном шнурке. Миловидное лицо ее выглядело немного детским, наверное, из-за короткой стрижки густых темно-каштановых волос, торчавших непослушными вихрами. Возможно, ей было около тридцати, хотя у меня всегда были трудности с определением возраста у женщин. Мне понравилась ее походка. В ней читалась упругая сила и мягкая кошачья пластика. По таким движениям даже в мелькающих огнях дискотеки я всегда безошибочно отличал девушек, с которыми был знаком по спортивной школе.

— Знакомьтесь, это Алекс, — отрекомендовал меня Патрик, когда они подошли. — Вот, проходил мимо, решил заглянуть к нам на огонек.

Мужчина протянул мне руку:

— Никольский Роман Андреевич, можно просто Роман.

— Очень приятно, — ответил я, отпуская его крепкую ладонь.

— Анна Сергеевна, — представилась женщина. Немного усталая улыбка приятно оживила ее красивые глаза цвета золотистого кофе.

— Очень приятно. Алекс, — ответил я. — На самом деле я вышел на замок совершенно случайно. Заблудился в горах, как первоклассник. Не пойму, как это получилось.

— О, здесь это бывает часто, — понимающе кивнула Анна Сергеевна. — Здесь очень обманчивый ландшафт.

— Но все-таки это странно, — пробормотал я. — У меня ведь карта с собой.

Тут со мной что-то произошло. Описать это состояние довольно сложно. Но если в общих чертах, то я вдруг испытал что-то вроде галлюцинации, которая расслоила картину имеющейся реальности на две. Прежняя реальность осталась без изменений, а вот ее копия вдруг покачнулась и стала ускользать от меня куда-то в бок. Отраженные каменные стены сделались прозрачными и текучими, земля как будто ушла из-под ног. А затылок сжали тиски тупой боли. Мне показалось, что я падаю, но некая сила подхватила меня и понесла с невероятной быстротой сквозь ревущие воздушные потоки. Потом я вдруг осознал, что это бушующее вокруг пространство было живым, оно дышало переливами света необыкновенных оттенков, и оно было наполнено удивительным звучанием. Каким-то непостижимым образом я видел звук и понимал, что этот звук, свет и дыхание — это одно целое. Потом неожиданно мощная вибрация разделила меня на крошечные песчинки и расплавила их в сиянии этого ослепительного небесного океана. Головная боль как будто отпустила, да и тела своего я не чувствовал, но попрежнему мог видеть этот другой мир. И я увидел даль, похожую на бездну. Она завораживала и притягивала, хоть и была скрыта густой ночью. Ночью, которая таила в себе что-то очень важное, нечто большее, чем откровение о смысле жизни. В ее головокружительной глубине или высоте покоилась вечность, и в этой вечности, в самой ее середине, среди бесконечного кружения мириадов миров сияла яркая изумрудная звезда. Затем, словно сквозь глубокий сон, я услышал далекие голоса. Возможно, даже не услышал, а увидел образы слов, удивительный текучий рисунок разговора. Как будто из-под кисти художника прямо на воздушном холсте пространства рождались ожившие символы, в которых звучали слова и угадывались характеры героев.

«...при всем уважении к иерархам, Магистр, вся эта канитель меня абсолютно не вдохновляет, — говорил Патрик. — Такой риск ни под каким соусом не оправдан».

«Я тебе говорил, мои доводы их не убедили», — ответил Роман Андреевич.

«Мне кажется, он не готов, — покачал головой Патрик.— Он не заметил простейшей ловушки».

«Какой еще ловушки?» — нахмурился Роман Андреевич.

«Ну... — замялся Патрик, — простейшей».

«Это еще ни о чем не говорит, — сказала Анна Сергеевна. — Он может открыться в любое мгновение».

«И что, от этого всем сразу полегчает?» — фыркнул Патрик.

«Не знаю», — ответила Анна Сергеевна.

«Да еще хуже будет, — недовольно проворчал Патрик. — Ему время нужно».

«Если бы у нас было время, — покачал головой Роман, — и если бы это было только наше решение, мы бы сделали все по-своему...»

Голоса истончились, стали прозрачнее стрекозиного крыла, а потом это крыло повернулось ребром, и я потерял его из виду. Голову мне снова дико сдавило, мир призрачной реальности с шумом ураганного ветра взметнулся к потолку, и видение иссякло.

— Вы как будто чем-то расстроены? — спросил Роман Андреевич, с интересом разглядывая мое лицо. — Может, вам нехорошо?

— Нет, ничего, — я неуверенно огляделся, боясь пошевелить головой и чувствуя, как по спине течет пот.

— Такая жара, очень похоже на тепловой удар, — сочувственно сказала Анна Сергеевна. — На вас лица нет.

— Нет, все нормально, — пробормотал я. — Мне бы переночевать где-нибудь... На перевал я уже не успею, да и гроза собирается.

— Про перевал можно смело забыть, — махнул рукой Роман, глянув в окно. — По крайней мере, до утра.

— Неудобно вас беспокоить, — пробормотал я, внезапно почувствовав неосознанную, но настоятельную необходимость уйти. — У меня и бутерброды еще остались, и спальник с собой. Если у вас сеновал имеется или сарай какой-нибудь... А, впрочем, вы мне только направление на перевал покажите.

— Нет, нет, нет! — шумно запротестовал Патрик и замахал руками. — Об этом не может быть и речи! Шуточное ли дело, бродить в темноте по горам! Это никуда не годится! Уже ночь почти, и гроза вот-вот грянет...

И действительно, за окнами тут же яростно сверкнуло, загрохотало и полило.

— Патрик совершенно прав, Алекс, — согласилась Анна Сергеевна. — Никакие отговорки не принимаются. Давайте-ка, в душ, освежитесь, а мы тут пока ужин организуем.

— Вот это правильно, — кивнул Роман. — Не знаю, как вы, а я ужасно голоден.

— Да, Алекс, а что это у вас за украшение на лбу? — лукаво прищурилась Анна Сергеевна. — Если не секрет, конечно.

Патрик тут же проворно отколупнул медяк, украшавший мое чело, сунул его в карман и недовольно проворчал:

— Это металлотерапия. Древнейший метод врачевания. Я же говорю, он головой ударился.

Я почувствовал себя совершенно глупо. Роман одарил Патрика рублевым взглядом, тот сделал вид, что не заметил.

Тут снова открылась дверь, и появился еще один обитатель замка. Это был сухощавый старик с копной пепельных спутанных волос и бородой веником. Надо признаться, его внешний вид меня озадачил. Был он облачен в монашескую черную рясу, заметно поношенную, подпоясанную веревкой, и обут в бежевые изрядно потертые кеды. На поясе у него висела связка ключей, кожаный мешочек и что-то вроде плетки.

— Аки в воду зрил! — гневно ворчал старик, направляясь в нашу сторону. — В минулую седмицу надо было крышу доглядеть, пругло вельзевулово!

— По какому поводу демарш, Прохор Иваныч? — удивленно поинтересовался Роман Андреевич.

— А вот как книгарню зальет, тоды и заохаешь, — отмахнулся тот, торопливо подходя к нам. — Говорил же, пора на хозяйство вертаться! Я ж непогоду за версту чую, што твой пёс бездомный.

— Кому говорил-то? — спросил Роман.

— Кому, кому… Федору, да Дживе с Заповедного. Ан, нет! Вцепилися в меня, аки клопы мианския: «давай баньку, давай баньку». Изводить Федорову кажногоднюю печаль по иконе украденной. Два шпыня гороховых! Токмо примулындывать мастера. Один другого краше. Вот таперича и попарюся!

— А у нас гость, — Анна Сергеевна наклонила голову в мою сторону.

— Добрый вечер, — пробормотал я.

— Будь здрав! — старик сверкнул на меня своим гневным глазом и обратился к Патрику: — Хмыстень, ты чай не сахарный, айда на крышу! Хвоздя подавать будешь!

Патрик закатил глаза.

— Давайте я тоже помогу, — с готовностью предложил я.

Прохор Иваныч задержал на мне взгляд, строго хмуря брови и молча шевеля своей веничной бородой. Потом коротко отмахнулся.

— Сами осилим, — проворчал он и решительно направился к одной из дверей в западной стене зала, прикрикнув по ходу: — Хмыстень, айда на цырлах!

— Ну, не деспот? Хвоздя подавать… — проворчал Патрик и хлопнул меня по плечу. — Бери рюкзак, пойдем со мной. Покажу каморку для постоя, это как раз по пути.

— Вы на крыше акробатикой особенно не увлекайтесь, — предупредила Анна Сергеевна.

— А вы, коллеги, с ужином не затягивайте, — парировал Патрик.

Глава 3. Аномальная зона
(Нулевой Порог)

Патрик наотрез отказался брать меня с собой на крышу, и, сопроводив то ли на второй, то ли на третий этаж по винтовой лестнице, впихнул в некую дверь.

— Как наплещешься в душе, спускайся обратно в зал, — крикнул он мне, стремительно исчезая в полутемном коридоре.

Надо сказать, что «каморка», которая была определена мне

на постой, оказалась не такой уж маленькой, как мне представлялось. Состояла она из трех довольно больших комнат, не считая совмещенного санузла. Вся обстановка была натурально антикварной. Слово роскошь тут вряд ли подходило, но в целом интерьер выглядел очень добротно. Насколько я сумел сориентироваться, апартаменты располагались в Северной башне.

Из небольшой прихожей, куда затолкал меня Патрик, имелось два пути. Дверь слева вела в ванную комнату, арка справа — в зал с камином, креслами и диванами. На электричестве тут явно не экономили. На стенах между гобеленами, на потолке, подвешенные к могучим деревянным балкам, и на столиках старинные бронзовые лампы источали приятный золотистый свет.

Кеды я оставил в прихожей, рюкзак аккуратно сгрузил на паркетный пол возле одного из диванов, прошел через зал и заглянул в следующую открытую дверь. Там оказалась спальня с могучей двухместной кроватью, обремененной балдахином и резными колоннами из темного дерева. В дальней стене спальни оказалась еще одна дверь. Я засунул туда нос и обнаружил кабинет со шкафами, набитыми книгами. Кабинет был чудно́й формы, но выглядел вполне уютно.

«Перед сном будет что почитать, если голова отпустит», — отметил я про себя и отправился добывать из рюкзака смену чистой одежды.

Вот ванная комната, пожалуй, выглядела роскошно — узорная мозаика с затейливым рисунком на полу и на стенах, широкое прямоугольное зеркало в бронзовой чеканной раме, латунные лампы, похожие на уменьшенные копии старинных корабельных фонарей по обеим сторонам от зеркала. И, что самое приятное, в длинношеих бронзовых кранах имелась холодная и горячая вода.

— Неплохо у них тут дело поставлено, — пробормотал я, складывая одежду на скамейку. — Только на музей это как-то не очень похоже.

Весь мой туалет, включая бритье, занял около получаса. После чего я переоделся в джинсы, клетчатую рубашку, свои любимые мягкие мокасины и спустился в зал.

Роман Андреевич и Анна сидели в торце накрытого стола и негромко беседовали. В камине горел огонь. По стеклам огромных окон шелестели потоки воды. Ни Патрика, ни Прохора Ивановича видно не было.

— Ну совершенно другое лицо. Вам лучше? — улыбнулась Анна, заметив меня.

— Спасибо, — смущенно ответил я, подходя к ним, — отпустило вроде. И водные процедуры были очень кстати.

В голове моей и действительно заметно просветлело.

— Садитесь рядом с Анной Сергеевной, — показал рукой Роман Андреевич.

— А вы не могли бы меня называть на «ты»? — попросил я, обойдя стол и усаживаясь рядом с Анной и лицом к Роману. — А то я себя как-то неловко чувствую.

— Договорились, — кивнул Роман.

— Патрик говорит, ты на биофак поступил, — поддержала беседу Анна. — В какой университет?

— В МГУ, — вздохнув, ответил я.

— Неплохо, — оценил Роман.

— Да на самом деле просто повезло, — честно признался я. — В этом году сделали дополнительный набор на укороченный рабфак для тех, кто из армии вернулся. Преподаватели возились с нами, как с малыми детьми. По четыре «пары» в день вбивали нам в пустые головы полезные знания. Да еще с таким терпением и вниманием. Я до сих пор под впечатлением. Какие-то необыкновенные, святые люди. Так что тут моей заслуги, по большому счету, нет никакой.

— Специализацию уже выбрал? — поинтересовалась Анна.

— Да ну, какую специализацию? — пробормотал я. — В голове пока полнейшая каша.

— Это ничего, — подбодрил меня Роман. — После службы в армии нужно некоторое время, чтобы освоиться в гражданских реалиях. Тем более, если разговор о науке. Может, нам уже по стаканчику сока пропустить?

— Я с удовольствием, — обрадовался я, пить мне хотелось, хоть я уже и проверил качество воды из-под крана. Вода, кстати, была на вкус не хуже, чем в роднике. А еще у меня яростно начал выделяться желудочный сок, провоцируемый запахом и видом блюд на столе. Вареная картошка с маслом и укропом, жареная курица, котлеты, домашний хлеб, сыр, колбаса, салаты... Одним словом, стол был полон.

Роман Андреевич неторопливо налил всем из графина опалесцирующей темно-рубиновой жидкости в изящные высокие стаканы. Стаканы выглядели так, словно были выточены из полупрозрачного льда. Сок оказался прохладным и удивительно вкусным, в меру кислым, в меру сладким, с приятным оттенком «Изабеллы» и еще чего-то неуловимого, ускользающего, немного напоминающего аромат османтуса.

— А это из чего? — удивленно спросил я, глядя в стакан.

— Это у Прохора надо спросить, — махнул рукой Роман. — Он у нас главный по кухне.

— Вкусно, — пробормотал я. — А Прохор Иваныч, он кто?

— Прохор Иваныч? — несколько озадачился Роман. — М-м-м-м... Как бы это сказать... Он у нас по хозяйству. Вроде завхоза.

— По совместительству, — добавила Анна Сергеевна. — Домовой, одним словом.

— А, понятно, — кивнул я, еще глотнув сока. — А почему в рясе?

— Он при монастыре долго жил, — пояснила Анна. — Насколько я знаю, эта ряса ему на память от его товарища досталось. Тот монахом был.

— Ясно, — сказал я, хотя ничего, конечно, не понял. Но зато почувствовал по грустной нотке в голосе Анны, что эту тему, наверное, не стоит особо развивать, а потому двинулся в другом направлении. — А вот удивительно, что я про этот замок никогда ничего не слышал.

— В этом как раз ничего удивительного нет, — ответила Анна.

Тут со стороны двери, которую я оставил открытой, послышались шаги и глухое ворчание. Через пару секунд оттуда появился Патрик, переодетый в домашние тапочки, мешковатые коричневые брюки и темно-синюю спортивную кофту с длинной молнией и белыми полосками на воротнике.

— Надеюсь, крыша не рухнула окончательно? — поинтересовался Роман Андреевич.

— Да что с ней сделается-то? — проворчал Патрик, подходя к столу. — На ней стадо слонов можно выгуливать.

— А Прохор Иваныча одного на крыше бросил? — хитро прищурилась Анна.

— Ага, он там своим жилистым базисом течь затыкает, — мрачно ответил Патрик, усаживаясь рядом с Романом. — Повреждения, конечно же, носили прямо-таки катастрофический характер. Замок просто чудом устоял и не был разрушен до основания. В прошлую бурю ветром задрало край медного отлива под слуховым окном. Образовалась ужасная щель сантиметров шесть, а то и восемь. Трагедии удалось избежать путём своевременного разгнутия отлива в обратное положение на счёт «раз» с помощью двух пальцев. Причем моих пальцев. И, прошу заметить, без единого хвоздя. А было паники, как на «Титанике».

— Ну и где же в итоге Прохор Иваныч? — спросил Роман.

— Прохор Иваныч, естественно, безотлагательно отправились с инспекцией в библиотеку, — проворчал Патрик, сосредоточенно изучая угощения на столе. — Так. Ну, что ж, как говорится, пришло время подкрепиться. Для начала предлагаю выпить за знакомство.

Не дожидаясь ответной реакции присутствующих, он встал, ловко откупорил бутылку красного вина с иностранной этикеткой и живо наполнил пузатые бокалы.

— А Прохор Иваныча ждать не будем? — на всякий случай спросил я.

— Они в столь поздний час откушивать не имеют обыкновения, — пояснил Патрик, отставляя бутылку. — Ну, за знакомство.

Все дружно чокнулись. А вино оказалось очень недурственным. Прямо скажем, изумительное было вино.

— Меня все-таки мучает вопрос, — рассеянно разделывая котлету в тарелке, я решился продолжить тему, прерванную появлением Патрика. — Как же так может быть, чтобы про этот замок никто даже не обмолвился? Как будто его не существует. А ведь, чтобы его не заметить, нужно очень постараться.

— Тут все дело в том, что замок этот находится в уникальном месте, — взялся объяснять Роман Андреевич, элегантно расправляясь с жареной куриной ногой. — Здесь все крайне необычно. Строгого научного объяснения этому феномену никто пока не представил, но в норме не только замок, но и большая часть этой долины неким образом маскируются. Для тех, кто оказывается поблизости, этого места действительно как бы не существует.

— Это что-то вроде миража, только наоборот? — я удивленно замер с куском котлеты на вилке.

— Все гораздо интереснее, — покачал головой Роман, вытирая пальцы салфеткой. — Это всего лишь незначительная часть проявлений уникальной природы этого места. Оптические фокусы, которые можно объяснить рефракцией в неоднородных средах, не имеют к этому феномену практически никакого отношения. По сути, мы находимся в локальной аномальной зоне, условия которой значительно отличаются от условий привычной реальности.

— Что-то я не совсем улавливаю, — растерянно пробормотал я, забыв про котлету и недоуменно поглядывая на своих сотрапезников. — Как целая долина может быть невидимой?

— Может. Запросто, — подтвердил Патрик, налегая на картошку. — Такое бывает сплошь и рядом. Эх, под такую бы закусь... Жаль, водки нет.

— И это не оптический обман? — я недоверчиво покосился на него.

— То, что водки нет? — удивленно моргнул Патрик.

— То, что долина невидима.

— Нет, это не оптический обман, — серьезно ответил Роман, отпивая глоток вина. — По крайней мере, в классическом его понимании. Долина не просто невидима. Она, в некотором роде, исключена из окружающей реальности.

Я не знал, как отреагировать на такое заявление. Эти люди совершенно не производили впечатления глумливых любителей розыгрышей. Но все-таки у меня зародились некоторые подозрения на этот счет.

— Вы меня разыгрываете? — пробормотал я, глянув на Анну.

— Звучит фантастично, правда? — прищурилась она.

— Анечка, подай, пожалуйста, сырку, — попросил Роман. — Всякая фантастика со временем превращается в скучные атрибуты повседневного быта. Это ведь как магия, которая остается волшебством до тех пор, пока непонятны ее механизмы. Не помню, кто это сказал.

— Это конечно, — согласился я. — Нет, я вполне могу допустить, что если долина, как вы говорите, исключена из существующей реальности, это может означать, что она находится в каком-то другом измерении.

— Ну, не знаю, — Роман вернул Анне блюдце с сыром. — К чему громоздить лишние измерения? Тем более, что понятие об измерениях пространства — вещь достаточно условная. Я бы сказал, сугубо утилитарная.

— Но как же? — удивился я. — Мне казалось, что физика и математика вполне серьезно основываются на этих понятиях.

— Конечно, — кивнул Роман. — Но это всего лишь способ описания пространства. Это нормально. Мир удобно изучать, опираясь на некие понятные вещи. И во многих прикладных задачах применение этого условно принятого описания дает достаточный результат для решения этих задач. Но когда мы говорим о трехмерном или каком-то еще пространстве, мы говорим не о сути самого пространства, а о способе его описания, доступного человеческому пониманию. Подобные математические абстракции помогают нам изучать окружающий мир. А самому миру все эти наши размерности, думаю, совершенно безразличны. И в нашем конкретном случае, мне кажется, нет необходимости изобретать дополнительные измерения. Это нам ничего не прояснит. Мы только добавим еще один уровень математической абстракции. На мой взгляд, как-то так.

— Как-то это... Немного неожиданно, — я стал задумчиво жевать котлету.

— Ничего удивительного, — сказал Роман. — Вся эта история с замком и долиной действительно из разряда экстраординарных.

— Да я про измерения... Ну, ладно. Но, если вы считаете, что долина находится вне реальности обычного мира, — стал размышлять я. — То тогда где же она?

— Я говорил, что она как бы исключена из реальности, — уточнил Роман. — То есть, как будто. На самом деле исключение предполагает наличие некой границы. А вот тут мы вступаем на совершенно зыбкую почву. Без соответствующей подготовки к разговору мы только окончательно запутаемся.

— Вот именно, поэтому предлагаю пока сконцентрироваться на ужине, — заметила Анна. — Математическими абстракциями сыт не будешь, а Саша наверняка с утра ничего не ел.

— Бутербродами перекусил, — кивнул я. — А котлеты очень вкусные.

— Ты еще салат и курочку не пробовал, — подмигнул мне Патрик.

Настроение у него в процессе еды заметно улучшилось.

— Чем же вы занимаетесь в таком необычном месте? — поинтересовался я, накладывая себе вышеупомянутый салат.

— Ну, — Патрик слегка замялся и глянул на Романа. — Проводим всякие изыскания... Все в таком духе...

— А в какой области? — спросил я.

— Ну, в области долины, разумеется, — пробормотал Патрик и стал охотиться вилкой за опятами в пол-литровой банке.

— Понятно, — тут меня посетила догадка. — Я все понял. Что-то у меня голова не варит. Наверное, правда тепловой удар был. Вы бы мне так сразу и сказали, что тема обсуждению не подлежит. Я ведь в армии имел дело с секретными материалами и к таким вещам отношусь с пониманием.

— Да нет у нас никаких секретов, — пожал плечами Роман.— Дело в том, что не так просто объяснить в течение пяти минут всё, связанное с этим местом. Тут нужно время, чтобы вникнуть.

— Если не углубляться в детали, можно сказать, что мы занимаемся мониторингом разнообразных явлений в этой аномальной зоне, — пояснила Анна. — А их очень много. Они удивительно разнообразны. Мы отслеживаем всё, что можем зарегистрировать.

— Если бы они еще всякие пакости не устраивали, — пробормотал Патрик, задумчиво жуя грибы. — Был бы здесь райский уголок.

— То есть? — я удивленно уставился на него.

— Ну, я имею в виду, что у некоторых явлений, — Патрик снова заглянул в банку с опятами, — напрочь отсутствует понятие о совести и вообще о каких-либо приличиях. А в иных так и вовсе ничего человеческого нет.

— А у явлений бывает понятие о совести? — спросил я, совершенно сбитый с толку.

— Ну, я и говорю, что у некоторых оно отсутствует совершенно, — Патрик выгреб полбанки грибов к себе в тарелку. — Кстати, опята изумительные. Прохор Иванычу за них отдельное гранд мерси. Настоятельно всем рекомендую.

— У кого, ты говоришь, отсутствует понятие о совести?— прищурилась Анна, провожая взглядом полупустую банку.

— Вам бы только шпильки вставлять, — невозмутимо ответил Патрик. — Кто-то должен уважить плоды кулинарных трудов нашего архистратига. Вы-то их игнорируете. Вечно мне приходится за всех отдуваться.

— Думаю, Прохор Иваныч оценит твое самоотверженное отдувательство, — улыбнулась Анна.

— Что-то я не очень понимаю, — я потер наморщенный лоб, вглядываясь в лица моих новых знакомых. — Я имею в виду эти явления. Мне всегда казалось, что совесть или какие-то понятия вообще характерны только для живых существ. И всё как-то больше для разумных.

— Вот и я не понимаю, — согласился со мной Патрик, делая себе бутерброд с докторской колбасой. — Откуда в разумных, казалось бы, существах, может быть столько нечеловеческого жестокосердия и беспардонной разнузданности. Лично у меня в голове не укладывается. Ей богу, я иногда думаю, что это само воплощенное Зло прёт из этой... Как вы тут говорили? Из этой математической абстракции.

— Понятия Добра и Зла — это категории относительные,— пожал плечами Роман, отпивая глоток вина. — Нас могут воспринимать как интервентов. И не то чтобы совсем необоснованно. Так что, кто тут хорош, а кто плох... Это зедь с какой стороны посмотреть на ситуацию.

— Постойте, — пробормотал я, с усилием выстраивать логическую конструкцию, которая в мозгу моем ворочалась, как ржавая и громоздкая якорная цепь. — То есть вы хотите сказать, что все явления в этой зоне... Что это всё разумные существа?

— Нет, конечно, — покачал головой Роман. — Мне кажется, это будет преувеличением.

— Тут ведь целое скопище явлений, — пояснил Патрик, старательно украшая колбасу на бутерброде каплями горчицы. — Если считать каждый тип явлений за прутик, то наберется целый веник. А разумных в этом венике едва ли больше половины. По мне, так весь этот мониторинг, вся эта систематика — сплошь скукота и казуистика. И, на мой взгляд, притянута за уши. А если разобраться, то в ней, кроме ушей, и нет ничего.

— И на что же они похожи, эти явления? — поинтересовался я, чувствуя, что дело пахнет живыми примерами из области паранормального. — Вот те, которые разумные.

— Некоторые похожи на людей, некоторые не очень, — пожал плечами Роман. — А других довольно сложно описать словами.

— Это точно, — пробормотал Патрик, увенчав свой бутерброд листочком петрушки. — Тут лучше один раз увидеть.

— А это возможно? — спросил я.

Роман Андреевич некоторое время смотрел на меня задумчиво, потом перевел взгляд на бокал с вином.

— Вообще-то это довольно рискованное мероприятие, — ответил он. — Скажем так, мы не всегда можем контролировать ситуацию, особенно если происходит внезапный контакт с явлениями.

— На мой взгляд, это нормально, — я пожал плечами. — Даже в обычных условиях не бывает такого, чтобы кто-нибудь полностью контролировал ситуацию. Всегда могут случиться самые неожиданные вещи в самых обычных местах. Никто от этого не застрахован. Я бы с огромным удовольствием попробовал.

— Ты даже не представляешь, что это, — сказала Анна. — Наши коллеги проходят довольно серьезную подготовку, прежде чем им открывают допуск в активную область диффузного поля.

— Мёртвая Зыбь, конечно, штука суровая, — подтвердил Патрик, жуя бутерброд. — Но с правильным проводником вполне проходимая.

— И кто у нас тут правильный проводник? — прищурилась Анна.

— Я, разумеется, — ответил Патрик. — Все равно моя очередь.

— Ну, вот, — обрадовался я. — Мне кажется, если вместе с Патриком, я точно справлюсь.

— Алекс, ты не обижайся, но я категорически против, — покачала головой Анна, сурово глянув на Патрика. — В Мёртвую Зыбь с бухты-барахты не ходят. Сколько народу полегло на разных переходах.

— Полегло? — удивился я. — В смысле, погибло?

— Я и пытаюсь тебе объяснить, — она взяла свой бокал. — Переход через диффузное поле смертельно опасен.

— Да что там опасного! — фыркнул Патрик, подливая всем вина. — Проще пареной репы! Ну, проблюешься чуток, или дрист прохватит с непривычки...

— Коллега, — Анна выразительно посмотрела на него. — Мы, между прочим, тут ужинаем.

— Так я и говорю, — невозмутимо продолжил Патрик. — Это даже полезно в ограниченных масштабах. Главное, клювом не щелкать, чтобы башку не оторвало. А вот если туда прутся вслепую всякие оголтелые, тогда да, считай, трагедия.

— Мы не можем так рисковать, — согласился с Анной Роман.— Никто не знает, как переход отреагирует на Алекса.

— Переход отреагирует? — еще больше удивился я.

— Это одно из явлений этой зоны, — кивнул Роман. — Непонятное и совершенно непредсказуемое. Человек, попадая в активную область, неким образом входит в непосредственный глубокий контакт с самой зоной. И мы не можем предугадать, чем это может закончиться. Никто не может. Приходится полагаться только на интуицию.

— Одну секундочку, друзья мои, — попросил внимания Патрик. — Думаю, не стоит упускать из виду тот очевидный факт, что Алекс самостоятельно прошел Занавес. И, между прочим, сейчас с нами тут преспокойно, как вы заметили, ужинает.

— Действительно, — пробормотал я. — Вы ведь говорили, что обычно долина невидима. Как-то ведь я сюда попал? И в целом неплохо себя чувствую. Голову совсем уже отпустило.

— Это и вправду уникальный случай, — подтвердил Роман.— Но это не снижает риска при углублении в зону. Анна права, это слишком опасно. Переход через Мёртвую Зыбь исключен.

Я собрался бороться до конца, чтобы отстоять такую неожиданную возможность прикоснуться к неизведанному, но тут случайно мой взгляд упал на окно. Я обомлел.

За окнами бушевала пурга, яростно швыряя охапки снега на стекла. Патрик, глянув на мое вытянутое лицо, обернулся через плечо.

— Прекрасно! — недовольно проворчал он. — Завтра опять Иваныч ни свет, ни заря, погонит с лопатами террасу разгребать.

— Там снег, — неуверенно пробормотал я.

— Занавес, или Нулевой Порог, это часть аномальной зоны,— пояснила Анна. — Тут и не такое бывает. Завтра к обеду все растает... Наверное.

— Не факт, — Роман задумчиво постучал пальцами по столу.

Вдруг со стороны северной двери, через которую я попал в замок, послышался странный, пугающий звук. Я непроизвольно вздрогнул. Это было похоже на рык, низкий и вибрирующий, пробирающий до самого позвоночника. Он напомнил мне могучий рокочущий бас длинных тибетских труб и громкое жужжание вертушек австралийских аборигенов. Все настороженно повернули головы к двери.

— Кого это еще принесло? — Патрик приподнял бровь.

— Прошу прощения, — Роман встал из-за стола и направился к двери. А дверь тем временем медленно открылась, и из темно-синей ночи в тепло зала ввалились клубы морозного воздуха. Порог переступил человек небольшого роста в мохнатой накидке до пят, с капюшоном, скрывающим лицо. Потянуло холодом, пламя свечей в канделябрах затрепетало и прилегло. Неведомый гость и не подумал закрыть за собой дверь, а остановился, сложив руки на груди, и смотрел на приближающегося Романа. Вокруг незнакомца клубился пар и какое-то неясное марево. Он откинул капюшон, густо покрытый инеем, и тогда стало понятно, что лицо его скрыто необычной темно-бронзовой маской. Маска напоминала треугольную голову богомола с выпуклыми глазами, похожими на половинки фасолин, которые сужались к плоскому носу.

Когда Роман подошел к нему, гость достал из-под накидки бронзовый резной цилиндр размером не более обычного фонарика на две батарейки. При этом немного приоткрылся его костюм, и мне показалось, что он целиком сплетен из кожаных ремешков, которые плавно перетекали по его телу. Мне стало немного не по себе.

Роман взял цилиндр и принялся внимательно изучать его, медленно прокручивая, словно читал надписи на его боковой поверхности. Изредка он о чем-то негромко спрашивал незнакомца, и тот неслышно отвечал ему.

— Патрик, — прошептал я, вытянув шею над столом. — Это кто?

— Акиба, — тихо сообщил Патрик уголком рта. — Посланник... Он из людей Кверкуса.

— А-а-а... — я кивнул, как будто мне это о чем-то говорило, и глотнул вина из бокала.

— Явления заказывали? — неслышно усмехнулась Анна.

— Письмо принес, — пояснил Патрик.

Роман дочитал послание и вернул Акибе. Тот спрятал цилиндр под накидкой, набросил капюшон и исчез во мраке зимней ночи. Причем мне показалось, что он мельком глянул в мою сторону. От этого взгляда у меня возникло такое чувство, будто к моей спине приложили кусок льда. Как только посланник исчез, дверь за ним закрылась. Роман вернулся к столу и сел на свое место. Он был хмур и задумчив.

— Что, опять ценные указания из Совета? — с грустью спросил Патрик.

— Вроде того, — Роман как-то странно посмотрел на меня, потом переглянулся с Анной и Патриком. — Думаю, у нас будет возможность кое-что показать Алексу. Если ты еще не передумал.

— Нет, я вполне готов, — ответил я, насколько возможно уверенно.

— Но переход через Зыбь мы использовать не будем в любом случае, — сказал Роман.

— Ну ладно, — согласился Патрик, — не больно-то и хотелось. Тем более после такого плотного ужина. Я спокойно могу его своими тропами провести. Так даже проще.

— Нет, твои «норы» тоже не годятся, — отмахнулся Роман.

— Это почему же? — Патрик вскинул брови. — Если нам вдвоем идти, может, я сам и способ выберу?

— Если ты проведешь его «норами», — сказала Анна, — он засыплется при первом же контакте в месте назначения.

— Почему это я обязательно засыплюсь? — возмутился я. — Вообще-то я в разведке служил.

— При таком способе перемещения, которым обычно пользуется Патрик, ты сохранишь свою теперешнюю память, — ответил Роман. — А это не позволит тебе гармонично слиться с той средой, в которой ты должен оказаться.

— Но как же без памяти? Какой тогда во всем этом смысл?

— Смысл в том, чтобы остаться живым, — пояснил Роман.

— Кроме перехода через Мёртвую Зыбь и ныряния по «норам»,

есть еще один способ перехода. В данной ситуации он оптимален. Во-первых, он исключает нежелательные контакты в пути, во-вторых, позволит тебе органично вписаться в обстановку. Конечно, на месте ты временно утратишь память. Но у тебя мгновенно сформируется естественное восприятие. Ты даже не заметишь момента изменений. А когда вернешься, память полностью восстановится, включая воспоминания о переходе. Это долго объяснять, но, поверь мне на слово, проверено на опыте сотен людей.

— Все-таки не хотелось бы лишиться памяти, — пробормотал я. — Может, я как-нибудь попробую слиться с тамошним ландшафтом без таких сложностей?

— Это невозможно, — покачала головой Анна. — Представь себе, что речь идет о другой стране с другим языком, с другой культурой.

— Может оказаться сложновато, — с неохотой согласился я.

— Можно глухонемым прикинуться, — мрачно предложил Патрик. — Первый раз, что ли? Тут, конечно, гораздо неприятнее смещение в историческом контексте. Лет, скажем, на сто пятьдесят или двести назад.

— Даже так? — я удрученно вздохнул.

— Минимум на шестьсот лет, — поправил Роман.

Все посмотрели на Романа.

— Но Совет настаивал на сегменте сто пятьдесят-двести, — Анна нахмурилась. В ее глазах читалась непонятная для меня смесь чувств. Она была явно обеспокоена, и одновременно глаза ее были наполнены сочувствием. И еще что-то такое промелькнуло в ее взгляде, что могло говорить о том, что Анна к Роману Андреевичу неравнодушна. Но это могло только показаться.

— Это нарушение инструкций Совета, — добавила она, и щеки ее порозовели.

— Ничего страшного, — Роман постучал пальцами по столу, задумчиво поглядывая на меня. — В тактическом плане мы можем себе позволить такую самодеятельность ради обеспечения безопасности. У нас слишком много открытых вопросов по этому сектору. В сегменте шестьсот все гораздо понятнее, хотя тоже не сахар.

— Мне кажется, Роман прав, — поддержал его Патрик. — Если уж Алекса вести на экскурсию без подготовки, так будет спокойнее. Тем более, что мы и так планировали провести поиск в этом районе.

— Что за поиск? — поинтересовался я.

— Мы... Мы потеряли связь с одним из наших сотрудников, — пояснил Патрик и, глянув на Анну с Романом, уточнил: — Я правильно выразился?

Роман помрачнел, молча кивнул и выпил вина.

— Вполне правильно, — печально вздохнула Анна и посмотрела на заснеженные окна.

— А что произошло? — спросил я.

— Пока точно сказать нельзя, — пожал плечами Патрик. — Такое случается время от времени. Мы как раз собирались это выяснить. Так что можно совместить приятное с полезным. Если не передумаешь, можешь помочь мне произвести небольшую разведку на местности.

— Я готов, — подтвердил я. — Сколько времени это может занять?

— Пес его знает, — ответил Патрик. — Но мы можем вернуться в любой момент.

— Ну и отлично, — обрадовался я. — У меня в запасе полно времени. Отсюда до базы топать часов шесть максимум. А мы собирались выходить на маршрут только через четыре дня.

— Когда именно? — спросил Патрик.

— В среду, первого августа. А как ваш сотрудник выглядит?

— Это сотрудница, — уточнила Анна, и мне показалось, что в глазах ее блеснули слезы, хотя это могло просто показаться.

— Ее имя Майя, — сказал Роман, угрюмо глядя в бокал.

— Все зовут ее Принцессой, — добавил Патрик.

— Принцесса? — улыбнулся я. — С принцессами мне встречаться не доводилось.

Роман посмотрел на меня странно, словно я ненароком сказал совершенную глупость. Но тут же губы его тронула усталая улыбка.

— Вот и познакомитесь, — печально произнес он, отпивая глоток вина.

— Замечательная девушка, — добавил Патрик. — Найдем ее, сам увидишь.

— Когда отправляемся?

— А хоть сейчас, — подмигнул мне Патрик.

— Слушайте, совесть имейте! — возмутилась Анна. — Вы человека заболтали, поесть толком не дали. Может, до утра отложить? Пусть Алекс выспится хотя бы.

— А чего тянуть козла за хвост? Вернемся — сутки будем дрыхнуть, — Патрик выудил из плошки маслину, засунул ее в рот и посмотрел на меня: — Ты как?

— Я за. Куда идти?

— Никуда идти не надо, — Роман Андреевич поставил свой бокал. — Только часы сними. Оставь на столе, а то потеряешь.

— И вот это возьми, — Анна торопливо вынула из кармана и протянула мне маленькую фигурку, вырезанную как будто из темного дерева — она напоминала нецке и была подвешена на кожаном шнурке. — Этот амулет носи на шее и никогда не снимай.

— Хорошо, — я взял амулет, снял с руки часы и положил их на стол. — Да, я хотел спросить. Роман Андреевич, а почему Патрик вас Магистром называл?

— Ты называл меня Магистром? — Роман удивленно уставился на Патрика.

— Я называл? — изумленно поднял брови Патрик. — Ну, не знаю... Может, и называл... Я же за собой не записываю.

— Это Патрик такое прозвище Роман Андреичу придумал, — пояснила Анна с интересом вглядываясь мне в глаза. — Еще в молодости.

— Понятно, — смущенно кивнул я.

— Ладно, к делу, — Роман отодвинул в сторону свою тарелку, сурово глядя на меня. — Ничего не бойся и не паникуй. Возможно, будет немного неприятно. Прикрой глаза. Патрик, хватит жевать.

Патрик задвинул языком маслиновую косточку за щеку и замер. Роман Андреевич положил руки ладонями на стол, закрыл глаза, и понеслось.

Глава 4. Понеслось
(Территория Франции, 4 июня, понедельник, 1358г.)

Перед глазами потемнело, потом сверкнула оранжевая молния, накатил приступ дурноты, снова мрак и снова свет. А потом, словно издалека, из тревожного забытого сна, неумолимой летящей лавиной обрушился, нахлынул грохот и тугой звон металла. Меня оглушили кричащие голоса, в ноздри ударил едкий запах гари и свежей крови. Потрясение мое было столь велико, что я оцепенел, с трудом осознавая происходящее. Огромный зал был полон дерущихся людей, облаченных в легкие доспехи. Железо впивалось в железо и рубило плоть, высекая глубокие и безобразные древние письмена боя. Лязгали латы, и трещали щиты. На полу в густеющих черных лужах валялись убитые, в воплях разъяренных бойцов тонули отчаянные стоны раненых. Но еще больший ужас заключался в том, что одновременно я видел еще и другую картину. В неистовом мелькании секир, боевых молотов и мечей повсюду метались чудовищные железные птицы. Они секли стальными перьями тела воинов и пожирали человечину, холодно и расчетливо высматривая добычу мглистым рубиновым глазом. Обе картины страшной бойни то растворялись одна в другой, то вставали перед моим отравленным взором одинаково отчетливо. Две яви, и одна другой отвратительней. Болезненные и уродливые, они втекали в мой мозг сквозь глаза, нос и уши, как щупальца обжигающей лавы, покрытые растрескавшейся бурой окалиной. Мои разум был поражен, мысли остановлены, словно вода, внезапно застывшая мутным льдом. Я стал беспомощно озираться, пытаясь удержаться в пределах рассудка. Скованный ужасом, я не мог выбрать ту явь, за которую нужно цепляться из последних сил.

У противоположной стены пламя жадно вылизывало деревянную лестницу, ведущую на галерею второго этажа. На ней среди языков огня тоже мелькали фигуры. Воин в коричневом плаще, проткнутый насквозь коротким копьем, проломил собой горящие перила и в огненном дожде рухнул на головы тех, кто дрался внизу. Мне показалось, что его лицо не было лицом человека.

Я выронил из рук амулет и неосознанно наклонился за ним. В тот же миг там, где только что была моя голова, в деревянный столб врубился боевой топор, яростно выщербиз щепу. Этот миг смертельной опасности наконец стряхнул с меня гибельное наваждение. Мысли мгновенно оттаяли, память ожила. Страшные железные птицы с диким клекотом исчезли. И я понял, что бой, который начался так неожиданно, спас нам с Патриком жизнь. Точнее, дал шанс спастись от ужасной участи, которая была нам приготовлена этим вечером. Позади в нескольких шагах от меня трещали поленья в жерле огромного камина, а рядом на каменном полу валялись два смазанных жиром вертела, на которых обычно зажаривали молодых быков.

Подхватив амулет, я надел его дрожащими руками на шею, с натугой выдернул топор и стал искать Патрика. Вскоре я разглядел его в гуще боя на каменной галерее. Поскольку ти деревянная, и парадная каменные лестницы на второй уровень зала были недоступны, я стал соображать, как попасть наверх. К счастью, рядом в стенной арке под каменным балконом оказалась вторая лестница, винтовая. И, что еще приятнее, она была свободна от огня и от обезумевших вояк. Я бросился в арку и стал бегом подниматься по широким ступеням, перехватив топор в левую руку, а правой придерживаясь осевого столба.

На Патрика наседали двое бойцов из отряда барона Риквильда. Патрик отчаянно отбивался дубовой лавкой от их коротких мечей. Позади него, шагах в четырех, мелькала спина самого Риквильда, который сражался с солдатами де Треньона.

Неожиданно между Патриком и Риквильдом возник барон де Треньон собственной тяжеловесной персоной. Он вынырнул из темного коридора, выходящего на галерею, и его никто не заметил. Де Треньон выпростал руку из-под плаща, и в ней тусклым бликом сверкнуло лезвие кинжала. В тот момент, когда он готовился вонзить свое оружие в незащищенную спину Риквильда, Патрик, размахнувшись лавкой, случайно угодил де Треньону по затылку. Хоть лавка и не пернач[1], но сыграла с гнусным бароном шутку, ибо на голове его вместо доброго бацинета[2] была дурацкая шапка со страусиным пером. Удар вышел крепкий. Что-то треснуло — то ли лавка, то ли череп. Де Треньон громко охнул и пошатнулся. Риквильд и Патрик обернулись на его возглас одновременно. Риквильд, не раздумывая, нанес оглушенному де Треньону колющий удар мечом в горло. Де Треньон засипел, закатывая глаза, выронил свой бесполезный клинок, попятился, наткнулся на каменную балюстраду, мешком перевалился через перила и полетел вниз, в буйство алчного пламени.

— Запиши долг на мой счет и убирайся к черту, пока цел! — хрипло бросил Риквильд Патрику и махнул рукой своим солдатам, которые наседали на моего друга:

— Оставьте его!

После этого он снова ринулся в бой с растерявшимися латниками де Треньона. Оба противника Патрика, потеряв к нему интерес, тут же бросились на подмогу своему капитану. Патрик устало отшвырнул лавку на пол, выплюнул косточку от маслины, вытер рукавом обильный пот со лба и только сейчас заметил меня.

— Ты куда провалился? — сердито спросил он, торопливо направляясь ко мне и не забывая оглядываться по сторонам.

— Это тебя каким чертом на галерею занесло? — возмутился я. — Мы же вместе стояли внизу у камина.

— Ладно, не время разбираться, — подтолкнул меня Патрик.— Надо сваливать отсюда!

К дверям зала, которые были рядом с пылающей деревянной лестницей, пробиться было немыслимо, там было самое большое месиво.

— Давай через окно! — Патрик кивнул в сторону огромных

окон. — Второе справа!

Мы сбежали вниз по винтовой лестнице и бросились к окнам, перепрыгивая через неподвижные тела и поскальзываясь в кровавых лужах.

Патрик запрыгнул на широкий подоконник и с криком «Прыгай за мной!» нырнул в ночь. Я, не раздумывая, последовал за ним.

Неожиданно долгое падение захватило дух, а потом я рухнул в воду. Когда я вынырнул, Патрик уже плыл к берегу. Река в этом месте охватывала замок крутым изгибом и была не слишком широка. Довольно скоро, тяжело дыша и отплевываясь ряской, мы выбрались на берег, поросший густым кустарником. Прежде, чем двинуться в путь, мы в последний раз оглянулись на замок, возвышающийся мрачными зубчатыми стенами над скалистым полуостровом. Кстати, окно, через которое мы покинули наш неожиданный приют, было единственным, под которым не оказалось острых камней, и вода под ним покоилась тихой заводью, омывая отвесную стену.

— Ну, студент, считай, ты в рубашке родился, — пробормотал Патрик, снимая с шеи осклизлые хвосты тины.

— Не знаю, — проворчал я, стараясь восстановить дыхание.— Если бы в рубашке, я бы сейчас винцо попивал с подружками на южном берегу.

Рядом жадно пропела стрела, выпущенная из замка, и мы поспешили укрыться в зарослях. Продравшись через кусты, мы вышли на дорогу, ведущую от замка Риквильда к тракту. К тому самому, по которому всего пару часов назад мы спешили из Сен-Гарда в Дэбривиль и на котором нас неожиданно схватили солдаты барона де Треньона.

Наспех отжав одежду и настороженно прислушиваясь на случай возможной погони, мы торопливо зашагали по дороге, поднимая размокшими башмаками призрачные султанчики пыли. Вокруг было тревожно и подозрительно тихо. В небе, прожженном мерцающими звездами, и в лесу затаилась июньская ночь. По верхушкам деревьев следом за нами кривобоко ползла ущербная бледная луна. В ее неверном свете повсюду что-то мерещилось. Лес замер вокруг, словно разверстое мрачное чрево, полное корявых ветвистых зубов, готовое вмиг пожрать любое живое существо. Страшно было представить, что могут таить в себе глубокие чернильные тени среди мертвенно посеребренных кустов. В эти смутные времена они могли скрывать в себе все самое ужасное, нежеланное и опасное для ночных странников. И быструю погибель, притаившуюся на кончике стрелы или ножа, и мучительную, полную судорог, смерть от ржавой косы. Видали мы всякое, но ведь тут может скрываться и то, что мы вовсе не можем себе вообразить. И от этого становилось совсем жутко. Вот такие времена... Недобрые времена...

— Черт возьми! — тихо возмущался Патрик.

Он обнаружил, что его любимые штаны в задней части изрядно пострадали. Из них был выдран приличный клок вместе с трусами и нижней рубахой, причем трусов вообще не оказалось на месте. И теперь сквозь прореху из-под короткой куртки сиротливо отсвечивал его голый зад. Дело в том, что Патрик носил не шоссы[3], как все добропорядочные люди, а штаны диковинного покроя, правда, из роскошно выделанной телячьей кожи. Скроены они были как единое целое, в отличие от раздельных чулок шосс. Они не подвязывались шнурками ни сверху, ни под коленом, а застегивались на две костяные пуговицы, по одной с каждого боку на поясе, где, вдобавок, еще были предусмотрены специальные петли для продевания узкого ремня. Широкие штанины доходили до щиколоток, а для каждой руки в них было по просторному карману. Эти штаны, кстати, имели собственную замечательную историю.

Три года назад Патрик волею судеб оказался в Булони. Причину своего путешествия он обходил загадочным молчанием, но зато с удовольствием описывал тот пасмурный и дождливый вечер, когда он стал счастливым обладателем такого, по его мнению, удобного и незаменимого предмета гардероба.

Дождь со шквалистым ветром с пролива бушевал только снаружи, а под крышей грязноватой и шумной, но сухой и теплой портовой таверны под названием «Бокоплав» было вдоволь выпивки и еды, способных согреть любого из продрогших скитальцев. В воздухе стоял густой аромат жареной дичи, копченой рыбы, чеснока, лука, прокисшего эля, давно немытого тела, вина, капустной похлебки и разноязычной брани. И еще дыма, который ветер иногда задувал обратно в трубу.

Драка уже закончилась, и азартное внимание случайных обитателей неразборчивого приюта было сосредоточено на игре. Играли в кости, в Глюк Хаус, то есть, говоря человеческим языком, в «Домик счастья». Патрику везло, как дорого продавшему душу, и кубики ложились в его пользу с ужасающим постоянством. Играли вчетвером, но вскоре остались только двое — Патрик, который обчистил карманы всех желающих, и ганзейский купец[4], у которого еще было, что ставить.

Вначале купец лишился своего ужина в виде жареного глухаря и кувшина красного бургундского Кло де Вужо. Потом пришла очередь увесистого мешочка с монетами, потом «гражданского», но богато украшенного меча. Затем толстой золотой цепи с медальоном, плаща, подбитого соболем, и тех самых штанов, которые оказались в его багаже. В добытые штаны Патрик тут же нарядился поверх собственных, чтобы примерить. Глядя на его переодевания, купец мрачно вполголоса выругался по-германски, но надежды отыграться не утратил. Вскоре в дело пошел остальной багаж, еще один мешочек с золотом, потом мальчик-слуга мавританских кровей, которого так никто и не увидел. Следом был поставлен боцман с купеческого когга[5], спавший на столе у окна. Он был мертвецки пьян и храпел, задравши кверху свою клочковатую бороду. Боцмана в качестве ставки Патрик категорически отверг, памятуя его свирепый нрав и огромные кулаки, принимавшие самое живое участие в недавней потасовке. Но деваться было некуда, пришлось ставку принять. Еще несколько раз сыграли по мелочам, но когда и это закончилось, полураздетый купец, поминутно меняющий цвет лица с белого на багровый и обратно, дико сверкая злобным взором, поставил на кон один из своих кораблей вместе с командой, грузом шерсти из Англии и каперским патентом в придачу.

Патрик наконец осознал, что увлекся, и что ситуация становится угрожающей. Просто так завершить игру было невозможно, торговец пребывал в состоянии крайнего возбуждения, близкого к помешательству, и жаждал реванша. Толпа, сгрудившаяся вокруг, шумно делала свои ставки. Причем немалая часть этой толпы состояла из матросов с кораблей немца, и их разбойничьи рожи не выражали никакой благосклонности к противнику своего хозяина. Патрик понял, что он в западне. Чтобы хоть как-то разрядить обстановку, он щедро заказал всем выпивку. Кости бросил вяло, надеясь вернуть часть выигрыша и с почетом удалиться, но судьба распорядилась иначе, и ему выпала «счастливая свинья». Стараясь смягчить шутками и прибаутками каменное лицо немца, Патрик решил поскорее незаметно смыться, невзирая на непогоду. Но тут кто-то из добрых людей, едва ворочая языком, разбухшим от пива и солено-вяленой трески, провозгласил в наступившей тишине: «А у него кости... ета... свинцом залиты... небось». Тишина давно уже всех утомила, ждали только повода. Последнего слова «небось», которое должно было привнести в заявление оттенок необязательности, никто не услышал. Но дело было даже не в нем, а в том, что ставки были сделаны, и просто так никто от своих денег отказываться не собирался. Поднялся ураганный рев, и тут проснулся боцман, который мгновенно образовал вокруг себя пространство стихийного бедствия наподобие «глаза тайфуна».

Лицо торговца мгновенно перевоплотилось из купеческого в пиратское, взгляд его вспыхнул яростным торжеством, а дрожащие жадные руки вдруг резко вытянулись к Патрику с целью схватить его за кадык. Моего друга спасло только то, что он не растерялся, мгновенно сгреб выигранные богатства, лежавшие на столе, и подбросил их над толпой. Тут же началась всеобщая повальная давка, благодаря которой Патрик и сумел скрыться. Из всей богатой добычи ему удалось сохранить единственный предмет, который был на нем заблаговременно надет.

Прежде эта история с ганзейскими штанами меня сильно веселила, но теперь я только тяжко вздохнул. До веселья ли теперь? Жизнь сделалась гадкой, пасмурной и опасной, просто напасть какая-то. Последние годы ползут беда за бедой. В сущности, нескончаемый поток бедствий. Не чума, так поборы, не поборы, так война.

— Они мне прослужили верой и правдой три года, а эти бешеные собаки Риквильда или де Треньона, черт их разберет, изорвали их в один миг! Вот сволочи! — ворчал Патрик, прикрывая дыру в штанах большим лопухом. — Живут хуже волков. Собираются лучшими друзьями, потом напиваются, как свиньи, и устраивают резню.

— Что-то я не заметил, чтобы они хоть по глотку успели пропустить, — пробормотал я, искоса поглядывая в черную пасть леса, — и не похожи они на лучших друзей. Скорее всего, де Треньон заранее планировал эту бойню. Недаром же он целый отряд с собой привел. В гости так не ходят. Разве только на переговоры.

— Я и говорю, сволочи. Кстати, о друзьях, — Патрик вдруг остановился.

Я тоже встал. Он задумчиво поскреб грудь, потом внимательно заглянул мне в глаза.

— Ты помнишь, что нам нужно кое-кого найти? — спросил он.

— Конечно, помню, — удивился я.

— И кого же?

— Кого, кого? Марка Бензеля, оружейника, приятеля твоего.

— Точно, — Патрик печально вздохнул, и глаза его затянулись тоской. — Говорил же, надо было «норами» пройти...

Зловещий крик ночной птицы заставил нас вздрогнуть и

замереть. Сердце мое провалилось вглубь желудка, тело прошибло холодным потом, и под коленками неприятно заныло. Затаив дыхание, мы постояли с минуту, но напряженный слух не уловил ни единого шороха.

— Скверный голосок у этой пташки, — пробормотал я.

Мы осторожно двинулись дальше, и Патрик продолжил свои излияния воинственным шепотом:

— Сволочь этот де Треньон! Удачно я его лавкой приветил. Таких гадов я еще не видел. Недаром говаривала моя бабушка: «Хочешь узнать человека, дай ему власть». А Риквильд! Говорят, он прибрал к рукам золотишко своего родного брата, испачкав денежки его же кровью. Хитрый пес! Просто так его не возьмешь, выкрутится и при этом еще кусок побольше урвет. И чем больше ему достается, тем больше ему хочется. Бароны совсем озверели. Народ затравили похлеще англичан и наваррцев. Друг другу глотки готовы перегрызть, а строят из себя благородных. Последние штаны мне изорвали...

Патрик с чувством выругался.

В следующий миг произошло нечто неожиданное. Непонятно, почему тут же на месте я не умер от страха. В трех шагах перед нами из кустов на дорогу выбралось странное существо, то ли здоровенный мужик в меховой шкуре, то ли медведь. Я замер на одной ноге и мгновенно одеревенел. Патрик тоже остановился как вкопанный

— Чего орать-то так? — недовольно проворчало существо, вразвалку переходя дорогу перед нами. — Ни днем, ни ночью покоя нет. Орут и орут... Орут и орут... Весь лес истоптали...

С его шерсти струйками стекала вода. В руке, или в лапе, не разберешь, у него был какой-то мутный пузырь, заполненный мигающими светлячками, а под мышкой зажата крупная дохлая рыбина. Существо протопало через дорогу и скрылось с шумом в кустах. Пожалуй, это был не медведь. У него был длинный пухлый нос, загнутый книзу, а его маленькие глазки светились синими огнями. А зад у него был голый, без шерсти.

— Что это было? — прошипел я, глядя на округлые мокрые следы босых лап на песке и настороженно обоняя запах подтухшей рыбы. На всякий случай я трижды плюнул по следу и перекрестился.

В кустах послышалась близкая возня, оттуда высунулось это самое существо. Оно трижды неумело наплевало в мою сторону и снова скрылось.

— Патрик, кто это? — в ужасе пробормотал я.

— Вуг это болотный, — ругнулся Патрик, — напугал до

смерти, жаба голозадая!

— На себя посмотри! — донеслось из леса.

Патрик хотел ответить что-то резкое, но передумал, поправил лопух в штанах и негромко произнес:

— Прости, Вуг. Я сгоряча, нервы ни к черту. Извини, брат, был не прав.

Лес ответил ему тишиной.

— Вуг — это леший или водяной? — прошептал я.

— Вуг — это вуг, — хмуро ответил Патрик. — Не обращай внимания. В этих местах всякого народа хватает. Ты лучше расскажи мне, какое у нас с тобой дело.

— Как это, какое? — удивился я.

— Давай, давай, рассказывай. Хочу проверить, что ты помнишь.

— Ты что, мозги, что ли, стряхнул, когда из окна выпал?

— Давай.

— Глупость какая-то, — раздраженно проворчал я, но лицо Патрика выражало полную непреклонность. — Ну, хорошо. Гильом отправил нас в Дэбривиль, чтобы мы пробрались в город, нашли твоего друга, Бензеля, и попросили его как можно быстрее собрать отряд и направить его к замку Дэфанс на соединение с нашей армией.

— Все правильно, — печально покачал головой Патрик и тяжело вздохнул.

— А нас по дороге сцапали солдаты де Треньона и притащили с собой в замок Риквильда.

— Помнишь, о чем болтал де Треньон?

— Говорил, что посадит нас на кол, запечет, как диких свиней и поднесет на ужин Риквильду.

— Я не про это, — поморщился Патрик. — Что он говорил про войско наследника?

— Говорил, что дофин спешно собирает войска в Компьени, чтобы скрытно выйти на нас с севера и в одну ночь перерезать всех одним разом, а потом покончить и с городскими заговорщиками.

— Все верно. — Патрик яростно потер лоб. — Что делать? Что делать-то? Видно придется нам с тобой разделиться. Черт! Так и знал! Так и знал! Все наперекосяк!

— Может, лучше вместе, а? — я опасливо огляделся вокруг.— Зачем разделяться-то?

— Не получается по-другому. Мне придется выполнить, так сказать, историческую миссию. Кроме меня, выходит, некому. Черт! Вот так всегда! Если уж вляпался, то по самые ноздри!

Пойдем, надо торопиться. — Патрик продолжил уже на ходу. — Вот что, студент. Слушай меня внимательно. Сейчас выйдем на тракт, и ты бегом возвращаешься в Сен-Гард. Расскажешь Гильому про армию дофина, пусть лазутчиков рассылает. Если наследник поймет, что нам известны его намерения, ему придется менять планы. Это позволит нам выиграть немного времени. Иначе все пойдет кувырком. Я проберусь в Дэбривиль, загляну к Марку и сразу обратно. Без меня никуда не суйся. Понятно? И еще одно. Ты слышал, что в здешних местах объявилась жуткая ведьма?

— Болтают небось, — я тайком перекрестился, чтобы Патрик не подумал, что я испугался.

— Не болтают, — огрызнулся Патрик. — Здесь она. Ездит верхом на черном адском коне или бродит в облике прекрасной девы. Бесов тешит, людей губит, как мух. Думаю, что весь этот сыр-бор из-за нее. Если, не дай бог, без меня ее встретишь, прячься. Если не получится, тогда только одно средство в живых остаться — бросайся к ней и хватай за руки.

— Как это? — ужаснулся я. — Ведьму за руки! А если не поможет?

— Поможет, — твердо ответил Патрик. — Как только возьмешь ее за руки, так ее власть и кончится. Тут же появится светлый ангел и превратит ее обратно в принцессу. Объяснять подробно некогда, но ангел не сможет приблизиться к ней, пока ты ее за руки не схватишь. Вот это и есть твое самое важное задание. Не считая, конечно, передачи новых сведений Гильому.

— А как же я ее узнаю-то? Что ж мне теперь, всех встречных баб хватать?

— Хватай, хуже не будет.

— Ага, не будет! Только не говори потом, что это я придумал! Как ведьму-то отличить?

— Узнаешь, будь спокоен. Алекс, запомни все, что я сказал, слово в слово. От этого зависит твоя жизнь. Вот тракт, тебе налево, мне направо. Я вернусь быстро.

Мы пожали друг другу руки на прощание и разошлись в разные стороны, оба объятые тоской, а я еще и ужасом.

Глава 5. Развилка у Чёрного Дуба

Не прошло и часа, как Патрик добрался до Черного дуба — так назывался перекресток двух больших дорог. Назывался он так потому, что прямо на перепутье стоял огромный иссохший дуб с корявыми ветками и обгорелой верхушкой. Было ему лет пятьсот. На его стволе с четырех сторон была стесана кора, наверное, еще во времена Людовика Толстого, и написано, куда ведет каждая из дорог. Налево, на север, уходила кривая дорога на замок Дэфанс, прямо — на Монте-Брасс, а Патриков путь лежал направо, на юг, в Дэбривиль. У обочины белел в темноте огромный камень, похожий на лошадиный череп, пожирающий дорожный прах. Рядом торчал покосившийся деревянный крест с иконкой. Черный от времени и людских грехов, он угрюмо смотрел в истоптанный путь.

Где-то неподалеку хрустнула ветка. Патрик пригнулся и бросился прочь с дороги, за камень, в редкие кусты. Стараясь не шуметь, он припал к земле и, с трудом сдерживая взволнованное дыхание, стал наблюдать за дорогой. Ждать пришлось недолго, вначале послышалось невнятные и приглушенные голоса, следом неспешная поступь копыт. Патрик поморщился и осторожно вынул из-под живота растопыренную сосновую шишку.

«Время близится к полночи, время первых петухов, — пробормотал он про себя строчки из испанского романса. — Вот на улицах Толедо раздается звон подков[6]».

Из-за поворота лесного тракта показался всадник в черной накидке, прикрывающей латы воина. Конь под ним черный, как сама ночь, неторопливо и мягко ступал в пыль дороги, настороженно прядая ушами и тихо похрапывая. Лицо всадника было скрыто в глубокой тени капюшона, напряженная поза выдавала в нем разведчика. Внимательно глядя по сторонам, разведчик проехал мимо дуба, остановился напротив креста и плюнул в его сторону, рассчитывая попасть в икону.

Вскоре показались еще два всадника, тоже в черных плащах. Слова стали отчетливо слышны лишь тогда, когда они поравнялись с тем местом, где залег Патрик. Сердце его ёкнуло, и по спине пробежал холодок. Один из голосов, властный и надменный, принадлежал молодой женщине:

— ... ты должен быть безупречен, Зорилла. Больше я не прощу тебе ни одной оплошности. Карл Наваррский подозрителен и умен. И он нам нужен. Ты меня понимаешь?

— Да, госпожа, — поклонился ее собеседник.

— Он сам захочет узнать, кто тебя послал. Намекни ему, что с ним ищут встречи серьезные люди, которые озабочены этим хаосом в стране, и представляют тех, кто жаждет нового короля и нового порядка. Те люди, которые стояли за его освобождением в ноябре прошлого года. Те, кто может дать ему гораздо больше, чем парижский Прево. Намекни в сторону короля Англии. Намек должен быть прозрачным. Сделай все, чтобы завтра вечером он был здесь.

— Да, госпожа. Я все сделаю, — он снова поклонился, и Патрику показалось, что глаза его сверкнули желтым огнем.

— Торопись, Зорилла. Если не исполнишь, Бездна Аррада покажется тебе вожделенной наградой.

— Я все исполню, госпожа.

Зорилла поклонился, развернул коня, пустил его с места в галоп и скрылся за поворотом восточного тракта.

Патрик лежал, стиснув зубы, и мысли его неслись вскачь: «Она или нет? Сомнения есть? Нет! Никто кроме нее! Сейчас или подождать? Что делать? Подождать? Что делать-то? Суета не красит солидных мужчин. Надо подождать! Подождать. Как говорит бабушка: «Не спеши, а то успеешь.» Ладно, подождем.

— Ты видишь, Грилл, — обратилась женщина к разведчику, который медленно к ней подъехал. — Кажется, Зорилла начинает понимать, что важнее — его свобода или его ничтожная жизнь. Я не сомневаюсь, что он приведет Карла прямо к нам в руки. А уж мы-то не дадим ему уйти. Карл Наваррский жаждет крови... Жаждет власти. И он все это получит сполна. Он хитер, подвижен, коварен и жесток, он с лихвой оправдает свое прозвище — Карл Злой. Но знаешь, о чем я размышляю? Законный король, Иоанн, которого уже прозвали Добрым, становится узником, а его кровный враг, Карл Злой получает свободу и дает волю своей ненависти. В этом есть что-то от дешевого фарса. Это похоже на шутовской каламбур судьбы. Меня это настораживает.

— Не стоит беспокоиться, госпожа, — прорычал Грилл. — Это знак. Истинный знак нашего долгожданного торжества.

— Да будет так. И нам предстоит еще один фарс. Близок час, когда Карл Наваррский встанет лицом к лицу со своим кузеном, с наследником Иоанна, дофином Карлом. Карл против Карла... Но сначала мы немного поиграем.

— Да, госпожа, — ухмыльнулся Грилл.

— А наш благородный рыцарь, барон Риквильд, что-то опаздывает, — она прислушалась к тишине ночи. — Думаю, он будет в бешенстве. Будь неподалеку и хорошенько наблюдай за его спутниками. Вряд ли этот самовлюбленный наглец бросится на даму с мечом. Он не настолько глуп, чтобы разорвать ту ниточку, которая, как ему думается, приведет его к долгожданному титулу, богатству и власти. Но я не сомневаюсь, что он взбешен настолько, что не замедлит проявить свое негодование. К тому же, это лишний повод набить себе цену. Ну что ж, цену мы ему набавим, нам ведь ничего не стоит пообещать ему что-нибудь еще, верно, Грилл?

Тот к кому она обращалась, что-то прорычал в ответ, отчего у Патрика побежали мурашки по спине. «Пожалуй, не сейчас, — подумал он, — этот урка распустит меня на брючные ремни, я даже вякнуть не успею. Или мне придется сразу засветиться».

На дороге со стороны замка Риквильда послышался топот копыт.

— А вот, кажется, и наш воинственный барон, — женщина сняла капюшон, и слабый лунный свет засиял на ее необыкновенно прекрасном лице.

«Она, иначе и быть не могло, — убедился Патрик, затаив дыхание и не в силах отвести взгляд от ее лица. — Ну, здравствуй, Принцесса... Сколько лет... Жаль было бы убивать тебя, если эта тварь уже высосала твой мозг... Подай мне знак... Хоть слабый намек, чтобы я понял, что есть еще смысл за тебя бороться».

Тем временем пятеро всадников подлетели к Дубу и круто осадили лошадей.

— Клянусь рогами дьявола! — негодующе воскликнул первый из подъехавших. Патрик сразу узнал хриплый голос барона Риквильда.

— Это было неплохое развлечение! Я потерял девять человек убитыми, не считая дюжины раненых, на этих, как вы говорили, мирных переговорах! Они едва не сожгли мой замок!

— Ваши представления о вежливости крайне своеобразны, барон Риквильд, — холодно и жестко заметила дама. — Потрудитесь соблюдать приличия.

Барон несколько присмирел и склонил голову в знак почтения. Затем он откинул с головы капюшон и подал знак своим людям, чтобы они отъехали.

— Я удивлена не меньше вашего, барон. Хочется верить, что произошло досадное недоразумение. Мы были уверены, что де Треньон готов к союзу с нами. Его коварное нападение и для нас тоже тяжелый удар. Но к чему говорить о де Треньоне, ведь его больше нет.

— Как? — удивился барон, — вам уже известно?

— Мои люди не даром едят свой хлеб. И покончим с этим. Будем считать это досадной случайностью.

— Но если и дальше будут приключаться такие случайности, то в скором времени я останусь в одиночестве, и мне некому будет приказать драться за будущее Англии. Или, что еще неприятнее, я просто не смогу приказывать по причине собственной кончины.

— Я начинаю подозревать вас в трусости.

— В трусости?! — барон гневно вскинул голову. — Я никогда и никому не давал повода подозревать меня в трусости! И если я обеспокоен судьбой своих солдат, большинство из которых, кстати, верноподданные короля английского, то это вовсе не означает, что я боюсь потерять жизнь, миледи.

— Не нужно так волноваться, господин барон. Английскому королю хорошо известна ваша храбрость, и он так же неравнодушен к своим подданным, как и вы. Сейчас не время для раздоров. Я знаю, что к бунтовщикам стекается все больше людей. Это превосходно. Пока войско нашего светлейшего короля набирается сил, пусть грызутся собаки со свиньями. Пусть французы топят друг друга в крови, пока хватит у них сил. А мы им поможем в этом и оставим их только тогда, когда наступит подходящий момент. Пусть их ненависть сделает за нас всю работу. Нам останется лишь наблюдать со стороны и подливать масло в огонь. И не забывайте, что наш король прекрасно помнит преданных ему людей и щедро платит за верную службу.

— Я не забываю об этом и готов доказать свою преданность делом, — склонил голову барон. — И ваш план мне кажется превосходным.

— Это игра величайшего из королей, — отозвалась женщина,— мудрая и тонкая игра демиурга истории.

— Я буду служить королю Англии до последнего вздоха, — произнес Риквильд.

— Ваши неоценимые заслуги будут достойны милости короля. Но теперь вам предстоит необычная миссия. Вам необходимо присоединиться к армии бунтовщиков и делом, как вы говорите, завоевать их полное доверие.

Барон удивленно поднял бровь.

— Да, господин барон. Таков замысел короля. Вы должны оказаться в самом сердце их армии. Среди них нет настоящих солдат и, мне кажется, что вскоре они доверят вам командование и подготовку сражений. И тогда мы решим, как использовать их силу. О любых изменениях в наших планах я вам сообщу немедленно. О времени и месте следующей встречи вас предупредят мои люди. Думаю, это произойдет не ранее, чем через пять дней. До этого момента не ищите встречи со мной.

— Да, миледи.

— Еще мне донесли, что из вашего замка бежали двое оборванцев, которых приволок с собой этот глупец и пропойца де Треньон.

— Вы правы, — ответил Риквильд. — Но я не думаю, что они могут представлять хоть какую-то опасность для нашего дела. Это всего лишь оборванцы.

— Вот как? — задумчиво произнесла женщина. — Никогда не составляйте мнения о людях по первому впечатлению, барон. Они могут оказаться гораздо опаснее, чем вы предполагаете. Это могли быть лазутчики бунтовщиков или дофина. Мы не можем рисковать. Их нужно найти, достать их из-под земли живыми или мертвыми. Они могли услышать лишнее или о чем-то догадаться. То, что им удалось уйти — это ваша оплошность.

— Будьте покойны, сударыня, мои люди уже их разыскивают, и, клянусь рогами дьявола, не позже, чем завтра в полдень они будут болтаться на веревках или сидеть в подземелье на цепях. От меня они не скроются, можете считать их покойниками.

— Именно покойниками, — усмехнулась женщина. — Я надеюсь, что так все и будет.

Они ненадолго замолчали. Барон потрепал коня по холке. На фоне бледно-желтой луны мелькнула черная бесшумная тень летучей мыши, где-то в лесу ухнул филин. Патрик потихоньку вытянул затекшую ногу и нечаянно задел куст. Тот, кого женщина называла Гриллом, был неподалеку от места, где спрятался Патрик, и мгновенно насторожился. Он тронул коня, направил его к зарослям и, пристально вглядываясь в темноту, медленно снял капюшон. Мертвенный лунный свет упал на его лицо, и у Патрика зашевелились волосы на голове. Прямо на него с коричневого лица смотрели светящиеся красные глаза, хищный нос напоминал загнутый клюв птицы, из кривой щели рта торчали безобразные клыки.

Патрик вскочил и бросился прочь. Упругие ветви хлестали по лицу, но он не чувствовал боли. Сучья цеплялись и рвали одежду, он спотыкался, чудом удерживаясь на ногах. Патрик оглянулся — красные угли не пропали. Он оборачивался на бегу снова и снова, но угли не пропадали и не отдалялись, они непрерывно следили за ним. Патрик не чувствовал под собой ног. Через некоторое время силы стали иссякать. Патрик стал задыхаться, всхлипывая и хрипя.

«Все наперекосяк! Все наперекосяк, — тяжело стучало у него в голове. — Главное, нельзя себя выдать! Нельзя выдать! Пропал! Пропал! Ни за грош пропал!»

Сердце его билось невпопад и надрывно проворачивалось. Он опять оглянулся, красные угли стали стремительно приближаться. Тишину ночи, словно бритвой, полоснул крик ночной птицы.

Патрик выбежал на поляну, увидел впереди черный силуэт полуразрушенной церкви и бросился к ней. А следом, прыгая на щетинистых лапах, выскочил огромный вепрь. Его красные глаза сверкали алчно, жертва была близко. Патрик почувствовал, что сознание его покидает. Вепрь догнал его, вскочил ему на спину, схватил за горло и принялся душить. Вместо копыт у него оказались отвратительные липкие пальцы с грубыми когтями.

— Господи, помоги! — падая вперед, Патрик из последних сил швырнул тяжелого оборотня через себя, на угол церкви. Вепрь ударился об угловой камень, взревел от боли и вдруг рассыпался красноглазыми крысами, которые с гнусным визгом бросились прочь.

Когда Патрик очнулся, он все еще был охвачен ужасом. Он не знал, сколько времени пролежал без движения. Была еще ночь, а может быть, уже следующая ночь. С неимоверными усилиями он поднялся на колени, уткнулся лбом в фундамент церкви и с трудом поднялся, цепляясь непослушными пальцами за камни кладки. Ноги подгибались от слабости, перед глазами плыли черные и оранжевые круги. Слабость накатывала тошнотворными приступами, и не было сил поднять отяжелевшие веки, а из глаз сами собой текли слезы. Некоторое время он стоял, прижавшись щекой к прохладной пахнущей сыростью штукатурке. Когда немного отпустило, он побрел, не разбирая дороги и шатаясь из стороны в сторону.

«Просто так они меня не отпустят. Нельзя выдать себя, нельзя выдать», — мысленно повторял он, как заклинание.

Вскоре он остановился перед каменной стеной. Она едва доходила ему до груди, но теперь для него это была неодолимая преграда. Опираясь о камни, он двинулся вдоль ограды и вскоре добрался до пролома в стене. Патрик перевалился через остатки кладки и поднялся уже с другой стороны.

Это было кладбище. Он не сразу увидел среди крестов согбенную фигуру человека, сидевшего на могильном холмике. Тот услышал Патриковы шаги и поднялся ему навстречу. Незнакомец был бледным, вероятно, от лунного света. В его огромных грустных глазах покоилась какая-то трепетная кротость. Дрожа от слабости, Патрик пожелал ему доброго здоровья и заплетающимся языком попросил провести через кладбище к дороге. Тот с готовностью согласился и, пригласив следовать за собой, медленно побрел среди крестов, надгробных плит и склепов.

— Вы так дрожите, — произнес незнакомец, — не похоже, чтобы вы замерзли. Такая чудесная ночь...

— Вы сторож? — вместо ответа сиплым голосом спросил Патрик.

— Да, в некотором роде. Я здесь живу, — ответил незнакомец. Видно, он соскучился по собеседнику, и ему не хотелось упускать возможности поговорить. — Раз вы не замерзли, возможно, вы боитесь?

Патрик молчал.

— А чего бояться на кладбище? Здешний покой и тишина располагают к философским раздумьям о сущности вечного и бренного. И даже, знаете ли, — тут он смутился, — к сентиментальным вздохам и любовным мечтаниям.

— Говорят, мертвецы пугают прохожих, — пробормотал Патрик, чтобы не молчать. Он сжимал в кулаке крестик, болтавшийся на шее. Снова подкатила тошнота, и сильно закружилась голова.

— Пугают прохожих? — хмыкнул незнакомец. — Это все пустая болтовня, сказки для непослушных детей. Просто нас боятся, а ведь это не одно и то же...

Он прошел еще несколько шагов и остановился только после того, как позади него шумно рухнул старый деревянный крест, за который зацепился Патрик, когда внезапно лишился чувств.

Покойник испуганно всплеснул руками и хотел броситься к нему на помощь, но тут, словно из-под земли, возле Патрика выросли два черных монаха. Один из них наклонился и стал поднимать упавший крест. А тем временам со стороны дороги показались еще трое. Мужчина, лицо которого было скрыто в тени капюшона, рыцарь и прекрасная женщина.

Покойник остановился в нерешительности, он был не в состоянии отвести глаз от ее лица. Никогда прежде он не встречал подобной красоты,. Что-то было в ней нездешнее, не от этого мира. Так, наверное, могла бы выглядеть Святая Дева. Вот только глаза ее... Было в ее взоре что-то, отчего стыла в жилах кровь.

Тем временем женщина подошла к бесчувственному Патрику и брезгливо перевернула его ногой.

— Это один из них? — спросила она.

— Нет, — хриплым голосом ответил рыцарь. — Я его никогда не видел.

— Вы уверены? — подозрительно прищурилась женщина.

— Так же, как и в том, что я барон Риквильд. Это не он.

— Это не меняет дела. Он подслушивал нас, и, вероятно, услышал многое. Пусть им займется епископ Мрадон. Завтра я встречусь с епископом в его монастыре. Грилл, распорядись!

Она отвернулась и направилась к лошадям, которые стояли за кладбищенской оградой. Барон Риквильд последовал за ней, а Грилл что-то прорычал двоим монахам. Те исчезли и живо появились вновь, волоча с собою тяжелый гроб. Возле Патрика они остановились и поставили гроб на землю. Потом они вытряхнули из гроба мертвеца, положили на его место Патрика и накрыли сверху крышкой.

— Что вы делаете?! — ужаснулся покойник, обретя, наконец, дар речи, — Ироды! Живого в гроб!

— Не суй свой нос в чужие дела! — сказал один из монахов.

— Погоди немного, — усмехнулся второй, — скоро мы его тебе вернем. Тогда и наговоритесь.

Покойник вскочил и с кулаками бросился на них. Его остановил Грилл хлестким ударом по лицу. Второй удар ногой в грудь был так силен, что хрустнули ребра. Покойник отлетел в сторону, ударился о каменное надгробие и рухнул в свежевырытую могилу. А монахи, натужно кряхтя, подняли гроб и понесли к воротам.

Глава 6. К слову об инквизиторе Мрадоне
(5 июня, вторник, 1358г.)

Всю дорогу до Сен-Гарда я то бежал, стараясь дышать как можно тише, то замирал на месте и настороженно вслушивался в лесные звуки. Дорога была туманна и безжизненна, что меня вполне устраивало. Но лишь только по краю ночи просочился рассвет, туман сделался гуще, и вот тут-то мне пришлось пережить несколько неприятных минут.

Вначале мне послышалось едва различимое утробное подвывание. Затем, постепенно проявляясь из серой влажной мглы, как темная вода, пропитывающая обреченный снег, в двадцати шагах передо мной обозначилась смутная фигура пугающих очертаний. Была она нечеловеческого роста и противоестественной ширины в верхней своей части. Покачиваясь, она неторопливо плыла в мою сторону, всхрапывая, скуля и тихо завывая.

С диким ужасом я подумал, что это та самая ведьма, и мне сейчас придется бросаться на нее и хватать. За что же ее хватать? Забыл! Забыл!!! Господи, глупость какая-то и нелепость! Постойте-ка, ведь ежели я ее вижу, то, стало быть, и она меня тоже! Бежать?! Поздно! Хватать-то за что?! За что хватать?..

В желудке у меня сделалось нехорошо, судорожно и тоскливо, и я неожиданно громко икнул. Фигура в тумане замерла.

«Сейчас кинется и пожрет!» — с тоскою пронеслось у меня в голове, и я снова икнул.

Но тут с фигурой случилось неожиданное. Она вдруг присела, а потом взвыла по-бабьи. Ее широкая верхняя часть отделилась и с грохотом рухнула на землю, а вторая, нижняя часть, отчаянно завизжав свиным голосом, бросилась прочь от меня во мглу, увлекая за собою буйные вихри туманных клочьев. Вскоре крики стихли вдали. Некоторое время я топтался на месте, прежде чем решился осторожно подойти к тому, что осталось лежать на дороге. Это оказалась вязанка хвороста.

— Всего-то старуха с хворостом на плечах, — пробормотал я негромко и вытер пот со лба. — Как же она столько пёрла на себе?

На сердце немного отлегло, но, чтобы не испытывать судьбу, я не поленился, свернул в лес и заложил большую петлю вдоль ручья. Это на случай, если это была все-таки не просто старуха, и если бы ей вздумалось вернуться за своей вязанкой. Заодно я напился из родников и кое-как умылся.

Когда я добрался до Сен-Гарда, пестрое шеститысячное войско уже выдвигалось из города по дороге на замок Дэфанс, последний из замков в ближайшей округе, представляющий серьезную опасность. Примерно на полпути к замку и немного в стороне от основного тракта располагался монастырь Ордена Аркузианцев, таинственное аббатство Спящих Врат. Ненависть и жгучая жажда мести крестьян и горожан была направлена в первую очередь на него. Но вызывало эти чувства не само аббатство и не монахи, которые, напротив, пользовались всеобщим уважением, славились в народе своей строгостью и при этом всегда были готовы помочь в трудные времена словом и делом. Правда, говорят, теперь прежних монахов там почти не осталось, потому что не так давно монастырь прибрал к рукам бывший инквизитор, а ныне епископ Дэбривильский, Мрадон, который навел там свои порядки. По самым свежим слухам, именно там, в аббатстве Спящих Врат, и пытался сейчас скрыться Мрадон от народного гнева. Аббатство было далеко не из бедных, что и говорить, но по большому счету только ради персоны жестокого инквизитора, погубившего десятки невинных душ, капитаны на совете с редким единодушием решили отклониться от основного маршрута. Желающих накинуть петлю на шею ненавистного епископа было предостаточно.

Рассказывали, что Мрадон пришел в Дэбривиль десять лет назад, и приход его сопровождался явлением страшным и губительным, которое жители округи небезосновательно сочли дьявольским знамением. Тем летом стояла необычайная сушь, земля без дождей калилась и трескалась, и даже птицы мёрли на лету от жары. И вот однажды на горизонте появилась туча. Поначалу все обрадовались, ожидая спасительного ливня, но чем ближе она приближалась, тем более холодели сердца, но не от прохлады, а от нехорошего предчувствия. Туча ползла черносизым брюхом прямо по земле, а высотою достигала верхних пределов неба. Она надвигалась, словно неисчислимая армия сатаны, окутанная клубящейся мглой. В глубине ее мелькали пугающие тени, и беззвучно вспыхивали тусклые сполохи, на мгновения делая видимыми холмы, виноградники и дальний лес. Однако видно все это было как будто сквозь тяжелые воды реки, отделяющей мир живых от мрачной обители мертвых. Деревья там были странно изогнутыми и торчали, словно обглоданные кости, а трава выглядела погребенной под слоем серо-бурого пепла. Многим, кто это увидел, в тот же миг стало жаль себя, и сердца их защемило от страха и тоски. А потом всем показалось нечто совсем уж удивительное, но каждый был готов поклясться, что так оно и было. Деревья вдруг сдвинулись со своих мест, вырвали из земли свои корни и потянулись в сторону города, шатаясь и кривляясь, словно толпы оживших мертвецов. Горожане в панике бросились прятаться по домам, а туча тем временем поглотила собою половину мира и подступила вплотную к южным воротам Дэбривиля. Внезапно ее мутное и зловещее брюхо с глухим рокотом вспорола белая молния, и эта чудовищная утроба разродилась ураганным ветром и Мрадоном — инквизитором с сухим лицом, плотно сжатыми беспощадными губами и с глазами, как жидкий свинец. Он шел сквозь распахнутые воющие ворота в плаще, который рвался по ветру с его плеч, как сцепившаяся стая черных нетопырей. Обутый в кожаные сандалии на босу ногу, в серой рясе, подпоясанной веревкой с тремя узлами, и с особой папской грамотой. А вместо благодатного дождя на виноградники и поля обрушился крупнейший град, и туча накрыла город. Такого никто из старожилов припомнить не мог. И случилось так, что больше трети Дэбривильцев никогда в своей жизни уже не увидели никаких чудес, кроме этого града, потому что следом пришла Черная Смерть.

В то время, еще до чумы, над паствой Дэбривильской епархии владычествовал епископ Ги Дебарра. В меру мудрый и благочестивый. Он знал толк в вине и при случае не забывал упомянуть по этому поводу апостола Павла и его послание к Тимофею. А вино употреблял в количестве, как он говорил, достойном мужа его стати. Надо сказать, что статью он удался, был он высок и весьма полнотел. Еще он любил сытно и разнообразно покушать и никогда не гнушался светских занятий и философского времяпрепровождения. Но главное, он умел говорить с простыми людьми и внушал им истины церкви с такой добротой и любовью, что создавалось впечатление, будто он и сам ими живет.

Под началом епископа Ги Дебарра трудились собственные инквизиторы, толстогубые и круглолицые, похожие, как близнецы, брат Пьер и брат Жильбер. Но епископ держал их в узде умеренности, поэтому их приговоры обычно сводились к привлечению грешников к усердной покаянной молитве, строжайшему посту и обязательному пожертвованию в счет церкви на благие дела. В редчайших случаях доходило до бичевания согрешивших против веры. Поэтому все ненароком заблудшие торопились на их суд до истечения «срока милосердия»[7], чтобы закончить дело полюбовно и раскаяться без промедления, с расчетом на минимальную епитимью. Те, кто имел природную склонность к разнообразным ересям, ценили снисходительность епископских инквизиторов, но за глаза называли их не по именам, как обычно поминали уважаемых клириков, а «Псами Господними», на латинский манер, что на слух вполне соответствовало упоминанию ордена, в котором они и состояли. Впрочем, они и сами себя так любили называть и даже немало этим гордились.

Дабы укрепить свой авторитет в глазах паствы, брат Пьер и брат Жильбер со вкусом посвящали подсудимых в тонкости пыток и разнообразие пыточного инвентаря. Происходило все это в присутствии всех членов инквизиционного трибунала, а именно: прокурора, лицо которого было перекошено параличом, отчего казалось, что он всегда саркастически ухмыляется, трех сонных нотариусов, которые, неожиданно засыпая, поочередно клевали носами, как голуби на паперти, одного туповатого квалификатора, глухого аптекаря и безработного палача. Однако, поскольку следствие намеренно проводилось в мрачном подземелье Дэбривильской тюрьмы при слабом свете коптящих факелов, то трибунал выглядел достаточно грозно, и проповеди «Псов Господних» надолго западали в душу.

Но кому-то это показалось недостаточным. На его преосвященство епископа Ги Дебарра и его инквизиторов был совершен поклеп в виде доноса самому папе, где говорилось, что епископ Дэбривильский не исполняет своей основной обязанности, предписанной ему еще восемь лет назад Парижским собором, и смотрит сквозь пальцы на расплодившихся еретиков и личностей, неоднократно замеченных в колдовстве.

Тогда-то и появился Мрадон. Не мешкая, он взялся за дело, лишь только улеглась буря, и первых кого он привел к суду в своем собственном трибунале, оказались брат Пьер и брат Жильбер. То ли ненависть проявилась в этом деле, которая нередко имела место между «веревочниками»[8] и доминиканцами[9], то ли действительно деятельность их была преступна, истинных мотивов не узнал никто. И довел бы он их до пыток и костра, если бы обоих не унес первый же покос чумы. На Мрадона же зачумленный воздух влияния не возымел, и он бы добрался и до самого епископа, но в виду крайнего возмущения общественности, Ги Дебарра отбили. Когда прогорели костры, в которых сжигали умерших от чумы, запылали костры Мрадона. Многие благочестивые горожане и сами были не прочь время от времени сжечь кого-нибудь из отступников от истинной веры, но усердие Мрадона и на них наводило жуть. Он был неутомим в своей беспощадности, и никто уже не сомневался в том, что глаза его души давно заросли грубой воловьей кожей, а вместо сердца у него бубен, в который неистово бьет обгрызенным мослом дикая ведьма, одержимая, как сестра Калигулы и мать Нерона. Вся округа горячо молилась, чтобы он поскорее сдох, и с нетерпением ждала окончания пятилетнего срока его полномочий. Но когда срок этот приблизился, епископ Ги Дебарра, счастливо переживший эпидемию, неожиданно и загадочным образом скончался. Ходили слухи, что он вовсе не скончался, а был отравлен или задушен, или же, вначале отравлен, а потом для верности задушен. Многие уже подозревали, кто именно может быть к этому причастен, но Мрадон объявил, что совершили этот пакостный грех те самые сатанисты, которым, якобы, убиенный епископ попустительствовал. Горожане искренне горевали о его кончине, однако еще более удручило их другое. А именно, тот факт, что епископом Дэбривильским, ко всеобщему ужасу, стал инквизитор Мрадон. Как это случилось, никто так и не понял. Притом, что говорили про него всякое и даже приводили свидетельства очевидцев, которые будто бы видели, как Мрадон, еще будучи инквизитором, в полночь на перекрестке яростно торговался о своей душе с дьяволом, явившемся в облике козлоногого паяца с рогами винтом. Другие считали его оборотнем, и кто-то даже видел клочья не отпавшей шерсти на его руках. Всей своей мерзкой деятельностью укреплял он в народе давние слухи о грядущем пришествии антихриста и для многих казался уже вполне подходящей фигурой. Поэтому можно было легко понять капитанов нашего войска, которые бросали жребий, кому первому наложить руки на этого волка в епископской сутане.

Итак, наша армия выдвигалась из Сен-Гарда. Над дорогой стоял походный шум: скрипели колеса телег и фургонов, наспех покрытых рваным полотном, выгоревшим добела, топали и храпели лошади. Пешие шли полем немного в стороне от тракта, с наветренной стороны, чтобы не глотать пыль. Разговаривали мало, угнетали духота и жара, необычная для этого месяца, и царившее вокруг запустение и разруха.

Пробежав вдоль обоза, я отыскал Гильома. Он был верхом, в своем видавшем виды доспехе, в котором воевал последние несколько лет, нанимаясь лучником по контракту в отряды, сражавшиеся с англичанами. Гильом неторопливо следовал рядом со штабными повозками, принимая донесения от посыльных и раздавая им новые указания. Увидев меня, он оживился.

— Ты такой грязный, студент, как будто с болотными чертями в жмурки играл! — поздоровался он.

— Лучше бы я в жмурки играл, — проворчал я и залез в повозку, возле которой он ехал. Поздоровавшись с возницей, незнакомым угрюмым крестьянином, я отыскал флягу с водой, напился и улегся, задрав гудящие ноги на тюки с барахлом. Гильом тут же отправил посыльного за рыжим Комьеном, своим главным помощником. Комьен был наделен такими же полномочиями, как коннетабль Франции при войске короля, и был славен тем, что воевал с сарацинами в рядах крестоносцев Ордена Госпитальеров. С благословения магистра ордена, Комьен сделался странствующим рыцарем и с тех пор всегда носил поверх лат накидку — красное сюрко с белым крестом, подобающее военному времени, потому что, как он справедливо замечал, стоило войне затихнуть в одном месте, как она тут же начиналась в другом. «Война, как мутная река, — говорил он, — можно ее запрудить, но скоро она либо прорвет плотину, либо обойдет ее стороной и хлынет с новой силой. Ведь, если подумать, вся человеческая история от основания мира состоит из островов среди рек бесконечных войн. Они несут свои тяжелые воды, сметая на своем пути жалкие песочные постройки нашего бренного бытия. А реки эти суть яд, который течет из-под ногтей злобного духа, чей лик обезображен уродливой печатью первого на земле убийства. От начала людского рода тянутся руки Каина в нашу судьбу, и текут за ними эти отравленные реки, неся с собой скверну и несправедливость. А там, где несправедливость, там место красному сюрко и доброму фальшиону[10]. Такова уж, видимо, изначальная человеческая природа: гордыня и тщеславие утоляются лишь доказательством превосходства, а зависть и жадность склоняют человека к тому, чтобы отобрать блага у ближнего, что неминуемо ведет к войне. Так что воинам Господа навсегда достанет работы. Вся жизнь — война». В этом Комьен был абсолютно уверен, чем временами нагонял на меня безысходное уныние и тоску, ведь хотелось все-таки пожить в покое.

Комьен вскоре подъехал. Мы поздоровались, и я в подробностях пересказал бурные события прошлой ночи. Обсудив с Гильомом новости, Комьен срочно выдал своим десятникам распоряжения по рассылке лазутчиков на предмет заблаговременного обнаружения войск дофина, а сам опять направился в голову колонны, чтобы командовать арьергардом разведчиков, проверяющих окрестности на пути армии.

Гильом рассказал, что прошлым вечером к нам присоединился отряд парижан то ли в двести семьдесят, то ли в триста человек. Их предводитель, Жан Вальян, хоть и отрекомендовался старшиной парижских монетчиков, толком произвести учет своих людей не смог — видимо, некогда было ему заниматься таким скучным делом. К тому же, этот Вальян оказался довольно заносчивым типом, и разговаривать с ним было трудно. Но присутствие горожан в нашем войске было большим подспорьем и залогом успешных долговременных действий. Гильом это прекрасно понимал, и лишь только заварилась вся эта каша, сразу же отправил людей в Париж на переговоры. Это была первая помощь и сигнал понимания из столицы. А вскоре к нам должен был направиться еще один большой отряд от Этьена Марселя, столичного купеческого старшины.

Я хотел остаться в Сен-Гарде, чтобы дождаться Патрика, но Гильом меня не отпустил.

— Патрик и без тебя управится, а ты мне нужен здесь, — категорически заявил он. — В любой момент можно ждать чего угодно, у меня на счету каждый из тех, кому нечего терять.

Так я остался в обозе, но с каждой минутой меня все больше одолевало беспокойство о Патрике. Удалось ли ему добраться до Марка? Не попал ли он снова в лапы каких-нибудь бандитов?

Гильом ускакал вперед. А моя телега тем временем проезжала мимо сделанной наспех виселицы, на которой висели три полуистлевших тела под присмотром воронов, нагло рассевшихся на верхней перекладине. Рядом в придорожной траве виднелся распухший труп лошади, покрытый густым роем мух. Судя по виду, волки уже потрудились над несчастной скотиной. Да и ноги у повешенных тоже, видимо, были объедены.

— Нехристи, — хмуро проворчал возница и перекрестился.

Зажав нос пальцами, я отвернулся. Не то чтобы я увидел подобное впервые, просто удовольствия такие зрелища мне никогда не доставляли.

Спустя некоторое время, порывшись в штабном барахле, я отыскал мешок со своим походным имуществом. Вынул из него меч, который подобрал после сражения у Сен-Гарда, и жестяную коробочку с инструментами и принялся чинить надорванный ремень перевязи. Мысли мои, потыкавшись в разные стороны, уперлись в аббатство Спящих Врат, до которого в таком темпе тащиться было еще не меньше трех часов.

Глава 7. Аббатство Спящих Врат

История аббатства была полна загадочных, страшных и удивительных легенд, которые во все времена пугали и одновременно делали этот монастырь необоримо притягательным для всякого рода паломников. Основали его монахи малоизвестного Ордена Аркузианцев больше ста лет назад в пределах древнего замка, носившего название Белая Звезда. При чем тут была белая звезда, никто толком не знал. Кто был хозяином этого странного замка, куда он подевался, и каким образом его владения перешли к ордену, никто уже не помнил. В общем, история была темная.

Монахам досталась внешняя зубчатая стена высотой около двенадцати метров, укрепленная четырьмя мощными угловыми башнями, и еще четырьмя промежуточными, меньшего размера. На южной стороне были ворота с подъемным мостом через речку Беглый Пес, которая огибала замковую стену с севера, востока и юга. Имелся донжон[11] и множество внутренних построек. Но главной достопримечательностью было то, что смущало любознательные умы и давало пищу для разговоров о всякой чертовщине — Спящие Врата.

Мне довелось побывать в этом аббатстве шесть лет назад, когда еще владычествовал над округой епископ Ги Дебарра, а настоятелем в аббатстве служил преподобный отец Лука, легендарная во многих отношениях фигура. В то время мой отец пристроил меня работать в мастерскую своего брата, дяди Тибо, у которого дела шли более успешно. Пристроил, чтобы мог я подзаработать и внести свою лепту в накопления, необходимые для моей будущей учебы в Дэбривильском университете. К сожалению, времена настали настолько смутные, что учеба моя в итоге продолжалась не более двух лет. Так вот, накануне пасхи мы с дядей привезли в аббатство заказ — несколько комплектов конской упряжи. А поскольку келарь предложил нам поправить кое-что из старья, мы задержались на три дня, работая в мастерских монастыря, где имелось все необходимое. Мне очень понравилось в аббатстве. Там, в отличие от загаженных городских улиц, не было и намека на несносную вонь и суетную толчею. Не нужно было постоянно смотреть под ноги и одновременно следить за окнами, чтобы не выплеснули какую-нибудь гадость на голову. Здесь было удивительно чисто, густо пахло весенним листом, цветами сада и свежим хлебом, который монахи пекли на собственной пекарне. И еще меня поразило то, что монахи были все рослые, как на подбор. Однажды я случайно увидел у одного из них под накидкой меч. Но потом я подумал, что мне это показалось, да и дело было вечером, а человек был в капюшоне, может, и не монах вовсе.

Нам не запрещали смотреть или подходить к легендарным Вратам, просто отец-госпиталий[12], провожавший нас к нашему жилью, вежливо попросил нас перемещаться между трапезной, мастерскими и нашим временным прибежищем по мощеной дороге, которая окаймляла весь монастырь вдоль внутренней стороны замковой стены. Плиты этой дороги были такими гладкими, будто их полировали подошвами уже тысячу лет. Рисунок мощения тоже был необычным, он напоминал змеиную шкуру. У дороги было даже собственное название — Уроборос[13]. Что оно означало, тогда мне было невдомек. У монахов спросить я стеснялся, но слово мне понравилось, и я часто повторял его шепотом.

С Уробороса можно было увидеть Спящие Врата лишь из одной точки. Между маслобойней и амбаром, примыкающим к мельнице, имелось небольшое пространство, засаженное деревьями. Когда мы проходили мимо, мастер подмигнул мне и показал кивком головы. То, что мне удалось разглядеть среди стволов, выглядело как массивная стрельчатая арка, сложенная из грубо обколотых темно-серых каменных блоков, очертаниями смутно напоминающая центральный портал западного фасада кафедрального собора в Амьене. Сходство, конечно, было весьма отдаленным, и арка была не столь величественная. Но в верхней своей части она, пожалуй, достигала метров пяти, а ширину с этой точки оценить было трудно. Хотя по рассказам я и так знал, что в арку могли бы проехать два всадника бок о бок, и что она стоит посреди заводи на небольшом острове, образующем пять ступеней, уходящих в воду. И что обычно ступени эти скрыты туманом, независимо от погоды. И что те, кто пробовал пройти через нее, либо вспыхивали голубым пламенем и мгновенно испарялись, даже не дойдя до верхней ступени, либо умирали в страшных корчах. Отчего это происходило, никто не мог объяснить. Лишь в редчайшие дни, когда туман на несколько минут становился прозрачнее, очевидцы в ужасе замечали кости и черепа, украшающие ступени, такие же темносерые, как камень Врат.

Так вот, по случаю предпраздничного наплыва посетителей, разместили нас не в странноприимном доме, где селили обычно паломников и гостей, а в невзрачном двухэтажном домишке в дальнем северо-восточном углу монастыря, за кладбищем. Прежде эта хибара служила тем, кто искал убежища в монастыре. Домик так и назывался — «Убежище». В те времена комнаты его пустовали, поэтому мы оказались единственными постояльцами. Дядя Тибо обосновался в более просторной комнате на втором этаже, а я довольствовался маленькой каморкой на первом. Мне тогда едва минуло четырнадцать, и юношей я был весьма впечатлительным. Поэтому в первую ночь заснуть мне не удалось. Я отчаянно боролся с искушением пробраться к Спящим Вратам. И борьба эта закончилась сразу же, как только со второго этажа послышался переливистый дядин храп. Я осторожно выбрался наружу, некоторое время постоял, привыкая к темноте, затем тихо двинулся к цели, опасаясь монахов-соглядатаев. Я решил пробраться к Вратам не со стороны мельницы, а со стороны храма, откуда арку должно было быть видно значительно лучше. Для этого мне пришлось прокрасться мимо кладбища, согнувшись до уровня каменной ограды. Над замшелыми крестами и могильными плитами роились странные мигающие огоньки, которые меня поначалу не на шутку испугали. Но желание увидеть Врата вблизи пересилило все мои страхи. Слева сквозь стволы и ветви деревьев блеснула черная гладь заводи, посреди которой возвышалась мрачная арка. Пробежав через мостик, я свернул налево на тропинку, проходящую между заводью и граненой, с выступающими контрфорсами, восточной стеной церкви. Берег заводи здесь тоже был засажен деревьями, но гораздо реже, достаточно, чтобы как следует разглядеть Врата и чтобы спрятаться среди стволов в случае чего. Я стал осторожно пробираться поближе к берегу, но тут вдруг услышал взволнованное бормотанье и заметил черный силуэт среди деревьев. Замерев на месте, я решил затаиться, но потом с ужасом осознал, что эта фигура обращается ко мне.

— Скорей, скорее! — торопливо шептал незнакомец, — сейчас туман опять соберется!

Голос был мальчишеский, меня это успокоило, и я отважился подойти. Лицо у юноши было бледное и испуганное, но в глазах сверкали искры восторга.

— Смотри, смотри! — он показал мне дрожащим пальцем на арку. — Такое бывает не часто!

Я посмотрел, и по телу непроизвольно прокатился холодок. Сейчас, в призрачном свете луны, Спящие Врата выглядели гораздо более впечатляюще. До острова было шагов десять-двенадцать. Из черной воды, казавшейся неподвижной, поднимались ступени. Толстые верхние плиты ступеней были покрыты резным узором, похожим на сложные, перетекающие один в другой лабиринты. Вместо подступенка из-под плит смотрели пустые глазницы темных черепов. Пять ступеней, пять рядов человеческих и не совсем человеческих черепов. Поскольку они были одного цвета с камнем плит, я подумал, что это не настоящие черепа, а вырезанные из камня барельефы, и мне стало немного легче. На площадке, образованной пятой ступенью, покоилась мощная арка Спящих Врат. Нижние блоки были крупнее остальных. Выше грубо обработанные камни чередовались с тесаными блоками, сплошь покрытыми резьбой. Мне удалось разглядеть на них свирепых людей с головами вепрей, уродливых гномов, сидящих на корточках, оскаленных псов, трехголового монстра, рогатого воина, а на самом верху арки необычного вида птицу. Вокруг арки беззвучно роились мерцающие огоньки, как на кладбище.

— Колесо! — еле слышно прошептал юноша, напряженно глядя в арку.

Теперь и я заметил. Колесо мельницы на ночь обычно останавливали, поднимая заслонку мельничного ответвления потока и приспуская заслонку на основном русле ниже по течению. Оно и теперь было остановлено, но его часть, видимая в створе арки, вращалась. Причем слишком медленно, как во сне, и вода с него не лилась, а словно опускалась вниз белыми тяжами. От этого зрелища мне стало даже хуже, чем от вида черепов. Потом на какое-то мгновение мне показалось, что в арке появился призрак, похожий на старика в белых одеждах. Но тут у меня перед глазами все помутилось, а когда вернулось нормальное зрение, оказалось, что ступени Врат скрыты облаком тумана, и ни старика, ни огоньков — ничего этого больше не было. Колесо, видневшееся сквозь арку, было неподвижным.

— Что это? — слабым голосом пролепетал я.

— Когда Врата просыпаются, они открывают то, что хранится в их памяти, — серьезно ответил юноша, — так я думаю. Они помнят века и тысячелетия, а может быть, и больше. Они показывают прошлое, как живые картинки. Иногда мне даже удается поговорить с ними…

— С кем? С Вратами? — озадаченно спросил я.

— С Вратами? — он удивился и на миг задумался, словно эта мысль его поразила. — Не знаю… Пожалуй, нет. Скорее с теми, кто в них появляется.

Оказалось, что юношу зовут Вереск. Он был старше меня на пять лет, хотя выглядел щуплее и младше. К тому времени Вереск уже год жил в монастыре послушником. Был он странным, как будто немного не в себе, а может быть, просто рассеянный или поглощенный какими-то своими глубокими мыслями. Родителей своих он не знал, воспитывал его с младенчества алхимик, старик Бальзан, родом из Арагона. Они вместе скитались по миру несколько лет, а потом жили в заброшенном полуразрушенном замке неподалеку от Монте-Брасса. Бальзан называл себя учеником великого философа и миссионера Рамона Луллия, о котором я, к стыду своему, никогда не слыхал. Ночами алхимик трудился в лаборатории, а день посвящал обучению Вереска. В монастыре мальчик оказался после того, как старый Бальзан сгинул в инквизиторском подвале Мрадона. Благодаря своему наставнику, Вереск умел рисовать, знал испанский, арабский, греческий, латынь и прочел груды книг. Помнил наизусть великое множество стихов, поэм и легенд, а писал он так, что монахи-переписчики отвели ему в скриптории отдельную конторку среди клириков, и некоторые даже стали втихаря копировать его удивительный почерк.

Мы подружились, и три ночи у Спящих Врат я с жадностью слушал его диковинные рассказы. Молодой новиций[14] дежурил у Врат при любой возможности. Он был уверен, что они могли показывать не только прошлое. Это он заключил после очередного пробуждения Врат, когда в проеме арки появились фигуры древних воинов и старика в длинных белых одеждах с золотым серпом на поясе. Воинов было трое, но в отдалении виднелись костры и палатки военного лагеря. Вереск сразу догадался, что это римляне, потому что видел похожие доспехи на барельефах развалин в Италии. Воины первые заговорили с ним на латыни, приветствуя его, как божество, прсявляя уважение и принося извинения за беспокойство. Но держались они при этом гордо и независимо.

— Твои жрецы сказали нам, что ты один из самых могущественных оракулов в Галлии, — произнес тот, что стоял в середине, уже достаточно пожилой мужчина, но все еще крепкий и телом и духом.

— Хранители, благородный Авл, — поправил его старик в белой накидке.

— Хранители, — повторил тот. — У нас этим занимаются жрецы. Мы хотим узнать, можешь ли ты открыть нам будущее? В твоих ли это силах?

— Назовите ваши имена, — попросил Вереск, с трепетом принимая роль оракула и стараясь не выдать своего волнения. Они назвались, и юноша понял, что перед ним стоят прославленные полководцы ушедших веков. По крайней мере, о двоих он кое-что знал наверняка. Один из них, тот что начал разговор, Авл Плавтий, бывший легат Паннонии, которому император Клавдий доверил общее командование четырьмя легионами при вторжении в Британию, другой — Тит Флавий Веспасиан, который командовал в то же время Вторым Августовым легионом. Третий полководец представился как Гней Сентий Сатурнин, командующий Двадцатым Победоносным Валериевым легионом. Вереск подумал о наместнике Сирии с таким именем и о сенаторе, который состоял в оппозиции императору Тиберию, а точнее, его матери, коварной и властной Ливии. Гней Сентий был брошен в тюрьму и умерщвлен еще до воцарения Клавдия. Но тогда его здесь быть не могло. Но тут Вереск вспомнил, что Иосиф Флавий писал о том, что некий Гней Сентий Сатурнин первый выступил в сенате в день убийства Калигулы с благородной и достойной речью, порицая тирана и выступая за возвращение свободы. У древних римлян была дурацкая привычка давать потомкам подряд одинаковые имена. И разобраться, кто есть кто, порой было очень даже непросто. Возможно, это один из трех сыновей старого Сентия, бывшего наместника Сирии, подумал юноша. На основании того факта, что Веспасиан теперь был под началом Авла Плавтия, новоявленный оракул заключил, что полководцы обращаются к нему из времени, близкому к вторжению. И он поведал им для начала кое-что из их прошлого, а затем о том, что их ожидает.

О том, что их поход закончится триумфом, что Авл Плавтий станет первым наместником Британии, что император Клавдий сам выйдет к нему навстречу и пойдет рядом с ним до Капитолия в знак уважения по левую руку. Не стал он только говорить ему о печальной судьбе его сына. Веспасиану он открыл, что тот получит триумфаторские знаки и что впоследствии он станет императором Рима.

Его собеседники были поражены рассказом о своем прошлом и предсказаниями оракула.

— Могу я узнать о судьбе своего брата? — спросил Веспасиан.— Он командует Четырнадцатым Марсовым Победоносным легионом, его имя Тит Флавий Сабин, но его сейчас нет с нами.

— Ну... Я могу ответить только тому, кто спрашивает, — покачал головой Вереск, так как не был уверен, что знает наверняка о судьбе брата будущего достойного императора.

— Насколько же далеко ты можешь прочесть будущее? — спросил Авл Плавтий.

— На тысячу лет, — без ложной скромности ответил оракул и, чуть подумав, добавил, — и еще триста лет.

— И какие же боги будут покровительствовать Великой Римской Империи через тысячу лет?

— Бог будет один. Триединый Бог.

Авл тревожно переглянулся с Веспасианом.

— Поясни, — попросил Веспасиан.

— Бог Отец, Бог Сын и Святой Дух, — ответил Вереск, — что, в сущности, есть одно.

— Как это может быть одним Богом? — Веспасиан недоверчиво вскинул бровь.

— Олимпийские боги уступят место Богу Единому, — подтвердил Вереск и вдруг почувствовал, что силы его начинают стремительно таять, — а Его истинная сущность —это священная тайна. Это скрыто от нашего взора огненными крыльями серафимов и ангелов, приближенных к трону Бога. Наш разум слишком слаб, чтобы понять это. Можно только отдаленно передать суть Троицы. Я могу только повторить слова мудрецов, которые говорят, что если взглянуть на солнце, то вы увидите в его форме Отца, в его свете узнаете Сына, а в его тепле Святой Дух...

— Это действительно не так просто, — усмехнулся Гней Сентий. — Уж не из Иудеи ли придет этот бог? И есть ли у него имя?

— Не может придти тот, кто всегда был... Просто мы либо

знаем о нем, либо нет. А весть о нем... Весть принес нам Его родной сын, Иисус Христос, ставший на время одним из нас... и погибший ради того, чтобы слова его остались навеки... погиб, как жил, уча нас и любя, — в эти слова он вложил последние силы, заметив, что прославленный ветеран Авл Плавтий сильно побледнел[15].

— И насколько он грозен? — спросил Гней, нахмурившись.— Чтобы осилить богов-олимпийцев, нужна немалая мощь... Ты слышишь меня?

— Мощь Его неодолима... потому что Бог — это Любовь, — слабо прошептал юноша, теряя призрачную связь с окружающим миром. Видение в арке стало зыбким и потекло, голоса стали пугающе растягиваться, потом все покачнулось и кануло в смоляной и вязкий омут душной ночи. Юный оракул рухнул на землю, как подкошенный. Все тело его было мокрым от пота, и его била крупная дрожь. Очнулся он только утром, а после долго болел.

— А почему же ты решил, что Врата могут показывать не только прошлое? — удивился я, выслушав его поразительный рассказ. — Ведь эти римские полководцы явились из далекого прошлого, ты сам говорил, что прошло больше тысячи лет.

— Но для них-то открылось будущее! — пояснил Вереск. — Нужно только понять, как работают Врата, как их разбудить. Жаль, мне не удалось поговорить с тем стариком в белых одеждах. Он назвался Хранителем, он-то наверняка знает, как просыпаются Врата.

Глава 8. Засада. Происшествие в аббатстве

От воспоминаний меня отвлек непонятный шум. Я огляделся. Наш обоз только что въехал в лес. Где-то впереди раздался треск и грохот упавшего дерева. Тут же послышались суматошные крики. За поворотом дороги что-то произошло, но из-за деревьев ничего не было видно. Я выхватил меч из ножен, слетел с телеги и, позабыв набросить хотя бы свою старенькую кольчужку, бросился вперед. Что могло случиться? Ведь впереди был разведывательный отряд Комьена, и он должен был пройти гораздо дальше.

А за поворотом уже кипел бой. Несколько повозок валялись опрокинутыми, метались лошади, уже были убитые. Поперек тракта лежал мощный вяз, раздавивший собой фургон. Нападавших было не так много, около тридцати человек. Стало ясно, что они пропустили передовой отряд, спрятавшись в зарослях, и дождались середины обоза. Среди них я сразу заметил рыцаря в богатом снаряжении. Бой продолжался недолго, хотя отряд был в доспехах и снаряжен к бою, что давало серьезное преимущество перед вооруженными чем попало крестьянами. Но нужно быть сумасшедшим, чтобы нападать такой кучкой на целую армию.

— Стойте! — крикнул Гильом, когда мужики с пиками окружили пятерых смельчаков, оставшихся на ногах. Те дрались в круговой обороне, спина к спине. Среди них был один рыцарь. Его шлем со сбитым забралом и изорванным плюмажем валялся в стороне. Молодое лицо раскраснелось, серые прищуренные глаза горели ненавистью. Прядь светлых волос прилипла к мокрому лбу, тонкие ноздри судорожно раздувались, а плотно сжатый рот презрительно кривился. Держа обеими руками полутораручный меч[16], он дрался жестоко и зло.

После слов Гильома он вскинул голову, отбросив с лица волосы, выпрямился и опустил меч к земле. Остальные держали оружие наготове, не оборачивались и настороженно смотрели каждый перед собой. Крестьяне, уже готовые поднять врагов на пики, отступили на шаг.

— Вы храбро сражались, — сказал Гильом, придерживая гарцующего коня. — Оставьте оружие и можете быть свободны. Или присоединяйтесь к нашей армии.

— Я виконт де Кёсн, — надменно произнес рыцарь. — За моими плечами битва при Пуатье и пять побед на королевских турнирах. Я бил многих гладиаторов в германских землях, и я не нуждаюсь в твоей похвале, скотина!

Кто-то из мужиков грозно поднял копье, но Гильом взмахом руки остановил его:

— Мне не интересно знать, кто вы такой, мессир рыцарь, как вы проиграли при Пуатье и позволили нашему королю попасть в лапы англичан. Оставьте оружие и убирайтесь ко всем чертям или умрите!

Между унизительнейшей для рыцаря смертью от рук грязных зарвавшихся вилланов или беглых сервов и проигрышем на поле боя виконт выбирал не долго. Стиснув зубы, он огляделся, увидел рядом камень и изо всех сил ударил по нему мечом плашмя. Сталь изящного меча со звоном лопнула. Его спутники побросали оружие на землю и неуверенно топтались на месте.

Вокруг собиралось все больше народа. Подъехал взволнованный Комьен на разгоряченном коне.

— Пропустите их, пусть идут, — мрачно сказал Гильом, трогая коня. Толпа неодобрительно загудела и нехотя расступилась, давая дорогу побежденным. За этого рыцаря явно можно было бы получить неплохой выкуп, если уж не предавать его немедленной и заслуженной смерти. И поэтому мужикам было непонятно расточительство генерального капитана. Но спорить с ним никто не стал в виду крайнего уважения. Уходя, рыцарь обернулся и закричал Гильому в спину:

— Ты меня избавил от смерти, но я все равно всех вас буду презирать, как грязных бездомных псов! До самого последнего своего часа!

Гильом не обернулся. Комьен, вкладывая свой фальшион в ножны, спокойно обратился к рыцарю:

— Вы дурак, милейший. Вас бы от жизни избавить, да вороны уже и так обожрались.

— А ты, я вижу, снял одежду с убитого рыцаря-иоаннита, — процедил виконт сквозь зубы.

— Это одно из многих твоих заблуждений, сын мой, — усмехнулся Комьен. — Вместо того, чтобы париться на турнирах и устраивать бессмысленные поединки с глупцами, я воевал во славу Господа в южных и восточных пределах христианского мира, чтобы тебе ненароком не сделали обрезание.

— Тогда что же ты делаешь среди этого зверствующего сброда?

— И это заблуждение. Советую тебе купить глазную мазь. Глаза твои, как видно, не открывают тебе правды и видят только следствие без причины. Это не сброд, это народ, который вы довели до последней степени бедственного положения. А Господь всегда призывал своих рыцарей на защиту обездоленных. Поэтому я среди них.

— Ты предатель.

— Я не могу быть предателем, поскольку всецело предан только Господу, а его я никак не могу предать. Не вижу я больше достойных кандидатов.

— Что ты болтаешь о Господе?! Ты вместе с ними убиваешь благородных людей! Женщин и даже детей! Уже тысячи убиты, сколько замков превращено в руины! На твоих руках кровь этих невинных!

— А ты не считал, скольких крестьян вы погубили, сколько их женщин и их детей? Думаю, счет пойдет на десятки тысяч. У вас, скудоумных хозяев жизни, не достает простого понимания, что если довести зависимого человека до состояния скота, то он рано или поздно озвереет и поднимет вас на вилы. И не спасут вас ни богатые друзья, ни ваше золото, ни оружие, ни власть, ни наемники.

— Вас всех перевешают, и тебя первого! На крюки за ребра!

— Pax vobiscum[17], сын мой, — ласково улыбнулся Комьен. — Проваливай и постарайся больше не попадаться на моем пути. Потому что в следующий раз разговор будет коротким.

Рыцарь презрительно плюнул, отвернулся и пошел прочь. Следом за ним, неуверенно оглядываясь на каждом шагу, заторопились его воины.

Из убитых некоторых тут же похоронили прямо на опушке, возле других, на попечении одного из множества приблудившихся к нам монахов, оставили рыдать родственников и жен, ехавших вместе с обозом, пока те не решат, возвращаться ли им домой. Армия ждать не могла, и пестрое воинство снова двинулась в путь. Комьен, омраченный тем, что пропустил засаду, тут же отправился вперед, догонять свой отряд. Я снова забрался в повозку. Гильом задумчиво ехал рядом. Он был хмур и разговор не поддерживал.

Мы проехали еще около часа, когда вдруг вдалеке истошно зазвонил колокол, но тут же смолк, словно оборвался на полуслове. А по лесу вдруг прокатился низкий неприятный гул. Лошади занервничали, стали сбиваться с шага, храпеть и дергать головами. Люди тоже заволновались, многие крестились и настороженно озирались вокруг. У меня холодок пробежал по спине, и я неосознанно взялся рукой за амулет с крестиком. Гул стих незаметно, словно впитался в землю, а через некоторое время ветер принес запах гари, и над деревьями стал стелиться дым. Я вытащил из мешка старую кольчужную рубаху, у которой мне так и не удалось закрепить разошедшийся ворот, и стал торопливо её надевать.

— Что за ерунда?— забеспокоился Гильом. — Комьен, что ли, сходу влетел в монастырь? Ничего не понимаю. А ты что наряжаешься? Приказ по армии — ни одного монаха пальцем не трогать, нужен только Мрадон.

— Я-то приказ знаю. Но монахи-то о нем ни сном, ни духом,— проворчал я, помогая зубами затягивать ремешок наручей. — Береженого Бог бережет.

Как только мы выехали из леса, тут же стало ясно, что Комьен уже хозяйничает в тихой обители. Южные ворота были распахнуты настежь, решетка поднята, мост опущен. У моста лежало несколько неподвижных тел в рясах. За мощными стенами раздавались крики, правда, какие-то необычные, несвойственные боевой обстановке. Колокольня была окутана дымом, из ее окон вырывались языки пламени.

— Что за черт! — гневно воскликнул Гильом, пришпорил коня и понесся к воротам.

— Неужто монахи вступили в бой? — недоуменно пробормотал я, надел на голову кожаный подшлемник, сверху нахлобучил минерскую железную шапку, спрыгнул с повозки и помчался следом, зажав меч под мышкой и на бегу застегивая подбородочный ремень.

Народ почуял близкую добычу, побросал повозки и, прихватив оружие, тоже заторопился к монастырю.

Сразу за воротами налево и направо уходило кольцо Уробороса, а прямо мощеная аллея вела к главной площади аббатства. В дальнем конце аллеи просматривался фонтан, а за ним нижний этаж перестроенного донжона, где теперь был парадный вход с площади в приемную аббата. Кусты, окаймлявшие дорогу живой изгородью, были аккуратно подстрижены. Слева вдоль аллеи располагались огороды и, чуть подальше — ухоженный фруктовый сад. Справа тоже были сады, а между ними, примерно на полпути до площади, высилась отдельно стоящая колокольня, объятая пламенем.

Я добежал до фонтана и огляделся. Грабеж был в самом разгаре. Из распахнутых окон, как голуби из голубятни, стаями вылетало монастырское барахло. Всюду сновали мужики из отряда Комьена, и спешно подтягивались остальные. Кто-то в разорванной до пупа рубахе примерял на себя новые башмаки из свиной кожи. Кто-то метался из дверей в двери с тряпками через плечо. Долговязый кузнец из Анжу стоял под домом, размахивая увесистым медным кубком, и на кого-то орал в открытое окно. Не могу сказать, что меня подобные картины приводили в восторг, но остановить разгоряченный народ от грабежа было немыслимо.

Гильом был тут же, на площади. Он привстал в стременах, разыскивая Комьена. Тот заметил нас раньше и поспешил к нам навстречу через площадь.

— Комьен! — с горечью воскликнул Гильом, увидев его. — Мы же договорились монастырь не жечь! Монахов не трогать!

— Мы еще даже из леса не вышли, а башня уже горела, — ответил Комьен, бросив перчатку в шлем, который он держал под мышкой, и вытер рукой лицо от пота.

— Горела?! — удивился Гильом.

— Certe[18]... Точно, горела, — подтвердил Комьен. — Или сами подожгли, или что-то здесь случилось. Я пока не разобрался.

— У нас был шанс без шума подойти к Дэфансу. Теперь этого шанса нет! — Гильом с досадой посмотрел на клубы сизого дыма, поднимавшиеся в безоблачное небо. — Сколько отсюда до замка?

— Около трех лье, если по тракту, — Комьен улыбнулся.

— А чему ты так рад? — раздраженно поинтересовался Гильом. Он спрыгнул с коня, и мы втроем направились к дому настоятеля, из окна которого распластанной птицей вылетела фелонь, богато расшитая золотом и серебром, а следом литургические чулки.

— Балаган тут какой-то, — ответил Комьен, провожая задумчивым взором летящие предметы гардероба. — Мы думали, пока монахи собираются к вечерне, мы их всех скопом по-быстрому и накроем. Да не тут-то было.

— Они что, были готовы к нападению? — насторожился Гиль.

— Ага, готовы, — усмехнулся Комьен, — все как один! Мы когда подъехали, ворота уже были настежь. Вокруг монахи валялись, однако не убитые и не раненые, а пьяные вусмерть. Только один вышел из ворот, тощий как посох, но жилистый. Волочит за собой палицу по мосту и прёт прямо на меня. А глаза у него в разные стороны смотрят. Я уже приготовился подъехать и его пяткой в лоб приветить, чтоб он притих на время, а он встал, смотрит вроде бы в мою сторону, шатается и орет. Между нами шагов десять было, но от него так разило, что я чуть не захмелел. Сказал он все, что хотел, и грохнулся наземь. Как стоял, так и рухнул пластом. Тут по всему парку монахи валяются. Эти канальи наверняка вылакали все вино, теперь в бочках можно порох хранить.

— Епископа не удалось найти? — спросил Гильом.

— А бес их тут разберет, — пожал плечами Комьен. — Я ведь в глаза не видел вашего инквизитора.

— Неужели ушел Мрадон? Где этот герой, который тебя встретил? — спросил Гильом. — Похоже, он здесь самый крепкий парень.

Комьен свистнул своих мужиков и отправил их на поиски. Те, недовольно ворча, направились к воротам, а мы вошли в дом. Здесь было прохладно и сумрачно, но прохлада не принесла облегчения. Стены почему-то давили мрачным камнем. Во всех комнатах нас встречали живописные руины недавнего смиренного благополучия. Ничего интересного нам найти не удалось, а тем временем с улицы послышались голоса. Я выглянул в окно. Два дюжих мужика волокли монаха, подхватив его под руки.

— Защитника принесли, — сообщил я. — Что-то поизмельчали братья с тех пор, как я здесь был.

Мы спустились вниз. Монаха уже усадили к каменной стене у входа, привалив к толстенной виноградной лозе, которая украшала собой фасад дома аббата, поднимаясь своими побегами почти до самой крыши. Капюшон монаха сбился на сторону, скрыв половину лица, глаза были закрыты, он спал и во сне по-поросячьи причмокивал. Комьен стащил с него капюшон, пошлепал по щекам и надавил пальцем где-то за ухом. Монах недовольно замычал. Я сходил к фонтану, зачерпнул в свою шапель воды и, вернувшись, выплеснул ему на голову. Свежие струи побежали по пыльной рясе, оставляя темные следы. Вода подействовала лучше. Монах несколько раз хватанул ртом воздух и захлопал одним глазом. Мутный взгляд его уперся в Гильома.

— Люблю аркузианцев, — Комьен усмехнулся и нежно потрепал монаха по щеке. — Только этот тощий какой-то. Никогда таких хилых аркузианцев не видел. Проснулся, отец преподобный?

Монах открыл второй глаз и, уткнувшись им в Комьена, мрачно изрек:

— А-а-а... Рыло конопатое, поди прочь...

— Чего? — грозно нахмурил брови Комьен. — Какое еще конопатое?

— У-у-у-м-м, — промычал монах. — Уйди... Вражье семя...

Он громко икнул, поморщился и потрогал слабой рукой живот.

— Ты не лайся! — пригрозил Комьен. — Лучше скажи, каналья, в честь какого святого ты так налакался, рваная твоя душа!

— Я не пью, — монах качнул головой.

— Что же, выходит, это я нажрался как свинья? — осведомился Комьен.

— Во... Точно, как свинья! — монах снова икнул и перекрестился наоборот.

— Ну, брат! — возмущенно развел руками Комьен. — За грубость твою придется маленько притопить тебя в фонтане.

Он наклонился, чтобы поднять монаха, но его остановил Гильом:

— Погоди пока. Послушай, чертово кадило, мы не будем с тобой долго препираться, вздернем вот на этой лозе, и все дела. Говори, где Мрадон, отчего ты пьян, и кто поджег башню? Если не хочешь предстать перед Господом, не сходя с этого места.

В глазах монаха отразились проблески разума.

— Его Преосвященство... Благодетель наш... Это... Куколем прикрылся, — пробормотал он, но потом закрыл глаза, повалился набок, поджал ноги и натянул на голову капюшон.

— Куколем прикрылся? — удивился я. — Мрадон помер, что ли?

— Вот скотина! — зарычал Комьен, наклонился к монаху и взял его за грудки. — Я из тебя всю душу вытрясу, crede mihi[19], верь мне! Где епископ, молитвенник ты засаленный?

Монах, не открывая глаз, слабо махнул рукой:

— Сгинь, нечистая! Болен я... Дай помереть спокойно...

Комьен снова усадил монаха, сильно сдавил своими крепкими пальцами его кисть между указательным и большим пальцем, потом надавил где-то в середине предплечья, потом на шее и ткнул ногтем ему под нос. Монах неожиданно вздрогнул всем телом, веки его приподнялись, и он запричитал:

— То ведьмы черные на конях скачут... То черти рыжие... Антихрист грядет... Конец света... Аминь.

Потом вдруг глаза его широко распахнулись и наполнились ужасом. Он рывком приподнялся, засучил ногами, вжался спиной в стену и замычал, указывая трясущейся рукой в сторону фонтана. Его нижняя челюсть затряслась так, что зубы застучали, как тележное колесо по булыжной мостовой.

Я обернулся. Вокруг сновали десятки озабоченных грабежом крестьян, а на площади двое парней напялили на себя одну черную рясу и развлекали тех, кто уже достаточно прибарахлился, изображая пьяного и благопристойного монаха в одном лице. Наверное, еще совсем недавно они добывали себе пропитание, выступая бродячими актерами. Паясничали они так потешно, что мужики за животы держались от хохота. Некоторые садились на землю, а один пытался уползти в кусты самшита, но застрял в них головой.

— Caligo mentis[20], — пробормотал Комьен, поглядывая то на монаха, то на шутников. — По-моему, он свихнулся, други мои.

А у меня вдруг промелькнула неожиданная догадка. Мне стало понятно, что его могло так напугать. Заслонив кривлявшихся парней от монаха, я громко спросил:

— Как тебя звать?

— С-с-с-тра-бо-бо-бо, — простучал тот зубами.

— Брат Страбо, ты сказал — ведьма черная?

— Он-а-а-а-а, — промычал монах, опасливо выглядывая из-за меня и указывая на парней в рясе.

— Что-то я не пойму... То ли он совсем спятил, то ли протрезвел, — Гильом наклонился и встряхнул несчастного за плечи. — Ну-ка, выкладывай все по порядку. Последний раз прошу по-хорошему. Да перестань трястись, или я тебе на яйца наступлю.

Я снова сбегал к фонтану за водой и заодно прогнал комедиантов с площади. Монах обхватил железную шапку дрожащими руками и сделал несколько жадных судорожных глотков. Остатки он вылил себе на голову. Обтершись рукавом, монах вздохнул, немного успокоился и, путаясь в словах, заговорил:

— Беда у нас... Сейчас я... Стало быть... Мы с братом Ионовой только закончили переписывать... послание апостола Павла... корифя... корифня... фнянам... м-м-м... и шли... шли прогуляться из скриптория... мимо мельницы... Ну, это... как всегда, и мимо погреба, значит. Ведь позволил нам настоятель, мир праху его, позволил добирать сверх нормы каждому по страданию его... От жажды, стало быть... По молитвам нашим...

— Короче, преподобный отец! — нетерпеливо прервал его Гильом.

— Ведь, что такое в сущности... Три неполных литра на день... Ведь невозможно мысли-то обуздать... Ну и мы... Прости, Господи, душу грешную... Как обычно... Но токмо ради обуздания...

Гильом выразительно положил руку на рукоять меча.

— А колокол, стало быть, должен был звонить скоро, — покосившись одним глазом на меч, заторопился монах. — Вдруг гром с ясного неба... Брат Ионова первый увидел и остолбенел. Она из тучи вышла, вся в черном... Конь как из адской бездны... И... Ну, а святой отец... Его Преосвященство, епископ то есть наш, Мрадон, был как раз на площади. Здесь вот, за фонтаном... Не сойти мне с этого места. Так она прямо перед ним, стало быть, и спустилась...

Напряженно вслушиваясь, я старался не пропустить ни слова. Мне стало понятно, о ком речь. Это о ней говорил Патрик. Ведьма. Ошибки или совпадения быть не могло. Крестьяне, стоявшие рядом, зашептались и испуганно закрестились. Гильом хмурился.

— Ну, точно, *caligo*, — покачал головой Комьен, — явное помраченье. Допились братья. Дообуздались...

А монах, тем временем, продолжал свой сбивчивый рассказ:

— Святой отец, должно быть, перепугался сильно. Он это... За голову схватился и в покои свои кинулся, тут же вернулся с мешком каким-то, потом вдруг подбежал к ее коню и стал карабкаться к ней, стало быть, в седло. А она... Она схватила его за ворот и втащила поперек седла. Потом конь ее встал на дыбы и взвился в небо. Прямо в небо! Когда они мимо колокольни пролетали, конь ее фыркнул адским пламенем из ноздрей, и тут-то башня и заполыхала. А она смеялась дьявольским смехом... Страшно смеялась. Тут колокол зазвонил, там звонарь наш был... Да видно, огонь его живьем пожрал. Упокой, Господи, его душу!

Монах замолчал и прикрыл глаза руками. Пальцы его дрожали.

— Дальше-то что, было? — нетерпеливо спросил я.

— Все братья видели, выскочили на шум из галерей, — всхлипнул монах, — а брат Ионова сказал, — тут монах перешел на хриплый шепот, — что она оттуда, не к ночи будь, сказано, посланец от Сатаны... Черный мессия... Черный мессия грядет... Антихрист... Значит, снята третья печать... Значит, конец света... Нечистый-то самого епископа призвал. Знать, скоро и нас приберет. Ну, мы-то и открыли погреба в отчаянии великом. Прости, Господи, грех наш тяжкий, допили крохи, что еще нам оставалось!

Я встал, отряхнув пыль с колен:

— Про конец света это не новость, а вот про эту ведьму мне Патрик рассказывал. А Патрик зря болтать не станет.

Гильом посмотрел на башню, из которой валил дым, и произнес:

— Брат Комьен, будь добр, передай капитанам, пусть мужики соберут всех монахов, да запрут их куда-нибудь от греха, пока не проспятся.

— Тут конюшня есть на заднем дворе, — махнул рукой Комьен. — По-моему, самое подходящее место.

— Подойдет. Только всем передай, монахов не обижать, погреба и склады дочиста не выгребать, братии тоже жрать нужно. Похоже, аркузианцы ближе всех к Господу. Выставляй караулы, встаем здесь до утра.

— Да, meus credulus[21] брат командор, — шутливо поклонился Комьен. — Будет сделано. Если ты не против, я от себя добавлю, что если какая-нибудь гнида тронет в скриптории хоть один пергамент, будет иметь дело лично со мной.

— Да на кой черт им твои пергаменты! Потом сразу возвращайся сюда, нам с тобой нужно еще план действий сочинить, прежде чем капитанов собирать, — Гильом снова хмуро посмотрел на колокольню и повернулся ко мне, — Алекс, возьми коня у Эжена, съезди к Дэфансу, посмотри укрепления и что там творится вокруг. Засветло постарайся вернуться.

— Ладно, — кивнул я.

— Только доспехи сними, а то до замка не доедешь... Подстрелят, как куропатку.

— Угу, — вздохнул я, — а так не подстрелят?

— Могут задуматься, стоит ли стрелы тратить на оборванца. Ну, давай, студент, не задерживайся.

Гильом тут же принялся гонять посыльных, а я снова присел рядом с монахом, который все еще сидел у стены, закрыв лицо грязными ладонями.

— Брат Страбо, — я потрогал его за плечо, — где мне найти Вереска?

Монах опустил руки и, глядя в землю, пробормотал:

— Нету Вереска.

— Что значит— нету? — нахмурился я.

— Ушел он.

— Куда ушел?

— Совсем...

— Ты толком можешь сказать?

— Он к Вратам подошел... Ну и...

— И что?

— Только пламя синее полыхнуло... Даже пепла не осталось.

Глава 9. В Дэбривильской тюрьме

Патрик открыл глаза, и его взгляд уперся в серый потолок. Он слегка повернул голову набок. В стене справа обнаружилось квадратное зарешеченное оконце, через которое лился солнечный свет. К противоположной стене, прямо над Патриком, теплым клетчатым пятном прилип солнечный зайчик. Патрик приподнялся и сел, подобрав под себя ноги. Древние нары, на которых он почивал, жалобно скрипнули. То, что это не его уютный уголок на улочке под названием Полторы Буханки, сомнений не возникало. Окованная дверь с глазком, ржавый бачок в углу, там же умывальник. Вместо стола доска, откидывающаяся от стены на коротком кожаном ремне.

Патрик шумно почесал пятку о нары и мрачно пробормотал:

— Голова обрита... Ножки в кандалах... Ждет меня, мальчонку, поезд на путях.

Он опустил босые пятки на холодный пол, пошарил ногой под нарами и выволок оттуда свои башмаки в клочьях пыли.

Из правого выглянула мышь, пискнула и стремглав укатилась прочь, в дальний угол. Патрик проводил ее укоризненным взглядом, взял башмаки в руки, заглянул поочередно в каждый, перевернул и потряс. Кроме мелкой трухи и мышиных какашек, там больше ничего не оказалось. Он поставил башмаки на пол, сунул в них ноги и подошел к окну. Чтобы в него заглянуть, Патрику пришлось несколько раз подпрыгнуть. В конце концов ему удалось ухватиться за толстые ржавые прутья решетки и подтянуться.

Его глазам предстал очень знакомый пейзаж. Насколько позволял расширяющийся наружу оконный проем, было видно холмистое поле, поросшее черт знает чем, за ним округлыми купами зеленела дубрава. Вдали, у речки, торчал ветряк. Ближе, шагах в двадцати, возвышались зубцы городской стены.

Патрик спрыгнул на пол. На пол одиночной камеры Дэбривильской тюрьмы. Тюрьма находилась в северо-восточной части города, а Патрик снимал комнатушку неподалеку от ратуши, в ремесленных кварталах. Можно было снова взгромоздиться на нары, но отлежанные бока еще не успели соскучиться по неровностям кочковатого матраса, набитого сушеной травой. Тут он вдруг почувствовал отчетливый сквозняк в штанах и вспомнил, что они давеча изрядно пострадали в бою. Он чуть не свернул шею, пытаясь разглядеть свой оголенный зад через плечо, но так ничего и не увидел. Потом осторожно ощупал дыру руками и печально вздохнул. Ущерб действительно был велик, и лопуха, конечно же, не было. Он снова вздохнул и, не найдя себе более достойного занятия, принялся расхаживать по камере, заложив руки за спину.

Весь вчерашний день он отчетливо помнил до того момента, как неосторожно пошевелился в кустах у черного дуба. Емкость, где хранилась память о последующих событиях, была заполнена густой черной краской.

Что же произошло? Если бы врезали сзади по башке, то была бы шишка, а шишки нет. Или есть? Нет, определенно нет. Тут ошибиться нельзя, шишка или есть, или ее нет.

— На Аргентину это было непохоже, — задумчиво промурлыкал он, — вдвоём с приятелем мы получили тоже... Прямотаки амнезийный транс какой-то. Ладно. Что мы имеем, кроме транса? Принцесса здесь и развивает бурную деятельность. Узнать бы, насколько эта тварь высосала ей мозг... Вначале она говорила с неким Зориллой. Кто такой? Не знаю. Что-то глазки у него подозрительно сверкали. Интересно, как бы он отнесся к осиновому колышку? Что-то мне подсказывает, что не человечек он. Это нехорошо... Так, Зориллу она отправила к Карлу Злому, королю Наваррскому. Любопытно. Кстати, насколько я помню, именно он должен стать основным карателем этого восстания. Но ради чего вся эта клоунада? Какой для нее самой в этом смысл? Не понимаю... Ладно, информации маловато, оставим пока. Что было потом? Потом явился буйный рыцарь, барон Риквильд. Он у нее на привязи, сомнений нет. Барона она отрядила на помощь повстанческой армии, чтоб помогал, значит, наводить побольше смуты на благо будущей победы туманных альбионцев, то бишь Эдуарда III и его буйного отпрыска. Ладно, по крайней мере, первое время барон не навредит. Что же было дальше?

Тут Патрик вспомнил, что случилось дальше, и его всего передернуло. Он подошел к умывальнику, сполоснул руки от ржавчины и нервно плеснул себе в лицо затхлой теплой воды.

«Неприятный тип. Очень неприятный тип. Не люблю таких. Как она его называла? Кажется, Грилл. Этот точно оборотень, только кажется мне, нездешний он. Очень уж он похож на гархов, оборотней Гиблого Леса. Пообщаться с таким и не зажмуриться — это уже достижение. Неужели она притащила их сюда?! Это было бы очень, очень некстати. Сколько же их здесь? Сами мы не справимся. Говорил же, лучше бы я сам парня провел. Хотя все равно ему не успели ничего объяснить. Хорошо бы он пока с Принцессой не встретился. Толку от него не будет, хоть он и меченый. А меня-то они раскусили или нет? Да или нет? Наверное, нет. Иначе со мной разговаривали бы по-другому и не оставили в камере без присмотра. Или, по меньшей мере, клетку бы запечатали. Нужно скорее отсюда выбираться».

Патрик остановился, прикрыл глаза и осторожно, будто бы невзначай, прощупал пространство внутренним взором. Все было чисто, никаких магических ухищрений. Он даже уловил едва ощутимый холодок, тянущий из «норы». Она была где-то недалеко.

«На всякий случай будем иметь в виду, — подумал Патрик, прекрасно сознавая, что воспользоваться переходом он не может. И все-таки на душе немного отлегло. — Интересно, Магистр знает про гархов или нет? Как же быть? Надо было сразу боевую группу для зачистки высылать. Эх, Роман Андреич, кажется, в этот раз мы дали маху».

Патрик остановился и прислушался. За дверью послышались тяжелые шаркающие шаги, загромыхал засов, и дверь со страшным скрежетом отворилась. В камеру ввалился огромный детина в неопрятной рубахе с закатанными рукавами, засаленном фартуке и со связкой ключей в руке. На боку у него болтался короткий меч.

«Ну и рожа», — сочувственно подумал Патрик, глядя на охранника.

Тот тяжело дышал, видно, очень страдал с перепоя. Его маленькие свиные глазки под опухшими веками были мутными и несчастными, а поникший нос смахивал на спелую сливу.

— Пошли, — просипел страдалец, дохнув крепким перегаром.

— Куда? — насторожился Патрик.

— Пошли, — поморщился тот, еле кивнув в открытую дверь. Произносить слова ему было непросто.

— Может, я лучше еще посижу? — неуверенно пробормотал Патрик. — Меня только вчера закрыли.

— Молчи! — буркнул детина. — Шею сверну. Пошли.

Патрик потрогал рукой шею, подтянул штаны, шмыгнул носом и осторожно протиснулся между огромным брюхом охранника и дверным косяком. Патрик и сам был не худенький, но рядом с этим громилой он чувствовал себя мальчиком. Охранник вышел следом, запер камеру и подтолкнул Патрика в спину.

— Зачем камеру-то запирать? — удивился Патрик. — Там ведь нет никого!

— Пошли, не заставляй ждать почтенного человека.

— Почтенного? — оглянулся Патрик, — Это он так говорит?

— Чево-о-о?! — угрожающе прорычал охранник и вытер рукавом свою сливу.

— Я это... Я говорю, что если он очень торопится, то пусть зайдет как-нибудь в другой раз. Зачем же отнимать время почтенного господина? — Патрик на всякий случай решил дурацкой болтовней испытать психо-соматические реакции охранника, чтобы оценить их устойчивость и глубину ума потенциального оппонента. — Дел-то у него и без меня наверняка хватает. Нужно и по хозяйству успеть, и с соседями разобраться. Как говорила моя бабушка...

— Замолкни!!! — оборвал его охранник, начиная сатанеть. — Еще слово, и я вышибу из тебя твой смрадный дух!

— Вологодский конвой не шутит, — неслышно пробормотал Патрик.

Устойчивость оппонента оказалась близкой к нулю, а глубина ума просматривалась на все полпальца. Патрик угрюмо замолчал, заложил руки за спину и покорно побрел впереди.

Шагая по коридору, они несколько раз свернули. Патрик при этом всякий раз сворачивал не туда, и охраннику приходилось пинками наставлять его на путь истинный. Они спустились этажом ниже и прошли мимо выхода. У распахнутых дверей болтали двое стражников. Видимо, они стояли с ночи, потому что оба осоловело хлопали глазами и попеременно зевали. Всего-то шагов пятнадцать отделяли Патрика от того места, где над головой светило солнце. Но чтобы оказаться на свободе, нужно было еще пересечь мощеный двор и выбраться за ворота, которые наверняка охранялись.

Патрик снова получил пинок под зад. Они свернули еще раз и остановились перед дубовой дверью.

Хмурый детина, поправив меч и разгладив на брюхе фартук, растянул пасть в подобострастной улыбке, постучал, приоткрыл дверь, просунул голову внутрь и пропел елейным голоском:

— Ваше Преосвященство, мессир епископ, ваше приказание исполнено!

В комнате что-то ответили. Конвоир распахнул дверь шире, и Патрику снова пришлось протиснуться между дверным косяком и его пузом. После чего дверь за ним плотно закрылась.

— Жало в плоть, — в наступившей тишине мрачно произнес епископ, грозно нависая над столом.

Было непонятно, как ему удавалось создавать ощущение массивности, потому как он был сер, жилист и ростом едва ли выше среднего.

— Ну, входи, сын мой, — произнес он сквозь зубы.

Патрик недоверчиво на него покосился и поежился под колючим ледяным взором. Он давно знал инквизитора Мрадона, о коварстве и жестокости которого ходили легенды. И Патрик знал, что легенды эти по большей части истинная правда. Епископ отложил к чернильнице заостренное перо черной масти, не иначе, как из левого крыла ворона, убрал в ящик стола исписанный свиток тонкого пергамента и опустился в деревянное кресло с высокой резной спинкой. Плотно сжатые сухие губы говорили о том, что епископ редко улыбался. Взгляд его, как обычно, ничего хорошего не предвещал. Но с ним было что-то не так. Патрик на миг расфокусировал зрение и тогда увидел едва уловимую неравномерную дрожь, которой было охвачено тело инквизитора. Так бывает с людьми в состоянии крайнего нервного возбуждения или болезненного истощения организма. Еще у него подергивалось правое веко. Патрик подумал, что если бы он был доктором, он бы на всякий случай протестировал епископа на полноту вменяемости и в любом случае прописал бы ему месяц отдыха в санатории. Но Патрик был не доктор, и пора уже было начинать общение. Он выбрал коварную и жестокую стратегию добивания ослабевшего противника, расцвел в улыбке, всплеснул руками и, чуть наклонясь, двинулся к инквизитору.

— Бог ты мой! Да это господин епископ? — затараторил он, подходя к столу и увлеченно вживаясь в роль городского болтливого дурачка. — Боже мой! Боже мой! А я-то вас и не признал сразу! Давненько вы в наши края не заглядывали! Как же давно я стражду вымолвить вам, как преклоняюсь я пред вашим беззаветным служением!

Он попытался дотянуться вытянутыми губами через стол до руки епископа, чтобы подобострастно поцеловать ее, но тот руку отдернул, уголки губ его нервно дрогнули и брезгливо опустились.

— Благословления вашего обретши был бы несказанно счастлив, — пояснил свою попытку Патрик с виноватой и глупой улыбкой.

— Займи свое место, висельник, — сурово отозвался Мрадон и указал взглядом на трехногий табурет, стоявший посреди комнаты.

— Я надеюсь, вы в добром здравии и душой, и телом? — снова начал болтать Патрик, послушно отойдя и усаживаясь на табурет. — Тут прошла молва, будто вы, святой отец, преуспеваете в государственных делах. А от этих дел, говорят, здоровье всячески страдает. Представляю, какого напряжения духа стоит умственным взором своевременно проницать в думах сильных мира сего. И с ценой не прогадать. Это про любовь я, образно говоря. Воистину, суров путь в трудах непосильных во имя всеобщего душевного спасения...

— Молчать! — процедил сквозь зубы Мрадон. — Брось кривляться, жало в плоть!

— Да, да, монсеньор, — тут же с готовностью отозвался Патрик, принял серьезный вид и опустил руки на колени. — Давайте перейдем к делу. Я ведь не идиот, догадываюсь, что вы не просто так ко мне зашли.

— Я к тебе зашел?! — епископ подался вперед, изумившись такой наглости.

Патрик воспользовался его замешательством и снова затараторил:

— Самое главное, не сбиться с пути добросердечия и сострадательного вспоможения во имя духовного обогащения и своевременного очищения...

— Молчать!!! — инквизитор грохнул кулаком по столу, начиная выходить из себя. Брови его грозно опустились к переносице.— Рассказывай!

— Клянусь Святой Девой, я совершенно невиновен, — сообщил Патрик, делая максимально убедительные глаза, — Ваше Монашеское Величество, в смысле, Ваше Высокопреосвященство.

— Виновен каждый, — мрачно ответил инквизитор. — Следует только установить степень вины. Говори.

— Хорошо, — поспешно согласился Патрик, прокашлялся, сделал жест рукой, который обычно сопровождает слово «вот», вздохнул, чтобы начать, и вдруг спросил. — А вы что имеете в виду?

Епископ навалился грудью на стол и заорал, брызгая слюной:

— Тебе, видно, не терпится поджариться на медленном огне!! Ты это заслужил еще шестнадцать лет назад, когда путался с недобитыми альбигойцами[22] и восемь лет назад, когда был уличен в связях с вальденсами[23]!

— Боже упаси, Ваше Высокопреосвященство! Что вы! Оклеветали, подло оклеветали! — испуганно залепетал Патрик, отмахиваясь от епископа, как от дурного видения. — И в мыслях не держал! Как можно?! Да и что это за глупости они проповедуют? Чтобы добровольно отказаться от нажитого добра в пользу нищих!

— Попридержи язык! — жестко оборвал его Мрадон, правая щека которого стала мелко подергиваться в противофазе с веком, а на лбу выступили крупные капли пота. — Пойдешь на костер, как еретик-рецидивист! Знакомо ли тебе имя барон Риквильд?

— Знакомо, не знакомо, — пробормотал себе под нос Патрик, незаметно наблюдая удивительные симптомы на лице епископа.

— Говори четко, жало в плоть! — процедил епископ. — Или тебе зубы мешают?

— Я и говорю, что слышал, конечно, краем уха.

— Куда направлялся, когда бежал со своим приятелем из замка барона?

— Ниоткуда я не бежал. Ни из какого замка. Ни с каким приятелем. Я сестру собирался навестить в деревне.

— Какую еще сестру, в какой деревне?

— В Лемо, родную, младшую.

— Видел ли кого по дороге?

— Видел... Бог, никого не видел. — Патрик перекрестился и благочестиво возвел глаза к серому потолку.

— А не ты ли у Черного Дуба в кустах шпионил?— страшно улыбаясь, прошипел епископ.

— А шпионить-то я и вовсе не обучен. Я лампы делаю. В лампах я понимаю все до мелочей. Хотя в последнее время дела совсем плохи стали. Такие времена. А в кусты я по малой нужде зашел.

Щека епископа задергалась чаще, и у него покраснели уши:

— Не морочь мне голову. Какие лампы? И ты прекрасно знаешь, что твоей сестры нет в деревне. Где твой приятель? Кто вас послал?

— А где она? — испуганно встрепенулся Патрик.

— Кто?

— Моя сестра. Вы ее видели?

— Да ты пьян, что ли?! — взревел святой отец. — Или дурак?!

— Нет, нет, — поспешно заверил Патрик. — Я вовсе не пью. Считаю, грех это, разум помрачать гадостью всякой. Со мной этого не случается.

— Мне плевать, что с тобой случается! Рассказывай все по порядку! — играя желваками, процедил Мрадон.

Теперь уже не только уши, но и все его лицо стало пунцовым.

— Хорошо, — покорно согласился Патрик, про себя недоумевая на предмет возможной причины нервного состояния епископа и не веря собственным глазам, что перед ним сам легендарный жестокий инквизитор. — Не знаю, почему вам это так интересно. Давайте, расскажу.

— И покороче.

— Началось все с того, что моя бабушка, не та, которая по линии моей матушки, а вовсе наоборот, та, которая по линии батюшки моего, как-то раз готовила брагу, — начал он излагать известную среди его друзей байку.

Епископ поднял брови, потом подозрительно прищурился и немного повернул голову, как будто чтобы лучше слышать. На самом деле, было похоже на то, что он с трудом пытается сосредоточиться на Патриковой болтовне.

— Отжатую ягоду она выставила в лохани к сараю, а сама занялась хозяйством. Тем временем гуси, которые гуляли во дворе, приладились к лохани и изрядно наклевались пьяных ягод. И петух с ними заодно. Когда старушка вышла на крыльцо, гуси уже валялись по всему двору. Она тут же в слезы, да причитать. Думала, соседка порчу напустила. Но слезами горю не поможешь и, чтоб не даром птицу выбрасывать, есть-то дохлятину негоже, ощипала их, горемычных, вынесла за околицу волкам и собакам на съедение, а сама отправилась домой отраву готовить для соседских свиней.

— Ближе к делу.

— То все в полдень было, а к вечеру слышит старушка, во дворе шум какой-то. Вышла, глядь, а из-за плетня выходят ее гуси ощипанные. Проспались, видно, и домой подались. Идут, трясутся, замерзли без перьев-то. А следом за ними петух, тоже голый. Зашел во двор, да как заорет с перепою по-козлиному. Тут старушка моя и того... С крыльца-то и сковырнулась. Вот.

Патрик печально вздохнул и замолчал, понурив голову.

— Что, вот? — епископ нетерпеливо забарабанил пальцами по столу.

— Как что? — вздохнул Патрик. — Как раз с этого-то все и началось. Она мне потом всякий раз говорила: «Не вздумай бухать со всякими проходимцами, крылышки-перышки обломаешь, не взлететь будет! Песни твои будут козлиные, и будешь гол, как Монгол!» — это петуха так ее любимого звали, того самого, ощипанного. Очень боевой был петух, азиатской диковинной породы. Бабуля его, кстати, у сарацинского матроса в Марселе по случаю купила. Вот я с тех пор и не пью.

Глубоко в тусклых зрачках епископа блеснула молния. Патрик тут же изобразил в своих честных глазах трепет и страх, стараясь представить себя жалкой кучкой пепла, разлетающейся по ветру.

— Не пью?! Крылышки-перышки!!! — грозно процедил сквозь зубы инквизитор, поднимаясь над столом.

Его лицо приобрело синеватый оттенок. Патрик сжался, втянув голову в плечи.

— Завтра же ты умрешь страшной смертью, но сначала тебе придется отведать каленого железа, и ты мне все расскажешь, а уж потом... — он ткнул пальцем в стол и попал в чернильницу, отчего еще больше рассвирепел. — Я вот этой рукой сам вырву твой поганый язык, а потом тебя колесуют, четвертуют и сожгут, чтоб даже твой гнусный дух развеялся ко всем чертям!

— Но как же, Ваше Преосвященство? — торопливо пробормотал Патрик, играя на грани фола. — А добросердечие, а сострадательное вспоможение? А душевное спасение ближнего своего?

— Вон!!! — заорал епископ, бешено тараща глаза и указывая испачканным в чернилах пальцем на дверь.

Патрик испуганно шарахнулся, оглянулся на дверь, потом бросился к епископу и, хватаясь за его рукав, громким испуганным шепотом затараторил:

— Боже, что там?! Ваше Высокопреосвященство, вы меня пугаете! Я ничего там не вижу!

Мрадон всплеснул руками, поперхнулся и стал хватать ртом воздух, как рыба на берегу. Он схватился за грудь, побелел, потом позеленел и стал валиться набок. Патрик едва успел подхватить его на руки. Он опустил беднягу на стул и заорал во всю глотку:

— Стража, стража!

В дверь с грохотом ввалился толстый охранник, который привел Патрика.

— Господину епископу худо! — крикнул ему Патрик.

Перепуганный охранник бросился к священнику и замер, растерянно шевеля руками и быстро мигая свиными глазками.

— Что ты встал, как пень? Мангобей хохлатый! — воскликнул Патрик. — Обмахивай, обмахивай! А я за водой метнусь!

Охранник стал судорожно обмахивать епископа своим фартуком, а Патрик пулей вылетел за дверь. Раздумывать было некогда, а терять нечего. Он уверенно направился к выходу, прихватив с пола у стены какой-то деревянный сундук. Дорогу Патрик запомнил хорошо, ибо каждый поворот был запечатлен в его памяти пинком конвоира. У выхода все так же сонно болтали двое стражников. Беглец прижал сундук к груди, прицелился между стражниками и решительно двинулся вперед.

— Чего несешь? — лениво спросил один из них, мучительно борясь с зевотой.

— Сундук. Мессир епископ отнести велели, — ответил Патрик.

Стражник убрал с прохода свои длинные ноги. Расчет оказался верным. Ну какой кретин будет убегать из тюрьмы через парадный вход, да еще с сундуком?

Патрик вышел в тюремный двор, и тут ему повезло. Ему удалось пристроиться в хвост небольшой свиты какого-то уважаемого господина, который направлялся к воротам. А сундук был явно не пустой, как вначале Патрику показалось. Он взгромоздил поклажу на плечо, а свободной рукой пытался оттянуть край куртки, чтобы хоть как-то прикрыть голый зад, сияющий сквозь дыру в штанах. Но куртка была коротковата.

За воротами господин со свитой свернули направо, а Патрик в противоположную сторону. Чуть поплутав по кривым улочкам, он забрел в замусоренную подворотню и с облегчением грохнул свою ношу на землю. Из любопытства он вынул клинышки в запорных петлях и заглянул внутрь. Там оказались два литых ядра с цепями и кандалами.

«Ну, нормально, — подумал Патрик. — Интересно, хоть раз в истории кто-нибудь крал из тюрьмы кандалы?»

В свою уютную комнатку в мансарде трехэтажного дома на улочке Полутора Буханок он решил на всякий случай не наведываться. И, сторонясь людных мест, довольно скоро добрался до дома Марка.

— Патрик? Здравствуй, дружище! — обрадовался Марк. — Ты откуда?

— Из тюрьмы, — мрачно сообщил бывший узник.

— Как из тюрьмы? — опешил Марк.

Из комнаты, отодвинув занавеску, вышла Ева — жена Марка, со спящей девочкой на руках. Видно, малышка опять заболела и, как всегда, капризничала, пока мама не взяла ее на руки. Ева устало улыбнулась и шепотом поздоровалась с Патриком. Уложив дочку, она собрала мужчинам поесть.

Только теперь Патрик понял, насколько он голоден. Он отхлебнул из кружки домашнего вина и принялся за горячую похлебку из гусиных потрохов с капустой и кусочками желтовато-бурой моркови. По нынешним временам это был настоящий пир. Блаженная истома полилась по телу.

Потом закутанный в одеяло Патрик рассказывал обо всем, что с ним приключилось за последнее время с момента начала восстания. Ева сидела на скамейке у очага и молча слушала, пришивая заплату на его пострадавшие штаны. Временами она хмурилась, а иногда улыбалась Патриковым шуткам. Потом Патрик передал Марку просьбу Гильома, и они долго обсуждали, как все устроить.

Они говорили до позднего вечера, а ночью Ева собрала Патрику немного еды в дорогу, и Марк проводил его к старому, полузаваленному лазу в стене, по которому он покинул город.

Глава 10. Разведка и военный совет

Путь до Дэфанса обошелся без приключений. Неподалеку от замка я свернул с тракта, проехал вглубь леса, спешился и, привязав лошадь к стволику орешника, осторожно пробрался к опушке. С пригорка замок был виден как на ладони.

Он располагался на небольшом скалистом возвышении.

Зубчатые стены, сложенные из крепкого грязно-коричневого камня, были очень высоки. Главные ворота, защищенные двумя круглыми башнями, смотрели на запад. На дороге к замку, которая еще в лесу ответвлялась от тракта и дальше стелилась песочно-серой лентой среди заросших полей, оседала пыль. Я успел заметить, как в сопровождении небольшого отряда всадников внутрь торопливо въехали четыре груженые повозки, громыхая по деревянному мосту. За ними тут же закрылись окованные железом ворота и, лязгая цепью, поднялся мост.

Замок был окружен сухим рвом и по западному фасаду укреплен мощными выступающими угловыми башнями. Кроме угловых башен на середине каждой стены была еще одна, промежуточная. Расстояние между башнями было не более восьмидесяти шагов, что давало прекрасную возможность и арбалетчикам, и лучникам вести прицельную стрельбу вдоль стен на убойном расстоянии. По верху стен шли крытые зубчатые галереи, вынесенные на каменных консолях. Можно было не сомневаться, что в полу галерей не забыли сделать люки, позволяющие встретить штурмовиков, которые сумели бы преодолеть ров и подобраться вплотную к стенам. Еще одна неприятность состояла в том, что стены у основания имели наклон, усиливающий эффект вертикальной бомбардировки и затрудняющий подкопы и стенобитные работы.

Между надвратными башнями и по галереям прохаживались дозорные. Вечернее солнце тускло поблескивало на их латах, когда они появлялся в амбразурах, не закрытых ставнями. Внутренние сооружения замка были упрятаны за стенами, виднелись только самые высокие крыши и верхняя часть донжона со сторожевой башенкой. Понять, отделены ли донжон и восточная часть замка дополнительной стеной, мне не удалось. Однако судя по серьезности подхода, дополнительная стена, вероятно, была.

Перед рвом были видны остатки внешних укреплений моста, от которых остались лишь жалкие руины. Судя по отсутствию крупной растительности на них, укрепление было разрушено недавно. Это, конечно, было нам на руку, но штурм представлялся мне делом весьма непростым, замок не уступал своей мощью хорошей крепости. Так что легкой добычи не будет.

Без предварительной подготовки войско могло бы подойти только со стороны ворот, там были поля. А вот с остальных сторон замок окружали виноградники, ряды которых, тянувшиеся с севера на юг, были малопригодны для массированного подхода. Больше двух часов я потратил на то, чтобы незаметно обойти замок с востока, но ничего нового или утешительного заметить мне не удалось. Других ворот в замке не было.

Когда я вернулся на опушку и бросил последний взгляд на замок, мое внимание привлекло какое-то быстрое движение. Мне показалось, что из окна угловой юго-западной башни вылетела птица. Однако сколько я ни всматривался, ничего мне разглядеть не удалось, и я решил, что из замка пустили почтового голубя. А может, это сокол вылетел поохотиться на мышей. Но с этого момента у меня появилось смутное ощущение, как будто кто-то смотрит мне в спину.

Вернуться засветло я не успел, и когда подъехал к монастырю, уже опустился вечер. Лагерь плотным кольцом стоял вокруг монастырских стен. Главные ворота были заперты, но часовые меня узнали и впустили.

Внутри часть обоза разместилась в саду и на огородах. Среди деревьев всюду полыхали костры, освещая лица людей, сидящих и лежащих вокруг. Полотняные навесы фургонов отсвечивали алыми сполохами. Справа в саду распевали пьяные песни. Слева из окон странноприимного дома долетали взрывы хохота.

Я вспомнил прежних здешних монахов и подумал, сколько же всего, что было создано их кропотливым многолетним трудом, погибло здесь за один день... Война все спишет. Ведь теперь война. Только монахи тут при чем? В аббатстве Спящих Врат братия трудилась не покладая рук. Конечно, не эти странные и жалкие люди в рясах, которых мы здесь обнаружили, а те аркузианцы, которых я видел здесь шесть лет назад. Теперь мне казалось, что это какое-то совсем другое место, похожее на логово разбойников, каким оно представлялось мне в детстве. И даже знакомые уже лица, мелькавшие то тут, то там в загадочном свете огня вполне бы сошли за разбойничьи рожи. Я усмехнулся про себя, но вдруг проснулась в моем сердце тоска. И я увидел сквозь этих людей, пьяных и смеющихся, ставших отчего-то прозрачными, как медленно и неотвратимо ползет к ним Смерть. В осклизлых корявых ладонях ее земля, и она тянется к их губам, чтобы накормить их досыта этой землей, пропитанной горечью несбывшихся надежд и последними жалкими крохами их судьбы. А я плыву сквозь них, как во сне, и боюсь, чтобы Смерть не посмотрела в мою сторону. Видение здорово меня напугало, я тряхнул головой и глубоко вдохнул.

Что-то творилось со мной неладное. Я подумал, что это

может быть из-за беспокойства о Патрике. Или из-за Вереска. Но нет, не только. Было что-то еще. Сердце щемила смутная тревога, черные капли ее просачивались в кровь и тут же растворялись, и я не успевал увидеть, что в них отражается.

Аллея показалась мне зловещим коридором в подземных катакомбах ада. Я поежился, пришпорил лошадь и поскорее выехал на площадь, посреди которой возле фонтана горел большой костер. Неподалеку стояли повозки, у кустов несколько лошадей безмятежно помахивали хвостами, уткнувшись мордами в мешки с овсом, не иначе, как из монастырских амбаров. Из дома настоятеля вышел Эжен — нескладный световолосый юноша, племянник Гильома. Я спешился, Эжен приветливо кивнул и взял лошадь под уздцы.

— Патрик не вернулся? — с затаенной надеждой спросил я, поправляя оттянутую мечом перевязь.

— Не видел. Гильом передал, чтобы ты сразу же шел наверх,— он махнул рукой в сторону окон второго этажа, где горел свет. — Я расседлаю и накормлю, ты иди, они там давно уже сидят. Дед какой-то только что пришел, и гости у нас.

— Что за дед, что за гости? — поинтересовался я.

— Не знаю, — ответил Эжен, похлопывая лошадь по шее.

— Ладно, пойду, посмотрю, — пробормотал я, стряхивая пыль с одежды.

Я вошел в дом, поднялся по темной лестнице и отворил дверь. Взрыв бочки с порохом произвел бы на меня меньшее впечатление. В комнате было много людей, которые сидели за большим круглым столом, но взгляд мой был прикован лишь к одному из них. Это был барон Риквильд. Моя рука непроизвольно потянулась к мечу. Барон увидел меня и замолк на полуслове. Его веки удивленно дрогнули и прикрыли настороженно сузившиеся зрачки. Но через мгновенье его сжатые губы тронула усмешка, глаза смотрели спокойно и немного устало.

— Ну, наконец-то! — проворчал Гильом. — Ты что, по дороге себе подружку нашел? Вот барон Риквильд. Мне кажется, вы уже встречались. Господин барон предлагает нам свою помощь, и мы должны обсудить план совместных действий.

— Да, мы встречались, — хрипло произнес Риквильд, — это вас с приятелем привел в замок де Треньон. Вы неплохо дрались, а я не забываю своих долгов. Я бы нанял вас обоих по контракту в свой отряд с неплохим жалованьем.

Я молчал в растерянности. Передо мной сидел, судя по людской молве, гнуснейший из подлецов. Он сидел, усмехался и собирался обсуждать с нами план совместных действий. Он просто не успел сделать нам с Патриком ничего плохого, и я не мог ни в чем его обвинить. У меня не было повода даже для того, чтобы послать его к дьяволу, ведь он позволил нам бежать из замка. Эта беспомощность разожгла во мне злость.

— Через годик службы в моем отряде вы бы отправились домой с хорошими деньгами, — продолжал барон.

— Мне кажется, — сухо заметил я, подходя к столу, — что мы отправились бы вслед за де Треньоном, и значительно раньше.

— Смею заверить, что это только кажется, — усмехнулся Риквильд.

— Возможно, — проворчал я, присаживаясь на лавку. — Могу я спросить?

— Извольте.

— Вы ведь англичанин, по меньшей мере, по происхождению. Какой же у вас интерес в нашем деле?

— Если в моем отряде большинство англичан, то это вовсе не означает, что Англия нарушила договор о полугодовом перемирии и возобновила войну, — барон устало посмотрел на Гильома. — В этом деле у меня действительно есть интерес. Я предлагаю вам свои услуги за очень хорошую плату. У вас теперь достаточно средств, а у меня немалый боевой опыт. Я знаю недостатки королевской армии, которая рано или поздно будет вам противопоставлена либо наследником, либо кем-то еще. Под моим началом состоят тридцать шесть человек, которые прошли превосходную подготовку.

— Мне кажется, что для нас такой отряд лишним не будет,— вмешался Гильом. — Давайте уже перейдем к делу.

Только теперь я окинул взглядом присутствующих. Слева от Гильома сидел Комьен, положив на бедра свой меч. Рядом с ним стоял мальчик лет двенадцати, который с интересом разглядывал рукоять Комьенова меча. Дальше я увидел профиль незнакомого седого бородача, на вид горожанина, только сильно пообносившегося.

Рядом с ним и спиной ко мне, сложив руки на груди, сидел Жан Вальян — капитан столичного отряда, всеми углами своей сухощавой фигуры выражавший неудовольствие и презрение.

На правой стороне стола расположился барон Риквильд, а по левую руку от него сидел черноволосый молодец в легких доспехах. Его открытое располагающее к себе лицо показалось мне знакомым. Вероятно, он чем-то был похож на кого-то из моих приморских приятелей, а возможно оттого, что мы были примерно одного возраста. Барон представил его как своего оруженосца и отрекомендовал своим главным заместителем. Имя его было Поль Тэпентайн.

Посреди стола возвышались несколько разноразмерных кувшинов, большие керамические кружки, жареная дичь на подносе, овощи, мед в плошках и монастырские булки в плетеных корзинках.

— Ну, что расскажешь о замке? — обратился ко мне Гильом.

Я взглянул на седого незнакомца.

Гильом заметил мою нерешительность, и пояснил:

— Этот человек говорит, что хочет нам помочь, и что граф Дэфанс приготовил нам засаду. Расскажи все, что видел, и заодно можешь подкрепиться с дороги, — он кивнул на стол.

Все сгрудились вокруг. Я налил себе вина и, жуя булку, взял с конторки, стоявшей у окна, лист пергамента, подготовленного к письму, перо и чернильницу, и насколько смог точно начертил схему замка, рассказывая то, что мне удалось выяснить.

— Это конечно не Крак де Шевалье, други мои, — протянул Комьен, глядя на мое произведение и скребя пятерней щетинистый подбородок, — но с наскока взять его будет трудновато. Тем более, с нашей осадной техникой. Точнее, без оной.

— Ты же говорил, что в монастыре есть камнеметы, — повернулся к нему Гильом.

— Есть кое-что. Видно, братья для защиты от бригандов вооружились, но это нас не спасет, — покачал головой Комьен. — Три малых требюше[24], причем один из них неудобный, с фиксированным противовесом, и балластный ящик у него почти разбит, протянет недолго. Здесь, в аббатстве, братья наверняка собирались их использовать против осадных машин противника. Для этого они вполне эффективны, а для серьезного штурма — нет, маловаты будут. К тому же, они стоят на позициях в собранном виде. У нас на разборку, перевозку и сборку может уйти дня три, а то и больше.

— Значит, на камнеметы можно не рассчитывать? — Гильом хмурясь постучал пальцами по столу.

— Забудь, — кивнул Комьен и отпил вина из глиняной монастырской кружки. — Не в этот раз. Если, конечно...

— Если что?

— Если ты уверен, что нужно взять Дэфанс за день-два.

— Что предлагаешь?

— Мое предложение простое. Если в двух словах, то нужно обложить замок. Если подробнее, блокировать его в два кольца. Внутреннее кольцо для осадной работы, внешнее кольцо для защиты внутреннего от нападения извне. Трех-четырех сотен человек при надлежащей организации нам здесь вполне хватит, crede mihi. Надо только войско жратвой обеспечить. За неделю подтянем осадную технику и возьмемся за дело, как полагается.

— А остальные что будут делать? — Гильом откинулся на спинку кресла.

— Флаги по ветру, и в Париж! — улыбнулся Комьен. — Пока дофин нам хвост не прищемил.

— Но мы значительно ослабим нашу армию, — возразил Гильом.

— Если мы дадим себя связать осадой Дэфанса, мы рискуем потерять все, — серьезно ответил Комьен. — Сейчас преимущество на нашей стороне, мы диктуем правила войны. И потом, командор, пока мы дойдем до Парижа, наша армия станет значительно больше, уверяю тебя. Мы прорвем осаду дофина, соединимся с горожанами и тогда начнем диктовать правила мира.

Он взглянул на Вальяна и с улыбкой добавил:

— Разумеется, в любви и согласии с несравненным предводителем, достопочтенным мессиром Этьеном Марселем и его благородными капитанами.

— А я думаю, нужно небольшими силами ударить по главным воротам, — пылко и громко заявил Вальян, поморщившись от финальной тирады госпитальера. — Ударить, а потом быстро отступить и выманить таким образом отряд Дэфанса за стены. Они наверняка бросятся за нами. На моем счету уже дюжина замков. Я берусь проделать этот маневр с блеском.

— Это вряд ли, — сурово покачал головой бородатый незнакомец. — Если бы они просто нагадили вам на головы из машикули[26]. А то ведь тот, кто подойдет к стенам, уже не сможет никуда отступить. Граф Дэфанс, точнее, капитан его гарнизона, хорошо подготовил замок к осаде, напролом его не взять, как пустой головой не пробить стену. Ни первый вариант, ни второй тут не годятся.

— Это отчего же? — Вальян с вызовом воззрился на него.

Комьен посмотрел на старика с интересом. Хотя можно ли было назвать его стариком? Чувствовалось, что он крепок, и лет ему не так уж много. Было ясно, что жизнь сурово обошлась с ним, оставив на его лице шрамы от боев и борозды от тяжких мыслей, но, видимо, внутренний железный стержень погнуть не смогла.

— Людей погубить большого ума не надо, — ответил бородач, твердо глядя в глаза парижанину. — На твой маневр они не купятся, уже ученые. А по поводу осады могу сказать вот что. Ворота в замке действительно только одни, но есть подземный ход. Смею заверить, что капитан отряда Дэфанса найдет ему применение… Если о нем узнает. Он в замке человек новый, но кто-нибудь из старожилов в случае тяжелой осады может ему подсказать. Я покажу вам этот подземный ход, по нему вы проникнете в замок незамеченными и увидите перед собой спины воинов графа.

— А что, если засада ожидает нас в твоих тайных ходах? — едко спросил Вальян, пытаясь скрыть насмешливым тоном свое раздражение. — И почему это ты вдруг решил нам помочь, и вообще, кто ты такой? Об этом, насколько я помню, не было ни слова.

Все выжидательно смотрели на седого. Мальчик заволновался и встал рядом с ним.

— Ну что ж, — спокойно начал незнакомец. — Видно, без этого не обойтись. Мое имя — Матис. Я верой и правдой прослужил старому графу Дэфансу тридцать шесть лет.

Все недоуменно переглянулись, Вальян самодовольно ухмыльнулся.

— Да, да, — твердо продолжал старик, обводя нас спокойным взглядом, — ровно тридцать шесть лет и ни годом меньше. В замок я попал еще мальчишкой, с Руаном Дэфансом мы были одного возраста. Мы были очень дружны с ним. Но это давняя и долгая история, и дела она не касается. Когда он стал полновластным хозяином в доме, я стал его управляющим. На мне лежали все хозяйственные дела. Руан доверял мне, как самому себе, и я ни разу не дал повода для сомнений в моей верности. Это было золотое время в моей жизни. Мы вместе путешествовали, охотились, но это все в прошлом, — старик тяжело вздохнул. — Позапрошлой зимой граф умер, в год позора нашего короля при Пуатье. Я недолго задержался в замке его сына. Меня просто вышвырнули за дверь, как одряхлевшую ненужную собаку, и даже пожаловали два золотых. За тридцать шесть лет…

К счастью, мир не без добрых людей, меня приютила у себя семья кузнеца. Они жили на окраине деревни. Кузнец был нелюдим, но мы смогли понять друг друга и крепко подружиться. Тогда я узнал, что значит жизнь в бедности. Конечно, до этого я жил не с закрытыми глазами, но увидеть — это не значит почувствовать. Жизнь повернулась ко мне новой стороной, и я безропотно принял всю ее тяжесть. Я стал помогать кузнецу в его работе. А молодой граф Дэфанс тем временем продолжал тешить прихоти своей глупости. Родовой склеп зарос крапивой и бурьяном, только я иногда проникал в замок и приходил на могилу Руана.

Однажды, это случилось в феврале, когда лежал снег, молодой граф возвращался с конной прогулки. Он подъехал к Беглому Псу и увидел, что у моста, по которому ему нужно было переправиться на другой берег, подломились подпорки, и его заливает вода. Он послал за людьми в деревню. Меня в тот день не было, я ездил в Сен-Гард. Слуги нашли кузнеца и еще несколько человек. Граф приказал им чинить мост в ледяной воде. На следующий день мой друг слег, у него был сильный жар, а на третью ночь он умер. Его жена осталась с тремя детьми. Бертран из них старший.

Матис кивнул на мальчика и замолчал.

— Изложи свой план, — сказал Гильом.

Старик встал, склонился над столом, придвинул к себе листок с моим планом, взял уголек и, делая им пометки, заговорил:

— Вот здесь, по всей западной стене и над главными воротами, будут стоять лучники и арбалетчики, человек тридцать. Здесь же будут приготовлены котлы с разогретой смолой, маслом и кипятком. Корзины с камнями стоят по всей стене с тех пор, как полтора года назад один негодяй по имени Роберт Кноль с бандой наваррских и английских мародеров осадил замок. На всех остальных стенах тоже будут лучники и латники. Прежде граф не мог себе позволить гарнизон более дюжины человек, но сейчас там больше сотни вояк. Не знаю, откуда они взялись, и кто им платит. Но это и не важно. Для начала они встретят вас градом каменных ядер из четырех тяжелых мангонелей[27], которые хоть и старые, но полностью исправны. А когда вы подберетесь поближе, добавят крепких стрел из станковых арбалетов. На территории замка два защищенных полноводных колодца. Запасов продовольствия им хватит на год, а может, и больше. На случай длительной осады Дэфанс их еще предусмотрительно пополнил.

— Когда он все это успел? — удивился Комьен, — он ведь мог узнать о нашем приближении только сегодня, когда загорелась колокольня, ну в крайнем случае утром, когда мы вышли на этот тракт.

— Он знал об этом еще вчера, — покачал головой старик. — Мне неизвестно, кто ему сообщил, но готовиться он начал вчера, это точно.

— А ты-то откуда об этом знаешь? — подозрительно прищурился Вальян. — Тебя же вышвырнули из замка, как собаку.

— Я никогда не позволяю себе дерзить даже врагам, а на порядочность стараюсь ответить порядочностью, и поэтому у меня до сих пор много старых верных друзей, в том числе, и среди прислуги в Дэфансе, — ответил старик, глядя прямо в глаза парижанину.

Тот не выдержал и отвел взор.

— Мне с детства известны все тайные ходы замка, — продолжил Матис. — И мне не составляло большого труда попасть в любую из нужных мне комнат. Но сейчас важно другое. Молодой граф глуп, но, судя по всему, есть кто-то, кто стоит у него за спиной. Этого человека мне ни разу не удалось увидеть. Но сегодня... Я ведь пришел к вам прямо из замка, где в последний раз все проверил. И в комнате графа я слышал разговор о предстоящем сражении. Мне показалось, что я узнал голос молодого графа и еще голос женщины.

Мы с Гильомом и Комьеном переглянулись, барон Риквильд насторожился.

— Кем бы она ни была, она имеет огромную власть над графом. У меня не было возможности разглядеть их лица. Я осторожно расспросил людей, но никто не видел в окрестностях замка незнакомой знатной дамы. Так вот, Дэфанс предупрежден и готов к удару в лоб, по главным воротам.

— Ну, с дамой мы позже разберемся, — проворчал Комьен.— Мангонели пристреляны?

— Да, я сам этим занимался два года назад. С тех пор они позиций не меняли.

— Нацелены на дорогу?

— Две из них бьют по дороге на разном расстоянии, от ста до двухсот шагов, другие две — по полю, в самых вероятных местах прохода. По дороге скорее всего будут стрелять цельными ядрами, по полю — «ульями».

— Ульями?! — изумился я, — с пчелами?!

— Ага, — усмехнулся Комьен. — Это глиняные обожженные ядра с начинкой из булыжников. Когда ядро раскалывается о землю, булыжники разлетаются, как взбесившиеся пчелы. Очень неприятная штука, crede mihi.

— Рамы двух мангонелей оборудованы рычагами для изменения направления стрельбы, но это существенно для длительного боя, — продолжил Матис. — Про подземный ход, по которому я вас собираюсь провести, теперь уже помнят немногие. Но у меня будет одно условие.

— Какое? — нахмурился Гильом.

— Не должен пострадать никто из прислуги, из простых

людей. Мне нужно слово капитана.

— Мы не воюем против простых людей.

— Я старый человек, мессир капитан, я знаю, что такое захват города или замка.

— Тогда ты должен понимать, что я не могу дать тебе такого слова. Я отдам строгий приказ капитанам перед штурмом, но я не могу поручиться за толпу озверевших крестьян, которые сумеют избежать гибели и прорвутся в замок.

На некоторое время наступила тишина. Старик думал, глядя на свои руки, огрубевшие от тяжелой работы. Наконец он вздохнул, внимательно посмотрел на Гильома и произнес:

— Я пойду с вами и постараюсь уберечь тех, кого смогу. Я знаю, где укроются старики, женщины и дети перед штурмом. Но мне нужна будет помощь, чтобы оградить их от беды.

— Два десятка бойцов из Клермонского отряда, думаю, справятся, — предложил Комьен.

— Пусть будет так, — согласился Гильом. — Побудут на этот раз няньками для детей и стариков.

— Хорошо, — кивнул старик. — Я согласен. Вход в подземный тоннель находится в лесу, в старой заброшенной часовне. Вот здесь, — он поставил крестик к востоку от замка. — Ее трудно разглядеть в зарослях. Мы можем пробраться к ней лесом по лощине, из замка нас никто не увидит.

— Так, а дальше? — спросил Гильом.

— Дальше я могу провести вас во внутренние помещения донжона, на кухню, в винный погреб или в дом, где располагаются покои графа и зал торжеств. Из донжона выход во внутренний двор самый неудобный, узкая и крутая лестница со второго уровня, выходящая на задний двор, и с того же уровня идет галерея в дом графа. Самый скрытный выход через кладовую неподалеку от покоев графа. Я выведу вас, куда посчитаете нужным, все остальное — дело ваше.

— Внутри замок разделен? — спросил Комьен.

— Да, донжон, некоторые постройки, зал торжеств и покои графа защищены второй стеной, но проход не закроют, пока не возникнет реальной угрозы взятия ворот. А за свои ворота Дэфанс спокоен.

— А если мы все-таки не примем это предложение? — Гильом устало потер переносицу.

— Ну что ж, — вздохнул старик, — тогда мне придется самому отправить к дьяволу и негодяя, и его замок.

— И как же ты один собираешься это сделать? — усмехнулся Вальян.

— А это уж моя забота! — отрезал старик.

— Сколько потребуется времени, чтобы добраться от часовни до замка? — снова склонился над планом Гильом.

— Ровно столько, сколько займет эта прогулка по поверхности. Ход прямой, как стрела, длиной в тысячу двести шагов, и достаточно широкий, чтобы четверо шли рядом плечом к плечу,— ответил старик.

— Ух ты, — удивился Комьен, — это для чего же его такой отстроили?

— Этого я не знаю, — покачал головой Матис.

— Ладно, — вздохнул Гильом, — устраивайтесь с мальчиком на ночлег в соседней комнате или, если хотите, на улице, только будьте неподалеку. А мы пока все обсудим.

Старик обнял мальчика за плечи, и они вышли из комнаты.

— Мне кажется, это ловушка, — уверенно произнес Вальян, едва только закрылась дверь за стариком, — очень все это подозрительно.

— Он не похож на подосланного шпиона, — возразил Комьен.

— Но нельзя доверять просто первому встречному! — воскликнул Вальян.

— А у нас есть еще какой-нибудь выход? — спросил Гильом.

— Нужно бить в главные ворота, — горячился Вальян, — и выманивать отряд за стены!

— По-моему, Матис прав, — произнес Комьен, — о главные ворота можно шею свернуть.

— Что вы думаете, господин барон? — обратился Гильом к англичанину.

— Последнее слово будет, конечно, ваше, капитан. Но я думаю, такой шанс упускать нельзя. Если дело обстоит так, как он сказал, тайное проникновение в подземелья замка даст нам огромное преимущество.

— Хорошо, — Гильом оперся обеими руками на стол. — Я предлагаю действовать так: по подземному ходу пойдут человек пятьдесят, это будет ударный отряд — три десятка бойцов и два десятка лучников. Следом за ними Клермонские няньки, как обещал Комьен. Кстати, сам их будешь уговаривать.

— У меня есть для них проповедь, — беспечно махнул рукой Комьен. — Только няньками их называть не советую, а то обидятся.

— Отряд по подземелью поведешь ты, — Гильом посмотрел на меня.

Я кивнул в ответ.

— Командор, может, лучше мне пойти? — предложил Комьен,— пусть отдохнет парень, ты ж загонял его.

— Нет, я готов! — запротестовал я.

— Пусть идет, — кивнул Гильом, — он везучий. А для этого случая удача — это первое, что понадобится.

— Сэр, позвольте и мне, — Поль Тэпентайн обратился к Риквильду, тот кивнул и Поль посмотрел на Гильома. — Капитан, мне хотелось бы тоже пойти в ударной группе, я возьму с собой дюжину бойцов из нашего отряда.

— Пусть будет так, — согласился Гильом, немного нахмурившись. — Комьен, ты со своими ребятами будешь изображать штурм ворот.

— Да это же верная смерть! — воскликнул я. — Зачем лезть под арбалеты и подставлять голову под смолу?

— Не переживай, — успокоил меня Комьен, — сейчас отправим человек пятьсот за хворостом. И щитов навяжем, и ров перед мостом, если что, завалим. Отмашемся как-нибудь. Таран плотники к утру изобразят в лучшем виде.

— Это от станковых арбалетов щиты из хвороста? И от мангонелей? А как же смола и кипяток?

— Сделаем большие щиты из шкур, придумаем защиту, — успокоил меня Комьен. — Это нам не впервой, и не з такие передряги попадали.

— Мне кажется, это неправильно, — пробормотал я, — просто так головы подставлять.

— А кто сказал, что просто так? Это называется отвлекающий маневр. Без него кто ж нам поверит? Все должно быть по-настоящему, — Комьен снял свой замызганный чепчик, вытер им лицо, засунул за пояс, потом поскреб пятерней макушку и взъерошил свои короткие золотистые волосы. — На все воля Божья. А твое дело до ворот добраться.

— Все правильно, — продолжил Гильом. — Ударный отряд идет по подземному ходу. В это же время, может, чуть раньше, штурмовики Комьена по полю быстро направляются к воротам. Сзади их прикрывает отряд лучников, по возможности, не давая стрелкам высунуться над стенами. Основные силы неторопливо появляются на поле, убеждая графа, что вся наша армия брошена на главные ворота. Но без суеты и без спешки, повторяю, неторопливо, чтобы давки не получилось, и чтобы не попасть в пределы досягаемости камнеметов. Задача отряда, идущего по подземному ходу — тайно, без шума, проникнуть в замок, быстро добраться до ворот, опустить мост и открыть вход. По подземелью идти группами, три-четыре человека впереди, шагах в десяти за ними основной отряд, потом дюжина барона Риквильда, и замыкают шествие Клермонские няньки. Идти тихо, слушать команды. За малейшую панику пригрозить наказывать немедленной смертью. Если подземелье — ловушка, все сразу возвращаются.

— Если будет кому, — язвительно вставил Вальян.

— Не каркай, — мрачно глянул на него Комьен.

— Мы все равно возьмем этот чертов замок, — Гильом твердо положил ладонь на пергамент со схемой. — Штурмом или осадой! У нас нет другого выхода.

Мы еще некоторое время поспорили, но в конце концов все приняли план Гильома. Сбор всех капитанов закончился далеко за полночь. Выступать решили еще до восхода солнца, и поэтому вскоре все разошлись. Кто спать, кто, наоборот, поднимать людей на необходимые работы.

Глава 11. Послание Спящих Врат

Гильом, Комьен и я решили устроиться в этой же комнате, постелив на пол оборванные шторы и гобелены. Гильом снял перевязь и сразу улегся, положив меч рядом. Комьен жадно выпил кружку вина, некоторое время задумчиво постоял у стола, глядя в пол, потом вдруг решительно заявил:

— Нет, я заснуть не смогу!

Гильом посмотрел на него удивленно.

— Волнение перед сражением? — сочувственно спросил я, складывая гобелен вместо подушки.

— Какое волнение? У меня адский чёс по всему телу. Зверский зуд, сил нет! И эта вонь! Я не мылся уже неделю.

— Так никто не мылся, — пробормотал я, — война ведь. Хотя нет, я сегодня утром умывался в ручье.

— А выглядишь так, как будто подрабатывал в аду, — проворчал Комьен, — чертям уголь подвозил. Нет, надо ополоснуться.

— Что толку от этого мытья, — отмахнулся Гильом и повернулся на бок, — завтра или опять все в мыле будем, или добрые люди нас обмоют.

Комьен возвел глаза к потолку, потом трижды плюнул через левое плечо:

— Изречение, достойное командора. Знаешь, постигая мудрость, начинаешь любить Бога, а полюбив Бога, воистину проникаешься сочувствием к ближнему. Не помню, чьи слова.

— Не умничай, — сонно огрызнулся Гильом.

— Тут у них баня есть, — поспешно сообщил я, — рядом с мастерскими.

— Я предпочитаю живые воды реки, — проворчал Комьен, расстегивая пряжки на доспехах. — В этой мыльне за сто лет осели все грехи здешней братии, как слой зловредного ила.

— Нет, все уносит Беглый Пес, — укладываясь на свою лежанку, пробормотал я. — У них тут все продумано.

— Я образно, — пояснил Комьен и сурово посмотрел на меня,— А ты чего улегся?

— Как чего? — настороженно приподнялся я.

— Ну, положим, командора поднять не удастся. Но какой мне смысл мыться одному, если мы будем спать в одной комнате, и от вас обоих будет вонять так же, как от меня немытого. Хотя бы двое из троих должны быть чистыми. Помоги-ка мне эти чертовы ремни расстегнуть.

Через пять минут мы в одних рубахах и башмаках маршировали к заводи. Комьен заставил меня взять меч, который я нес на плече. Свой фальшион вместе с ножнами, обмотанный перевязью, он нес под мышкой.

Черный силуэт храма с его устремленными ввысь башенками и контрфорсами напоминал оснастку огромного и загадочного корабля, плывущего на восток среди вечного звездного неба.

— Это Спящие Врата? — Комьен кивнул на арку, покоящуюся посреди заводи, когда мы обошли церковь.

—Да, думаю нам лучше пройти направо, за Спальный корпус, к садкам. Там удобно в воду захо...

Я остановился, не договорив. Сквозь арку, словно бы на дальнем берегу, я увидел Вереска в монашеской рясе, освещенного ярким светом полной луны. Он махал нам рукой, а колесо за его спиной двигалось медленно и тягуче, словно во сне. При этом краешек колеса, видимый за пределами арки, был неподвижен. Тут я понял, что Вереск стоит не на дальнем берегу, потому что за ним возвышались черные силуэты деревьев и очертания апсиды хора церкви, которая была у нас за спиной. Я глянул вверх, от луны в небе был виден только узкий серп. Значит, Вереск смотрел на нас из другого времени.

— Вереск, — прошептал я. — Как живой.

— Забавно, — пробормотал Комьен, с любопытством поглядывая то на меня, то на арку и колесо. — Это что, твой приятель?

— Да, это Вереск, — тихо ответил я и негромко крикнул, словно бы сомневаясь, что он может меня услышать, — Вереск, это ты?

— Да. Я знал, что ты придешь.

— А мне сказали, что ты... Что ты погиб...

— Это неудивительно, — мрачно ответил Вереск, — и каким же образом, если не секрет?

— Как это каким? А ты... не знаешь?

— Откуда мне знать? — нетерпеливо вздохнул он.

— Сказали, что ты подошел к арке и... Вспыхнул пламень... И все... Даже пепла не осталось.

— Подошел к арке? — Вереск на мгновение задумался.

— А ты не подходил? — спросил я, вытирая пот со лба.

— Если бы я подходил, то сгорел бы без следа, — рассудил Вереск.

— Да, — растерянно согласился я, чувствуя, что меня начинает лихорадить, и пот течет по всему телу, — но тогда... Что-то я не очень понимаю.

— Ладно, — махнул рукой Вереск, настороженно оглядываясь и понижая голос, — сейчас это не важно. У нас не очень много времени. Этот человек рядом с тобой, ему можно доверять?

— Да, конечно. Это Комьен.

— Привет, — махнул рукой Комьен.

Вереск кивнул ему в ответ и торопливо заговорил, временами оглядываясь, словно боялся, что его услышит кто-то еще:

— Мне неизвестно, надолго ли проснулись Врата, но постараюсь все рассказать как можно более кратко. Преподобный отец Лука убит. Не знаю, как это произошло, но точно знаю, кто это сделал. Это бывший инквизитор, а ныне епископ Дэбривильский.

— Мрадон, — произнес я, чувствуя, что у меня сильно дрожат ноги.

— Да. Он появился у нас как гость несколько дней назад. Он совал повсюду свой нос, и несколько раз я его видел здесь, у Врат. На следующий день после его приезда в аббатство нагрянули какие-то бандиты. Их впустили по просьбе Мрадона, он сказал, что это люди, которых он направлял с особой миссией в Бретань и которым нужно остановиться на ночь. Их было много. И среди них были оборотни. Здесь был страшный бой. Братья Хранители сражались отчаянно, но мне кажется, все они погибли. Несмотря на то, что все они были достойными воинами.

— Кто такие братья-хранители? — спросил я, чувствуя, что все вокруг начинает плыть.

— Воины Ордена Аркузианцев. Те, кто охранял Врата испокон веку. У меня нет времени объяснять подробно. Я вижу, ты теряешь силы. Братья не смогли противостоять дьявольской силе. Не человеческой, а дьявольской. С ними, с этими бандитами, еще была женщина. Она их направляла, и Мрадон у нее в услужении. Так вот, эта женщина — это Черный мессия. Я знаю наверняка, я в здравом уме пока что. Мне кажется, Мрадон и она пытаются открыть Врата. Не поговорить с ними о будущем или прошлом, а именно открыть как проход. Не знаю, куда и для чего, но истина может оказаться ужасной. Они перебили всех, кого нашли в монастыре — и гостей, и паломников, и простых монахов, и работных людей, и клириков. Оставили только меня. Я пытался сбежать. Из Убежища, помнишь, где ты жил? Там есть подземный ход, он выводит за стену и проходит под Беглым Псом. Но они узнали и про него тоже, и поставили охрану. Убитых братьев-аркузианцев они сожгли, всех остальных похоронили в одной яме на кладбище. После того, как они скрыли следы бойни, Мрадон объявил себя настоятелем и закрыл ворота монастыря, якобы, чтобы расследовать какие-то нарушения, допущенные прежним аббатом. Оборотни и бандиты исчезли, а Мрадон привел сюда толпу жалких, никчемных и опустившихся монахов, у которых на уме только пьянство, распутство и еда. Теперь это не братия, а скопище тупых бездельников и глупцов.

Видение в арке стало стремительно таять, а у меня перед глазами поплыли бурые и оранжевые кольца.

— Я, кажется, догадываюсь, почему мне оставили жизнь, — голос Вереска стал доноситься издалека, как будто какая-то неведомая сила подняла меня на вершину колокольни, а он остался внизу на площади. — Им известно, что я говорил с Вратами. Кто-то шпионил за мной.

— Это не я, — язык у меня едва шевелился, — я никому не говорил.

— Я знаю, что это не ты им рассказал. Мрадон надеется, что я помогу им открыть Врата.

Мир вдруг покачнулся, все пришло в движение и стало закручиваться вокруг меня тягучим вихрем, а я стал глохнуть. Лишь отдельные слова еще долетели до меня, но я уже не понимал, кто это говорит.

— Он поклонился Зверю и будет пить вино ярости Божьей... И увидел звезду, падшую с неба... И дан был ей ключ от кладезя бездны... Открыты врата... И головы у их коней, как головы у львов... И изо рта огонь... дым... сера... Черный мессия здесь...

* * *

Полная тьма долго была неподвижной, но потом слегка протаяла подслеповатым серым пятном. Из него как будто потянуло слабым сквозняком. Или не сквозняком... Это было что-то текучее. Скорее, это было похоже на ручей, в котором проблескивали теплые блики. Да, больше похоже на ручей. Потом этот ручей вдруг стал приобретать странные формы, меняющиеся и чудные. Непрерывность ручья стала делиться, и каждая из его частей образовывала новую форму. Они были разные, но несомненно были связаны общим потоком, который просто перестал быть видимым. Некоторое время я наблюдал за этими метаморфозами, а потом стал понимать, что они мне что-то напоминают. Что-то очень знакомое, только образы я никак не мог ухватить, они ускользали. Ускользали, как вытянутые серебристые существа, плывущие среди странных форм невидимого ручья. Рыбы! Понимание пришло внезапно, с первым осознанным словом. И в тот же миг на меня обрушилась лавина. Болезненная лавина прозрения и понимания. Текучие образы воплотились в звуки голоса и хмурое круглое лицо Комьена, которое было похоже на луну, потому что вокруг него в черноте ночного неба сияли крупные звезды.

— Очухался, студент? — участливо спросил он. — Я говорю, похолодел, как рыба... Даже хуже, как саламандра. Я уж подумал грешным делом, что ты внезапно отчалил в лучший мир. Макнул тебя пару раз в воду на всякий случай. Вроде помогло.

— Что это? — пробормотал я, провел ладонью по мокрому лицу и с трудом сел на берегу. У меня было такое чувство, как будто я полдня носил на руках тяжелые камни, а в затылке застряла подкова, скованная из тупой боли.

— Вот и я у тебя хотел спросить, — хмыкнул Комьен, — я вначале подумал, что твой приятель с другого берега с нами разговор ведет. Потом понял, что там нет никого. Тогда я подумал, что это видение какое-то, но уж больно связно оно лопотало. Не похоже на видение.

— Это Врата, — я хмуро покосился на могучую темную арку, в основании которой еще не успокоилось и клубилось густое облако тумана. — Вереск думал, что это оракул, что через него можно говорить с прошлым или будущим. Мы однажды вместе с ним тут были, когда Врата проснулись, только ничего в тот раз не случилось. А раньше он говорил с людьми из прошлого. И болел после этого. Врата силы высасывают. А я-то подумал уже, что он не подходил к арке... А он... А это он из прошлого говорил…

— Угу, — буркнул Комьен, — а про Врата что-то такое я слыхал, еще на Родосе. Только я не знал, что это здесь.

— Теперь выходит, что это не только оракул, а действительно врата.

— Ну, это еще вопрос. Жаль спросить теперь не у кого. Ну нет, терпеть эту чесотку больше сил нет, — Комьен яростно поскреб грудь, стащил с себя рубаху, швырнул ее на траву, сбросил трусы и голый шумно свалился в воду.

— Значит, ушел все-таки Вереск, — пробормотал я, глядя на арку, как на врага.

— Значит, Мрадон пытался открыть эту штуковину? — вынырнув и шумно отфыркиваясь, спросил Комьен, пристально глядя на остров с аркой. — Он порешил целый монастырь народу ради этого? Чудеса, crede mihi… Неужели дело того стоит? Может, он умом тронулся?

— А он никогда и не был нормальным. Но дело-то не в этом.

— Да… Если бы я своими глазами этот фокус не увидел, сильно бы сомневался.

— И про Черного мессию Вереск тоже говорил, как тот пьяный монах.

— Чудеса, — Комьен сорвал пучок травы у берега и стал ожесточенно тереть себя со всех сторон. — Орден Аркузианцев — самый тайный из всех… Братья-хранители… Как ты говоришь, раньше назывался этот замок?

— Замок Белой Звезды. Так мой дядя говорил, брат отца.

— Слышал я легенды о воинах Гарма, стерегущих Врата в потусторонний мир. Но разговор был о далеких северный землях. А тут, значит, братья-аркузианцы. А речка-то эта как называется?

— Беглый Пес.

— Интересно, — задумчиво пробормотал Комьен. — Ну, а белая звезда тогда… Это Сириус, должно быть. Постой-ка… Беглый Пес. Уж не значит ли это, что Орден Аркузианцев на самом деле — это легендарный Орден Беглого Пса? Интересно. Что-то не похоже на простое совпадение. А я-то думал, сказки все это. Выходит, тут стояли стражи Ордена Беглого Пса. И что же, Врата эти и в самом деле стоят на границе миров?

— Как на границе? — пробормотал я. — Каких миров?

— В легендах так сказано.

— В каких легендах?

— Расскажу при случае. Интересные дела. Придется оставить тут небольшой гарнизон, человек, скажем в пятьдесят…

Пока. До выяснения. И заслать гонцов к людям, которые смогут с этим разобраться. А Мрадона сюда пускать никак нельзя.

— Тут даже тысяча человек не справится, — покачал я головой, — кто выстоит против Черного мессии?

— Ну, это мы посмотрим. Может, и нет никакого мессии. В любом случае гарнизон оставим, — Комьен задумчиво почесал загривок, глядя на арку, потом повернулся ко мне: — А ты чего там расселся? Ну-ка, давай в воду, Саламандра, застарелые грехи смывать!

— Да какие еще грехи? — возмутился я.

— Нечего мне зубы заговаривать. Брысь в воду.

* * *

Когда мы вернулись в комнату, Гильом спал сном праведника. Комьен хотел было надеть часть доспехов для боевой полуготовности, но потом махнул рукой, выпил еще вина, завалился на свою кучу гобеленов и через несколько мгновений переливисто захрапел. Я потихоньку оделся и тоже залег, пододвинув к себе меч.

Снаружи и в доме было тихо, только иногда где-то переговаривались часовые. Гильом ворочался и глухо стонал во сне. А я лежал на спине с открытыми глазами, положив руки под голову. Глаза уже привыкли к темноте, и я стал различать очертания комнаты. Одно окно было выбито, другое распахнуто настежь, однако было душно. Воздух был густо пропитан запахом сгоревшего фитиля и горячего воска. Не покидающее меня весь день беспокойство теперь заняло все мои мысли. Я думал о Патрике. Может быть, сейчас он торопливо шагает по опасной ночной дороге, догоняя нас. Только бы ничего не случилось! Все-таки нужно было нам вместе идти! Когда еще дофин соберется с силами. А мы бы уже вернулись… Может, он у Марка на пару дней остановился?

Я тяжело вздохнул и хотел перевернуться на бок, но, приподнявшись на локте, замер и прислушался. Мне показалось, что где-то скрипнула дверь. Некоторое время я вслушивался в напряженную тишину. Было тихо, но к моему беспокойству вдруг добавился непонятно откуда взявшийся страх. Страх подкрался незаметно, словно кто-то живой, но в то же время бесплотный. Он дотронулся холодными руками до моей спины, и по ней пробежали мурашки. Страх поднес руки к шее и нежно пережал мне горло. Он ухмыльнулся из мрака, и сердце мое провернулось в груди. Темнота знакомой комнаты стала тяжелой, сладко-ватной.

Я резко обернулся — сзади никого не было, но я чувствовал на себе чей-то мерзкий взгляд. Опять, как тогда, возле замка. Я осторожно придвинулся к стене и прижался к ней спиной.

С черной все еще дымящейся колокольни слетел ветер, бросил мне в лицо запах гари, а разбитая ставня качнулась со скрипом. За окном промелькнуло что-то, похожее на летучую мышь. Где-то далеко в лесу ухнул филин, и следом тишину пронзил резкий крик ночной птицы. Я вздрогнул и нащупал рукой меч. Вдруг в углу громко всхрапнул Комьен. Он сладко причмокнул и шумно перевернулся на другой бок. Это неожиданное вмешательство в темные дела ночи принесло мне некоторое облегчение, и мои страхи исчезли.

Я облегченно вздохнул и вытер пот со лба. Совсем забыл, что в комнате я не один. Задергался, как овечий хвост, самому противно! Подбадривая себя мыслями о крепких руках Комьена, которые в случае чего свернут шею быку, я снова улегся и глубоко вдохнул для полного успокоения, но выдохнуть мне пришлось не сразу и очень тихо. За дверью послышались медленные крадущиеся шаги. Я снова ухватился за холодную рукоять меча и замер. Кто-то медленно приближался к нашей двери, только не ясно было, с какой стороны. Шел он со свечой — из-под двери на пол упала полоска вздрагивающего желтого света. У двери шаги остановились. Я тихо поднялся. Вдруг снова захрапел Комьен, и в коридоре послышался пьяный шепот:

— Я же тебе говорю, он в парке дрыхнет с другой стороны. У него еще полбочонка в телеге припрятано... Пойдем, нацедим по глоточку!

Свет на полу дрогнул, и некто стал удаляться, бормоча еще какой-то бред. Я снова вытер рукавом пот. Нет, я совсем себя распустил, как последний сопляк. Да пошли они к дьяволу, все эти пугала! Я разозлился, и страх снова отступил. Не иначе, на меня так Врата подействовали. Посылая к черту всех и вся, я нашарил в темноте сбитую в кучу штору, взял меч и осторожно вышел за дверь. В коридоре было темно, хоть глаз выколи. Вытянув руку с мечом вперед, я прошел несколько шагов в сторону лестницы и вдруг услышал шорох за спиной. Наверное, еще никогда в жизни я так резво не прыгал! В мгновение ока я был у стены, обернулся и приготовился к защите. Но нападения не последовало.

— Ого, неужели это я тебя так напугал? — я узнал в кромешной тьме насмешливый голос Вальяна. — Тоже не спится?

— Фу ты, дьявол! Думал, привидение, — выдохнул я и убрал меч.

— Кстати, о привидениях, здесь только что монах какой-то прошел со свечой.

— Их же всех заперли, откуда он взялся? — я накинул штору на плечо.

— Не знаю, на вид он безобидный, совсем старик. Еле ноги переставляет.

— Ну и черт с ним, — отмахнулся я, направляясь к выходу.— Пусть переставляет!

— Хотел проследить за ним, а он, каналья, девался куда-то.

Я не стал выслушивать Вальяна, спустился по темной лестнице и вышел на улицу.

Хоть ночь и была жаркая, все-таки здесь было не так душно. Над черной колокольней висел кривобокий месяц. Посреди площади у фонтана дымилось кострище. Я нашел телегу, на которой было свободное место, насобирал соломы у кустов, соорудил себе лежбище, улегся, накрылся своей тряпкой и быстро заснул.

Глава 12. Крабья петля

Патрик выбрался за Дэбривильскую стену, вскарабкался на другую сторону пересохшего рва и по полю направился к тракту. Он шел быстро, опасаясь, как бы какой-нибудь особенно рьяный стражник не послал ему вслед пару стрел с городской стены. К счастью, таких молодцов не оказалось, и Патрик вскоре вышел на тракт, ведущий в Сен-Гард.

Пока он топал среди заброшенных виноградников, он даже тихонько насвистывал неприличную кабацкую песенку. Но когда дорога углубилась в лес, его свист быстро затих. Он стал ступать осторожнее, иногда останавливался и прислушивался. Еще через некоторое время он решил, что нож лучше извлечь из ножен и держать в руке. Без особых приключений ему удалось добраться до Черного дуба. Он обошел дерево, глянул на кусты, в которых сидел прошлой ночью и двинулся дальше.

«Что-то Мрадон сегодня быстро скис, — подумал Патрик, вспоминая утреннюю встречу с епископом. — Стареет, что ли, инквизитор или съел чего? Прежде сильно круче был. Фактически, невозможно узнать человека, ей богу. Обычно он был сух, малословен, расчетлив и жесток. А тут какой-то тюфяк, как будто подменили инквизитора. Что ж могло так повлиять на его мерзостную сущность?»

Марк в разговоре упомянул о том, что по всей округе в последние дни появились несчетные шайки бродяг, которых, правда, и прежде было немало, и умолял Патрика быть осторожней. Особо опасны были организованные отряды бригандов. Эти наемники, в недавнем прошлом готовые за деньги убивать кого угодно, теперь, когда денег им никто не предлагал и на службу не звал, приноровились добывать себе пропитание и золотишко сами. К счастью, разбойники ему не встретились, зато встретился Черный Дуб на развилке. Патрик встал как вкопанный, пару раз недоуменно моргнул и медленно подошел к дереву. На этой дороге до самого Сен-Гарда никогда не было ни второго дуба, ни подобного перекрестка. Уж ходить и ездить по этому тракту ему приходилось не однажды. А спутать Черный Дуб с чем-то еще было весьма затруднительно. Патрик потрогал рукой сухую кору, словно хотел убедиться, что это не видение, и перед ним действительно Черный Дуб.

«Так, начинается, — подумал он, осторожно прощупывая окрестности внутренним взором и одновременно решая вопрос, как должен на его месте выглядеть туповатый горожанин. — Видимо, нужно изобразить удивление».

Сканирование пространства не принесло заметных результатов. По крайней мере, никакой сверхъестественной активности он не почувствовал. Патрик шумно вздохнул, вслух по слогам прочел указатели, поскреб в затылке, повернулся к дереву спиной и некоторое время тупо смотрел на дорогу, по которой пришел. Судя по указателям, он пришел из Дэбривиля. Все верно.

— Может, я его еще не проходил? — для большей достоверности пробормотал Патрик, снова шумно вздохнул и направился в Сен-Гард. Он решил пока не ломать голову над этим странным происшествием и предпочел ждать продолжения. Но ежу было понятно, что творилось что-то неладное. Всякие сомнения в этом совершенно развеялись, когда вскоре из-за поворота снова появился Дуб.

«Похоже на Крабью Петлю», — Патрик начал беспокоиться.

Дело в том, что если эту петлю вовремя не дернуть за правильный узелок, она, как ей и положено, затянется и удавит. «Может, спонтанное завихрение? Маловероятно, но возможно». Он вполне искренне и громко чертыхнулся, обошел упрямое дерево и опять направился в Сен-Гард, решительно взбивая башмаками пыль.

«Что-то я не пойму, это глупость какая-то или серьезная неприятность? Если это действительно Крабья Петля, значит, надо искать начала концов. Точнее, место перехлеста, — размышлял Патрик, вглядываясь в дорогу, в лес и мерцающие потоки энергий. — Найду перехлест, значит, удастся выскочить или хотя бы остановить затягивание. Лишь бы это был не Констриктор».

— Ну что ты будешь делать! — всплеснул он руками, в очередной раз, стоя перед Дубом. — Что ты все торчишь на моей дороге, деревяшка хренова?! Бес, что ли, забавляется? Нашел козел себе брата! — Патрик огляделся по сторонам и заорал в лес: — Выходи, свиное рыло! Я тебе рога пообломаю!

Лес испуганно и удивленно молчал, даже эхо не отозвалось. Не дождавшись ответа, Патрик в сердцах плюнул и снова зашагал по дороге. Как ремесленник мастерской по производству подсвечников и ламп, он решил быть упрямым и бить до конца. Как проводник, он незаметно пытался уловить начало Крабьей Петли и понять, имеется ли заметное глазу укорачивание маршрута. Если путь сокращается, значит, узел затягивается, если нет, возможно, это вообще что-то другое.

— Архáстер, — голос прозвучал за его спиной тихо, но Патрику он показался громче выстрела.

Он вздрогнул и остановился. Никто из людей в этих местах не мог так его окликнуть. Он стиснул рукоять ножа и медленно, очень медленно обернулся. Посреди дороги стоял Вуг. В мохнатой лапе он держал свой мутный пузырь, в котором тускло мигали светляки.

— Не ходил бы ты по этой дороге сегодня. Нехорошая дорога. Порченная.

— Ты меня с кем-то перепутал, — хрипло пробормотал Патрик.

— Да? — смутился Вуг. — Но ты все равно не ходи. Прошлой ночью здесь Бло вещал, говорил, большая беда грядет... Пойдем лучше, я тебя рыбкой угощу, она как раз поспела. Доедать пора. А то как бы не перебродила.

— Благодарю за приглашение, но я тороплюсь. В другой раз. Бывай.

— Жаль, — огорченно вздохнул Вуг. — Ну, до встречи, архастер.

Патрик отвернулся и быстро пошел по тракту. Если Вуг понял, кто он, значит, где-то он прокололся. А может, и эти его раскусили? Нехорошо! Патрик обернулся. Вуг по-прежнему стоял на дороге и смотрел ему вслед. Увидев, что Патрик обернулся, он махнул ему своим фонариком и неторопливо скрылся в кустах.

Патрик пошел быстрее. Он шумно выдохнул, с силой вдохнул свежего воздуха и помотал головой. Вуги обычно ни во что не вмешивались. А этот? Что у него на уме? С самого начала все пошло вкривь и вкось, все не так! Всё наперекосяк! Надо было спросить Вуга, в каком виде Бло являлся. Если вещал в виде смоляной капли размером с бочку, тогда все сбудется, как напророчил. Значит, плохи дела. А если в виде радужных пузырей, значит, нектара обожрался на Сияющих Полях и спьяну врет, как сивый мерин. Черт! Говорил же, надо было сразу засылать оперативную груп-пу и брать адженогера тепленьким! Ведь знали, что здесь Принцесса! Сколько времени потеряли! И петля эта чертова! Откуда она здесь взялась? Неужели ловушка? И сделана тонко, практически никаких следов. Заметить место перехлеста он пока не смог, но копчиком чувствовал, что петля затягивается. Хотя и неторопливо.

Засмотревшись в истоптанную пыль тракта, Патрик чуть не налетел на дуб на всем ходу и едва сдержался, чтобы сгоряча не пнуть его ногой. Он стиснул кулаки, застонал и с чувством плюнул в сторону, в белеющий рядом с дорогой каменный череп.

— Да, видно проку из этой затеи не будет...

Он немного постоял, успокоился и решил вернуться к Вугу. От тухлой рыбы увольте, но вот попробовать узнать что-нибудь, как бы между прочим, вполне можно. А с рассветом снова в путь. Так он рассудил и решительно зашагал обратно, прочь от заколдованного дерева.

Если бы кто-нибудь сидел под Дубом, он мог бы наблюдать занимательную картину. От перепутья, бормоча под нос ругательства, быстрой, но уже порядком утомленной походкой уходил плотный человек небольшого роста с огромной кожаной заплатой на штанах. Вскоре он скрылся за поворотом, но через минуту снова оттуда появился, все так же ругаясь. Пройдя несколько шагов, он вдруг остановился, словно неожиданно одеревенел, и некоторое время пребывал в оцепенении. Патрик был не из тех людей, которые снимают накипевшую в душе пену терпеливыми ложками, но тут его дух был сломлен. Опустив руки, он поплелся к дереву, и устало опустился под ним в пыльную траву.

— Что же мне теперь, всю жизнь вокруг него ходить? — горько вздохнул он и еще раз проверил насчет «нор». Как назло, поблизости их не было. — Или к утру отпустит? Слышь, куча дров, отпустишь с петухами?

Дерево молчало. Патрик почесался плечом о грубую кору и стал подумывать, чем бы заняться, не отходя далеко. Он вынул из глубокого кармана золотую луковицу часов, открыл крышечку так, чтобы никто другой не заметил, некоторое время задумчиво смотрел на циферблат, потом вздохнул, закрыл крышку и спрятал часы обратно.

Незаметно, то ли от усталости, то ли от позднего времени, его стало клонить в сон.

Перед глазами поплыли размытые цветные тени. Потом из их глубины появилось что-то похожее на фигуру человека. Пульсируя, она приближалась, увеличиваясь и приобретая все более четкие очертания. Силуэт темным пятном заслонил собой весь мир. Потом появилось лицо, черты его были неуловимы, но глаза как будто были знакомы. Патрик почти узнавал их, но воспоминание ускользало. Глаза смотрели виновато, будто извинялись за что-то. Видение наполнило Патрика тревогой. Потом лицо стало таять, а темный силуэт фигуры — стремительно удаляться, и тут же все вспыхнуло ярким оранжево-красным пламенем. Сквозь сон Патрик услышал топот копыт. Он проснулся, вскочил, бросился прочь от дороги в лес и рухнул в заросли за камнем. В то же самое место, где он прятался вчера.

— Соломки, что ли, подстелить для следующего раза? — проворчал он, вынимая из-под живота сосновую шишку.

Через некоторое время у Дуба четверо всадников остановили разгоряченных коней. Один из них был в накидке и шляпе, бросающей непроницаемую тень на лицо. На остальных тускло поблескивали легкие доспехи.

— Ты уверен, что это здесь? — спросил тот, что был в накидке. Патрик подумал было, что судьба снова подсунула ему барона Риквильда, но этот высокий баритон с нотками раздражения был ему незнаком.

— Да, государь, — быстро ответил один из его спутников.

— Сколько повторять, обращайся ко мне мессир! — раздраженно ответил предводитель, от гнева приподнимаясь в стременах и озираясь вокруг. Патрик заметил, что ростом он не удался.

— Да, простите, мессир. Зорилла передал, что на этом самом месте нас будет ждать ее человек. Другого дуба на этой дороге нет. И именно в это время назначена встреча.

«Может, я и есть тот человек? — кисло улыбнулся Патрик, наблюдая за всадниками и припоминая прошлый разговор на развилке. — Никак, Их Величество Карл Наваррский пожаловали, собственной персоной. По описанию подходит.»

— Как, ты говоришь, ее имя?

— Изабелла Монтес, м-м-м.. мессир.

Тут краешком глаза Патрик заметил быструю тень, промелькнувшую в звездном небе, и в тот же миг за дубом, по другую сторону от всадников, на дороге вздыбился султанчик пыли. Будто камень упал, а на его месте вырос человек в черном балахоне.

Патрик сильно зажмурился и снова открыл глаза. Он сразу узнал его. Это был не человек, это был Грилл. Патрик мысленно перекрестился.

Еще в детстве от бабушки он много историй слышал об оборотнях. Ему маленькому она объясняла, что если оборотень встретится на пути, нужно следить за его движениями, но ни в коем случае не смотреть в глаза. Если есть возможность, нужно убегать или спрятаться и замереть, пока он не заметил. Если такой возможности нет, спасет только нательный крест и короткая молитва, обладающая чудодейственной силой. В шаге от себя нужно прочертить на земле линию или круг, выставить перед собой крестик и громко читать молитву. Если повезет, то оборотень дальше черты не пройдет, и если не сойдешь с ума, то с первым лучом солнца он исчезнет. За свою долгую и беспокойную жизнь Патрик встречался с оборотнями не раз и знал, что оборотни бывают разные, и что детское оружие помогает не всегда. Однако он научился обращаться с ними и с некоторыми даже был дружен. А если это не просто оборотень, если это гарх?!

Патрик неосознанно пробормотал про себя слова молитвы. Грилл вздрогнул и огляделся вокруг. Патрик замер. Оборотень еще раз осмотрелся, смиренно сложил руки, как монах, и вышел из-за дуба к всадникам. Лошади испуганно шарахнулись.

— Это он! — воскликнул слуга господина в накидке.

— Милейший, нам нужно встретиться с одной уважаемой дамой, — господин чуть выехал вперед, придерживая лошадь.

Грилл молча поклонился, повернулся к нему спиной и медленно пошел по дороге. Всадники переглянулись.

— Ты наглый малый! — воскликнул господин.

— Зорилла говорил, что ее человек немой, мессир, — пояснил слуга. — Видимо, нужно следовать за ним.

Грилл невозмутимо продолжал свое движение. Господин раздраженно дернул поводья, и всадники молча тронулись следом. Вскоре оборотень свернул с дороги и углубился в лес. Приглядевшись, Патрик увидел в лесу огонек. Стараясь ничем себя не выдать, он выбрался из укрытия, и, пригнувшись, перебежал тракт.

Огоньком оказалось окошко в лесной избе. Двое из свиты господина остались на полпути между избой и трактом. Двое других привязали лошадей к деревьям и расположились на крыльце, тихо переговариваясь. Когда Патрик подкрался поближе, он увидел, что дом накрыт куполом, сотканным из морока. Для обычного человека он был совершенно невидим, только некоторые в состоянии чувствовать его присутствие. А для Патрика это выглядело как марево знойного воздуха густого малинового цвета, которым была окутана изба. Почему-то ему пришло на ум, что это похоже на призрак малинового желе, умершего нехорошей смертью. Патрик отогнал прочь глупые ассоциации. Из-за них ему понадобилось некоторое время, чтобы сделать свой ум пустым и выровнять дыхание. Когда его сердце стало прозрачным, а дыхание перестало разделяться на вдох и выдох, он вошел в морок.

Бесшумно обойдя избу, он пробрался к окну, выходящему в лес с противоположной от крыльца стороны, и заглянул внутрь. В чисто прибранной комнате боком к окну на деревенском стуле с высокой спинкой за столом сидела женщина. Ее черные длинные волосы, украшенные сверкающей диадемой, были собраны назад под откинутый капюшон. Не узнать ее было невозможно.

Напротив нее сидел тот самый господин. В его осанке чувствовалось величие, достоинство и упругая сила. Ростом он действительно был невелик, зато в быстром и цепком взоре темных глаз угадывался холодный трезвый ум. Лицо было привлекательно и чувственно, такое нравится женщинам. Лишь маленький подбородок и надменные складки у рта немного портили его. Каштановые волосы, виднеющиеся из-под шляпы, были изящно причесаны. Одежда была прикрыта широким темно-коричневым плащом, прошитым золотой ниткой, отороченным собольим мехом и застегнутым на резную золотую пряжку.

У двери стоял Грилл с опущенным на глаза капюшоном.

Охватив все это одним взглядом, Патрик присел, втиснувшись между замшелыми бревнами стены и разбитой бочкой. Голоса были слышны довольно отчетливо. Патрик понял, что уже что-то пропустил. Говорила Принцесса. Ее голос звучал теперь совсем не так, как при встрече с Риквильдом. Теперь она была сама вежливость и почтение:

— ... это великая честь для меня, государь. Но освобождение ваше из заключения было, к сожалению, делом не самым сложным из того, что еще предстоит сделать.

— Вы оказываете нам неоценимые услуги, сударыня. В скором будущем мы сумеем вас отблагодарить.

— О государь, играя роль тонкой связующей нити, я лишь выполняю повеление моего светлейшего повелителя, короля Англии. Но еще я преклоняюсь перед вашей выдержкой, которая позволила вам вынести те душевные мучения, которым вас подвергали в заточении.

— Позволите ли вы сказать вам комплимент, сударыня? — баритон Карла потяжелел и стал горячее. Видимо, сочтя скромно опущенные глаза собеседницы знаком согласия, он произнес: — Вы прекрасны, как утренний ручей, играющий в лучах просыпающегося солнца. Ваша красота совершенна, она затмевает прелесть нежнейшего цветка, который только можно считать верхом божественного творчества. О вас должны говорить все королевские дворы. Я потрясен. Кто и где скрывал вас от света? Рыцари должны были ежедневно нести к вашим ногам богатые дары и без устали биться на поединках в вашу честь.

— Благодарю вас, государь, — кротко и негромко ответила Изабелла, — ваши слова для меня бесконечно дороги. Когда вы взойдете на престол и вновь вернете золотую корону Франции великим Капетингам, я буду счастлива, сознавая, что в этом есть толика и моего труда.

Наступила пауза. Возможно, Изабелла сбила короля Наварры с толку. Но Патрик не мог знать этого наверняка. А морок, тем временем, стал гуще. Патрик насторожился, он тут же пожалел, что не занял другой позиции, отсюда он не мог видеть, что происходит внутри. Возможно, его присутствие было замечено. Но ему не то, что шевелиться, ему даже тени беспокойства допустить было нельзя. Он был неподвластен мороку, накрывшему дом, пока ум его был пуст. А тут на самом краю пустыни его сознания выросла темная дюна беспокойства. Она сдвинулась с места и поползла, медленно увеличиваясь в размерах, но, к счастью, тут подал голос Карл.

— Сударыня, — улыбка его звучала принужденно, в ней сквозила едва заметная тень внутренней дрожи, той болезненной психической лихорадки, которая не давала ему покоя всю его жизнь и толкала на резкие и порой противоречивые поступки. Патрик удивился, что столь искушенный мастер придворной интриги не сумел этого скрыть. — Сударыня, я не ослышался? Мне показалось, вы сказали о короне Франции.

— Да, государь, вы не ослышались, и я не оговорилась, — голос Изабеллы звучал безукоризненно, в нем была только преданность и, возможно, даже затаенный интерес плотоядной самки.

Карл откинулся на спинку стула, внимательно изучая свою собеседницу. Патрик знал, что король Наварры должен чувствовать сейчас, когда его мозг незаметно окутывался мороком. Мысли очевидные, и, вроде бы, вполне осознанные, не складываются в необходимом порядке, словно человек думает о чем-то еще, о чем-то, что он никак не может вспомнить. Это отвлекает. Каким-то неведомым и отстраненным зрением он видит свои мысли. Вот они... Это холодные медлительные рыбы, плывущие в темной воде мрачного подземелья. Своды подземелья тяжелы, и в стенах нет окон, но жутко больше оттого, что в этой черной воде, в этом неподвижном озере, ноги не чувствуют опоры. «Насколько же глубоки эти воды»? — в безотчетном страхе спрашивает тот, кто смотрит. «Они не имеют дна», — безголосо отвечает ему обитель пугающего мрака. В таком состоянии хочется соглашаться и слушать, вдыхать образы мыслей собеседника, они выглядят такими желанными, как свежий воздух, наполненный исцеляющим ароматом цветов. Они дают надежду, что, вдыхая его, можно вознестись из этой тяжелой и холодной воды, из этого каменного подвала без света и выхода. И рыбы-мысли, беспокойно стукающиеся в ладони своими тупыми носами, уже не вызывают желания их поймать.

Принцесса не смогла бы сотворить морок такого уровня. Но, видимо, это прекрасно умел тот, кто находился у нее внутри. И вдобавок, он пользовался ее силой. Сейчас Принцесса и та тварь, которая внедрилась в нее, представляли собой комплексное существо. Таких существ знающие люди называют адженогерами. Степень взаимодействия жертвы и интервента обычно определяется силой воли жертвы и возможностями интервента. Часто интервент получает полную власть над атакованным человеком, но бывали случаи самостоятельного освобождения людей от этой гадости. Что происходило Принцессой, Патрик пока не мог понять, но, судя по ее поведению, шансов на благоприятный исход было крайне мало. Слишком аккуратно работал адженогер. Сейчас он тонко и умело обрабатывал Карла, не переходя за ту грань, за которой вторжение в сознание становится очевидным. Но Карл тем не менее неосознанно боролся и держался за реальность цепко.

— Не прошло и трех недель с тех пор, как мы встречались в Нормандии с поверенными короля Эдуарда и вновь подтвердили все пункты договора двухлетней давности, — вновь заговорил он. — Что могло случиться за эти дни? Если не считать, конечно, этого безумного бунта.

— Именно поэтому я здесь, государь. Но у нас мало времени. Мне неизвестны подлинные причины, побудившие короля принять новое решение, я всего лишь посланница. Я должна передать вам то, что было мне доверено. Итак, Их Величество король Англии Эдуард Третий, готов признать за вами право на корону Франции и ваше право на владение землями королевского домена в существующих границах. Вам также перейдет все то, что было обещано королем Иоанном в Мантском соглашении. Кроме того, как это и было указано в прежнем договоре, который был подписан два года назад в сентябре вашим братом мессиром Филиппом Наваррским и королем Эдуардом в замке Кларендон, за вами останется Бригора, Шартр и Лангедок — полностью, а не только те десять тысяч ливров ежегодного дохода, которые положил вам дофин в марте от имени короля, чтобы возместить вам убытки. И еще к вам вернется Шампань. Разумеется, о королевстве Наварра и графстве Эвре разговор не идет, это ваши исконные и неоспоримые владения во веки веков.

Давление морока несколько спало.

— Герцогство Нормандия, — с надеждой подсказал Карл.

— Об этом король хотел бы поговорить с вами при встрече,— мягко удавила эту надежду Изабелла. — Признавая вас законным королем Франции, король Эдуард хотел бы уточнить нынешние границы Гиени и границы северных владений. Король надеется, что вы сможете обо всем договориться и благополучно разрешить все спорные вопросы, из-за которых вот уже двадцать лет идет эта затянувшаяся война.

— Я понимаю, — вздохнул Карл, бросив попытку быстро подсчитать, с чем ему придется расстаться ради своей мечты, и приводя в порядок спутанные чувства. — Хотя это, признаться, достаточно неожиданно... Их Величество, благороднейший король Англии, может не сомневаться. Мы придем к соглашению. Мы готовы составить новый договор и подписать его на этот раз собственноручно. Но нам необходима поддержка в этот трудный час. И медлить нельзя. Ведь именно теперь самое подходящее время для нанесения решающего удара. Дофин бежал, в стране смута, в Париже у нас огромное число сторонников. Готов ли король Эдуард высадить войска? Если говорить откровенно, только между нами, у нас есть сведения, достойные полного доверия, что Англия вследствие бурных военных действий последних лет испытывает некоторые финансовые трудности, а если сказать точнее, казна ее истощена до предела. А в легенды о золоте алхимика, простите, сударыня, я не верю.

— Это верно, — улыбнулась Изабелла, — казна истощена. И золото алхимика давно уже растаяло, хотя мне еще довелось своими глазами видеть остатки мерцающих пирамид, сложенных из слитков в тайной лаборатории Тауэра. Но не об этом речь. Королю Эдуарду снова предложили свои услуги эмиссары Ганзейского союза. Они оценили надежность партнера и выгоды займа, предоставленного ими двенадцать лет назад. Займа, который, согласитесь, был далеко не последним средством в достижении победы при Креси. Ганза набирает силу и очень внимательно следит за движениями, которые происходят во всем христианском мире, а также за его пределами. Они внедрили своих шпионов во все королевские дворы. Они прекрасно видят шанс, который им выпадает теперь. И они его не упустят. На этот раз они предложили не просто заем, а сделку, которая принесет немалый, и весьма немалый доход всем участникам. Поэтому на ваш вопрос, готов ли король Эдуард высадить войска, я с полной ответственностью отвечаю — да готов. И он сделает это в ближайшие десять-пятнадцать дней. Уже заканчивается подготовка судов и сбор войск. Детальный план вторжения пока обсуждался только в присутствии Их Величества короля Эдуарда, его славного сына, Их Высочества сэра Эдуарда Черного Принца, герцога Ланкастера и сэра Джона Чандоса.

Карл Злой покосился на Грилла, стоящего за его спиной.

— Не стоит беспокоиться, Ваше Высочество, мой слуга глух и нем от рождения, — успокоила Карла Изабелла. — Так вот, высадка планируется в последних днях июля одновременно в Булони, в Кале, в Шербуре, в Бордо и в Байонне. Это будет весьма впечатляюще.

— Какая же роль отведена мне в этом походе? — скрывая настороженность под опущенными веками, спросил Карл.

— Король просил начать ваши действия еще до подписания нового договора, доверившись его слову.

Морок снова сгустился. Патрик почувствовал ломоту в висках.

— Слово короля для меня превыше любых печатей, — Карл устало вздохнул. Видимо, на него тоже накатило.

— Король Эдуард, в свою очередь, готов забыть все те досадные эпизоды, которые имели место между вами после Авиньонских переговоров и до времени вашего заточения. Теперь он доверяется вам полностью.

— Отрадно слышать, — чуть поморщился Карл. — Так какова же моя роль?

— Я слышала, что к вам обратилась группа дворян с просьбой защитить их от ярости взбунтовавшихся крестьян, пока они не уничтожили всех людей благородного происхождения. Вы уже приняли их предложение?

— Я размышляю над этим.

— Король советует принять это решение незамедлительно, это значительно поднимет и на годы вперед утвердит ваш авторитет среди дворянства.

— Должен сознаться, — чуть погодя ответил Карл, решив не открывать истинные причины своей медлительности в принятии этого решения, — наша армия не столь велика. Да, наш брат Филипп стоит у стен Парижа с войском, собранным в Наварре, Нормандии и Анжу. Да, Париж, с помощью Этьена Марселя признал нас командующим его войсками. Но этого недостаточно для того, чтобы погасить этот расползающийся пожар.

— Король Эдуард побеспокоился об этом, Ваше Высочество. Потребуется еще день, чтобы здесь все окончательно подготовить. Уже в пути большой отряд сэра Роберта Сэркота. Мои люди набирают отряд из лучших английских лучников. Думаю, стрелков будет не менее трехсот человек. Если мы опередим бунтовщиков, то сможем настичь их уже у стен замка Дэфанс. Именно туда сейчас направляется их основной отряд. Граф Дэфанс легко выдержит их первый натиск и вынудит их встать осадой. С ним уже есть договоренность. А вы тем временем сможете ударить бунтовщикам в спины. Разработка плана решающей битвы исключительно в ваших руках, государь, — Изабелла почтительно склонила голову. — Наш светлейший король предоставляет капитана Сэркота и лучников под ваше начало. Я нисколько не сомневаюсь в успехе. Втайне надеюсь, что вы позволите мне присутствовать при решающем сражении.

— Но, сударыня, — чуть помедлил Карл, — ваша просьба удивительна для меня... Поле боя не место для благородных дам. Тем более, для столь прекрасной особы, как вы. Это весьма опасно. Это ведь совсем не то, что азартная соколиная охота.

— Умоляю вас, государь, — в голосе ее прозвучало такое откровенное обещание жаркой плоти, что даже Патрик, сидящий под окном, мгновенно вспотел. — Я нисколько не сомневаюсь в вашей победе. И я хочу воочию насладиться этим триумфом. Обещаю, я буду послушна и исполню любые ваши требования.

— Ну что ж, — против такого натиска Карл устоять не смог.— Сударыня, клянусь, вы получите лучшее место для наблюдения этой славной битвы.

Патрик ждал, когда будет произнесено имя барона Риквильда, но так и не дождался.

А тем временем Изабелла Монтес, безукоризненно придерживаясь правил придворного этикета, прощалась с Карлом Злым — королем Наваррским, внуком Людовика Сварливого.

За домом скрипнула дверь, послышались голоса, топот копыт, и по тропе к тракту пронеслись четверо всадников. Патрик продолжал сидеть в своем укрытии.

— Итак, еще один король в наших руках, неплохой расклад! — удовлетворенно произнесла Изабелла. — И вскоре мы навестим дофина. Карл Наваррский даже не представляет, насколько его может удивить этот молодой человек в недалеком будущем! Вот видишь, Грилл, как легко с ними играть. Людское тщеславие ненасытно, нужно только угадать, в каком именно ларце души тлеет уголек, неслышно приоткрыть крышку и легонько, незаметно подуть. Потом взять за ниточки, которыми можно управлять любым человечком, и он превращается в послушную куклу. Самое удивительное, что он этого не замечает или не желает замечать. Он исполнит все твои пожелания, искренне принимая их за свои собственные.

— Нужно только покрепче держать, — насмешливо прохрипел Грилл.

— Да, покрепче! Думаю, дофин тоже будет нам рад. Пока его высочайший родитель отдыхает в Виндзоре, нужно как можно надежнее его приручить. Уж мы-то сумеем сделать то, что не удалось его мятежному кузену. Наша игра складывается замечательно и, судя по всему, будет иметь восхитительный финал. Я ощущаю запах жертвенного костра. Нас ждет славный пир.

Она негромко засмеялась, и Патрик вздрогнул. Он уже забыл этот живой и приятный смех. А теперь он принадлежал жуткому хищнику. Патрик все время пытался найти хоть малейший намек на то, что Принцесса все еще борется, он старался не думать о том, что, возможно, придется ее убить собственными руками. Но пока он не заметил ничего утешительного. Он хорошо знал Майю, хотя та не видела его ни разу, включая тот случай, когда он тащил ее на себе несколько верст, продираясь сквозь лес. Тогда она была без сознания, а следом за ними, спотыкаясь и падая, по колено в снегу плелся едва живой Ромео. Эх, Роман Андреич, жаль, что так неудачно все сложилось. Хотя тогда он сделал все, что мог, он все равно чувствовал за собой вину. Потом, много лет спустя, когда Принцесса стала воином-хранителем спецподразделения Крылатого Пса, Магистр не раз просил Патрика присмотреть за ней, особенно, когда она бралась за опасные дела. И Патрик страховал ее, но таким образом, что она даже не подозревала о его присутствии. Такие трюки по силам только архастеру.

— Все будет замечательно, Грилл, если... Если, конечно, опять не произойдет какой-нибудь досадной случайности. Кстати, есть ли какие-нибудь новости от Мрадона?

— С тех пор, как вы забрали его из Спящих Врат в город, я его еще не видел, но не сомневаюсь, он вытянет из толстяка все жилы. Не таким языки развязывали.

— Да, святой отец — великий мастер священного дела инквизиции! — усмехнулась Изабелла. — Пожалуй, он самый успешный среди наших подопечных. Он еще сослужит нам немалую службу. А теперь он нам должен еще и за свое спасение от разъяренной толпы бунтовщиков. Хотя, похоже, ему понадобится время, чтобы оправиться после полета над пылающей колокольней с горящим заживо звонарем, у которого кожа лопалась пузырями на лице. А этого второго оборванца, который был в замке Риквильда, нужно непременно найти. Он тоже мог быть на развилке и может помешать нам.

— Мне кажется, я видел его вечером, — усмехнулся Грилл. — Его послали лазутчиком к замку Дэфанс.

— Значит, они оба из войска бунтовщиков. Прекрасно. Барон Риквильд почему-то солгал нам. Так я и думала. Только я не могу понять, зачем он это сделал. А с этим сборванцем нужно непременно встретиться еще раз, и теперь в последний.

— Госпожа, — Грилл немного замялся, — мне показалось, что я видел на нем отметину.

Патрик напрягся.

— Глаз Дракона? — удивилась Изабелла и нахмурилась. — Вздор. У этих цепных псов другие повадки. Это тебе показалось.

— Конечно, госпожа. Откуда им здесь взяться.

— Но кем бы он ни был, он должен умереть.

«Пора», — решил Патрик.

Он осторожно выбрался из своего укрытия, потер затекшие ноги и осторожно заглянул в окно. Изабелла стояла у стола, спиной к нему, сложив руки на груди. Грилл по-прежнему стоял у двери. Патрик обошел дом, остановился перед дверью, вытащил нож из ножен, с силой ударил ногой по двери и остановился, обводя взглядом пустую комнату.

Вокруг стремительно таяли последние остатки морока. На грязном столе из последних сил вспыхивал чахлый оплывший огарок. Пол был усыпан сухими ветками, истлевшими листьями и почерневшими глиняными черепками. Углы поросли густой паутиной с засохшими в ней много лет назад мухами. Над прогнившей крышкой ларя для муки на деревянной полочке стояло несколько горшков, покрытых толстым слоем пыли. Из обвалившегося очага торчал опрокинутый железный треножник и ржавый холодный котел.

— Это что вообще было? — пробормотал Патрик, вытирая мокрый лоб и озадаченно озираясь.

Он не мог понять, каким образом адженогер с гархом исчезли. Перехода в любом из его видов поблизости не было. Оставался вариант перемещения, подобный тому, каким пользовался Магистр. Посвященные этот способ в шутку называли «ПКП», что расшифровывалось как «поплавок ковал поп». Говорят, что такое название придумали потому, что действие отдаленно напоминало палиндром, который читается в обе стороны. И еще потому, что с этим открытием был связан некий дореволюционный священник. Те, кто способен на такой финт, рассказывают, что ощущают себя поплавком, легким шариком, плавающим на тонкой мембране, разделяющей миры или реальности. При перемещении человек и некоторая сферическая область пространства вокруг него как бы сдуваются в одном мире до полного исчезновения. И при этом одновременно надуваются по другую сторону мембраны. Всякие умники считают, что собственно переход осуществляется через некую точку, которая одновременно принадлежит обеим реальностям. Одни называют эту точку «прорубью», другие — «нулевой трансточкой» или просто «нуль ТТ». Но Принцессе такой способ перемещения был недоступен. Значит, он может быть доступен интервенту. А это грозит очень серьезными неприятностями.

— Это что же за тварь такая? — пробормотал Патрик. — Что-то я ничего похожего не припоминаю. Нехорошо. Все наперекосяк. Облом на обломе. И «Камаринской» с выходом не получилось.

Он убрал нож в ножны и, рассеянно глядя на гаснущий огонек свечного огарка, пробормотал:

— «Ах ты, сукин сын, камаринский мужик... Ты куда это вдоль улицы бежишь?»

Огонек последний раз пыхнул, погас, и кверху потянулась сизая нитка дыма.

— Что же она творит? Что-то я не въезжаю в смысл происходящего. Ладно. Что мы теперь имеем? Про епископа и про мой побег они пока не знают. Это радует. Но это ненадолго, обольщаться не стоит. Куда ж теперь податься бедному архастеру? Почему же я всегда попадаю в самую гущу дерьма? Я ведь проводник, а не воин!

Через пару минут Патрик уже торопливо шагал по тракту, что-то бормоча себе под нос. Дуб его больше не задерживал, но теперь Патрик торопился не в Сен-Гард, а прямо в противоположную сторону, в Монте-Брасс. И Крабья петля как-то незаметно рассосалась.

Глава 13. Подземный ход
(6 июня, среда, 1358г.)

Разбудил меня Гильом. Ночная тьма таяла серыми предрассветными сумерками. Было немного прохладно, спросонья пробирала дрожь. Наше войско поднималось, потягивалось и зевало. Мужики уже кое-где покрякивали, согреваясь глотком вина из старых запасов, почесывались и ворчали. Стали пролетать шуточки и негромкий смех. Кто-то что-то искал, не помня, куда подевал с вечера. От земли поднимался туман, скрывая вершины деревьев и монастырские крыши.

Хозяин моего ночного приюта возился с упряжью и вполголоса ругал лошадь, которая непослушно мотала головой, а Гильом стоял рядом со мной и задумчиво смотрел вокруг.

Я стащил с себя штору, сбив ее ногами в кучу, поежился, спрыгнул с телеги и энергично помахал руками, чтобы согреться.

— Ты слышал что-нибудь сегодня ночью? — наконец спросил Гильом, перекатывая в пальцах свой серебряный перстень с головой льва.

— Ничего особенного, — ответил я, не желая вспоминать о своих ночных страхах, но вид Гильома меня насторожил. — Что-нибудь случилось?

— Случилось, — вздохнул Гильом и негромко, так, чтобы больше никто не услышал, добавил, — Матис убит.

— Какой Матис? — не понял я, но тут же сообразил, что речь о старике, который обещал провести нас по подземному ходу в замок. — Как убит?

И тут перед моими глазами снова всплыла ночная картина: полоска желтого света упала из-под двери, и я снова как наяву услышал шаги. В сердце моем опять проснулась вчерашняя тоска.

— Кто же это мог сделать? — пробормотал я. — Тем более, что он спал в соседней комнате. Ночью, когда я выходил, все было тихо, да и Вальян тоже наверняка услышал бы, если был какой-нибудь шум.

— Вальян? — насторожился Гильом.

— Ну да, — ответил я, — сказать по правде, он меня здорово испугал в коридоре.

Вдруг я понял, почему нахмурился Гильом.

— Ты думаешь, это он? — ужаснулся я.

— О том, где старик должен был ночевать, знали только шесть человек: ты, я, барон Риквильд, Поль Тэпентайн, Комьен и Вальян. Комьена я знаю достаточно хорошо, Риквильд и Тэпентайн ночевали в странноприимном доме.

— Не может быть, — пробормотал я озадаченно. — Может, нечисть какая-нибудь? Ее тут как тины в омуте.

— Вряд ли, — покачал головой Гильом. — Призраки могут напугать, но не всадить нож в сердце по самую рукоять. Эта сволочь сделала все тихо. Мальчик спал рядом, но проснулся только утром, когда я открыл дверь. Об этом не знает никто, кроме нас с тобой, и пока никто знать не должен.

— А как выглядит нож? — поинтересовался я.

— Мальчик сказал, что это нож старика.

— Кому же это было нужно?

— Тому, кто хочет, чтобы мы оставили как можно больше народа под стенами Дэфанса.

— Значит, наш план летит к чертям?

— Нет, план остается без изменений, — ответил Гильом, вглядываясь в туман. — А вот и господин барон.

К нам подъехали барон Риквильд и Тэпентайн. У барона был усталый вид, под глазами припухли мешки и появилась синева.

— Доброе утро, капитан! — приподняв руку, поприветствовал Гильома барон и еле заметно кивнул в мою сторону. — Кажется, сейчас самое время выступить, пока туман не рассеялся.

— Да, — кивнул в ответ Гильом. — Люди уже почти готовы.

— Хорошо, тогда я отправляюсь к своему отряду, — Риквильд переглянулся с Тэпентайном, и они повернули лошадей.

Я хотел пойти отыскать штабную телегу с моим мешком, в котором лежали доспехи, но Гильом остановил меня, положив руку на плечо:

— Слушай внимательно. Поведешь свой отряд по объездной дороге, она уходит направо от тракта недалеко от деревни. Там на опушке должен стоять обгорелый ясень, у него верхушку молнией расщепило. Возле него свернешь налево, в лес, и будешь ехать по старой лесной дороге до тех пор, пока... В общем, на месте тебя будет ждать Бертран — мальчик, который был с дедом. Он покажет, где находится часовня. Понял?

— Все понял, — ответил я.

— Только шевели ногами, времени осталось мало. Жди в часовне, пока трижды не протрубит охотничий рог. Это будет сигнал. Как только мальчишку встретишь, сажай его к себе в седло и не отпускай ни на шаг. Береги его!

— А если это ловушка, и деда убили, чтобы мы до конца поверили в этот вариант с подземным ходом?

— Не думаю. Ты боишься, что ли?

— Да вроде нет... пока.

— Что-то ты плохо выглядишь, бледный какой-то. Не заболел случайно?

— Не заболел.

— Если это ловушка, сразу повернешь назад. Но почему-то я уверен, что здесь нет никакой ловушки. Только перед тем, как войти в подземелье, еще раз вбей всем в головы — держать дистанцию и уши прочистить. Давай, с Богом, тебя уже ждут люди за воротами.

* * *

У ворот Комьен учинял кому-то шумный, но поучительный и бодрящий нагоняй за кривые руки. Заметив меня, он махнул рукой на провинившихся и подошел. Я придержал лошадь и поздоровался. Комьен кивнул и похлопал мою кобылу по шее:

— Ну вот, после купания совершенно другой вид и другой запах. Отлично выглядишь, Саламандра, crede mihi. Наверняка сегодня и доспехи себе человеческие справишь, и лошадкой обзаведешься приличной.

Я изобразил презрительное фырканье, хотя и сам знал, что соловая тощая кобылка с сорочьим глазом мало похожа на боевого рыцарского коня. Кольчужка моя с разорванным воротом, мятые наручи и наголенники от разных комплектов, конечно, были далеки от идеала рыцарских доспехов. Железная шапка, минерская шапель, вообще могла кому-то показаться смешной, но зато своими полями она прекрасно защищала плечи. А вот меч был хороший, добрый меч, я им втайне гордился. У него на клинке сразу под крестовиной была гравировка, изображающая таинственного зверя.

121

— Меч из ножен старайся не доставать, чтобы не позориться,— по-дружески посоветовал Комьен и пообещал, — я тебе потом сам подберу из трофеев настоящий.

— Это почему же? — возмутился я, чуть вынув клинок из ножен, чтобы стала видна гравировка.

— Во-первых, он недоделанный, а во-вторых, это грубая подделка под «Волка» из Пассау[28], — пояснил он. — Но это все ерунда. Вот что, я думаю, тебе сейчас будет гораздо полезнее...

Он вытер руки о свое некогда алое сюрко и открыл кожаную сумочку, висевшую у него по правую руку на поясе, у кинжала. Сумочка была похожа по форме на плоский баул и покрыта тисненым орнаментом, явно сарацинским. Покопавшись в ней, Комьен вынул костяной цилиндрик размером с мизинец и отвернул его черную крышечку.

— Руку подставь, — пробормотал он.

Я подставил, и Комьен аккуратно вытряхнул мне на ладонь три темно-коричневых горошинки.

— Это перец, что ли? — озадаченно спросил я.

— Нет, это специальные пилюли для воинов, — усмехнулся госпитальер, завинчивая крышечку и убирая цилиндрик в сумку,— называются «ярость дракона», бесценный дар старого сирийского знахаря.

— Это надо съесть? — спросил я, разглядывая шарики и подозрительно к ним принюхиваясь.

— Можно конечно и в зад засунуть, — серьезно ответил Комьен, — тоже подействует, только эффект будет другой. В седле сидеть не сможешь, но бегать будешь быстро. Быстрее лошади. Ешь, не сомневайся, только не разжевывай и не глотай, жди, пока само растворится, а то сблюешь.

— А это для чего?

— Для умножения сил, обострения чувств и утончения ума. Станешь злой, как берберский сокол, будешь в темноте видеть, как египетская кошка, а след брать, как ищейка. Сейчас это для тебя как раз то, что нужно. Ешь, давай...

— Прямо сейчас?

— А когда же? — вздохнул Комьен. — Действовать начнет где-то через полчаса. Давай, ешь, я должен это увидеть. Не отвиливай.

Я обреченно ссыпал горошинки с ладони в рот. Ожидая остроты перца, я осторожно покатал их языком, но жжения не было, только густой пряный и сытный вкус.

— Ну... А ты сомневался, — пробормотал Комьен, с интересом наблюдая за моим лицом.

Горошины растаяли неожиданно, почти мгновенно. А потом я вдруг с ужасом почувствовал, будто рот мой мгновенно наполнился жидким огнем. Не было болезненной жгучести перца, это было что-то совсем другое. Эффект был куда мощнее. Рот я открыть почему-то не смог, только щеки надул, но у меня было полное ощущение, что из моих ноздрей с силой ударили две струи огня. Я даже голову отклонил, чтобы не опалить лошади гриву. В носу и в мозгу яростно засвербело, а из глаз хлынули слезы. Распахнув рот, я сделал несколько судорожных вдохов. Комьен участливо протянул мне свою фляжку.

— Ну, спасибо, — просипел я через минуту, возвращая пустую фляжку и вытирая мокрое лицо.

Огонь всосался в мозг, где подозрительно затих, и частично стек в желудок, где тоже растворился без следа.

— Увидишь, подействует, — уверенно сказал Комьен, вытряхнул на ладонь последние капли из фляжки и, протерев себе шею, добавил, — вряд ли старик обманул.

— Что… Что значит, вряд ли? — зашипел я, вытаращив на него глаза.

— Ну, вообще он был честный дед, — ответил Комьен.

— Честный дед?! — воскликнул я, пустив петуха, — А ты сам не пробовал, что ли, эту гадость?

— Да все как-то не было случая подходящего, — пожал плечами Комьен. — Ладно, в добрый путь, а то твой отряд уже ногами сучит за воротами. Отсюда слышно.

Комьен шлепнул мою кобылу по заду, и она, присев на задние конечности от неожиданного напутствия, рванула с места и несколько боком понесла меня к моему отряду.

За стенами монастыря меня догнал Поль Тэпентайн. Некоторое время он удивленно разглядывал мое лицо, но спрашивать не решился. Только поинтересовался, почему мы без проводника. Я тут же вспомнил об убитом старике, и моя злость на Комьена несколько поутихла. Тэпентайну я решил все сказать позже и честно сообщил, что проводник должен ждать нас на месте.

Туман стал медленно подниматься, оставляя на траве алмазные холодные капли обильной росы. У горелого ясеня мы свернули и долго ехали по незнакомой дороге. Я уже стал беспокоиться, но за очередным поворотом из тумана выплыла смутная фигура. Мальчик стоял у дороги, обняв за шею тощего гнедого жеребца. Я хотел взять его к себе в седло, как сказал Гильом, но парень заупрямился, пожелал остаться со своим гнедым и поскакал впереди. Я смотрел на его худенькие плечи, выпирающие из-под белой холщовой рубахи и оттопыренные уши, торчащие из непослушных вихров, и мне казалось, что он плачет. Горло мне сдавила судорога, и я стиснул зубы, чтобы с этим справиться.

— А где старик? — спросил Тэпентайн.

— Старик уже не придет, — пробормотал я, глядя в сторону. Тэпентайн попытался заглянуть мне в глаза, потом нахмурился и отвернулся.

— Убили его сегодня ночью, — негромко сказал я, посчитав неуместным таиться перед человеком, с которым скоро идти в бой.

— Кто, неизвестно? — тихо спросил Тэпентайн.

— Непонятно…Никто ничего не видел и не слышал.

— Скверно.

— Бертран знает дорогу, он проведет, — успокаивая Поля, я больше успокаивал себя.

Вскоре мальчишка предупреждающе поднял руку. Мы придержали лошадей и через несколько шагов остановились.

— Мы на месте, — тихо сказал Бертран. — Дальше пешком еще шагов двести.

Я подал знак спешиться всему отряду. Мы завели лошадей в лес подальше от дороги, оставили охрану и двинулись вслед за проводником. Я старался ни на шаг не отстать от него и настороженно смотрел по сторонам. Тэпентайн держался рядом. Он двигался мягко, словно кошка, отодвигая от лица ветки с дрожащими каплями.

Маленькую часовню в самом деле трудно было разглядеть, даже когда мы подошли совсем близко. Мы обошли густые заросли орешника, и она неожиданно открылась нам. Серый влажный камень стен оброс мхом и лишайниками. Давно уже молчал черный колокол, скрытый ветвями маленького деревца, выросшего на крыше. На фоне мрачного ельника часовенка показалась мне угрюмым склепом. Дверей не было. Видимо, они давно уже сгнили. Круглое окно над входом было разбито и затянуто рваной паутиной. Неподалеку громоздились вывороты корней нескольких упавших могучих елей. Казалось, что это не деревья, а изувеченные тела исполинских страшных животных, и в тревожной могильной тишине только что затихли их предсмертные хрипы и стоны. Будто нечистая здесь пронеслась сумасшедшей круговертью.

— Лихое местечко, — пробормотал кто-то. — Не хотел бы я оказаться здесь вечерком один!

Мужики собрались вокруг, опасливо поглядывая по сторонам. Кто прислонился к дереву, кто уселся прямо в мох. Хоть Комьен и подобрал людей для отряда из наиболее опытных, из тех крестьян, которые уже участвовали в схватках, но все равно вооружены они были кое-как, а о нормальных доспехах вообще говорить не приходилось. С таким снаряжением можно идти только на быструю и неожиданную схватку, и желательно ночью. Было несколько человек из тех, кто нанимался в разное время в боевые отряды по контракту, но их было мало. Подготовки не было, значит, слаженности не будет. Нам можно было рассчитывать только на чудо. Если бой затянется больше, чем на пять минут, нам крышка, порубят в капусту.

Окинув быстрым взглядом наше войско, я подавил тяжелый вздох, и мы с Тэпентайном вошли за мальчиком в часовню. Наш проводник подошел к крайней из трех арок, украшавших стену, и уперся руками во внутренний край арочной ниши. Камень заскрежетал, и стена чуть подалась. Мы навалились втроем, и внутренняя часть арки с глухим звуком повернулась на оси, открывая черноту прохода. В лицо пахнуло сыростью и затхлым воздухом.

— Это он, — Бертран кивнул в сторону хода. В этих словах было столько ненависти, словно перед ним стоял его злейший враг. — Я проведу вас в кладовую, ту, что недалеко от покоев графа на втором этаже. Если выйти из нее и повернуть направо, то шагов через двадцать вы окажетесь у спуска широкой лестницы в зал торжеств. Там увидите огромные двери. Они выведут во двор донжона. На пути к главным воротам будет проходная арка, но это не просто арка, это Веерный коридор. Весь этот проход простреливается из бойниц в стенах.

— Весело, — хмыкнул я и переглянулся с Тэпентайном.

— Но бойницы направлены на тех, кто может прорваться через главные ворота.

— То есть ты хочешь сказать, нам будут стрелять в спину, когда мы направимся к главным воротам по этому коридору, — сообразил я. — Это утешает.

— Да нет же, вы можете по ходу дела напасть на стрелков, там есть входы в эти помещения, я покажу.

— Ладно, что там дальше?

— А дальше уже все просто. Если вы пройдете Веерный коридор, вам нужно обогнуть дом, где размещаются воины гарнизона, дом будет по правую руку. И там уже видно главные ворота.

— Понятно, — пробормотал я, еще раз глянул в черноту подземного хода, и мы вышли наружу.

Крестьяне уже приготовили факелы и развели маленький костерок из сухих веток, чтобы не сильно дымил. Было видно, что многие в ожидании боя нервничали. Некоторые старались не подавать вида, но неизвестность пугала всех. Неподвижный задумчивый взгляд выдавали играющие пальцы, спокойные руки, поглаживающие холодную сталь — прыгающая травинка в углу плотно сжатого рта.

Я старался не думать о том, что ждет меня под землей в этой гнилой норе, но на душе у меня было очень скверно. Мне все время казалось, что кто-то стоит у меня за спиной и холодно смотрит в затылок.

Я собрал на последний совет десятников и капитана Клермонских нянек. Стараясь держаться как можно строже, я обрисовал общий план замка, все места, где могут возникнуть трудности, и распределил задачи для каждого десятка. Тэпентайн сурово всем напомнил под страхом немедленной смерти, чтобы все держали рот на замке, даже если их будут живьем резать. И чтобы держали дистанцию в подземелье и слушали команды так, словно должны услышать шепот ангелов. Десятники поворчали и разошлись к своим людям.

Ко всеобщему облегчению, ждать сигнала пришлось не так уж долго: из-за леса трижды протрубил охотничий рог. Все повскакали со своих мест и засуетились. Запалили факелы.

— Ну, с Богом! — я перекрестился, погладил амулет на груди, на всякий случай вытащил меч, взял в левую руку коптящий факел и быстро зашел в часовню. Амулет неожиданно сделался горячим. Тогда я подумал, что это мне показалось.

Ступив в черноту хода первым, я вдруг остолбенел. Прямо передо мной стоял Матис. Старик был бледен, как смерть.

— А Гильом сказал, — растерянно пробормотал я. — Тебя убили…

Тэпентайн, который вошел следом за мной, уставился на меня непонимающим взглядом.

— В чем дело? — нетерпеливым шепотом спросил он, тревожно заглядывая мне в глаза. Матиса он явно не замечал.

Я посмотрел старику на грудь и увидел на его белой рубахе черное пятно.

— Ты почему-то меня видишь, это хорошо, — мрачно сказал Матис, — значит, я смогу тебя предупредить, если что-то пойдет не так. Раз ты видишь меня, значит, увидишь еще кое-кого. Только не обращай на них внимания. Считай, что их нет. И не верь никому, что бы они не говорили. А если появятся живые, я дам тебе знать. У вас есть хороший шанс, только не упусти его. Следуй за мной и не останавливайся, что бы ни случилось.

Он отвернулся и канул в темноту.

— Что случилось-то? — недовольно спросил Тэпентайн.

— Все нормально, — сдавленным голосом ответил я и шагнул вперед.

Внутри ход оказался неожиданно просторным, хотя я и знал о его размерах со слов старика. Действительно, четверо здесь свободно могли идти бок о бок. Мелькающий свет факелов выхватывал из мрака заплесневелые камни стены и потолок в черных разводах копоти. Сначала мы быстро шли, потом побежали, так было легче. Но со мной происходило что-то непонятное, стало знобить, и желудок давили неприятные спазмы. В голове пролетали какие-то шумные, тягучие и бессвязные обрывки мыслей. Такого со мной никогда не было.

Первым я увидел мужчину. Он был одет в какие-то старинные, богатые, но рваные одежды. У него не было одной руки, а вместо глаз зияли черные дыры. Стиснув зубы, сдавив рукоять меча и не сбавляя шага, я старался на него не смотреть. Призрак стоял, прижавшись к стене, а когда мы поравнялись, он протянул ко мне свою единственную руку, словно прося о чем-то, и я увидел, что пальцы его обрублены. Я отпрянул и отмахнулся.

«Это всего лишь призрак, — твердил я про себя, чувствуя, как по лицу и по спине градом катится пот, — всего лишь привидение. Он мертв, его нет».

Потом дорогу преградила женщина с девочкой, которую она держала за руку. Что-то было не так с нижней частью их тел. Мне показалось, что они обуглены.

Талисман уже пульсировал на моей груди жаркими волнами, и я вдруг осознал, что не помню, откуда он вообще взялся. Останавливаться было нельзя, я чувствовал, что если хоть на миг сбавлю скорость, то погибну, и все остальные тоже. Объятый ужасом, зажмурившись, я пробежал сквозь призрак женщины. Она что-то бормотала, но я не вслушивался.

А потом их стало много, очень много, как на городской площади во время народных гуляний. Вид их был отвратителен и страшен. Во мне проснулась злость, и от этого стало немного легче. Я потерял счет времени, мне казалось, что я бегу по этому проклятому коридору в никуда уже целую вечность, и все сильнее меня охватывало отчаяние. Позади слышался топот ног и неровное дыхание.

То ли монах, то ли нищий, сидящий на осклизлом полу

усмехнулся, увидев меня, и засмеялся гадким булькающим и хриплым смехом.

— Торопитесь, торопитесь! Все придете к нам! А мы уж вас встретим, не сомневайтесь, — он закашлялся и провалился в стену.

Откуда-то из черноты выбросились когтистые щупальца. Они были похожи на туманные сгустки сырого гибельного холода, и они впились в мое сердце, залепили мой рот, и меня оглушил волчий вой. И в тот же миг по глазам резанул яркий свет, и мозг пронзила нестерпимая острая боль. Я выронил факел, прижал ладонь к глазам и остановился.

— Всем стоять! — негромко крикнул рядом Тэпентайн.

Глава 14. Осторожно, двери закрываются

Я остановился, но толкающаяся, пихающаяся плечами, локтями, животами и всем, чем только можно, толпа пронесла меня еще шага три, пока, наконец, остановилась и утихомирилась.

Неожиданно громкий женский голос объявил:

— Осторожно, двери закрываются. Следующая станция — Пушкинская.

Я вздрогнул. Зашипел воздух, что-то грохнуло и, слегка дернувшись, поезд стал набирать скорость и нырнул во тьму тоннеля. Восстанавливая тяжелое дыхание, я открыл глаза. Не пытаясь освободить прижатых рук, чтобы поправить шляпу, слишком низко свесившую поля, я медленно осмотрелся.

Было тесно, но никто не возмущался. Даже толстяк, у которого, как мне казалось, я стоял на ноге, добродушно улыбался своим мыслям. В его глазах витали хмельные думы, и было видно, что на душе у него тепло. Мне показалось, что он должен быть пониже ростом.

Слева заспорили трое молодых парней о том, где сейчас можно купить живую елку.

Рядом стоял папаша, держа на левой руке ребенка в малюсеньких валеночках, укутанного в темную шубку. Снятые варежки смешно болтались на резинках, свисающих из рукавов, а из пуха шапочки выглядывали два больших удивленных глаза и крохотный нос. На той же руке у папаши висел красно-синий полиэтиленовый пакет, а другой рукой он держался за поручень.

— Пап, а мы будем дома елочку наряжать? — спросил ребенок.

— Конечно, будем, — пробормотал замученным голосом папа, — только маму с работы подождем, и вместе будем наряжать.

— Пап, а Дед Мороз придет к нам с подарками?

— Ну, конечно же! Как же не придет? Он к нам, я к ним.

— Пап, а правда у нас с тобой бутылка есть? — громко похвастался ребенок.

— Ну что ты говоришь? Ну, всем-то не нужно рассказывать.

— Пап, а где мой пистолет? — взяв отца за нос, снова спросил малыш.

— Какой еще пистолет? — настороженно прогундосил отец, и его потухший взор на мгновенье оживился.

— Который я у Витьки на твои подтяжки выменял.

Отец, видно, хотел возмутиться, но его заглушил голос, который объявил:

— Станция Пушкинская, переход на станцию Горьковская.

Поезд остановился, все подались вперед, потом назад и хлынули на платформу в открывшиеся двери. Толстяк действительно оказался на две головы ниже ростом, когда лишился опоры в поредевшей толпе. Он коснулся ногами пола, все так же думая о чем-то своем, и затерялся среди шуб, пальто и теплых курток.

Не сопротивляясь потоку, я неосознанно двинулся к эскалатору. Пушкинская, как всегда, радовала разнообразными ароматами дорогой парфюмерии. Бегущие ступени подхватили меня и понесли наверх к выходу. Навстречу мне спускались люди. Я смотрел в их лица и читал их судьбы. Случилось что-то невероятное, но мое сознание с этим отчаянно боролось, заглушая мечущиеся мысли ватной глухотой. Оно старательно удерживало меня на зыбкой поверхности и изо всех сил цеплялось за мелочи, за видимые, простые и понятные картинки будничной жизни, которые настойчиво совало мне в лицо, как будто от них зависела моя жизнь. Вот потертые черные перила, теплые, вздрагивающие и пахнущие резиной. Вот трещинки в штукатурке тоннеля эскалатора, пыль на старых светильниках. Вот Москва, и скоро Новый Год. Меня всегда по-особому волновала предновогодняя суматоха. И радовала, и тревожила. На улице наверняка снег и морозец, но сейчас по сердцу моему хлещет безудержной черной тоской ноябрьский дождь. Что происходит? Зачем все это?

Я вышел из метро в глубокий вечер, поднял воротник и, засунув руки в карманы пальто, побрел к Пушкинской площади. Мигала и светилась неоновая реклама, а в свете фонарей тихо, словно во сне, кружился и падал пушистый снег, заглушая и отдаляя шум суматохи предпраздничного города. Справа шелестели машины, наводнив улицу живым потоком желто-красных огней. Меня обогнал папаша, все еще терроризируемый вопросами своего чада.

Через дорогу напротив памятника, в скверике между Большой Бронной и Тверским бульваром, возвышалась огромная елка, украшенная гирляндами и вспыхивающая разноцветными фонариками. Переливы огней заворожили меня, и перед моим взором стали всплывать живые картинки из прошлого. Давний Новый Год, знакомый смех, отрывки разговоров, запах духов, от которого у меня всегда больно щемило сердце. Когда я улавливал этот запах в толпе, я начинал оглядываться: «Она? Нет, опять не она...» Вкус шоколадных конфет и грецких орехов, кофе, шипящее шампанское, снова смех... Лица друзей, говорящих со мной, смеющихся друг с другом, я помню ваши глаза, слышу ваши голоса. Я слышу перебор гитарных струн, я все видел, я все понимал, я многое делал не так, и многое уже никогда не поправить. С кем мне теперь говорить об этом?

Со мной творилось что-то из ряда вон. Воспоминания были слишком яркими. Они, словно живые существа, яростно, с остервенением, терзали меня. Уже несколько минут я стоял среди спешащих мимо людей, погруженный в ожившие иллюзии. Это было похоже на истерику памяти, на короткое нервное замыкание между прошлым и настоящим, а возможно, и будущим. Посторонние взгляды и шум вокруг сгорали фейерверком бенгальских огней. Мне захотелось упасть лицом в снег и зарыдать. В отчаянии я подумал, что еще минута, и я сойду с ума. Мой взгляд снова остановился на елке. Глубокое воспоминание из детства затопило все вокруг. Фиолетовый луч повернувшегося фонарика заискрился инеем, и качнулся лесной запах хвои, и нахлынула удивительная музыка. Она закружилась, заставляя грациозно вздрагивать язычки пламени витых свечей; потом она вознеслась и растаяла призрачным эфиром звезд. Лишь только миг паузы, и звезды, словно по мановению дирижерской палочки, осыпались золотым дождем, потом замедлили падение снежными хлопьями и снова закружились. С оплавленного краешка свечи скатилась прозрачная горячая капля воска, застывая и затуманиваясь легким наплывом. Скрипки, потеряв голову, вопреки холоду декабря, устремились переливающимся водоворотом из изумруда травы, разметавшейся по ветру, по лазурным, вспенивающимся прибоем волнам, в пронзительную голубизну неба. Пламя всколыхнулось, и свечи, повинуясь единой гармонии, стали быстро удаляться, слились неясным пятном, напоминающим чье-то лицо, и растаяли бесследно. Скрипки затерялись в бесконечности ночи, а оглохшая тишина упала на землю белым мягким снегом.

— Простите, у вас нет лишнего билетика? — видимо, не в первый раз спрашивал стоявший передо мной парень в огромной енотовой шапке, в дубленке нараспашку и толстых серебристо-синих сапогах.

— Лишнего? — переспросил я рассеянно.

— Да, куда-нибудь... Нам теперь уже все равно, — печально сказал он, нетерпеливо оглядываясь на стоявшую в стороне девушку.

Я порылся рукой в кармане и, к своему удивлению, извлек оттуда два билета в МХАТ. Те самые, которые так и остались лежать в кармане этого пальто. Значит, это не настоящее, а прошлое? Может ли такое быть? Прошлое? Но насколько оно настоящее? И что я имею в виду под настоящим? Будущее?

— Ой, спасибо! — воскликнул парень, заметался, всплеснул руками, взял билеты, протянул мне пятерку, но, видя, что я покачал головой, он растерянно пробормотал:

— Как же?

— Это подарок.

— Но все же...

— Это счастливые билеты... Не мои.

Парень еще поблагодарил, поздравил с наступающим, бросился к своей даме, и они вместе кинулись в переход.

Я зашел в сквер и уселся на засыпанную снегом скамейку. А снег все падал и падал. Моя шляпа значительно прибавила в весе, поля совсем обвисли, но мне не хотелось вынимать руки из карманов, чтобы стряхнуть снег.

«Отчего эта игла в сердце? — я поежился от холода, — ведь ничего со мной не случилось».

Вспомнилось, как я стоял здесь неподалеку у телефона-автомата. Я только что говорил с той, от которой у меня кружилась голова, от запаха кожи которой я становился абсолютно безвольным, в присутствии которой я терялся и не мог связать ни единой умной фразы. Говорил со своей... почти невестой. А на щеке все еще горел удар плеткой. Плетка была пятихвостой, и каждый хвост оканчивался узлом. Узлом жестким, как гайка. И каждый узел означал свое — непонимание, недоверие, ненависть, презрение и прощание. А все вместе это была боль. Любовь моя тоже была болью, но та боль была другой, томительной и желанной, а эту боль вынести было трудно. И что тогда случилось, я так и не понял. Тогда или только что? В прошлом или в настоящем? И где же я теперь?

Я снова поежился, втянул голову в плечи, и попытался ни о чем не думать. Но тут мое внимание привлек человек небольшого роста, припорошенный снегом. В руке у него была авоська с апельсинами и банкой шпротов. Смешно переставляя ноги и слегка кренясь, он быстро протопал к Пушкину. Перед памятником он остановился, приподнял шляпу, поздоровался с великим поэтом и принялся ему что-то объяснять, сопровождая свои речи размеренной почтенной жестикуляцией.

Не разбирая ни слова из его негромкого монолога, я, тем не менее, продолжал наблюдать за ним, позабыв о своих фантазиях. Передав памятнику все, что имел передать, он снова приподнял шляпу, попрощался, развернулся и затопал в обратную сторону. Заметив меня, он, однако, изменил траекторию своего движения и по плавной дуге подошел ко мне.

— Простите, у вас не занято? — приподняв шляпу, учтиво осведомился он. Я немного подвинулся, и он уселся рядом со мной. Воздух вокруг наполнился ароматом хорошего вина и домашних жареных котлет. От его обыкновенного лица и улыбающихся серых глаз исходило радостное свечение. Чуть повернув голову и скосив на меня глаза, он спросил:

— Сидите?

Нисколько не задумавшись, я кивнул.

— У вас что-то случилось?

— Еще не знаю, — мрачно ответил я.

Казалось бы, его довольно бесцеремонное вторжение должно было вызвать раздражение, однако его присутствие не было для меня обременительным. Напротив, мне стало немного легче. В памяти проснулось еще одно давно забытое воспоминание. Будто бы я снова оставил за дверью затерянной в лесу избушки снежную вьюгу и, сняв мохнатые рукавицы, шапку и тулуп, сел к жарко натопленной печи в кругу друзей.

— Да, перед Новым Годом со мной тоже иногда случается, — смущенно пробормотал он. — Наверное, уходит все плохое, что накопилось за год. Столько хотелось бы вернуть... Друзей остается все меньше... Знаете, что я думаю?

— Что?

— Мы не случайно встречаемся с людьми в этой жизни. Время пройдет, всех разбросает судьба, но мы вновь встретимся в другой жизни. Только не смейтесь. У меня такое убеждение, что после... После смерти... Что потом мы будем вместе с теми, кто нам был дорог здесь.

— Надеюсь, что вы правы, — я тяжело вздохнул.

— Слушайте, — встрепенулся мой сосед. — Моя старуха готовит изумительный кофе. Пирог уже в духовке, я только за апельсинами выскочил. Сегодня праздник, день рождения внучки. Представляете, тридцать первого, перед самым Новым Годом! Будет полно гостей. У нас замечательная компания. И молодежи будет много, я вас с интересной девушкой познакомлю. Только не отказывайтесь, пожалуйста. И еще я на скрипке играю. Вы любите музыку? Знаю, что любите, иначе бы не сидели тут в сугробе. Нельзя новый год встречать в одиночестве. Пойдемте, ударим безрассудным весельем по тоске и ипохондрии!

— Спасибо, — я покачал головой, — не могу. С наступающим вас.

— Вас также. Прощайте, — он поднялся и, немного замявшись, склонился ко мне и тихо сказал:

— Знаете, я фронтовик, бывший разведчик. Мне кажется, за вами следят. Только не оборачивайтесь. Я их сразу вычислил. Их двое. Один метрах в двадцати у вас за спиной, мужчина в куртке, стоит у столба. Кажется, он в очках, я видел, как они блестели. Даже подумал, что они светятся у него, как глаза у волка. Другой — с той стороны памятника. Он в длинном пальто. Видите, курит? Если хотите, помогу оторваться.

— А если я вражеский шпион?

— Молодой человек, вражеские шпионы в это время пьют водку с мартини и кушают черную икру. Ну что, оставим их с носом?

— Спасибо, — горько усмехнулся я, — вряд ли я представляю для кого-нибудь интерес.

— Вы так думаете? Значит, показалось. Ну, прощайте. А то, может, зайдете?

— Может быть, в следующий раз, — я поднялся со скамейки, мы пожали друг другу руки и разошлись. Он заторопился вверх по Горького, а я подошел к проезжей части. Боковым зрением я заметил, что два человека двинулись за мной. Я заволновался, но не из-за этих людей. Что-то было не так вокруг. Это было какое-то очень глубокое и смутное чувство. Я не мог его ухватить, но оно настойчиво совало свои тонкие и прозрачные пальцы в мою душу.

Черный лимузин мягко остановился рядом со мной. Стекло опустилось, и оттуда выглянул Патрик.

— Ну как, отдохнул немного? — улыбнулся он.

— Куда ты пропал? — я открыл дверцу, стряхнул со шляпы

снег и уселся на сиденье.

— Никуда я не пропал, — ответил Патрик.

— За мной, кажется, следят, — я захлопнул дверку.

— Не может быть. Мы по-тихому смылись. Да и здесь это было бы очень странно... Хотя...

— Знаешь, что-то я чувствую себя хреново.

— Это ничего, — успокоил Патрик, сканируя взглядом окрестности. — При нашей работе бывает... Как накатит, только держись! Переходы встряхивают память и обостряют чувства. Потом привыкнешь. Главное, тоске не поддаваться, а то она тебя порвет в клочья. Сейчас это очень важно. Тебе нужна серьезная самозащита. Все сильные чувства, которые могут тебя зацепить, старайся пропускать мимо.

— Легко сказать — пропускать, — проворчал я. — А как?

— Ну, постарайся относиться ко всему с каплей здорового цинизма.

— Я романтик, — покачал я головой. — Я не могу с цинизмом, это противно моей натуре.

— А я и не собираюсь тебя переубеждать. Это временное средство, как таблетки. Иногда очень помогает. Как только чувствуешь что-то, что задевает твое сердце, кап туда цинизма, и сразу легче становится. Не переживай, через пару дней все встанет на свои места.

— А зачем мы здесь?

— Скажем так, мне показалось, что тебе нужно на время сменить обстановку.

— А как ты узнал? Ты ведь был черт знает где. Кстати, куда ты девался?

— Потом расскажу. А пока постарайся переключиться и отдохнуть, нам скоро возвращаться.

Поскрипывали снегоочистители, размеренными взмахами собирая густой снег, падающий на лобовое стекло. Патрик глянул в зеркало, тронул машину, и мы влились в общий неторопливый поток. Приемник, который до этого времени молчаливо потрескивал, незаметно ожил тихой завораживающей музыкой. Издалека, словно возвращаясь из прошлого, вздохнула шелестом волн «Лунная соната». Я закрыл глаза и увидел ночную бухту. Вдали черным силуэтом на фоне луны покачивался фрегат с убранными парусами. В окнах кают-компании горел свет, на корме тлел угольком фонарь. А потом я увидел девушку. Она была прекрасна. Печально склонив голову, она приближалась ко мне в скользящем полете, не касаясь ногами серебристых бликов лунной дорожки. Одна в темноте густой тропической ночи. И в музыке, и в этом видении была живая пронзительная боль, которая сжала мое сердце.

Ну, и как с этим бороться? Какая капля здорового цинизма? Этот печальный взгляд, эти пряди шелковистых волос, этот наклон головы... Ну, хорошо, возможно, у нее сколиоз, поэтому голова наклонена, но скорее всего тут дело не ортопедического характера, а романтического.

Девушка как будто что-то услышала, подняла голову, и ветер мягким дуновением убрал с ее лица волнистые волосы. Я смотрел на нее и не в силах был оторваться. А она летела, раскинув руки, как будто бы ко мне, но я чувствовал, что она меня не видит, что я только случайно оказался в этой тихой бухте.

Волна обогнала ее, разбилась о берег и рассыпалась шумными брызгами. Прекрасная незнакомка сделалась прозрачной, а затем и вовсе растворилась в воздухе.

Я потянулся к скале, чтобы коснуться ладонью шершавого камня и почувствовать хотя бы остатки полуденного зноя. Но внезапно меня бросило вбок, и удар головой о боковое стекло мгновенно выбил из меня остатки романтических фантазий.

Я ругнулся, растирая ушибленный висок.

— Извини, — Патрик глянул в боковое зеркало и в очередной раз лихо выкрутил баранку.

Машина неслась по каким-то темным переулкам, закладывая тугие виражи.

— Что происходит? — спросил я, судорожно пристегиваясь ремнем.

— Сели-таки на хвост, черти, — он хмуро кивнул на зеркало.

Я обернулся, чтобы разглядеть преследователей, но заднее стекло, сплошь залепленное снегом, было похоже на глухой экран, по которому метались яркие пятна света от фар.

— Значит, чутье старого разведчика не подвело, — пробормотал я, хватаясь за переднюю панель на крутых поворотах.

— Ну надо же, какие мы настырные! — процедил сквозь зубы Патрик и произвел очередную серию отчаянных маневров. — Какого еще разведчика?

— Пока я в скверике загорал, меня старик один предупредил. Сказал, что следят за мной.

— Что за старик? — Патрик рванул руль, уворачиваясь от встречного мусоровоза.

— Ё моё, — я даже ноги неосознанно поджал, глядя на опасно проплывающий мимо, как в замедленном кино, борт грузовика.

— Проскочим, — напряженно прищурился Патрик, но в голосе его я не услышал уверенности. — Так что за старик?

— Незнакомый, — я с облегчением проводил глазами тушу мусоровоза, с которым мы разошлись на два пальца. — Сам подошел ко мне, сказал, что фронтовик, бывший разведчик.

— Угу, — буркнул Патрик и глянул в зеркало. — Да вы отвянете уже, кони пегие?

Наши преследователи держались цепко. Минут пятнадцать Патрик мотал их по ночному городу, демонстрируя самые неожиданные формы пилотажа, но все было напрасно. Потом в какой-то момент послышался хлопок и резкий удар в багажник. Потом еще три хлопка, и с Патриковой стороны разлетелось боковое зеркало. Я инстинктивно пригнулся.

— Это... По нам стреляют, что ли?

— Ладно, держись, — предупредил Патрик, дал газу и вылетел на перекресток на включившийся красный свет под визг тормозов и гневные гудки со всех сторон.

Мы проскочили. Поток машин, хлынувший по поперечной улице, отрезал наших преследователей.

— Там никого не поубивало? — спросил я, вытирая пот со лба.

— Надеюсь, что нет. Не видно же ни хрена, — проворчал Патрик, мрачно поглядывая на разбитое зеркало.

— А кто это был?

— Откуда я знаю, — пожал плечами Патрик. — Сейчас это не так уж и важно.

— Как это — не важно? — вяло возмутился я. — Нас чуть не пристрелили, между прочим.

Патрик свернул в переулок, немного попетлял по дворам, остановился, и мы вышли очистить заднее стекло от снега.

Левый задний фонарь был разбит, в багажнике три пулевых отверстия. Патрик задумчиво вставил мизинец в одну из дырок и пробормотал:

— Надо бы кофейку выпить горячего. Ты как?

— Было бы неплохо, — согласился я.

Мы снова сели в машину и через пару минут выкатились на Москворецкую набережную. Над спящей рекой, покрытой заснеженным льдом, нависли светящиеся арки мостов.

— Ну что, тоска не отпустила? — поинтересовался Патрик.

— Вроде полегче стало, — я пожал плечами. — Может, это вообще из-за пилюль было.

— Каких еще пилюль? - удивился Патрик.

— Да Комьен мне насыпал три горошины, заставил съесть,

зараза. «Ярость дракона», говорит... Я вообще чуть не сдох.

— Вряд ли Комьен дал бы тебе что-то опасное. А для чего он тебе их дал? Ты что заболел, что ли?

— Да ничего я не заболел, — отмахнулся я. — Он сказал, что это для умножения сил и обострения чувств перед боем.

Патрик покосился на меня удивленным глазом и ничего не ответил, только хмыкнул неопределенно.

С набережной он свернул в лабиринт улочек. Я совсем было заблудился, но потом узнал Пушкинский музей на Кропоткинской. Потом мы завернули в Староконюшенный переулок и остановились неподалеку от Арбата.

—Есть тут местечко одно душевное, — Патрик заглушил двигатель. — Посидим пару часов, отдохнем.

Мы вышли, закрыли машину и направились в сторону Арбата. Стал подбираться морозец, и снег теперь вспыхивал бело-синими и сиреневыми колючими искрами, поскрипывая под ногами. От Кропоткинской из-за угла вывалилась с песней веселая компания. Кто-то поскользнулся и уселся в снег, увлекая за собой всех остальных. Смеясь, все принялись бросаться снежками. Потом девичьи голоса снова затянули песню.

— Как в старом кино, — пробормотал я. — Какое-то все тут... Странное...

Засмотревшись, я натолкнулся на Патрика, который остановился под вывеской маленького кафе. Мы спустились по каменным ступеням в полуподвал.

— Слушай, я не пойму, — спросил я. — У меня почему-то такое чувство, что мы в кино попали. Это все по-настоящему?

— С вашего позволения, мон шер, я пойду вперед, — загадочно прищурился Патрик.

Потянув за кованое железное кольцо, он осторожно открыл крепкую деревянную дверь и скрылся в темноте. Я шагнул вслед за ним, вытянув вперед руки, но здесь было не так темно, как показалось вначале. Коридор, выложенный камнем, освещался зеленым матовым светильником, подвешенным на цепях к потолку. Свет был таким мягким, что казалось, будто стены и пол покрыты сплошным ковром бархатистого мха.

Патрик задержался у темной ниши, мимо которой я прошел бы, не заметив. Он снял свою куртку и сунул ее в темноту. Чьи-то руки взяли одежду и тут же скрылись. Я сообразил, что это гардероб, и сдал свое пальто и шляпу.

Немного пройдя по коридору, мы свернули и остановились перед закрытой дверью. Она была в точности такая, как и первая — с узорными железными петлями и кольцом. Патрик распахнул дверь, и хлынувшая музыка заполнила собой весь мир. Я даже покачнулся, как будто музыка имела силу ветра. Органные пассажи взметнули одну за другой призрачные каменные стрелы готического собора, растрескивая цветной паутиной витражи стрельчатых окон.

— Это же Бах, — удивился я. — В кафе?

— Какой еще Бах? — поднял брови Патрик.

— А ты не слышишь? — изумился я.

— Не уверен, — пробормотал Патрик. — Вообще я не очень в музыке разбираюсь.

Меня опять захлестнула волна тоски.

Мы спустились по каменным ступеням в зал, погруженный в полумрак. От пола, расширяясь арками к потолку, поднимались колонны и терялись в темноте. За столиками, над которыми висели шафранные и золотисто-розовые светильники, угадывались женские и мужские фигуры. Негромкие голоса были неслышны из-за музыки.

— Миленько, — скептически пробормотал я, разглядывая интерьер.

— Не обращай внимания, здесь прекрасный кофе, — усмехнулся Патрик.

Слева, освещенный оранжевым неоном, загадочно поблескивал цветными наклейками и темным бутылочным стеклом бар. За стойкой разливал по бокалам рубиновое вино полный человек в белой рубашке и при бабочке. На высоких круглых стульчиках у стойки сидело несколько человек; они о чем-то оживленно беседовали и негромко смеялись. Бармен был рыжим, и его приятное лицо показалось мне знакомым. Заметив Патрика, когда мы подошли, он приветливо кивнул:

— Добрый вечер. Кофе уже отнесли на столик.

Мы прошли к одному из дальних фонарей и уселись за круглый столик. В узкой вазе стояли живые цветы, две чашечки с горячим только что сваренным кофе дымились густым ароматом бразильских жареных зерен.

— А как он узнал? — удивился я.

— Секрет фирмы, — пробубнил Патрик.

— Я все это уже видел, мне кажется. Может, я уже был здесь?.. — неуверенно пробормотал я, отпивая глоток, — Это что, тоже последствия переходов? Это те самые явления? Или нет? Постой... Это все бутафория какая-то...

— Почти угадал, — подмигнул он. — Браво! Не думал, что ты так быстро просечешь.

— Может, хватит уже издеваться?

— Ладно, не буду тебя изводить. Это действительно не настоящий мир, в том смысле, каким ты его себе представляешь. Не тот мир, в котором ты живешь. Но это и не бутафория, если у тебя это слово ассоциируется с обманом. Все настоящее.

— Это как?

— Это иллюзорный мир,— Патрик взял чашечку и, закрыв глаза, с наслаждением понюхал кофе.

Я недоверчиво покачал головой и выразительно постучал пальцем по твердой, вполне материальной столешнице.

— Иллюзорный в некотором смысле, — уточнил Патрик, открыв глаза. — Но безо всякого обмана.

— Иллюзорный, но без обмана, — кивнул я, — извини, но я не понял.

— Все, что ты видишь, образовано на основе реального мира. Точнее, это продукт реального мира. Причем этот продукт имеет множество уровней и областей. И каждая из областей проявляется по-своему, и все они связаны между собой. Это... Как бы тебе объяснить... Совокупная проекция сознания людей. Настолько мощная, что здесь, изнутри, воспринимается очень достоверно. Это тоже мир, только созданный из ярких мыслей, сильных чувств, воспоминаний, мечтаний, обид, тревог и так далее. И он реален. По-своему, конечно.

— Это что, Москва, склеенная из мыслей людей?

— Одна из областей одного из уровней, связанных с этим городом. Есть и другие.

— Но дырки-то от пуль были вполне натуральными. И подозреваю, что такие же дырки были бы и в нас, если бы эти чуваки не промазали.

— Когда ты попадаешь в иллюзию и принимаешь её, ты сам становишься ее частью.

— И где все это находится? Эта область иллюзии должна же где-то находиться? Надеюсь, не в моей голове?

— По отношению к миру Потока это внешний мир. Это один из локусов Сияющих Полей.

— Ничего не понял.

— Не страшно, — пожал плечами Патрик. — Это сейчас не важно. Давай сосредоточимся на восприятии конкретно этого места. И не важно, что это продукт деятельности человеческого сознания.

— Это бред какой-то, — отмахнулся я. — А я тогда здесь кто?

— Конь в пальто. Не забивай голову, отдыхай, — Патрик блаженно улыбнулся, устраиваясь в кресле поудобнее. — Или ты хочешь испортить минутное наслаждение, ради которого нам чудом удалось вырваться из когтей гнусно-феодальной и предельно достоверной реальности?

Я фыркнул и тоже откинулся на мягкую спинку.

Иллюзорный мир... Совокупная проекция... Бред. Нет, пожалуй, подобные уровни абстракции мне сейчас не переварить. Ну их к черту. Зато, кажется, буйство моих воспоминаний и чувств улеглось. В голове остался только неясный тревожный шум. Как будто я слышал чьи-то голоса за глухой каменной стеной. А кофе действительно отменный, хоть и иллюзорный. Так что же произошло? Я пережил путешествие в прошлое. Или это тоже была совокупная проекция? Но что-то слишком уж она была подробная и порой очень болезненная. Это было похоже на реальность, и гораздо больше, чем это кафе. Итак, будем считать, что мне удалось увидеть свою прошлую жизнь. Выходит, после смерти я вновь вернусь в этот мир, и у меня будет новая жизнь? Значит ли это, что можно было бы не так уж горевать о невзгодах, об ушедших друзьях, не беспокоиться о своих родных, не терзаться от несчастной любви? Ведь возможно, как сказал мой недавний знакомый, мы все равно опять встретимся, что бы ни случилось. Но тогда чем бы стала наша жизнь? И возможно ли просто взять и отречься от чувств к тем, кто нам дорог? Мне кажется, я с этим не справлюсь. И никакие капли цинизма мне не помогут. Совокупная проекция! Бред какой-то... Иллюзорный...

Тем временем органная музыка стихла, а на маленькой сцене появился бородатый человек с гитарой, в джинсах и клетчатой рубахе. Он совершенно не вписывался в этот интерьер. Тем не менее, он был здесь и, похоже, чувствовал себя совершенно уместно. Он поздоровался, присев на стульчик перед микрофоном, с кем-то пошутил, подкрутил струны и негромко запел незнакомую песню:

«Когда Достоевский тоскою объят,
Он тянется выпить губительный яд,
Но мысли его отвлекает Пьеро,
И в яд он макает перо.

Дремучий лес, полна луна.
Свеча сжигает пальцы сна.
И пляшут демоны в тиши...
Открытый перелом души...»

Бородач пел эту песню с улыбкой, но была в ней тревога и еще что-то неуловимое, что мучило меня.

«Зачем он тревожит мой ласковый сон?
 В табачном дыму появляется он.
 В осколках зрачка бьется свет-уголек,
 Печальной души мотылек...»

Мы слушали молча, занятые каждый своими мыслями, но это молчание не было тягостным. Патрик оказался из тех людей, с которыми интересно говорить и легко молчать. Время пролетело незаметно. Я хотел заказать себе еще кофе, но Патрик мне не позволил.

— Больше нельзя, — он поставил свою чашечку на стол и достал из кармана золотую луковицу часов. Часы эти выглядели не совсем обычно. Вместо одной заводной головки их было пять, стрелок было не менее четырех, и на циферблате светилось несколько окошечек разной формы.

— Нам пора, — произнес Патрик, убирая часы в карман. Он внимательно заглянул мне в глаза, как доктор, и ободряюще улыбнулся:

— Ты справился лучше, чем я в свой первый переход.

— Что-то я не уверен, что уже справился, — пробормотал я, выцеживая остатки жидкости из кофейной гущи.

— Будь спокоен, дальше будет легче. Просто так устроено, что на человеческом пути много потерь. От жизни к жизни они забываются. Если все помнить одновременно, с ума сойдешь. А в момент перехода вспоминается очень многое. С тех пор, когда Магистр перенес нас, так сказать, во мрак средневековья, в тебе все это варилось. Да еще Комьен, видимо, скормил тебе какой-то препарат, который обостряет чувства и, возможно, открывает глубокие слои памяти. Он, конечно, не предполагал, что его алхимическая гомеопатия подействует на тебя так сильно.

— Он сказал, что это дал ему какой-то сирийский знахарь.

— Это неважно. В любом случае, Комьен не знал, кто ты на самом деле. Жаль, что у нас маловато времени, я бы рассказал тебе много интересного. Только сейчас в этом нет никакого смысла. Там ты все равно ни черта не вспомнишь. Так что ни к чему пока голову забивать.

— Да, Патрик, — вдруг вспомнил я, — Вереск мне сказал, что Мрадон с твоей колдуньей пытались открыть Спящие Врата.

Патрик удивленно уставился на меня.

— Ну, положим, не с моей, — пробормотал он, что-то быстро соображая. — А с нашей.

— В каком смысле, с нашей? — спросил я.

— А ты еще не понял?

— Чего я не понял?

— Эта ведьма и есть тот человек, которого мы ищем.

— Но вы же говорили, что мы будем искать вашего сотрудника, — проворчал я, — с которым вы потеряли связь.

— Так и есть, — кивнул Патрик.

— А нельзя уже как-нибудь нормально объяснить? — возмутился я.

— Времени маловато, — Патрик постучал пальцем по воображаемым часам на руке. — Но если в двух словах, то произошла нештатная ситуация. Так сказать, непредусмотренный и неконтролируемый контакт с явлением. Где именно и в какой момент, никто не знает.

— И?

— Что и?

— И после этого контакта она стала ведьмой?

Патрик побарабанил пальцами по столу, потом вздохнул и ответил:

— Значит, ситуация следующая. Бывают контакты простые — стукнулись лбами и разошлись. В случае с Принцессой мы имеем контакт другого рода. Это называется интервенция.

— Что-то я не очень…

— Грубо говоря, некая тварь захватила Принцессу и теперь находится у нее внутри.

— Внутри? — я вытаращил глаза.

— Именно, — кивнул Патрик. — Внешне носитель может выглядеть вполне здоровым, а вот душу его медленно пожирает вор, который со временем может полностью подчинить себе жертву. А иногда он целиком замещает тело жертвы. Это зависит от типа интервента. То есть теперь мы имеем не просто человека, а комбинированное существо, которое некоторые называют адженогером.

— Ни фига себе, — прошептал я. — И что теперь?

— Теперь нам нужно постараться найти ее и помочь освободиться от захвата.

— А это вообще возможно?

— Иногда человек может освободиться самостоятельно. Но чаще необходима помощь. Все зависит от соотношения сил интервента и жертвы.

— Ты так говоришь, как будто это происходит на каждом шагу.

— Ну, не на каждом, но случается довольно часто.

— И что надо делать? — спросил я.

— Я тебе уже говорил. Наша задача — оказаться рядом с ней и обязательно к ней прикоснуться. Очень важен физический контакт. Желательно ее зафиксировать. В тот же миг появится Магистр или кто-то еще. Дальше лечить ее будут уже без нас.

— А сразу они не могут появиться? — проворчал я.

— Могут, но адженогер чувствует издалека приближение тех людей, с которыми Принцесса была знакома. Роман Андреевич уже пытался неоднократно... Только время потеряли зря.

— Я-то думал, мы по лесу будем ходить, аукать, — проворчал я. — А нужно всего-навсего зафиксировать Черного мессию. С каждым часом все интереснее.

— Да уж, — кивнул Патрик. — Тебе еще многое предстоит узнать. В свое время, конечно. Но, если скажешь, вернемся на базу прямо сейчас.

— Ну уж нет, — возмутился я.

— Отлично, — пожал плечами Патрик. — Так ты говоришь, Черный мессия? Это так ее теперь называют?

— Да, монахи, так говорили.

— Интересно... А про Врата еще интересней. Ладно, давай будем выдвигаться.

— Мы что, опять туда... назад?

— Да.

— А где же Роман Андреевич? Как же без него?

— А мы и сами не лаптем щи вкушаем.

Мы поднялись.

— А заплатить не надо? — спросил я.

— Обойдемся. Это же иллюзорный мир.

Я направился к выходу, но Патрик меня остановил.

— Алекс, постой, нам в другую сторону, — и он махнул куда-то в темноту зала.

— Шляпа! — я кивнул в сторону выхода.

— Что, шляпа? — не понял Патрик.

— Шляпа и пальто остались в гардеробе.

Патрик глянул на меня с какой-то смесью удивления и недоверия. Двинув саркастически бровью, он серьезно поинтересовался:

— Ты что, действительно собираешься штурмовать замок в пальто и шляпе?

— Ну... нет, — замялся я.

— Нет, смотреться будет эффектно, я не спорю.

— Все, проехали, — отмахнулся я, чтобы прекратить его издевательства. Шляпу, конечно, было жаль. Очень уж хороша была.— Куда идти?

Патрик показал пальцем куда-то в глубину зала.

Тут к нему подошел бармен, что-то шепнул на ухо и сразу исчез. Мне показалось, что он был встревожен. И еще краем глаза я заметил, что несколько человек покинули свои столики и двинулись, вроде бы, в нашу сторону.

Патрик подтолкнул меня в бок, и мы торопливо вошли в какой-то коридор, в котором стояла абсолютная тьма.

— Всё, теперь беги!

— Куда?

— Прямо! И не оглядывайся!

И я побежал. По прежнему было темно, только впереди маячило смутное пятно. Через пару секунд я услышал сзади топот бегущих ног. Что за черт?! Уже отчетливо было слышно разгоряченное тяжелое дыхание. Мне стало жутко. Вдруг по глазам больно резанул яркий свет. Я вскрикнул и остановился, закрыв лицо руками.

— Стой! — голос раздался почти над ухом. Толпа пронесла меня еще несколько шагов, потолкалась, и угомонилась.

— Что случилось? — встревожено спросил Тэпентайн.

— Не знаю, что-то с глазами, — ответил я, убирая руки от лица. Резкая боль, пронзившая голову, растаяла бесследно.

Глава 15. Штурм Дэфанса

Я обернулся и увидел знакомые лица, красные от коптящего пламени факелов. Кто-то протянул оброненный мной меч, Поль подобрал и подал мне факел.

— В чем дело? — снова спросил он.

— Что-то с глазами.

— Может, вернешься?

— Нет... Вроде, все прошло.

— Ну, тогда вперед! Время поджимает!

Мы снова побежали. Теперь я уже почти не обращал внимания на призраков, да и они торопились поскорее убраться с нашего пути. А передо мной снова маячила мальчишеская спина. В пляшущем свете огня его холщовая рубаха казалась розовой. Не знаю почему, я был твердо уверен, что он не может нас обмануть. Бертран обернулся, поднял руку, замедлил шаг и остановился.

— Теперь тише, — сказал он вполголоса, — мы под замком.

По рядам сквозь шум тяжелого дыхания пробежал шепот команды.

В этом месте ход разветвлялся, и дальше в глухую пугающую черноту уходили две норы, выложенные кирпичом. Рядом в стенной нише круто поднимались ступени. В темноте я снова увидел старика. Он ждал нас.

— Эта лестница ведет в старую кладовую, — продолжал мальчик, — мы заперли ее изнутри, но подниматься все равно нужно тихо. Из комнаты по коридору направо дойдете до лестницы.

— Это понятно, — кивнул я.

— Из зала есть еще выходы? — спросил Тэпентайн.

— Есть еще два: один через кухню к колодцу, другой — к часовне.

— Ты свое дело сделал, оставайся тут, — распорядился я, — дальше мы сами.

— Я еще не все сделал, — он посмотрел на меня исподлобья.

— Останешься здесь, — твердо повторил я.

— Вы обещали защитить людей, — он засопел и опустил глаза.

— Твой капитан дал мне слово, — произнес старик из темноты.

— Это я помню, — проворчал я, оглянулся и коротко бросил ближайшему десятнику, — позови капитана клермонцев.

— Я знаю, где они будут прятаться, — пробормотал Бертран.— На кухне и в подвале на складе.

— Все верно, я проверил — подтвердил старик и добавил, — не подведи меня.

— Не подведу, — коротко ответил я, позабыв, что говорю с призраком.

Мальчик и Тэпентайн удивленно посмотрели на нишу, к которой я обратился, потом на меня. Через толпу к нам пробрался капитан клермонских нянек.

— Забирай парня к себе, — сказал я ему, — он вас проведет куда надо. Выводи своих людей только после нас. На месте разберись, людей успокой, мы не собираемся убивать или грабить безоружных людей, и занимай оборону. И чтобы ни одна живая душа не проскользнула мимо тебя, ни изнутри, ни снаружи. Следи, чтобы нас не сдали раньше времени. За мальчишку головой отвечаешь. Все нужно сделать без шума до самого последнего момента. Ну, с Богом!

Освещая путь факелом, я стал быстро подниматься по ступеням, уходящим спирально вверх, вслед за призраком. Мне никак не удавалось унять дрожь в руках. Скорей бы началось! В азарте боя все забывается, сгоряча не чувствуешь ни боли, ни страха. Верно говорят, нет ничего хуже, чем ожидание и неизвестность. Лестница действительно привела к двери. Она была не заперта, но за ней почему-то было черно.

— Это гобелен, — пояснил Матис, шедший впереди, — он скрывает проход.

Я протянул вперед руку, и пальцы коснулись материи. Рывком распахнув занавес, я вошел в комнату. Она была пуста, и из нее вела только одна дверь, запертая изнутри на железный засов. Тэпентайн проскользнул мимо меня, осторожно отодвинул задвижку и приоткрыл щелку.

В коридоре было темно и тихо. Мы вышли и, стараясь ступать тише, быстро двинулись в направлении, указанном мальчиком.

— Осторожно, там кто-то есть, — предупредил старик, кивнув в сторону бокового прохода. Оттуда послышалось сопение, позвякивание лат и топот ног. Я остановился, и тут же перед нашим носом вынырнул латник, тащивший охапку коротких копий. Не заметив нас, он поспешил к лестнице, поминая вполголоса какого-то безмозглого козла. Тэпентайн бесшумно метнулся следом за латником, зажал ему рукой рот и вонзил кинжал в горло. Латник засипел, забулькал и сразу обмяк. Обессилевшие руки выпустили ношу, и копья шумно посыпались на каменный пол. Поль едва успел подхватить свою жертву под руки. Тут же где-то впереди, видимо, в нижнем зале, кто-то крепко выругался и заорал:

— Давай живей, паскуда! Эти шелудивые псы уже скалятся под стенами! Шевели ходулями!

Все сказанное, несомненно, относилось к латнику, висящему без признаков жизни на руках англичанина. И сказано было, видимо, тем самым безмозглым козлом, которого несчастный только что поминал.

Внизу еще раз крепко выругались, затем послышались удаляющиеся шаги, заскрипела и грохнула дверь. Все стихло. Мы облегченно перевели дух, разобрали копья и быстро двинулись дальше.

В большом зале тоже было сумрачно, высокие окна были занавешены, и холодный утренний свет едва проникал сюда сквозь щели, падая косыми узкими лучами. Посреди зала стояло несколько крепких длинных столов, под ними лавки. Из полумрака выступали грубо отесанные камни стен. Мы спустились по лестнице и остановились у дверей, дожидаясь, когда подтянется весь отряд.

Когда все оказались в зале, мы с Тэпентайном кивнули друг другу и, распахнув обе створки огромной двери, молча вырвались наружу, бегом спустились по широкой парадной лестнице и бросились по внутреннему двору донжона к первым воротам. К счастью, они оказались открыты и, что еще приятней, они не охранялись. Дальше, за ворота, как и было договорено, первыми выбежали стрелки из десятки лучников, специально проверенных и отобранных Комьеном накануне, вторая десятка стрелков должна была прикрывать нас с тыла. Нам предстояло пробежать не меньше пятидесяти шагов до Веерного коридора, и лучники должны были положить всякого, кто появился бы на этом пути.

Ждать, пока десятка, предназначенная для обезвреживания воинов, засевших у бойниц Веерного коридора, выполнит свою задачу полностью, было некогда. Возможно, кто-то даже успел выстрелить нам в спины, но я этого уже не видел. Обогнув угол дома, где размещался гарнизон, мы оказались в прямой видимости главных ворот. Все внимание воинов графа Дэфанса, припавших к окнам и щелям бойниц, было за стенами замка. Они были полностью поглощены той картиной, которая с грохотом, ревом и пылью, разворачивалась на дальних подступах к замку. Каждый миг ждали сигнала нервные команды у камнеметов-мангонелей, которые должны были первыми обрушить свой удар на атакующих. Лучники и арбалетчики держали оружие наготове, под котлами, установленными на стенах, полыхал огонь. Но наши стрелы и копья полетели прежде, чем нас успели заметить. А первыми нас увидели латники из охраны ворот. Появление наше было столь неожиданным и столь невероятным, что воины графа на время окаменели. В глазах их застыли растерянность и ужас. Возгласы удивления перешли в панические крики, люди на стенах заметались, толкаясь и мешая друг другу. Стрелы, предназначенные нам, летели, куда попало. Те, кто должен был опрокидывать котлы, метались и хватались то за мечи, то снова за котлы. Послышались удары мангонелей, и через стену полетели огромные ядра. Может быть, у камнемётчиков просто нервы не выдержали, а может быть, Комьен со своими штурмовиками приблизился на убойное расстояние. А это не больше двухсот шагов. Времени было совсем мало. Наши лучники рассыпались по двору, методично снимая бойцов противника со стен. Тэпентайн со своей дюжиной и я с двумя десятками бойцов кинулись к привратным башням. Бой закипел. Через минуту решетка внешней стороны ворот была поднята уже наполовину и застопорена так, что сдвинуть ее без серьезного ремонта не смог бы уже никто. Мы принялись снимать огромный деревянный брус, служивший засовом. Одновременно парни налегли на ворот, и загремел железными цепями опускающийся мост. Но тут к охране ворот подоспело подкрепление, и нам пришлось отбиваться. На меня налетел какой-то разъяренный боров в латах, который был явно сильнее меня и гораздо опытней в схватке. Я увернулся от его первого удара мечом, но он тут же сорвал с меня шапель, едва не оторвав мне при этом голову, и достал меня мечом по боку, но вскользь. От его бурного натиска я попятился и упал. Сорвав подшлемник, который сбивался мне на глаза, я чудом увернулся от нового удара и случайно сумел повалить этого кабана ударом ноги по лодыжкам. Он как раз шагнул ко мне и только поэтому не смог удержать равновесия. А падать он собрался прямо на меня. Я откатился, вскочил и с удивлением обнаружил, что он тоже уже на ногах. Такой прыти от столь громоздкого туловища я не ожидал. Три резких удара мечом я кое-как отразил и даже пытался нагло атаковать, но попытка моя кончилась тем, что я купился на финт и получил жесткий удар железной перчаткой сбоку, в скулу и челюсть. Я попятился, но на ногах удержался. С трудом фокусируя глаза, я продолжал исполнять танец пьяной обезьяны и отбил еще пару ударов, но в какой-то момент мой клинок вдруг отломился у самой рукояти и улетел к воротам. Я решил броситься в ноги своему противнику, чтобы снова повалить его на землю и попытаться воспользоваться его же кинжалом, висящем у него на правом боку. И тогда неожиданно мне на выручку пришел Тэпентайн. Он вынырнул откуда-то сбоку, резким ударом меча сбил забрало со шлема моего врага и возвратным ударом рубанул его по горлу, защищенному кольчужной бармицей[29]. Сила удара была такова, что, несмотря на защиту, латник попятился, вскинув руки, захрипел, попутно получил стрелу с гусиным опереньем в выпученный глаз и рухнул на брусчатку.

Все еще с трудом ориентируясь в пространстве после удара, я подхватил меч поверженного бойца и приготовился дорого продать свою жизнь, потому что со всех сторон к нам бежали воины графа. Мы с Тэпентайном встали спина к спине. Тут, к счастью, очень своевременно появилась десятка наших, истреблявшая стрелков Веерного коридора. На какое-то время они отвлекли внимание неприятеля, и тогда мы снова бросились к воротам. Скинув брус, мы ухватились за скобы, и тяжелые окованные железом створки стали медленно раскрываться. Одновременно через ров с грохотом опустился мост, подняв густое облако пыли. Штурмовики Комьена побросали свои щиты, связанные из хвороста, и таран, который им так и не пригодился, и кинулись в разинутую пасть замка, готовя к бою свои крепкие топоры. Комьен, ворвавшийся в первых рядах, увидел меня, махнул рукой, но тут же отвернулся и стал что-то орать своим воинам, видимо, отдавая какие-то приказы. Рев и грохот вокруг стоял такой, что я уже ничего не слышал.

А по полю и дороге, видимым в проеме ворот, стремительно приближались темные хищные змеи. Армия, поделенная на отряды, обтекала точки пристрелки мангонелей.

Внезапно мой амулет на груди стал до боли горячим. Я вздрогнул от неожиданности и неосознанно отклонился, чтобы посмотреть за ворот, и тут же перед моим носом, чиркнув о каменную стену, расщепился арбалетный болт. Обернувшись, я успел заметить рыцаря в богатых доспехах и рядом с ним черную сутану, метнувшуюся за угол, в сторону Веерного коридора. На брусчатке остался лежать брошенный арбалет. Не раздумывая, я бросился в погоню. И это спасло меня от страшной смерти. Где-то наверху опрокинулся кипящий котел, и рядом на мостовую плеснула масса кипящей смолы. Мне повезло, всего лишь несколько крупных капель попали на голову, шею и плечо. И в пылу боя боли я не почувствовал. А вот двоих несчастных, я даже не понял кого, залило с ног до головы раскаленной липкой жижей. Они выли, как дикие звери, и метались с жуткими воплями. Спасти их от мучений теперь можно было только одним способом. Оглянувшись на бегу, я увидел, что одного успокоила стрела, пущенная из жалости прямо в сердце, а второму топор товарища раскроил череп, замешав дымящееся черное с парным красным.

В веерном коридоре меня догнал Тэпентайн. Он тоже заметил рыцаря в богатом снаряжении и, так же как я, подумал, что это наверняка граф Дэфанс или командир гарнизона. Эти двое убегали по нашему маршруту.

В полутемном зале торжеств пришлось перепрыгивать через опрокинутые столы и лавки, которые прежде стояли в порядке, а теперь загромождали проход. На лестнице сверкнули доспехи, и мелькнула черная тень. Загромыхал, запнувшись о лавку, Поль. От души поминая черта, он поднялся и, прихрамывая, побежал дальше.

Я мигом взлетел по лестнице и выскочил в коридор. Беглецы побежали в сторону кладовой. Черная сутана и рыцарь растворились во мраке, но убегающие шаги гулким эхом разлетались по коридору. Потом глухо захлопнулась дверь, и брякнул железный засов. Кто-то закричал и забарабанил в дверь, взывая к милосердию. Подбежав ближе, я с трудом разглядел человека в черной сутане, который отчаянно колотил бездушное дерево. Колотил он дверь той самой комнаты, где начинался подземный ход. Я схватил его за ворот и рывком развернул лицом к себе. Он перестал вопить, зажмурился, испуганно вскинул руки к коричневому старческому лицу и, вжавшись в стену, стал сползать на пол. Мне пришлось его встряхнуть, взяв за грудки.

— Кто такой? — громко спросил я.

Сзади, тем временем, подбежал Тэпентайн.

— Я никого не убивал, я здешний капеллан, — жалобно залепетал священник. — Сжальтесь надо мной, я никому не сделал зла, я хотел только…

— Кто это был с тобой? — оборвал я его блеяние. — Граф Дэфанс?

Священник быстро закивал головой.

— Откуда он узнал, что здесь ход? — спросил Поль, морщась и потирая ушибленную ногу.

Капеллан, боязливо держа руки у лица, забормотал:

— Мальчик мне сказал… холопский. Я его не знаю. Сказал, что выведет в лес господина графа и меня…

Я оттолкнул старика в сторону и ударил дверь ногой. Она вздрогнула, но не поддалась. Чтобы ее открыть, нам с Полем пришлось несколько раз с разбегу ударить плечами по дубовым доскам. Наконец вылетела скоба, державшая засов, и мы ввалились внутрь. Комната была пуста, сорванный угол гобелена обвис, обнажая черный проход.

На миг я обернулся и увидел, что священник стоит в коридоре на четвереньках и смотрит в нашу сторону. Мне показалось, что он ухмыляется, а в глазах его вспыхнули угольки. Но возиться с ним было некогда, мы бросились вниз по винтовой лестнице, держа наготове мечи.

Здесь было темно, и только снизу пробивался слабый свет. Срываясь со ступенек и придерживаясь руками за холодный камень стен, мы почти слетели вниз, и тут нашим глазам предстала печальная картина. Я поскользнулся и сел на ступени. Поль налетел на меня, чудом удержавшись на ногах.

Мальчик, наш проводник, сидел, вытянув ноги и привалившись спиной к стене. Остановившиеся глаза смотрели прямо на нас. Лицо было белым даже в красноватом пламени факела, лежащего неподалеку. Из уголка застывшего детского рта сбегала тонкая струйка крови, капая с подбородка на безжизненную руку, все еще сжимающую нож. Белая рубаха на груди была разодрана, и по ней расползалось уродливое темное пятно. Тут же, у ступеней, лицом вниз лежал молодой граф. Рядом валялся его окровавленный меч. В одной руке его была почему-то зажата корона. Среди ее золотых земляничных листьев равнодушно поблескивали крупные жемчужины. А рядом с мальчиком сидел старик и пытался погладить его по щеке.

— Не доглядел я за тобой… Не смог… Прости, — еле слышно бормотал он.

Пронзительный и жуткий крик ночной птицы располосовал тишину и вывел нас из оцепенения. Крик раздался из комнаты наверху. Поль рванулся наверх, загремев мечом о стену. Лишь только он шагнул за портьеру, на него обрушился тяжелый удар. Он выронил меч, застонал и, схватившись за голову, повалился на пол. А в комнате жарко пылал огонь. К двери бросилась черная тень. Перехватив меч в левую руку, я схватил первое, что попалось на глаза — тяжелый медный подсвечник, и выбежал в коридор. Черная фигура была шагах в пяти. Не раздумывая, я размахнулся, и, вложив в силу броска всю свою ненависть, запустил подсвечником в ускользающую спину. Ожидая крика или стона, я остолбенел, когда увидел, что подсвечник скомкал сутану, пролетел еще немного вместе с ней и с глухим стуком упал на пол. А за моей спиной послышался шорох и тихий злорадный смех. Я обернулся, и только теперь почувствовал, что амулет у меня на груди отчаянно пульсирует.

В трех шагах от меня стоял тот, кого я принял за священника. Он был по-прежнему во всем черном, и поэтому казалось, что в темноте коридора желто-коричневой маской висит только его лицо. В глубоких провалах глазниц тлели красные уголья. Его взгляд пронзил мои зрачки раскаленными шипами и впился в мозг острой болью. Сердце сдавило, будто его захватили железные клещи, и жизнь стала утекать из меня холодеющими ручейками.

— Ты никогда не видел ангелов? — прохрипел оборотень. Иссохшие тонкие губы скривились брезгливой усмешкой и обнажили кривые острые клыки. — Я твой ангел. Ангел смерти. Скоро ты отправишься вслед за стариком и за его бедным мальчиком!

Неожиданно между нами появился Матис. Он встал лицом к этой жуткой твари и отчетливо произнес:

— Я убью тебя, мразь.

— Ты не знаешь, старик, кто я, — глаза маски злобно сузились.

— Я уже сказал, ты мразь, — спокойно ответил он и бросился на существо, пытаясь схватить его за горло. К моему удивлению, руки призрака не прошли сквозь тело мерзкой твари, как сквозь туман, и ему даже удалось оттеснить его на несколько шагов. Но затем произошло нечто страшное. Тело ангела смерти осветилось алым, его рука выхватила из-под полы сутаны кривой широкий меч, черный, как остекленевший дым, и в несколько молниеносных движений он располосовал старика на части. Они, эти части, медленно опали на каменный пол, как огромные, почти невесомые лепестки. На полу они мгновенно потускнели, словно растаявший снег. А там, где стоял старик, осталось висеть крохотное облачко цвета бирюзового моря. Оно было живым, я видел, оно пыталось двигаться и собралось в шар, но оборотень схватил его своей бурой когтистой лапой и сожрал. А потом двинулся ко мне.

— У меня есть к тебе один вопрос. Я все-таки думаю, что ты меченный, — прохрипев это, он вдруг исчез, а в лицо мне бросилось что-то похожее на огромную летучую мышь с тусклыми кровавыми каплями вместо глаз. Я отшатнулся и закрылся рукой, но когтистая лапа полоснула меня по щеке. Страшная тварь бросалась на меня снова и снова, норовя рвануть когтем по горлу и по глазам, но я успевал закрываться, и когти скользили по кольчуге и наручам. Отмахиваясь наугад, я случайно попал по оборотню. Он зашипел, исчез, а через мгновение я увидел его снова перед собой в полный рост.

— Кусаешься, щенок, — процедил он сквозь бурые кривые зубы. — Если бы ты знал, кто я, ты бы сам поспешил умереть.

И тут я почувствовал такую злость, что опустил руки, которыми прикрывал голову, и, глядя ему прямо в глаза, со всей своей ненавистью заорал:

— Пошел ты к черту, урод!

Он усмехнулся, а меня захлестнула ярость. Она выплеснулась откуда-то из глубины моего сердца с удивительной и неожиданной силой. И тогда я почувствовал, что мои легкие наполнились огнем, и если ему не дать выхода, то он меня разорвет. Точно так же, как утром, когда Комьен заставил меня съесть его пилюли. Я с силой выдохнул, и мне показалось, что изо рта у меня с ревом вырвалась струя мощного малинового пламени. Странно, но и оборотню, видимо, показалось то же самое, потому что он отшатнулся, закрывая лицо руками, попятился и вжался спиной в стену коридора. Он явно был растерян. Одежда на нем начала тлеть. Оборотень издал то ли хрип, то ли стон, словно терпел сильную боль. Через секунду он справился с собой и, отсвечивая мрачным взором, рванулся ко мне. Во мне еще был остаток огня, но только на один выдох. Я приготовился к последней схватке. Но оборотень вдруг исчез из поля зрения, а потом я почувствовал удар. Такой сильный, как будто лом пробил мне грудь и воткнулся в сердце, раздвинув затрещавшие ребра.

Когда со стороны лестницы послышался странный гул, я терял последние силы. Гул перерос в трубный рев, и в коридор плеснул серебристый сполох света. Оборотень замер. Я повернул голову и увидел рыцаря, окутанного белым сиянием. Он быстро приближался, словно плыл в серебряном облаке. А сияние его двигалось к нам быстрее самого рыцаря, заполняя собой мрачный коридор и выдавливая из него тьму.

«Кажется, теперь я точно умер», — прошелестела в моей мутной голове печальная мысль.

— Ублюдок, — прохрипел оборотень, глядя на сияющего рыцаря. — Кабальный смерд Распятого.

Оборотень метнулся прочь и канул в темноту. Тогда я увидел перед собой Комьена, а следом подбежали еще трое бойцов из его отряда. Гул исчез, сияние куда-то пропало, остался только свет факелов, треск горящего дерева и алые отсветы, выплескивающиеся из кладовой.

— Что за дела, Саламандра? — Комьен наклонился ко мне, отводя факел в сторону и обеспокоенно меня разглядывая.

Я осознал, что сижу на полу, привалившись спиной к стене. С трудом подняв трясущиеся и непослушные руки, я вытер пот с лица. Лихорадка сотрясала все мое тело.

— В чем дело? — снова спросил Комьен, на этот раз громче, видимо, думая, что я плохо слышу и потормошил меня за плечо.

— Не ори! — стуча зубами, слабо выкрикнул я и зажал голову онемевшими ладонями.

— Да ты сам так орал, что было во дворе слышно. У тебя вся рожа в крови, ты ранен, что ли?

— Оборотня я видел, — слова мне давались с трудом, словно я высекал их из камня.

— Ерунда какая-то, — проворчал Комьен, сделал недоуменное лицо и переглянулся с мужиками, те только головами качали.— Какого еще оборотня?

— Ангела смерти, — выговорил я и мазнул рукой по щеке. На пальцах осталась кровь. — Он так сказал...

— Что за бред? — Комьен присел рядом, пытаясь заглянуть мне в глаза. А когда заглянул, то в его зрачках промелькнул ужас.

— Оборотень, — пробормотал я, опустив голову, — сначала он был как священник... Потом стал какой-то тварью летучей...

— Фу-ты, я-то думал, в самом деле, что случилось! — вздохнул Комьен, делая вид, что это обычное дело, вроде того, как в придорожной таверне увидеть какую-нибудь щетинистую рожу одного из вечных скитальцев или тушу барана на вертеле. Но, на всякий случай, он трижды плюнул через левое плечо и перекрестился. — Этой пакости в наших местах хватает. Я уж насмотрелся на своем веку. А священник твой возле кузни валяется с ножом в спине. Вы справились неплохо, удачно с воротами получилось. Ты сам-то сможешь идти?

— Не знаю... Вы англичанина из огня достаньте...

Мужики, пригибаясь от жара, выволокли Поля из кладовки, который все еще был без сознания, и оставили его лежать на полу.

— Живой, кажись, — пробормотал один из крестьян, приложившись ухом к доспехам на груди Тэпентайна. — Ничего, авось оклемается.

— Ладно, если что, ты нас позови, мы твоего упыря так приголубим, не будет знать, кем обернуться! — гоготнул другой крестьянин, видимо, стараясь меня приободрить.

— Ага, колышек ему вставим, куда надо, он и загнется! — заржал тщедушный мужичок, поперхнулся и закашлялся.

Из нижнего зала послышался шум, и к нам подошли еще десятка полтора разгоряченных бойцов из отряда Комьена.

— Давайте, двигайте через галерею к донжону. Галерея где-то на этом этаже, — поторопил их Комьен. — Башню проверьте досконально, а то они разбежались, как тараканы, по всему замку. Эжен, командуй, я догоню.

Крестьяне оставили один факел, вставив его в кольцо на стене, и торопливо ушли дальше по коридору, отыскивать переход в донжон.

Комьен дождался, пока они скроются за поворотом и негромко сказал:

— Смотри мне в глаза, сынок, ты понял? Прямо в глаза!

Я пытался, но сил было настолько мало, что веки сами собой опускались. Амулет на груди источал из себя горячие волны, но его тепла мне уже не хватало.

— Взгляд не отводи! Смотри в глаза! — он больно нажал мне ногтем под носом, потом где-то в середине макушки и в центре обеих ладоней.

— Я стараюсь, — прошептал я, но мне смертельно хотелось спать.

— Прямо в глаза! У тебя под кругом сердца вбит клык или коготь зазубренный... И мне нужно эту гадость достать. Это был не просто оборотень, crede mihi... Держись, не уплывай, Саламандра! Я же тебе меч настоящий обещал... Держись... Глаза не закрывай!

Но глаза мои закатывались, а вокруг все опять утонуло в серебристом сиянии, и лицо Комьена передо мной... Оно тоже светилось, и выглядело странно. Оно будто было соткано из перетекающих и меняющих форму волокон света. Он что-то еще говорил, но я уже плохо его понимал. Сердце мое стало остывать и останавливаться, как будто очень устало после долгого изнурительного бега длиною в жизнь. Когда оно остановилось, я почувствовал резкий рывок и свистящую дыру в груди, и боль, от которой я захлебнулся бессознательной тьмой.

Глава 16. Передышка и новости от Патрика

Очнулся я от жара. Еще во сне я понял, что лежу на боку, а источник жара был где-то передо мной. Не открывая глаз, я вытянул руку и уперся во что-то теплое и упругое. Через мгновение накопленный жизненный опыт дал мне понять, что это что-то может быть только женской грудью, причем обнаженной. И тогда в полном недоумении я открыл глаза. Передо мной оказалось простое, но милое лицо молодой женщины с темнокарими глазами и густыми волосами цвета ржаного хлеба. Приподнявшись на локте, она терпеливо смотрела на меня. На губах ее играла усмешка, а где-то в глубине глаз угадывался отсвет то ли тревоги, то ли любопытства.

— За лапанье уплачено не было, — она иронично подняла бровь, — только за обогрев.

Голос у нее был глубокий и притягательный. Я отдернул руку, которой все еще сжимал ее голую грудь, а она, чуть откинув назад голову, негромко засмеялась.

— Ты кто? — хрипло спросил я, не совсем понимая, проснулся я или пребываю во власти неожиданного и очень яркого сновидения, а может, чего доброго, со мной вообще случилось непоправимое.

Она слабо отмахнулась и произнесла сквозь смех:

— Видел бы ты сейчас свое лицо...

— Мы где? — спросил я с отчаянием.

— В скирде, — содержательно ответила она, вытирая пальцем набежавшие от смеха слезы.

Я приподнял голову и огляделся. Конечно, никакой скирды не было и в помине, а была комната. Была она не очень велика, но и не мала. Каменные стены, какие-то полки и гобелены, растопленный закопченный камин, два вытянутых стрельчатых окна, посреди комнаты — широкий дубовый стол с лавками, под потолком — толстенные мореные балки. А мы лежали на полу, на подстилке из шкур, накрытые пуховой периной. Пошевелив ногами, я понял, что, скорее всего, был совершенно голый.

— Очухался? — участливо спросила моя соседка по шкурам и провела тыльной стороной пальцев по моему лбу. — Или совсем голова отнялась? Крепко досталось, видно?

— Ты кто? — снова спросил я, все еще ничего не понимая.

— Мессир рыцарь, госпитальер ваш, через своего посланника наняли нас троих тебя отогревать, — усмехнулась она, — он сказал, что Саламандра без огня погибнет... Ты, что ли, Саламандра-то?

— Какая, на хрен, саламандра? — просипел я, глупо хлопая глазами.

— Вот и я гляжу, вроде не похож. Вроде все, как у всех мужиков. Побитый маленько, а так ничего. Но ледяной ты был, как будто из проруби вынули. Мы уж подумали, госпитальер ваш умом подвинулся от горя или от контузии, решил мертвецов воскрешать. Так ты бредить стал. Он тебя каким-то зельем напоил. Ну, мы и успокоились. Так по очереди тебя и грели.

— А где все? — в мозгу у меня забрезжило слабое просветление, и я привстал. — В смысле, мессир рыцарь, Комьен где?

— Ладно уж, лежи, — рукой она повалила меня обратно на шкуры и погладила по груди. — Здесь война уже кончилась. А они там еще долго заседать будут, у них общий сбор капитанский в главном зале.

Она притворно вздохнула, посмотрела в потолок, потом заглянула мне в глаза, и от взгляда ее у меня огонь прошелся от копчика до пяток и обратно от пяток до макушки, а уши мои, видимо, стали пунцовыми.

— Ладно, плевать, что не уплачено, — она провела рукой по моему животу вниз и жарко поцеловала меня в губы. — Пусть заседают пока. Отдыхай, Саламандра. Я знаю, что с тобой делать...

* * *

Когда я проснулся второй раз после горячих упражнений

под периной, то обнаружил, что моя таинственная и любве-обильная фея-обогревательница, имя которой так и осталось для меня загадкой, бесследно исчезла. Осталась только память о ее жарком теле и щемящие воспоминания о сладкой истоме, которая каждый раз давалась, как награда за лихорадочное напряжение остатков сил. Мы, как любовники, которые опасаются, что времени у них немного, торопились все успеть, пока нас не застукали. И успевали таким образом несколько раз. Наверное, это Комьеновское чудодейственное зелье исцелило меня, вернув к жизни за каких-то несколько часов, иначе такие подвиги с моей стороны были бы вряд ли возможны. Надо будет попросить у Комьена еще немного этой отравы. На всякий случай. Мало ли что может случиться, и вдруг его рядом не окажется. На этот раз голова моя действительно соображала значительно лучше, хоть в остальном я чувствовал себя изможденным, как после долгой зимней болезни, и вылезать из-под перины мне не хотелось. Но тут в голову без приглашения поперли воспоминания из подземного хода с призраками. Оживилась память о недавнем знакомстве с гнусным оборотнем, а потом я вспомнил о мертвом мальчике с кровью на губах и старике, сидящем перед ним на коленях. Я чертыхнулся и вылез из-под перины.

Тут я обнаружил, что за столом сидит хмурый Гильом и угрюмо пьет вино, наливая себе из кувшина в оловянную кружку. А у жаркого камина на шкурах спит раненый Комьен.

— Вот это фокус, — пробормотал я и, замотавшись в перину, прошлепал босиком к Комьену.

Госпитальер спал. Дыхание его было прерывистым, и он тихо стонал во сне. На скуле и виске у него вспухла широкая ссадина, которая уже взялась корочкой. Сквозь перевязку на голени кровоточила рана, и плечо было туго перевязано.

— Что случилось? — тихо спросил я Гильома.

— Стрела навылет плечо прошла. Ничего, выкарабкается, — проворчал Гильом и залпом выпил кружку.

— Черт, — тихо сказал я, глядя на своего спасителя. Мне стало стыдно. Пока я здесь отлеживал бока и предавался разврату, мой товарищ получил тяжелые ранения в бою.

— Зарастет, как на собаке, — махнул рукой Гильом и устало потер лицо ладонями. — Он себе свои хитрые промывания сделал и присыпки какие-то, и мазью намазал, и иглой сам себе ногу зашил. Топором ему мякоть разрубило, но кости вроде целы, так что выберется.

Еще от Гильома я узнал, что меня бесчувственного перенесли в эту комнату, которая располагалась в донжоне, еще во время сражения. Комьен, на тот момент абсолютно здоровый, срочно намешал какое-то зелье из своих запасов, влил мне рот целую пивную кружку этой гадости, распорядился об уходе за больным, то есть за мной, поручив все устроить одному из своих бойцов, а сам незамедлительно вернулся к ратным подвигам. Где-то в самом конце боя он попал в передрягу, из которой выбрался с большим трудом с помощью барона Риквильда. Я попросил рассказать подробнее, но Гильом только отмахнулся, он явно был не в духе.

* * *

Замок уже несколько часов, как был взят. Несмотря на внезапное вторжение, бой был тяжелым. Сколько было убитых? Кто же их теперь всех пересчитает... Война есть война. Собрали всех почивших, снесли в ров, землицей присыпали и молитву наскоро сотворили. Где своих признали, тех под кресты положили. А ведь если подумать, им, наверное, и этого не надо. Была бы молитва, а Бог уж приберет. У мертвых ведь одна забота, дальняя дорога душе покоя не дает. Это живым еще раны зализывать, опять же ночлег и пристанище найти надо. Согреться бы, да поесть чего, да девку обозную потискать. На войне как на войне...

Над поверженной крепостью стелился мглистый поздний вечер. Погода испортилась, небо затянули низкие косматые тучи, скандинавский ветер принес противный мелкий дождь. Гильом уже жалел о том, что после сражения расположил основную часть войска у своей родной деревни Лемо, которая находилась неподалеку от Дэфанса. Но в замке всех разместить было сложно. Дело в том, что он сильно пострадал от пожара во время штурма. Повсюду воняло гарью, и местами над замком все еще поднимались дымы, коптя ползущие рваные облака. Пригодной для использования остались лишь кухня с прилегающими складами, где насмерть держали оборону клермонские няньки, капелла, часть гостевого дома, донжон, конюшня и половина длинного трехэтажного дома, где был расквартирован гарнизон замка.

Временный штаб решили разместить в просторном рыцарском зале на втором уровне донжона. Там же и провели общий капитанский сбор, где и Комьен участвовал, несмотря на свои раны. А на ночлег Гильом с Комьеном расположились в этой же небольшой комнате с камином.

Предметы своего гардероба я обнаружил сваленными в кучу под полками. Кольчугу с прочим железом я отгреб в сторону и осторожно оделся, стараясь не задевать ожоги от смолы на шее и на плечах.

— Пойду пройдусь, — пробормотал я и, слегка покачиваясь на еще не совсем уверенных ногах, вышел из комнаты. Выбравшись из башни донжона, я спустился к колодцу, кое-как умылся и набрал воды в толстопузый кувшин, изъятый на кухне, на тот случай, если проснется Комьен и запросит пить. Вино-то в комнате было, но его раненым пить нехорошо.

Кухня была полна чада, делового гомона и запахов жареного с густой смесью приправ и овощей. Шумной готовкой там занималась целая толпа полупьяного народа. И местные, и пришлые, все вместе. Война войной, а без ужина никто спать не собирался. Без особых хлопот мне удалось отыскать небольшую корзину и наполнить ее кое-какими припасами. На кухне же мимоходом я посмотрелся в полированный медный поднос, висевший на стене. Поскольку поднос был не идеально ровным, то голова моя, отраженная в нем, явила собой удивительное зрелище. Понять, насколько правдиво это шишковатое и кривобокое отражение, было трудно. После сегодняшних приключений я был готов увидеть и допустить многое. Что совершенно не вызывало сомнений, так это три заметных полосы на левой щеке — следы от когтей оборотня. И ободранная, опухшая синяя скула и заплывший глаз справа — это были воспоминания о железной перчатке.

— Шрамы украшают мужчину, — не очень уверенно пробормотал я, задумчиво изучая свои волосы, которые местами слиплись от смолы и торчали весьма странным образом. Тут я вспомнил, что оборотень чем-то больно ударил меня в грудь. Я задрал рубашку, но на груди не обнаружил никаких следов. Как же такое может быть? Ведь я чувствовал мощный удар, такой, что ребра затрещали. Я провел пальцами по коже. Ничего. Только ноет слегка, как от синяка. Что-то такое странное говорил Комьен, про коготь какой-то или шип. И про какой-то круг сердечного вихря, кажется. Что бы это могло быть? Или это у меня от помутнения рассудка видения были. Это объяснение меня немного успокоило.

Когда я вернулся, Гильом все так же сидел, уставившись в кружку, и монотонно постукивал по столу серебряным перстнем с головой льва, надетым на кончик указательного пальца. Колышущееся пламя масляного светильника, стоявшего на столе, играло на его лице подрагивающими тенями. Я заметил, что он сильно сдал за последние дни. Спал он мало, ел когда придется. Его что-то угнетало, и с каждым днем все больше. На людях он этого не показывал. Для всех он был все так же тверд и решителен. Но как только он оказывался вдали от посторонних глаз, его окутывала рассеянность. Он подолгу молчал, глядя перед собой в пустоту, словно слушал дождь, который монотонно шелестел за окнами.

Я выгрузил добытые припасы на стол, взял из корзины запеченную утиную ногу, горбушку хлеба, подпихнул ногой одну из своих шкур к камину и уселся лицом к огню. Осторожно, чтобы не разбудить Комьена и не тереть рубахой ожоги, я подложил пару поленьев. Некоторое время я смотрел на пламя, наслаждаясь полным отсутствием мыслей, но потом снова вспомнил страшные картины сегодняшнего дня, и меня всего передернуло. Даже хлеб показался мне горьким.

Огонь в камине жарко потрескивал, облизывая сухую древесину фиолетово-голубыми и желтыми языками. Гильом, наконец, отложил перстень, перестав стучать, как зачарованный дятел, устало закрыл ладонями лицо и пробормотал:

— Сколько крови, сколько жизней...

— Ты чего?

— Так, — Гильом тяжело вздохнул, отодвинул пустую кружку и опустил руки на стол. — На одну человеческую душу это слишком тяжкий груз.

Я повернулся к нему и осторожно привалился плечом к камину:

— Не пойму, ты о чем?

— Ни у одного смертного на земле нет права лишать жизни ближнего. Только у Господа Бога оно есть. А я посылаю людей на смерть... Столько народа гибнет каждый день...

— Это да, — вздохнул я и посмотрел на Комьена.

— Когда я пытаюсь представить тех, кого уже нет, мне самому хочется умереть. А за что они рискуют? За что? Ты вот сам думал об этом? Кто вообще знает, ради чего вся эта бойня? Ведь мы не с англичанами воюем. И почему мне выпала такая судьба? Вот ты, к примеру, — свободный городской человек, студент. Чем ты хуже меня, почему я распоряжаюсь твоей жизнью, а не наоборот?

— Тебя выбрали капитаном. Просто так предводителей не выбирают. А смерть... Это же война.

— Вот именно, и я их всех посылаю прямой дорогой в ад.

Снова застонал Комьен, попытавшись во сне повернуться на бок. Гильом посмотрел на него и сжал в кулаке перстень:

— На мне вина за всех. И за Комьена тоже.

— Все хочу спросить, — я решил перевести разговор на другую тему, — перстень этот со львом — это твоей невесты?

— Нет, — вздохнул Гильом. — От деда остался. Говорят, он колдуном был. Мать мне его дала. На счастье... Чтоб от беды хранил. Только где оно, счастье-то? Не чувствую я что-то.

— Если мать сказала, значит, не зря. Может, просто мы не знаем, в чем это счастье.

— Нет... На душе беда... Плохо на душе... Все время кажется, что кто-то постучит, откроет дверь, войдет и скажет: «Гильом Жак, ты слишком долго задержался на этом свете. Идем. Тебя ждет твое место в аду, ты его честно заслужил».

— Зря ты так! На самом деле все...

Я не договорил. Брякнула дверная ручка, дверь заскрипела и медленно отворилась. Гильом вздрогнул и оглянулся, я замер с непроизнесенным словом на губах.

На пороге стоял человек в накидке. Он вошел и снял капюшон. Мокрые волосы висели сосульками, по лицу и по накидке стекали струйки воды.

— Патрик... — неуверенно произнес я.

Это был действительно Патрик, но узнать его было трудно — щеки ввалились, резко выступили скулы, под воспаленными глазами залегли глубокие черные тени. Я вскочил с пола, уронив кочергу. Патрик оглядел мое лицо и волосы, склеенные в пучки комками смолы, печально улыбнулся и пробормотал:

— Н-да... «Недвижен стал шерстистый лик ужасный... У лодочника сумрачной реки»[30].

*   *   *

Патрик сидел у камина, завернувшись в шкуру. Обхватив оловянную кружку обеими руками и отхлебывая маленькими глотками грог, он рассказывал нам обо всем, что с ним случилось с тех пор, как мы простились с ним у замка Риквильда. О том, как он стал свидетелем ночного свидания Изабеллы Монтес с бароном. Про оборотня, про кладбище, про то, как ему удалось бежать из тюрьмы. Как он снова оказался на развилке, и вновь судьба свела его с ведьмой, которая на этот раз встречалась с Карлом Наваррским. Он постарался как можно более подробно передать содержание их переговоров.

— Значит, Карл идет на нас, — негромко произнес Гильом.

— Завтра, самое позднее к вечеру, он будет у твоей родной деревни.

— В Лемо? — удивился я. — Но это совсем рядом!

— Да. Ему уже все известно про сегодняшний штурм, — Патрик допил вино и неторопливо налил себе еще. — Он-то рассчитывал завтра застать вас еще под стенами в состоянии осады и ударить с тыла. А теперь он в ярости от того, как быстро вы захватили замок и порушили все их планы.

— Карл Злой, — пробормотал я, — а почему у него такое прозвище?

— А ты не знаешь эту историю? — удивился Патрик.

Я только плечами пожал.

— Это было в самом начале его правления, ему тогда было лет восемнадцать, наверное. Тогда несколько наваррских дворян выразили ему свое «фе» по-поводу того, что он ущемляет их привилегии и свободы. А встретили они его на свежем воздухе, когда он возвращался с прогулки. Он уже тогда отличался высокомерием и решил проигнорировать обращение своих подданных. То ли субординацию они нарушили, то ли этикет, я уж не знаю. Но подданные его тоже ведь народ не простой… Они вспылили и изволили гневаться. Тогда Карл светлейшим указом незамедлительно распорядился повесить самых горластых на ближайших удобных деревьях, что и было исполнено. Бунтовать больше никто не стал, но неприятный осадок в душе добрых наваррцев остался. Так он и заработал себе прозвище на всю жизнь.

— Жестоко, — покачал я головой.

— И глупо, я считаю, — Патрик выудил из корзины кусок запеченной утки. — Но его глупые поступки не означают, что его не следует опасаться. Скорее, наоборот. И эта ведьма тоже очень опасна. Изабелла ведет сложную интригу. Она помогает Карлу Злому собрать войско против нас, обещая ему от имени Эдуарда корону Франции, а сама собирается встречаться с дофином, его главным противником на текущий момент. При этом она заслала к нам барона, как она сказала, помогать французам убивать друг друга. Кстати, барон никуда не отлучался?

— Нет, — покачал головой Гильом, — он в расположении гарнизона со своим отрядом. А сегодня он дрался, как герой, и спас Комьена от верной смерти.

— Входит в доверие… — пробормотал Патрик.

— Когда барон пробивался к Комьену, он несколько раз был на волосок от смерти, — Гильом потер виски. — Я своими глазами видел. Думал, всё, оба отвоевались. Те, кому нужно входить в доверие, так не рискуют своей шкурой.

— Все может быть, — пожал плечами Патрик.

— Не похоже, — Гильом налил вина себе и Патрику.

— Я тебе объясняю, Изабелла отдавала барону приказы, обещая милости Англии, — Патрик откусил от куска утятины, — я это видел и слышал. Она отправила его воевать на нашей стороне и ждать дальнейших указаний через пять дней. А Карл здесь будет уже завтра. И если барон никуда не отлучался, то у меня такое чувство, что никто уже не передаст барону никаких сообщений. Эта женщина... Я не знаю, как вам объяснить, чтобы вы, наконец, поняли. Это демон злобный и беспощадный. Я знаю это. Знаю наверняка. Может быть, она всех опоила каким-то зельем или морок напустила. Даже Мрадон стал ее псом, а это говорит о многом. Ей нужна кровавая бойня, как можно больше крови и ненависти. Ненависти, которая прольет новую кровь. Она использует этот момент для каких-то своих непонятных целей. Это страшное существо и ненасытное.

— Но зачем ей все это? — спросил я. — Зачем?

— Я еще раз повторяю, это не женщина, это демон, который украл имя Изабеллы Монтес, — Патрик отхлебнул из кружки, — Этому демону нужна кровь. Много крови. Не знаю, зачем. Это жуткая ведьма.

Я подошел к столу, налил себе вина, тут же опустошил кружку до половины, потом отломил кусок хлеба и стал нервно жевать.

— Ведьма? — горько усмехнулся Гильом и отошел к окну.

— Ведьма! — Патрик взял кувшин и гневно наплескал себе еще вина. — У тебя у самого дед ведун был. За что с ним и расправился Мрадон. Можешь не верить, если не хочешь. Но я точно знаю.

— Он вот тоже, — Гильом кивнул на меня, — говорит, с оборотнем сегодня обнимался. Комьен едва успел его с того света вернуть...

— Когда? — Патрик обеспокоенно повернулся ко мне.

— Во время штурма, — нехотя ответил я.

— Какой он был из себя?

— Ну... Вначале я думал, это священник, а у него рожа коричневая, нос клювом и клыки торчат. А потом он во что-то превратился, вроде мыши летучей.

Чуть только я вспомнил эту мерзкую тварь, меня мороз продрал по коже. Я вздрогнул и невольно потрогал щеку. Глубокие царапины до сих пор ныли и сочились сукровицей.

— Черт! — Патрик нервно хлебнул вина, и глаза у него заблестели, — Это был не просто оборотень. Это... Тебе очень повезло, мой мальчик. В смысле, что ты все еще жив. И мне повезло.

— Это Комьену спасибо, он вовремя подоспел.

— Ладно, — вздохнул Гильом, — как сладить с нечистой силой, я не знаю, но со всей остальной компанией мы как-нибудь управимся.

— С Карлом будьте осторожны, он обязательно устроит вам западню, не поддавайтесь на его уловки, — предупредил Патрик.— И никаких с ним переговоров.

— Я думаю, мы сможем испортить ему настроение, — задумчиво произнес Гильом.

— Шансы есть, — согласно кивнул Патрик. — Только не верьте ни единому его слову. Запомни, никаких переговоров. Ни под каким предлогом.

Гильом отвернулся к окну и стал смотреть в дождливую мглистую ночь.

— А ты поберегись особенно, — Патрик положил мне руку на плечо и снова с сочувствием оглядел мою физиономию. — Да... Лицо у тебя, конечно... Запоминающееся. Просится на холст. Будь очень осторожен. Видишь, оборотни взяли наш след. Амулет не снимай ни днем, ни ночью.

Я потрогал амулет, потом щеку.

— А знаешь, — пробормотал я, — вот странно, я совершенно не помню, откуда он взялся, этот амулет. А во время боя он становился горячим, как печка.

— Амулет тебе моя бабушка подарила, — проворчал Патрик, — видимо, крепко тебе досталось, если память отшибло.

— Бабушка? — удивился я и наморщил лоб, пытаясь вспомнить. — А я с ней знаком?

— Так, всё. Нужно ехать, — решительно обернулся Гильом. — Надо предупредить барона Риквильда и успеть до рассвета всё приготовить.

— Черт бы их всех подрал! — с чувством прошептал я и спросил Патрика. — Ты с нами или пока здесь останешься, отдохнешь?

— Мне нужно возвращаться, — Патрик отвел взгляд.

— Куда возвращаться? — опешил я.

— Сегодня днем я записался в войско Карла Наваррского.

Если бы в комнате с треском ударила молния, мы удивились бы гораздо меньше. Вытаращив глаза, мы с Гильомом уставились на Патрика.

— Я должен быть там, когда она появится, — словно извиняясь, сказал он.

— Ты с ума сошел! — я бросился к нему и схватил его за плечи. — Этого нельзя делать! Слышишь? Мы должны быть вместе, на одной стороне! Ты что?

— Я должен добраться до нее, — тихо сказал Патрик и виновато посмотрел на меня. — В ней корень всех бед. Я должен...

— Тогда я с тобой! — воскликнул я, кинулся в угол и принялся шумно собирать свои железки.

— Нет, — покачал головой Патрик, — твое место здесь.

— Но это неправильно! — воскликнул я и в сердцах бросил доспехи на пол, совершенно позабыв про спящего Комьена. — Плевать на них, на оборотней этих! Если тебе так нужна эта ведьма, мы достанем ее с нашей стороны!

— Нет, на этот раз все правильно, — твердо сказал Патрик. — Я буду ждать ее там, а ты здесь. Так будет правильно. Мы с тобой сможем покончить со всем этим. Только помни всё, что я тебе говорил тогда у замка барона. Ничего не бойся, молись и помни, главное — нужно к ней прикоснуться.

Гильом только хмурился, сложив руки на груди, и качал головой. Похоже, он всерьез решил, что у Патрика помутился рассудок. Я был в отчаянии. От шума проснулся Комьен.

— Слушай, Саламандра, у тебя совесть есть? — недовольно и сонно проворчал он, приоткрыв один глаз. — Зачем я спасал тебя от неминуемой гибели?

— Ты с кем говоришь? — обеспокоенно спросил Патрик, переглянувшись с нами, и подошел ближе к Комьену. — Или это у него бред?

— Сам ты бред. Со студентом твоим говорю, — Комьен приподнялся на локте и подал здоровую руку Патрику, чтобы поздороваться. — Что вы здесь за балаган устроили?

— Это ты, что ли, Саламандра? — спросил меня Патрик.

— Да, это Комьен так на меня обзывается, — пробурчал я, покраснев от стыда из-за того, что разбудил раненного товарища.

— Он, когда со Спящими Вратами разговаривал, чуть не окочурился, — рассказал Комьен, — холодный был, как лед. Если бы его тогда в печку засунуть, она точно погасла бы. И сегодня тоже вот обледенел. По всем признакам саламандра, crede mihi. Надо было сразу его в печку засунуть, чтоб так не орал.

— Ты говорил со Спящими Вратами? — лицо у Патрика удивленно вытянулось.

— Я с Вереском говорил, — вздохнул я, подошел к столу, налил в кружку воды и подал ее Комьену. — Это монах из обители. Мы подружились несколько лет назад.

— Этот Вереск разговаривал с ним через Врата, — уточнил Комьен, возвращая пустую кружку, — я своими глазами видел. И, скорее всего, вещал он не откуда-нибудь, а из недавнего прошлого, насколько я понимаю. Ты знал про них? — спросил он Патрика.

— Про Врата? Слышал кое-то, — пробормотал Патрик.

— Забавная штука, — усмехнулся Комьен. — А ты слыхал про Орден Беглого Пса?

— Так, краем уха, — нахмурился Патрик.

— Так я тебе скажу, что Орден Аркузианцев и есть Орден Беглого Пса, — сообщил Комьен. — Это они стояли хранителями у этих Врат. Я на всякий случай оставил гарнизон в аббатстве. Небольшой, полторы сотни человек. Надо было больше... И три пары гонцов отправил в Париж. Я слыхал, там сейчас должен быть кардинал Альборнос с какой-то миссией. Может, он собирается наконец прочистить мозги зарвавшемуся епископу Ланскому. Так вот, старик Альборнос, кроме того, что знатный воин, он еще и сильнейший из легатов Папы. Уж он-то должен в таких вещах понимать толк.

— Да, все правильно. Он понимает. В смысле, должен понимать. Ты правильно сообразил, — пробормотал Патрик, потерев лоб, и снова посмотрел на меня. — Ты не говорил мне, что разговаривал с Вратами.

— А как я мог тебе говорить, если ты только что заявился, — возмутился я.

— А, ну да, — покачал головой Патрик, — ну да... Естественно... Меня же не было...

— Смотрю я на вас, — задумчиво произнес Комьен, — и что-то не пойму, то ли у вас с головой что-то недоброе случилось, то ли вы напились какой-то дряни без меня. Один орет, как резаный, у другого память отшибло, а третий молчит, как дерево. Что стряслось-то, кто-нибудь объяснит калеке?

Пришлось пересказать все новости Комьену, которые его заметно огорчили. Похоже, что намечалось важное сражение, самое серьезное из всех минувших, а его раны явно не позволят ему быть на поле боя. Он потребовал с горя вина, но ему не дали. Тогда он совсем расстроился, и ему дали сильно разбавленного. Рядом с его лежбищем организовали кувшин с водой и корзину со съестным и пообещали оставить с ним в замке весь его отряд и приставить к нему пару заботливых нянечек.

Патрика уговорить не удалось. В том, что ничего хорошего нас не ожидает в ближайшее время, можно было не сомневаться. Но в глубине души у меня было чувство, что он прав. К худу ли, к добру, но прав; и если поступить иначе, то может случиться что-то действительно страшное и непоправимое.

Глава 17. Вальдшнепы, крюшон и розанчики

Гильом отправил меня посыльным к барону Риквильду со срочными новостями. Прихватив одну из шкур, чтобы не промокнуть под дождем по пути к расположению его отряда, я прошел через галерею, потом мимо той самой выгоревшей кладовой, спустился в зал, где в полном беспорядке громоздились столы и лавки, и, открыв одну из створок огромных дверей, вышел на ступени. Остановившись с поднятой над головой шкурой, я удивленно огляделся вокруг. Все крепостные сооружения бесследно исчезли, дождя не было и в помине. Я обернулся. За спиной моей оказалась беседка, увитая плющом. Я опустил руки, в которых ничего уже не было, и обнаружил, что одет во фрак и брюки шикарного покроя. На ногах поблескивали лакированные туфли, и от всей моей персоны исходил запах приятного одеколона. Я осторожно потрогал свои волосы и обнаружил, что они гладко причесаны, и нет никаких следов смоляных колтунов. Исследование лица на ощупь показало, что вся приобретенная бугристость и ссадины волшебным образом рассосались.

Вокруг был парк. Кусты аккуратно пострижены, деревья причудливой формы серебрились в лунном свете и отбрасывали еще более причудливые тени. В нескольких шагах от меня журчал фонтан. Было понятно, что это не Дэфанс и, судя по фраку, времена уже были иные. Где-то рядом должен быть Патрик. Я завертел головой, но никого не заметил.

Неподалеку за деревьями был виден роскошный особняк в три этажа, классических очертаний. Его огромные окна светились изнутри праздничным торжеством. Оттуда невнятным гулом доносились голоса множества людей и музыка. Парадный подъезд был, видимо, с другой стороны. Оттуда едва был слышен цокот копыт и перестук каретных колес по брусчатке.

Пока я озирался вокруг, из кустов на посыпанную песком дорожку выпрыгнул кот. Он был черный, только на грудке белела манишка, а лапы были словно одеты в белые носки. Зверь мигнул на меня большими зелеными глазами, мурлыкнул, поднял хвост трубой и засеменил по гравийной дорожке к дому.

— Хоть бы предупредил, — проворчал я. — Куда? Зачем? А если кто встретится, как с ним говорить? Что мне теперь, глухонемым прикидываться?

Мое волнение, которое я принес в сердце из дождливой ночи Дэфанса, стало постепенно затуманиваться. Непривычный фрак сковывал свободу движений, а узкий рукав натирал под мышкой. Хорошо хоть туфли оказались по размеру. Кот оглянулся и нетерпеливо мяукнул.

— Да, иду, иду же, — отозвался я, с трудом отрывая взгляд от необычной скульптуры.

Это была русалка, которая возлежала на камне посреди небольшого круглого пруда и задумчиво смотрелась в темную воду. Полногрудая, пышнобедрая, хоть и мраморная, она выглядела совершенно как живая. Как говорится, женщина в самом соку. Да что там женщина! Скорее, воплощенный в мраморе томный ангел жгучей страсти. Или как-то в этом духе. Одно понятно было без слов — ваятель явно был не дурак на счет женского пола и понимал толк в завораживающих изгибах. А вокруг русалки по отражению ночного звездного неба флегматично скользили белые лебеди, как жемчужины по черному зеркалу, обрамленному плакучими ивами.

Кот привел меня к приоткрытой двери между колоннами дома и тут же юркнул внутрь. Некоторое время я колебался, потом последовал за ним. Я прошел по длинному темному коридору и уперся в еще одни двери. Эти были гораздо большего размера. Из-за них доносился монотонный шум людских голосов. Ни дырочки, ни замочной скважины в дверях не оказалось. Подглядеть было не во что. И я решился войти. Моего робкого стука, конечно же, никто не услышал. Я взялся за массивные золоченые ручки, и дверь послушно распахнулась двумя створками молочно-белого цвета с витиеватым золотым узором.

Я застыл в изумлении. Конечно, не двери повергли меня в такое состояние. Моему взору открылась огромная зала, блистающая невообразимым великолепием в ослепительном свете роскошных хрустальных люстр. Вдоль стен возвышались колонны из бело-голубого мрамора с позолоченными капителями. В изумрудных нишах красовались фигуры античных героев, которые, казалось, лишь на мгновение застыли в камне, чтобы дать полюбоваться простым смертным своей восхитительной грацией. Множество людей неторопливо прогуливалось, внося оживление в торжественность обстановки. Черные фраки, сюртуки, крахмальные воротнички, галстуки, цветные банты, лорнеты, дорогие платья с гирляндами цветов, страусовые перья, переливающиеся меха, бриллианты — все это отражалось в огромных зеркалах, отчего зала теряла зримые границы. Гости, занятые светской беседой, прохаживались парами или стояли небольшими группами. Расторопные слуги в парчовых ливреях сновали между ними с серебряными подносами, на которых позванивали бокалы с винами и прохладительными напитками.

— Охренеть, — прошептал я, вошел, прикрыл за собой двери и прислонился к колонне.

Сзади меня кто-то легонько хлопнул меня по плечу. Я вздрогнул и оглянулся. Это был Патрик.

— Ты куда девался? — зашипел я.

— Пришлось отлучиться по важному делу, — он взял меня под руку и отвел в сторону.

— А как же Гильом? Я ведь должен ехать с ним...

— Это все будет потом, в другой жизни, не переживай! Успеешь, можешь мне поверить. Кажется, я вычислил еще одно место, где может появиться наша Принцесса.

Он остановил слугу с подносом, взял два бокала с шампанским и один из них вручил мне.

— Ваше здоровье! — заговорщицки подмигнул Патрик и отпил глоток.

— И вам не хворать! — съязвил я и залпом осушил весь бокал.

Шампанское вспенилось в желудке, и мне пришлось сделать огромное усилие, чтобы не выпустить на волю гейзер. Патрик с интересом посмотрел на мои выпученные глаза, мельком оглянулся и тихо спросил:

— Ты рехнулся?! Где тебя этому учили? — он нервно повел головой, словно ему мешал воротничок, снова осмотрелся, кому-то кивнул, оскалив зубы в ужасной улыбке, и немного успокоился. — Веди себя прилично, все-таки в обществе. И больше не пей.

Тем временем я стал замечать на себе взгляды и немного смутился.

— Тут, конечно, интересно, но я никого не знаю, — пробормотал я. — А чего они на меня пялятся?

— Об этом не беспокойся, новые лица всегда вызывают любопытство. Значит, твоя легенда на сегодняшний вечер такова...

Патрик снова с кем-то любезно раскланялся и сообщил сквозь стиснутые зубы:

— Маркиз Арман де Алмоньен, министр внутренних дел, правая рука Его Величества. С супругой Лианой. Кой черт их принес?!

К нам подошла интересная пара. Безукоризненно одетый мужчина лет сорока пяти с волевым лицом и строгим взглядом, сухо колющим из-под нависших бровей. Маркиз, преисполненный величия, несомненно, был достоин внимания, но для меня гораздо больший интерес представляла его спутница. Взглянув на нее, я лишился дара речи.

Боже, это был ангел! Она беспощадно пленяла томным взглядом влажных темно-карих глаз. Нежная линия подбородка делала немного робким ее свежее лицо. Алые, слегка припухшие губы, созданные для жарких поцелуев, обнажали в чудной улыбке прелестные белоснежные зубки. Игривые, несколько капризные ямочки на щеках требовали непременного обожания и бескомпромиссной любви. В блестящие каштановые волосы, которые ниспадали мягкими локонами на царственную шею и божественные плечи, обнаженные в глубоком декольте бархатного темно-лилового платья, были вплетены сверкающие бриллиантовые нити.

Кроме способности говорить, я потерял к тому же счет времени и, по-видимому, превысил нормы этикета, потому что Патрик незаметно ткнул меня кулаком в бок и любезно заговорил:

— Мое глубокое почтение, господин министр. Я искренне рад видеть вас в добром здравии. А ваша супруга, как всегда, очаровательна. Мадам, — Патрик приложился к маленькой ручке, украшенной тяжелыми перстнями. — Позвольте мне представить вам моего старинного друга. Александр... м-м-м... Пирауст Азайа.

Я пару раз сморгнул, стараясь не изменить выражения лица, и поклонился.

— В прошлом я много вам о нем рассказывал, — продолжал заливать Патрик, — он молод, но, поверьте, повидал уже немало. Недавно он вернулся из кругосветного путешествия и горит желанием приложить весь пыл своего отважного сердца к священному делу укрепления могущества нашей отчизны. Как только представится случай, он расскажет нам о своих удивительных приключениях и о всяческих заморских диковинах.

Я снова коротко поклонился, сообразив, что теперь мой черед врать, и произнес:

— Господин маркиз, для меня большая честь. От моего друга я слышал о вас много лестного. Прошу простить мою неловкость, я впервые за долгие годы в обществе и пока чувствую себя несколько скованно.

Министр снисходительно улыбнулся. Я поклонился супруге

министра:

— Мадам, мне довелось объездить полсвета, и я видел много красивых женщин, но вы — непревзойденная королева совершенства! Я счастлив знакомством с вами.

Маркиза опустила густые ресницы, и на ее щеках выступил легкий румянец. Мы обменялись еще несколькими общими фразами и, откланявшись, разошлись, причем министр по-свойски похлопал меня по плечу, и мы с Патриком получили приглашение к завтрашнему обеду.

— Для начала неплохо, — довольно проворчал Патрик, когда мы отдалились на безопасное расстояние. — Шампанское пошло тебе на пользу, и, кажется, ты понравился министру. Но в одном ты наврал, я бы никогда не сказал тебе о нем ничего лестного.

— Он похож на решительного человека, — возразил я.

— На решительную марионетку, — поправил Патрик.

— А что за дурацкую фамилию ты мне выдумал?

— Да первое, что пришло в голову. Надо же было как-то выкручиваться. Не бойся, в паспорт тебе ее не запишут.

Тем временем сквозь гул голосов донесся шум подъезжающих карет, церемониймейстер торжественно объявил новых гостей, и в распахнутых парадных дверях показались упомянутые особы. Долгое перечисление званий, титулов и привилегий меня очень быстро утомило, и я принялся глазеть по сторонам.

— А где хозяин? — удивился я. — Почему он не встречает гостей?

— Не переживай, гости сами разберутся, что к чему. Здесь собирается весь цвет общества, чтобы расслабиться вволю. Эти люди знают толк в таких делах. Только не зевай, здесь есть агенты тайной службы и люди Изабеллы, не привлекай внимания. Должен тебя сразу предупредить, что эту прогулку я устроил без ведома Магистра. Если проболтаешься, мне кирдык. Но я больше не могу давиться вяленым мясом и сухарями, у меня от них жуткий запор. Тебе-то все равно, ты там ни черта не помнишь и даже не подозреваешь, что бывает ананас, прозрачная лососинка на сахарной дыньке, розанчики... А мне страсть как не терпится всего этого буржуазного! Вальяжно выпить крюшону, вальдшнепов отведать... К тому же сегодня здесь очень даже может появиться Изабелла. Так что держи нос по ветру.

Вскоре всех желающих пригласили к столу, и через пару минут мы вкушали то самое буржуазное, чего так не терпелось

Патрику. Было вкусно, но у меня почему-то кусок в горло не лез. А довольный Патрик разрумянился и весело общался с соседями по застолью, а сам при этом не переставал уплетать за обе щеки. Расписание банкета было для меня не очень понятно. Одни чинно питались, сидя за столами, другие прогуливались и беседовали в зале, третьи сидели на резных с позолотой диванчиках. Где-то приглушенно играл рояль, и слышался поющий голос. Тут я вспомнил о прелестной маркизе и завертелся, пытаясь разглядеть ее среди гостей. Скоро я увидел ее в другом конце зала, она с двумя другими дамами сидела на диване возле камина, украшенного вычурной золотой лепниной. И тут случилось чудо, она заметила меня и незаметно для окружающих подала мне знак. Патрик был слишком занят едой. Решив не отвлекать его от вожделенной трапезы, я тихонько выскользнул из-за стола и как бы между делом подошел к маркизе. Она к этому моменту уже оказалась в одиночестве.

— Мой супруг играет в карты, а здесь так душно, — улыбнулась она. — Вы не могли бы проводить меня в сад?

— В сад? — я поклонился и подал руку, стараясь не выдать волнения. — Почту за честь, сударыня.

Мы неспешно покинули зал и вошли в безлюдный коридор, в конце которого за окном маячили деревья.

— Вы много путешествовали, мсье Александр, а встретились ли вам места вдали от родины, где сердце ваше нашло бы полный покой? — спросила маркиза.

— Не думаю, сударыня, — честно и по-военному кратко признался я.

— А вот вы говорили, что в разных землях встречали много красивых женщин, — она смущенно поправила локон, — но почему-то все путешественники сходятся во мнении, что здешние девушки наиболее привлекательны. Или это лукавство?

Я повернулся к ней, чтобы ответить, но то, что я увидел, заставило меня похолодеть. С прекрасной дамой произошла разительная перемена. Ее глаза обесцветились и застыли мертвым змеиным взглядом, перекошенные отвратительной гримасой посиневшие губы были испачканы чем-то, странно напоминающим запекшуюся кровь. Она протянула ко мне руку и как-то сухо и бездушно взяла меня за горло. Пальцы ее были грубыми, как кора, и холодными, как мертвая рыба.

— Вы... не м-мадам, — глупо пробормотал я, с усилием сбросил ее руку, попятился и бросился прочь по длинному коридору, который слабо освещался тусклыми лампами. Ковровая дорожка скользила под ногами.

Я оглянулся. Маркиза стремительно приближалась. Ее длинное платье скрывало ноги, и мне казалось, что она летит, не касаясь пола. Мое тело сковывал ее мертвый взгляд, но, превозмогая слабость, я бежал. В висках больно стучало, ватные ноги не слушались, как во сне. Сердце с надрывом проворачивалось, я стал задыхаться, рванул воротничок. Снова оглянулся — оборотень был совсем близко. Мне казалось, будто я бегу по пояс в вязком киселе. Этот коридор казался бесконечным. Меня покидали последние силы. Понимая, что больше не выдержу, я решил укрыться в любой из боковых комнат. Как назло, все они были заперты, и каждая новая бесплодная попытка наполняла меня всё большим отчаянием. И вдруг, как спасение Господне, я увидел приоткрытую дверь. Я рванулся к ней всем телом, но поскользнулся на ковре и влетел в темную комнату, распахнув двери головой.

Удар был силен, но сознание меня не покинуло, только перед глазами брызнули искры. Я торопливо прополз подальше, обернулся и в дверном проеме увидел ее черный силуэт. Она медленно вплыла внутрь комнаты, и дверь с тихим щелчком закрылась.

Тяжело дыша, я стал отползать к окну, сжимая рукой амулет на груди. От него исходили горячие волны. На миг маркиза пропала и вновь появилась уже в двух шагах от меня в полосе лунного света, падавшего из окна. Она приближалась медленно. Я тяжело поднялся на ноги и рванулся к окну, которое оказалось открытым. В лицо пахнуло ночной свежестью и благоуханием роз в парке.

Я не сразу понял, в чем дело, когда мои протянутые руки наткнулись на холодные железные прутья. Это была решетка, не различимая на первый взгляд на фоне густо переплетенных ветвей деревьев.

Из моей груди вырвался сдавленный крик, я обернулся, с ужасом сознавая неотвратимость гибели. Иссохшие, словно у мумии, пальцы маркизы были снова перед моим лицом, ее дыхание обволокло меня ледяной сыростью склепа. Я не в силах был пошевелиться, не в силах отвести глаз от ее мертвого взгляда. Холод ее пальцев коснулся моей шеи. Пол покачнулся, комната поплыла вбок, и я стал медленно оседать.

Я не слышал, как грохнул выстрел, только увидел яркую вспышку, которая заставила оборотня отпрянуть. А тем временем из большого настенного зеркала рядом со мной выпрыгнул Патрик с дымящимся пистолетом в руке. Он еще раз выстрелил в маркизу, закрывшую лицо руками и стоявшую неподвижно.

Пуля попала точно между ладонями в середину лба, вышла насквозь и пробила картину, висевшую на стене. Дырка на картине получилась похожей на муху, которая волей судьбы украсила рыхлую ягодицу сонной толстомясой одалиски, обрамленной массивной золотой рамой. А из черной дырочки на лбу маркизы не показалось ни капли крови, лишь поднялась тонкая струйка дыма, да и та тут же иссякла.

Патрик, то и дело оглядываясь на окаменевшего оборотня, привел меня в чувство крепкими пощечинами, поднял и прислонил спиной к подоконнику.

— Почему ты ушел с этой мегерой без меня? — возмущенно прошептал он, увидев в моих глазах проблески сознания.

— Она меня одного пригласила, — сипло прошипел я. — Откуда мне было знать, что она мегера?

Где-то часы гулко пробили час ночи. Неожиданно в камине вспыхнул огонь. Маркиза опустила руки и вдруг стала преображаться. Сначала оживились ее глаза — они словно оттаяли и вновь затуманились привлекательной томной поволокой. Дырочка на лбу затянулась, осталось лишь едва заметное пятнышко, кровь на губах впиталась, они нежно припухли и заалели, а на щеках проступил румянец. По грязно-серому платью мягким переливом скатилась лиловая волна, превращая тряпье в бархат. Перед нами вновь стояла очаровательная Лиана де Алмоньен в сверкающих бриллиантах.

— Золушка, — нервно засмеялся я, захрипел и закашлялся,— только наизнанку.

— Какая чудесная ночь, не правда ли? — мило улыбнулась она, кокетливо склонив набок прелестную головку, но, взглянув на меня, тут же всплеснула руками и взволнованно воскликнула:

— Что с вашим другом, дорогой виконт? Мсье Александр, вам плохо? Ему плохо? Я сейчас же позову доктора Фрайзенштайна!

— Боже упаси! — Патрик быстро спрятал револьвер, заткнув его за пояс брюк под фраком. — Он же маньяк, он нас всех станет лечить кровопусканием! Право же, не стоит так волноваться, милая маркиза. Ему уже гораздо лучше. Мой юный друг позволил себе выпить немного лишнего. Что поделаешь, молодость! Он почувствует себя еще лучше, если получит возможность вдохнуть свежего воздуха. Ради всего святого, не волнуйтесь, сударыня!

Но маркиза не дослушала и выбежала за дверь.

— Кажется, влипли, — пробормотал Патрик, печально глядя

на картину с раненой одалиской, — придется сматываться.

Я попробовал встать на ноги, но они оказались совершенно ватными, и я едва не рухнул.

— Ничего, это пройдет, — вздохнул Патрик, взвалил меня на плечо, подтащил к зеркалу и прислонил к его раме. Потом он забрался в зеркало сам и, кряхтя от натуги, втянул меня. Здесь было темно и прохладно. Скрылись мы вовремя, вскоре в комнату ворвались несколько человек, и следом за ними маркиза.

— Они были здесь минуту назад! — раздраженно крикнула она. — Обшарить весь дом! Живо! Они нужны мне живыми! Если вы их упустите, госпожа будет крайне недовольна!

Из спасительной глубины зазеркалья Патрик показал маркизе кукиш и снова взвалил меня на плечо. Оглядевшись по сторонам, он некоторое время шел молча, только сопел и изредка тяжело вздыхал. Потом остановился и что-то нашарил в темноте. Это оказалось мягкое кресло. Осторожно опустив в него мое беспомощное тело, Патрик снова вздохнул, вытер рукавом пот со лба и устало присел на толстый валик подлокотника.

А я вдруг снова почувствовал свой амулет на груди, от него волнами исходило ощутимое тепло и разливалось по всему телу живительной силой. Я вздохнул, как будто вынырнул из-под воды, и закашлялся.

— Ну что, проснулся, ухажер? — покосился на меня Патрик.

— Кажется, да, — хрипло ответил я и снова закашлялся, в горле свербело, словно оно было засыпано песком.

Глаза немного привыкли к темноте, по крайней мере, Патрика я стал видеть довольно сносно. А вот что было вокруг, я бы сказать затруднился. То ли стволы странных деревьев, то ли элементы некой смелой архитектуры.

— Ну и хорошо, — Патрик оторвал свой болтающийся воротничок и швырнул его в темноту. Оттуда послышалось недовольное бормотанье, и бесшумная тень пронеслась мимо. Я вздрогнул. Патрик проводил это нечто задумчивым взглядом и пробормотал:

— Похоже, она чувствует, что мы наступаем ей на хвост.

— А у нее был хвост? — почему-то меня это удивило, я приподнялся, опершись рукой о подлокотник, и посмотрел вслед унесшейся тени, пытаясь разглядеть ее в темноте.

— У Изабеллы-то? Нет, это я так, образно.

— А, ты про нашу злую ведьму...

— Точнее, про ту тварь, которая ее захватила. Кажется, она

почувствовала, что на нее началась охота. Возможно, даже догадывается, кто выслеживает дичь. Сегодня тоже не появилась, хотя должна была... Слушай, а этот оборотень в замке Дэфанс не высказывал случайно каких-нибудь странных предположений?

— Предположений? — я потер виски, вспоминая неприятную встречу с гнусным замогильным ангелом. — Укокошить он меня хотел...

— Если бы хотел, то укокошил бы. Не сомневайся. Что-то ему было нужно от тебя. О чем он говорил?

— Точно не помню...

— Что именно? Это важно.

— Сказал, кажется, что я меченый какой-то...

— Нет, этого не может быть, — отмахнулся Патрик, — он не мог заметить.

— Что заметить?

— Ну, — Патрик замялся. — Он не мог заметить того, чего нет. Но маркиза как-то подозрительно быстро пошла на контакт с тобой.

— Слушай, ты ведь ей голову прострелил, а ей от этого как будто только получшало. Как будто у нее не голова, а пустое ведро.

— А ты думал... Это ведь оборотень.

— Я почему-то думал, что оборотень — это тот, кто превращается в волка при полной луне.

— Оборотни бывают очень разные, и облик они могут менять по разным причинам. А то, что показывают в кино, далеко не всегда соответствует действительности.

— Ну, хорошо, а у оборотня что, мозгов нет? Или у них вообще голова ничем не заполнена?

— Я же тебе говорю, что оборотни бывают разные. Волколак, к примеру, от такого выстрела сразу бы издох.

— Волколак — это кто?

— Как это — кто? Ты не знаешь?

— Нет, — честно признался я.

— А про вервольфов ты слышал?

— Про вервольфов слышал.

— Беда... Россия-матушка, народ теряет корни... Волколак — это примерно то же, что и вервольф, и превращается он примерно так же. Только совсем не обязательно в ночь полной луны. И волколаки, кстати, тоже разные бывают. А маркиза Лиана — это совсем другой зверь. Таких, как она, знающие люди называют хартарами. Эти существа обычно находятся вне интересующего их мира, здесь они невидимы, вроде как скрыты за тонкой пленкой. И оттуда они управляют оболочкой другого существа в этом мире. Но когда возникает необходимость, они могут поменяться местом с оболочкой. Такой перевертыш получается. И я уж не знаю, что у них в голове, но стрелять в них — все равно что камни в туман бросать. Сейчас ее только огонь с толку сбил. Для таких нужны другие средства... У меня есть кое-что для такого случая, но мы это сейчас применять не можем, иначе нас сходу раскусят. Они уже и так здесь все перевозбудились. Теперь маркиза точно перевернет весь дом, чтобы нас найти. Ей должно быть ужасно интересно, что мы за птички и как попали в ее огород.

— Как это, что за птички? — удивился я. — Вы ведь знакомы! Ты же разговаривал с ней, как друг детства. Или мне показалось? А как же все остальные? Что-то я не пойму. Она же тебя виконтом обозвала.

— Просто не было времени тебе объяснить. Конечно, я иногда бываю в этих местах и давно знаком с маркизой. Но прежде я всегда тщательно готовился, обдумывал свою роль в соответствии со своей местной легендой. А сегодня мы с тобой для игры почти не приложили никаких усилий. Возможно, нам сошло бы это с рук, но, видимо, за нами с самого начала наблюдали. С некоторых пор Изабелла не пропускала ни одного пиршества, а в этот раз что-то ее насторожило.

— А какое она имеет отношение ко всему этому сброду?

— Ну как ты отзываешься о почтенных людях королевства?— покачал головой Патрик. — Хотя, впрочем, ты прав. А к ним она имеет самое прямое отношение. Теперь, это ее питомник, ее клуб, салон, как угодно. Она легко устранила прежнего хозяина. Полагаю, что его сожрали на ритуальном сборище избранных. И под ее опекой этот змеюшник расцвел в полную силу. Она их добрая фея и могущественная покровительница. На первом балу она сама развлекала всю компанию. Учила расслабляться, отдыхать и веселиться.

— Это что, все нечистая сила? — ужаснулся я. — Потусторонние?

— Ну что ты! Мы бы тут среди них и минуты не подышали спокойно, без должной подготовки. Все люди как люди. Ну, может, дюжина и наберется. Но вот маркиза по-настоящему опасна. Страшная тварь, лучшая ученица госпожи. Эх, как все же несовершенен этот жестокий мир, — горько вздохнул Патрик и покачал головой. — Вальдшнепы... Ведь даже притронуться не успел... Обжаренные в шпике с кусочками трюфеля, с грациозно отвернутой головкой... Наверняка трехдневные, выдержанные... Все теперь достанется этим распоясавшимся чревоугодникам!

— Ну, извини, — проворчал я.

Патрик снова вздохнул и вытащил из кармана брюк бутылку.

— Будешь? — печально спросил он меня, вынимая пробку.

Я только слабо отмахнулся.

— Ну и зря, — Патрик приложился к горлышку, сделал несколько жадных глотков и поставил бутылку на пол. — Настоящее сокровище из окрестностей Вольне, достойное герцогов и королей.

— Слушай, а ты ведь втащил меня в зеркало?

Патрик задумчиво на меня посмотрел и кивнул.

— А как же это получилось? Или это было не зеркало?

— Это я тебе как-нибудь при случае объясню со всеми подробностями, — Патрик еще глотнул вина. — В другой раз. Потерпи чуток.

— Но это же...

— Нет.

— Почему?

— Не сейчас. Сейчас мы очень торопимся. Так, — он хлопнул ладонью по спинке кресла. — Нам с тобой ни в коем случае нельзя исчезать бесследно, а то у нее в руках окажутся ниточки, за которые она сможет нас вытянуть. И очень не хочется огорчать Андрей Романыча. Тебе хочется?

— Нет.

— Тогда за работу. Кстати, не забудь — о наших с тобой прогулках Магистру ни слова, если ты мне друг! Сейчас нам придется устроить небольшой переполох и быстро-быстро убежать. Нужно исчезнуть чинно и благородно, безо всяких выкрутасов. Как подобает простым смертным. Ты готов?

— Кажется, отпустило, — я неуверенно поднялся с кресла, потряс головой, пару раз наклонился и даже присел. — Куда бежать?

— А тут недалеко, — Патрик поднялся с подлокотника и быстрым шагом направился к неясному светлому пятну, едва видневшемуся в сумраке. Я поспешил следом. Пятно оказалось огромным зеркалом у парадного входа. Мы подошли к нему изнутри, ощущение было очень странным, завораживающим.

Вниз к мощеной площади сбегали широкие ступени, там стояло множество запряженных карет, освещенных голубоватым светом газовых фонарей. В одной из карет, грязно ругаясь, кучера азартно резались в карты.

Патрик осторожно выглянул наружу, приготовил пистолет и прошептал:

— Будем брать вон ту, крайнюю, с четверкой рысаков. Подальше от этих олухов, пусть дальше играют! Их там человек пять, остальные, наверное, пируют объедками на кухне… Ай, бутылку забыл… Вот черт! У тебя нет ничего тяжелого?

— Нет, — пробормотал я, ощупав карманы.

— Сейчас посмотрю, у меня что-то было, — Патрик засунул руку во внутренний карман фрака и извлек оттуда будильник. Дал мне подержать пистолет, подвел стрелки, подкрутил завод и, отобрав пистолет обратно, сунул мне часы: — Держи. Сейчас мы выберемся наружу. Как зазвонит, бросай в любое окно, потом быстро в карету. Я на козлы, ты внутрь, и вперед. Аминь!

Мы выпрыгнули друг за другом из зеркала и бросились к карете. Будильник затрезвонил у меня в руках так пронзительно, что я с перепугу его чуть не выронил. Я обернулся на бегу и запустил свою звенящую бомбу в ближайшее освещенное окно. Стекло со звоном лопнуло, обрушилось и плеснуло брызгами осколков по каменным ступеням. Патрик несколькими выстрелами погасил фонарь и высадил второе окно.

Осколки еще сыпались по камню, а Патрик уже вскарабкался на козлы. Я успел заметить пять застывших вытянутых физиономий картежников в окне дальней кареты и с разбегу нырнул в открытую дверцу ангажированного нами экипажа. Однако я споткнулся о порог и вылетел через противоположную дверцу наружу. Не мешкая ни секунды, я вскочил, схватился за дверную ручку и даже поднял ногу на подножку, когда Патрик молодецки свистнул, стегнул лошадей, и перепуганные животные рванули с места с сумасшедшей скоростью. А я так и остался стоять с задранной ногой и дверной ручкой в руке.

— Как же?.. — растерянно пробормотал я, глядя вслед уносящейся карете. — А меня?

Ужасный вопль пяти разъяренных глоток и крики людей, выбегающих из дома, привели меня в чувство.

— Вот он! — заорали они. — Держи его!!!

Раздумывать времени не было. Пулей я припустил вдогонку. Патрик оглянулся на шум и был крайне удивлен, когда в мелькающей под фонарями фигуре он узнал своего друга, то есть меня.

— Ты же запрыгнул внутрь! — воскликнул он. — Какого черта?!

Давясь воздухом в борьбе за второе дыхание, я только

взмахнул руками в ответ, призывая его остановиться.

— Не время шутки шутить! — крикнул Патрик. — За нами погоня!

Обернувшись, я увидел огни факелов. Тут же у меня открылось второе дыхание, и я отчаянно завопил, излив всю душу в трех коротких словах. Патрик придержал лошадей, и я с разбегу вскочил на запятки.

Нас настигал топот копыт. Мы пронеслись по парковой аллее, уронили будку со спящим сторожем, миновали открытые ворота и оставили позади страшное поместье.

Погоня, однако, не отставала. Дорога бледной рекой вылилась в поля, и теперь можно было разглядеть черные фигуры наших преследователей. Их было не меньше двух десятков.

— Ого! Ставки растут! — воскликнул Патрик, нахлестывал лошадей.

На запятках я чувствовал себя очень неуютно, поэтому перелез через крышу и примостился на козлах рядом с Патриком.

— А где рысаки? — я обалдело уставился на издыхающую пару кляч. — Мне показалось, что карета была запряжена четверкой рысаков.

— Мне тоже, — мрачно отозвался Патрик.

— Да-а-а... — печально протянул я и оглянулся на факелы, которые как будто стали ближе.

— Возьми пистолет у меня в кармане! — яростно хлестнув лошадей поводьями, крикнул Патрик. — Нам нужно дотянуть до леса!

Я забрался к нему в карман, вытащил пистолет и попробовал прицелиться в настигающую нас толпу. Но тут оказалось, что стрелять с кареты, летящей во весь опор — все равно, что стоя на палубе утлого суденышка во время шторма пытаться надевать штаны. Я попробовал держать пистолет двумя руками, но на очередном ухабе чуть не вылетел. Наконец, судорожно вцепившись в украшение на крыше, я зажмурился и выстрелил. Патрик испуганно пригнулся. Приоткрыв один глаз, я с удивлением отметил, что из толпы вывалился факел.

— Дай-ка я попробую, — Патрик перехватил вожжи в одну руку, взял пистолет и дважды выстрелил, почти не целясь. Тут же послышались крики, ржание лошадей, и погоня несколько отстала.

Притихший лес, видневшийся вдали черной полосой между звездным небом и лунным полем, теперь стремительно вырастал перед нами глухой стеной. Позади несколько раз что-то хлопнуло, и над головой прожужжало.

— Ого! — пригнулся Патрик. — Вот это мне не нравится!

Мы влетели в лес, и в уши бросился шум экипажа, отраженный деревьями. Карета подпрыгнула на ухабе, и очередная пуля расщепила лакированный угол под моей ногой.

— И мне не нравится, — я отодвинулся подальше от края. Снова сзади бахнуло несколько выстрелов.

— Может, пора? — я подергал Патрика за рукав.

— Рано, — ответил он. — Вот будет мост, тогда наше путешествие закончится.

— По-моему, оно закончится гораздо раньше, — проворчал я.

— Не каркай, — огрызнулся Патрик. — Нужно дотянуть до моста, наше спасение за рекой.

Мы миновали развилку. На крутом повороте карета вдруг опасно накренилась, затем последовал сильный удар, и ужасный треск сломанного колеса наполнил мою душу безутешной печалью. Наш экипаж полетел в заросли, заваливаясь на бок и увлекая за собой приседающих лошадей.

Мне повезло. Когда карета врезалась в дерево, я покинул козлы, немного пролетел по воздуху и застрял в плотных кустах засохшего можжевельника. Все иголки, которые еще оставались на ветках, немедленно осыпались, и как только я пошевелился, они стали обнаруживаться под одеждой в самых неожиданных местах. Кряхтя и ойкая, я с трудом выбрался из кустов.

А между тем Патрик, не теряя времени даром, обрезал постромки своим ножом и высвободил одну из кляч, которая еще подавала признаки жизни.

— Хотел бы я посмотреть в глаза хозяину этой несчастной скотины, — ругался он, суетливо прихрамывая вокруг бедного животного. — Моя бабушка выглядит гораздо резвее.

Вытряхивая из-за шиворота иголки и морщась при каждом движении, я подошел к моему опекуну. Увидев меня в добром здравии, он вскарабкался на лошадь и нетерпеливо спросил:

— Ты долго еще будешь чесаться?

Кляча тяжело вздохнула и переступила с ноги на ногу, наступив при этом на ногу мне. Я, конечно, заорал от неожиданности, лошадь в ужасе шарахнулась, а Патрик чуть не свалился. За поворотом послышался топот копыт, и я в мгновение ока оказался верхом у Патрика за спиной. Лошадь крякнула, ноги у нее разъехались, и она уселась на свой костлявый зад.

— Черт!!! — воскликнул Патрик, вскакивая на ноги. — Когда ты успел так разжиреть?!

— Когда карету догонял! — огрызнулся я.

—Ладно, дальше придется на своих двоих, до моста не так уж далеко.

Последние слова он договаривал уже на бегу. Позади за деревьями замелькали факелы. Страх, кусающий за пятки, здорово нас подбодрил. Мы мчались к спасению, не чувствуя под собой ног. В ушах засвистел ветер. Мне вдруг показалось, что у меня выросли крылья — они захлопали за спиной как у голубя, но почему-то на уровне поясницы. Я оглянулся. Это были фалды фрака. Патрик сосредоточенно пыхтел рядом и предпочитал не оглядываться.

Вскоре лес поредел, и в фиолетовом просвете блеснуло черное зеркало реки. Впереди показался горбатый бревенчатый мост. Как лошади чувствуют близкий дом, так и мы почуяли скорый финал наших злоключений.

Когда под нашими ногами барабанной дробью запели бревна, мы радостно переглянулись, прибавили ходу и вдруг провалились куда-то вниз. Несколько мгновений полета, перехватившего дух, и мы очутились в воде.

Вынырнув, я судорожно глотнул воздух, поперхнулся и закашлялся, ибо увидел перед собой живую русалку, очень похожую на ту, что была в парке. Она лежала на большом замшелом бревне, подперев рукой голову. Ее пышные золотые волосы мягкими волнами струились по нагим плечам и груди. Крупная чешуя хвоста отливала серебряными лунными бликами. Личико было очень милым, а во взгляде искрилось что-то магическое, и только капризно изогнутые губки давали повод для некоторых сомнений в ангельской сущности прелестного создания.

Рядом, как пробка из шампанского, с шумом вынырнул Патрик. Он вдохнул, на миг замер, увидев перед собой русалку, и тут же погрузился обратно, оставив на поверхности только удивленные глаза, отчего стал похож на нильского бегемота в засаде.

— Что ты там копаешься? — спросил я, не сводя глаз с ночного видения.

Патрик всплыл, выплюнул ряску, прополоскал рот и негромко пробормотал:

— Нам с тобой везет сегодня, как утопленникам.

Я задрал голову и посмотрел на мост. Он едва ли доходил до середины реки и обрывался над нами на высоте пяти или шести метров. Мне тут же представилась наша карета, медленно летящая с моста.

Русалка очень сдержанно отнеслась к нашему появлению,

она лениво откинула золотую прядь от глаз, обнажив восхитительную грудь, кокетливо прищурилась и прогнусавила:

— Ну, как я вам нравлюсь?

Мы переглянулись, я почему-то глупо заулыбался и застенчиво пробормотал:

— Сударыня, мы так поражены вашей красотой! Я объехал полсвета и, клянусь вам, у меня не было...

— Это все потом, — нетерпеливо перебил меня Патрик. — Скажи-ка, рыбка, а до мельницы отсюда далеко?

— Семь верст вниз по течению, — видимо, она сразу потеряла к нам интерес, потому что перевернулась на другой бок, представив нам на обозрение гладкую спину и плавные изгибы чешуйчатого хвоста.

— Жаль. Чудное местечко. Ну да ладно, — Патрик подтолкнул меня в бок, чтобы я наконец отвлекся от созерцания прелестной водоплавающей нежити. — Надо сматываться, пока не поздно. Они наверняка у нашей кареты задержались, но это не надолго. Поплыли.

— Куда, на мельницу?! — ужаснулся я.

— Ты с ума сошел, — успокоил меня Патрик. — На тот берег, в лес. И побыстрее греби ластами.

Долго меня уговаривать не пришлось, я попрощался с русалкой, которая, впрочем, не удостоила меня даже взглядом, и мы поплыли. С трудом продрались через заросли кувшинок, и, распугав орущих лягушек, которые бросались от нас в разные стороны с выпученными от ужаса глазами, кое-как выбрались на берег.

Из леса на мост вылетели всадники.

— Вон они! — заорал кто-то из них.

Я присел от неожиданности. В том, что заметили именно нас, никаких сомнений быть не могло. Кони, спустившись по берегу, уже взбивали перед собой воду. Русалка под мостом завизжала и нырнула в омут. Не теряя времени, мы бросились к лесу.

— Глаза береги! — предупредил Патрик, уворачиваясь от хлестких веток.

Нашим преследователям пришлось спешиться, но они от нас не отставали.

Я зацепился ногой за торчавший из земли корень и грохнулся во весь рост. Патрик обернулся и кинулся ко мне.

— Вставай, вставай, чего разлегся? Нашел время! — тяжело дыша, бормотал он, помогая мне подняться. — Может так случиться... Утром... Там, на поле под Лемо, будет страшный бой...

В общем, если мы больше никогда не увидимся, не поминай лихом.

В свете факелов уже можно было без труда различить злорадные лица, они были совсем близко. Наши преследователи уже готовы были торжествовать победу, когда Патрик распахнул дверь обветшалой избушки и нырнул внутрь. Я ввалился следом и остановился, переводя дух.

Здесь лил дождь. Как будто сквозь густой сон я услышал далекие голоса:

— Здесь никого нет, ушли сволочи! Через окно! Прочесать весь лес!

Я огляделся вокруг. Дэфанс по-прежнему был погружен в тревожный сон, пропитанный запахом гари и монотонным шумом дождя.

— Может, часовые? — пробормотал я и отправился с неотложным сообщением к барону Риквильду.

Глава 18. У роковой черты

Гильом с Комьеном и бароном провели быстрый совет и набросали приблизительный план действий. Я на этом совете тоже присутствовал, и их план мне совершенно не понравился. После нескольких попыток вставить свое веское мнение, я был отправлен на кухню для сбора провианта в дорогу.

Как я ни уговаривал Патрика ехать с нами, он настоял на своем, и у ворот Дэфанса нам вновь пришлось расстаться. В замке остался небольшой гарнизон и отряд Комьена вместе со своим раненым предводителем.

Под покровом ночи мы покинули замок и вскоре были в Лемо. Гильом торопился. Он срочно собрал всех капитанов, сообщил им о приближении войска Карла и предложил не принимать бой, а немедленно выступать на столицу. Барон Риквильд поддержал идею главнокомандующего. Но капитаны ее отвергли категорически. После столь значительной и быстрой победы над Дэфансом они исполнились мужества и дерзости, и были готовы воевать хоть с самим дьяволом! И уж точно у них не было никаких сомнений в том, что нужно непременно разбить этого выскочку короля Наваррского. Пусть бы даже под его знаменами стояла не тысяча отменных вояк, а все три. А уж потом можно брать столицу и искать встречи с войсками дофина и всеми остальными, кто еще надеется усмирить эту бурю. Короче, они почти слово в слово повторили мои слова. Я был страшно горд, но виду не подавал.

Ни Гильом, ни барон не смогли их переубедить, и вынуждены был пойти на уступки большинству голосов. Гильом стал мрачен и раздражителен, но, поскольку Комьен предполагал такой поворот событий, он заранее предложил запасной план. Гильом немедленно занялся подготовкой к сражению.

Устройством обороны он руководил сам. По раскисшей дороге от деревни к пологому холму потянулся наш обоз. На вершине этого холма, поросшего бурьяном, лошадей выпрягали, а фургоны, повозки и телеги размещали по большому кругу и опрокидывали набок. Слабые места укрепляли и заваливали всякой рухлядью — камнями, корзинами, бревнами, бочками — всем, что попадалось в деревне и в округе под руку. Не обращая внимания на чавкающую холодную жижу под ногами, все занимались делом.

Несколько в стороне, не участвуя в общей суете, медленно объезжал укрепления всадник в накидке. Это был барон Риквильд. Отпустив поводья, он задумчиво смотрел на копошащихся людей, которые напоминали растревоженных муравьев. С капюшона падали крупные капли. Он все видел, слышал тоскливый шелест дождя, голоса, хлюпанье грязи, но мутная пелена все плотнее обволакивала его мозг. Он жевал кусочки своей памяти, как сосновую смолу. Они всегда были горьки, на грани терпения. Но он давно к этому привык.

Память расслоила время и затопила его воспоминаниями из детства. Перед его глазами сквозь серый клубящийся туман появилось лицо его матери. Измученный болезнью грустный взгляд. Она лежала обессилевшая и была еще жива, но ее нежная и чистая душа уже прощалась с многострадальным телом, собираясь в неведомый путь.

Тогда он не отходил от нее ни на шаг, проводя возле ее постели беспросветные дни и долгие черные ночи. Лишь изредка он забывался в полубреду. Это был единственный любимый и дорогой для него человек на этом свете. Тогда были еще живы и старший брат, и отец — высокородный барон Рикзильд. Это его тяжелой рукой были обречены жена и младший сын на скитания и голодную смерть. Старый барон постоянно пьянствовал со своими друзьями и устраивал буйные оргии. В пьяном бреду, с налитыми кровью бычьими глазами, разящий непреходящим перегаром барон жестоко бил жену, если та попадалась ему под руку или пыталась его образумить. Младший Риквильд всегда вступался за мать, и тогда доставалось и ему. Но мальчик рос и мужал, а отец этого, видимо, не замечал. И однажды, когда юноша, защищая мать от человекоподобной скотины, выбил барону зубы, тот, взбешенный, вышвырнул их обоих за ворота родового замка. Они долго скитались, потом их приютили, но мать не вынесла несчастий, выпавших на ее долю. Она умирала, она таяла покорно, как дитя. А он ничем не мог ей помочь.

В ту последнюю ночь пришла сильная гроза; дождь тоже лил как из ведра, и часто вспыхивали слепящие молнии. В такие ночи людей тянет собраться вместе, поближе к домашнему очагу.

Мать проснулась. Глаза ее стали вдруг сухими и удивительно ясными. Он взял ее руку в свои ладони и опустился на пол у постели. Она склонила голову, глаза их встретились.

— Ты прости меня, — тихо сказала она, — я не смогла сберечь твой дом, очаг, отца и брата...

— Ну что ты говоришь? — он нежно прикоснулся пальцами к ее горячим потрескавшимся губам. — Что ты говоришь? Как ты можешь себя винить? Ты всегда делала для меня все, что могла. Ты подарила мне жизнь. У меня есть ты. Ты мое счастье, больше мне не нужно ничего. Только поправляйся.

Мать слабо улыбнулась, ее глаза затопило слезами.

— Не оставляй меня одну, — прошептала она, сжимая слабой рукой руки сына. — Мне становится страшно! Я боюсь остаться одна. А ночь так холодна... Ты меня не оставишь, ведь, правда?

— Что ты! — он прижал ее руку к своей щеке. — Мы всегда будем рядом. Мы будем жить очень хорошо. Я буду ходить на охоту, но не часто, только иногда. А ты будешь вышивать, сидя у окна, и ждать меня. Только ты обязательно поправляйся. А саду у нас будут твои любимые белые розы.

По ее щеке скатилась слеза.

— Каждый вечер мы будем выходить с тобой к реке, — он осторожно вытер ей слезы. — Будем смотреть, как засыпает солнце, а дома у камина ты мне будешь рассказывать сказки. Как в детстве, помнишь?

— Да, да, — она снова улыбнулась. — Я помню. Я помню все сказки, я буду рассказывать, а ты будешь засыпать. Когда ты был маленьким, ты ни за что не хотел засыпать. Все просил еще и еще рассказать... Только обещай мне, что у тебя будет свой дом, будут эти проклятые деньги...

— Хорошо, хорошо, — он поцеловал ее в заплаканные глаза, сам с трудом сдерживая слезы. — Я обещаю, только ты поправляйся скорей...

— Я стану рассказывать, а ты заснешь, — ее глаза стали затуманиваться. — Еще мы возьмем домой собаку. Большую и лохматую. Она иногда уже приходит ко мне и лежит у камина. Она теплая, а ночь такая холодная. Как пусто в темноте... Я не хочу туда... Не оставляй меня одну... Собака меня проведет... Так пусто... Только собака рычит, смотрит на кого-то. Страшно... И ветер. Ты не оставляй...

Она закрыла глаза, участившееся было дыхание успокоилось, стало ровным, и она заснула. Он поправил сбившееся одеяло и прильнул к ее руке, щекой ощущая тоненькую ниточку пульса, и заплакал.

Проснулся он среди ночи, охваченный необъяснимым ужасом, а когда осознал, что случилось, сжал виски руками и закричал. В его крике, как в сполохе заметавшейся молнии, черная ночь раскололась на куски и обрушилась раскатами грома. Он даже не заметил, когда она перестала дышать. Рука матери была холодной и чужой. Она ушла тихо, не открывая глаз.

Барон вздрогнул от собственного сдавленного стона, который вернул его к действительности. Конь стоял, переступая с ноги на ногу в грязи, и не понимал, что происходит с хозяином. А барон, отвернувшись от укреплений, смотрел в серую пелену близкого рассвета.

Тогда, семнадцать лет назад, он стал другим человеком, он поклялся выполнить свое обещание, исполнить последнюю волю матери. И он вернул себе родовой замок, где в парке цветут ее любимые розы. Теперь у него достаточно золота... Нет отца... Нет брата. И пусть кто-нибудь возьмет на себя смелость осудить его за то, что он своей рукой избавил их от жизни в честном бою — от жизни, в которой они успели принести так много зла.

Он был твердо уверен, что восстановил справедливость, но что-то изменилось в этом мире, что-то стало не так, по-другому. А может быть, просто дает себя знать усталость, накопившаяся за эти годы. Тяжесть постоянного напряжения и этой нескончаемой войны. Нужно отдохнуть. Отдохнуть от этой возни, от этой проклятой скачки. Рука уже устала поднимать меч, глазам тяжело смотреть на эту свору людей, грызущих друг другу глотки. Они ведь даже не понимают, за что идет грызня. Они думают, что это их война, и даже не догадываются о том, кто и в чьих интересах их использует. Так было испокон веку, и так будет всегда — кому-то расставлять фигуры на доске, а кому-то умирать. Но для чего же в итоге вся эта жалкая возня презренных червей, которым и отпущено-то меньше взмаха птичьего крыла? Они ничего не понимают... А я? Я понимаю? Скорей бы все кончилось! Только вот почему-то леди Изабелла не спешит со мной встретиться. Не беспокойтесь, миледи, вам не удастся отыскать во всей этой нищей разоренной стране человека, который смог бы вам сказать, что барон Риквильд у кого-нибудь что-то попросил. Все, что мне нужно, я давно беру сам. Но у английского короля попрошу, хотя и немного. Всего лишь пустяк: подарить мне титул, немного землицы с новым замком, с озером и лесом, и оставить в покое. Всего-навсего. Чтобы ни одна скотина, будь она в рясе или в короне, не осмелилась мне указывать, как мне жить.

Риквильд смахнул с кончика носа дождевую каплю, тронул поводья и направил коня к муравейнику.

«У этого крестьянина неплохо варит голова», — думал он, глядя на оборонительный вал, который превращался во внушительное сооружение. — «Пожалуй, Карл не решится атаковать в лоб. Карл... Черт бы его побрал! Откуда он взялся? И ему хочется напялить на себя французскую корону! Кто еще хочет стать королем?!»

Барон зло плюнул в сторону, поддал коня шпорами и вскоре затерялся среди общей серой суеты.

Гильом торопился. Он следил за строительством, с кем-то ругался, что-то объясняя, сам показывал, как нужно делать. Он не замечал ни дождя, ни грязи. Нужно было успеть до рассвета.

*   *   *

К утру дождь немного утих. По небу ползли низкие рваные тучи, принесенные северо-западным ветром. Стало прохладно, тело пробирала дрожь, шевелиться в промокшей огрубевшей одежде было противно. Только кожаное насиженное седло сохраняло остатки тепла, и отрываться от него ужасно не хотелось. Пошевелив озябшими пальцами в разбухшем дырявом башмаке, я поежился и посмотрел на Гильома. Он восседал на своем рыжем иноходце в двух шагах от меня. Его задумчивый взгляд отрешенно остановился на чем-то, видимом только ему.

Гильому казалось, что лето давным-давно кончилось, хотя оно еще и не начиналось толком, что вот уже много лет сеет этот проклятый дождь, ноет старой раной затянувшаяся осень. Только деревья пока еще не пожелтели, и трава в полях не успела пожухнуть. Мглистая осень... Она тоже когда-нибудь канет в прошлое, это неизбежно. Она затихнет промозглой сырой моросью и липким туманом, застынет наледью, и придет долгая зима, пугающая холодной пустотой, безысходностью черной воды под тяжелым мутным льдом, промерзшими насквозь обледенелыми ветвями деревьев, которым уже, кажется, никогда не отогреть свои окоченевшие души.

Над белым полем вьюжит, снег засыпает далекий, одинокий дом. Хочется, очень хочется верить в его тепло и уют. Но трудно идти из последних сил. Еще шаг, еще, ну вот, уже рукой подать... Уже совсем близко спасенье или счастье, или просто покой, когда усталость кажется сладостной. Ну вот и дверь.

И вдруг, словно лед проломился, все собой вымела вьюга — дом пуст и заброшен. Дверь, еще не занесенная снегом, скрипит в ржавых петлях, и пустота становится невыносимо страшной. Окна пусты, под окнами на полу сугробы, а печь давно уже остыла. Сквозь провалившуюся гнилую крышу тихо падают снежинки. Они опускаются на ресницы, на открытые глаза, на холодное лицо и не тают.

Гильом вздрогнул, испугавшись видения. Это были не его, а чьи-то чужие сны.

— Ты чего? — спросил я, поправляя мокрый и тяжелый капюшон.

— Мысли мерзкие в голову лезут, — пробормотал он. — К чему этот дом?

— Какой дом?

— Сам не знаю, — он погладил коня по крутой шее.

Работа уже стихла, только в отдельных местах еще заделывались последние бреши. Все обстоятельно готовились к бою.

По совету Комьена, первыми внутри круга Гильом расположил стрелков, ближе к центру вторым кольцом располагались люди, вооруженные пиками и копьями. В самом центре ожидал своего часа большой отряд всадников. Риквильд добавил ценную мысль к плану Гильома — один из отрядов оставить в засаде, в ближайшем леске, чтобы он мог оказать помощь со стороны в случае окружения. На эту роль определили отряд Вальяна. И, чтобы скрыть его присутствие, с ним не поддерживали никакой связи. Решение о том, в какой момент вступать в бой, было предоставлено ему самому.

Теперь барон стоял в нескольких шагах от нас, задумчиво опершись на меч. Он вглядывался в ту сторону, откуда должен был появиться враг. Враг, вынуждающий его, Риквильда, принять еще один бой. У него было предчувствие, что этот бой будет решающим, и теперь ему хотелось одного — чтобы поскорее все кончилось.

Я покосился на неподвижную фигуру барона и с завистью

вздохнул. В который раз предстояла драка, а я снова не мог избавиться от волнения. В животе предательски урчало, сосало под ложечкой, а пальцы сами барабанили по луке седла.

Дождь наконец перестал. Все ждали. Перед нами был опущен тяжелый занавес, за которым ожидала неизвестность. Судьба с завязанными глазами потряхивала в стакане гремящие игральные кости. Кому что выпадет на этот раз? Всякий просил своего ангела-хранителя, чтобы снова пронесло, чтобы не зацепила стрела или меч, чтобы не резанула косой по ногам беззубая старуха. А старуха тоже ждала. Ждала и ухмылялась, пробуя заскорузлым ногтем отточенное лезвие. У нее-то будет сегодня работа.

Игральные кости гремели в стакане, грохот этот нарастал, и в нем казались неестественными и бесплотными шутки и бодрые крики.

— Как вы думаете, господин барон, — с напускной веселостью спросил я, стараясь не касаться шеей противного холодного ворота, — мы озадачим неприятеля своим видом?

Барон отвлекся от своих мыслей, окинул скептическим взглядом рванину и убогие доспехи, прикрывавшие мое тело, отвернулся и мрачно кивнул:

— Непременно.

Гильом не слышал, он продолжал думать о своем. Не найдя поддержки, я потерял всякую охоту разговаривать и принялся отковыривать грязь, присохшую к седлу. Между тем в тишине ожидания появился новый звук. Он медленно приближался, становился все громче и отчетливее, то выделяясь из грохота игральных костей, то вновь сливаясь с ним. Над укреплениями пронесся тревожный гул. Вдали из-за мутной пелены появилась черная полоса. Это было войско Карла.

— Всем приготовиться! — крикнул Гильом. — Раньше времени никому не дергаться!

По войску прокатились приказы капитанов. Барон перекрестился, поцеловал медальон, висевший на груди, и отправился к своему коню. Я вытащил меч из ножен и положил его поперек седла. Потом засунул руку под накидку и нащупал сквозь кольчугу талисман на шее. От него шло легкое тепло.

* * *

Войско Карла остановилось и целых два дня не трогалось с места. Карл не предпринимал никаких действий. Нам даже удалось организовать небольшой обоз с дополнительным продовольствием. И только в воскресенье утром от неприятельского войска отделились фигуры трех всадников и направились в нашу сторону. Один из них, тот, что скакал первым, держал в руках белый флаг. Гильом сразу же подобрался, глаза сузились, потрескавшиеся губы плотно сжались. В нескольких шагах от вала всадники остановились, не зная, как проникнуть через укрепления.

Парламентеры ждали, сдерживая нетерпеливо гарцующих лошадей. Один из всадников, пожилой мужчина, был одет в дорогое дорожное платье, а его голову украшал бархатный берет сенешаля. Оружия при нем не было. Другой был в рыцарском снаряжении, только без шлема. Его русые кудри рассыпались по плечам, обрамляя сухощавое решительное лицо. Я сразу узнал в нем того самого сумасшедшего, который во главе маленького отряда напал на наш обоз в лесу. Виконт де Кесн, кажется. Третий, тот, что с флагом, был облачен в легкие доспехи и ничего примечательного собой не представлял.

Мы подъехали к валу из повозок и фургонов, и остановились на возвышении так, чтобы видеть парламентеров

— Что вам угодно? — громко спросил Гильом.

— Мы будем говорить только с генеральным капитаном, — ответил сенешаль, надменно приподняв подбородок.

Рыцарь, видимо, тоже нас узнал. Он наклонился к сенешалю и что-то ему сказал.

— Может быть, вы нас все-таки впустите? Или мы будем драть глотку через горы этого хлама? — сухо спросил рыцарь.

— Я вас прекрасно слышу и вижу, — ответил Гильом. — Говорите, что вам нужно.

— Ну, хорошо, — вздохнул сенешаль. — Мы уполномочены Их Высочеством королем Наваррским предложить вам переговоры.

Гильом усмехнулся.

— Королю не хочется лишней крови, — продолжал сенешаль. — Он находит это сражение бессмысленным. Мы сможем обойтись без ненужных жертв, если сумеем договориться. Король готов пойти на уступки в угоду вам. Он примет и обдумает все ваши требования и готов даже на союз с вами. Ведь у нас есть общий враг — англичане. Они готовятся к серьезным действиям, а срок полугодового перемирия в скором времени истечет. Не забывайте, что вы французы, что это ваша земля. Нужно пахать и сеять, а не разбойничать по всей стране, отправляя на тот свет невинных людей только за то, что Господь наделил их судьбой, не похожей на вашу. Каждый должен нести свой крест...

— Ближе к делу! — поморщился Гиль. — Что вы хотите нам предложить?

— Для начала король предлагает капитану встретиться с ним и обсудить все обстоятельства дела.

— И мы должны вам поверить?

— Поверьте королю! — воскликнул сенешаль.

— Мы знаем цену слов вашего короля, — усмехнулся Гиль.

— Ну, что ж, — развел руками сенешаль. — Попробуйте поверить еще раз! Я не знаю, как вас переубедить. Король дал слово! Он поклялся, что готов на все, лишь бы избежать излишнего кровопролития. Вряд ли вашим людям хочется умирать. Помните, что Господь не давал права простому смертному лишать жизни другого без справедливого суда. Это тяжкий грех!

Гиль стиснул зубы и сжал меч так, что побелели костяшки пальцев.

— Нужно остановиться, пока еще не поздно! — продолжал парламентер. — Король не начнет боевых действий и будет ждать капитана. Внемлите трезвости рассудка и духу благоразумия! Пока не поздно! Нам всем нужен долгожданный мир! Ваши беды были безразличны Доброму королю. Видимо, он был плохим королем, раз довел страну и свой народ до такого состояния. Его наследник слаб и неопытен, к тому же он бежал. Но теперь к вам пришел человек, способный мудро править, человек, готовый выслушать вас и навести наконец порядок в нашей несчастной стране. То, ради чего вы взяли в руки оружие, свершилось. Больше нет нужды воевать, мы хотим одного и того же — справедливости и мира. Их Высочество сумеет заключить мир с Англией, и эта бесконечная война закончится. Уже есть соглашение обеих сторон. Будьте благоразумны. Давайте договоримся и покончим с этим. Король будет ждать капитана. Это все, что я уполномочен передать.

Сенешаль дал знак своим спутникам, и они поскакали обратно в лагерь Карла.

— Все... — тихо произнес Гиль, глядя им вслед.

— Что — все? — спросил я. — Ты что, собрался идти на переговоры?

— У меня нет другого выхода.

— Почему это нет? Они наверняка задумали какую-то гадость. Патрик же сказал, у короля цель — нас задавить. Давай дождемся сумерек и дадим им жару. Ты же сам говорил, что нам высиживать тут нечего!

— Это тебе понятно, что они сволочи, и что они нас передавят как кроликов...

— Да ты только скажи, мужики за тобой горой встанут и погонят его до самого моря без штанов!

— Ошибаешься, — нахмурился Гиль, — мужики уже не те. Ты же сам слышал разговоры. Наверное, этого тебе не понять. Ты свободный человек, как ветер в поле. Что у тебя есть? Душа в теле, тело в лохмотьях, вот и все твое богатство, ты даже книги свои растерял. Ты бродяга. А у них у всех дома, жены, дети, у кого-то земля. И вот им предлагают мир. И когда что-то засветилось впереди, очень не хочется подохнуть, двух шагов не дойдя. Ради чего? Они ведь по сути своей не воины. Вот новый король, который даст им волю... Они уже победили. Многие наверняка сейчас думают, что Карл Злой, может, не такой уж и злой. Может, даже добрее чем Иоанн Добрый. Вон как о невинной крови переживает, о мире и покое печется! А вдруг он будет хорошим королем? Он теперь повидал, понял, как простому народу приходится.

— Это все ерунда, — перебил я его. — Нужно с капитанами поговорить. В сущности, это ведь они тебя склонили к бою с Карлом. Пусть отвечают за слова.

— В любом случае мы не пойдем на перемирие, но, чтобы не ловить спиной волчьи взгляды, я все-таки встречусь с ним.

— Даже не думай! — возразил я.

— Все! Я решил, — он протянул мне свой серебряный перстень. — Возьми на удачу.

— Ты что? — отпрянул я, словно он протягивал мне раскаленный уголь. — Ты что, спятил, что ли?! Ты на тот свет, что ли, собрался?

— Успокойся, никуда я не собрался! Ты слышал, он слово дал. Возьми кольцо — мне будет, за чем вернуться.

К нам подъехал барон.

— Я бы не советовал вам наносить этот визит, — сказал он, с тревогой заглядывая Гильому в глаза. — Ничего хорошего из этой затеи не выйдет. Карл не из тех людей, что отличаются порядочностью.

— Я это знаю, господин барон.

Возможно, он и не ответил бы на приглашение Карла, но капитаны, которые еще накануне так рвались в бой, тут же собрали совет и, как и предполагал Гильом, вынудили его начать переговоры. Они решили, что предложение короля Наваррского — это проявление его слабости. Им показалось, что он напуган нашими победами, мощью оборонительного сооружения и численностью нашей армии и, конечно же, хочет заключить союз, чтобы объединиться против дофина. Что вот настал тот миг, когда они станут диктовать свои условия королям, а те, конечно же, будут им повиноваться. И Гильом поехал... А я взял его перстень.

Глава 19. Минуточку, господа
(10 июня, воскресенье, 1358г.)

Обоз простоял посреди поля всю пятницу и субботу. В воскресенье пошел третий день. Патрик приподнял тяжелый намокший холст и выглянул из фургона наружу. Дождь перестал, но по-прежнему было пасмурно, и по небу ползли рваные клочья грязно-серых туч. Он выпрыгнул из повозки и несколько раз присел, чтобы размять затекшие от долгого сидения ноги.

— Что там? — спросил он у мужика, поправлявшего подпругу на лошадях.

— А я почем знаю? — проворчал тот. — Все стоят, и мы стоим. А что там у них за дела, это пусть у них голова болит. На то она у них и господская, чтобы думать. А нам-то что? Наше дело лошадь понукать, да приглядывать, чтоб не охромела...

Патрик понял, что здесь он ничего нового не узнает. Он направился в начало обоза по обочине разъезженной дороги, предоставив мужику возможность высказать все своей кобыле. Навстречу ему по дороге, разбрызгивая грязь во все стороны, скакал всадник.

— Что там творится? — крикнул Патрик.

Всадник даже не глянул в его сторону и молча пронесся мимо. А в расположении войска произошло какое-то оживление.

— Ну, все... Начинается, — пробормотал Патрик. — Иначе и быть не могло.

Он стряхнул грязь, вылетевшую из-под копыт на его штаны, и торопливо вернулся к фургону. Забравшись внутрь, он отыскал сложенные в мешок доспехи. Пистолет ему пришлось спрятать в лесу, в одном заветном месте, неподалеку от перехода, чтобы случайно не погореть. Себе оставил только раскладной нож. Патрик вынул его из ножен, заботливо протер тряпкой и переложил в карман штанов. Старательно отгоняя мрачные предчувствия, он тщательно разложил по порядку все детали доспеха, потом снял куртку, аккуратно заправил в штаны рубаху и принялся сосредоточенно облачаться для боя.

Весь доспешный комплект он удачно сторговал в оружейной лавке братьев Мамурио в Монте-Брассе за вполне сносные деньги. Кольчуга, правда, местами поржавела, но была совершенно целой, и рукава были длинные, до запястий, и подол доходил до середины бедра, и вырез имелся — на случай, если на коня придется взгромоздиться. Но весило это богатство килограммов восемь-девять. Подержав кольчугу в руках, Патрик отложил ее в сторону и решил начать с поножей. Накладки были из черного металла с затертым орнаментом и кожаной подкладкой. Определив, которая из них будет правой, а которая левой, пыхтя и высовывая язык от старания, он надел их поверх своих ганзейских штанов, предварительно сложив широкие штанины, словно собирался заправлять их в сапоги. Ремешки на поножах, по четыре на каждую, были изрядно потрепанными, а пряжки — погнутыми. И язычки пряжек долго не хотели попадать в новые дырки, но в итоге наголенники сели, как влитые. Патрик удовлетворенно пошевелил ступнями, обутыми в крепкие кожаные башмаки, и удостоверился, что поножи нигде не давят и не упираются.

— Ай, братья Мамурио, молодцы, — улыбаясь, пробормотал он и перевел взор на пару наколенников с торчащими по бокам глупыми лепестками. Поразмыслив, он вздохнул и решил все-таки их надеть. Но тут обнаружилась маленькая неприятность. Судя по дыркам и ремням, эти наколенники должны были крепиться своей верхней частью к набедренникам. А вот набедренников-то, как раз и не оказалось. Патрик еще раз перетряхнул мешок, но больше там ничего не было.

— Нехорошо, братья Мамурио, — он мрачно покачал головой и передразнил темпераментных мастеров. — У нас товар не залеживается... Мы марку держим... Как же я проглядел-то? Ну ладно, за одну мою расколотую коленную чашечку мне придется расколоть вам по две... Каждому. А морду начистить придется в любом случае... Обоим.

Патрик чувствовал, что нервничает и не может с этим справиться, ему не удавалось переключить внимание на мелочи. Он прекрасно знал, что должно произойти сегодня на этом поле. Он знал, что будет со всеми теми людьми, которые ожидали своего часа на вершине холма в кольце перевернутых фургонов. А они, эти люди, включая Алекса, о своей печальной судьбе не знали, и даже наоборот, надеялись жить долго и строили планы на будущее. И в этой игре, когда карты тасовал адженогер, надежда на спасение была мизерной.

Патрик взял облегченный стеганый гамбезон[31] цвета кофейной гущи, встряхнул его, надел и стал застегивать обтянутые тканью плоские пуговицы.

А что он может сделать? В этой конкретной ситуации — ничего лишнего, кроме того, что должен сделать. А должен он, по заданию Совета Посвященных, приблизиться к адженогеру настолько близко, насколько это необходимо для осуществления физического контакта. А проще говоря, он должен прикоснуться к нему... То есть к ней. Это касание должно отвлечь адженогера хотя бы на доли секунды и стать сигналом для группы захвата. По просьбе Романа Андреевича, который просил Патрика со слезами на глазах, он должен сделать все возможное, чтобы сохранить Принцессе жизнь. Ему и самому не улыбалась перспектива перерезать ей горло в случае, если адженогер уже обволок и переварил ее мозг. Он любил Майю как младшую сестру. Конечно, не так безумно и трогательно, как Магистр. И Майя никогда не знала, и, возможно, теперь уже никогда не узнает, что у нее есть любящий брат. Брат, который по глупейшему стечению обстоятельств может стать ее убийцей.

Пуговица упорно не лезла в слишком узкую петлю. Патрик, стиснув зубы, рванул ее, выдрав с «мясом», вышвырнул ее прочь из фургона и пнул вдогонку попавший под ногу наколенник. Тяжко вздохнув, он постарался уравновесить дух, неторопливо застегнул последнюю нижнюю пуговицу поддоспешника, подвязал, чтобы не болтались на подоле, вощеные шнурки, вероятно, предназначенные для крепления уворованных братьями Мамурио набедренников. Потом поднял кольчугу, просунул руки в звенящие рукава и стал надевать железную рубаху через голову.

Он готов был бороться за Принцессу и без указок от всех возможных советов и орденов. Он готов был на многое ради нее, но его решимость была омрачена настоятельной рекомендацией Собора Священной Чары. Рекомендацией, которая не трактовалась иначе, как требование, исходящее от трех высших иерархов главного совета волхвов. И по этому требованию он должен уничтожить Принцессу при первой же возможности, во избежание осечки со стороны воинов специального подразделения Ордена Дракона и бойцов Крылатого Пса. А последствия такой осечки могут быть тяжелейшими. Дело в том, что живое тело своей жертвы адженогер при необходимости покидает достаточно быстро, это может занять не больше минуты. А вот умирающее тело как будто захватывает присосавшегося паразита, он вязнет, и ему требуется гораздо больше времени, чтобы отделиться от объекта. И это значительно повышает шансы на его нейтрализацию. Итак, у Патрика было одно задание и два варианта его исполнения. Собор Священной Чары нередко вступал в споры с Советом Посвященных Храма Сфер, а Патрику из-за этого частенько приходилось выкручиваться самому и платить целостью своей шкуры. Значит, и теперь вместо двух взаимоисключающих вариантов придется придумать свой собственный, причем по ходу пьесы.

Патрик поправил воротник гамбезона, покрутил шеей, подтянул и завязал кожаный шнурок на вороте кольчуги. Дальше был черед пластинчатого панциря. Панцирь он выбирал долго и старательно, чтобы его можно было легко надеть без посторонней помощи. На толстой темно-коричневой коже доспеха с внутренней стороны были приклепаны перекрывающиеся железные пластины, покрытые тканевой подкладкой. Доспех состоял из нагрудника и наспинника, скрепленных между собой двумя наплечниками. Наплечники из вываренной кожи с рельефным краем были усилены металлическими бляхами и по конструкции напоминали наплечники кирас древнеримских легионеров. Панцирь надевался через голову по принципу пончо. А потом грудная и спинная половины застегивались ремнями на боках. По два ремня с каждого бока. Патрик затянул ремни и похлопал себя по пузу.

Спасет ли его это железо сегодня? Вопрос был открытым. Сможет ли ему кто-нибудь помочь? С большой вероятностью этот некто может не успеть. Но он-то, Патрик, понимает, что происходит на самом деле. А подумает ли кто-нибудь в такой неразберихе про студента, которого сунули, как слепого щенка в волчью стаю? Может, надо было его с собой забрать? Нет, Гильом бы его не отпустил, а наши шансы на встречу с адженогером сразу бы уполовинились. Каким-то чудом он избежал жуткой смерти при встрече с оборотнем. Жуткой и окончательной смерти, после которой не остается ничего. Это не тот случай, про который можно было бы сказать, повторяя высказывание Патриковой бабушки: «когда человек умирает, многое для него становится неважным».

Он размотал перевязь, намотанную на ножны короткого меча, и стал опоясываться. Оказалось, что это не очень удобно. Пластинчатый доспех заканчивался высоковато, чтобы можно было надеть ремень поверх него, и мешал, если надевать перевязь под ним на кольчугу. Видимо, нужно было сначала надеть перевязь, а потом уже доспех. Но Патрик переодеваться не стал. Ворча и пыхтя, он приподнял свое армированное пончо, нацепил перевязь и застегнул пряжку.

Как же студенту удалось избежать гибели? Гарху нужно было пять секунд, чтобы разделать Алекса под рождественского гуся, как положено, на десять частей, и пожрать сердцевину. Тем не менее он этого не сделал. Что ему помешало? Противостоять гарху может только специально подготовленный человек со специальным оружием. Ничего такого в этом случае не было. Амулет? Он наверняка предупредил Алекса об опасности, это понятно. И, конечно, в случае смертельной угрозы он устроил бы такое фуэте с пируэтами, что гарха или размазало бы по интерьеру, или, в лучшем случае, он стал бы безобидным и конченым дебилом. Это означало бы провал всей операции, потому что такое возмущение пространства адженогер не мог не почувствовать, даже на большом расстоянии. Но этого не случилось. Что же тогда? Неужели пилюли, которые ему скормил Комьен? Как он их назвал, «ярость дракона»? Неужто Комьен добыл настоящий сувенир из Шоргизонда? В таком ключе ситуация была бы яснее. Драконы Шоргизонда — это единственные существа, которые одним своим присутствием приводят гархов в ужас, а уж пристальным вниманием низводят их до состояния блеющих скотов.

Патрик почувствовал, что уже взмок, хотя еще толком не двигался. Он достал из мешка стеганый плотный чепчик, поморщился, надел его и подвязал завязочки. Вспомнил про наручи, надел, подтянул ремни.

Комьен молодец, сообразил оставить гарнизон в Спящих Вратах и посланников отправить. Надеюсь, орден тоже примет меры, если, конечно, они следят за ситуацией. Не думаю, что адженогеру с Мрадоном удалось открыть Врата. Иначе сейчас здесь был бы натуральный Армагеддон.

Кольчужный капюшон Патрику не понравился, да и как он мог понравиться, если был без подкладки. Сам, конечно виноват, но братья Мамурио все-таки подлые негодяи. Нужно было брать бацинет с бармицей, это гораздо удобней, хотя и дороже. Он вытащил из мешка шапель, которая, судя по выправленным вмятинам на куполе, уже немало повидала на своем веку, зачем-то плюнул на потускневший металл и потер его мешковиной. Красивее от этого, понятное дело, шлем не стал. Поправив подкладку внутри, Патрик водрузил железную шапку на голову и застегнул под подбородком ремень. Железные кольца капюшона неприятно вдавились в челюсть. Патрик тихо зарычал. Видимо, придется основательно навести порядок в лавочке этих проходимцев.

Он ослабил ремень шлема, поднял свою куртку, лежащую на полу, развернул, оторвал один из внутренних карманов, которые сам же недавно пришивал, бросил куртку на пол, сложил тряпичный карман пополам и подсунул под капюшоном в том месте, где прилегал ремень. Снова подтянул ремень и недовольно подвигал челюстью. Так было лучше, тряпичная прокладка немного смягчила давление колец. Нужно было брать бацинет, хотя если сверху с коня рубанут, от шапки больше проку будет. Он надел боевые чешуйчатые перчатки, повесил через плечо небольшой изогнутый прямоугольный щит, прихватил алебарду, выбрался из фургона, и, кряхтя от непривычной тяжести, направился в основное расположение войска.

Армия отдыхала, однако боевой порядок не нарушался, и в любой момент по знаку своего предводителя все были готовы ринуться вперед.

Карл восседал на резном деревянном кресле неподалеку от своего шатра. Перед троном горел костер, рядом на углях стоял железный треножник с котлом, в котором парило какое-то варево. А поблизости расположились наваррские латники, которых, как верных псов, Карл всегда держал при себе. В воздухе стоял густой запах сырой земли, мятой травы, дыма, приправ для похлебки, жареного мяса и конского навоза. А еще Патрик чувствовал отчетливый запах смерти.

Подходящих по внешнему облику женских персонажей в поле зрения видно не было. Примерно в ста шагах от шатра Карла стояли в каре четыре больших походных палатки, а рядом еще одна палатка побольше и понаряднее, и вокруг было полно охраны. Наверное, это ее апартаменты, не может ведь благородная дама ночевать на соломе в фургоне.

На поле произошло какое-то движение, и Патрик разглядел возвращающихся парламентеров. Они проехали в расположение войска и направились прямо к королю. Всадник с белой тряпкой остался где-то среди воинов, а двое других подъехали к резиденции Карла, спешились и подошли к трону. Сенешаль поклонился и коротко доложил королю о переговорах. Карл внимательно выслушал, что-то переспросил, задал вопрос рыцарю и, видимо, остался удовлетворен миссией переговорщиков. На его губах змеилась улыбка. Не прошло и пяти минут, как крик дозорного возвестил о том, что из лагеря бунтовщиков выехали всадники. Их было трое. Патрик узнал среди них Гильома.

— Зачем? — простонал Патрик, — Ну говорил же... Зачем? Не послушал... Теперь точно дело труба!

Краем глаза Патрик заметил черную тень. Он резко обернулся, словно его обдали кипятком. Человек в черной сутане с накинутым капюшоном торопливо пробирался среди повозок, уходя вглубь обоза. Патрик бросился следом и догнал его уже у фургонов, стоявших вереницей на дороге. Кровь тяжким молотом била в виски, во рту пересохло и рука, сжимавшая древко алебарды заметно дрожала. Нагнав человека в сутане, Патрик вцепился в его рукав и рванул на себя. Незнакомец ахнул от неожиданности и присел. Патрик тоже вздрогнул, увидев перед собой толстощекого капеллана, который сопровождал войско Карла. Священник пришел в себя и, видя, что Патрик не собирается совершать над ним насилие, брезгливо сбросил его руку.

— Сын мой, — старик неодобрительно покачал головой, — ты спятил? Или ты пьян?

— Прошу прощения, святой отец, — глухо пробормотал Патрик, — обознался.

— Обознался, — проворчал капеллан, — едва не обрек меня к разрешению по большой нужде прежде времени... Вот отлучу тебя, будешь тогда боязливо скитаться по лесам и жалобно стенать среди зверья лютого... Обознался он, черт обдоспешенный, прости Господи...

Но Патрик уже не слушал, ему было все равно, что подумает о нем старик. Он быстро шагал обратно, разбрызгивая грязь в лужах. Издалека он заметил всеобщее оживление. Кругом стоял невообразимый шум, все сбились плотным кольцом вокруг того места, где стоял трон короля. Всем хотелось что-то увидеть, все лезли вперед и толкали друг друга. Патрик протиснулся, насколько мог, и увидел.

Карл со скрещенными на груди руками, похожий на беспощадного коршуна, внимательно наблюдал судорожную агонию своей жертвы. Жертвой был Гильом. Он лежал в жидкой грязи, а на его голову был надет раскаленный докрасна железный треножник. Он лежал лицом в побуревшей от крови луже. Вокруг раскаленного металла шипела вода, и вверх взлетали облачка грязного пара. Гильом уже не двигался, только рука неестественно медленно сжималась и разжималась. Среди общего галдежа пролетел обрывок надменной насмешки Карла:

— ... так мы коронуем короля скотов!

— Спаси, Господи... До чего мерзкая сволочь, — прошептал одними губами Патрик, глянув на Карла, и почувствовал, как кто-то стучит его по спине. Он обернулся. Перед ним стоял молодец в латах, на голову выше его и значительно шире в плечах. Забрало его шлема было открыто, руки на поясе. По доспехам и манере держаться он был похож на сержанта бригандов, а по произношению явно был англичанином.

— С вами хотят поговорить, уважаемый, — удерживая голос в нейтральных, но приказных интонациях, сообщил он.

Патрик внутренне подобрался, но виду не показал. По-идее, никому, кроме Изабеллы, он здесь не был интересен, но проследить его не должны были. Или проследили?

— Это здесь рядом, — прищурясь, сказал сержант, положил руку на меч и кивнул головой в сторону нескольких фургонов, тесно стоявших неподалеку с выпряженными лошадьми. Голос он проконтролировал, но не пальцы, которые напряглись на рукояти.

— Кому я здесь нужен-то, кроме моего капитана? — проворчал Патрик и поплелся вслед за молодцем, лихорадочно сканируя местность. — Надеюсь, меня не отправят за продовольствием в Клермон?

— Я не знаю, сеньор, — уклончиво ответил сержант. — А кто ваш капитан?

— Благородный и уважаемый мессир Пекиньи.

— Думаю, мы быстро разберемся.

Они зашли за фургоны, и Патрик оказался перед группой воинов. Четверо латников, рыцарь и еще один, наверное, оруженосец, он был помоложе и носил на сюрко герб своего хозяина, а лицо его было крайне неприятным. Сержант остался сзади за правым плечом. Итого семеро. Патрик мгновенно оценил ситуацию. Его привели сюда явно не для того, чтобы рассказать свежий анекдот. Угроза была налицо, это были ребята из бригандов — профессионалы, для которых последние несколько лет война стала обыденной жизнью. Они были круче бойцов из отрядов городской милиции или гарнизонных вояк. И, хотя все они держались расслабленно, он понял, что попал в неприятность. Возможно, пока они не принимали его всерьез. Да и как тут принять всерьез, когда у него из капюшона под подбородком торчит кусок тряпки. И в этом было его преимущество. Еще одно преимущество было в том, что круг образовался довольно свободный, и никто из них не был вооружен ни древковым оружием, ни арбалетом или луком. Только мечи и кинжалы. А у Патрика была алебарда. Но это превосходство максимум на два быстрых удара, и при удачном стечении обстоятельств, вместо семи человек он окажется против пяти. После чего у него, скорее всего, в руках останется только меч. Еще два удара. И даже если он окажется против троих, все равно хана, с этими парнями не забалуешь. Если бы он успел вынуть и разложить свой замечательный ножичек, он бы положил всех, уложившись примерно в пять-семь секунд. Стоит попробовать... Они ведь даже представить не могут, что он может вынуть из своих штанов нечто такое, что может их не только насмешить. И начинать нужно именно с ножичка. Если начать с алебарды, он просто не успеет им воспользоваться, шах и мат на пятом ходу, нужно быть реалистом. Но если начать с ножичка, тогда он засветится по полной программе. Разрубленные доспехи и разделанные странным образом тушки матёрых вояк... И плевать. Ну не идти же как барану на вертел. Предупреждал ведь, что затея глупая. Ладно, пока послушаем, какого черта им нужно. А еще отсюда, кстати, прекрасно просматривается шатер миледи. Так, что там говорил Сунь Цзы про искусство войны? «Вызови у своего врага гнев и приведи его тем самым в расстройство». Нет, это, пожалуй, не годится... Могут сразу люлей навешать. «Нужно принять смиренный вид и умножить его самомнение». Это подойдет.

— Позвольте узнать ваше имя, любезный? — с усмешкой спросил рыцарь, глядя на глупо моргающего воина с алебардой.

— Мое имя Патрик... Патрик Хемминг, — не мешкая, но с достоинством ответил воин. — Позвольте же и мне узнать ваше имя, благородный сэр рыцарь, и причину нашей встречи.

Рыцарь рассмеялся довольно нагло. Это хорошо, молодец, отметил про себя Патрик.

— Много чести будет, — грубо ответил рыцарь, но продолжил уже с некоторой долей снисходительности. — Возможно, ты узнаешь мое имя позже. Ответь нам, кто ты такой и откуда, Патрик Хемминг?

— Я ремесленник, мессир, тружусь в ламповой мастерской в Дэбривиле, — Патрик сделал вид, что обиделся. — Подсвечники мы делаем, лампы и всякие диковинные светильники отовсюду привозим на продажу. Правда, в последнее время, честно говоря, дела идут не очень...

— Поэтому ты нанялся на службу.

— Да, мессир, — с горечью вздохнул Патрик и увидел, что из шатра вышла Изабелла в сопровождении Грилла, и к ней тут же пристроилось не менее дюжины воинов, видимо, альфонсов, которые пытались за ней ухлестнуть. Вся процессия неспешно направилась в сторону шатра Карла. — Именно так, мессир. Очень плохи дела...

— Что ты таращишь глаза на благородную даму? — поморщился рыцарь, проследив Патриков взгляд. — Смотри сюда.

— Простите, сэр рыцарь, — будто бы смутился Патрик, с трудом отрывая взгляд от Принцессы.

Но латники тоже все как один смотрели на нее. И это было неудивительно. Удивительно было то, как они на нее смотрели. Они смотрели, как самцы, или как жадные мужчины смотрят на притягательную, но недоступную женщину. И ни намека на чувство сообщничества, ни тени удовлетворенного осознания, что они состоят с ней в заговоре — ни у латников, ни у рыцаря. Патрик судорожно соображал. Может быть, приказ исходил не от нее, но она должна знать и она должна удостовериться, что все получилось. Если она знает, если это она, значит, она должна посмотреть в его сторону. Хотя бы гарх должен показать свою осведомленность.

— Но это так странно, — пробормотал Патрик, — странно видеть столь знатную даму на поле сражения...

— Это не твоего ума дело, — рыцарь проводил глазами необычную процессию, пока она не скрылась за фургонами и повернулся к Патрику. — Так ты говоришь, что нанялся воевать, чтобы поправить дела?

— Именно, мессир рыцарь... Простите, не знаю вашего имени, — Патрик попытался успокоиться.

Она не посмотрела, и гарх не посмотрел. А ведь гарх должен был принять участие в деле лично, иначе и быть не могло. Для него это дело чести. Напрашивался только один вывод — они не знают. А это означало что-то не очень хорошее. А точнее, что-то совсем плохое, потому что неизвестное.

— Ты что, оглох что ли? — злобно воскликнул оруженосец, отчего лицо его стало совсем уж гнусным и перекошенным.

— А? — растерянно посмотрел на него Патрик и подумал, что это не человек вовсе, а какая-то безобразная личинка рыцаря. Наверное, когда личинки окукливаются и потом превращаются в настоящих сэров рыцарей, у них и выражение лица становится благородным.

— Вот это что? — спросил неприятный зародыш, тыча Патрику в нос какой-то мятый лист пергамента, — Что это, тебя спрашивают?

— Не знаю, — пробормотал Патрик, — Похоже на лист пергамента... Не понимаю...

Это действительно был лист, из которых собирают книги среднего формата, а на нем была нарисована чернилами какая-то непонятная схема или план.

— Не понимаешь? — саркастически усмехнулся рыцарь. — А я тебе объясню. Это план замка Дэфанс с указанием мест пристрелки мангонелей и обозначением потайного хода в замок.

Он замолчал, видимо, в ожидании эффекта, который должны были произвести его слова. Но Патрик не понимал, какого именно эффекта он ожидал, поэтому тупо смотрел, то на лист, то на рыцаря. Повисла пауза, и рыцарь слегка потемнел лицом. Кажется, Патрик что-то перепутал и вызвал не те чувства. Надо Сунь Цзы перечитать, а то получается какая-то херня.

— Ты не понял? — спросил оруженосец.

— Скажу откровенно, вы меня совершенно запутали, — искренне признался Патрик, хотя черная лапа беспокойства уже царапнула его по краешку души своими коготками, — То, что это лист из какой-то книги, я понимаю. На нем план замка, это понятно. Но что вы хотите услышать от меня, я не понимаю.

— Сейчас поймешь, — сурово произнес безымянный рыцарь.— Этот лист...

На поле несколько раз протрубили в рог, и из-за фургонов донесся шум, армия начинала выстраиваться в боевые порядки.

— Этот лист, — продолжил рыцарь, нервно поглядывая в сторону поля, — был найден в потайном кармане твоей куртки. Теперь ты понимаешь?

— В моем кармане? — искренне опешил Патрик. Он точно знал, что не было в его карманах ничего, кроме пистолета и часов, которые он мудро выложил накануне. Что за черт?!

— В твоем кармане! — процедил сквозь зубы рыцарь, начиная терять терпение.

— Но там ничего не было... В моих карманах не было ничего. Простите, сэр, не знаю вашего имени... Но это чепуха какая-то... Что это значит?

— Это значит, что ты шпион мятежной черни, — с облегчением ответил рыцарь, радуясь, видимо, что дело подходит к концу, — а шпионов на войне принято казнить на месте. Голиаф, идемте, мой друг, нас ждут ратные подвиги, — это он обратился к своему оруженосцу, и бросил уже на ходу латникам. — Убейте этого проходимца, он мне надоел.

Армия на поле уже ревела воинственными кличами и, похоже, двинулась с места. Безымянный рыцарь со своим Голиафом поспешно промаршировали за фургоны, торопясь не упустить минуты боевой славы, а Патрик тем временем услышал, как скользит сталь, выдвигаясь из ножен.

— Минуточку, господа, — Патрик посмотрел на своих палачей задумчиво и чуть понизил голос, — я знаю, где спрятана бочка с золотом.

Сталь в ножнах замерла. Патрик выдержал паузу ровно столько, сколько нужно, чтобы никто ничего не успел сказать.

— Золота хватит на всех. Бочка большая. Подержите-ка,

сэр, мою алебарду, — он сунул свое оружие, стоявшему позади сержанту и тот его безропотно принял, при этом, отпустив рукоять своего меча, — Сейчас я вам кое-что покажу, это очень редкая и очень дорогая вещица...

Глава 20. Бойня

Я видел, как Гильом с двумя сопровождающими достиг лагеря Карла и там затерялся среди войска. Барон Риквильд был рядом, он сидел прямо в седле, похлопывал коня по шее и пристально вглядывался в расположение войск Карла. Все наши капитаны тоже собрались и топтались поблизости, и теперь я видел, что они уже жалеют, что настояли на переговорах.

Перстень тревожно жег ладонь, и на душе было мерзко. В томительном ожидании прошло несколько минут. Меня раздражала и злила моя беспомощность. Я нервничал еще и от того, что у меня снова обострилось это чувство, которое иногда появлялось в последние несколько дней. Все началось еще в замке барона Риквильда, когда я увидел одновременно две реальности и не мог выбрать из них настоящую. Обе были предельно правдоподобны и одинаково отвратительны. Вот и сейчас мне казалось, что кроме того, что обычно видят глаза, я видел вокруг непонятное и потому пугающее движение. Словно во сне, я видел некую скрытую, текучую структуру воздуха, тяжелое парящее дыхание земли, мерцающую живую сущность растущей травы и едва уловимое излучение, исходящее от людей вокруг. Это все перемешивалось и взаимодействовало между собой каким-то, с одной стороны, простым, а с другой — совершенно непонятным образом, и от проходящих мимо людей оставались тающие следы, почти невидимые смазанные человеческие формы, искаженные, но узнаваемые. И еще я видел, что надвигается тьма — по всему горизонту, от земли до неба. Неумолимая гигантская туча, похожая на огромного страшного зверя. Сквозь шум боевого лагеря я слышал его смертоносное дыхание. И никакими силами невозможно было его остановить.

Я чувствовал себя брошенным слепым щенком посреди широкой, без берегов, реки. Мне не хотелось отпускать Патрика и Гильома, но они ушли, и я ничего не смог сделать, чтобы их остановить. Кому нужны эти переговоры? Ведь мы достаточно сильны, мы сами можем диктовать условия...

Мои спутанные мысли были внезапно прерваны трубными сигналами рога и суматошными криками. Войско Карла медленно разворачивалось вширь и начало ползти в нашу сторону.

Впереди пошла пехота, всадники держались строем позади. Под сердцем похолодело. Моя жалкая попытка оставить хотя бы призрачную иллюзию была сметена безжалостно, в один миг. Произошло то, чего я боялся. Стиснув зубы, я застонал и до боли сжал в кулаке перстень.

— Не надо было ему ехать, — покачал головой Риквильд, вынул меч и громко крикнул своим хриплым голосом. — Если мы дрогнем, эта тварь никого не пощадит, будьте уверены! Мы должны преподать ему урок! Пусть запомнит этот день навсегда! Всем приготовиться! Вы видели, что значит слово короля? Оно не стоит ни гроша! Все, что он хочет — передавить нас, как бешеных псов! У нас выбор один — только победа! Победа или смерть! Другого не будет! Первая стрела по моему сигналу! Нужно встретить достойно эту сволочь!

Сотни голосов подхватили боевой клич. Над нашим войском поднялись знамена с королевскими лилиями, и людское море на холме заколыхалось и взревело. Капитаны бросились распоряжаться в своих отрядах. А темная масса впереди загудела ответным ревом.

Барон пожелал мне удачи, вернулся к своему отряду, и теперь коротко отдавал последние приказания перед боем. Я впился взглядом в темно-серую лавину, которая ползла к вершине холма, подминая под себя грязное поле. Через некоторое время я уже мог различать лица тех, кто двигался в первых рядах, прикрываясь щитами.

Барон Риквильд подал сигнал, и в тот же миг смертоносный рой в полтысячи стрел взвился в воздух, покачнув его тугим порывом ветра. Ряды наступающих дрогнули и проредились, но тут же пустоты заполнились, и первые шеренги перешли с шага на бег. А во мне вдруг снова, как тогда, при встрече с оборотнем, вскипела злость. В виски ударила кровь, ярость бурлила во мне, заполняя до краев все мое существо. Все остальные чувства во мне умерли. В людях, бегущих по холму, я видел лишь омерзительно оскалившихся животных. Я готов был убивать зло и жестоко, без капли сострадания, пока хватит сил опускать и поднимать меч. И ноздри ловили раздражающий запах крови. Наверное, так охватывает человека безумие.

Ответный удар английских стрелков не заставил себя долго ждать. Стрелы наполнили воздух гудением, но мне уже было не страшно, я только поправил коня мордой к летящим жалам. Стоны и крики раненых затопили пределы наших укреплений. Позади послышался какой-то истеричный шум, я обернулся. У дальней стороны оборонительного вала десяток крестьян, бро-

сив оружие, развернули телеги, открыв выход, и бросились
прочь по полю. Вслед им полетели проклятия. Эжен с несколькими людьми бросился к предательской бреши. А тем временем
на вал уже карабкались первые воины Карла.

Внезапно что-то привлекло мой взгляд. На поле, за войском,
я разглядел фигуры трех всадников в окружении телохраните-
лей. Один из них, судя по богатым одеяниям, был сам король
Наварры. Двое других были в черных плащах. Я увидел женщину, и сразу понял, кто это. Мне показалось, что она смеется.
Волна ярости с новой силой захлестнула меня. И тогда, силой
неожиданного прозрения, я вдруг ясно увидел, что она, эта
ведьма, упивается нашей ненавистью. Упивается жадно, как
человек, находящийся на краю гибели от жажды. Она вдыхает
наш ужас, как целебный воздух, и наслаждается нашим отчаянием и болью. Патрик был прав.

Лучники по команде сделали еще пару залпов, а затем пе-
реключились на индивидуальную работу, в основном, сбивая
латников с вала. Когда количество штурмующих стало очень
велико, второе кольцо обороны пропустило стрелков под свою
защиту и, ощетинившись копьями, пиками и косами, выдви-
нулось к валу, сминая и опрокидывая нападавших.

Я повернулся к Риквильду и увидел, в лице барона растерянность и недоумение, которое переходит в бешенство. Он
тоже разглядел трех всадников, расположившихся на безопас-
ном расстоянии. И тоже узнал женщину. Не отрывая взгляда,
он на некоторое время остолбенел, потом опомнился и что-то
закричал своим воинам. Они стали собираться друг к другу.

На валу звенели мечи и трещали пики и щиты, там кипел
жаркий бой. Латники с большим трудом карабкались по нава-
ленным телегам, попадая под меткие стрелы или напарываясь
на острия пик. Вал покрылся телами, и стало понятно, что первая атака Карла захлебывается. Я помчался от отряда к отряду,
чтобы поддерживать связь между капитанами. Потери у нас
были серьезными, хотя мы и были готовы к тому, что Карл вы-
ставит не менее трехсот лучников, мастерство которых в последние годы приносило завидные победы англичанам. Но,
несмотря на потери, народ озверел и был готов сражаться
дальше. И ко мне зернулась надежда, что еще не все потеряно.
Еще одна такая атака, и мы сможем сами перейти в наступле-
ние.

Но тут вдруг покачнулась и задрожала земля под ударами
сотен копыт. И повернулись удивленные лица, и глаза наполнились страхом или вспыхнули отчаянной злостью. В преда-

тельскую брешь, которую пытались заделать крестьяне под руководством Эжена, словно в распахнутые ворота, внутрь оборонительного кольца безудержным черным вихрем вливался отряд всадников. Так смерть устремляется в рану на самом кончике меча, стремительно и беспощадно, жестоко и непоправимо. И я увидел страшную картину, как над этим черным текучим вихрем, полным сверкающих лезвий, вскипели темно-багровые облака, собираясь в жуткую зверообразную тучу, и как из нее губительной волной огненного шторма обрушился животный ужас. Люди сгорали в этом ужасе, как в огне, они выгорали изнутри. Ужас стегал по спинам жгучими плетьми тех, до кого не дотягивались клинки, путал ноги тяжкими цепями, заклеивал глаза липкой паутиной. Ужас гнал прочь, куда угодно! Забиться в щель, зарыться в крысиную нору, лишь бы уцелеть, остаться живым. Спрятаться, затаиться, закрыть глаза, зажать уши.

Через минуту внутренний круг превратилось в бурлящий котел, через вал полезли толпы пехоты. Бездушным градом посыпались игральные кубики, останавливаясь все больше черной гранью кверху.

Что же с отрядом Вальяна? Он должен был прикрывать наши спины. Он должен был перехватить этот отряд и дать нам возможность заделать брешь. Теперь исправить что-либо было уже невозможно. Отряды перемешались, люди обезумели. Барон с остатками своего отряда врезался в черную реку и попытался прорваться через это адское течение туда, где была Изабелла, которая обещала ему милости короля, а теперь посылала смерть. Но ему удалось только завернуть этот вихрь и остановить его продвижение по кругу. Мы дрались кучками в круговой обороне отчаянно и яростно.

Резко отклонившись от летящего копья, я почувствовал, как с болью хрустнули позвонки. Тут же мне пришлось перехватить рукой багор, которым меня попытались зацепить за шею с левой стороны и, развернувшись в седле, ударом меча оглушил владельца этого багра. Тогда же я заметил, как барон выронил меч и повалился на шею коня. Я не успел разглядеть, что с ним случилось, на меня налетел всадник. Я перехватил багор поудобней в левой руке и попытался ударить им, но всадник лихо срубил его наполовину. Обрубок багра я швырнул ему в лицо и взялся за меч. Но тут я вдруг почувствовал сильный толчок в правый бок и невольно обернулся. И я увидел того самого оборотня. Он стоял на валу во весь рост, а в его руке был арбалет. Значит, арбалетная стрела пробила кольчугу на моем боку. И в следующее мгновение от тяжелого удара по голове мир дрогнул, его затянула мутная пелена, и все поплыло куда-то в сторону. Рядом просвистела коса, покатился кубик, выпавший на мою долю.

Я падал, погружаясь в плотный сизый туман. Передо мной всплывали лица, искаженные болью и страхом. Мутнеющий зрачок, остановившийся взгляд... Стадо овец, гонимое волками к пропасти, во веки веков, во все времена. Аминь. Свеча уже погасла, и только тлеющий фитиль еще озарял немые гримасы смерти. В удушливом дыму заполыхали кресты с распятыми на них людьми, целый лес крестов... Тысячи, многие тысячи живых, кричащих костров. А потом все поглотила ночь.

Глава 21. Пробуждение

Глаза открылись тяжело, словно после долгого болезненного сна. Прямо передо мной в огне камина горели поленья. Над каминной полкой красовался лепной герб. В лицо дышал приятный жар. Оказалось, что я погружен в глубокое кресло.

Слегка повернув голову, я увидел Анну. Она сидела на подлокотнике соседнего кресла и, по-видимому, давно уже за мной наблюдала. В ее усталых глазах пламя камина отражалось и вспыхивало беспокойными огнями. А у меня в ушах все еще стоял оглушительный рев, жуткое месиво из отчаянных воплей, ржания лошадей, звона металла, треска дерева, хищного пения стрел. В носу стойко ощущался запах гари, а во рту — привкус крови.

— Крепко досталось, Алекс? — сочувственно покачала головой Анна.

— Хочется пить, — слова с трудом протолкнулись сквозь пересохшее горло.

Между нашими креслами стоял столик темного полированного дерева, в котором отражались два высоких бокала с малиновой опалесцирующей жидкостью. Анна взяла один из бокалов и протянула его мне.

Я благодарно кивнул, поднял руку, и тут произошли два события: на своем указательном пальце я увидел серебряный перстень с головой льва и одновременно почувствовал тупую боль в правом боку. Я вздрогнул и осторожно нащупал под рубашкой повязку. Ураган мыслей пронесся в моей и без того гудящей голове. А ведь я уже поверил, что пережил удивительный гипнотический сон. Очень красочный, неправдоподобно близкий к реальности, но все же сон. Потрясение было настолько сильным, что я не мог пошевелиться.

— Рана тревожит? — спросила Анна.

— Значит, все это было на самом деле? — пробормотал я, ошалело глядя на перстень.

— А ты сомневался?

— А где Патрик? — заволновался я.

— Скоро появится, с ним все в порядке, не переживай. К счастью, все позади. Рана у тебя не опасная, дырка в мякоти с треть мизинца. Стрела увязла в кольчуге.

— Это ничего. А Гильом? — я снова посмотрел на перстень. Перед глазами у меня лихорадочно мелькали одна за другой картинки из той необычной жизни, которая только что для меня кончилась. Вновь и вновь появлялись знакомые лица, я слышал их голоса, они говорили со мной. У меня закружилась голова, по телу прокатилась дрожь. В какой-то миг мне показалось, что я держусь за сознание, как за карниз, только кончиками пальцев и в любую секунду могу сорваться.

— Гильом погиб.

— Погиб, — пробормотал я. — Я почувствовал еще там.

— Это была чудовищная бойня, — Анна привстала и вложила мне в руку бокал. — На том поле среди разбитых повозок остался и барон Риквильд, обманутый Изабеллой, и большая часть вашего войска. О том, что творилось после сражения, лучше не думать. Бароны мстили жестоко, пока их не остановил будущий король...

— Карл Злой?

— Нет, тот, кого впоследствии назвали Карлом Мудрым. Законный наследник, дофин. Его тоже звали Карлом. А Карлу Злому пришлось расстаться со своей мечтой о короне. Он совершил ошибку, когда доверился адженогеру.

— А Комьен?

— Через день после того, как вы покинули замок Дэфанс и отправились на поле будущего сражения, к Комьену прибыл посланник от папского легата. Он передал особую грамоту, в которой Комьен, в виду чрезвычайных обстоятельств, назначался настоятелем аббатства Спящих Врат. Этим же посланником Комьен был посвящен в таинства Ордена Беглого Пса. Ему предписывалось немедленно взять под охрану аббатство, навести там должный порядок и не допускать на территорию монастыря никого без предъявления особого знака. В скором времени легат обещал прислать особых визитаторов[32] для расследования деятельности епископа Мрадона и подготовленных людей для охраны Врат. Комьен отправился в монастырь сразу же, несмотря на раны. Со всем своим отрядом. И на долгие годы стал аббатом и стражем Спящих Врат.

— А этот орден, — спросил я. — Орден Беглого пса, кто они?

— Этот орден не принадлежит к какой-то определенной конфессии, — ответила Анна. — Он входит в древнее братство, которое, если не вдаваться в подробности, занимается охраной границы и пространства нашего мира.

— Что это за братство?

— Братство по оружию, скажем так. Оно включает в себя несколько подобных орденов, каждый из которых курирует определенные территории. Мы, кстати говоря, в этот раз работали на чужой территории из-за того, что в деле замешан наш сотрудник. Обычно все занимаются проблемами на своих участках. Но у нас очень тесные связи. В том числе, и с Орденом Беглого Пса. Кстати, в последние годы жизни Комьен был избран магистром этого ордена.

— А мы больше не встречались? — спросил я. — Ну, в той жизни.

— Для Комьена вы оба погибли в том сражении. Впрочем, как и для всех остальных. Выпей глоток, это лечебный бальзам...

— Значит, наша ведьма получила все, что хотела, — я тяжело вздохнул и глотнул прохладной светящейся жидкости с нежным земляничным вкусом. — Выходит, мы проиграли?

— Это как посмотреть, — услышал я голос Романа Андреевича.

Я обернулся. Магистр подошел к нам, по пути бросив мокрый плащ на спинку одного из стульев и взяв со стола бокал с таким же напитком.

— Как самочувствие? — спросил он, делая несколько жадных глотков и бегло рассматривая меня, наверное, на предмет возможных повреждений.

— Спасибо, в целом нормально, — соврал я.

— Хорошо, — кивнул он. — Неплохо для первого перехода. Некоторые впадают в ступор, пальцем пошевелить не могут. У других крышу сносит. Некоторые возвращаются фрагментами. Другие не возвращаются совсем. Так что неплохо. А по поводу проигрыша... Вы с Патриком сделали очень важное дело. Теперь у нас есть кое-какие зацепки. Но сейчас я понимаю, что нельзя было вас подвергать такому риску. Анна была совершенно права.

— А вы меня никогда не слушаете, — возмущенно фыркнула она.

— Да уж, таковы мужчины, — кивнул Роман, — твердолобы и самоуверенны.

— Вот именно, — подтвердила Анна, усаживаясь в кресло.

— Но мы учимся на своих ошибках, — сказал Роман.

— Что-то не заметно, — покачала головой Анна, глядя на огонь.

— Спорить сложно, путешествие получилось не очень удачным и очень опасным, — вздохнул Роман и посмотрел на меня виновато. — И тебе досталось, и Патрик мог погибнуть. Пришлось принимать экстраординарные меры, чтобы вытащить вас оттуда. За мою ошибку вы могли расплатиться жизнью.

— Но все ведь обошлось, — пробормотал я. — А рана пустяковая, заживет.

— Ага, обошлось, — Анна выпила глоток напитка. — Я вот никогда, наверное, не пойму, откуда берется эта уверенность в мужиках, что всякий раз удастся проскочить на авось? Откуда? Ведь полно примеров из жизни, которые показывают, что даже досконально разработанные операции срываются из-за какой-нибудь ерунды.

— Но мы проскочили, — вступился я за Романа и в целом за упомянутых мужиков. — Я ведь сам попросился на это дело. И я считаю, что мне дико повезло. Кому еще доводилось увидеть прошлое? Кому в наше время доводилось получить настоящую арбалетную стрелу в бок, да еще из тех самых времен? Из моих друзей никому. Шрамы ведь украшают мужчину.

— Ага, — горько усмехнулась Анна. — Украшают. До тех пор, пока еще что-нибудь можно под ними разглядеть. А как на счет инвалидности, к примеру? Остаться без рук или ног? Это сильно украшает?

Я покачал головой и молча отпил глоток из бокала.

— Вы с Патриком нам очень помогли, — сказал Роман. — Без вас подобраться к Майе так близко было бы невозможно. И теперь довести дело до конца будет гораздо проще.

— Постойте, — до меня дошел смысл его слов. — Вы так говорите, как будто мы с Патриком больше не будем участвовать.

— Я не вправе еще раз подвергать вас такому риску, — Магистр устало потер виски. — Анна права, это очень опасно. Угроза смерти была более чем реальна.

— Но ведь мы же сделали только полдела! — возразил я, глядя то на Романа, то на Анну. — Нужно довести все до конца. Иначе все было напрасно. Весь этот риск. Жизнь, она ведь всегда подвергается. Пока мы живем, в любое мгновенье человек может умереть. А у меня, может быть, больше никогда не будет такой замечательной возможности, и вы хотите меня лишить ее...

— Возможности эффектно умереть? — саркастически поднял бровь Роман.

— Возможности пожить удивительной, настоящей, полной жизнью. Извините, Роман Андревич, но верните меня, пожалуйста, обратно.

— Это бальзам смягчил боль в твоем сердце, — Роман задумчиво перевел взгляд на огонь в камине.

— Потом дадите мне еще этого бальзама, — ответил я.

Анна вздохнула и покачала головой.

Некоторое время мы молчали. У меня перед глазами все еще всплывали картины пережитого, но краски заметно поблекли, звуки становились все глуше, запахи теряли резкость, и сердце больше не ныло. Вероятно, напиток оказывал свое благотворное действие. Неожиданно мне пришло в голову, что я был настолько сильно потрясен происшедшими событиями, что механизм путешествия во времени остался для меня не проясненным.

— А сколько времени прошло здесь с тех пор, как вы нас переместили в прошлое? — спросил я Романа.

— Около десяти часов, — ответил он. — За пределами зоны сейчас семь или восемь часов утра двадцать восьмого июля.

— Всего десять часов, — я потрогал перстень. — А там прошло целых семь дней. И я действительно все помню. Все, как вы говорили. Вы можете мне объяснить принцип перемещения во времени? Я ведь был уверен, что это невозможно.

Роман посмотрел на меня задумчиво, потом снова вернулся взглядом к огню в камине.

— Позволь мне начать с одного утверждения, — ответил он.— Оно прозвучит для тебя непривычно и будет выглядеть спорным. Но оно позволит тебе правильно настроиться на восприятие информации.

— Еще осталось что-то более странное, чем то, что я уже видел?

— То, что ты видел, — это капля в море.

— И что же это за утверждение?

— Времени не существует.

— Как же не существует? — я растерянно огляделся вокруг, как будто хотел увидеть это самое время и ткнуть в него пальцем.— Но ведь оно проявляет себя во всем. Есть ведь восход, закат, вчера, сегодня, завтра...

— Вчера, завтра, — задумчиво повторил Магистр, — это

лишь последовательность событий, причиной которых является вращение планеты вокруг своей оси. А время тут ни при чем. Я не имею в виду исчисление времени, удобный инструмент, созданный на потребу человеку. Инструмент, который послушно отмеряет моменты нашей жизни в виде часов, дней и лет. Я имею в виду то, что люди называют феноменом времени. Так вот, считай, что его нет.

— Трудно принять такую новость, — пробормотал я.

— Я и не настаиваю, чтобы ты ее принял, — Роман пожал плечами и отпил из бокала. — Ты спросил о принципе перемещения, я отвечаю.

— Тогда в чем же мы перемещались? Если не время отделяет нас от прошлого, тогда что?

— Скажем так, развитие непрерывных процессов, некоторые стадии которых воспринимаются нами как события. Всегда любое такое событие является следствием предыдущего события и одновременно причиной последующего. Его дискретность иллюзорна. Просто человеческое внимание не в состоянии фиксировать процесс в его непрерывности. И этот процесс не есть время.

— Но как же? Ведь про время говорят, что оно непрерывно и имеет направленный вектор движения. Мне даже кажется, что я чувствую его. Какое-то невидимое кипение, кажется, что слышно, как растет трава, как осыпаются горы, как будто все вокруг постоянно течет.

— Все течет, все меняется, — улыбнулась Анна. — Правильное чувство. Это движение жизни и это чувство Потока.

— Потока?

— Поток — это мощная созидательная сила, — пояснил Роман. — Поток создал и продолжает создавать пространства и вещества нашего мира. Он пробуждает их к рождению, наполняет их жизнью, движет их развитием, ведет их к смерти и к новому рождению. Наш мир — это мир Потока, продукт его деятельности. У Потока есть множество свойств: к примеру, свойства вихря — он похож на вихрь и он танцует, как вихрь; свойства воды — он как бы течет; свойства дерева — он растет и ветвится.

— И куда же он растет?

— В светлое будущее, — усмехнулась Анна.

— Про светлое будущее — это отдельный разговор, — Роман отошел к столу, поставил свой бокал, потом вернулся к камину, поднял полено с пола и положил в огонь. — Строго говоря, к некоторым свойствам Потока мы могли бы применить понятие времени как современной философской категории. Но, если ясна структура Потока в целом, в этом нет необходимости. Более того, поскольку сейчас понятие феномена времени несовершенно и в слабой степени отражает лишь малую часть сути вопроса, оно непременно будет мешать правильному восприятию. В первую очередь следует обратить внимание на одно из основных качеств Потока, которое мы в состоянии осознать — это разумное и направленное созидание миров различной материальной плотности.

— Разумное? — моргнул я.

— Разумное, — повторил Роман. — Некоторые про время говорят, что это всего лишь чистая форма чувственного созерцания. Или как-то так. Что касается Потока, то это не какой-то субъективный феномен. Это фактическая основа Вселенной, каждый атом которой, как и прочие частицы, либо принадлежит телу Потока, либо является продуктом его деятельности. Вселенная — это тело Потока. Именно Поток — перзопричина возникновения, движения и изменения нашего мира. Поэтому я повторяю — времени не существует. Забудь. Часы можешь себе оставить, это удобный инструмент для измерения бренного существования.

— Ладно, — согласился я.

— Так вот, — продолжил Роман. — В этом мире ничто не может противостоять Потоку, и ничто не может быть от него независимым. Пока тебя несет активная зона Потока, невозможно устоять на месте или оказаться в прошлом или в будущем. Будущего, кстати, тоже нет. Есть лишь активная, кипящая зона роста Потока. Если чувствовать Поток, можно в определенной степени предвидеть вероятный путь развития процессов. Но это всегда лишь видение возможного развития событий. Так что будущее не определено. Бывали случаи спонтанного завихрения ветвей Потока, когда они врастали в основной ствол в неожиданных местах, или сливались друг с другом. И тогда настоящее перепутывалось с прошлым, но это исключительные случаи, их можно по пальцам пересчитать. К чему я это все рассказываю?

— К тому, что времени не существует, — подсказала Анна.

— Но мы перемещались в прошлое, — не очень уверенно вставил я.

— Перемещались, — успокоил меня Магистр. — Для того, чтобы произвольно изменить свое место в Потоке, нужно его покинуть.

— Как это — покинуть? — я отчаянно потер лоб.

— Выйти за его пределы. Это наименее опасный из известных мне способов перемещения вдоль тела Потока. Дело в том, что мир Потока, то есть наш мир, — это еще не все, что украшает Мироздание.

— Я чувствовал, что должен существовать параллельный мир.

— Параллельный? — покачал головой Роман. — Не думаю, что это понятие здесь нам поможет. Даже мир Потока, наиболее доступный нашему пониманию, имеет непростую структурную организацию. Он образован множеством Изначальных Стволов.

— Стволов? — я почувствовал, что начинаю терять нить.

— Это название было принято по аналогии с архитектурой дерева и с некоторыми свойствами Потока.

— Кем принято? — у меня появилось ощущение, что я идол с острова Пасхи, и мне пытаются объяснить таблицу умножения.

— Собором Священной Чары, Посвященными Храма Небесных Сфер и магистратом Ордена Дракона Жемчужины.

— Это было в древности? — мне хотелось спросить о том, что это за Храм, и про все остальное. Но я понял, что это может увести нашу беседу в сторону.

— Да, это было очень давно, — Роман внимательно на меня посмотрел и неторопливо продолжил. — Так вот, мир Потока был образован множеством обособленных Стволов, произрастающих, думаю, что можно так выразиться, из общего центра. Может, нам на время прерваться?

— Что? Нет, нет, я должен это знать, — запротестовал я, — Когда еще я смогу все это услышать? А мы не можем различать эти Стволы?

— Различать? — переспросил Магистр. — Как тебе сказать... Все то, что люди называют Вселенной, создано одним из Стволов Потока.

— Одним? — некоторое время я устраивал эту мысль в голове. — Если стволов несколько, получается, что они — это целые отдельные миры?

— И никто не знает точно, сколько их. Нам достоверно известно только о нескольких из них. Иногда ветви разных Стволов сливаются, и тогда появляется возможность перехода. Известны индивиды, которые многократно использовали эту возможность. От них мы и получаем информацию о других Стволах. Но вернемся к путешествию в прошлое. Для нас наиболее доступен Мерцающий мир.

— Это тоже Ствол? — я решил все выяснять сразу.

— Во-первых, другой Ствол нам ведь ни к чему, — терпеливо стал объяснять Роман. — Мы же не собирались путешествовать в другую Вселенную, нам нужно было переместиться в другое место нашего Ствола. Именно нашего. А Мерцающий мир находится вне Потока, он окутывает Поток подобно защитному покрову. Там все по-другому. Грубо говоря, мы вынырнули в Мерцающий мир, скользнули вдоль Ствола и нырнули в нужном месте обратно в пределы Потока. Вот, в общих чертах, схема путешествия.

— Все просто, — пробормотал я, и меня охватила тоска, как будто мне показали картинки с видами прекрасной страны и сказали, что я никогда туда не попаду.

— Мне кажется, тебе все-таки стоило бы отдохнуть, — сказал Магистр.

— Это я успею. Вот что интересно — если я вернулся с дырявым боком, значит, мое нынешнее тело было при мне?

— И в Мерцающем мире, и в прошлом, — подтвердил Роман.

— Но, если так, то получается, что в прошлом должны были встретиться два человека. Один я из тех времен и я теперешний. Но там был только я один. Причем тот, который жил там с рождения.

— Ты нынешний и ты из прошлого — одно существо.

— Но это невозможно, — я приложил прохладный бокал ко лбу. — Такого просто не может быть. Человеческое тело строится на основе генетического материала, полученного от родителей. А родители у меня теперешнего и меня из того времени, естественно, разные. Нет шансов, чтобы генетическая комбинация в этих двух случаях совпала. Это что-то из области невероятного.

— Когда я говорил, что ты нынешний и ты из прошлого — это одно существо, я в основном имел в виду твою неизменяемую сущность. Сущность, у которой при перемещении в мирах в большинстве случаев меняется только ее оболочка.

— Это вы про душу говорите?

— Именно. Про нее.

— Ну, допустим, что душа у нас одна на двоих. Но тела-то все равно разные, по-другому просто быть не может. И они не могли идеально совместиться.

— Ты сейчас пытаешься опираться на известные тебе законы, которые описывают явления подлунного мира. Но Мерцающий мир совершенно не похож на мир Потока. Это два разных мира. И при перемещении между ними происходит некая трансформация физического тела. Научного объяснения этого явления, насколько мне известно, пока нет. По моему скромному разумению, при перемещении из мира Потока в Мерцающий мир тело как бы меняет степень своей материальности, приближаясь к изначальному тонкоматериальному шаблону.

— А это что такое?

— Условно говоря, это некая матрица, на основе которой формируется твое тело в мире Потока.

— Честно говоря, не очень понятно.

— Ничего удивительного. Чтобы во всем этом разобраться, нужны годы. А что касается твоих ранений, то при переходе через Мерцающий мир они отобразились на твоей матрице и, как следствие, воспроизвелись здесь.

— Как-то это у меня в голове не укладывается.

— Для этого нужно время. К тому же переход сам по себе — это из ряда вон выходящее явление. В норме тело человека просто не может покинуть пределов Потока.

— Но мы его покидали, — пробормотал я и отпил глоток напитка.

— Если тебе интересны подробности, я могу познакомить тебя с людьми, которые это явление изучают. Может быть, они расскажут тебе более подробно.

— Но если вам неизвестны эти детали, как же вы пользуетесь своими методиками для перемещения?

— Легко, — усмехнулся Магистр. — Ну сам подумай. Ведь далеко не каждый человек, пользуясь автомобилем или радиоприемником, обладает знаниями, которые позволят ему досконально объяснить теорию и принцип действия этой техники. Или возьмем еще ближе. Тебе понятны механизмы твоего собственного мышления? А ведь это твое мышление. Понимаешь ли ты абсолютно отчетливо связь между умственной деятельностью и физической активностью своего собственного тела? Или взять обычную функцию человеческого организма, которой все без исключения пользуются. Я имею в виду сон. Или явление, которое сопровождает сон — сновидение. Разве может уже кто-нибудь сказать об этом наверняка что-то определенное?

— Ученые уже кое-что могут.

— Возможно, но это редкие люди, специально занимающиеся исследованием этих феноменов. Понимаешь, о чем я говорю? Обычные люди об этом ни сном, ни духом, но, тем не менее, прекрасно спят и видят сны. Ты имеешь намерение и засыпаешь, я имею намерение и перемещаюсь.

— Да, понятно, — проворчал я. — То есть ничего не понятно,

— Просто считай, что способность к перемещению между мирами — это природный дар, — сказала Анна. — Дар, подкрепленный постоянной практикой.

— А отчего Мерцающий мир получил такое название? — спросил я.

— Я ждал твоих вопросов, — усмехнулся Роман. — Но не думал, что ты такой дотошный, и тебе захочется узнать все сразу. Ну, что ж, видимо, придется для начала рассказать тебе старинную сказку о Великом Мастере Сновидений. Чтобы както систематизировать необходимую информацию. Иначе ты окончательно запутаешься. Будешь слушать?

— Еще бы!

— Тогда слушай внимательно. Но имей в виду, в этой истории реальные космические силы названы именами, и речь идет о личностях. Это действительно похоже на сказку или на притчу. Пусть это тебя не смущает. Для публикации в научном журнале это, конечно, не годится, зато такое изложение построено на ярких образах и легко позволит тебе запомнить все, что необходимо.

Глава 22. Сказка о Мастере Сновидений

Итак, однажды Мастеру Сновидений приснился удивительный сон. Будто бы ему почудилось, что во Тьме что-то есть. А прежде не было ничего, только холод и безмолвие. От изумления Мастер чуть было не проснулся. Однако усилием воли он укротил волнение в сердце своем и сосредоточил все чувства и мысли на созерцании Тьмы. И постепенно ему стали открываться поразительные вещи. Теперь он видел легкий трепет, мелкими волнами пробегающий по ее телу. Что это? Признак волнения или нетерпения? Или чего-то иного? Неожиданно он осознал, что Тьма на всю свою глубину пропитана Светом, и она готова отдать этот Свет. У Мастера перехватило дыхание, так потрясло его это чудо. Тьма, наполненная Светом! Он восхитился такому чуду и улыбнулся во сне. Но еще более поразило его то, что открылось ему в следующий миг. Каждая капелька Тьмы обладала невероятной силой и способностью к безграничным превращениям. Мастер понял, что нет ничего, чем она не смогла бы стать. И он понял, что теперь он в силах создать Сон, равных которому не было никогда. Он засмеялся. Он уже видел, как рождаются из Тьмы и разворачиваются один за другим прекрасные миры. Миры, одухотворенные волшебной музыкой Небесных Сфер, полные цвета и гармонии.

Тут Мастер задумался о том, что ему понадобится помощник, который смог бы надежно исполнить его волю в Мире Сна. Который смог бы управлять развитием миров неустанно, до самого завершения Творения, до мгновения, когда отдельные миры сольются в Единый Мир — Мир, который станет живым воплощением идеальной гармонии. Работа предстояла большая, и выполнить ее необходимо было безукоризненно. Помощник был необходим еще и для того, чтобы Мастер мог время от времени отвлекаться и думать о деталях Творения Великого Сна. И тут Мастер различил во Тьме очертания смутного образа. Он всмотрелся пристальнее, образ стал более четким и обрел черты восхитительного существа. Это был Дракон. Он спал, свернувшись кольцами, растворенный во Тьме. Мастер видел, как медленно бьется его пламенное сердце, полное благородства и отваги, как переливается изумрудным огнем его совершенное тело. Огненный Дракон, идеальный помощник в Сотворении, о лучшем нельзя было и мечтать.

Мастер был доволен. Ему захотелось рассмотреть Дракона поближе, и он с удивлением увидел, что тот видит сны о нем, о Великом Мастере Сновидений и о его Великом Замысле. Мастер решил коснуться Тьмы с благодарностью, и Тьма потянулась к нему навстречу. И он понял, чего так долго ждала она. Она ждала своего возлюбленного. И он понял, кто этот возлюбленный. И почему для него, для Мастера Сновидений, Тьма была готова отдать все свои сокровища, стать всем, чем бы он ни пожелал, исполнить любые его мечты. И сердце Мастера наполнилось радостью. Как же иначе возможно создать величайший Сон об идеальном мире гармонии, если только не с любовью в сердце! Он поблагодарил свой удивительный сон и немедленно приступил к Творению.

Он согрел Тьму своим дыханием, вложив в него всю любовь своего сердца. И дыхание его было — Огонь. Тьма встрепенулась от счастья и в ответ излучила невиданный по красоте свет, который объял ее сияющими сферами. «Вот Небесные Сферы!» — восхищенно подумал Мастер. Свет отразился в каждой капельке Тьмы, и тело ее стало Водами, готовыми к Творению.

Тогда Мастер позвал Дракона. В единственное слово вложил он всю свою мудрость, и слово его было прекрасной сияющей Жемчужиной. Жемчужина коснулась Небесных Сфер, и они зазвучали необычайно красивой музыкой. Затем Жемчужина устремилась в сердце Тьмы, туда, где безмятежно спал Изумрудный Дракон. За Жемчужиной тянулся сияющий свет. Он переливался всеми цветами и вибрировал, и от него по всему телу Тьмы распространялись волны возбуждения. Когда волны достигли сердца Тьмы, Дракон стал просыпаться. Вначале проснулось его сознание, затем проявился его образ, и силой Вод стало сгущаться его тело. Он поднял голову на зов Мастера и увидел сквозь мрак летящую Жемчужину. Тогда к нему вернулись сны о Великом Замысле, и Дракон закружился, разворачивая кольца своего тела и увлекая за собой Воды. И Воды послушно пришли в движение. Дракон устремился навстречу сияющей Жемчужине, схватил ее ртом и, окрыленный силой Огня, взмыл над бурлящими Водами Тьмы в сверкающее пространство Небесных Сфер. Там расправил он свои могучие крылья, положил Жемчужину под язык и начал Танец Великого Творения.

Он кружил над Водами завораживающим вихрем изумрудного пламени, он наполнял трепет Вод своим огненным дыханием и направлял их движение так, чтобы подготовить разделение Тьмы на сорок девять прекрасных миров.

Кажется, Тьма звала Мастера, но, то ли он был слишком увлечен Творением, то ли музыка Сфер звучала слишком громко, он не расслышал ее голоса. Размышляя над тем, какие имена следует дать будущим мирам, он невольно залюбовался Огненным Драконом. Дракон был движим идеей создания идеального мира, и потому Танец его был безупречен. Мастер стал напевать музыку, которая читалась в движениях Дракона. И тут он обнаружил, что музыка эта отличается от той, которую он задумал. Мастер застыл в изумлении, и тогда произошло то, чего не должно было произойти никогда: Дракон отпустил Жемчужину.

Мастер проводил долгим взглядом звезду, падающую во мрак Тьмы. Он понял, что случилось. Он не явил себя Дракону. И Огненный Дракон решил, что сон о Великом Творении родился в его собственном сознании, что это его идея. И он танцевал свой Танец, похожий на Танец, который придумал Мастер, но не тот. И тогда Мастер с горечью отвернулся от своего Сна.

Ему понадобилась вечность, чтобы он позволил своему сердцу говорить. И сердце сказало ему, что он допустил ошибку. Он слишком поторопился с Творением. Он не услышал голоса той, которая считала его своим возлюбленным. Он тоже полюбил ее, но он был слишком занят созиданием. Он отвел ей участь материала, из которого он, Демиург, должен был вылепить прекрасный мир. Изумрудному Дракону он предначертал быть послушным инструментом. А ведь это было его дитя. И Дракон, в отличие от Мастера, услышал голос Тьмы, взывающей к своему возлюбленному. Просто он не понял, к кому она обращается, и чего так страстно жаждет. Дракон рассудил, что ей важно участие в Творении, и он рассудил правильно. Вот только действие его было направлено не мудростью, а чувствами. Да, Дракон решил, что идея создания идеального мира принадлежит ему, Огненному Дракону. Но ведь и Великий Мастер Сновидений точно так же, без тени сомнений, решил, что удивительный сон о Творении принадлежит только ему. А что, если и ему кто-то другой показал этот сон? Может быть, он, Великий Мастер, сам уже очень давно снится кому-то другому? Эта мысль потрясла его, и он тут же вернулся к своему Творению.

То, что он увидел, наполнило болью его сердце. Дракон, лишенный вдохновения Мастера, силы Жемчужины и силы Вод, едва живой парил над Водами, тщетно пытаясь привести их в движение. Тьма отвергла его и ожесточилась. И он не понимал, почему. А она не говорила с ним. Ей хотелось лишь одного — избавиться от всего, что было связано с ненавистным ей образом.

Мастер понял, что больше никогда не покинет этот мир. Он решил проснуться в своем творении. И он проснулся в Небесных Сферах, и Сферы наполнились звуками радости. Мастер позвал Дракона. Дракон увидел его и сразу узнал, и все понял. Мастер в слезах прижал свое дитя к груди. Потом он воззвал к Тьме и просил выслушать его. После долгих раздумий Тьма согласилась и явила себя, но она была не одна. Слева от нее был Яростный страж ее сердца, справа — Коварный страж ее разума. Мастер понял, что в гневе и отчаянии создала она свой собственный мир и населила его созданиями зла. Ему стало ясно, что теперь она не вольна вернуть все к началу, даже если бы захотела. Она стала пленницей своего гневного Творения.

Тогда Мастер перед лицом Тьмы поведал Дракону о том, что произошло. Он с раскаянием признал свою ошибку. Дракон отстранился от Мастера и внимал ему со стороны.

— Это ведь и твое дитя, — обратился Мастер к Тьме, — если ты не можешь простить меня, то прости его, ведь он ни в чем не повинен. Или позволь ему хотя бы утолить жажду, иначе он погибнет. Ведь тело его — плоть от плоти твоей, оно создано Водами. Если ты позволишь ему вернуться к тебе, он сможет жить.

— Мы не верим ему, госпожа! — прохрипел Яростный.

— Он обманет нас, — вкрадчиво добавил Коварный.

Тогда Мастер сделал свои мысли прозрачными и призвал их взглянуть. Он был Великим Мастером Сновидений, и он сделал так, чтобы они увидели все, что нужно.

— В его мыслях я вижу Жемчужину, — мягко произнес Коварный.

— Мы не верим ему, госпожа! — прорычал Яростный.

— Если Дракон вернется к тебе, то вскоре его станет мучить голод огня так же, как теперь мучит жажда, — ответил Мастер,— Ведь его природа двойная, ему необходимо и то, и другое. Если ты позволишь ему взять Жемчужину, он будет жить вечно. Видишь, я ничего не утаил.

Он вглядывался в глаза Тьмы, но их застилала мутная мгла. А Дракон долго смотрел в сердце Отца и наконец обратился к Матери:

— Прими меня, прошу. Больше я не могу оставаться здесь. Силы покидают меня.

— Мы не верим ему, — прохрипел Яростный, — он опасен.

— Пусть Отверженный умрет, — ласково сказал Коварный, — так будет лучше. Он нам не нужен.

Была ли борьба в сердце Тьмы, не видел никто. Но она ответила:

— Он дитя мое, он будет с нами. А вы присмотрите за ним,— обратилась она к своим стражам. Тьма позвала Дракона и отвернулась от лица Мастера.

— Прощай, — сказал Мастер Дракону.

Ничего не ответил прекрасный Дракон и на сияющих изумрудных крыльях спустился в Воды Тьмы.

— Он отрекся от тебя! Отрекся! — возликовали стражи. — Теперь ты навсегда остался один! И скоро мы до тебя доберемся!

Лишь только погрузился Дракон во мрак, его оглушили резкие, ревущие звуки. Всколыхнулся мир Тьмы. Пленен Огненный Дракон!

— Отдохни, дитя мое, — холодно обратилась Тьма к Дракону, — тебя проводят к твоей Жемчужине.

И увидел Дракон вокруг множество созданий, внушающих ужас своим видом.

— Это мои лучшие воины, они позаботятся о тебе, — произнесла Тьма и подозвала к себе Яростного и Коварного, давая понять, что аудиенция окончена. Тогда в сопровождении монстров Тьмы Дракон опустился в глубины Вод, где была спрятана Жемчужина. Она поблекла, как Дракон, и так же, как он, была недалека от гибели. Дракон обвил ее своим телом и затих.

Его охраняли, иначе и не могло быть. Стражники были вооружены, и они исступленно гремели своим оружием и издавали жуткий рев, видимо, радуясь победе. Для существа, напоенного светом и музыкой Сфер, это была жестокая пытка. Дракон поднял голову, чтобы взглянуть на свет, но не увидел ничего, кроме мрака, полного мятущихся теней. На миг ему показалось, что он увидел свое отражение, будто в черном зеркале, осиянное антрацитовым блеском. Но это длилось лишь мгновение. Тогда он положил Жемчужину под язык, свернулся плотнее и закрыл глаза.

Пока он спал, Жемчужина говорила с ним. А проснулся Дракон от боли. Он открыл глаза. Воин нанес еще один удар жгучей плетью и вызывающе крикнул громоподобным, раскатистым голосом:

— Проснись, Отверженный! Скоро Царица Тьмы явит себя! Госпожа желает говорить с тобой!

Дракон поднял голову и дохнул на монстра огнем, но не изумрудным, которым он начинал Творение, а ярко-алым. Воин взвыл от боли и, объятый пламенем, бросился прочь. Остальные схватились за оружие и приготовились к бою. Тогда силой Жемчужины Дракон создал вокруг себя мерцающую оболочку и грозно посмотрел вокруг. Воины отступили на шаг, но принялись грохотать своим оружием, и глаза их наполнились бешеным блеском.

— Что ты задумал, дитя мое? — услышал Дракон ласковый голос Тьмы. Он обернулся и увидел Царицу в нарядах, сотканных из сверкающих звезд. Красота ее была пугающей. Воины рухнули на колени и склонили головы.

— Кажется, ты хотел убить моего подданного?

— Извини, я не сдержался, — Дракон поклонился, — но я не собирался его убивать. Я учил его.

— Чему же ты учил его? — усмехнулась Царица.

— Жизни, — скромно ответил Дракон.

— Что же знаешь ты о жизни, дитя мое? — она подошла ближе. — О жизни во Тьме.

— Теперь понимаю, что немного, — кротко вздохнуло дитя.

— Что это за новое одеяние, которым ты укрыт? — казалось, что во взоре ее не было ничего, кроме любопытства.

— Мне хотелось выглядеть привлекательно, — улыбнулся

Дракон, — и прикрыться от возможных укусов твоих подданных. Ты не сказала им, кто я?

— Здесь всем прекрасно известно, кто ты, — Тьма улыбнулась в ответ.

— Что ж, тогда мое одеяние будет не лишним, — спокойно ответил он и с презрением посмотрел на воинов, прехлонивших колена.

— Оставьте нас, — тихо произнесла Царица, и ее гвардия тут же растворилась во мраке. Она повела рукой, и из темноты сгустился роскошный трон. Она села.

— Достаточно ли ты отдохнул? — она немного склонила голову на бок и, словно впервые, стала внимательно разглядывать его.

— Вполне, — кивнул он, чуть ослабив напряжение тела. — Если бы пробуждение не было столь неожиданным, я чувствовал бы себя еще лучше.

— Забудь об этом, — поморщилась Царица, — Они созданы воинами. Они грубы, но преданы пожизненно и прекрасно знают свое дело.

— У них есть дела в твоих владениях? — Дракон изобразил удивление.

Царица некоторое время пристально смотрела на него, потом усмехнулась:

— Если тебе когда-нибудь придется править этим миром, ты увидишь, что не все, кого ты создал, будут благодарны тебе. Сладости во власти гораздо меньше, чем горечи.

— Возможно, — вздохнул Дракон, — надеюсь, эта участь меня минует. А где твои два друга?

— Они заняты делами, — в голосе Царицы мелькнуло что-то похожее на раздражение. — У меня тоже много дел, поэтому я буду краткой и буду с тобой откровенна. Меня беспокоит его появление. Тебе известно, зачем он вернулся?

— Отец?

— Мастер.

— Он ведь сам все рассказал, и я видел его столько же, сколько и ты.

— Это не ответ.

— Он не говорил о своих планах. Но мне показалось, что он не собирается воевать.

— Ему придется! — глаза ее вспыхнули. — Этот мир принадлежит мне, и в нем не будет двух правителей! Однажды он нас уже предал! У него был шанс, он его растоптал!

— Не проще ли вам договориться?

— Не проще! — Царица гневно поднялась с трона. Но тут же, как будто вспомнив о чем-то, она смягчилась и улыбнулась. Но в тот краткий миг, когда она потеряла над собой контроль, Дракон успел заметить, что скрывает внешняя форма.

— Я ведь только спросил, — он старательно сделал обиженное лицо.

— Прости, дитя мое, — примирительно вздохнула Царица и подошла к нему, — порой мне бывает трудно.

— Ничего, — Дракон тоже вздохнул, — я понимаю.

— Вот и хорошо, — она хотела коснуться его, но неторопливо убрала руку от мерцающего покрова и невинно поинтересовалась:

— А где твоя Жемчужина? Что ты с ней сделал?

Дракон высунул язык, на котором лежала отогретая Жемчужина, и сразу спрятал обратно.

— Смотри, не заиграйся, а то еще ненароком проглотишь ее, — она добродушно засмеялась. — А что умеет твоя Жемчужина?

— Что умеет? — Дракон сделал вид, что вопрос его удивил. — Она может поддерживать мою жизнь. Ты же знаешь.

— Твой Танец был очень хорош, — Царица прикрыла глаза, — я подумала, не она ли тебя направляла?

— Нет, это я сам, — смущенно потупился Дракон. — Могу танцевать, могу не танцевать. А она питает меня силой.

— И чем ты намерен теперь заняться? — она поправила звезды на своем платье.

— Думаю еще немного вздремнуть.

— Ну что ж, я тебя проведаю вскоре. Возможно, мне понадобится твоя помощь. Отдыхай, дитя мое.

Она взмахнула рукой, трон растворился во мраке. Из темноты выступили воины, прежние его надзиратели. Дракон отметил, что теперь оружия у них стало больше.

— Буду ждать, — вздохнул он, задумчиво глядя во тьму, поглотившую Царицу. Потом он смерил презрительным взглядом своих сторожей, обступивших его со всех сторон, свернулся и закрыл глаза.

Жемчужина была права, внешняя форма Царицы скрывала сразу троих: его Мать, Яростного и Коварного. И говорили с ним только эти двое. Теперь было очевидно, Тьма стала безвольной пленницей своих собственных творений. И, похоже, что они действительно ничего не поняли о Жемчужине. Иначе они уничтожили бы ее немедленно. Живая модель идеального мира и одновременно программа его построения, одушевленное Слово

Демиурга, Великого Мастера Сновидений, сама Мудрость — это ведь бомба, которая способна взорвать не только Воды Тьмы. Но сама Тьма не могла не знать о сути Жемчужины. Значит, она не сказала им. Дракон покатал Жемчужину языком, и она стала хихикать от щекотки.

— Теперь ты меня пощипай, — попросил Дракон.

— Ты уверен, что никто не слышит? — опасливым шепотом спросила Жемчужина.

— Они думают, что я сплю.

— Ну, ладно, — Жемчужина наполнила его рот шипучими пузырьками, которые звонко лопались и щипали язык, оставляя во рту приятный вкус. Дракон поежился от удовольствия.

— Похоже, что нам нужно поторопиться с созданием мира, — пробормотал он. — Как ты считаешь?

— Мы для этого и предназначены, — ответила Жемчужина.

— Не говори так, — проворчал Дракон. — Это все равно что назвать себя вечным рабом без выбора. Я так не хочу.

— Не буду, — весело отозвалась Жемчужина, — хотя слово имеет возвышенное звучание.

— Нам нужно учесть все ошибки родителей.

— Принимается. Ты что-то хочешь изменить в программе развития?

— Думаю, что будет честно, если мы откроем им знание, если с самого начала покажем им Путь и предоставим им право выбора, а также возможность участия в творении мира.

— Предоставим кому?

— Разумным существам, которых мы создадим.

— Дай подумать, — Жемчужина надолго замолчала.

— Что ты молчишь? — нетерпеливо поинтересовался Дракон.

— Думаю я, — ответила Жемчужина.

— Ну?

— Это возможно, — наконец вздохнула Жемчужина, — но это сильно отдалит воссоединение со Сферами. В худшем случае, воссоединения вообще не будет, а будет кое-что похуже теперешней Тьмы. Даже ей придется туго.

Теперь задумался Дракон.

— Покатай меня еще, — попросила Жемчужина.

Дракон покатал.

— Нет, ты не правильно катаешь, без души, — надулась она.

Дракон покатал с душой, и она довольно заурчала.

— Воссоединение будет, — уверенно сказал он, — мы будем

им помогать. Но выбор они будут делать сами.

— Трудновато будет тебе, — вздохнула Жемчужина.

— Что значит «тебе»? Ты мне сестра или кто?

— Ну, сестра. Должна заметить, мы с тобой сильно рискуем.

— Выбирай, или мир послушных, радостно-безмозглых идеальных рабов, или трудный, но умный мир существ, которые знают, куда они идут и для чего.

— Ты и меня уже перед выбором поставил, — проворчала Жемчужина.

— Если мы начинаем Творение, мы сразу же вступаем в войну с армией Тьмы. И, если мы это сделаем, нам понадобятся верные воины, которые смогут за себя постоять и не сбиться при этом с Пути.

— Возможно, Мастер будет не очень нами доволен, — пробормотала Жемчужина.

— Он задумывал мир очень давно. С тех пор прошла вечность, и многое изменилось. Когда он вернулся, он дал мне право выбора. И я свой выбор сделал.

— Думаю, что в этих условиях ты действительно поступаешь правильно, — согласилась Жемчужина. — Хотя и очень рискованно.

— Ты согласна, что творцы, стремящиеся к счастью, лучше счастливых идиотов?

— Да, кстати, а что мы будем делать с прообразами идеальных существ? Они уже вечность пребывают во мне в счастливом неведении, в райском уголке.

— Я поговорю с ними. Они будут первыми, кто встанет перед выбором.

— А если они не захотят выбирать?

— Теперь у них нет выбора. Надеюсь, что они поймут это.

— Забавно, — улыбнулась Жемчужина. — У нашего мира совсем еще недавно был шанс остаться миром двух идеальных, но бесполезных существ, и незаметно раствориться во Тьме. Надеюсь, они сделают правильный выбор.

— У меня есть план. Мы пустим развитие по нескольким ветвям. У нас будет много миров. Они будут расти обособленно, но они будут связаны единым центром, и развитие их будет происходить по одному образу. Они будут поглощать Воды Тьмы и трансформировать их в вещество. Миры будут разрастаться и ветвиться, они прорастут Тьму до Небесных Сфер, и тогда начнется слияние многих миров в один. Этот процесс поглотит Тьму окончательно и таким образом освободит Царицу от ее собственного зла, от этих двоих со всеми прихлебателями, с которыми она уже не в силах справиться. Она станет едина со Сферами и вернется к Мастеру. Что скажешь?

— У нас будет очень много трудной и опасной работы.

Стражникам довольно быстро надоело охранять крепко спящего Дракона, и они все чаще стали оставлять свой пост. Царица была слишком занята поспешным созданием огромной армии и не торопилась навещать свое дитя. А дитя между тем дождалось, когда стража исчезнет в очередной раз, и проглотило Жемчужину. Так начался новый этап Творения. Жемчужина растворилась в Драконе, он трансформировал свое тело в сферу, увеличил толщину мерцающего покрова и начал вращение, постепенно набирая скорость. Когда скорость вращения стала так велика, что казалось, будто сфера неподвижна, Дракон стал генерировать вибрации Потока. На поверхности сферы появились первые ростки будущих Стволов — крохотные танцующие вихри.

Воины Тьмы заметили, что случилось, но сделать они уже ничего не могли. Все их попытки приблизиться или коснуться мерцающего покрова заканчивались неудачей. Покров, который обладал способностью поглощать Воды, для созданий Тьмы был губителен. Он надежно укрывал не только сферу, но и растущие Стволы. Когда Царица поняла, что вихри заметно разрастаются и начинают выделять в мерцающий покров яркие светящиеся эманации, она пришла в ярость. Она швыряла своих верных воинов в мерцающий туман одного за другим на верную смерть, пока ее гнев не остыл. Тогда она решила создать сеть, которая смогла бы сдержать развитие Стволов и задушить светлые вибрации. Она сотворила ее и набросила на Дракона. Но сеть оказалась не в состоянии остановить рост Стволов, и они проросли ее насквозь. Сеть расползлась и неравномерно облепила мерцающий покров черными клочьями и щупальцами. От взаимодействия остатков сети и мерцающего покрова образовались три типа тяжелых миров: Бездна Аррада, Мглистый Локус и Долина Каменных Снов. Так Царица Тьмы получила неожиданный результат — эти миры своими вибрациями стали оказывать влияние на развитие Стволов. В Потоке среди светлых эманаций появились серые эманации и темные, до черных, сравнимых с созданиями Тьмы. Темные эманации притягивались тяжелыми мирами и образовывали в них массы различной плотности, которые стали затруднять движение вихрей Стволов. Один из вихрей, верхняя часть которого была густо облеплена сетью, сорвался с поверхности сферы и улетел во Тьму. Судьба его никому не известна. Дракон усилил мощь покрова, и мерцающий покров стал Мерцающим миром. Но полностью сбросить клочья сети ему не удалось. Тогда все свои силы Дракон направил на ускорение роста и увеличение могущества Стволов Потока.

Никто не знает точно, когда Царица Тьмы создала особое существо. То, что Изумрудный Дракон принял за собственное отражение в Водах, имело имя — Черный Эмун. По образу Изумрудного дитя, по пустой форме, оставшейся в памяти Вод, Царица сотворила его черного близнеца. Что вложила она в сердце его, никому не ведомо. Лишь иногда предпринимает он попытки сразиться со своим изумрудным братом. Но пока эти попытки не приносили сколько-нибудь ощутимых результатов.

Не так давно, несколько тысячелетий назад, по земному летоисчислению, Изумрудный Дракон смог создать ответвление, которое достигло Небесных Сфер. Это спровоцировало лихорадочную активность созданий Тьмы. Мир Потока потрясли величайшие катастрофы, но Изумрудный Дракон с этим справился. Царица Тьмы, точнее, те, кто ею управляет, теперь гораздо умнее, коварнее и яростнее. Они используют любые возможности и средства, чтобы уничтожить Поток. Так что сейчас мы имеем жесточайшую войну в самом разгаре. Такие вот игры у Демиургов.

Глава 23. Завтрак

Магистр замолчал, а у меня было такое чувство, что моя голова стала размером с огромную переспелую тыкву, и если по ней постучать, то она отзовется гулким эхом, а из ушей посыплются семечки.

— Да, интересная история, — пробормотал я. — Не очень похоже на теорию Большого Взрыва.

— Только на первый взгляд. Это лишь вопрос субъективного представления процессов.

— Ну ладно. И что же получается? Эти явления, которые вы здесь мониторите, — это те самые создания Царицы Тьмы?

— Если использовать терминологию этой притчи, то да. В том числе и создания Царицы Тьмы, — ответил Роман.

— Но не только?

— Не только, — кивнул Роман. — Эта зона является одним из множества переходов между миром Потока и Мерцающим миром. Но, кроме мира Потока, Мерцающего мира и океана Тьмы существует множество других миров и многие тысячи локусов различной природы, которые, может быть, недостаточно велики, чтобы их называть мирами.

— Офигеть, — пробормотал я.

— Завораживает, да? — улыбнулась Анна.

— Все хочу спросить, — сказал Роман, глянув на мою руку.— Что это за перстень у тебя на пальце? Не припоминаю, чтобы я видел его до путешествия.

— Это мне Гильом дал. Перед сражением.

— Занятно, — нахмурился Магистр.

— Да, действительно, — Анна с удивлением посмотрела на мой перстень. — Странно.

— Почему? — спросил я.

— Дело в том, что при таком способе перемещения за пределы Потока, которым пользовались мы, нельзя перенести предметы, созданные в этом мире, — пояснил Роман.

— Так он маленький.

— У людей железные коронки с зубов исчезают, — Магистр пристально посмотрел на кольцо. — Органика транспортируется вполне сносно, но металлы...

— Сувенир из Шоргизонда? — предположила Анна.

— Не знаю, — пробормотал он. — Выглядит просто, но это не может быть обычная вещь.

— Что такое Шоргизонд? — спросил я.

— Это город такой, — пояснил Магистр.

— Локус вне пределов Потока, — уточнила Анна.

Тут неожиданно в зале материализовался Патрик.

— На что это вы там таращитесь? — поинтересовался он.

Все посмотрели на Патрика. Он был в шлёпках, шортах, льняной рубашке с коротким рукавом, умыт, причесан и гладко выбрит. Как-то так уже повелось, что появление Патрика обычно неким образом было связано с возможностью перекусить. И действительно, не прошло и получаса, как мы устроились завтракать.

— Когда в путь? — поинтересовался Патрик, размешивая сахар в чае и взвешивая на глаз сухарики с изюмом против песочного пирожного. — Я правильно предполагаю, что наши путешествия еще не закончены?

— Вижу, ты тоже полон энтузиазма, — мрачно усмехнулся Роман.

— Как любит повторять моя бабушка, чей неутомимый дух преследует меня всю жизнь, давая наставления и не давая покоя: «Самое главное — довести дело до победного конца!» — задумчиво ответил Патрик и взял пирожное, а потом и сухарик к себе на блюдце. Немного подумал и взял еще пару сухариков.

И еще пирожное.

Магистр устало потер ладонями лицо, некоторое время раздумывал, потом переглянулся с Анной. Она отрицательно покачала головой.

— Я готов хоть сейчас, — поспешно вставил я, нюхая необычно ароматный чай.

— Ну вот, — кивнул Патрик, — и Алекс не против.

— Да я не то, что не против, я двумя руками за.

— Я понимаю, что слушать вы меня не будете, — отозвалась Анна. — Но я все равно против отправки Алекса и категорически против отправки в сегмент шестьсот.

— Ничего страшного, есть еще сектор сто пятьдесят-двести,— утешил ее Патрик. — Заодно и предписание Совета, наконец, выполним. Так, когда стартуем?

— Продолжить можно уже сегодня, — неуверенно предложил Роман. — Но если вы хотите еще отдохнуть...

— Нет, нет, нет! Это лишнее, — замахал руками Патрик. — Отдохнем на кладбище!

Я поперхнулся чаем. Все опять посмотрели на Патрика.

— Это такая фигура речи! Если кто не в курсе, — пояснил Патрик и поспешно предложил всем больших спелых груш на десерт:

— Вот угощайтесь. Про кладбище так моя бабушка иногда говорит. По-моему, очень тонизирует. Я имею в виду груши.

Анна только вздохнула.

— Твоя бабушка просто кладезь мудрости, — покачал головой Магистр. — У нее фамилия случайно не Шопенгауэр?

— Нет, — Патрик на секунду задумался. — Определенно не Шопенгауэр.

— А сектор сто пятьдесят-двести — это где? — поинтересовался я.

— Цифры означают временное смещение, — пояснила Анна.

— А что за местность?

— Если я правильно понимаю, — Анна посмотрела на Магистра, — то это зона предварительной разведки.

— Да, географически это недалеко от того места, где вы уже побывали, — ответил Роман.

— И это достаточно опасное место, — напомнила Анна.

— Понятно, — кивнул я, хотя ясности было не много, точнее, не было совсем.

— Только прежде мне нужно с Алексом прогуляться, — неожиданно сообщил Патрик.

— Это куда еще? — поинтересовался Магистр.

— Тут недалеко, — отмахнулся Патрик. — Больше получаса не займет.

— Это обязательно? — с подозрением прищурилась Анна.

— Господи, — вздохнул Патрик, — мы только прогуляемся и немного разомнем кости.

— Кому? — поинтересовался я, жуя грушу.

— Какие еще кости? — насторожился Роман.

— Послушайте, с вами невозможно! Это же образно! — воскликнул Патрик, вырубая из воздуха воображаемый куб. — Обычная психоразгрузочная прогулка после завтрака. Ему это остро необходимо. У него мозг в критическом состоянии.

— Ну хорошо, — хмуро пожал плечами Роман, — под твою ответственность.

— Патрик, я тебя умоляю, — вздохнула Анна, — только не таскай Алекса во внешние локусы.

— Не буду, — проворчал Патрик. — Я же говорю, психоразгрузочная прогулка. Просто мозги немного прочистить, прежде чем двигаться дальше.

* * *

— Что за сюрприз? — с подозрением спросил я, когда мы поднимались в полумраке по внутренним лестницам замка.

— Сам увидишь, — ответил Патрик.

— А сказать нельзя?

— Ты сам подумай, если я тебе сейчас расскажу, что это за сюрприз будет?

— А если в общих чертах? — допытывался я.

— Ну, видишь ли, моя бабушка обожает перечитывать перед сном труды светоносного доктора Юнга. И она уверена, что такие сюрпризы очень благотворно влияют на психику.

— На чью психику?

— На психику пациентов.

— Это я, значит, пациент?

Патрик сделал протокольное лицо и поинтересовался:

— Мы идем, или будешь меня дальше вопросами изводить? У нас времени нет.

— Про то, что времени нет, мне уже Роман Андреевич рассказал, — я отъел виноградину от кисти, которую прихватил с собой. — И я не чувствую, что у меня мозг, как ты говоришь, в критическом состоянии.

— Психи всегда считают, что они нормальные, — утешил

меня Патрик.

— Это я, что ли, псих? — возмутился я.

— Я этого не говорил, — серьезно ответил Патрик. — Просто ты не осознаешь еще в себе конфликта, а я это вижу. Так что лучше не дожидаться, когда крышу сорвет. Потом ее очень трудно на место пристроить. Практически невозможно.

Мы поднялись по винтовой лестнице, немного прошли по коридору, освещенному редкими свечами в настенных канделябрах, и остановились возле огромного окованного сундука, запертого на ржавый амбарный замок. Патрик окинул меня оценивающим взглядом:

— Ну что ж, будем экипировать.

— Может, обойдемся как-нибудь? — на всякий случай предложил я, забыв про виноград.

— Прикажешь тебя нагишом в метель выпускать?

— Как в метель?! — опешил я. — А я в окно не поглядел. Говорили же, что к утру все растает.

— Ага, щас… растает! Январь на дворе, крещенские морозы. Самое лютое времечко. Хороший хозяин собаку из дому не выгонит… раздетой, — пробормотал Патрик, порылся в карманах и досадливо чертыхнулся. — Ну, как всегда… Ключи забыл.

Я облегченно вздохнул и запихнул в рот ягоду.

— Ну ладно, — тоже вздохнул Патрик. — Придется взрывать.

Я поперхнулся и закашлялся, а Патрик погрузил руку по локоть в карман шортов и извлек оттуда небольшой серый брикетик с торчащим коротким шнурком. Я безошибочно узнал в нем динамит.

— У тебя спичек нет? — спросил Патрик.

— Нет, — поспешно ответил я и проглотил виноградину целиком.

— Не беда, обойдемся без спичек. Ты чего такой бледный?

— Это я на фоне стены, — ответил я храбрым голосом.

— Может, случилось что? — Патрик пристально на меня посмотрел.

Я отрицательно замотал головой. Мы отошли от сундука и свернули за угол. Тут Патрик остановился, вытащил из другого кармана пистолет, пару раз подкинул динамит на ладони, примеряясь к его весу, потом швырнул его в сторону сундука и, не целясь, выстрелил. Почти одновременно с выстрелом громыхнул взрыв, и все свечки в коридоре мигом задуло. Мимо нас в темноте пролетели горящие обломки, пахнуло порохом и паленой курицей.

— Кажется, что-то поджарилось! — услышал я сквозь звон в ушах радостный Патриков возглас. — Видишь, и ключей не надо, очень удобно!

Мы вернулись к тому месту, где только что стоял сундук. В слабом свете тлеющих углей мы обнаружили на его месте бесформенную дымящуюся кучу. Патрик подобрал с пола горящую щепку и от нее поджег несколько свечей в ближних канделябрах. Стало немного светлее. Он порылся в куче и добыл что-то, что, по-видимому, еще недавно было шубой.

— Вот. Вот это, пожалуй, подойдет, — обрадовался Патрик.— Дарую тебе с барского плеча. Я в ней с Михайло Илларионычем этим самым плечом к его плечу изрядно повоевал...

— С нашим завхозом, что ли? — удивился я, разглядывая подарок.

— С каким завхозом? — обиделся Патрик, — С Кутузовым. Вот великий человек был, хоть и дважды раненый в один глаз.

— Мне кажется, тут чего-то не хватает, — пробормотал я, разглаживая на себе подпаленный мех. — Это тебя французы так?

— Да, сильно подпортилось, — согласился Патрик, склонив голову набок. — Без рукавов фасон теряет прежний блеск...

— Но зато воротник каков! — восторженно вздохнул я. — Почти совершенно целый! Большое мерси за презент.

— Издеваешься? — грустно вздохнул Патрик и поковырялся ногой в дымящейся куче. — Я ведь от всей души. Динамита многовато. Ну ничего, лиха беда начало. Морозы придется отменить. Будем другое кино смотреть. Пойдем.

Он повернулся и уверенно зашагал дальше по коридору. Я двинулся следом. Вскоре мы остановились перед дубовой дверью. Патрик ее немного приоткрыл, заглянул в щелку и шепнул:

— Раздевайся скорее.

— Как раздеваться? — озадаченно зашипел я.

— Безрукавку снимай, — ответил он и снова прильнул к щелке. — Она тебе больше не понадобится.

— Ты что имеешь в виду? — насторожился я.

— Будешь много знать — состаришься, как моя бабушка.

— Не нравится мне это все, — заворчал я, освобождаясь от мехового рванья.

— Говорю же, другое кино будет.

— А мне ни то, ни это не нравится.

— Да ты ни того, ни другого не видел. Готов?

— К чему?

— К тому, что тебя там ожидает.

— Знаешь, ты кто? — я нервно переступил с ноги на ногу и покосился на дверь.

— Молодец, — Патрик хлопнул меня по плечу. — Я всегда подозревал, что ты настоящий мужчина. Закрывай глаза, войди и возрадуйся!

— А что, с открытыми нельзя? — возмутился я.

— Какой сюрприз с открытыми глазами? — всплеснул руками Патрик.

— Ну, ладно, — проворчал я, сунул ему манто и недоеденный виноград. — Если со мной что-нибудь случится, передай это от меня своей бабушке в подарок. Ариведерчи.

Отчаянно зажмурившись, я толкнул дверь и вошел.

Глава 24. Психоразгрузочная прогулка

Я шагнул, и как будто ничего не произошло. Меня не завертела ледяная вьюга, не залепило уши снегом, не окатило потоками воды, не подбросило и не унесло ураганом, ничего не упало мне на голову. Никто на меня не напал со зверскими криками, и лошади меня не оборжали. Здесь было тихо и тепло. Пожалуй, даже жарковато. Лениво щебетали птицы, стрекотали кузнечики, и густо пахло цветочным нектаром и спелыми яблоками. Я осторожно открыл глаза.

Это был старый и, видимо, давно заброшенный фруктовый сад. Яблони тяжело опустили свои ветви, усыпанные крупными тяжелыми плодами. Неподалеку, утомленно раскинув густую крону, краснела переспелыми ягодами черешня, а рядом благоухало цветущее абрикосовое дерево. Это показалось мне странным. Но тут сверху послышалось пыхтенье, я задрал голову и увидел мальчишку лет семи. Он болтался, зацепившись поясом штанов за сук, и пытался дотянуться до толстой ветки.

— Ты что там делаешь? — поинтересовался я.

Мальчик замер от неожиданности и, перестав дергать руками и ногами, медленно развернулся в мою сторону. Серые глаза удивленно осмотрели меня с ног до головы. Его лицо показалось мне знакомым.

— У меня тренировка, — ответил он. — Последняя перед стартом.

— Далеко собрался?

— На обруч Сатурна, — деловито ответил он.

Его желтую футболку оттягивали яблоки за пазухой.

— Понятно. А это провиант? — кивнул я на яблоки.

— Да, — кивнул малыш. — Папаня обещал подарить мне на день рождения настоящий рюкзак. С карманами, застежками и широкими лямками. А пока приходится так. Правда, мама ругается, говорит, что я горе луковое, и что она не может приложить ум, где я нахожу столько пыли. А что ж ее искать, вот она везде тут. Она ведь не понимает, что мы заняты серьезным делом, а рассказать ей я пока не могу. Это наша с Женькой тайна. Женька — это мой друг. Он своей тоже не говорит. Мы скажем потом, после старта, когда нас покажут по телевизору. Они, конечно, будут плакать. Женщины всегда плачут, а мы будем как настоящие герои-астронавты. Я привезу маме в подарок пушистую шкуру опасного хищника Гаразула. Он будет подстерегать нас, когда мы выйдем из звездолета, но мы не даром так долго тренировались. Я его раз!..

Что-то затрещало, — то ли штаны, то ли ветка, и малыш настороженно замер.

— Шкура — вещь полезная, — прошептал он, — Можно спать в ней прямо на снегу, а еще...

Ветка снова опасно затрещала.

— Может, тебе помочь?

— Да, если не трудно. А то живот уже болит.

*   *   *

На земле мой новый знакомый (кстати, оказалось, что его зовут так же, как и меня), облегченно вздохнул, запустил руку за пазуху, вытащил большое яблоко и угостил меня.

— Яблоки я люблю, особенно, если сам добыл, — сказал он.— А еще я люблю абрикосы, они вон там, под горкой растут, и еще черешню. Жаль, Женька в город уехал. У него отец из экспедиции по Африке вернулся. Обещал нам привезти маску, лук и колчан со стрелами. Ты в Африке был?

— Разок, проездом.

— Жалко. А ты хотел быть космонавтом?

— Что-то я уже не помню. Наверное, хотел. Все мальчишки хотят быть космонавтами.

— И индейцами, — кивнул мальчик. — Можно ведь иногда быть космонавтом, а иногда индейцем.

— Почему бы и нет? — согласился я. — Можно быть космонавтом, а в душе индейцем. Или быть индейцем, а в душе космонавтом.

— А ты куда идешь? — спросил он.

237

— Я? — его вопрос поставил меня в тупик, и я честно признался: — Не знаю.

— Разве такое бывает? — удивился он.

— Пожалуй, бывает, — задумчиво ответил я, пытаясь понять, куда мне действительно теперь двигаться. Патрик ведь не объяснил ничего, зараза.

— Разве взрослые не знают, куда идут? — не отставал мальчик.

— Обычно они думают, что знают, — ответил я и повернулся в ту сторону, откуда пришел.

Я ведь вышел через дверь. Но тут, естественно, не было никаких дверей. Ну какие двери в саду? Это же совершенная глупость. «И что теперь?» — подумал я.

— Хочешь, я тебя проведу через наши территории? — мальчик подергал меня за рукав рубашки. — В Забытый лес и к морю Странствий.

Я вздрогнул и внимательно посмотрел на мальчугана. Эти названия были из наших детских игр. Это мы их придумали, и я только что про них вспомнил.

— Ну что, ты идешь? — снова спросил он.

— Пойдем, — согласился я, тем более что других идей у меня не было.

Мы шли в высокой траве и грызли яблоки. Трава доходила мне до подбородка, а для моего проводника это были настоящие джунгли. Пробравшись сквозь колючие заросли, мы выбрались на едва приметную тропинку. Мальчик поднял руку и остановился. Потом подобрал в траве большое орлиное перо и засунул его за ухо. Тут же рядом он сломал сухой стволик дудника, который, вероятно, должен был служить коротким копьем. Подав мне знак, он снова двинулся вперед, мягко ступая по тропе босыми ногами и настороженно озираясь. Ничего опасного вокруг не было, но на всякий случай я прихватил небольшую суковатую палку. Некоторое время мы шли молча, потом малыш обернулся и шепнул:

— Чтобы пробраться в Забытый лес, мы должны пройти долину враждебного племени куру-куру. Я, Быстрый Олень, — ткнул он себя кулаком в грудь, — проведу тебя, Летучий Хомяк, надежной тропой. Но все же будь наготове. Куру-куры — настоящие канальи!

Что-то такое о этих куру-курах я смутно припоминал.

Неожиданно мальчик шепнул:

— Разведчики куру, ложись!

Наверное, это было глупо, но я грохнулся в траву.

— Ты слышал? — прошипел Быстрый Олень.

Я не был уверен, слышал ли я что-нибудь, но его волнение передалось и мне.

А через пару секунд я взвился с шипением вверх. Оказалось, что я упал пузом на муравейник, и огорченные букашки предприняли массированную атаку под мою рубашку и штаны. Быстрый Олень тоже вскочил на ноги, готовясь метнуть свой дротик и поразить врага, но никого не обнаружил и подозрительно посмотрел на меня.

— Это муравьи, — пробормотал я, вздрагивая всем телом и торопливо вытряхивая из одежды злобных насекомых.

— Нервный ты какой-то, Летучий Хомяк, — спокойно отметил Быстрый Олень.

Солнце палило нещадно, жизнь вокруг погружалась в дрему из густого знойного марева. Муравьев я всех переловил, но мне все равно казалось, что по мне кто-то ползает, и я то и дело чесался. Это увлекательное занятие было прервано так внезапно, что я даже не успел испугаться. На этот раз Быстрый Олень испустил боевой клич и ринулся на темную фигуру, появившуюся из-за кустов. Он метнул дротик, но промахнулся и отпрыгнул в сторону. Не раздумывая, я швырнул свою дубинку. Нам повезло, мой снаряд угодил прямо в цель и наповал оглушил огромный наполовину вывороченный из земли трухлявый пень.

А потом вдруг что-то произошло, мир как будто сдвинулся с места и отразился. Или это я отразился, а мир остался прежним? Это произошло мгновенно, меня окунуло с головой в поток стремительного ледяного огня.

Я поднялся на ноги. Немного саднил сбитый локоть.

«А он не так уж неуклюж, этот Летучий Хомяк, — подумал я, разыскивая глазами подорожник. Заметив то, что нужно, я сорвал листочек, плюнул на него, вытер о штаны и приложил к содранному месту. — Ничего, ничего. Когда приедет Женька, то есть Гремучий Кролик, мы сделаем из Хомяка настоящего воина и возьмем с собой на большую охоту».

Летучий Хомяк растерянно смотрел на поверженного им бизувра. Он был бледен настолько, что даже сделался слегка прозрачным. Сквозь него были видны стволики орешника. Как будто это был не он сам, а лишь его отражение. Я подошел к будущему воину, поднялся на цыпочки, похлопал его по плечу и торжественно произнес:

— Благодарю тебя, Летучий Хомяк, ты спас мне жизнь. Еще немного, и разъяренное чудовище растоптало бы меня своими мощными копытами. У тебя твердая рука и верный глаз. Ты будешь великим охотником, это говорю тебе я, Быстрый Олень.

От такой похвалы Летучий Хомяк засмущался, все еще беспокойно вздрагивая.

«Ничего, — подумал я, — когда он станет настоящим воином, он перестанет так нервничать».

Мы вышли на проселочную дорогу и по ней добрались до опушки леса. На пути оказалась небольшая речушка, скорее даже ручей. Измученные жаждой, мы припали к чистой журчащей воде, и зубы заломило от холода. И тут снова произошло это мгновенное отражение. Я даже не знаю, как можно это описать. Как будто я на секунду перевел взгляд с волнистой поверхности воды на некое отражение в ее глубине, и это отражение меня мгновенно втянуло. Появилось такое чувство, что я опять оказался с другой стороны мира и оттуда смотрел на свое отражение. Но это была уже другая сторона, не та, что прежде. На душе стало светло и легко. Только осталось чувство неуверенности, как будто я мог случайно выскользнуть из этой реальности.

Я тряхнул головой, уселся на берегу, снял мокасины, подкатал джинсы и переправился на противоположный берег вслед за моим маленьким проводником. По пути я старался цепляться взглядом за всякие мелочи. За листья, цветы, деревья. При таком зрительном контакте я чувствовал себя увереннее. Мы стали подниматься в гору. Плотный лиственный шатер сохранил под своим пологом прохладу минувшей ночи. Ноги ступали по прелым прошлогодним листьям и погружались во влажный мягкий мох. Малыш уверенно шел впереди, я едва успевал за ним. Меня все чаще охватывало смутное ощущение того, что я уже видел этот лес. С тех пор, как мы переправились через ручей, мальчик не произнес ни слова, однако я был уверен, что мы идем к старому дубу. Неожиданно запах фиалок остановил меня. Да, точно, весной там были фиалки и подснежники. Мальчик обернулся и спросил:

— Ты помнишь это место?

Я посмотрел на него, и мне стало страшно. Мальчик сделался прозрачным. А память моя внезапно стала осязаемой и окутала меня танцующими призраками. Я шел среди них по хрупкой грани, как по тонкому льду, и все ближе подходил к тающему краю. Вокруг меня толпились образы мыслей, символы и понятия взрослого, жестокого бытия, уплотнившиеся до состояния каменных химер. Они пытались остановить меня своими неповоротливыми телами. Они вливали в мои уши жидкую глину своих суждений, они пытались заморозить мои глаза своим ледяным дыханием. Но здесь, у прозрачного края, они были бессильны. Здесь их грубые тела из застывшей древней магмы таяли, как лед.

Память моя просыпалась, пульс в голове перековался в жестокую головную боль. Я физически ощутил, как пространство сжимается в тугую звенящую спираль. А потом как будто произошел беззвучный взрыв, и пространство с хлестким свистом стало разворачиваться. Оглушенный, я рухнул на колени у замшелого ствола. И тогда я вспомнил. Я захлебывался воспоминаниями. Меня накрыли водопады воспоминаний. Я погрузился в океан памяти, и тогда мне открылся целый мир. Мой потерянный мир. И я вспомнил, где видел глаза мальчика. Это было много лет назад. Я видел их в зеркале. Это был я. Тогда я смотрел на этот мир совсем по-другому. И все это осталось здесь. Все здесь. А я-то думал, что нас тут двое, а шел сюда я один.

Теперь всё ожило. Точнее, оно жило здесь всегда. Все до самых мелочей, четко и ясно. Даже лица людей, увиденных лишь мельком и однажды. Отдельные фразы и бесхозные слова скользили вокруг, словно рыбы среди зарослей живых ассоциаций. Знакомые голоса, удивленные глаза, страницы книг, клятвы и вопросы. Победы и предательства, обиды и раскаяния, детское счастье и детское горе. Беды, которые казалось невозможно преодолеть и пережить. Радости, которые не умещались в сердце и заставляли сиять весь окружающий мир. Ежедневные ошеломляющие открытия, внезапные рождения целых миров. И невосполнимая гибель этих миров. Маленькие и большие смерти. И тьма, и свет в вечном круговороте. И постоянное ощущение музыки. Это отчетливое чувство, как свет звезд проходит сквозь тело и заставляет его звучать.

А потом наступил покой. Не потому, что мир перестал говорить со мной, просто он доверился мне, а я доверился ему. И мы стали одним целым. Я сел, привалившись спиной к дереву. Этот огромный дуб держал собой весь мир вместе со мной. Крепче и надежней ничего нет. Здесь я мог думать спокойно и наблюдать свои мысли в виде зримых образов. Сознание мое было ясным и простиралось свободно. Оно было столь велико, что мыслям больше не было необходимости толкаться в его стенах. Стен не было. Не было вообще никаких границ. И отсюда я увидел тысячи разных путей, уходящих далеко в серебристый туман. И каждый из путей строил из этого тумана свои города, города будущего, непохожие друг на друга.

Теперь я буду часто возвращаться на это место. Хорошо, что я вспомнил. Это очень важно — помнить.

Я поднялся с колен и пошел туда, где было слышно море. Тенистый лиственный лес сменился теплым и звонким сосновым бором, насквозь просвеченным солнцем. Могучие высокие сосны шумели мохнатыми кронами. На красновато-охряных стволах грелись солнечные зайчики. Пахло земляникой и смолистой хвоей, а задиристый вихрастый ветер приносил с собой свежее дыхание моря. Ковер из иголок пружинил под ногами. В этих иголках прятались корни, похожие на толстых ленивых удавов. Они иногда выставляли на солнце свои округлые бока.

Отсюда уже были слышны крики чаек. Я вышел к морю и остановился в траве на невысоком обрыве.

— Ну, здравствуй, — вздохнул я.

Море ответило шумным прибоем и откатилось затихшей волной. Сегодня оно было спокойным и только лениво озорничало. Солнце хотело посмотреться в воды, как в зеркало, но мелкие волны рассеивали отражение миллионами ослепительных бликов. Я прикрыл глаза рукой. Прозрачная волна покачивала причудливые подводные заросли, по дну медленно скользили звезды. Шустрый краб споткнулся, пробегая, о завитую раковину и шмыгнул за обросший камень. Из раковины выглянул потревоженный рак-отшельник.

Я уселся в траву, на горячую землю, а потом лег на спину и раскинул руки. Как велик этот мир. А я в нем как мельчайшая незаметная песчинка. Но весь этот мир умещается во мне, и именно поэтому имеет смысл. Забавно. Я перевернулся на живот, вглядываясь в травяной лес. Здесь кипела своя жизнь. По тропинкам сновали деловитые муравьи, бегали какие-то букашки, неторопливо ползла синяя, с оранжевыми пятнышками, мохнатая гусеница. Мне показалось, что я слышу песню. Она была задумчивая и без слов. Удивительно, но песня доносилась из-за большого лопуха. Я осторожно его отодвинул и увидел на большой ромашке черного шмеля. Он сидел, повернувшись ко мне желтым пушистым задом. Я присмотрелся внимательней, и мне почудилось, что это вовсе не шмель, а маленький толстенький человечек, перепачканный желтой пыльцой. Он почувствовал мой взгляд, медленно обернулся, прижал палец к губам и снова отвернулся. Я осторожно отпустил лопух, и повернулся лицом к морю.

— Чудеса измененного сознания, — пробормотал я. — Все-таки здесь необычное место.

Пришло время возвращаться. Каменные химеры обыденности с укором смотрели на меня сквозь быстрое течение бытия. Они все время ожидали неподалеку. Они были уверены, что я вернусь, что иначе и быть не может. Вот, хрен вам. Я мог бы до них дотянуться, но теперь мне это было не нужно. Зажмурился — химеры исчезли, открыл глаза — их больше не было. Я встал, спустился с обрыва и подошел к воде. Волна неожиданно ударила о камень, и мириады капель оросили меня прохладным дождем, а вода с шелестом откатилась по песку. Присев, я набрал пригоршни воды и умылся напоследок.

На опушке соснового бора, сидя на пеньке, меня дожидался Патрик. Мне показалось, что его нос и щеки были испачканы пыльцой.

— Ну наконец-то! — проворчал он. — А тапки-то где потерял, горе луковое?

Я растерянно пошевелил босыми пальцами.

— Наверное, у ручья оставил. Ты знаешь, почему снег белый?

— Потому что холодный, — не задумываясь, ответил он.

— А почему пушистый?

— Потому что белый, это и ежу понятно.

— Ну, и как я теперь без тапок?

— Это мы поправим, — пообещал Патрик, внимательно всматриваясь мне в глаза. — Дольше здесь оставаться нельзя.

*   *   *

В следующее мгновение я понял, что мы стоим у горящего камина. В зале был полумрак. Было слышно, как в трубе глухо завывает ветер. Вьюга швыряла в окна целые охапки колючего январского снега. Ни Магистра, ни Анны не было видно.

Патрик достал из кармана золотую луковицу часов на цепочке и щелкнул крышкой.

— О, еще только без девяти минут полночь, — приятно удивился он, поворачивая циферблат, чтобы как следует разглядеть его в свете камина.

— Сколько же времени прошло? — удивился я.

— Это все относительно и не важно, — махнул рукой Патрик.— Кстати, под креслом твои мокасины.

Я заглянул под кресло и действительно обнаружил их там.

— А где все? — я устало уселся в кресло, раскатал штанины и стал обуваться.

— Не знаю. Но у нас наверняка есть полчасика, чтобы вздремнуть, — Патрик захлопнул крышку часов, обошел столик и плюхнулся в соседнее кресло. Вытянув ноги к теплому камину, он потянулся и блаженно зажмурился.

Надев мокасины, я задумался, глядя на пылающие поленья. Патриков сюрприз оказался очень необычным. И у меня даже не было уверенности в том, что я до конца понимаю, что именно произошло. То, что он спровоцировал какую-то могучую подвижку в моей голове, сомнений не вызывало. Каким-то образом он погрузил меня в мои собственные воспоминания, а я их даже не сразу узнал. Но почему я всего этого не помнил? Может быть, оттого что некая часть моего сознания считала, что мужчине, отслужившему в армии и поступившему в университет, совершенно противопоказаны подобные воспоминания, иначе этот мужчина может показаться смешным. Целый мир был зачеркнут и вытеснен из моего сознания. Что это могло быть, кроме предательства по отношению к самому себе? Патрик показал мне что-то очень важное, то, что было для меня почти безнадежно потеряно. Как будто дом со многими комнатами, долгие годы погруженный во тьму, с одной лишь жилой комнаткой и единственным окном в жизнь, вдруг озарился светом, и оказалось, что он огромен и полон яркого разнообразия.

Надо же, совсем недавно в этом кресле сидел совсем другой я. Пациент без памяти, человек-сирота. Повзрослевший гомункулус, вечно плывущий на своем чемодане меж двух недель. Одна неделя в прошлом, другая в ожиданиях. Все остальное в тумане. А в чемодане список полезных вещей и пучок непреодолимых инстинктов, перевязанных бантиком социальных отношений. Теперь я увидел это со стороны. И не было по этому поводу никаких гримас, и паники не было, наоборот, на душе установилось ясное и спокойное лето. Ну, что ж, пойдем дальше. Итак, я гражданин Потока. В детстве мне это было известно без подсказок. Но тогда мне была совершенно непонятна структура этого Потока, а тем более его история. А человек ведь такое существо, он должен все раскладывать по полочкам в своей странной бестолковой и беспокойной голове.

Патрик пару раз всхрапнул, потом приоткрыл один глаз, скосил его в мою сторону и спросил:

— Не спишь?

— Нет, — ответил я.

— Что так?

— Боюсь, что не смогу объяснить.

— Ну, ничего, — пожал плечами Патрик. — Это бывает. А Магистр тебе о чем рассказывал?

— Он говорил о мирах. О рождении Потока.

— И как тебе эта история?

— Интересно. Но не все понятно.

— Например?

— Ну, вот хотя бы… Он говорил, что Поток излучает какие-то эманации в Мерцающий мир.

— Он не объяснил? — удивился Патрик. — Поток много чего излучает. Души существ, к примеру.

— А эти существа, кто они?

— Ну, ты даешь, студент! — негромко засмеялся Патрик. — Ты спал, что ли, на лекции? Ты и есть существо Потока.

Я несколько раз моргнул, переваривая эту очевидную мысль.

— Значит, когда тело умирает, душа уходит в Мерцающий мир?

— В большинстве случаев. Только обычно она там надолго не задерживается, —Патрик зевнул.

— А куда же она девается, обратно в Поток?

— Или обратно в Поток, или в миры вне Потока. Только немногим удается задержаться в Мерцающем мире.

— А как же ад и рай?

— Все на местах. А Магистр не говорил, к примеру, про Аррад?

— Это тяжелый мир, кажется, — вспомнил я, — названия на слух я не очень запоминаю.

— Бездна Аррада — это самый тяжелый из миров Сети, самый адский из адов, — Патрик поежился. — Как подумаешь, аж оторопь берет. А приятное местечко, в котором мне довелось побывать, это Жемчужный Ореол. Вполне райский уголок.

— Про Ореол он не говорил, — пробормотал я.

— Просто он не стал тебе мозги забивать лишними названиями. И я бы тебе не советовал голову лишний раз напрягать.

— Почему это?

— Можно получить растяжение мозговой мышцы и навсегда остаться калекой.

— Очень смешно, — я скептически покачал головой. — То есть Жемчужный Ореол — это рай?

— Жемчужный Ореол еще называют Жемчужными Вратами. Это одно из обиталищ светлых душ.

— Их много, этих обиталищ? — удивился я.

— Много. Самые мощные из светлых миров, кроме Жемчужного, это: Лазурный Пояс, или Бирюзовый Путь, — Патрик стал загибать пальцы, — потом Золотой Лотос, иногда его еще называют Гнездом Орла, потому что его как бы охватывает самый яркий из миров — Крылья Духа Сфер. Эти Крылья — это самый могучий из светлых миров. У него и названия соответствующие — Сиянье Серебряных Крыльев, или Алмазный Венец, или Корона мира. Много разных названий. Народ любит названия сочинять. Все эти миры находятся в пределах Мерцающего мира, и сами они как бы окутывают Поток. Не весь, к сожалению.

— А какой же из них тот самый райский сад, Эдем, о котором люди говорят тысячелетиями?

— Это ты сам должен был сообразить. Где твоя дедукция? Тот райский сад был прообразом будущего идеального мира и был заключен в Жемчужине. Надеюсь, про Жемчужину тебе Роман Андреевич рассказал?

— Да, и про Дракона, и про Мастера Сновидений. Значит, теперь туда, в этот изначальный рай, попасть невозможно? Жемчужина ведь растворилась в Драконе.

— Насколько мне известно, это возможно, но проделать такой финт могут только Посвященные Храма Сфер, и то не все.

— А всем остальным доступны только эти новые миры?

— Во-первых, не всем, а только достойным. Во-вторых, ни фига себе, новые. А в-третьих, знающие люди говорят, что эти миры гораздо приятнее и интереснее, чем первый вариант рая.

— А как душа выбирает миры?

— Ну какой же ты нудный! — проворчал Патрик. — Тебя точно выгонят из университета за занудство.

— В университете про душу не проходят.

— Ну и правильно. Нечего смешивать божий дар с яичницей.

— Это наука, по-твоему, яичница? — усмехнулся я.

— Это фигура речи, — отмахнулся Патрик.

— Так душа выбирает миры?

— Миры душа не выбирает. Если в двух словах, то душа получает то, что заслуживает, и занимает надлежащее ей место. Если душа легкая, она поднимается в светлые миры, если тяжелая, ее притягивают миры Сети. Хотя, пожалуй, элемент выбора есть. При определенной прыткости, если ее не сдует, душа может остаться в Мерцающем мире. Но это неинтересный выбор, гарантирует золотые горы, которых нет. А вот то, что она точно может выбрать, так это место в Потоке, если ее путь лежит туда.

— Как это?

В этот момент открылась одна из дверей, и в зал вошел Роман Андреевич.

— О, а мы вас потеряли! — обрадовался Патрик, видимо, надеясь избавиться от моих вопросов.

Глава 25. На посошок

— Ну как, у вас еще не пропало желание продолжить наши поиски? — хмуро поинтересовался Магистр.

— Я готов, как пионер, — бодро отозвался Патрик, легко поднялся из кресла, подошел к столу и налил себе стопочку из прозрачного изящного графина.

— Я тоже готов, — тут же присоединился я.

— Дырка в боку не сильно беспокоит? — поинтересовался Роман.

— Почти не чувствую, — с удивлением осознал я.

— Это радует, — кивнул Роман.

— А где Анечка? — спросил Патрик у Магистра и взглядом показал на графин.

— Уже на месте. Готовит для вас реквизит, — ответил Роман и утвердительно кивнул на счёт графина.

— Понятно, — Патрик разлил еще в две стопки.

— А я вот еще хотел спросить, — пробормотал я.

— Спрашивай, — Магистр взял рюмку.

— Почему вы мне с самого начала не рассказали о Потоке, о мирах, о Драконе?

— У нас не было для этого времени, — устало улыбнулся Роман.

— Времени? — удивился я. — Но его не существует. Не все ли равно, когда отправиться в прошлое, часом раньше или часом позже?

— Давайте на посошок, — встрял Патрик, вручая мне стопку и выразительно кивая на соленые огурчики и грибы.

Мы чокнулись и выпили.

— Дело в том, — Роман поставил пустую стопку на стол, отломил кусочек черного хлеба, понюхал, откусил и стал неторопливо жевать, — что как только ты переступил порог этого дома, ты вступил вместе с нами в смертельно опасную игру. Эта игра лежит в поле абсолютных единиц, поэтому для нас дорога каждая минута, независимо от того, в каком именно сегменте мы находимся. Понимаешь, о чем я?

— Да, понятно, — я кивнул, закусывая хрустящим огурцом.

— Вам с Патриком жизненно необходима была передышка, и только поэтому у нас появилась возможность поговорить обо всем этом. Потом Патрик решил, что тебе необходима психическая разгрузка, и мы потратили на это еще несколько часов. А все то, что ты уже узнал, — это лишь первая страница огромной книги. Будут и другие, только бы нам удалось завершить наше дело. Теперь я могу сказать, что с самого начала ни у кого из нас просто не было шанса отказаться от этой игры. И до перевала, кстати, ты скорее всего не дошел бы. Арбалетные стрелы или смерть от пули — это еще не самое страшное, что может с нами случиться. Пока у нас было преимущество. Изабелла не знала точно, кто ее выслеживает. Я очень надеюсь, что мы не утратили этого преимущества. Но на нас началась настоящая охота. Похоже, она натравила по вашему следу нескольких демонов из миров Сети.

— С каждой минутой все интереснее, — пробормотал я. — Но вы же хотели исключить нас с Патриком из игры?

— Я постоянно думаю, каким образом это сделать. У меня есть один план, но шансы на успех невелики, — Роман печально вздохнул. — То, что вы сами решили повторить попытку, для меня очень важно.

— У меня такое чувство, что на этот раз мы справимся, — я взглянул на Патрика. — Может, не зря я здесь оказался?

— Я вообще в совпадения не верю, — согласился Патрик.

— Могу даже больше сказать, — добавил Роман, — ты совсем не случайно здесь оказался. Тебя намеренно привел Поток.

— Почему это вы думаете, что меня привел Поток?

— Это очевидно, — ответил Роман.

— Для меня совсем не очевидно, — пробормотал я. — Это что? Это значит, что я имею какое-то отношение ко всему происходящему?

— Не просто какое-то, — Роман тяжело вздохнул и перевел взгляд на камин. — А самое непосредственное.

— Нет, я ничего не понимаю, — поморщился я. — Откуда понятно, что меня привел Поток?

— Да у тебя на лбу написано! — усмехнулся Патрик, — причем в буквальном смысле.

— Как это? — я непроизвольно потер лоб.

— У тебя огненная метка, — серьезно сказал Магистр.— Называется «Глаз Дракона». Посмотри в зеркало, я помогу тебе увидеть.

Я неуверенно подошел к зеркалу, висевшему на стене возле камина. Вначале, кроме привычного и немного усталого меня, я ничего не увидел. Налицо были только последствия сражения в замке Дэфанс. Левая щека была расчерчена тремя запекшимися царапинами, а опухший правый глаз в обрамлении живописного синяка являл собой абстрактное произведение под названием «Тревожный закат над пустыней Гоби».

— Смотри внимательно в центр лба, — подсказал Патрик.

Я посмотрел, и вдруг мне показалось, что мое лицо прозрачно, что оно всего лишь игра движущихся бликов света и тени. И тогда медленно проявился знак. Это был треугольник, словно бы нарисованный мерцающей огненно-изумрудной линией. Он был направлен вершиной вверх. Из каждого угла внутрь треугольника выходило еще по линии, которые встречались в его центральной точке. В горле у меня пересохло. Я потянулся рукой, чтобы потрогать знак, но не решился.

— Это я уже видел, — прошептал я.

Знак стал медленно таять, и лицо мое стало прежним, вполне материальным, только оно было вытянуто выражением крайнего удивления.

— Чего ты там бормочешь? — спросил Патрик.

— Я уже видел такое, — повторил я громче и отвернулся от зеркала.

Роман с Патриком переглянулись.

— Всегда, когда я закрываю глаза, я могу видеть этот знак. Но только не огненный. Мне всегда казалось, что передо мной висит куб, края которого скрываются в темноте, и мне видна только небольшая область схождения трех граней. Иногда мне кажется, что я смотрю сверху на вершину пирамиды. Я всегда думал, что когда-нибудь придет время, грани пирамиды раздвинутся, и тогда мне откроются удивительные вещи. Этот символ — не треугольник, это проекция пирамиды. А почему я сам не могу видеть его огненным, как сейчас, в зеркале?

— Думаю, что скоро ты сможешь, — ответил Магистр.

— Когда пройдет действие моего средства, — вставил Патрик.

— Какого средства? — спросили мы с Романом в один голос.

— Что вы так всполошились? — проворчал Патрик. — Средство, как средство. Мне бабушка дала.

Мы внимательно смотрели на Патрика.

— Просто пятак заговоренный, — начал оправдываться он,— наводит временную тень на подобные знаки.

— Так ты для этого мне его на лоб прилепил?

— Для пользы дела, — разъяснил Патрик. — Нас с тобой в тыл врага засылали, а у тебя во лбу звезда горит. Да нас бы на первом же перекрестке повязали! А объяснять тогда некогда было.

— Опять некогда! — возмутился я.

— Неужели помогло? — с сомнением спросил Магистр.

— А то! Бабушка плохого не посоветует, — Патрик гордо надул щеки. — Только держали маловато. По прописи выдерживается на теле не меньше двух часов.

— Мне кажется, это все предрассудки, — покачал головой Магистр. — В нужный момент Поток сам бы скрыл его знак.

— Именно это он и сделал, — проворчал Патрик, — с моей помощью.

— Понятно, — саркастически усмехнулся Роман. — Ты еще не забывай, что с ним был закши.

— Закши? — заинтересовался я. — Это еще кто?

— Так называется амулет, который дала тебе Анна перед путешествием, — пояснил Роман. — В первую очередь, он свидетель. Кроме того, закши чутко реагирует на опасность и помогает избегать неприятностей разными путями, иногда самыми неожиданными. Он помогает бороться с чарами и отклоняет заклятия, мягко их трансформируя. Так нежно, что автор заклятия об этом не подозревает. Он помогает поддерживать связь и помогает восстановлению сил.

— Звучит так, как будто это живое существо, — пробормотал я, осторожно ощупывая амулет на груди сквозь рубашку.

— Так и есть, — кивнул Патрик. — В некотором смысле.

— Можно и так сказать, — согласился Магистр, — хотя закши создаются с помощью магии в Мерцающем мире.

— А у тебя есть такой? — спросил я Патрика.

— Нет, надо мной бабушка поколдовала.

— Однако то, что ты отмечен знаком Дракона, это не главное, — сказал Роман. — Сотни тысяч людей отмечены таким знаком с рождения.

— А что же главное? — удивился я.

— Странно, что ты сам не догадался, — задумчиво ответил Роман.

— В сегменте шестьсот, в той жизни, ты ведь был практически в эпицентре событий, — подсказал Патрик.

— То есть это было не случайно... — что-то я туго соображал.

— И, видимо, впредь будет не случайно, — добавил Патрик.

— Все, господа, — Магистр посмотрел на часы. — Увы, наши демоны ждут нас. Так что, если вы готовы продолжить, то сейчас самое время.

Мог ли я отказаться?

Внезапный порыв ураганного ветра потушил вздрогнувшие свечи и задул огонь в камине. Все погрузилось во тьму. Ветер становился все сильнее, в темноте я не видел собственных рук, поднесенных к лицу.

— Закрой глаза! — крик Патрика был едва слышен сквозь рев урагана. Я зажмурился и почувствовал, что все вокруг затопило сияющим, очень ярким, переливающимся всеми цветами светом. Земля ушла из-под ног. Я ожидал падения, но его не последовало. Я летел, подхваченный и оглушенный сумасшедшим вихрем. А потом вдруг все стихло так же неожиданно, как и началось.

Глава 26. Бабушка Марта

С большим трудом поднялись тяжелые, налитые свинцом веки. Но увидеть ничего толком не удалось. Весь мир был погружен в бурую мглу и заполнен тоскливым и тягучим плавающим звоном. Прямо перед глазами я с трудом различил безвольную человеческую руку. По руке ползла божья коровка. Она ползла от изорванного рукава к кисти, и за ней почему-то тянулся красный след. А потом снова все погрузилось во мрак, полный страшно стенающих деревьев и молчаливых призраков.

Когда душа наконец выбралась из густой трясины ненасытного бреда, стояла ночь. Взгляд мой уперся в дощатый потолок, который едва угадывался в темноте. Слева в стене было небольшое окно. В него глазела луна, выглядывая из-за макушек черных елей. Призрачные пятна света лежали на гладких досках пола и части моей постели. В соседней комнате тихо разговаривали. Говорящих видно не было, только две живые тени вздрагивали на стенах, повинуясь капризному пламени свечи. От слабости я не мог пошевелить даже пальцами. Взгляд мой невольно вернулся к луне. Ночное светило, словно гипнотический шар, привораживало внимание и усыпляло мысли. Явь медленно уступила глубокому сну.

Разбудил меня солнечный луч, который играл на лице, пробиваясь сквозь листья деревца, что росло под окном. Было похоже на раннее утро. Глазам моим предстала комната в небольшой деревенской избе. Под выставленным окном стояла широкая лавка, застеленная овечьей шкурой. На полках у окна в глиняных горшках буйно произрастала вьющаяся зелень. Посреди комнаты, торцом в сторону очага, располагался крепкий дубовый стол с двумя лавками по длинным сторонам. А в соседней комнате, наверное, была кухня. Оттуда доносилось громкое шкворчание и такой запах, что у меня потекли слюнки. Несомненно, что-то готовилось на огне в сливочном масле. В этот миг я осознал, что дико голоден. А в следующий миг я вдруг понял, что в памяти моей нет абсолютно никаких следов о моем прошлом. Вообще никаких. Совершенно не за что было зацепиться. Это открытие меня сильно озадачило. То есть, я, конечно, осознавал, что я человеческое существо мужского пола, в чем легко можно было убедиться, заглянув под одеяло. Но вот имени своего я вспомнить не смог.

«Вот потолок, — думал я, тупо глядя на струганные потемневшие доски. — Это ведь я понимаю? Понимаю. Тогда кто я?»

На этот вопрос мой разум не реагировал. Положение оказалось несколько затруднительным. Жрать хотелось немилосердно. Но я даже не знал, кем представиться. Не говоря уже о том, что было совершенно непонятно, как мне следовало себя вести с хозяевами. Кто они? Враги или друзья? Дольше терпеть эти муки было сверх моих сил, поэтому я решил просто встать, войти, поздороваться, посмотреть, что это так пахнет, и намекнуть, что неплохо было бы перекусить. А потом уже в ходе застольной беседы осторожно выяснить, что им про меня известно.

Из одежды на мне были только амулет и крестик. Недолго думая, я закутался в лоскутное одеяло и решительно направился к источнику желанных запахов. От резкого подъема закружилась голова. К счастью, я успел опереться рукой о стену и некоторое время постоял, чтобы мир вокруг уравновесился. Когда свойства пространства восстановились в рамках приличия, я осторожно дошел до порога кухни и заглянул внутрь. Там никого не было. Тут за моей спиной скрипнула дверь, и кто-то шумно вошел в избу.

— Провалиться мне на этом месте, если я не вижу нашего мальчика на ногах! — раздался жизнерадостный басовитый возглас.

Я осторожно оглянулся. В дверях с травяным веником в руке и большой корзиной под мышкой, сияя обворожительной улыбкой, стояла бабуля. Она была на голову выше меня и пошире в плечах. На вид добрая женщина, но настораживало ее гренадерское сложение. Я неуверенно кивнул в знак приветствия и слабо улыбнулся. Она вышла из своих огромных башмаков и с размаху насадила свой веник на вбитый в стену гвоздь, в ряд с другими такими же вениками. Потом она прошлепала к столу и выгрузила на него из корзины два кувшина, один побольше, другой поменьше, головку сыра, пучок зелени, кольцо деревенской колбасы, деревянную кружку с крышкой, перехваченную суровой ниткой, несколько спелых желтых груш, каждая из которых была величиной с ее кулак, и гроздь крупного винограда, янтарно просвечивающего косточками.

— Ты еще здесь! — удивилась она, заметив, что я неподвижно стою на прежнем месте. — Мой внучек после такой голодовки съел бы меня вместе с башмаками. Одёжа твоя за лежанкой, на лавке. Одевайся, водичкой освежись, колодец во дворе, и за стол! Кто не успел, тот опоздал!

В подтверждение своих слов она взяла грушу и смачно откусила.

Довольно быстро я справился с переодеванием и умыванием и вскоре сидел за столом с набитым ртом и горящими глазами. Бабушка Марта, так звали мою гостеприимную хозяйку, с восхищением следила за моими мелькающими руками, шевелящимися ушами и челюстями, которые работали, как мельничные жернова.

Когда на столе остались стоять два кувшина, один наполненный родниковой водой, другой — виноградным вином, я смел со стола пучком зелени крошки в ладошку, отправил их себе в рот и тем же пучком все это заел.

Хозяйка уважительно крякнула, заглянула в кружку, где только что была сметана, подвинула ко мне кувшин с вином, поставила на стол миску, полную горячих пирожков, и две чашки для питья. Потом принесла с кухни ароматный травяной чай. Я перевел дух и принялся за пирожки.

О том, что я лишился памяти, и прошлое мое — совершенная загадка, пришлось признаться сразу же после завтрака. Конечно, тем самым я отдавал себя в руки незнакомому человеку, но внутреннее чутье мне подсказывало, что бабушка Марта не из тех, кто пользуется чужими слабостями или бедой себе во благо. В ответ на мое откровенное признание она сказала, что нелады с памятью — дело временное, самое главное, что я жив, руки, ноги целы, и голова на месте.

Бабушка Марта поведала мне историю о том, как я очутился в ее доме. Произошло это, оказывается, шесть дней тому назад. Она возвращалась вечером в свою лесную избушку из деревни, где врачевала больного мальчика, и у развилки нашла меня в бессознательном состоянии, с глубоким порезом на плече, ссадиной на голове и колотой раной в боку. Добрые люди помогли ей дотащить меня до избушки. Три дня и три ночи она выхаживала меня целительными травами, молитвами и заговорами. Я все время бредил, выкрикивал какие-то странные слова на незнакомом языке, лихорадка сменялась ознобом, потом снова накатывал жар. Несколько раз ей казалось, что я испускаю дух, но к исходу третьей ночи болезнь отпустила, и бред мой сменился глубоким сном.

Услышав о том, что раны были нанесены шесть дней назад, я запустил руку под рубашку и с удивлением нащупал полностью зажившие шрамы. Бабушка Марта, заметив мое недоумение, подмигнула и пообещала, что еще через недельку буду совсем как новенький.

— Вот, возьми-ка, — она вынула из кармана передника серебряный перстень с головой льва, — рядом с тобой нашла. Обронили, видно, злыдни.

Вещица была незнакомая, но возможно, я просто не помнил этого кольца, как не помнил всего остального. В задумчивости я взял перстень и привычно надел его на указательный палец правой руки. Кольцо село, как родное.

С первого же дня бабушка Марта объявила, что мне больше незачем отлеживать бока, пора двигаться и набираться сил. Я не уставал удивляться жизнерадостности и духовной силе моей хозяйки. От нее исходило необыкновенное сияние и распространялись волны деятельной энергии.

Минуло два дня со времени моего благополучного пробуждения, когда произошло событие, заронившее в мою безмятежную душу зерно беспокойства. В то утро сразу после завтрака мы отправились в лес на сбор трав. По пути выяснилось, что дома осталась вторая корзина для грибов, и мне пришлось вернуться. Я быстро шел по лесной дороге, когда из-за поворота вылетел всадник, одетый во все черное. Увидев меня, он резко осадил коня, поспешно развернул его и ускакал прочь. Лицо всадника было мне незнакомо, но его реакция меня сильно насторожила. Я с тревогой в сердце поспешил к бабушке Марте.

Она ждала меня в дубраве, где, опустившись на колени, разговаривала со своими драгоценными былинками. Увидев мою озадаченную физиономию, она спросила, что случилось, и я рассказал о всаднике. Выслушала она меня нахмуренно и больше об этом не вспоминала.

Именно с этого момента я отчетливо почувствовал, что где-то в моей голове есть коробочка, в которой спрятано все мое прошлое. Она была совершенно невидима, эта таинственная шкатулка, но я чувствовал, что она есть, я впервые прикоснулся к ее холодной поверхности.

Глава 27. Мшелоимство[33] и забобоны[34]
(Место не установлено, 28 августа, четверг, 1788г.)

Минуло два дня после подозрительной встречи на лесной дороге. Был ранний вечер. Мы с бабушкой Мартой сидели за столом у горящего очага, и она рассказывала старинную легенду, похожую на сказку, полную забавных приключений. Делала она это настолько мастерски, что я слушал, затаив дыхание, и старался не пропустить ни слова. И вот на самом интересном месте за окном послышался топот копыт. Бабушка Марта настороженно замолчала и прислушалась.

У дома копыта смолкли, потом дверь отворилась, и в комнату вошел человек. Свет упал на его лицо, и в моем мозгу тут же произошел взрыв. Если бы я не сидел на лавке, опершись на стол, я бы точно рухнул. Та невидимая шкатулка в моей голове вдруг лопнула с ужасным треском, как сундучок Пандоры, и мой мозг затопило потоками воспоминаний, шумными голосами, мелькающими лицами, взглядами, обрывками фраз.

Когда я пришел в себя от потрясения, то увидел склонившихся надо мной бабушку Марту и Патрика. Неистовый ураган в моей голове понемногу утих, и ко мне постепенно вернулось соображение. Но теперь я никак не мог связать воедино образы этих двух людей — Патрика, моего учителя, наставника и верного друга и бабушку Марту, загадочную врачевательницу, вернувшую меня к жизни. Однако все прояснилось после первых слов Патрика.

— Ну вот, кажется, ему уже лучше, — пробормотал он, поддерживая меня за плечо и встревоженно наблюдая, как в моих глазах сквозь пелену тумана пробивается слабый свет разума. — Бабуля, вы у меня чудо!

— Зато ты у меня обапл, — проворчала она, — по человеческому сочувствию, равный павиану.

— Но я же не знал, что он так обрадуется...

— Обрадуется! — передразнила бабушка Патрика. — Да он и помнить обо всем забыл, а ты явился, как Фрейд из вазы греческой принцессы. Обрадуется...

Она дала мне отпить глоток горчайшего пойла из чашки. Потом медленно провела ладонью по моему лбу и стряхнула рукой в сторону очага, как будто сбросила невидимую паутину, снятую с моего лица. Я вздрогнул, потому что в огне что-то едва слышно зашипело.

— Ну, ты как, студент? — спросил Патрик и потрепал меня по плечу.

— Умопомрачительно, — пробормотал я, морщась от горечи и кося́сь на огонь в очаге.

— Бабулю я попросил, чтобы она прежде времени не беспокоила тебя деталями из твоего прошлого. Теперь, видимо, уже можно.

— А что такое фрейд? — спросил я.

— Не что, а кто, — поправил Патрик. — Ученый муж, великий человек.

— Суровый исследователь человеческой срамоты, — проворчала бабушка Марта, удаляясь на кухню готовить ужин для внука. — И не более великий, чем Юнг, кстати.

— Экзекутор человеческих пороков, — добавил Патрик, отойдя к двери, где повесил свою треуголку, пропыленный кафтан и перевязь со шпагой на олений рог, торчащий из стены. — Психоаналитик.

— Да-да, — поддакнула бабушка Марта с кухни, — психоаналитик до костей мозга.

— А психоаналитик — это кто? — снова спросил я.

— Это доктор такой специальный, — пояснил Патрик. — Для ковыряния в душе.

— Ага, в душе, — едко отозвалась бабушка Марта.

— Что-то я не слышал ничего про таких докторов, — озадаченно пробормотал я.

— Придет время, услышишь, — Патрик вернулся к столу и выпил воды из кувшина.

— Но как такое может быть, чтобы я ни разу про них не слышал?

— Вот и хорошо, что не слышал, — Патрик поставил кувшин и вытер рукавом губы. — И слава богу.

— А почему он являлся из вазы греческой принцессы?

— Видишь ли, греческая принцесса Мария очень дорожила стариком Фрейдом и как-то подарила ему древнюю вазу. Фрейд тоже любил принцессу и дорожил вазой. Поэтому, когда он умер, его прах и поместили в эту самую вазу. Вот такая печальная история.

— Бред какой-то, — пробормотал я. — А Юнг?

— А это добрый доктор, — ответил Патрик, опасливо глянув в сторону кухни, и уселся за стол напротив меня. — Ну, рассказывай, что с тобой стряслось.

— Что ты к человеку пристал? — возмутилась бабушка Марта. — Только явился, пыль еще не осела, а тебе все сразу вынь и положь…

— Ничего, — успокоил я ее, восстанавливая в голове картину недавних событий с помощью нахмуривания лба. — Значит, к месту встречи я приехал в полдень, как мы и договаривались. Оставил коня в тени под деревьями, а сам ждал у развилки. Жарко было. Но ждать долго не пришлось, баронесса появилась через несколько минут. Она была верхом и с двумя сопровождающими. И буквально тут же нагрянули четверо всадников в своих дурацких черных плащах и масках. Явно в засаде сидели или следили за баронессой.

— Она не успела ничего передать? — спросил Патрик, почесав затылок под париком.

— Нет, эти мерзавцы не дали нам даже словом перемолвиться. Пришлось сразу драться. Я крикнул баронессе, чтобы она скорее спасалась, а сам обнажил шпагу.

— И что?

— Что-что… Четверо на одного, — проворчал я, — Правда, один из них бросился к баронессе, стал ее веревкой обматывать. Прямо в седле. Ну, стало быть, трое на одного.

— А та парочка, что ее сопровождала? — нахмурился Патрик.

— Они тут же испарились, трусы несчастные, — я презрительно сморщился, вспоминая постыдное бегство людей баронессы.

— Так, так, — Патрик засунул пятерню под свою жилетку и поскреб бок. — Значит, баронессу похитили. Я так и думал.

— Этого я не видел. Сильно занят был. Одного из этих подлецов мне удалось хорошенько зацепить, он согнулся и свалился под деревом. А второму я рассек предплечье. Вот. Больше ничего не помню. Наверное, третий меня сзади по голове ударил.

— Тупым предметом, — со знанием дела добавила бабушка Марта с кухни, переворачивая пирожки на противне.

— Удивительно, что ты остался жив, — покачал головой Патрик. — Все это как-то не складывается в логическую картину.

— Ну надо же! Ему удивительно! — возмутилась с кухни бабушка Марта, гневно шуруя кочергой в огне. — А ты бы предпочел, чтобы из мальчика сделали сакральное чучело, набитое соломой! Как у вас теперь повелось в столице.

— Бабушка, я вас умоляю, — Патрик возвел глаза к потолку.— Тут складывается революционная ситуация. Причем здесь солома? Я говорю о логике.

— Эта логика таки вытравила из твоего бонвиванского сердца остатки душевного сочувствия.

— Вот причем тут душевное сочувствие? — Патрик возмущенно поскреб грудь сквозь рубашку, потом стащил надоевший парик и швырнул его на оленьи рога, где тот и повис, пробитый насквозь, печально осыпая пудру. — Я пытаюсь анализировать ситуацию.

— Анализировать, — проворчала бабушка. — Развелось тут любителей логических конструкций. Так уж увлекаются этими построениями хитромудрыми, что забывают, для чего все это нагромоздили. Смотрят слону в жопу, пытаясь понять ход его мыслей. Или строят клетку, чтобы птичку поймать, а в итоге сами себя в этой клетке запирают. А потом говорят с умным видом: «вещь в себе». Все с ног на голову. Внутренним чутьём великие вещи постигаются! Анализировать...

Патрик напыжился, собираясь что-то ответить, но я его перебил:

— Так что же, про баронессу ничего не известно?

— Пока ничего определенного, — махнул рукой Патрик, гневно поглядывая в сторону кухни. — И кто тут бонвиван, хотелось бы уточнить?

— А что тут уточнять, — бабушка грозно появилась из кухни с кочергой в руке. — Всё и так ясно. Вот он, портрет в овале, стоймя на мольберте. Я тебе всегда говорила, законы бытия суровы — с кем потрёшься, от того и блохи.

— Ну, и при чем тут блохи? — Патрик яростно почесал под мышкой, не спуская глаз с кочерги.

— Господь мой свидетель, — бабушка Марта сокрушенно покачала головой и вернулась к печи, — как мучительно стыдно мне было слушать твоих напудренных приятелей, которых ты в прошлый раз приволок в дом.

— Напудренных! — фыркнул Патрик. — И что такого? Сейчас при дворе все посыпаются мукой. Это модно, хоть людям уже и жрать скоро нечего будет. А общаюсь я с ними исключительно по долгу службы.

— Эта служба твоя сплошь мшелоимство[33], забобоны[34] и прочие душетленные пакости.

— Ну что это за радость такая — видеть во всем только гадости? — покачал головой Патрик. — Да, мшелоимство. Но это же во имя государственных интересов. А что может быть благороднее службы своему отечеству?

— Какое благородство? — воскликнула бабушка Марта. — Ты же шпион на подработках у императрицы! Её-то я как мудрую женщину уважаю, но для шпионов же нет ничего святого.

— Шпион... — проворчал Патрик и беспокойно глянул в окно. — Ну и что так орать? Да, на службе. Да, шпион. От нас, между прочим, судьба державы зависит. Сейчас работы невпроворот. Вся Франция битком набита шпионами. Плюнь на улице — попадешь в шпиона. Английские, прусские, мадридские, шведские, американские, австрийские и французские, естественно, и за каждым глаз да глаз нужен. Причем добрая половина из них — это двойные, а то и тройные агенты. Легко ли на такой работе?

— А австрийские-то шпионы чем тебе докучают? — с сомнением отозвалась бабушка Марта. — Ёся Второй, он же сердешный Катеринин друг. Вон и пешую армаду на подмогу в сторону османских турок выслал.

— Армаду, — презрительно фыркнул Патрик. — Их там повальный дрист скосил, от горшка не отходят. И потом, они хоть и союзники, а руку с их сонной артерии убирать нельзя. Чуть зазеваешься и не заметишь, как педагогон[35] прищемят. Между прочим, люди, которых я приводил, все сплошь были из высшего общества. Цвет аристократии времен просвещения, так сказать, хотя и проездом.

— О, да, — саркастически воскликнула бабушка Марта. — Великовозрастные и романтичные безголовые обаплы, с печенью, отравленной кутежами, с ушами, законопаченными чужими пережеванными мыслями и мозгом, унавоженным Вольтером и Руссо.

— Позвольте, а чем вам Вольтер с Руссо не угодили? — окончательно возмутился Патрик. — Если уж вы нашу августейшую императрицу уважаете, должны бы знать, что она обоих за нравственные авторитеты держит.

— Это пока ее душевные очи на их пагубное влияние не открылись, — ответила бабушка Марта. — И не за что там держать. Из какого места там нравственный авторитет отрастёт, если они в Бога не верят? Прости, Господи.

* * *

«Значит, баронесса похищена», — подумал я, отвлекаясь от их перепалки. Зерно тревоги, оброненное в мою душу, стремительно разрасталось. Баронесса Луиза де Монтес совсем недавно появилась в столице. Одни говорили, что она покинула свое роскошное поместье на южном побережье, другие утверждали, что собственными глазами видели ее величественный родовой замок в окрестностях Тулузы. Но все сходились на том, что она намеревается обосноваться в Париже. Сказать, что она была красива, значило сказать солдатскую грубость. Она была нежна и прекрасна, обворожительна и таинственна. В каждом ее движении чувствовалась живая магнетическая сила. Словно волшебную жемчужину, ее окружало неуловимое притягательное мерцающее сияние. Она не любила появляться при дворе. И это было вполне объяснимо. Многим думающим людям было сложно терпеть всю эту гнусную камарилью, это скопище лукаво мудрствующих неприятных персонажей. Патрик называл их Глиняными Болванами. Ничего глиняного я в них не видел, но то, что все они поголовно были беспринципными прохиндеями и лизоблюдами, сомнений не возникало. Болваны, да. И циничные прожигатели жизни со своим неуместным остроумием. Баронесса появлялась в других, гораздо более интересных местах. Ее с удовольствием принимали в домах людей ближайшего круга уважаемого маркиза Ла Файета. Когда мы с баронессой впервые обменялись взглядами, должен признаться, в сердце у меня накрепко отпечаталась ее улыбка и засела щемящая сладкая заноза. Возможно ли было в нее не влюбиться? Оттого-то я и ждал встречи с ней с таким болезненным нетерпением. Кстати, Патрик, кажется, это заметил.

*   *   *

— Их заслуга не меньше, чем подвиг Прометея, — Патрик продолжал увлеченно воевать на стороне гениев-просветителей.— Они вручили людям свои сочинения, как факелы, для озарения их разума, погруженного в пучины мракобесия. Во многом они, конечно, свои идеи не доработали, но ведь повсюду же неоспоримо наблюдается скачок мироосознания в сторону науки и социального совершенства.

— Да-да, — скептически закивала бабушка Марта, выставляя на стол миску с горячими пирожками и заварочный чайник с цветочным чаем. — Когда они окончательно прозреют, то обнаружат, что стоят с этими своими факелами в пороховом погребе. Вот тут их внезапно просвещенный мозг и растопырится. Но деваться уже будет некуда. Чуть они замешкаются, и у них эти факелы выхватят людишки нетерпеливые, те, что попроворнее и попроще, у которых мыслительный процесс не отягощен моралью, но зато есть крупный меркантильный интерес. И воспользуются они этими факелами, как обычно это бывает в таких случаях, совсем для другого дела.

— Неужели вы считаете, что просветители и люди аристократических кругов неверно понимают перспективы нравственного возрождения? — возразил Патрик.

— Они, конечно, перспективы понимают, — ответила бабушка Марта. — Но они всех людей по себе судят, а это роковая ошибка. Взять хотя бы Ла Файета. Маркиз — мужчина импозантный и исключительно благородный. Но даже он на своих ошибках не учится. Как он на одной ноге по пенсильванским полям с саблей за сполченцами гонялся! Воевать их уговаривал. Вот уж насмотрелся всякого, и все равно, видать, не дошло. Многие очень скоро расплатятся за эту наивность на предмет человеческой природы, причем собственной головой. И что спорить-то, ведь все это уже было.

— Да, действительно, — пробормотал Патрик и удрученно поскреб затылок. — Было. Тут не поспоришь. Но все же, вот как все продумать, все учесть, чтобы по-людски получилось? Как ситуацию правильно оценить?

— Про слона я уже намекала, — проворчала бабушка Марта.— И оставим эти бессмысленные дискуссии. Покушайте-ка лучше пирожков, чем бог послал.

— Патрик, — встревожено вздохнул я. — Если с баронессой что-нибудь случится, я себе этого никогда не прощу! Нужно немедленно отправляться на поиски.

— Только чаю выпьем, — грустно кивнул Патрик, взял со стола пустой кувшин и вышел из дома.

Во дворе заскрипел блок с колодезной веревкой, с глухим плеском упало в воду ведро. Через минуту он вернулся с наполненным кувшином, вытирая рукавом рубашки мокрое лицо.

Бабушка Марта подкинула внуку полотенце, выставила на стол керамические кружки и стала разливать в них душистый цветочный настой.

— Говорил я с Иван Матвеичем третьего дня, — сообщил Патрик, поставив кувшин на стол и усаживаясь на лавку.

— Это с Симолиным? — уточнил я, хотя других Иванов Матвеевичей в Париже я не знал.

— Ну, с кем же еще, — кивнул Патрик, вытирая лицо полотенцем. — Обстановка в городе крайне нервозная.

— Что-то случилось? — нахмурился я, откусывая пирожок.

— Да, — Патрик перебросил полотенце бабушке Марте, которая ловко его поймала и развесила на веревке у очага. — Людовик в понедельник отставил господина первого министра.

— Де Бриенна? — удивился я.

— Да, и вернул Неккера.

— Давно было пора, — проворчала бабушка Марта, усаживаясь рядом на лавку.

— Так это отличная новость, — обрадовался я. — Этот как раз тот человек, который сможет навести порядок.

— Это вряд ли, — Патрик уселся за стол и, закрыв глаза, понюхал цветочный чай в своей кружке. — Поздновато спохватились. Похоже, такая каша заваривается, которую уже просто так не расхлебаешь. Тут уже одними реформами не справиться. Тут нужно чудо, чтобы все встало на свои места. Многовато негатива накопилось на ограниченном пространстве. Страна разорена, кругом разброд и шатания, сама природа на людей окрысилась, судя по июльскому граду.

— И год високосный, — печально добавила бабушка Марта.

— Что нас ждет зимой, даже боюсь предположить, — продолжил Патрик, отпив глоток чая. — Власти не справляются со своими обязанностями. Не ошибусь, если скажу, что страна неуправляема, и высшие чины государства погрязли в коррупции и разврате. Народ взбудоражен, терпение на грани. И в эти мутные процессы начинают втягиваться все больше заинтересованных лиц, множество любопытных персонажей. Английская разведка, опять же, активизировалась как никогда. И остальные подтягиваются. Копчиком чувствую, мы на пороге глобальных событий.

— Может, все и обойдется, — пробормотал я. — Так что Иван Матвеевич?

— Симолин просил как можно скорее найти баронессу. Ему кажется, что у нее в руках некая очень важная информация. Она ведь вышла вначале на Николая Петровича Яхонтова с предложением о сотрудничестве. А Симолина в тот день не было в Париже. Яхонтов взял отсрочку, связался с Машковым и Дубровским, но те без Симолина тоже не могли этот вопрос решить. Не исключено ведь, что баронесса могла оказаться двойным агентом. Нужна была довольно длительная проверка.

— Но можно же было сразу получить информацию, и проверяй потом, сколько угодно, — предположил я. — Что же они не сообразили?

— Да они сообразили, Симолин дураков на службе не держит. Но баронесса настаивала на передаче информации лично Ивану Матвеичу.

— Вот всегда так, — покачал я головой. — А ведь все могло обойтись без всяких похищений и членовредительства.

— Баронесса назначила встречу Дубровскому в кафе «Феврие» и там намекнула, что речь идет о неких событиях, которые могут произойти на ближайшем собрании так называемого «комитета тридцати». Что каким-то образом это связано с Дюпором, незабвенным Ла Файетом и Мирабо. И что-то про возможное покушение на некое известное лицо Парижского света. Такие дела.

— Наши действия? — спросил я, нетерпеливо барабаня пальцами по столу.

— Пьем чай, кушаем пирожки и выдвигаемся в Дэбривиль,— неспешно перечислил Патрик, выбирая себе самый большой пирог.

— Почему в Дэбривиль? — удивился я.

— Сегодня утром Бензель прислал зашифрованного голубя,— с набитым ртом сообщил Патрик.

— Фаршированного? — удивленно переспросила бабушка Марта.

— Живую птицу, — пояснил Патрик, доливая себе чая. — С посланием.

— Марк Бензель? — изумленно спросил я. — Так он же голландский шпион.

— Ну, и что такого? — невозмутимо пожал плечами Патрик, запивая пирожок чаем. — Это не мешает ему быть приличным человеком. В свободное от работы время.

— У шпионов не бывает свободного времени, — хмуро заметил я.

— Вот и я говорю, — покачала головой бабушка Марта. — Не служба, а сплошные забобоны.

— Между прочим, приличные люди, — Патрик многозначительно поднял палец, — всегда найдут способ договориться, без ущерба, как говорится, для дела.

— И что было в голубе? — мрачно спросил я.

— В записке сказано, что один из агентов Бензеля якобы видел, что баронессу провезли в карете неподалеку от города, — ответил Патрик. — Под охраной подозрительных персонажей в масках.

— Так что же мы сидим? — подхватился я.

— Ну чаю-то хоть можно спокойно выпить? — поднял брови Патрик.

— Человек из-за нас в беду попал! — воскликнул я. — И не просто человек, а дама! Пока она там в смертельной опасности, мы тут будем пирожками наталкиваться?

— Нет, ну вы молодцы, — возмутился Патрик. — Вы тут с утра эти пирожки трескаете, а я несколько часов себе задницу об седло отбивал всухомятку.

— Ничего, — успокоила его бабушка Марта. — Тебе полезно, вон как разжирел.

— Это я разжирел? — еще более возмутился Патрик.

— Так и быть, я тебе с собой гостинец соберу, — сжалилась бабушка Марта.

— Тем более, что до Дэбривиля рукой подать, — добавил я, решительно вставая из-за стола. — Кстати, а где мы находимся?

Глава 28. Ночевка в «Кочерыжке»

В темноте я так и не понял, как мы оказались на Дэбривильском тракте. Но, поскольку теперь все мои мысли были заняты спасением баронессы, этот эпизод прошел для меня практически незамеченным. Хорошо, что Патрик догадался привезти с собой вторую лошадь, потому что моя бесследно пропала в день похищения баронессы.

Через час с небольшим дорога вышла из леса в поля, и я увидел на фоне ночного неба черные знакомые силуэты крыш и башенок Дэбривиля. Город уже спал, и только редкие огни еще теплились кое-где в окнах. Но, к моему удивлению, в город мы не поехали. Патрик показал рукой на небольшое шато, расположенное на восток от города за каменным мостом, на берегу Беглого Пса, у самой кромки леса. Это была таверна с постоялым двором, я там никогда не бывал.

— Мы же собирались с Бензелем встречаться, — я вопросительно посмотрел на Патрика.

— Бензель уже дрыхнет, как конь пожарный, — пояснил Патрик. — Он птичка ранняя, с ним после десяти вечера разговаривать бесполезно, хоть за ноги его подвешивай. Он спит в любом положении. А в «Кочерыжке» у нас комнаты забронированы и кое-какая амуниция приготовлена.

— Но у тебя же есть своя комната в Дэбривиле, на Полутора Буханках, — недоуменно напомнил я. — Зачем такие сложности?

— На Буханках может быть засада. А то, что за домом следят, я даже не сомневаюсь. Разведка вероятного противника не дремлет.

— Не дремлет, — проворчал я. — А как же Бензель?

— А у Бензеля вся его шпионская деятельность — это только прикрытие для его маленького, но доходного дела.

— Но он же агент?

— И не только голландский, — кивнул Патрик, направляя

лошадь на развилке в сторону «Кочерыжки». — Он сотрудничает со всеми, кто своевременно платит. Между прочим, лично с королем Испанским знаком.

Я только головой покачал.

Через десять минут, оставив лошадей на попечение сонного и не совсем трезвого смотрителя, мы уже поднимались на второй этаж таверны, где располагались комнаты для постояльцев. Патрик уверенно направился к двери с номером девять и тихонько отстучал условную дробь. Дверь открылась, и в лоб ему уперся ствол пистолета.

— Анечка, голубчик, это мы, — ласково проворковал Патрик с напряженной улыбкой.

— Мало ли кого по ночам черти носят, — ответил ему приятный женский голос, и пистолет исчез.

Мы зашли внутрь. Комната была освещена лишь слабым огнем в небольшом камине. Широкая кровать была застелена, на круглом столе был накрыт ужин на троих.

— Это Анна Сергеевна, — шепотом сказал Патрик и указал мне на женщину. — Внештатный сотрудник посольства. По совместительству, так сказать.

— Очень приятно, мадам, — ответил я и, сняв треуголку, поцеловал ее протянутую руку. — Алекс.

Рука пахла таким ароматным кофе, который даже в Париже был редкостью. Анна Сергеевна усмехнулась, положив пистолет на стол:

— Приятно познакомиться, господин студент.

— Удивительно, но ваше лицо мне кажется знакомым, — тихо сказал я, напряженно пытаясь вспомнить, где я мог ее видеть.

Милые, немного детские черты, густые каштановые волосы, торчащие непослушными вихрами, красивые карие глаза.

— Мир тесен, наверняка виделись, — сказал Патрик,— Анечка, а что у нас с реквизитом? Нам надо срочно к Бензелю.

— Что, прямо сейчас? — прищурилась Анна.

— Ну, утром, разумеется, но времени будет в обрез.

— Реквизит в порядке, — ответила она. — Все, как договаривались. Провиант на три дня, две подготовленные винтовки Жерардони с полным комплектом, и обычный походный набор мелочей.

— Жерардони? — удивился я. — Надувные ружья?

— Понимал бы чего, — проворчал Патрик, снимая кафтан и вешая его на вешалку у двери. — Не надувные, а пневматические, не имеют себе равных на настоящий момент.

— Ну, не знаю, — покачал я головой. — По мне, так лучше проверенный штуцер.

— Штуцер, — фыркнул Патрик. — Даже рядом не лежал твой штуцер. Тут многозарядная винтовка, двадцать две пули в обойме, убойная сила на сто шагов, ни огня, ни дыма, ни адского грохота. Без заталкивания пули в ствол. Скорострельность зависит только от твоей сноровки. Идеальное оружие.

— И насосом полдня приклад накачивать, — вставил я, снимая верхнюю одежду у вешалки.

— Руки у солдата должны быть заняты все свободное время, — задумчиво поведал Патрик военную мудрость, разглядывая еду на столе, но тут же напрягся и глянул на Анну Сергеевну в панике:

— Кстати, Анечка, а что с резервуарами?

— Резервуары в тонусе, — усмехнулась она. — Все уже накачано. Ваш добрый знакомый, Прохор Иваныч, привет передавал. Он починил компрессорный агрегат, из которого кое-кто полгода не сливал конденсат, и приспособил его для зарядки. Вы ужинать будете? Или до утра спорить собираетесь?

— О, богиня! — Патрик замаслился благостной улыбкой и подмигнул мне. — Вот кто понимает в тяготах суровых шпионских будней! Другие только плотностью тела попрекают... И конденсатом.

* * *

Легкий ужин не отнял много времени. За едой я угрюмо ковырял вилкой в тарелке, Патрик же, напротив, уплетал за обе щеки со свойственным ему азартом. Потом, пожелав Анне Сергеевне спокойной ночи, мы отправились устраиваться на ночлег в соседнюю комнату.

— Кто эта милая женщина? — прошептал я, тщетно пытаясь найти удобное положение на жестком матрасе, уложенном на широком окованном сундуке. — У нее удивительно красивые глаза цвета золотистого кофе.

— Анна? — тихо переспросил Патрик, привольно разбросав руки на перине, которая досталась ему по старшинству. — Неужели я тебе о ней не рассказывал? Это восхитительная женщина! Не может быть, чтобы я не рассказал чудесную историю нашего знакомства. Лет мне тогда было почти столько же, сколько тебе сейчас. Славное было времечко! Я ходил на торговой шхуне матросом, искал романтики и богатства за той загадочной линией, которая разделяет море и небо. И однажды у

266

берегов Корсики нашу шхуну взяли на абордаж...

— Пираты? — я оживился и повернулся на бок, подперев щеку рукой.

— Они себя так не называли, — усмехнулся Патрик. — Тех из нас, кто остался в живых, загнали в трюм. И взяли эти молодцы курс на Алжир. Трудно было не догадаться, что просто так по морю нас катать никто не собирается, а если плохо себя вести, то можно отправиться на корм рыбам. На второй день к вечеру бросили якорь у южного побережья Сардинии, им необходимо было пополнить запасы провизии. Мне показалось, что более удобного случая может больше не представиться. До берега было рукой подать, не полная миля. В своем замысле я был не одинок, ко мне присоединились еще двое пленных матросов. Ночью мы потихоньку выбрались из трюма и, когда уже собирались спуститься в шлюпку, которая качалась на волнах у борта, неожиданно появились двое пиратов. К счастью, они были пьяные, и нам без особенного шума удалось уложить их спать. Но это столкновение могло стоить нам жизни, если бы не Анна. Дело в том, что она, как и мы, была пленницей, но держали ее в верхней каюте. Она заметила нас, когда мы выбирались из трюма. Она всегда была женщиной решительной и не собиралась покорно ожидать печальной участи. И появилась она как нельзя кстати. Пока мы разбирались с теми двумя оборванцами, оказывается, ко мне сзади подкрадывался еще один с ножом. Анна угостила каналью веслом, и мы с удовольствием взяли ее с собой. Удача нам улыбнулась, укрыла непроглядной ночью и дохнула попутным ветром. Давно это было. Неужели я тебе не рассказывал?

— Никогда, — откликнулся я, устраиваясь поудобнее в ожидании нового рассказа.

— Ну, это не беда, у нас с тобой впереди целая вечность... Ох, после такого ужина хоть на галеры... Боже, как ноги ноют... И задница от седла горит, как будто ременными пряжками отметелили.

Он пробормотал что-то еще и засопел. Я не поверил собственным ушам и позвал его, однако ответом мне было ровное сопение. Патрик заснул безмятежным сном счастливого младенца, оставив меня на растерзание моим мыслям. А в моем воображении уже вовсю мелькали свирепые пиратские рожи с кольцами в ушах, ноздрях и бровях, с яркими платками, у кого на шее, у кого на голове. Потом появилось божественно прекрасное лицо бедной баронессы Луизы. Она плакала и молила о помощи, беззвучно шевеля губами; но ее тут же забрызгали злые чернильные кляксы. Кляксы были похожи на людей в масках и черных плащах. Из этой чернильной лужи вновь выскочили пираты. Тут я увидел самого себя на мостике горящего фрегата. Я гордо сражался по меньшей мере с десятком кривоногих пиратов. Почему-то все они были кривоногие. Густой дым застилал солнце, а фрегат почему-то оказался на лесной поляне, что, однако, не мешало ему тонуть, медленно погружаясь в траву. Силы стали меня покидать, а пираты все наседали, но тут из трюма показалась огромная голова Патрика. Она широко зевнула и произнесла трубным басом:

— Вставайте, граф, рассвет уже полощется!

Я в ужасе проснулся и обнаружил себя на твердом сундуке с отлежанными боками. Патрик сидел на перине, натягивал сапоги и шумно зевал.

— Да, мой мальчик, таков уж наш крест, ни дня покоя. Когда же придет тот благословенный день, в котором я наконец высплюсь? — он вздохнул и, застегивая многочисленные пуговицы своей жилетки, мрачно проворчал:

— Боже, как я все это рококо не люблю.

Анна Сергеевна осталась в шато, видимо, присматривать за нашим походным багажом, а мы отправились в Дэбривиль.

Глава 29. Бензель и «Козья Морда»
(Территория Франции, 29 августа, пятница, 1788г.)

Бензеля, как и предполагал Патрик, нам удалось разыскать в кабачке, в старой части города. Здесь было не очень людно в виду раннего времени, но уже достаточно шумно. За столом возле окна, выходящего на улицу, компания прилично одетых молодых людей, позабыв о своем кофе, азартно спорила о том, что глубже – равенство или братство. И как вообще нужно понимать эти слова. Еще за несколькими столами степенно завтракали более сдержанные посетители, которых в данный момент интересовала более еда, нежели социальные и политические сумятицы нашего неспокойного времени.

Надо заметить, что интерьер кабачка, который назывался «Козья морда», в полной мере отражал многолетние душевные метания его хозяина. Старый Джамбо, так звали хозяина, был красив, как Сганарель и умен, как Жорж Данден, и в жизни ему везло, как обоим. Говорят, лет двадцать назад от него сбежала жена с проезжим испанским идальго, но, может, это и к лучшему, ибо тот вскоре повесился где-то в своей загадочной Эстремадуре. По поводу печальной судьбы идальго могли приврать друзья старика, чтобы сделать ему приятное или в расчете на небольшую скидку. А «Козья морда» досталась Старому Джамбо совершенно случайно в качестве компенсации карточного долга. Говоря по правде, он и в карты-то не играл, лишь волею судьбы присутствовал как верный друг и неподкупный арбитр на встрече двух игроков, выяснявших тонкости карточного долга. Долг получился нешуточным, и кабачок числился в залоге. Так вот, эти два афериста в пылу спора прикончили друг друга своими веркими шпагами, но перед смертью оба завещали «Козью морду» своему верному другу. Так Старый Джамбо и стал обладателем питающей недвижимости, хотя в то время он был еще просто Джамбо.

Погоревав о безвременно ушедших товарищах, он подошел со всей ответственностью к обустройству кабачка. И впоследствии всегда старался чем-нибудь его приукрасить в духе времени. Так, один из простенков был украшен витиеватой позолоченной лепниной, которая поразила Старого Джамбо, когда он с познавательной миссией посетил Ле Прокоп и другие столичные рестораны. Лепнина удалась на славу, вот только Джамбо наотрез отказался выполнить требование художника, изготовлявшего этот шедевр. Требовалось собственно немного — убрать с этого простенка огромную чучельную голову свирепого кабана, которая не соответствовала, по мнению художника, общему замыслу. Но Джамбо был непреклонен, с кабаном он расстаться никак не мог, это был один из его редких охотничьих трофеев. Примерно в таком же духе был устроен весь интерьер. Но многолетних завсегдатаев этого заведения он, похоже, совершенно не интриговал. Дело в том, что Джамбо изумительно готовил. Вот это и было надежной основой его маленького предприятия. И Бензель, как профессиональный агент, об этом был прекрасно осведомлен. Кушал он только здесь.

Вот и теперь, стоило лишь нам появиться в общем зале, как из дальнего угла мы услышали радостное приветствие:

— О, господа русские шпионы! Какими судьбами? Прошу составить мне компанию за скромным завтраком!

Все в кабачке на мгновенье замолкли, посмотрев на нас с Патриком, но тут же, не проявив никакого интереса, вернулись к своим занятиям.

— Зачем так орать? — прошипел Патрик, когда мы подошли к столу, где восседал Бензель.

— О, не стоит беспокоиться, — махнул рукой добродушно улыбающийся Бензель, сверкнув круглыми очками — У этих людей довольно своих хлопот. Неурожай этого года еще изрядно попортит всем нам нервы, попомните мои слова. Садитесь, прошу вас.

Надо отметить, что Марк Бензель, несмотря на свою славу истового гурмана, был не то чтобы слишком толст. Может, потолще Патрика, но едва ли существенно. Только щеки его были заметно круглее. Да и в целом от него исходило ощущение округлости. Бензель чуток привстал, коротко поклонился нам обоим и махнул хозяину заведения, который неподалеку говорил с посетителями у одного из столиков:

— Джамбо, друг мой, будьте любезны, пришлите мальчика принять заказ! У меня гости!

Мы уселись на грубоватые стулья с деревенской резьбой, созерцая скромный завтрак гостеприимного голландского шпиона. Очевидно, с супом и закусками уже было покончено, потому что трехэтажная башня из пустых тарелок возвышалась на краю стола. Мы застали Бензеля, когда он размышлял над горячим, обставленный розетками с разнообразными соусами. Тут же подошел сам старый увалень Джамбо и немногословно, но вполне учтиво поздоровался.

— Рекомендую вам вот такого изумительного палтуса, зажаренного в сыре, — Бензель элегантно указал оттопыренным мизинцем в свою тарелку. — Вкус божественный. Или мидии в яично-сметанном соусе на белом вине.

Патрик поморщился и спросил Джамбо, нет ли чего-нибудь готового, чтобы долго не ждать, и заказал кусок жареного мяса. Я попросил того же для себя, и Джамбо удалился в сторону кухни, прихватив пустые тарелки.

— Ну и напрасно, — промурлыкал Бензель, прицеливаясь к своему палтусу. — В руках старика Джамбо всякая рыбонька приобретает статус королевского блюда.

— Не люблю я все эти мукляди, — проворчал Патрик, наливая себе и мне вина из кувшина, стоявшего на столе. — Селедки под водку ещё куда ни шло.

На самом деле, Патрик и сам был не дурак вкусно покушать, но его, видно, бесило гипертрофированно-гурманское отношение к еде Бензеля. Поэтому он сразу перешел к делу:

— Так что там слышно о нашей баронессе?

— Ах, нетерпеливый вы наш, — Бензель шутливо погрозил Патрику пальцем и зажмурился, смакуя кусочек палтуса. — Ну как можно дела совмещать с трапезой?

— Времени в обрез, — сурово ответил Патрик, попивая вино.

— Ну ладно, — мудрый Бензель благоразумно не стал испытывать Патриково терпение. — Доложу вам, что наша история приобретает очень любопытный оборот.

— Поподробнее, пожалуйста, — Патрик подозрительно поднял бровь.

— Мои ясные соколы видели, как карета миновала Дэбривиль и выехала на северный тракт. На тракте есть единственная развилка. Ты помнишь.

— Ну как же, Черный Дуб, — кивнул Патрик. — Налево Сен-Гард, направо Монте-Брасс, прямо убогая дорога на Дэфанс. Как же не помнить...

При упоминании о Дэфансе что-то шевельнулось в моей памяти. Мне вдруг показалось, что та загадочная шкатулка, которая прятала мою память до того, как появился Патрик в доме бабушки Марты, имеет двойное дно, и в ней хранится что-то еще.

— Совершенно верно, — кивнул неторопливо жующий Бензель. — Экипаж сопровождали четверо всадников. Так вот, ни в одном из населенных пунктов, в которые можно было попасть от развилки с Черным Дубом, они не появились.

— То есть как? — нахмурился Патрик. — Может, твои пингвины их просто прошляпили?

— О нет, это исключено, — Бензель отрицательно помахал веточкой петрушки. — Они профессионалы в своем деле, зубастые ищейки. Ошибки быть не может. Никаких следов кареты нет.

— Ты издеваешься? — мрачно покачал головой Патрик.

Тут мальчик принес для нас с Патриком пару тарелок с ароматными обжаренными антрекотами и блюдо с порезанными овощами.

— Не могу себе этого позволить, — неожиданно хихикнул Бензель. — Я имею в виду издеваться, считаю это недостойным.

— Ну и, — Патрик взялся за нож.

Скорее всего, ножом он собирался разделать антрекот, но подумать можно было всякое.

— Зато кое-что интересное есть тут, — торопливо добавил Бензель, не пренебрегая различными вариантами интерпретации ножа. — Ты помнишь сумасшедшего Антуана, здешнего художника?

— Это не тот, что бредил оборотнями и привидениями? — наморщил лоб Патрик, прицениваясь к сочному куску мяса.

— Тот самый, — подтвердил Бензель, аккуратно макая кусочек рыбы в одну из соусниц. — Если ты помнишь, он как-то года три назад заблудился в здешних лесах и несколько дней пропадал, а потом его нашли в канаве за мельницей.

— Прутся всякие, куда не просят, — мрачно проворчал Патрик. — А парень-то неплохой был.

— Вот-вот, — согласился Бензель. — Пока не свихнулся. Жаль его, и художник от Бога. Я, кстати, все его картины скупил.

— Так что с Антуаном? — напомнил Патрик.

— Так его позавчера убили.

Патрик озадаченно перестал жевать.

— Да. В последние дни он был постоянно пьян и нёс в кофейне возле своего дома всякую околесицу. В том числе и о том, будто в лесу ему встретилась карета, запряженная крылатыми клячами, а в окне этой кареты явился ему лик прекрасной девы с печальными глазами, той самой, которую он видел тогда, три года назад. Говорил, что это великое знамение, — Бензель сделался серьезным, наклонился к Патрику и перешел на шепот. — Страшное знамение. Что, дескать, скоро откроется бездна ада, в которую он уже однажды заглянул, и тогда мир наводнит армия сатаны.

— Бред, — поежился Патрик.

— Вот и я так думал, — согласился Бензель. — Он каким-то буйным стал. Ну, я и решил зайти к нему под вечер в мастерскую третьего дня, вроде как за очередной картиной, а на самом деле, чтобы порасспросить его насчет кареты. Мастерская у него на Сен Кантен. Выхожу я из-за угла, из-за бакалейной лавки, и вижу, что на тротуаре человек лежит. Подхожу и понимаю, что с Антуаном уже никому из смертных поговорить не удастся. В груди у него по самую рукоять торчит нож. Даже мне стало не по себе. Помочь ему уже ничем было нельзя, и я решил уносить ноги, пока не поздно. И тут случайно заметил, что в руке у него что-то зажато. Скольких трудов мне стоило отобрать эту вещицу у мертвеца, не к столу будь сказано, страшно вспомнить, но я это сделал и, может быть, не зря.

Бензель вытер руки о полотенце, лежавшее на столе, достал из кармана кафтана овальный медальон на кожаном шнурке и положил его на стол перед нами. От удивления у меня отвисла челюсть — с медальона, словно живая, на меня смотрела баронесса. Я не удержался и прикоснулся к миниатюрному портрету пальцем.

— Это она, — кивнул Марк. — А в городе говорят вот что: якобы этот самый сумасшедший художник ограбил судью

Тришо, обчистил его потайной сейф со всеми взятками, заработанными тяжким трудом за многие годы. И уже потом этот художник стал жертвой уличных грабителей...

— А что, судью действительно обокрали? — поинтересовался Патрик.

— Похоже на то. Он вне себя от горя.

— Почему решили, что именно этот сумасшедший его обокрал?

— Потому что рядом с ним нашли несколько побрякушек и решили, что это в спешке не заметили те, кто его убил. Получается неплохо, но кое-что не сходится. Во-первых, никаких украшений рядом с Антуаном я не видел. Во-вторых, для того, чтобы совершить такое ограбление, нужно быть специалистом. В доме, где никогда не был, отыскать потайной сейф, о котором знал только сам судья, вскрыть этот сейф, и при этом войти и выйти из дома незамеченным. Свихнувшийся художник на такое точно не способен. Наконец, в-третьих, посмотрите-ка сюда, — он загадочно прищурился и взял медальон.

Мы с Патриком впились глазами в портрет.

— Обратите внимание на эти трещинки, — продолжал Марк, показывая ногтем потрескавшуюся в мелкую сеточку краску, — вот на этот стёс, вот на эти отметины. Краска содрана, и дерево уже потемнело...

— Ты хочешь сказать... — нахмурился Патрик.

— Я хочу сказать, что этой штуковине никак не два дня и даже не один год.

— Так, — Патрик задумчиво посмотрел в свою кружку с вином, — получается, он знал баронессу давно?

— Может, и знал, — вздохнул Марк. — Может быть, видел случайно.

— А может, это женщина его мечты, его идеал, — пробормотал я смущенно, — он написал ее из головы, и получилось так похоже.

Мне казалось, что Патрик посмеется над моей наивностью, однако он неожиданно серьезно и как-то растерянно произнес:

— Да нет, вряд ли... Смотри, даже родинка на левой щеке, правая бровь приподнята, морщинки у глаз и локон у виска, она его при любой прическе оставляет. Может, это не его работа?

— Это его рука, — Марк отставил пустую тарелку и выпил глоток вина. — Можешь мне поверить, я в этом кое-что понимаю.

— А я что-то ничего не понимаю, — Патрик ожесточенно

потер лоб. — Баронесса появилась в столице недавно, трех месяцев не прошло. До этого она преспокойно жила в своем поместье, говорят, где-то на юго-западе. В здешних местах она прежде не бывала никогда. Может, Антуан встречал ее в своих путешествиях?

— Нет, — покачал головой Бензель, изучая свой десерт, — он всегда был домоседом, а после того, как у него помутился рассудок, дальше мельницы на окраине города вообще не уходил. Только иногда его видели у развилки в лесу.

— У развилки, у развилки... — Патрик постучал по столу пальцами, как-то странно посмотрел на меня, потом повернулся к Марку. — Ты уверен, что никто тебя не видел?

— Ну... не знаю, — пробормотал Бензель. — Я хоть и старый лис, но никогда себя не переоцениваю. Я точно никого не видел.

— Здесь нужно серьезное расследование, а у нас нет времени, — покачал головой Патрик. — А помнишь, когда его нашли три года назад, он бредил призраками, дьяволом и прочей ахинеей. О чем он еще говорил?

— Что-то о болотах в лесу, — пожал плечами Бензель, вкушая ложечкой яблочный конфитюр. — О каких-то старых камнях, про дьявольскую бездну. Этот бред невозможно было запомнить, да к нему никто особенно и не прислушивался.

— А теперь, судя по всему, за этот самый бред его и отправили на тот свет, — Патрик нахмурился. — Если его убили, значит, боялись, что кто-нибудь все-таки может прислушаться. Прислушаться и связать воедино некоторые факты.

— Может быть, нас хотят направить по ложному следу? — предположил я. — Подбросили ему этот медальон, чтобы мы тут увязли.

— По ложному? Нет, не похоже, — Патрик отрешенно доел антрекот. — Марк же говорит, что это его рука.

—Точно, это его манера, — подтвердил Бензель, — я его знаю как облупленного.

— Возможно, ее прячут где-то в этих местах, — осенило Патрика, — Марк, ты говорил, он упоминал какие-то камни.

— Да, о каких-то камнях он болтал.

— Может, это скалы у Монте-Брасса? — предположил я.

— Там слишком людное место, — покачал головой Бензель.— Все на виду.

— Жаль, — отозвался я, с сожалением отгоняя видение с разбойничьим лагерем на неприступных скалах.

— Так, — Патрик вдруг оживился, и в его глазах вспыхнула

зеленая искра, — поблизости есть несколько замков, давай-ка попробуем их все перебрать.

— Гениально, — восторженно прошептал я.

Бензель с методичностью архивариуса перечислил все замки на сорок миль вокруг.

— Нет, это все не то, должно быть что-то еще. — Патрик отхлебнул вина.

— Поблизости больше ничего нет, — уверенно сказал Марк, кушая конфитюр.

— А замок барона Риквильда? — неожиданно для самого себя вспомнил я.

Об этом замке ходили мрачные легенды. Поговаривали, что где-то в здешних лесах среди непроходимых болот, вдали от людского глаза, таятся эти зловещие развалины, и по ночам там бродит неприкаянный призрак барона Риквильда, который сгинул давным-давно в смутные времена. В округе частенько творится что-нибудь неладное, и все стараются обойти эти места десятой дорогой. А если какой-нибудь смельчак или же случайный путник забредает туда, то живым его больше никто не увидит.

— Это все сказки для старух и сопляков, — отмахнулся Бензель, однако поежился от упоминания о нечистом месте. — Языком болтать, известное дело, не мешки ворочать, а трепачей у нас всегда хватало. А я такие места на дух не переношу.

— Постой, постой, — остановил его Патрик, — хорошая мысль. Если я не ошибаюсь, это где-то недалеко?

— Люди говорят, недалеко от развилки, — Бензель подлил себе вина. — В лесу, где-то недалеко от старой дороги на Сен-Гард. Но я думаю, что этих чертовых развалин вообще не существует...

— Они существуют, — мрачно улыбнулся Патрик. — Люди зря болтать не станут. И такое гиблое местечко, куда боятся сунуть нос, это как раз то, что нам нужно.

— Похоже на правду, — согласился я. — Ну, не могла же баронесса сквозь землю провалиться.

— Ну что ж, — Патрик приподнял свою кружку. — Придется посетить родовое гнездо барона Риквильда.

— Ну и замечательно, — кивнул Бензель, поглощенный своим десертом. — Бог вам в помощь, господа шпионы. Денежки можете на обратном пути занести, я вас не тороплю.

Глава 30. В поисках развалин

— Мне кажется, это большая ошибка, что мы доверились Бензелю,— мрачно сказал я, упаковывая походную сумку в комнате «Кочерыжки».

— Поверь мне, это был единственный выход, — успокоил меня Патрик.

— Но ведь он может использовать это в своих целях и нам во вред.

— Я так не думаю, — покачал головой Патрик. — Он слишком умен и жаден для этого.

— Значит, наверняка будет за нами следить.

— А вот это возможно, — согласился Патрик. — Но мы постараемся извлечь из этого выгоду. Не беспокойся о Марке Бензеле. Открою тебе страшную тайну, у нас для приобретения его доброго расположения открыт неограниченный кредит.

После скромного обеда в «Кочерыжке» мы попрощались с Анной Сергеевной, навьючили наших лошадей походной амуницией и сумками с провиантом, и, не теряя даром времени, выдвинулись на поиски. Чтобы лишний раз не привлекать внимания, Патрик решил в город не заезжать, а объехать его за старой крепостной стеной. Это несколько удлиняло путь, но вскоре мы выбрались на северный тракт, и дело пошло шустрее.

О развалинах замка барона Риквильда действительно ходили страшные истории, но сколько было в них правды, и где находился сам замок, никто толком не знал. Однако Патрик уверенно свернул с развилки у Черного Дуба в направлении Сен-Гарда, и через пару миль мы съехали с тракта в сторону небольшой деревеньки. Прежде, говорят, у нее было длинное название, но потом, когда жизнь в деревне зачахла, указатель частично отвалился, и осталось только одно слово «Томбэ». Так ее и называли вот уже лет триста. Жизнь в ней все еще теплилась только за счет таверны у большой дороги, где можно было недорого перекусить на полпути между Сен-Гардом и Дэбривилем. И еще, по слухам, в этой глухой деревне, которая располагалась глубже в лесу, пережидали трудные времена и прятались от суровых сборщиков соляного налога контрабандисты, промышлявшие тайной торговлей белым товаром. Прежде тут происходили настоящие боевые стычки между ненавистными всем габелу[36], этими сборщиками, не гнушавшимися самых презренных методов, и отчаянными приверженцами столь незаконного и рискованного, но столь выгодного и вожделенного заработка. Однако в последние годы сюда не решались сунуть нос даже наиболее отъявленные шпионы откупщиков. Ходили легенды, что живыми никто из них отсюда уже не возвращался. Подробности были самыми мистическими, но проверять их правдивость на себе никто не спешил. Так и повелось, что вездесущие габелу обходили эти места стороной. Но для нас, в зиду предмета и обстоятельств нашего поиска, это место выглядело вполне подходящим.

Возле таверны, на которой и названия-то никакого не было, у заросшей полуобвалившейся каменной ограды дремала оседланная лошадь мышастой масти. Ее ухоженный вид нас немного подбодрил. Мы спешились и вошли внутрь. За грубыми столами располагались несколько человек самой подозрительной внешности. При нашем появлении эти посетители маргинального вида, кто был еще в силах, обратили к нам свои мутные взоры.

Откуда-то из темного угла, заметно приволакивая ногу, вышел коренастый низкорослый мужчина, крепко сбитый, с короткой мощной шеей. От остальной публики его затрапезный костюм отличался только наличием фартука.

— Пойдемте, — просипел он и показал своими бычьими глазами в сторону серого окна, — там есть место. У нас выбор небогат, я подам всё, что есть.

Сказав это, он проковылял куда-то в глубь помещения, вытирая руки о засаленный фартук. Под рыбьими взглядами местной братии я чувствовал себя не очень уютно. Да и вообще, разговор об уюте здесь был бы вряд ли уместен. Стены были в жирной копоти, в воздухе висел чад и удушливый запах подгоревшего мяса. Свет тоскливо сочился из грязных ламп, закрепленных на грубых деревянных брусьях стен. В целом картина была нерадостной, и в атмосфере ощущалось напряжение. Однако, к некоторому моему успокоению, вскоре все вернулись к своему занятию, утратив к нам интерес. По крайней мере, внешне.

Мы расположились за столом у окна, и довольно скоро появился хозяин с кувшином и кружками в одной руке и с двумя мисками на доске в другой. Хромой поставил вино и кружки, смахнул со стола рукавом объедки прямо на пол и водрузил перед нами миски, полные какой-то бурды. После этого он молча удалился.

— Да, видно, учтивость в этих местах — редкая гостья, — пробормотал Патрик, проводив хозяина долгим укоризненным взглядом. — Это вам не «Козья морда».

В мисках, судя по запаху, было что-то вроде похлебки из капусты с гусиными потрохами. Мы выпили вина и только после этого отважились ее попробовать. Оказалось, что вкус этого блюда несколько приятнее, чем его запах, и не так отвратителен, как его вид. Не успели мы распробовать угощение, как перед нами появился человек в пропыленном дорожном костюме. Он извинился, представился и весьма учтиво осведомился, не позволим ли мы ему составить нам компанию. Я вопросительно посмотрел на Патрика, Патрик с готовностью ответил: «Почему бы нет».

Мы сразу поняли, что это хозяин мышастой лошади. Он прихватил с собой бутылку кальвадоса Кер де Льон, которую терзал в одиночестве. Вскоре мы узнали, что этот мужчина — помощник управляющего делами некоего графа в его поместье неподалеку от Дижона. Один раз в месяц он отправляется к графу в Сен-Гард, чтобы хозяин мог из первых уст узнать о положении дел в своей вотчине и передать новые распоряжения. Теперь он возвращался в Дижон после очередного отчета. Наш новый знакомый оказался славным малым — он не стал утомлять наш слух, а, напротив, сообщил несколько забавных анекдотов и никоим образом не настаивал на том, чтобы мы поведали ему свою историю. Однако Патрик, к моему удивлению, охотно поддержал беседу и сам с удовольствием рассказал о том, что мы ученые-натуралисты из Лиона. И проделали мы столь долгий путь для того, чтобы изловить в здешних краях одну весьма редкую ящерицу по прозванию Moloch horridus infernalius. Заодно он осведомился, не может ли наш новый знакомый подсказать, где поблизости она может водиться. Дело в том, что предпочитает она для своей жизни каменистые места — скалы или же развалины, причем развалины предпочтительнее. И желательно, чтобы им было уж ни как не менее четырехсот лет.

— К сожалению, не могу вам помочь, — покачал головой наш знакомый, — я совершенно не разбираюсь в науках и плохо знаю эти места. Заезжаю сюда только чтобы передохнуть часок и подкрепиться. И то потому, что больше негде.

— Очень жаль, — вздохнул Патрик, — дело в том, что если наше предприятие окажется удачным, мы посадим в лужу все наше Зоологическое Общество.

— Зоологическое Общество? — удивился я.

— Я имею в виду ученых мужей зоологического сообщества, конечно же, — поправился Патрик и негромко воскликнул: —

Боже мой! Сколько сил, времени и денег было потрачено этими бездельниками, чтобы доказать, что зверь этот тут жить не может! Это, видите ли, не укладывается в их систематическую теорию!

Про систематическую теорию я на всякий случай переспрашивать не стал, а Патрик поднял палец с видом проповедника, напоминающего о дне Страшного Суда, снисходительно улыбнулся, видимо, далеким членам сообщества, глотнул чужого кальвадоса и спокойно продолжил свои завиральные пассажи:

— А этой маленькой рептилии совершенно наплевать на все их теории, она здесь живет и в ус не дует. Уса, впрочем, у нее и нет. Но она здесь, я это чувствую, и вскоре научная истина, несомненно, восторжествует!

Наш новый знакомый смотрел на Патрика с жалостью, с которой добрые люди смотрят на душевнобольных. А когда он услышал о том, что мы намерены исследовать окрестности этой деревни, в его глазах появился неподдельный ужас.

— Вы хотите остаться здесь?! — прошептал он, испуганно моргая.

— А что в этом дурного?— смущенно пробормотал я.

Патрик изобразил на лице искреннее непонимание и удивление. Но я почувствовал, как он внутренне подобрался.

— Мне кажется, что на поиски места уйдет дня три-четыре, не больше, — невозмутимо произнес Патрик.

— Три-четыре?! — ужаснулся наш собеседник, будто ему предложили провести ночь в клетке с голодными львами. Выпив нашего бургундского, чтобы успокоиться, он наклонился над столом и тихо заговорил:

— Я вижу, вы и вправду ничего не знаете, — мы недоуменно переглянулись и пожали плечами. — Мне кажется, вы хорошие люди, и мне не хотелось бы, чтобы ваше безоблачное путешествие омрачилось... Много лет мне приходится проезжать по этим местам, но ни разу я не задержался здесь до сумерек. Я не из трусливого десятка, поверьте, но по мне лучше три ночи в седле на большой дороге, чем одну здесь, среди призраков...

— Все это очень странно, но нам необходимо найти эту ящерицу, — словно извиняясь, сказал Патрик. — А в призраков мы и вовсе не верим.

— Да неужели вы не можете поискать ее где-нибудь в другом месте? — сокрушался наш знакомый. — Здесь вы ничего не найдете...

— Мне кажется, вы чего-то недоговариваете, — Патрик

мягко положил ему руку на предплечье. — Скажите толком, чего мы должны опасаться?

— Я не знаю, — тот опустил голову и сжал кулаки.

У меня в душе происходило бурное смешение чувств. С одной стороны, я чувствовал, что мы на верном пути, с другой, слова этого человека сильно меня встревожили.

В поведении публики почувствовалось изменение, пьяный галдеж постепенно стихал, кто-то расплачивался, рассыпая медяки по полу, кто-то выходил, кто-то взваливал на плечо товарища, обессилившего в поединке с кувшином. Наш собеседник бросил взгляд на грязное окно, которое еще более потускнело, торопливо допил вино и стал с нами прощаться. Он еще раз предложил ехать вместе, если нам по пути. Но мы своих планов не изменили. Он огорченно вздохнул и, уходя, сказал:

— Я действительно не знаю, что вам угрожает. Пару лет назад здесь остался мой друг, остался всего на одну ночь и навсегда. Когда на обратном пути я заехал за ним, то нашел его у моста. Он лежал, раскинув руки, лицом вниз. Он успел сказать только: «Мне страшно» и умер. Он поседел за эту ночь и превратился в старика. Посмотрите на этих людей, — отчего они так напиваются? Я не знаю, но думаю, что неспроста. Прощайте. Да хранит вас Бог.

Он поклонился и вышел, за окном промелькнул его силуэт и послышался топот копыт.

— Бред какой-то, — пробормотал Патрик.

— Мне кажется, мы в нескольких шагах от цели, — негромко сказал я, доставая из-под лавки свою сумку, — их тут здорово напугали...

— Пусть теперь попробуют с нами, — пригрозил Патрик. — Если кто-нибудь собирается сделать из меня безмозглый тюфяк, ему придется хорошенько попотеть!

Мы расплатились с хозяином и попытались договориться с ним о комнате для ночлега, но, узнав о том, что мы собираемся остаться на ночь, он тоже повел себя очень странно. Сначала он вздрогнул, что-то пробормотал, потом успокоился, будто вспомнил о том, что ему на все наплевать, и категорически нам отказал. Однако предложил нам на выбор любой из пустующих домов в деревне, причем совершенно бесплатно.

— Скажите, любезный, — мрачно полюбопытствовал Патрик напоследок. — А почему люди отсюда уезжают?

— Отсюда никто не уезжает, — сурово ответил тот. — А вот вам стоило бы убраться отсюда, пока не поздно. Это мой вам добрый совет.

* * *

К деревне от таверны нас привела убогая заросшая лесная дорога. Мы уже подумали, что деревни здесь никакой нет вовсе, когда лес внезапно кончился, и это легендарное поселение предстало перед нашим взором угрюмым островом, покоившимся среди плохо возделанных полей, которые широкой дугой окаймляла река. А за рекой снова стоял стеной лес. Некогда деревня была большая, и жили здесь, видимо, неплохо. Но чем ближе мы подходили, тем яснее видели, насколько были оправданы пугающие слухи о ней. Несколько первых же домов, которые нам попались, были брошены. Сквозь провалившиеся крыши, словно кости почерневших скелетов, торчали гнилые стропила. В пустых окнах гулял сквозняк, раскачивая клочья тряпья. Отовсюду веяло убогостью и запустением.

— Да-а-а, — протянул Патрик, разглядывая полудохлую облезлую козу, которая неподвижно стояла у развалившегося сарая и смотрела прямо перед собой мутными немигающими глазами.— Веселенькое местечко. Смахивает на кладбище.

— Именно на кладбище, — согласился я, озираясь по сторонам, — и воздух здесь какой-то затхлый...

— Смотри, — подтолкнул меня Патрик, — а вот и покойничек.

Прямо на нас по пустынной улице шел человек. Для покойника он выглядел, пожалуй, слишком оживленно. Судя по его заплетающимся ногам и падающей походке, он был сильно пьян. Прежде, чем он с нами поравнялся, ветер донес до нашего настороженного обоняния сногсшибательный сивушный дух. Патрик поморщился, придержал коня, и, когда прохожий приблизился к нам неожиданным зигзагом, попытался с ним завести беседу. Однако попытки его не увенчались успехом. Человек, подвывая себе под нос, прошел мимо нас с полузакрытыми глазами, как мимо забора. Его оплывшее помятое лицо с фиолетовыми мешками под глазами было покрыто густой неопрятной щетиной. Он скрылся в одном из домов, со второго раза попав в дверной проем. Дверь за ним с грохотом захлопнулась, и лязгнул засов. Мы переглянулись и двинулись дальше. Тем временем уже стало вечереть.

— Вон тот дом на отшибе выглядит подходяще, — показал Патрик.

Дом был покинут, видимо, совсем недавно. Крыша была целой, но в окнах остались только рамы. Мы тщательно обследовали все снаружи, а потом внутри. У очага кучей лежали поленья, покрытые густой паутиной. Дверь запиралась на отличную щеколду, два окна выходили в сторону главной улицы. Из мебели нам достались в наследство крепкий дубовый стол и лавка. На перину с пуховыми одеялами и атласным балдахином мы и не рассчитывали, так что нас вполне устроили скромные походные постели из соломы, собранной в сарае. Расположиться мы решили поближе к очагу. Когда в нем жарко разгорелся огонь, неприятные стороны нашего путешествия немного подзабылись.

Таким образом, у нас была крыша над головой, очаг, дающий свет и тепло, мы были не голодны и полны решимости начать наши поиски завтра же утром. Перед сном Патрик проверил пистолет, щелкнул предохранителем и засунул оружие под подушку. Надо сказать, что пистолет у него был особенный. Патрик никому его не показывал, чтобы не возбуждать любопытства посторонних, и всегда хранил его в специальном внутреннем кармане кафтана. Ничего подобного я не видел. В отличие от привычных пистолетов, оружие было компактным и работало явно по другому принципу. На мои вопросы относительно его происхождения Патрик только отмахивался и говорил, что это подарок непризнанного и неизвестного пока мастера.

Минут через десять Патрик уже мирно храпел, накрыв голову краем плаща. Мне же не спалось. Поначалу солома кололась, потом в душе заворочалась тревога, потом стали кусаться блохи, а затем мне стало казаться, что в доме есть кто-то еще. Изредка поскрипывали половицы, из соседних комнат доносились шорохи. Мне чудились тихие голоса. Я хотел разбудить Патрика, но потом решил, что не стоит. Может, это всего лишь мыши скребутся. На всякий случай я положил поближе снаряженную винтовку и решил до утра быть настороже.

Проснулся я оттого, что кто-то чихнул. Не открывая глаз, я пожелал моему наставнику здоровья, но ответом мне было мерное похрапывание. Я открыл глаза, приподнял голову и осмотрелся. За окном уже рассвело. Патрик спал на боку, накрывшись лоскутом шкуры. С сожалением о раннем пробуждении, я улегся на место. И даже почти заснул, но мне вдруг стало неуютно, как от пристального неприятного взгляда. Это заставило меня вновь подняться, и тут мой сон окончательно испарился. По деревянному полу от потухшего очага к двери тянулась цепочка мокрых следов босых ног. Дверь была по-прежнему заперта на щеколду, и перед ней след обрывался, будто кто-то прошел насквозь.

Пришлось срочно растолкать Патрика. А следы тем временем высыхали прямо на глазах, оставляя после себя только грязные разводы. Патрик вытащил пистолет и прошелся по комнате. Он заглянул в камин, выглянул в окно, потом отодвинул щеколду и ногой распахнул дверь. В тот же миг где-то поблизости заорал осипший петух. Патрик вздрогнул, что-то пробормотал и внимательно посмотрел на меня:

— Может, кто-нибудь из нас двоих страдает лунной болезнью? Говорят, лунатики по ночам ходят, не открывая глаз. Даже по карнизу могут.

Я пожал плечами и кивнул на следы, потом на свои ноги. Моя нога была гораздо больше, след выглядел детским. К тому же мы спали обутыми, а ночной гость прогуливался босиком.

— Да, действительно, — Патрик убрал пистолет в карман и, заложив руки за спину, задумчиво посмотрел в окно.

Хозяин таверны с утра был еще менее разговорчив, нежели накануне. При нашем появлении на его лице, похожем на доисторическую окаменелость, промелькнуло выражение легкого удивления. Мы могли бы обойтись своими припасами, но Патрик заявил, что нужно использовать любой шанс для получения информации. На самом деле у меня возникло подозрение, что ему просто не хотелось жевать вяленое мясо.

Итак, мы позавтракали, прихватили с собой бутербродов и отправились на поиски развалин. Патрик шел, как будто наверняка знал, куда нужно идти. Однако очень скоро я понял, что он потерял направление.

— Что за ерунда? — пробормотал он, вытирая потный лоб рукавом рубашки и перевешивая с плеча на плечо надоевший кафтан. — Здесь должна быть старая дорога.

— Откуда ты знаешь, что она именно здесь? — удивился я.

— Интуиция, — пробормотал он. — Давай вон к тому ельнику.

За ельником мы наткнулись на непролазную топь. И несколько часов подряд натыкались на нее повсюду. Получалось, что мы не смогли отойти от деревни на расстояние больше двух-трех миль, всякий раз на нашем пути оказывались непроходимое болото. К шести вечера, судя по Патриковым часам, мы окончательно выбились из сил и вернулись в деревню грязные, мокрые и огорченные своей первой неудачей. В том, что нужен проводник, не оставалось никаких сомнений.

— Черт, и где взять в этом гиблом месте проводника? — ворчал Патрик.

Но, к нашему удивлению, этот человек нашелся безо всяких дополнительных хлопот. Мы встретили его, когда понуро брели по деревне к своему жилью. Он восседал на пороге ухоженного дома, покуривал трубку и, выпуская облачка дыма, внимательно следил за нашим приближением. Мужичок роста был небольшого и телосложения сухощавого. Он заметно отличался от остальных обитателей деревни; его одежда была поношенной, но при этом чистой. И что нас еще более удивило, он был трезв. Его хитро прищуренные глазки поблескивали из-под соломенной шляпы, мне показалось, несколько насмешливо. Дом его был обнесен справной каменной изгородью, в огороде что-то произрастало ровными грядками, а две ухоженные яблони были густо усеяны неспелыми еще плодами. И это при том, что вся страна пожинала плачевные результаты неурожайного года и июльского жесточайшего града.

«Наверное, это один из удачливых солевых контрабандистов»,— подумал я. — Возможно, главарь их банды».

Мы остановились. Патрик сдвинул треуголку на затылок, устало оперся на каменную ограду, скупо поздоровался, и без лишних церемоний перешел к делу:

— Послушай, любезный, ты, должно быть, знаешь здешние места?

— Может, и знаю, — лукаво ответил мужик и пыхнул дымом.

— Ага, — произнес Патрик, с интересом вглядываясь в глаза, спрятанные в узкие щёлки. — Ты не согласился бы послужить нам за определенную сумму проводником?

Из двери дома выглянула толстая баба, но мужик махнул на нее рукой, и она тут же скрылась.

— Может, и согласился бы. Это смотря какая сумма, и куда вас нужно проводить. Если к дьяволу, тоды за тройную цену, — мужик явно хамил, но, похоже, это был тот человек, который нам нужен.

Патрик это сразу понял и последние слова пропустил мимо ушей, не дрогнув ни единым мускулом.

— Мы натуралисты, ищем редких зверей, — терпеливо пояснил он. — Нам нужно отыскать развалины замка. Эти звери как раз там водятся.

«Контрабандист» вынул изо рта трубку, выстучал её о бревно, лежащее рядом и улыбнулся:

— Это будет дорого стоить.

— Сколько? — холодно спросил Патрик.

— По золотому за час пути.

— Пусть будет так, — согласился Патрик, хотя это был натуральный грабеж, и, собираясь уходить, добавил, — начнем завтра с утра.

— Тока вот, — замялся жулик. — Мне нужноть ещё до вечера обмозговать всё.

— Мозгуй, — зловеще улыбнулся Патрик. — Я зайду вечером.

Глава 31. Страшная ночь
(30 августа, суббота, 1788 г.)

Совершенно измученные, мы добрались до дома и в изнеможении повалились на наши походные постели.

— Клянусь зубами моей бабушки, — мрачно пообещал Патрик, стягивая сапоги. — После того, как мы найдем проклятый замок, я обязательно набью морду этому наглецу.

К вечеру, когда стало смеркаться, я сбегал в таверну за вином и кое-какой едой и занялся растопкой очага. А Патрик тем временем отправился на окончательные переговоры к проводнику. Вернулся он часа через два, когда за окном опустилась непроглядная мгла. Я уже начал волноваться. Оказалось, что для беспокойства был повод.

Патрик ввалился в дверь и остановился посреди комнаты. Поначалу мне показалось, что он крепко пьян, но тут же я понял, что причиной его странного состояния было нечто иное. Глаза его сверкали безумным огнем, как у человека, которого неожиданно столкнули со скалы, но он успел ухватиться за выступ. Лицо его было бледно, руки сильно дрожали. Дождь на улице еще только собирался пойти, а Патрик был мокрым с головы до пят, словно его окунули в бочку с ледяной водой. Я захлопнул за ним дверь, помог стянуть мокрую одежду, растер винным спиртом, дал выпить, укутал его в сухое и усадил поближе к огню. Некоторое время спустя на Патриковых щеках появился румянец, глаза потеплели, и в них появилось осмысленное выражение. Он глотнул еще спирта и тогда смог рассказать, что с ним случилось, попросив меня сначала покрепче запереть дверь.

Проводник, как мы и ожидали, запросил еще больше, по три золотых за каждый час пути. Патрик не счел за труд немного поторговаться, дабы прекратить этот возмутительный грабеж. В конце концов, после горячего препирательства они остановились на двух золотых, но серебром. Победа так обрадовала этого прохвоста, что он даже угостил моего наставника вином. Правда, вино было кислым. К тому времени тучи стали стремительно затягивать небо, собиралась гроза. Где-то за лесом вздрагивали сполохи, и раскаты грома раз за разом становились все ближе. Патрик решил поскорее возвращаться, несмотря на то, что «контрабандист» уже окосел, преисполнился щедрости и достал второй кувшин своей кислятины. Героически отказавшись от выпивки, Патрик направился домой, и по дороге с ним кое-что случилось.

* * *

Черные тучи стеной выползали из-за леса, быстро темнело, становилось прохладней. Нахлобучив треуголку поглубже и по привычке проверив в кармане пистолет, Патрик направился домой. Размышляя о серой сущности бытия и о богатстве оттенков людской алчности, он сильно удивился, когда обнаружил, что стоит у бревенчатого моста. Здесь деревня кончалась, дальше за рекой дорога уходила в черный безмолвный лес. Наш дом был прямо в противоположной стороне.

— Фу-ты, черт! — досадливо пробормотал Патрик. — Что это мы такое пили?

Он развернулся и потопал обратно. Через некоторое время он стоял у порога таверны и задумчиво смотрел на грязную запертую дверь. Хмельные философские думы из головы тут же улетучились, осталось только непонимание, унылое и одинокое, как табурет посреди пустой комнаты. Пили явно дрянь, но дело не в этом. Что-то похожее уже случалось. Не так давно он попал в Крабью Петлю у развилки с Черным Дубом и, кстати, до сих пор не выяснил, кто ее устроил. Теперь опять какая-то ерунда в том же стиле. И переходом воспользоваться нельзя — если следят, сразу просекут. Он на всякий случай пьяно ругнулся, вынул часы и открыл крышечку, прикрыв циферблат ладонями, как будто закрывал огонь от ветра. Стрелка основного направления показала поворот оверштаг, а стрелка возмущения пространства качалась в синем секторе, что означало средний уровень опасности.

— Ты глянь-ка... ночь уже! А я... где? — притворяясь совсем пьяным, вопросил Патрик и, покачнувшись, спрятал часы в карман. — Темно же... Ну, кто так делает-то?

Он уже почувствовал легкий сквознячок морока. Так и есть, очередная ловушка, только более безобидная, чем узлы и петли. Скорее всего, из разряда маятниковых дурилок. Что-то типа «Пьяной биты» или «Целования пестика», когда многократно пытаешься достичь некоего объекта, но никак не можешь, всякий раз незаметно для себя отклоняясь по косвенным траекториям. Примерно, как Земля не может достичь Солнца, но и отдалиться от него не в состоянии. Интересно, на кого дурилка поставлена, неужели на меня? Пройти ее можно довольно просто, но дело было не в этом.

За лесом снова полыхнула молния, загрохотал гром. Патрик поежился от порыва свежего ветра, выполнил шаткий разворот у дверей таверны и в десяти шагах увидел прямо перед собой забор. Он прекрасно помнил, что никакого забора тут не было, а была дорога в деревню. Полуприкрыв глаза, он фальшиво замычал что-то невнятно-народное и нетвердым шагом двинулся вперед. Дрянное вино мешало ему четко видеть течение потоков морока и связанных им энергий. Он прошел сквозь видимость забора и понял, что дальше нужно забирать вправо и нащупывать дорогу ногами. Когда вдали показался огонек нашего окошка, он незаметно облегченно вздохнул, запел громче и ускорил шаг. По идее, должно было отпустить, но не отпускало. Патрик стал слегка волноваться, а потом что-то услышал, отчего вздрогнул и остановился, будто сходу налетел на столб.

В тишине, поглотившей громовые раскаты, отчетливо плакал маленький ребенок. За то время, что мы провели в деревне, нам ни разу не удалось встретить ни женщин, ни детей. Даже мысль о том, что в этом убогом месте, где воздух был пропитан могильной сыростью, могут жить дети, не приходила в голову. Морок отчетливо сгустился, и на голову надавило. Это уже не дурилка, это было что-то покрепче. И он должен поддаться, хотя бы частично открыться, другого выхода не было. Играть нужно было достоверно. Патрик свернул в боковую улочку и медленно пошел на голос. Дома здесь были в основном брошенными. На фоне оставшегося кусочка фиолетового звездного неба, еще не проглоченного тучами, торчали их гнилые черные кости. Осторожно ступая по едва различимой дороге, Патрик шел, выставив вперед руки.

Ребенок плакал негромко, но в его всхлипываниях было столько горечи и обиды, что даже в самой черствой душе дрогнула бы нить сострадания. Перед взором Патрика стояло несчастное личико, большие глаза, полные слез, грязные разводы на щеках от маленьких кулачков, вздрагивающие губы. Босой, в одной рубахе, беззащитный слабый человечек плакал, брошенный один в пугающей черноте холодной ночи. Патриково сердце было готово разорваться на куски, он шел все быстрее и шептал:

— Сейчас, сейчас, погоди немного, я уже иду!

Если бы молния подсветила, он, конечно, сразу бы его увидел, поднял бы с земли, прижал к груди и отнес домой. Малыш был уже где-то рядом, плач становился все громче и громче. Но стало совсем темно, тучи заволокли все небо. Неожиданно где-то вдалеке залаяла собака. Патрик вздрогнул и остановился. И тут прямо перед собой он увидел зверя. Зверь был чернее ночи, и от него веяло холодом. Он был размером с небольшого медведя, а в его светящихся глазах плескалось тусклое расплавленное золото. Он сидел и ждал.

— Подойди, — прорычал зверь.

У Патрика кровь застыла в жилах, сердце замерло и сжалось в комок. Он почувствовал, что его притягивает к зверю помимо его воли. С огромным усилием шевеля языком и едва разнимая губы, как будто лицо его было заморожено, он просипел:

— Пошел... к дьяволу!

Зверь зарычал, низко опустив голову, и неожиданно заплакал, как ребенок. У Патрика помутилось в глазах, он почувствовал, что делает шаг. Он хотел дотянуться до крестика, но руки не поднимались, словно онемели. Снова отчаянно залаяла собака, на этот раз гораздо ближе. От этого лая чары зверя как будто на миг ослабли. Патрик огромным усилием поднял руку, ухватил крестик, сжал его в кулаке и, запинаясь, забормотал крестьянский заговор против оборотней, которому еще в детстве научила его бабушка:

— От звезды... от сердца... убирайся прочь! Через воду-пламень... возвращайся в ночь!

Зверь отпрянул и попятился. Детский плач, не замолкая, вдруг превратился в отвратительный кошачий вой. Зверь завертелся, взвыл, словно от боли, и стал стремительно удаляться. Вскоре он затерялся в лесу за рекой, только желтые глаза яростно сверкнули напоследок. А Патрик вдруг почувствовал, что стоит по горло в холодной воде. Он вскрикнул, как будто только что упал с моста, повернулся к берегу, запутался ногами в водорослях, упал, погрузившись в воду с головой, вынырнул и, тяжело дыша, стал выбираться на сушу. Ему не раз доводилось встречаться с оборотнями, но при совсем других обстоятельствах. Тогда он был вправе за себя постоять, и ему не надо было изображать тупого горожанина.

Сначала Патрик быстро шел, потом побежал, сбивчиво бормоча слова всех известных ему заговоров и молитв, чтобы выглядело это как можно более правдоподобно. Зубы у него стучали от холода и страха. Он больше не выпускал из виду одинокий огонек нашего окна и не оглядывался. Краем глаза он видел большого пса, похожего на волка, который провожал его в отдалении. «Спасибо, дружок, — с благодарностью подумал он, — кто бы ты ни был, с меня причитается. Только сам не засветись».

* * *

Патрик не стал вдаваться во все подробности своей встречи с оборотнем. Только рассказал, что кто-то с помощью колдовства заманил его на мост и столкнул в воду. А я тут же вспомнил утреннюю историю с загадочными следами и с большим сомнением поглядывал на дверь, запертую на щеколду. А за окнами сверкали молнии, и лило, как перед потопом.

Спать мы решили по очереди, но очень скоро стало ясно, что уснуть в эту ночь не удастся. Патрик все еще пребывал под властью пережитого происшествия, да и у меня на сон не оставалось никаких надежд. Вскоре высохла Патрикова одежда, он переоделся, и мы подкрепились курятиной, сыром с хлебом и вином. Ели молча. Остатки нашей трапезы Патрик собрал в тряпичный лоскут и положил у дверей.

— Завтра пса покормим, — пробормотал он.

Потом мы уселись на лавке у камина и незаметно разговорились о прошлом.

* * *

Трудно сказать, который был час, когда кто-то поскребся в дверь. Дождь к этому времени уже перестал. Патрик насторожился, потушил свечу на столе и достал пистолет. Амулет у меня на груди вдруг сделался теплым. Я подобрал с пола винтовку. Снова кто-то поскребся, а потом послышался детский плач. Даже в слабом свете камина было видно, как побледнел Патрик. Стиснув зубы, он щелкнул предохранителем и навел пистолет на дверь. За окном промелькнула тень. В дверь постучали настойчивее.

— Кто там? — гаркнул Патрик и встал к стене, вытирая со лба крупные капли пота.

— Откройте нам, — жалобно простонал тоненький голосок за дверью, — мы так промокли, нам бы только погреться...

— Убирайтесь ко всем чертям! — оборвал его Патрик, с трудом сдерживаясь, чтобы не пальнуть на голос. — Пошел прочь, если не хочешь пулю в лоб!

— Но мы ведь так немного просим... — всхлипнули за дверью.

— Это же дети, — прошептал я, испытывая странное головокружение.

— Дважды повторять не буду! — рявкнул Патрик, отмахнувшись от меня.

— Давай их пустим, — возмутился я. — Они наверняка продрогли.

И в тот же миг мощный удар разнес дверь в щепы. В комнату, словно таранное бревно, головой вперед влетел человек. Он грохнулся прямо на стол и замер, как окоченевший труп. На мгновение мы застыли, не сводя с него глаз. Наш нежданный гость был облачен в черный костюм незнакомого кроя, при черном небольшом галстучке, похожем на бабочку, и с красным пионом в петлице. Руки его были сложены на груди, а между пальцев подрагивала огоньком тоненькая свечка. Но более всего странным оказалось его лицо, застывшие черты которого в точности повторяли лицо Патрика. Это потрясающее сходство повергло меня в состояние онемения. Первым опомнился Патрик. Одним прыжком он оказался у порога и дважды выстрелил в темноту. Я встал с ружьем к окну и стал стрелять по мелькающим теням, которых оказалось очень много. Чудом я увернулся от прилетевшего с улицы топора, который, чиркнув меня по уху, с грохотом упал под противоположной стеной. В Патрика выстрелили, от дверного косяка полетела щепа. Патрик выстрелил в ответ на вспышку. В темноте кто-то вскрикнул. Эхо этого крика еще металось по лесу, когда за моей спиной зашипел камин, будто в него плеснули ушат воды. Я обернулся, и меня обволокли клубы сырого едкого дыма.

— Береги огонь! — крикнул мне Патрик и снова выстрелил в тень, промелькнувшую во дворе. Я выхватил из очага едва горевшее наполовину залитое водой полено и вдруг почувствовал на шее холодное прикосновение. Чьи-то сильные руки сдавили горло. Я выронил полено, задрал голову вверх и увидел черный костюм, белую манишку, красный пион и оскаленные зубы, а еще глаза, полные расплавленного золота. Из моей глотки вырвался слабый хрип, перед глазами поплыли фиолетовые и оранжевые круги, потом все стало проваливаться в немую черную вату.

Патрик отшвырнул стол, подхватил с пола горящее полено и сунул его в лицо «покойнику». Тот отшатнулся и разжал тиски холодных пальцев. Я мешком повалился на пол, а Патрик заткнул пистолет за пояс, схватил лавку и наотмашь двинул ею «мертвеца» по голове. Голова отлетела, как гипсовый шар, стукнулась о стену и, дико вращая сверкающими глазами, закатилась в угол. Но странный ночной гость, вместо того, чтобы упасть, вдруг неторопливо отправился за своей головой, словно ему не башку снесло, а сорвало ветром шляпу. Лицо у Патрика вытянулось, он застыл с лавкой в руках и молча наблюдал за действиями своего двойника. Тот поднял свою голову, стряхнул с нее пыль, вытер рукавом золу со щек и бережно водрузил на прежнее место. После этого он направился к нам, явно собираясь вернуться к прерванному занятию. Патрик выронил лавку, дрожащей рукой вытащил пистолет и выстрелил дважды, не целясь. На белой манишке образовалось две дырочки, однако мертвеца это нисколько не смутило, он приблизился к Патрику, нехорошо при этом улыбаясь. Но вдруг он остановился и прислушался, а потом посмотрел на дверной проем. Его явно что-то насторожило. Он посмотрел на Патрика долгим взглядом, в котором угадывалось нечто вроде сожаления о недоеденном стейке с кровью.

Патрик бросился на «покойника» и вцепился мертвой хваткой ему в глотку. Тот скривил уголок рта в мерзкой ухмылке и одним небрежным рывком сбросил его руки. Поправив цветок в петлице, он отошел к окну, сильным ударом ноги выбил раму, перелез через подоконник и скрылся из виду.

Кашляя и трогая рукой свое горло, я кое-как поднялся с пола. Комната была полна сизого порохового дыма, пыли и пепла. Патрик стоял неподвижно и немигающим взглядом смотрел в дверной проем.

В голубоватом свете луны, пробившейся сквозь тучи, я увидел во дворе человека. Это был крестьянин — сутулый, в длинной рубахе, подпоясанной веревкой, в рваных штанах, босиком и в мятой коротксполой шляпе. Рукава рубахи были закатаны, а крепкие жилистые руки держали косу. Крестьянин молча приближался к нам. Коса со свистом рассекала воздух, как будто он косил невидимую траву. Выглядело это жутко и странно. Я всмотрелся в его лицо, и по моей спине прошелся холодок. Под шляпой на безжизненном застывшем лице зияли провалы пустых глазниц. Он был слеп.

— Вот он, символ революции, — пробормотал Патрик.

Я подошел к Патрику, вскинул винтовку и прицелился.

— Бесполезно, — прошептал мой наставник.

С полом в комнате вдруг стало твориться что-то неладное — он вдруг размягчился и превратился в трясину. Головня, валявшаяся у стола, зашипела и погасла. Ноги стали проваливаться, словно в вязкую грязь. В нос ударил гнилой болотный дух. Попробовав сделать шаг, я погрузился сразу по пояс и вскрикнул от неожиданности. Ухватиться было не за что, до решетки очага отсюда я бы не дотянулся. Патрик бросился ко мне, и тоже оказался в густой болотной жиже. Он оглянулся на крестьянина, поднял пистолет, прицелился и нажал на курок. Послышался сухой щелчок, обойма была пуста.

Слепой старик шаг за шагом приближался, размеренно очерчивая тусклым лезвием широкий полукруг. Переступив порог, он вошел в дом. Мне отчетливо были видны заскорузлые пальцы его ног и синеватые грязные ногти. Казалось, еще шаг, и трясина оближет их и с чавканьем начнет засасывать, но этого не произошло. Он неумолимо приближался, ступая неслышно и твердо. Чем глубже мы погружались, и чем ближе он подходил, тем страшнее он вырастал над нами. В его движениях было что-то механическое. Мой амулет на груди стал почти нестерпимо горячим.

Я что-то кричал Патрику, давясь кашлем и не отрывая взгляда от лезвия. Патрик нашел в грязи мою руку и крепко сжал. Он тоже следил за неотвратимо приближающейся гибелью. У него над поверхностью еще возвышались плечи, а я изо всех сил вытягивал шею и запрокидывал голову, чтобы не захлебнуться, холодная грязь уже заливалась в уши. Я всем телом почувствовал приближающееся лезвие, представил, как оно взрезает кожу на шее и жилы, и зажмурился.

— Набери воздуха и ныряй! — услышал я словно издалека повелительный голос Патрика.

Глава 32. Откровение от архастера

— Черт, это было жутко, — прошептал я, дико тараща глаза и судорожно вцепившись в рукав Патрикова пиджака.

— Могло быть и похуже, — недовольно проворчал он. — Рукав не тяни, оторвешь.

— Мы что, уже умерли? — я разжал одеревеневшие пальцы, недоуменно разглядывая низкое помещение, обильно унавоженное птичьим пометом и слабо освещенное квадратными отдушинами по низу стены, в которых угадывались фрагменты летнего городского дня. — Я представлял загробную жизнь по-другому. Совсем не так.

— А как? — мрачно поинтересовался Патрик.

— Ну, не знаю. Но как-то не так. А мы вырвались, что ли,

из этого кошмара?..

— Кажется, пронесло на этот раз, — кивнул Патрик и тяжело вздохнул. — Но теперь мы точно засветились... Да, ну и черт с ними, надоели эти игры! Ведь сразу говорил, надо было делать по-моему! Ладно, пойдем на выход, поболтаемся по округе пару часов.

Патрик огляделся и уверенно направился к двери, едва виднелшейся в полумраке. Дверь была железная, кривобокая, покрашенная синей комковатой краской.

— Что-то не похоже на Францию, — прошептал я.

— Никогда и не было похоже, — пробурчал он в ответ и навалился плечом, извлекая из крашенного куска железа на ржавых петлях удивительно тоскливые звуки.

За таинственной дверью был свет, и была лестница. Бетонные ступени, покрытые мохом паутины и залежами мелкого мусора, равнодушно уходили вниз. Все это очень напоминало подъезд классической «хрущобы». Сквозь стекла, покрытые толстым слоем пыли и засохшими в паутине мухами, пробивалось палевое солнце. Все стены, как водится, были исцарапаны, синяя краска местами облупилась, под ней проглядывала старая, зеленая. На душе у меня сразу немного отлегло, и сердце перестало колотиться, как бешеное. Но в мыслях был полный винегрет.

Мы стали спускаться. Пахло кошками, и этот основной общественный запах на разных этажах подкреплялся запахами индивидуальными. Из-за обитой дерматином двери с медным номером выплывал аромат свежесваренного кофе. Этажом ниже площадка была заплевана, по углам покоились курганы окурков, в воздухе плотным туманом висел винный перегар. Кофейный дух сюда не проникал. Еще ниже жарилась картошка, у кого-то сбежало молоко, где-то радио гремело бравым маршем, где-то растрезвонился будильник. Кого-то послали к чьей-то матери, зашёлся в крике ребенок, пытаясь соперничать с воплями родителей. Дом оживал, просыпался, и начинались обычные утренние хлопоты.

Настроение у Патрика немного улучшилось. Он даже начал что-то мурлыкать себе под нос и подсвистывал в такт прыжкам. Перепрыгивая через ступеньки, мы довольно скоро спустились вниз. Дверь подъезда, крашеная суриком, распахнулась, скрипнув растянутой пружиной, и выпустила нас на улицу.

Солнечное утро дышало свежестью и обещало жаркий день. По дороге неподалеку, фыркая, проехала поливалка. Веерными струями она промывала асфальт и осыпала тучами брызг кустарники. Патрик, стоя у подъезда, вдохнул чистого, еще не закопченного воздуха, благостно зажмурился, раскинул руки и потянулся. Тут сверху послышалось вкрадчивое карканье, и Патрику на лысину что-то шлепнулось. На сияющее чело моего наставника набежало облако мрака. Он потрогал лысину, посмотрел на свои пальцы, скрипнул зубами и возвел глаза к небу. Подлая птица сидела на краю подъездной крыши и, склонив голову набок, зыркала бесстыжим глазом.

— Ты... Ты!.. — зашипел Патрик, не находя слов. — Клизма старая!

Он поискал глазами вокруг, чем бы запустить в ворону, но та, не будь дурой, смекнула, в чём дело, встрепенулась, каркнула напоследок и проворно шмыгнула за угол дома.

— Вот шельма! Ботва носатая! — ругался Патрик. — А ты чего радуешься? Хи-хи-хи, ха-ха-ха! — передразнил он меня, доставая из кармана платок. — Человеку, можно сказать, в душу нагадили, а он веселится.

Меня разобрал нервный смех, я пытался сдерживаться, но прыскал в кулак и снова закатывался. Потом мне пришло в голову сорвать большой липовый лист и предложить его Патрику в качестве промокашки. Он сурово отмахнулся, вытер лысину платком и выбросил его в урну.

— Ладно, — проворчал он, — похоже, сегодня воскресенье. Давай, что ли, на «Птичку» съездим, немного развеемся.

— Давай, — охотно согласился я, — я там ни разу не был.

— Ты не был на «Птичке»? — недоверчиво прищурился Патрик. — Не может быть.

— Ни разу, — подтвердил я.

— Ладно. Тут трамвайная остановка в двух шагах, — Патрик снова мрачно глянул вверх и направился в обход дома.

Он шел, засунув руки в карманы брюк, о чём-то напряженно размышляя. А мне все вокруг казалось необыкновенно интересным, я забегал вперед, читал объявления на столбах, рваные афиши, разглядывал витрины магазинов. У меня было странное ощущение. Всё это было похоже на Москву, но вместе с тем город казался другим. Что-то неуловимое делало его загадочным. Но что именно, я не мог понять, ощущение ускользало и пряталось где-то в этих деревьях с просвечивающими на солнце листьями, в плывущих машинах, сверкающих лаком и хромом. Даже воробьи, купающиеся в луже у пивного ларька, которые радостно щебетали, любили и тут же шумно дрались, все это было как будто во сне или в кино.

Стали появляться люди, и с каждой минутой их становилось все больше. А когда мы подошли к перекрестку, то еще издалека имели удовольствие видеть на остановке столпотворение, подобное первомайскому. Толпа гудела разными голосами и втискивалась в узкие трамвайные двери.

— Бежим скорее! — воскликнул я. — А то сейчас уйдет!

Патрик даже рук из карманов не вынул и, глядя на цирковую афишу с красноносым клоуном, мрачно изрек бабушкину истину:

— Не спеши, а то успеешь.

— Ну, как же? — горячился я. — Он же уйдет сейчас!

— У меня был приятель, такой же суетной, — негромко сказал Патрик, — тоже торопился, промахнулся мимо трамвая, попал под машину. Были неприятности.

— Чуть-чуть пробежались бы и ехали теперь, — я раздосадовано проводил взглядом трамвай, который с деловым перезвоном покатился прочь.

— Нам в другую сторону, — невозмутимо ответил Патрик.

— Стоп, — неожиданно сказал я сам себе и остановился.

— Что ты застрял? — на ходу обернулся Патрик. — То козлом скакал, то встал, как пень.

— Патрик, — произнес я дрожащим голосом, — я все помню.

— И что? — развел он руками. — Пойдем, вон наш трамвай идет!

Я стоял и не шевелился, как будто боялся спугнуть откровение, от которого все мое тело покрылось испариной. Я огляделся по сторонам. Точно, это было не мое время. Мое было позже. На десять или пятнадцать лет? Мы, несомненно, были в другом времени, но я все помнил о себе, о Патрике, о Магистре, о нашем задании и о путешествии в Потоке.

— Алё, диспетчерская! — Патрик пощелкал у меня перед носом пальцами, внимательно заглянул мне в глаза и покорно вздохнул. — Ладно, пойдем на лавочке посидим.

Мы прошли в сквер за остановкой и сели на скамейку.

— Ну, — Патрик сложил руки на пузе и приготовился слушать.

— Я все помню, — горячо повторил я.

— В каком смысле? — прищурился он.

— В буквальном!

— Не вижу в этом ничего предосудительного, — невозмутимо заявил Патрик.

— Но ведь Роман Андреевич говорил, что я не готов перемещаться так, чтобы сохранить свою память, а я помню! — воскликнул я.

— И что так орать? — прошипел Патрик и беспокойно огляделся вокруг.

— Но это же очень важно! Мы только что едва не погибли, и я это вдруг вспомнил здесь, в другом времени! — взволнованно зашептал я.

— Ну, это важно, конечно, — спокойно согласился Патрик.— Но не нужно это принимать так близко к сердцу.

— А как же принимать? Ведь это не с кем-то там произошло, а со мной и с тобой!

— Я понимаю, — Патрик посмотрел на меня серьезно. — Твоя жизнь будет долгой, прекрасной и удивительной, но только при одном условии. Если ты будешь принимать эту жизнь должным образом.

— В смысле? — насупился я.

— Тебе открылась первая страница, — сурово ответил Патрик, — а тебя трясет, как на электрическом стуле. Ей-богу, вроде взрослый уже мужик, а ведешь себя, как пацан. И что с тобой дальше будет?

— Может, на этой странице было написано про смысл всей жизни, — проворчал я, поднял с земли березовую веточку и, отвернувшись, принялся накручивать ее на палец.

— Извини, — пробормотал Патрик, — что-то меня занесло... В Гагры пора, нервы ни к черту. На самом-то деле я не в праве тебя упрекать. Ты не виноват в том, что для твоей подготовки не было никакой возможности.

— Для какой еще подготовки? — буркнул я.

— Видишь ли, для того чтобы выйти из Потока и вернуться обратно, нужно, чтобы тело и дух были к этому готовы. У некоторых на это уходят десятилетия.

Я недоверчиво посмотрел на Патрика. Он усмехнулся:

— А что ты думал? Это тебе не за пивом в ларек сгонять.

— Я не понимаю.

— Ты думаешь, это так просто? Открыл дверь, вышел, погулял, и домой?

— Не знаю, — пожал я плечами, — я ведь не сам выходил.

— Сам или с чьей-то помощью, это не важно. Важно, что ты выходил. Даже общая история создания миров Потока преподается ученикам больше года.

— Каким ещё ученикам? — удивился я.

— Придет время, узнаешь. Давай лучше с памятью разберемся. Ты мороженого не хочешь?

— Какого ещё мороженого? — опешил я и захлопал глазами.

— Ну, пломбира или фруктового? — Патрик усмехнулся, глядя на мое вытянутое лицо. — Тебе какое больше нравится?

— В стаканчике.

— Посиди пока, — Патрик легко поднялся со скамейки, быстрым шагом направился к киоску возле остановки и через пару минут вернулся с мороженым.

— Вообще-то, я могу съесть и пяток, — похвастался он, вручил мне одно мороженое и уселся на свое место. — Да, о чём это мы? А, о памяти. Так вот, когда ты перемещаешься через Мерцающий мир, в тот самый момент открывается твоя память о всех прошлых жизнях.

— Да, это я понимаю, но до сих пор я вспомнил только одну дополнительную жизнь, которая... ну, быстро закончилась.

— Придет время, вспомнишь все. А пока в том месте Потока, куда ты переместишься, память твоя будет закрыта. Потому как мал еще. Понял?

— Нет.

— Ладно, — усмехнулся Патрик. — Мы с тобой сейчас в Мерцающий мир не ныряли. Поэтому в этом месте твоя память открыта. Так понятнее?

— Постой, — я поморщился, вспоминая разговор в замке. — Мы тогда говорили о переходе через Мёртвую Зыбь, а Магистр сказал, что есть еще два способа, и ты ходишь через «норы». И память сохраняется только если ходить через норы.

— Да, если переться через Мёртвую Зыбь, то последствия не всегда можно просчитать. У тебя сейчас мороженое на штаны капнет, — предупредил Патрик, откусывая краешек от вафельного стаканчика. — Ты не заметил разницы в том, как перемещал нас Роман Андреевич, и как мы ходим с тобой вдвоем?

— Как-то не очень, — честно признался я, слизывая тающее мороженое.

— Нужно быть более наблюдательным. Когда меня впервые водили через Мерцающий мир, я думал, у меня глаза лопнут от сияния, а мое несчастное грубо-материальное тело размажется по пространству, как масло по хлебу. Свет ты хотя бы заметил?

— Свет заметил, — вспомнил я. — Очень яркий и переливчатый. Если честно, я побоялся долго смотреть.

— Ну и правильно, — кивнул Патрик, — нужно время, чтобы привыкнуть. И немалое время. А когда мы с тобой ходим вдвоем, у нас тишь, да гладь, и никаких головокружений. Хотя в первый раз ты был немножко не в себе, и по глазам тебя зацепило. И тогда, кстати, ты тоже все помнил, но реагировал по-другому.

— Да, было дело, — я вспомнил, как перескочил из подземелья замка в метро на Пушкинской. — И каждый раз мы ходили не через Мерцающий мир, да?

— В точку, — усмехнулся Патрик.

— И как? По этим норам?

— Именно. Это такие полости в Потоке, как дупла в дереве. И тянутся они по всему телу Ствола. По крайней мере, я проныривал достаточно глубоко.

— А почему Роман Андреевич сам этими «норами» не пользуется?

— Такое не все умеют, — Патрик поймал языком падающую каплю. — Могут только волхвы, люди Кверкуса и архастеры. Эх, жаль, платок пропал. Теперь все пальцы склеятся.

— А ты, что ли, волхв? — удивленно спросил я.

Патрика мой вопрос сильно развеселил. Он смеялся так, что чуть не выронил остатки своего мороженого из стаканчика себе на штаны. Вначале я обиделся, но потом представил Патрика волхвом, и мне это тоже показалось забавным.

— Извини, это у меня, наверное, стресс выходит, — пробормотал он, вытирая слезы рукавом. — Нет, я не волхв.

Он снова засмеялся, а у меня протекло мороженое, и мне пришлось его экстренно спасать.

— Волхвы — это маги очень древней династии, — пояснил Патрик, когда немного успокоился. — Это слишком серьезные персоны, чтобы на их фоне моя фигура выглядела убедительно.

— Значит, ты этот... — я наморщил лоб, вспоминая слово. — Как ты сказал?

— Архастер.

— Архастер, — повторил я и добавил не слишком уверенно.— Но ты человек.

— Что ты имеешь в виду? — удивился Патрик.

— Что ты человек, а не кто-то еще, — я смутился.

— Ну, в общем и целом, м-м-м... как бы да, — кивнул он.

— Архастер — это что, название профессии, вроде Стражей Потока?

— Ни то, ни другое нельзя назвать профессией, — улыбнулся Патрик. — Разве можно, к примеру, назвать профессией то, что у тебя печать Глаза Дракона на лбу?

— А как же это назвать? — я потрогал свой лоб.

— Не знаю, — отмахнулся Патрик, доедая стаканчик. — Я такими серьезными вопросами, в отличие от некоторых, голову себе не забиваю. Может, это способность, или дар, или судьба.

— А может, это путь? — предположил я. — Или способ его пройти? Или это смысл жизни?

— Смысл жизни у нас на всех один, — Патрик сорвал листок с куста сирени и вытер им пальцы.

— Да, воссоединение с Небесными Сферами. Но это такой большой и общий смысл, — вздохнул я, — а должен быть еще маленький смысл, близкий сердцу и понятный уму.

— Смысл жизни человека состоит в том, чтобы перестать быть животным.

— Что ты имеешь в виду?

— Большая часть человечества живет, как птицы. Что птице нужно? Найти корм, найти друга или подругу, свить уютное гнездышко и завести детей. Вот на большее многие и не претендуют.

— А это неправильно?

— Правильно. Но для всего, что я перечислил, не надо быть разумным существом. Можно быть птицей или собакой. Для разумного существа, помимо воспитания потомства, смысл жизни состоит в развитии своей личности и в познании мира.

— Понятно. А в чем смысл жизни архастера?

— Архастеры, как ты мог бы уже заметить, вполне разумные существа. Ну, и прирожденные проводники, пожалуй. Проводники по разным странным местам, такой вот, видимо, смысл. Это у нас лучше всего получается.

— Проводники по Стволу Потока?

— Не только по Стволу и не только по Мерцающему миру. Но это уже зависит от квалификации проводника.

— Знаешь, — я немного замялся, — когда ты ходил за мороженым, закши мне рассказал, что ты нас вытащил из-под косы, хотя это была очень непростая задача.

— Ты говорил с закши? — Патриковы глаза сделались круглыми от удивления, и лицо его вытянулось. — Здесь?

— Ну, скорее, это он со мной разговаривал.

— Это странно, — покачал он головой. — Удивительно. Обычно закши не говорят в пределах Потока.

— Но я-то не знал. Поэтому воспринял это нормально... кстати.

— Ну вот, всегда бы так.

— Он сказал, что это была хорошо спланированная и очень жесткая атака, и что ему самому не удалось бы нас спасти, даже если бы он завихрил Поток. А ты нас вытащил и при этом сам смертельно рисковал. Спасибо.

— Да ладно, — пробормотал Патрик. — Ну что, двинем на «Птичку»?

— Постой, Магистр говорил о рыцарях Ордена Дракона и воинах Крылатого Пса, кажется. Я не успел расспросить у него подробнее. Кто они?

— Ну вот, опять! — Патрик всплеснул руками. — Ты пойми, голова — это не мусорный бак. Голову нужно беречь. Нельзя в нее впихивать все сразу! В мире Потока все должно происходить постепенно и естественно. Если крышу сорвет, то душа улетит вместе с ней. И, можешь мне поверить, улетит она очень далеко, а места там крайне неприятные. И, кстати, по поводу должного восприятия жизни. Умение себя контролировать для тебя теперь вопрос жизни и смерти. Этому учатся годами, но у тебя нет на это времени. Если не справишься, тебе капец! Любая самая ничтожная ошибка в сложной ситуации может привести к гибели.

— А что конкретно делать-то?

— Попробую тебе простонародным языком объяснить, натурфилософски, так сказать, без заумной подоплёки. Доступно и наглядно. Для начала прими на веру, что различные человеческие эмоции, всякие чувства, всегда сопряжены с определенными вибрациями.

— Вибрациями чего?

— Это важно?

— Ну, вибрации же не существуют сами по себе. Так же, как цвет. Должно что-то вибрировать.

— Если я тебе скажу, что это вибрации психо-соматического происхождения, тебе легче станет? Ты эзотерическим знанием хочешь обогатиться или будешь глупые вопросы задавать?

— Ладно, проехали, — поморщился я.

— Будем называть это просто вибрациями. Образно. Для краткости. Вот когда ты испытываешь страх, нервничаешь, тебя трясет. Чем это не вибрация?

— Да, действительно похоже. Трясет.

— Когда ты радуешься, этот процесс сопровождается другим типом вибрации. И я тебе ответственно заявляю, что ты можешь контролировать этот процесс произвольно. Когда захочешь, можешь радоваться, чувствовать себя счастливым, когда захочешь, можешь загрустить. Равно как и наоборот. Если ты посчитаешь нужным, ты не станешь впадать в депрессию или печаль, даже когда для этого есть веский повод. И это достигается всего лишь контролем этих самых психосоматических вибраций. То есть, другими словами, ты можешь произвольно запускать в себе весь комплекс явлений, которые сопровождают, к примеру, состояние счастья, если сможешь включить это состояние с помощью осознанного генерирования необходимой вибрации. Фу, неужели я это выговорил? Включить образно, в мыслях.

— Откуда я знаю, как нужно правильно вибрировать?

— Да это любой ребенок знает! — отмахнулся Патрик. — Можешь не сомневаться, годам к десяти любой человек уже неоднократно испытывал все возможные варианты чувств, за исключением... Ну, когда детям до шестнадцати. Но некоторые и это успевают. Тут важно ухватить суть. Важен настрой и пинок в правильном направлении. Это как запуск автомобиля. Нужно только завестись. Да, это имитация, но дальше все раскручивается и едет уже по-настоящему. Это один момент.

— Ну, и на фиг это нужно, я не пойму?

— Значит, тут мы подходим ко второму моменту. Момент номер два — применение. Эта способность может развиваться различными путями — всякими духовными практиками, медитациями, боевыми тренировками. А для некоторых достаточно просто знать, что это возможно, и они этим с легкостью пользуются. Как сном для отдыха. Так вот, в зависимости от ситуации, способность контролировать все эти душевные и телесные вибрации, может быть... э-э-э, — тут Патрик стал загибать пальцы,— оружием, лекарством, средством маскировки, основой актерской игры, что важно для актеров, для шпионов и просто по жизни.

— Ничего себе список, — опешил я. — Ну, про актерское применение понятно, можно на сцене имитировать, наверное, любое психическое состояние.

— Достоверно имитировать, — добавил Патрик. — При этом ты осознаешь, что это игра. Это контролируемый процесс.

— Это понятно. А оружие?

— Про это ты, частично хотя бы, должен знать. Ты же сам занимался спортом и боевыми практиками, насколько я понимаю. Так вот, теперь разъясняю, чего ты добивался в плане психической подготовки. Важный момент для бойца — научиться видеть свой страх и отделить его от себя. А страх — это психосоматическое состояние с определенной характерной вибрацией. Вибрация — это характеристика состояния, его образ. Когда ты способен осознать и увидеть свой страх, как некую вибрирующую субстанцию, ты сможешь отделить его от себя, и страха больше не будет. То есть он будет рядом, но не внутри тебя. Он больше не будет иметь на тебя влияния. Дальше. Как у вас называлась настройка на поединок и победу?

— Так и называлась — настрой на победу. А состояние во время поединка сенсэй называл состоянием боя.

— Отлично. Суть в том, что во время поединка ты не имеешь права поддаться вибрациям паники, страха или злости. Это сразу сведет к минимуму твой потенциал. Правильное ведение боя предполагает полный контроль ситуации, но при этом ты должен находиться в состоянии управляемой ярости. Это единственное целесообразное состояние воина в бою. Примерно так действуют берсерки. Слышал про таких воинов?

— Да, сэнсей рассказывал. На Руси тоже так бойцов готовили.

— Да, только такая подготовка распространяется далеко не на всех. Потому что такие люди могут оказаться очень опасными, если теряют... м-м-м... скажем так, нравственные ориентиры. Так вот, важнейшее условие использования этой техники — это умение мгновенно войти в это состояние и мгновенно выйти из него. И то, и другое удается не всем и не сразу. Но это обязательные условия.

— Поэтому ты говоришь, что управление эмоциями, то есть вибрациями, это оружие?

— Так, момент номер три, мистический. Открою тебе еще одну страшную тайну, если ты сам не догадался. Любой человек может нанести тебе вред посредством своего собственного состояния. Говоря простым языком, чужие враждебные вибрации могут изменить твое психическое состояние и даже нарушить деятельность органов твоего тела. Это называется энергетическим воздействием.

— Как-то это не очень убедительно звучит, — пробормотал я.

— Неужели? — поднял бровь Патрик. — Зато действует безотказно. Можешь проверить это в любой день, например, в общественном транспорте, где обстановка провоцирует людей выделять всякую гадость в окружающую среду. Если кто-то вдруг набросится на тебя с необоснованными претензиями и обзовет незаслуженно козлом, что ты почувствуешь?

— Ну, это вербальное воздействие на область эго, я так понимаю. Возбуждает ответное желание дать в морду.

— Вот именно. Каждое слово, междометие, точка и просто пауза несут энергетический заряд, — усмехнулся Патрик. — Ну, это ладно, с простыми обывателями тут все понятно. Но есть ведь и другие персонажи.

— А, я понял, колдуны всякие и ведьмы наверняка этим пользуются. Монахи Шаолиня.

— Пользуются, но я сейчас не про это. Ты не забыл, что мы во вселенной не одиноки? И наши мрачные друзья, которые обитают вне пределов Потока, с успехом используют энергетическое воздействие в качестве оружия здесь.

— И как же?

— О, у них много способов. Могут просто действовать нам на нервы, выводя из себя. А некоторые создают на основе тонко-материальных субстанций независимые энергетические контуры определенной частоты и отправляют их в качестве адресных посылок. У них миллион фокусов. И если ты не готов вовремя увидеть такую посылку, то результаты могут быть самыми плачевными. Причем, это относится не только к отдельной личности. Это воздействие может быть направлено на целые народы.

— Что это за фокусы? Нельзя побольше конкретики?

— Тут важна не конкретика, потому что невозможно знать и предвидеть все варианты. Главное, это принцип. Главное, чтобы ты умел различать и чувствовать внешнее воздействие.

— Ну, например?

— Например, чувство раздражения. Если ты знаешь причину твоего раздражения, то ты уже на полпути к победе. Ты сам решишь, что с этим можно сделать. Но если поддаться неосознанному и внешне необоснованному чувству, это может довести до беды. Вариантов тоже может быть масса. Понервничал за рулем, отвлекся при ковырянии в электричестве, задумался у токарного станка, в порыве раздражения при исполнении выхватил пистолет и нажал на курок. И так далее. Тут мы, кстати, пересекаемся с пониманием вибраций как возможного лекарства или яда.

— Интересно. Это такое откровение.

— Считай это откровением от архастера. Так вот, если ты будешь позволять тяжелым вибрациям властвовать в твоем мозгу или сердце, они со временем тебя задавят. А если удалить их от себя, как в случае со страхом, то это уже лекарство. Ты можешь гасить нежелательные вибрации противоположными. Это очень действенно. Например, тоску и гнев можно погасить радостью, покоем и любовью. Кстати, вот три чувства, которые тебе вполне доступны, и могут служить твоим оружием в любой жизненной ситуации. Думаю, ты с этим вполне справишься. Еще нужно иметь в виду, что в этом вопросе существуют некие подводные камни, и о них тоже нужно знать. Дело в том, что многие люди обожают находиться под властью тяжелых вибраций, причем, многие хорошие люди. Кто-то любит быть больным, чтобы его все жалели, кто-то любит быть обиженным, чтобы думать, какие все вокруг гады, а он хороший и поэтому страдает. Есть для многих некая сладость в подобных состояниях. Психоаналитики это любят объяснять комплексами.

— А это неправильно?

— Объяснить можно как угодно. Главное, нужно ясно понимать: тяжелые вибрации разрушают тело и отяжеляют душу, делают ее более жесткой. Так что будь бдительным! И хватит уже об этом на сегодня, а то у меня мозг вскипает возмущенно.

— Есть такое дело, — согласился я. — А вот я все-таки хотел спросить про рыцарей Дракона и про воинов Крылатого Пса.

— Это воины древнего братства. Братство по оружию, так сказать. Как и Орден Беглого Пса, он же Орден Аркузианцев, как ракши Локапалы, как воины Гарма, стражи Ранха, их легионы. У каждого ордена есть территория, область пространства, за которую они несут ответственность.

— Да, Магистр говорил, что они вроде погранцов.

— Совершенно верно. И почти у всех такой же знак на лбу, как у тебя. Впрочем, таким знаком отмечены миллионы людей, которые даже не подозревают об этом. Хотя и замечают иногда. В определенных обстоятельствах.

— А рыцари эти и воины стоят на границе Потока? — я потрогал свой лоб.

— Не только. По большому счету, область их деятельности ограничена лишь взаимными договоренностями с другими орденами, но постоянно кто-то из воинов действует на чужой территории. Примерно, как это делали мы.

— Так чем они конкретно занимаются, где живут?

Патрик поморщился:

— Вот нет у меня сейчас абсолютно никакого желания читать тебе лекции. Всё мое терпение я уже израсходовал, больше ничего говорить не буду.

— А через эти дупла, норы в Потоке, — не отставал я, — можно в любом месте нырнуть?

— Нет, к сожалению, не в любом, — Патрик встал со скамейки, размял плечи и скомандовал: — Все, поехали! А то меня сейчас разорвут вибрации раздражения!

— А почему Роман Андреевич считает, что опасно ходить по этим норам?

— Я тебя сейчас придушу в этих кустах. Потому что в норах бывают нежелательные встречи. Все, поехали!

Глава 33. Невольничий рынок, пельмешки и кандибобер
(Москва, время не установлено)

Некоторое время спустя нас внесли, наконец, в нужный нам трамвай, и мы поехали. Было тесно и жарко, как после обеда в Бухаре. То и дело кого-то ущемляли, кто-то громко выражался, и все обильно потели. За моей спиной шумно вдохнули, и мне тут же пришлось выдохнуть. Я обернулся. Мне улыбался толстяк с мясистым носом и животом, в котором легко уместились бы бельевая тумбочка или пара автомобильных колес.

— Проездной! — рявкнул он мне в ухо и удовлетворенно засопел. Ухо у меня заложило, а девушка чахоточного вида, видимо, скрипачка, вздрогнула, побелела, и ее печальные глаза закатились, отчего она стала похожа на вареную плотву. Надо было бы пошлепать ее по щекам, но сделать это было решительно нечем. Руки мои были где-то рядом, я их чувствовал, но шевелить смог только пальцами, что немедленно вызывало неудовольствие пожилой напудренной дамы в темных очках и стоячем накрахмаленном воротничке. Кондуктор по радио напомнил о билетах, и на следующей остановке я улучил момент между отливом и приливом людей, изловчился и достал из кармана трехкопеечную монетку.

Между тем чахоточную скрипачку вынесли, а на ее место внесли скандальную женщину с пупырем на вздернутом остром носу. Она была в красном платье, судя по плечам, весьма элегантном. Женщина пронзительно жаловалась на отдавленные ноги, на тесноту и какого-то козла, который не издох маленьким.

— Будьте так любезны, — протягивая деньги на билет, галантно обратился я к разгоряченной даме в красном, она стояла как раз у кассы.

— Вы не могли бы оторвать...

— Чего тебе оторвать?! — она сверкнула глазами из-под отягощенных тушью ресниц.

— Билетик...

— Щас. Всё брошу и оторву.

Я решил ехать зайцем. Вскоре мы добрались до рынка. Патрик нашелся, когда все вывалились наружу. А вокруг колыхалось море голов.

— Где же рынок? — удивился я.

— Вот он вокруг, — ответил Патрик и двинулся вперед,

взяв на себя обязанности лоцмана.

— Что продают? — поинтересовался я у моего гида, когда мы протискивались вдоль прилавков.

— Всё, — бросил через плечо Патрик.

Наш поток рассекался надвое о старичка с трехлитровой банкой, прижатой к груди. В банке резвились мальки.

— Всё отдам за рубель, — уныло стонал старикашка, — всё за рубель.

Толпа пронесла нас дальше. Вскоре я приспособился и стал приглядываться к товару, но через пятнадцать минут у меня пошла рябь в глазах от цветных попугайчиков, золотых пучеглазых рыбок, собак, кошек, цыплят, камней, ракушек, мотыля и всякой прочей всячины. Патрика что-то заинтересовало, и я уткнулся в его спину. Перед нами стоял здоровенный классический бич с общипанным сизарем в кулаке, из тех, что стадами пасутся на привокзальных площадях. На биче были кеды на босу ногу, рваные замаранные треники, а из-под короткой синей футболки, как фига, выглядывал пупок. Детина был в недельной щетине, с подсиненным левым глазом и в мятой кепке, которая венчала его колоритную фигуру неудавшимся блином. Патрик едва доставал ему до подмышки.

— Это кто? — Патрик удивленно ткнул пальцем в сизаря.

— Ты что, отец? — просипел барыга, — Глазами слаб? Голубь почтовый. Королевских кровей, прямой потомок из личной коллекции Сигизмунда Третьего.

— Да? — изумился Патрик, — Я и смотрю, пожилой он какой-то, потрепанный...

— А ты по штукатурке не суди. Внешность — это не главное. Возьмешь птицу, не пожалеешь! Лучший способ тайной переписки. Птица проверенная, я его, можно сказать, сам высидел, с руки отборным зерном кормил.

— Угу, — хмыкнул Патрик. — То-то он у тебя разжирел.

Барыга нахмурился и мрачно пережевал бычок из левого угла рта в правый. В воздухе стали угадываться мрачные вибрации.

— Не будешь брать товар, проваливай! — грозно просипел купец. — И без тебя покупатель найдется. Проходи, не задерживай!

— Ну ладно, ладно, — примирительно закудахтал Патрик, — Почём птица?

— Пять рублей, — отходчиво отозвался барыга.

— Пять?! — Патрик даже присел. — Пять рублей! Да за пятерку я сам полечу!

Барыга выплюнул бычок и потянулся свободной рукой за Патриком.

— Ты у меня сейчас за бесплатно полетишь! — пробасил он, но, к счастью, нас подхватила толпа и понесла дальше.

— Может, купим какую-нибудь зверушку? — предложил я.

— Звери — это братья наши меньшие, а братьев и друзей на рынке не покупают, — ответил Патрик

Мне кто-то наступил на пятку, и я снова уткнулся лбом в Патрикову спину.

— Мама, папа! Давайте купим хомячка! — верещала девочка лет восьми. — Вот этого, сиреневого! У нас дома будет живой уголок, а я буду за ним ухаживать!

Хомячками торговала упитанная женщина в коричневом спортивном костюме. Под ногами у нее стояла картонная коробка из-под «Посольской», на дне которой в вате и опилках копошились разноцветные комочки. Папаша широко улыбался, почесывая пальцем за ухом у хомячка, который в оцепенении сидел на ладони дочурки, а мама торговалась о цене.

— Это какой же такой хомячок? — встрял в их коммерцию Патрик.

Хозяйка коробки воткнула в Патрика колючки своих малюсеньких глазок и процедила сквозь зубы:

— Обныкавенный. Гавайский пестрый. Клуб кинопутешествий надо смотреть! Тоже мне, корифей...

— Обныкавенный, — передразнил ее Патрик. — Крыса это обныкавенная, лабораторная, крашеная и без хвоста.

В ту же секунду раздался пронзительный визг, от которого у меня заложило второе ухо. Липовый хомячок оказался на груди у торговки, как яркая брошь, правда, не в тон костюму, а девочка материализовалась на голове у папы. Вцепившись в редкие папины волосы, она билась в истерике, как будто ее собирались бросить в яму со змеями.

Удача нам сопутствовала, мы благополучно избежали возможных последствий Патриковой консультации и отправились смотреть собак.

— Вот те крест на все пузо! — божился кто-то в толпе. — Спаниель это. Кем же ему еще быть? Мама у него спаниель, и папа у него спаниель, все чисто.

— А что ж он у тебя длинный, как труба, и лапы короткие?

— Я и сам иногда удивляюсь, но уши-то, уши!..

— Дед, а дед, — канючил рядом нескладный высокорослый юнец с козлиным пухом на подбородке, — давай купим водолаза, не найдешь ты здесь свою борзую. Давай купим, смотри, какой!

— Это пока маленький, он такой, — проскрипел дед, отмахиваясь от внука. — А подрастет, тогда что? Вымахает такой же, как ты, и вместо одного балбеса в доме будет два. Нет уж, увольте!

— Да у него же родословная, — не сдавался внук.

— Ну и что?! — взъерепенился старик. — Родословная! У тебя тоже родословная, дай бог каждому! А что толку?

— Ну, деда, я больше ничего у тебя просить не буду!..

— Я это уже сто раз слышал, дудки! В дырявый мешок не напихаешься!

— Ну, дед, смотри, какой пёс, — не теряя надежды, ныл юнец, разглядывая щенят в корзине.

— Все! — отрезал дед. — Вот тебе кукиш, что захочешь, то и купишь! Отстань и не сверби, как зудень чесоточный!

Рынок гудел, бурлил и клокотал, как живое существо. С каждой минутой в него вливались свежие потоки. На выходе, перед воротами, нам снова попался тот самый тип с банкой на груди. Он уже не стенал, но в его глазах легко можно было прочесть, что он все отдаст за рубель. А во мне препирались самые противоречивые чувства. В этом разношерстном и разноцветном мирке мне чудился восточный базар с причудливыми товарами, я видел разноязыких работорговцев, продавцов и скупщиков, менял, ростовщиков и шарлатанов. Толпа носила нас от прилавка к прилавку, и я любовался на диковинных зверей. Однако гармония вдруг искажалась уродливым изломом, все краски тускнели и заплывали серым, когда собака с истертой железным ошейником шеей поднимала глаза, полные человеческих слез, обиды и отчаяния. Когда птица шарахалась и забивалась в угол клетки, напуганная пальчиком ребенка. В общем, покидал я этот диковинный остров с растревоженными мыслями и неспокойной душой.

* * *

Мы выбрались на волю, стряхнули с себя пыль, посочувствовали своим обтоптанным ногам и ощутили в себе неодолимое желание что-нибудь съесть. Патрик повертел носом в разные стороны и заявил, что мы непременно должны обедать в его любимой пельменной. По его словам, это было единственное место в округе, где еще не забыли, что сырое тесто с требухой неясного происхождения — это еще не пельмени, а похлебка с фрикадельками — это уже не пельмени.

По пути Патрика очень развеселило одно объявление. Афишная доска приглашала нас посетить вечером клуб железнодорожников, где нам обещали встречу с поэтами Ошметковым и Сычужкиным, потом лекцию на тему «Алкоголизм — тормоз коммунизма» и в конце танцы. Билеты в кассе у танцплощадки, за полчаса до начала. Я, признаться, ничего смешного в этом не усмотрел.

— Интересно! — восхищенно покрутил головой Патрик.

— Что интересно-то? — удивился я.

— Как это будет выглядеть?

— Как обычно, — пожал я плечами. — Ты о чём?

— О встрече, конечно! — воскликнул Патрик, — Вот это да! Сычужкин с Ошмётковым давно богу душу отдали, а теперь встреча! Не иначе, спиритический сеанс. Может, сходим?

— Это потом, — отмахнулся я, прислушиваясь к грозному урчанию в желудке. — Сначала поесть.

— Вот! — усмехнулся Патрик, — Вот в этом и заключается главная порочная черта человечества! Все мысли неотвратимо стекают в желудок.

— Чья бы корова мычала, — пробурчал я в ответ.

До пельменной и вправду оказалось не очень далеко. Со вздохом облегчения мы нырнули в ее спасительную прохладу, ибо жара становилась уже утомительной. Однако вышли мы оттуда гораздо раньше, чем предполагали.

Поначалу все шло хорошо. Харчевня встретила нас неожиданной тишиной и пустотой. Только мухи жужжали и кружились под потолком вокруг своих подруг, гроздьями присохших к липучкам, да где-то глубоко внутри кухонных пространств гремела посуда, и шумела вода. Патрика это не смутило, он остановился перед меню и азартно потёр руки.

— Превосходно! Пельмени с уксусом, перцем, соусом, в масле и со сметаной! О-о-о! Компот, соки, молоко, кефир, чай с лимоном. Барышня, девушка, — обратился он к каменной бабе, возвышавшейся над кассой в сером халате. — Нам, пожалуйста, пельмени с уксусом, в масле и со сметаной. Мне компот, а моему другу... — он вопросительно посмотрел на меня.

— Мне компот, — меня настораживал пустой прилавок, однако я гнал прочь смутное предчувствие.

— А моему другу тоже компот, — завершил список блюд Патрик.

Кассирша принялась выкусывать заусенец на пальце, даже не повернув головы в нашу сторону.

— Барышня, — пропел Патрик, — мы с моим другом умираем от голода, спасти нас можете только вы!

— По-моему, она глухая, — мрачно предположил я, чувствуя, как уплывает наш обед.

Кассирша плюнула в сторону, испепелила меня долгожданным взглядом и попыталась нас огорчить:

— Пельмени только с уксусом, компота нет, чай.

Она наклонилась вбок и принялась шарить где-то под собой в недрах кассовой тумбы. Мы в ужасе переглянулись, но она извлекла оттуда вовсе не вожделенное блюдо, а пузырек с лаком для ногтей темно-фиолетового цвета. Отвернув колпачок с кисточкой, она понюхала его и вдруг заорала:

— Пелагея!

Мы вздрогнули, и аппетит у меня стал понемногу пропадать. Через некоторое время из кухонных недр появилась Пелагея. Тоже в униформе, с грязным вафельным полотенцем через плечо, с окурком, прилипшим к нижней губе и с подносом в руках. На подносе исходили паром две тарелки с пельменями. Пелагея грохнула поднос на прилавок, развернулась и удалилась, шаркая галошами по кафельному, в грязных разводах, полу. Патрик взял поднос, я наплескал в мутные граненые стаканы из алюминиевого чайника с надписью «Чай» и приблизился к кассе.

— А где же уксус? — удивился Патрик и осторожно понюхал клубы пара, поднимавшегося над тарелкой. — Тут даже не пахнет.

— Нюх, что ли, отшибло? Я отсюда и то чувствую, — поморщилась каменная баба, одной рукой щелкая по клавишам, а другой, со свеженакрашенными ногтями, изящно помахивая в воздухе. — Уксус не бульон, много не выпьешь.

Выбитый чек упал в тарелку с пельменями, я двумя пальцами вытащил его и понюхал. Действительно, уксусом не пахло. Спорить у нас не было сил. Захватив приборы, мы отправились за столик, единственным украшением которого был стакан для салфеток. Салфеток в стакане не было, зато торчала погнутая вилка с грустными растопыренными зубьями.

— Мир катится к черту, — проворчал Патрик, вооружился вилкой и примерился к тарелке, выбирая достойный пельмень.— Хоть это все и было десять лет назад, уже сомнений никаких нет. Стране крышка.

— Ничего со страной не случится, все спланировано на сто лет вперед, — возразил я.

— Надежды юношей питают, — пробормотал Патрик.

Не мудрствуя лукаво, я ткнул вилкой в первый попавшийся пельмень. Пельмень упруго выскользнул, совершил короткий прыжок и плюхнулся в тарелку Патрика. После секундного замешательства я бросился за ним в погоню, но Патрик меня опередил. Он ловко подцепил беглеца своей вилкой и, со словами «кто успел, тот и съел», отправил его в рот. Мне ничего не оставалось, как вернуться к своей порции. Но тут с Патриком что-то произошло. Лицо его покраснело от натуги в тщетной попытке разлепить зубы, которые, как потом выяснилось, прочно склеились липким тестом. Я наблюдал, изнывая от сочувствия, как гнез Патрика сменяется горьким отчаянием, и не знал, как ему помочь. Думал предложить ему разомкнуть челюсти вилкой, пользуясь ею, как рычагом, но до этого не дошло.

Мы вышли на улицу.

— Ну что за день сегодня! — Патрик ожесточенно выковыривал из зубов клейкое тесто, — то птица эта пакостная, то эти отходы резиновой промышленности! Вам «счастливый» попался! — передразнил он кассиршу. — В гробу я видел такое счастье! Я ведь не в лотерею играть пришел, а поесть! Имею я право поесть за свои деньги?! Благодетели, осчастливили! Сами небось весь фарш и сметелили. Мясоеды! Всё, коммунизм откладывается! Наше светлое будущее сгубили жлобские манеры сограждан!

Патрик разозлился не на шутку, я боковым зрением даже заметил, что его уже слегка потряхивает.

— Их за эти пельмени надо посреди «Птички» в колодки посадить, чтобы каждый мог в них плюнуть слюной своего гнева, — проворчал он.

— Да, пожалуй, — согласился я. — А вот как же борьба с тяжелыми вибрациями?

Патрик одарил меня долгим взглядом. Мне показалось, что теперь он напустится на меня, но он перевел дух и хитро усмехнулся.

— Заметил, как меня трясло? — с гордостью спросил он, мгновенно успокаиваясь. — Сильные вибрации могут и не такую болтанку устроить, и обязательно с последствиями.

— Клёво. Ну, и как же бороться?

— Во-первых, лучше им вообще себя не открывать, во-вторых, если уж попался, нужно вовремя это заметить. В-третьих, некоторые делают так, — он выставил перед собой согнутые в локтях руки ладонями вверх и поставил ноги на ширину плеч.

— Представь, что держишь на руках невесомое серебристое облачко чистейшего целебного воздуха. Закрываешь глаза и начинаешь его вдыхать, вот так. И руками помогаешь, провожаешь его до лица, а потом руки опускаешь вдоль груди до живота и представляешь, что облако распространяется по всему твоему телу. А навстречу ему откуда-то из глубины желудка или сердца, у кого как, раскрывается блаженная сияющая улыбка. Так сделать несколько раз, и всё. Обычно этого достаточно. И ты спокоен, светел и счастлив, и сам не понимаешь, что это с тобой было.

— Понаедут тут всякие, по улице не пройдёшь! — услышали мы раздраженное старческое ворчание. Мимо нас проковыляла старуха и остановилась чуть поодаль, злобно сверкая глазами. — Сейчас, вот милицию позову, будете тогда перед нею радоваться и руками разводить. Стоять тут, руками разводять! Пройти негде!

Блаженная улыбка медленно сошла с Патрикова лица. А я прыснул в кулак от смеха.

— Шли бы вы, бабуля, — мрачно посоветовал Патрик старушке.

— Он мне ещё указывать будет! — взвилась старуха. — Ах, ты, срань господня! Небось, и прописки-то нет, а туда же, указывать! Понаехали, продыху нигде нету, стоять тут, руками машуть! Лимита колхозная! Куды милиция-то смотрит? Радуются тут! Рожи-то довольные! Небось обобрали уже кого!

— Ты чего несёшь, мать? — грозно сдвинул брови Патрик.

— Он ещё матом на меня! Поддувало-то разинул на пожилого человека! — пуще прежнего разошлась бабка и затрясла своей клюкой. — Где милиция?! Не дозовёшься! Так ить и удавят средь бела дня, хиппи фирдепёпсовые! Видали?! На старуху с кулаками! Ах ты, кандибобер!

Я понял, что самое разумное в этой ситуации поскорее исчезнуть из поля зрения общительной старухи. Я схватил Патрика за рукав и потащил его прочь по улице. К счастью, он не упирался, и мы довольно быстро скрылись за углом. Но крики безумной все еще оглашали окрестности.

— Клизма старая! — с чувством произнес Патрик, — Ты слышал, как она меня обозвала? Что за день сегодня?! Придется еще раз повторить упражнение.

Патрик встал в стойку и закрыл глаза. Но тут из-за угла выглянула старуха, увидела нас и опять завопила.

— Может, правда ее удавить? — обескуражено пробормотал мой наставник, опуская руки. — Она разносит свои пакостные вибрации как инфекцию и всех заражает. Таких надо безжалостно изолировать от общества. Ладно, давай здесь дворами пройдем, тут недалеко местечко подходящее есть.

— Подходящее, чтобы ее удавить? — удивился я.

— Чтобы вернуться на задание, — вздохнул Патрик.

Мы прошли в арку, пересекли двор с детской площадкой, и через другую арку вышли на соседнюю улицу.

— Вон, — Патрик кивнул на телефонную будку.

Я направился к будке, но он меня остановил:

— Погоди.

Я остановился. Патрик некоторое время размышлял, потом, видимо, решился.

— У нас есть еще пара минут, — пробормотал он, — я должен тебе кое-что рассказать. Мне кажется, ты должен это знать.

Мне стало немного не по себе, я прислонился к стене дома и приготовился слушать, внимательно глядя Патрику в глаза.

— Роман Андреевич какое-то время назад пытался освободить Принцессу самостоятельно. Но, не так давно, ситуация сильно осложнилась. Тогда Храм Сфер, Орден Дракона и Священная Чара взяли дело в свои руки. В тот же гиблый район, только на год раньше, для разведки были отправлены двое рыцарей ордена. Хотя я настаивал на том, чтобы отправляли сразу группу бойцов из диверсионного отряда Крылатого Пса. Но кто же меня слушает? Они не вернулись, хотя были неплохо подготовлены. Тогда иерархи Священной Чары обратились за помощью к Потоку. Поток нашел кандидатов. Первым пришел ты. Это всех удивило, но Поток подтвердил свой выбор.

— Как это, Поток подтвердил? — я вытаращил глаза.

— Это я тебе потом как-нибудь поясню. Сейчас времени нет. Так вот, Магистр не позволил сразу отправлять тебя в сегмент 200, хотя иерархи Священной Чары настаивали на этом. Он решил попытать счастья в другом месте Ствола, где была замечена деятельность адженогера. К сожалению, из этой затеи ничего не вышло. Тогда осталось одно — отправиться по следам разведчиков.

— А они, значит, не вернулись, — я задумчиво поковырял штукатурку на стене.

— Думаю, ты должен это знать, хотя и не будешь помнить об этом. Роман Андреевич не рассказывал тебе всего этого, чтобы не дать повода для страха. Магистр положился на знание Потока. А разведчики вообще не вернулись. Ни в Поток, ни в Мерцающий мир, ни в один из светлых миров.

— Они погибли? — пробормотал я. — Но ведь хотя бы душа должна была вернуться!

— Тут могут быть варианты, — вздохнул Патрик. — Именно

поэтому я с тобой и говорю. Есть реальная опасность окончательной смерти. Поэтому я могу попробовать устроить так, чтобы ты вышел из игры.

— Окончательная смерть, — нахмурился я. — Звучит тоскливо.

— Ну, или крайне мучительная, а потом уже окончательная. Есть, к примеру, каста существ, которые в состоянии завладеть чужой душой. В древности их считали одним из видов демонов. А вообще их называют Охотниками Аррада. Обычно они промышляют вне Потока. Их любимые угодья — это Долина Каменных Снов, там добыча сама идет в руки. Они любят наведываться и в Мерцающий мир. Мглистый Локус им не интересен, а светлые миры не по зубам. В Поток заглядывают часто, но долго находиться в нем не могут. Но мы можем с ними столкнуться.

— Как они охотятся?

— Они завораживают душу тяжелыми вибрациями. По принципу камертона и эффекта резонанса. Вначале они находят чувствительную струнку в человеке. Когда она откликнется, незаметно заставляют ее вибрировать все сильней до тех пор, пока душа не станет достаточно плотной или жесткой, чтобы они смогли воспользоваться своими удавками. А удавки, кстати, сплетены из того же материала, из которого сделана Сеть. Их ворожбе трудно противостоять, но у тебя на этот случай есть закши.

— А у тех двоих бойцов не было?

— Нет, все считали, что они достаточно подготовлены, чтобы справиться своими силами.

— Значит, их захватили охотники, — пробормотал я.

— Никто не знает точно, что произошло. Кроме охотников есть и другие любители поживиться чужим добром. Например, гархи, с одним из них ты встречался. Согласись, неприятно быть сожранным такими мерзкими тварями.

— А другими приятнее? — мрачно усмехнулся я, вспоминая, что случилось в замке Дэфанс. — Я видел, как гарх пожрал душу старика

— Да, гархи — это гнусные пожиратели душ. Для меня, кстати, до сих пор загадка, почему ты все еще жив.

— Просто Комьен вовремя подоспел.

— Возможно. Но в этой истории могут появиться и другие персонажи. Скажем, дахаки. Или те, о ком мы пока не знаем. Так что, если ты скажешь «отбой», я смогу тебя вывести из дела и на время спрятать.

— Нет, — я решительно помотал головой, — пусть гархи, или кто еще... Все равно я с тобой.

— Если дух твой уравновешен, есть шанс справиться даже без закши. Главное, быть спокойным и уверенным, где бы ты ни оказался. Тогда правильное решение придет само, и тогда ты сможешь безошибочно выбрать оружие.

— Оружие, — хмыкнул я.

— Направленное чувство любви для демонов хуже паяльной лампы, — возразил Патрик. — Оно имеет мощную огненную природу. Если не сможешь усилием воли направить поток любви, тогда просто думай о светлых мирах, о Боге.

— О Боге? — растерянно переспросил я.

— Только не задавай мне вопросов по философии и теологии,— умоляюще пробормотал Патрик. — Не теперь. Если ты решился, тогда просто думай, держи в сердце улыбку и иди налегке.

— Я решился, — твердо ответил я.

— Тогда всё. Нам пора.

— Лучше бы меня отправили на подготовку, — проворчал я и двинулся вслед за Патриком в сторону телефонной будки.

— А Иисус, он кем был? — спросил я на ходу.

— О боже! — Патрик возвел глаза к небу. — Бызают такие мгновения, когда ты ни о чем не спрашиваешь?

— Ага, — ухмыльнулся я, — когда ты отвечаешь.

— Ты серьезно про Иисуса? — недоверчиво прищурился Патрик. — Это ведь любой ребёнок знает.

— Я подумал, может быть, он тоже Хранитель?

— Это само собой. Но эту историю я тебе в следующий раз расскажу. Да, кстати, ещё одно. Чуть не забыл. Поскольку мы с тобой напарники, ты должен знать кое-что еще. В прошлый раз меня кто-то подставил.

— То есть? — опешил я и остановился.

— В самый последний момент, когда войско Карла Наваррского уже разводило пары, и когда у меня остался последний шанс достать адженогера, меня кто-то сдал. Я чудом выпутался, думал, уже всё, доигрался. Потом только Роман Андреич подоспел.

— А кто сдал и как?

— Пока не знаю. Кто-то подсунул мне в карман листок с планом Дэфанса, где был указан подземный ход и места пристрелки камнеметов, а потом настучал наёмникам Карла, что я шпион бунтовщиков.

— План Дэфанса? — я разинул рот от удивления, — нарисованный чернилами и углем на листе пергамента?

Настала очередь удивляться Патрику.

— Это я план рисовал, — я наморщил лоб, вспоминая о событиях в Спящих Вратах. — Вечером накануне штурма. Я ездил на разведку к замку, а потом у нас было совещание в аббатстве. Но этот листок так и остался на столе.

— Видимо, нет, — Патрик напряженно думал. — А кто был на совещании?

— Гильом, Комьен, барон Риквильд, Поль Тэпентайн, оруженосец или заместитель барона, уж не знаю. Потом Матис, старик, который предложил свои услуги проводника, его той же ночью убили, и мальчик, его приемный сын, который тоже погиб... потом в замке. А еще Вальян.

— А это что за птица?

— Это был капитан одного из парижских отрядов, я так понял. Но кто же мог это сделать?

— Понятия не имею, но теперь верить нельзя никому. Запомни. Хоть ты там всё равно ни черта не вспомнишь, я должен был тебе сказать. Всё, пойдем, время вышло.

Патрик затолкал меня в телефонную будку и влез следом. Краем глаза я успел заметить, как из арки выскочила наша знакомая старуха. Она довольно резво скакала впереди милиционера и тыкала своей клюкой в нашу сторону. Заливистая трель милицейского свистка была последним звуком, поставившим точку на нашей прогулке. Мне показалось, что будка внезапно рухнула вниз, и за стеклами упала непроглядная тьма.

Глава 34. Путь к замку

В полной темноте я нашарил сырую земляную стену, потом поднял руки, и они уперлись в шершавые доски.

— Это что, могила? — тихо спросил я, тут же вспомнил страшное видение в образе косаря с пустыми глазницами и осторожно пощупал шею.

— Надеюсь, что подпол, — пробормотал Патрик. — Давай-ка будем выбираться отсюда.

Мы уперлись руками в доски над головой, поднатужились и попытались раздвинуть свое тесное пространство. Доски не поддавались, однако слабый треск оставлял некоторую надежду.

— Давай, давай, еще немного! — натужно сопя, подбодрил я Патрика. — Уже трещит!

— Это жилетка моя трещит, — прокряхтел Патрик.

Руки, обессилев, рухнули и безвольно повисли. Тяжело дыша, мы опустились на земляной пол.

— Мы с тобой идиоты, — после унылой паузы сообщил Патрик.

— Почему? — нехотя поинтересовался я.

— Сейчас узнаешь, — он поднялся на ноги и безо всяких усилий откинул крышку подпола в двух шагах от того места, где мы только что ломились в глухой потолок.

Мы выбрались на свет, и нашим глазам предстала живописная картина буйного разгрома. Весь пол в доме был усеян щепками и обломками досок, под разбитым окном, подломив под себя ножки, покоился стол. Посреди комнаты валялась опрокинутая лавка, рядом — обгоревшее полено, наполовину вросшее в пол. Перед холодным очагом все было засыпано пеплом и остывшими углями. Одна из винтовок была покорежена, другая вовсе исчезла. Обе шпаги были сломаны, обломок одной из них торчал в двери. В углу виднелась скомканная куча из наших подстилок.

— Ну что ж, всё могло быть гораздо хуже, — глубокомысленно заметил Патрик и осторожно подошел к окну.

— Патрик, я все помню, — взволнованно сообщил я по-русски.

— В каком смысле? — он встревожено обернулся.

— Мы с тобой только что приехали в телефонной будке. А еще мы ели мороженое и давились пельменями.

— Так. Только не надо шума! — прошипел Патрик, поспешно высунулся в окно, оглядывая окрестности, и снова повернулся ко мне. — Что ж вы все так орёте?

— Да я же тихо сказал.

— Тихо он сказал, — проворчал Патрик и нервно поскреб лысину. — Тихо сказал. Мы на вражеской территории, все разговоры только на местном наречии. Ты его, кстати, случайно не забыл?

Я подумал и понял, что могу свободно размышлять на русском, на местном, немного на английском и вполне сносно на польском, который знал с детства самой поздней из своих жизней. А еще я со страхом обнаружил, что где-то в запредельной первобытной глубине моей памяти зашевелились некие громоздкие и замшелые ящероподобные тезаурусы, на грубых боках которых были начертаны словоморфы и понятия, пугающие своей древностью. Они стали подымать головы и изрыгать во тьму нечто примитивное, но весьма действенное, от чего мороз продирал по коже. Мне стало не по себе, и я поспешил избавиться от образов этих доисторических животных.

— Вроде не забыл, — ответил я по-французски.

Все-таки удивительно, что прежде во всех переходах я совершенно не замечал языковой разницы, ни в разговоре, ни в мыслях.

— Тихо он сказал, — снова проворчал Патрик.

Он отошел к очагу и задумчиво уставился в холодные угли, едва слышно бормоча себе под нос:

— Так, так, так… Донья Бланка дона Педро обозвала тлёй сурово… Был смущён король дон Педро… Услыхав такое слово[37]… И что это за туфта, позвольте вас спросить? И как прикажете работать с такими вводными?

Прежде я скептически относился к сообщениям о том, что кто-то вспомнил о своей прошлой жизни. Это мне всегда казалось каким-то глупым и надуманным, а людей, говоривших об этом, автоматически записывал в потенциальные клиенты психоаналитиков. Но вот теперь я сам помнил уже о трех своих жизнях, и все они на удивление довольно мирно укладывались в голове. Пока. Наверное, оттого, что эти три истории теперь воспринимались мной как естественные последовательные события и переживания одной длинной жизни. Ведь во всех трёх случаях это был я. Просто на этом длинном пути было немного больше смертей и рождений. И смерть воспринималась, как быстрое засыпание, а рождение — как долгое пробуждение. Теперь этот факт стал совершенно очевидным. А еще я вспомнил прекрасную Луизу де Монтес. С тех пор, как я увидел ее впервые в этой жизни, редкими были дни, когда я не грезил ею во сне и наяву. Эта страсть была столь сильна, что теперь, уже понимая, кем на самом деле является предмет моих воздыханий, я почувствовал почти физическую боль.

— Патрик, — пробормотал я. — Значит, Луиза и Изабелла Монтес, а, стало быть, Принцесса, захваченная адженогером — это одно лицо?

Патрик задумчиво кивнул.

— И она не собиралась нам сообщать никакой важной шпионской информации? — с тоской спросил я.

— Тут могут быть варианты, — пробормотал Патрик.

Это было неприятное для меня открытие, но дело было не в этом. Прощаясь с мечтой о баронессе Луизе, я вдруг обнаружил, что, петляя где-то во тьме бессознательного, моё внимание переключилось на Принцессу. В моём сознании произошел неожиданный кульбит, и я, пока ещё смутно, почувствовал, что источник занозы в моём сердце лишь поменял имя, абсолютно не изменившись в облике и в своей изначальной сути. В какой-то части мозга у меня сделалось жарко, и я понял, что эту женщину я знаю уже очень давно. И я знаю что-то ещё, только память моя открылась не полностью. Ясно, что в моём сердце она занимает очень важное место. И тогда на душе стало необыкновенно тревожно.

— Думаю, она пытается нас заманить в ловушку, — произнес Патрик.

— Адженогер, — уточнил я, впервые в своих мыслях и чувствах категорически отделяя агрессора от Принцессы.

— Ну да, адженогер, — Патрик посмотрел на меня с некоторым удивлением, видно что-то в моей интонации заставило его обратить на меня внимание. — А какая теперь разница?

— Принципиальная, — горячо возмутился я, не заметив, что вопрос был проверкой.

— Согласен, — кивнул Патрик и перевел взгляд за окно. — Адженогер пытается нас заманить в ловушку. Это моё предположение. И нам бы это подошло. Ведь нам нужно приблизиться к ней, насколько это возможно, до физического контакта. Но тут есть нестыковочки. Если адженогер всё ещё не понимает, кто мы на самом деле, тогда да, всё сходится. Иначе прошлой ночью все было бы по-другому. Клоуны типа Зориллы — это все для обывателей. А была бы серьезная работа на результат. Думаю, у нее есть для этого всё необходимое. Но если я не прав, тогда тут есть что-то ещё. И это меня очень нервирует.

— Зорилла — это оборотень из миров Сети, про которых говорил Роман Андреевич?

— Да. С компанией. Так, ну, ладно, — Патрик повернулся ко мне. — Раз уж ты каким-то чудом внезапно прозрел и даже не тронулся разумом, постарайся чего-нибудь не отчебучить. В случае чего, оборотней я возьму на себя, у меня с ними есть общие темы для разговоров. А ты всё время помни, где мы находимся.

— Это я помню, — рассеянно проворчал я, всё ещё разбираясь со своими внутренними чувствами.

— Ну-ну, — вздохнул Патрик и покачал головой, — час от часу не легче.

*   *   *

Солнце уже показало золотой край из-за леса, затопленного синим туманом. Я отыскал среди обломков и мусора свечу, засунул ее и флягу с остатками спирта в нашу походную сумку.

Мой наставник тщательно собрал на полу стреляные гильзы от своего пистолета и сложил в карман кафтана. Потом зарядил новую обойму. Теперь я, конечно, понимал, что его оружие несколько не соответствует эпохе. Но вид пистолета все равно был незнакомым. А Патрик тем временем подобрал у порога сверток с остатками ужина, и мы отправились в путь.

«Контрабандист», который взялся быть нашим проводником, уже ждал нас. Он сидел на крыльце и дымил трубкой, щуря на солнце свои лисьи глазки.

— Как спалось вашим милостям? — поинтересовался он, с интересом разглядывая наши физиономии, изможденные ночными кошмарами.

— Вашими молитвами, — проворчал Патрик и бросил ему небольшой мешочек с монетами. — Это задаток.

— Что-то шумно было нонче, — мужичок ловко поймал мешочек, подкинул его на ладони и довольный сунул его за пазуху.

— Мы спали, как убитые, — мрачно сообщил мой наставник.

— Угу, — понимающе кивнул проводник. — Здеся всегда все спят как убитые. А иные так и вовсе не просыпаются.

У моста мы увидели пса. Патрик обрадовался и посвистел ему, но пёс боязливо отбежал в сторону. Тогда Патрик оставил сверток у моста и махнул своему лохматому приятелю. Мы перешли реку, вышли на заброшенную лесную дорогу, и вскоре злополучная деревня скрылась из глаз. Солнце быстро всплывало, наполняя воздух теплом. От сырой земли стал подниматься пар.

Проводник бодро шёл впереди, молчал и только изредка оглядывался по сторонам, если вспорхнувшая птица или другой лесной звук привлекали его внимание. Я шёл следом, уставившись на прореху в его соломенной шляпе, и думал о Принцессе. Старательно отметая мысли об адженогере, я пытался представить, как мне с ней заговорить, если мы всё-таки встретимся. Возможно, она помнит то, о чём я вспомнить не могу. Я почти уверен, что между нами было что-то ещё. Мы были близки... В смысле, стояли очень близко, и не один раз. А может быть, и не только. Может, у меня память еще не полностью включилась. Она отвечала моим взглядам, это было. Это я помню наверняка. И я читал в её глазах взаимность и обещание встречи. Но что же ещё могло быть? Что-то опять скреблось в этой полированной чёрной шкатулке, спрятанной в моей голове, но не было у меня нужного ключа, чтобы открыть её. Хватит ли Принцессе сил, чтобы выдержать весь этот ужас? Только бы хватило. Я тяжело вздохнул, и тут меня посетила неожиданная мысль. А ведь Патрик говорил, что мы с ней никогда не встречались. Или что-то в этом духе. Именно поэтому отправили меня, незнакомого человека, которого она не сможет почувствовать на расстоянии. Или я что-то перепутал? Патрик не мог не знать, что мы были знакомы с Луизой в этом времени. Это ошибка? Или что?

Проводник остановился у могильного холмика с кривеньким крестом, связанным из прогнивших стволиков орешника.

— Кто это? — спросил Патрик.

— Не знаю, как их звали, — «контрабандист» боязливо перекрестился.

— А их было несколько? — я почувствовал лёгкий холодок на спине.

— Двое, вроде вас. Тоже нездешние. Никто в деревне не знает, откуда они явились и что искали. Зато известно, что нашли.

— Они что, оба тут? — кивнул Патрик на крест.

— Один. Гектор, хозяин таверны, его нашел и схоронил, добрая душа.

— По его мрачному виду трудно догадаться, что в нём вообще есть душа, — пробормотал я.

— Будешь ли ты весел, когда выкопаешь столько могил, сколько он? — проводник остановился и попил воды из фляги.

— А что случилось, не знаешь? — Патрик мрачно разглядывал густые заросли вокруг.

— Не знаю, я с ними по лесу не шастал. Они меня тоже хотели в проводники сосватать, да потом передумали. А у меня в ту пору других забот хватало. Корова чтой-то не ко времени отелилась, пшеница под дожди едва не ушла. Короче, не досуг мне было по болотам чавкать. Первый-то раз они ушли дня на два, потом на ночь. А вертался один, тот, что помоложе был. Ни с кем не говорил. Я его в таверне видел. Лоб у него был перевязан, глаза стеклянные. Ложкой в рот попасть не мог, зато пил много, бедолага. К вечеру снова в лес ушел, и больше его никто не видел.

— Давно было? — спросил Патрик.

— В прошлом годе, аккурат в августе.

Мы с Патриком молча переглянулись и двинулись дальше. Проводник свернул на звериную тропу, которая вскоре скатилась в низину. Под ногами захлюпало и запахло болотом. Вскоре мы вышли к топи. Проводник довольно быстро отыскал нужное место, отмеченное выгоревшими лоскутами ткани, подвязанными на ветвях, подобрал длинную палку, и мы двинулись через болота.

Места были гадкие, идти было трудно, и я с облегчением вздохнул, когда мы вновь вышли на твёрдую почву. На этой стороне стоял дремучий сумрачный ельник. Деревья были какие-то больные на вид, скрюченные, полузасохшие. Ощущение от места было мёртвое. Мы уселись на землю, вылили воду из сапог и немного отдохнули.

— Дальше мне пути нету, — вдруг сообщил «контрабандист», раскуривая трубку. — Дальше сами пойдёте. Тут недалече осталось.

— Недалече — это сколько? — мрачно посмотрел на него Патрик, выскребая из сапога ряску.

— А вот как на бугор выйдете, там ваши развалины и покажутся, — мужик показал трубкой в глубь леса. — Не обшибётесь, не боись.

— А ты что же? — спросил я подозрительно.

— Здеся обожду, — пояснил проводник. — Пока смеркаться не начнёт.

— А если мы не успеем? — предположил я.

— Ну, в ночь-то я тут при любом раскладе не останусь. Пожить еще маленько охота.

— Можешь сразу отваливать, — мрачно махнул рукой Патрик. — Сами справимся.

— А остаток как же? — нагло поинтересовался «контрабандист».

— А хобот моржовый не подойдёт? — прищурился Патрик. — Развалины где?

— Тама, за бугром, — кивнул мужик.

— Ага. Вот и остаток тебе будет тама, когда обратно в деревню выведешь.

Мужик поразмыслил немного и недовольно проворчал:

— Злые вы, господа натуралисты. Нету в вас сердца человеческого, одна только учёная блажь в голове. Расклад, всё одно, не поменяю. До сумерек тута обожду. Ежели не поспеете, утром ворочусь. В ночь не останусь.

* * *

— Пожить ему охота, — ворчал Патрик, пока мы взбирались на крутой холм. — Сердца человеческого ему подавай, гамадрила алчная… Господа натуралисты… Так бы и пропечатал промеж очей обнаглевших. Если бы не надо было шлангами прикидываться, давно бы уже по норе пронырнули. И без помощничков. Видали мы таких проводников. Кандибобер хохлатый.

На вершину холма я поднялся первым. За болотистой равниной с высохшими деревьями, за рекой, где снова начинался лес, я увидел замок. Его полуразрушенная главная башня и высокие зубчатые стены тёмно-серым призраком возвышались над болотами. Видимо, когда-то замок омывала река, но теперь зеркало воды осталось лишь под стенами, обращенными к равнине, а основное русло задохнулось в жесткой болотной траве и только кое-где проглядывало черными мёртвыми лужами. Несмотря на то, что время обошлось с замком жестоко, я сразу его узнал.

— Кажется, мы на месте, — я кивнул в сторону развалин.

— Иначе и быть не могло, — пробормотал Патрик, отпыхиваясь после подъёма. — «Крепость выстроил дон Педро... Опасался он измены... Посреди полей Асофры встали каменные стены»[38]...

Глава 35. Принцесса, Ромео, Саратов

Мы устроились в густом кустарнике для наблюдения. Было жарко и душно. Похоже, собиралась гроза. Пока Патрик глазел в подзорную трубу, я взялся собирать ежевику, чтобы как-то отвлечься от тягостных мыслей.

— Ну, что там? — поинтересовался я с набитым ртом.

— Ничего, — пробурчал Патрик. — Обидно будет, если там остались только привидения.

Он посмотрел на мою физиономию, перепачканную соком, решительно вручил мне трубу, молча указал перстом на развалины, а сам занялся ягодами.

— Меня тут мысль посетила, — сказал я, прожевав ягоды и подкручивая окуляр. — Ведь ты же знал, что мы были знакомы в этой жизни с Луизой. А говорил про то, что человек должен быть незнакомым, чтобы адженогер ничего не заподозрил. Помнишь, ещё тогда, в замке? Что-то я не очень понимаю... И Принцесса ведь из вашей конторы, из ордена. Из какого, кстати?

— Из оперативно-диверсионного подразделения Крылатого Пса.

— Тем более. Она ведь должна помнить своё прошлое. Или ваши воины теряют память на переходах, как и все граждане Потока?

— Воины помнят всё, что нужно, — Патрик уселся в сухой мох и, неторопливо поедая ягоды из ладони, некоторое время смотрел на меня, о чём-то размышляя.

— Исчерпывающий ответ, — обиженно пробормотал я, не дождавшись пока он хоть что-то объяснит.

— Да я и сам пока что-то не очень понимаю, — признался Патрик, доел ежевику, вытер ладони о кафтан, расстеленный под ним, и лег на спину, заложив руки за голову. — В этом деле это уже второй загадочный вопрос, который не дает мне покоя.

— А первый какой?

— Первый вопрос шкурный, — усмехнулся он, — кто меня подставил?

— Это когда тебе подсунули тот план? — вспомнил я.

— Когда мне подсунули твой план, — уточнил Патрик.

— Ты думаешь, что я к этому имею отношение? — с обидой спросил я.

— Нет, я так не думаю, — Патрик приподнялся на локте, сорвал сухую травинку и стал выковыривать из зубов ежевичные косточки. — Но сейчас разговор не об этом. У тебя возник закономерный вопрос по другому поводу. Насколько я помню, Магистр ничего не говорил тебе, что человек должен быть незнаком с Принцессой. Кажется, это действительно я сказал. Просто так первоначально формулировалась задача. Человек должен быть чужим, посторонним, чтобы адженогер не почувствовал его приближения.

— Чужим? — я нахмурился. — Но это уже не так. Я не могу быть для нее чужим. Я чувствую. Мы же встречались, между нами что-то было... Тогда, в те времена, или когда-то ещё... Когда не было здесь этого проклятого адженогера.

— Ладно, ладно, не кипятись, — начал успокаивать меня Патрик, — я понимаю.

— Патрик, — я посмотрел на него сурово. — Мне опять кто-то чего-то не рассказал. Да? Это ведь все равно как отправить человека перейти поле и забыть уточнить, что это поле минное.

— Ну, это ты перегнул, — не очень убедительно прогудел Патрик. — Никто не собирался ничего от тебя скрывать или обманывать. Просто когда ты появился, никто не знал, что делать. Никто не понимал, что тебе можно сказать, а о чём лучше не говорить. Во-первых, действительно не было времени. Во-вторых, ты был не в теме, мягко говоря. В-третьих, именно тебя привел Поток. И Посвященные, и волхвы получили знамение, указующее, что это вполне осознанный выбор.

— Какое ещё знамение?

— Ну, откуда я знаю? — пожал плечами Патрик. — Я иерархов не спрашивал. Я вообще стараюсь поменьше им на глаза попадаться. Может, у них ворон пролетел слева направо, или справа налево, или какнул особым способом, или еще что-нибудь. Это не важно. Главное, что тебя привел Поток. То, что человек должен быть для Принцессы посторонний, это придумали наши аксакалы ещё до твоего появления на совместном заседании Совета Посвященных, Ордена Дракона и Святой Чары. Постановили они так на основе горького опыта первых попыток освободить Принцессу с помощью воинов ордена. И после заседания они обратились за помощью к Потоку.

— За помощью к Потоку? — удивился я.

— За помощью к Потоку, — повторил Патрик. — Ты ведь тоже иногда говоришь что-нибудь вроде «Господи, что мне делать?» или «сделай так, чтобы...» Отличия только в методиках и чистоте передачи и приёма информации. Так вот, они обратились к Потоку и получили тебя. Почему — не имею ни малейшего понятия. И никто, я уверен, не знает, кроме самого Потока. Какова была его задняя мысль, по каким параметрам он тебя выбрал? Тайна, покрытая мраком. Всем это было до коликов странно, потому что было известно, что ты в определенные моменты истории находился... м-м-м... в непосредственной близости от Принцессы, и у вас действительно были отношения. Подробностей я не знаю, можешь глазом меня не сверлить. И еще ты был знаком со мной, ни много, ни мало, двадцать с лишним лет. И Магистр, естественно, тоже об этом прекрасно знал к моменту твоего появления.

— Вот я не знаю, то ли сразу тебя задушить, — распалился я. — то ли трубой по башке треснуть?

— Ну, — Патрик вздохнул, обречённо посмотрел на вершины дальних сосен и потёр лоб ладонью. — Ладно, придется мне рассказать тебе еще одну историю. Правда, она связана не с тобой, а с Принцессой и Роман Андреичем. Не уверен, что тебе это будет интересно, но подробности именно твоих отношений с Принцессой мне действительно неизвестны. А эта история, возможно, имеет какой-то смысл во всей этой пьесе.

— Что еще за история? — нахмурился я.

— Почему-то мне всегда приходится за других отдуваться, — Патрик снова тяжело вздохнул. — Только ты трубу по назначению пока используй, чтобы нам адженогера не проворонить.

— Не провороним, — проворчал я.

— Кто-то должен следить за замком. Я, например, не могу

одновременно смотреть в трубу и рассказывать.

Я молча приставил глаз к окуляру и направил трубу в сторону замка.

— Значит, история эта случилась довольно давно, — Патрик замолчал и печально хмыкнул. — Звучит странно, учитывая обстоятельства.

— Попрошу не отвлекаться, — проворчал я.

— В общем, в славном городе Саратове родилась милая и добрая девочка. Если мне память не изменяет, произошло это в тысяча девятисотом году от Рождества Христова. Таким образом, девочке этой суждено было стать ровесницей всех русских революций. Мать ее, Ханна Яновна, красавица, была немкой, отец, Николай Александрович Артемьев, был инженером, человеком хорошо образованным, порядочным и революционером-социалистом с приличным стажем. Партийная кличка у него была товарищ Гудзон. Жили они в хорошем доме на каком-то из взвозов, я уже не помню точно, на котором. Дом достался им от почившего батюшки, который был в своё время вполне зажиточным купцом. Дом каменный по первому этажу, второй этаж деревянный, дворик уютный. Может, до сих пор еще стоит. Но не в этом суть. Когда социал-демократы стали постепенно делиться на большевиков и меньшевиков, отец Майи как-то не очень понял, кто из них меньше ошибается. Взглядов и методов эсеров и анархистов он не разделял, кадетов недолюбливал, поэтому стал держаться немного в стороне. Но при этом продолжал революционную деятельность в среде меньшевиков, стараясь не потерять основной фантастический смысл этого занятия, а именно, сделать все человечество братьями и завести между ними отношения, как в доброй семье. Прямо как сейчас мечтают местные Просветители. Так вот, был у него друг по кличке Лектор. Говорят, агитатором был непревзойденным, потому и кличка такая закрепилась. Он тоже был революционер, партийный товарищ Гудзона. Правда, вначале он водился с анархистами, но потом, после 1907 года, переместился в лагерь меньшевиков. Этот самый Лектор был другом семьи Артемьевых, и он же был крёстным Майи. Он частенько бывал у них и, видимо, давно был неравнодушен к Ханне Яновне, но все случайные проявления его чувств они относили на счет давней дружбы. В 1914 году Николая Александровича взяла охранка с нелегальной литературой, причем явно по наводке, и Гудзон переместился в Якутскую область. Лектор стал наведываться в дом чаще, и вскоре утомленная его визитами Ханна Яновна вынуждена была попросить переехать к ним ее родного брата, который тоже жил в Саратове. Звали его Юрген. Такие вот дела... Да, а Майя тем временем росла и в пятнадцать лет, возле цирка Никитиных, познакомилась со своим Ромео, который героически защитил ее от каких-то хулиганов.

— С каким еще Ромео? — я возмущенно оторвался от трубы.

— С Романом Андреевичем Никольским.

— С Магистром? — я опустил трубу и нахмурился.

— Тогда он был мальчишкой-гимназистом, годом старше Майи. И постепенно их дружба переросла в любовь.

— В какую еще любовь? — пробормотал я. — Этого не может быть.

— Ты от наблюдений не отвлекайся, а то я рассказывать ничего не буду. И не забывай, что это было в другой жизни.

— В другой? Это какой-то бред с этими жизнями... Но как же он сумел скрыть, когда рассказывал мне о том, что случилось с Принцессой? Ведь она в такой беде, а у него ни один мускул не дрогнул на лице.

— Роман Андреевич — человек очень сильной и благородной натуры, — вздохнул Патрик, — можешь мне поверить. Он многое пережил и способен многое вынести, и отдал бы жизнь за нее, не задумываясь. А если ты не будешь следить за замком, то заняться этим придется мне. Причем молча.

— Постой, ты сказал, что Принцесса родилась в 1900 году.

— Да, именно так, — подтвердил Патрик, вытягивая шею и выглядывая поверх кустов в сторону развалин.

— Но тогда им обоим должно быть по меньшей мере восемьдесят четыре года. Ведь сейчас 1984 год.

— Да? — усмехнулся Патрик. — Ты уверен?

— Да нет же, — отмахнулся я, — тогда в замке, когда я познакомился с Магистром, это ведь было в 1984 году, а он выглядел и продолжает выглядеть максимум на тридцать, тридцать пять.

— Тут всё просто, — Патрик сорвал и съел ягоду. — Дело в том, что в пределах Потока человек действительно меняется, как ты и привык это замечать в обычной жизни. Но вне Потока, там, где нет его течения или где оно чувствуется очень слабо, там изменения происходят крайне медленно.

— То есть в этой зоне вокруг замка нет Времени?

— Там нет заметного течения Потока. А течение Потока — это основная причина всех изменений во Вселенной. Он течёт, заставляя все жить, развиваться и меняться. Он течёт, все меняется. Поговорка не в бровь, а в глаз. Точка 4-17 находится у границы Потока, причем со стороны Мерцающего мира.

— Какая еще точка?

— Замок, в котором мы с тобой встретились, с прилегающей аномальной зоной так называется — Точка 4-17.

— А что это значит?

— Не имею ни малейшего понятия.

— Странно. Так значит, Магистр живет в этом замке на границе Потока и поэтому не старится?

— Совершенно верно.

— Как же так может быть? Ведь в человеческом организме всегда происходят изменения, а если изменений нет, это означает смерть.

— Ну, во-первых, во все времена, когда человек покидал Поток, это именно так и называлось — умер или отправился в потусторонний мир. Во-вторых, ты не прав, смерть определяется не количеством изменений, а качеством. А в-третьих, мы ведь с тобой покидали Поток, и уже не раз. И чувствуем себя прекрасно, ну, относительно, конечно. Здесь есть множество вариантов и возможностей. Вне Потока царят другие законы, но об этом я тебе расскажу как-нибудь в другой раз, при случае. А то мы завязнем в этих разговорах и будем здесь месяц торчать.

— А Принцесса, — я хмуро посмотрел на Патрика, — она тоже живет вместе с Роман Андреевичем?

— Об этом я тебе и пытаюсь рассказать, а ты меня сбиваешь и сам отвлекаешься от своих непосредственных обязанностей. В этом сегменте я бьюсь с тобой уже двадцать лет, а ты всё ещё также далёк от умения удерживать в голове основную идею, как страшно далеки были декабристы от народа. В смысле, ещё будут далеки. Ну, не важно. Важно, что твоя непреходящая инфантильность иногда меня совершенно удручает. У меня руки опускаются.

Почему-то мысль о том, что Патрик бьется со мной уже двадцать лет, меня совершенно поразила. Действительно, в этой жизни, именно в этом времени, я помнил его с тех лет, которые были доступны моей памяти. С четырёх или пяти лет. Он был моим мудрым, любимым и уважаемым наставником с младенчества. Это было непреложным фактом всей моей местной жизни, но теперь казалось каким-то нереальным сном. Я нехотя поднял трубу и стал смотреть на безжизненные стены развалин.

— Так, на чём мы остановились? — пробормотал мой наставник.

— На том, — вздохнул я и скрипнул зубами, — что дружба переросла в любовь.

— Да, именно, — Патрик задумчиво почесал затылок. — Однако, как говорит моя бабушка, повторяя слова лучезарного доктора Юнга, «любовь — понятие растяжимое». Так вот, в 1917 году произошла масса событий.

— Я в курсе, — проворчал я.

— Очень в этом сомневаюсь, — покачал головой Патрик. — Я знаю, что вам в школе рассказывают. Даже непосредственные, так сказать, участники, и те в большинстве своём не понимали сути происходящего. А была это очередная величайшая трагедия, которая на века изуродовала и без того несчастную страну. Бардак был феноменальный, можешь мне поверить. Но суть не в этом. В мае 1917 года, под удивительные звуки двойного оркестра, который управлялся Временным правительством и Советами, из ссылки вернулся товарищ Гудзон, больной, но полный решимости продолжать борьбу на благо революции. Лектор сделал вид, что очень обрадовался его возвращению, но у Гудзона уже зародились на его предмет кое-какие сомнения, и он стал смотреть на него, как... как в те времена смотрел Бурцев на Азефа[39]

— Это кто ещё?

— Неважно, — махнул Патрик. — Так вот, Гудзон свои сомнения не озвучивал, но Лектора в гости не приглашал. Тем не менее, оба они крутились в этих беличьих колесах, которые чем далее, тем более становились похожи на жернова. Жизнь шла своим чередом, Майя познакомила Ромео со своими родителями, и они очень тепло его приняли. Он стал появляться в доме Артемьевых почти каждый день. Кстати, в том году он уже учился на только что образованном физфаке, тогда еще Императорского Николаевского университета в Саратове.

После октябрьских событий Лектор резко переметнулся к большевикам и уговаривал Гудзона работать в местном «Смольном», но Николай Александрович ушел в глухую оппозицию. А потом пришел восемнадцатый год. В марте Лектор уже служил и делал успехи в новоиспеченной ЧК. В городе начались аресты врагов революции. В двадцатых числах мая брат Ханны перебрался к Артемьевым окончательно, потому что в его дом случайно попал артиллерийский снаряд, когда возмущенные скотским обращением красноармейцы с Ильинской площади обстреливали здание Совета рабочих и солдатских депутатов.

— Красноармейцы обстреливали здание Совета? — недоверчиво спросил я.

— Именно. Правда, потом, как-то между прочим, объявили это недоразумение мятежом эсеров и прочих меньшевиков.

Тогда и не такое бывало. Потом все явственней город стал погружаться в красный террор, и понемногу стал заполняться овраг у Монастырской слободки.

— В каком смысле — заполняться? — не понял я.

— Людей там расстреливали.

— Контрреволюционеров, что ли?

— Тогда под это определение мог попасть любой человек. Абсолютно любой. Часто бывало и так, что в расход шли те, кто сами недавно распоряжались чужой судьбой. И никто не был застрахован. А после покушения на Ленина в августе большевики и чекисты совсем озверели, народ загребали по любому доносу и по малейшей прихоти власть предержащих. Где-то в конце сентября Лектор заявился в гости к Артемьевым, но Николай Александрович имел с ним серьезный и принципиальный разговор о вопиющем удавлении большевиками демократии в самом зачатке и просил больше не приходить. И шестого октября его забрала ЧК. Я так полагаю, что тот анонимный донос написал сам Лектор и сам же на него оперативно отреагировал, распорядившись об аресте, а потом и дал добро на применение к своему бывшему товарищу формулировки «с вещами по городу».

— Что это значит?

— Тогда это означало, что человека отдают в распоряжение штатных или внештатных палачей, а те уж сами в меру своих психических и моральных качеств решали, как обойтись с приговоренным, прежде чем его расстрелять. Но что-то в Лекторе тогда еще теплилось человеческое, какие-то жалкие остатки. Говорят, когда он отправил людей за Гудзоном и подошел к окну покурить, он смертельно испугался. В тот самый миг небо со стороны Самары осветилось зловещим огнем, и над городом, разрывая облака, пронеслись огненные хвостатые шары, наполнив округу ревом и грохотом. Весь город замер от ужаса. Очень хочется надеяться, что в тот миг Лектор подумал, что вот-вот падет на него наказание свыше за пролитую кровь. Но даже если он так и подумал, то впоследствии свой страх ему удалось преодолеть окончательно. Во-первых, вскоре все узнали, что огненные шары — это всего лишь явление астрономическое, попросту говоря, банальный звездный дождь из крупных метеоритов, и не имеет никакого отношения к вопросам теологии. А во-вторых, в декабре он имел наглость появиться в доме Артемьевых без приглашения, убивался по Гудзону, проклинал жестокое время, разыгрывал из себя жертву контрреволюционных обстоятельств. А когда его доводы иссякли, пытался силой склонить овдовевшую Ханну к сожительству.

Я почему всю эту историю так хорошо знаю. Дело в том, что Юрген был моим другом. И он мне часто рассказывал про свою сестру и её семью. Кстати, это он первый придумал Майе прозвище Принцесса. Рассказал он и то, что Майя как-то поделилась с ним по секрету своим страшным открытием. В один из дней, весной восемнадцатого года, она стала свидетельницей заварухи на улице в центре города. Там произошла стычка одесских анархистов-террористов с чекистами. Так вот, она вдруг отчетливо увидела, что среди этих злых и возбужденных людей есть и нелюди. Облик их был ужасен, она их так и назвала — демонами. Причем присутствовали они с обеих враждующих сторон. Мне, конечно, и без этого было известно о давнем и масштабном вторжении, но тут дело было в Майе.

— Что значит — вторжении? — озадаченно перебил я.

— То и значит.

— Вторжение демонов?

— Поясняю вкратце. Обычно существа тяжелых миров редко появляются в Потоке в своём истинном обличье. Их больше устраивает незаметный захват местных особей, так удобней. А при вторжении захваты приобретают массовый характер. Обычно такие мероприятия бывают подготовлены. Бывало, конечно, в обозримой истории, когда в пределы Потока вторгались целые армии, как ты говоришь, демонов, и даже безо всякой маскировки, как говорится, в чём мать родила. Но в последние три тысячи лет такого не бывало. Про это я тебе тоже расскажу, только не сейчас.

— Поклянись, что расскажешь, — мрачно потребовал я.

— Клянусь, — быстро согласился Патрик.

— Нет, так не пойдет, — я сурово покачал головой. — Поклянись своей бабушкой

— Да ты спятил, что ли? — возмутился Патрик. — Ещё чего! Ты часом головой не ударялся? Никем я клясться не собираюсь, тем более, своей собственной бабушкой. Нет ничего глупее таких дурацких клятв.

— Так я и думал. Ты же сам не далее, как вчера, клялся ее зубами, когда хотел набить морду нашему проводнику.

Патрик закатил глаза к небу и тяжело вздохнул:

— Ладно, вот тебе моё слово, обещаю, что про вторжения расскажу при первой возможности. А теперь отвянь и слушай дальше. Итак, Майе объяснять, что у нее была галлюцинация, было бы глупо. Потому что потом эти видения повторялась постоянно. Убеждать человека в том, что он якобы болен, в подобном случае преступление, человек может и поверить. Юрген предлагал немедленно представить ее Посвященным.

— А откуда Юрген знал про Посвященных?

— А я не сказал разве? — Патрик потёр лоб, — Юрген был моим другом и… архастером.

— Понятно, — я немного смутился, наконец заметив, что Патрику тяжело обо всем этом говорить.

— Да, был этот разговор у нас с ним в декабре. Снегу уже навалило… Я согласился отвести её на совет, но мы не успели. Только мы с Юргеном расстались, и часу не прошло, как у меня появился от него посланник. Сообщение было короткое: «Схватили Ханну, я за ней. Спаси Принцессу, их с Ромео повезли в лес». Я примерно знал, где это может быть, но нашёл с трудом. Они до места не доехали, остановились в избе какой-то. Одного из конвойных я снаружи уложил, он снег в чайник нагребал. В избе оказалось еще трое, они даже на меня не оглянулись, когда я вошел, думали, что это их подельник с чайником вернулся. Винтовки у стены, на столе маузер, все трое были очень заняты. Там в углу топчан стоял, они с Принцессы одежды посрывали, разложили ее на топчане, за руки и за ноги веревками растянули, привязали к ножкам топчана, и в очередь выстроились, скоты. А Ромео, избитый, весь в кровище, рядом у стены стоял с раскинутыми руками. У него сквозь ладони в бревна стены были вбиты штык и финка. Пригвоздили его, так чтобы не мешал и чтобы видел, что с его невестой они делать будут. Ну… В общем… Убил я их, этих борцов за революцию.

— Это, что демоны были? — спросил я, позабыв про подзорную трубу и с ужасом представляя всю гнусную картину этих событий.

— Простые люди. То ли бывшие рабочие, то ли солдаты, а может, бывшие уголовники. Новые граждане новой страны… На службе в её карающих органах с неограниченными правами на чужую жизнь и добро. Сволота, одним словом. Мне торопиться нужно было, чтобы успеть еще к Юргену на помощь вернуться. Быстро не получилось. Принцессу сильно покалечить не успели, но она от пережитого ужаса без сознания была. И Ромео тоже не лучше выглядел, передвигался он с трудом и бредил на ходу. У него ведь еще несколько резаных и колотых ран было на теле, к счастью, неглубоких. В избе я его кое-как перевязал лоскутами от рубах его мучителей. Правда, рубахи завшивленные были страшно, но ничего другого не было под рукой. На раскаленную трубу буржуйки лоскуты намотал, у огня подержал, вроде как произвел дезинсекцию. На Принцессу смотреть без слез нельзя было, укутал ее в одежки... А там еще, как назло, до перехода было далеко и вечерело уже. Так мы и пёрлись через лес по колено в снегу километра два... Принцесса на плече, как мешок с песком. Следом, как слепой, Ромео тащится. Спотыкается, падает на каждом шагу...

Патрик замолчал, сорвал травинку, задумчиво её пожевал и лег на спину.

— Но ты все-таки успел их спасти, — пробормотал я.

— Их успел, — вздохнул Патрик, отвернувшись. — А Юргена и Ханну не успел. Убили их.

— Но ты же мог вернуться в прошлое и все исправить...

— Это не всегда возможно. Думаешь, я не пытался?

— Почему невозможно?

— Видишь ли, далеко не все места в Потоке доступны и далеко не со всеми течениями Потока можно справиться.

— Почему?

— Изначально энергия движется в пределах Потока равномерно, но постепенно на ее пути появляются разные препятствия, которые образуют турбулентность в течении. От этого возникают жуткие флуктуации, генерируются какие-то бешеные поля, неожиданные, и часто совершенно непреодолимые. А в пограничных слоях вообще черт знает что творится.

— Что это за препятствия?

— У них разная природа, но это долгий разговор. Могу сказать, к примеру, что каждый человек в принципе может создать внутри себя препятствия правильному току энергии, и обычно из-за этого появляются болезни. А люди в общности своей способны создать такие завихрения Потока, против которых вообще невозможно бороться. Именно поэтому происходят всякие социальные катаклизмы. Это всё не так-то просто. Не смог я их спасти... И, думаю, без демонов там не обошлось. Иначе Юрген сам бы справился.

— А что потом было с Принцессой?

— Я сдал её в госпиталь Храма Посвященных вместе с Ромео. Госпиталь этот находится в пределах Потока, сразу через переход тащить их было нельзя. Лечили Принцессу довольно долго, Ромео справился быстрее. Он почти не отходил от неё, но, когда она пришла в себя, оказалось, что её отношение к Ромео изменилось. Она была добра с ним, как с лучшим другом, но и только. Что случилось, никто так до конца и не понял. Скорее всего, это последствия того мерзкого дня. И в характере у неё появилась жесткость, которой прежде не было никогда.

Это можно понять... Ромео был в отчаянии, но поделать ничего не мог, только старался быть по возможности рядом. Потом Посвященные обнаружили у них обоих прекрасные способности и предложили им новый способ бытия. Оба согласились, прошли инициацию и начали учёбу. Но когда пришло время специализации, дороги их разошлись. Ромео выбрал для себя область деятельности в Храме Посвященных, а Принцесса решительно двинулась по пути воина. В итоге она оказалась в специальном подразделении Крылатого Пса и стала умелым и беспощадным охотником за демонами. Ну, в смысле, за существами, которые нелегально вторгались в Пределы Потока. Вот такая вот история.

— А ты с ней часто виделся?

— Нельзя сказать, что я с ней виделся. Мало того, меня она не видела ни разу. Иногда я присматривал за ней, когда она забиралась в откровенно поганые места. Но она даже не подозревала, что я был поблизости.

— А где же все это время был я? — спросил я, и меня вдруг разозлила такая несправедливость.

— Не знаю, — покачал головой Патрик.

— Почему меня там не было? — спрашивал я Патрика так, как будто это он был в этом виноват. — Я должен был там быть! Я, а не Ромео!

Патрик посмотрел на меня внимательно, вздохнул, потёр виски и перевел взгляд на облака.

— Ты задаешь трудные вопросы, — пробормотал он. — Я хочу тебе кое-что сказать. Только ты не обижайся.

— Извини, — пробормотал я, болезненно осознавая глупость своих нападок и в то же время борясь с внутренним раздражением, с ощущением вопиющей несправедливости произошедшего. — Как мне на тебя обижаться, когда ты мне книжки читал, пока я младенцем на горшке сидел.

— Вот-вот, и я о том же. Знаешь, бывает любовь как хорошее вино, она согревает сердце. Это моя бабушка так говорит. А бывает любовь как водка. Она поражает мозг, выжигает глаза и, в общем, сносит крышу. Так вот, я надеюсь, что... Ну, что твои чувства относятся к первому варианту. Просто иначе нам здесь не выжить. Понимаешь? Мы погибнем в этой дыре, если ты не сможешь оценивать обстановку адекватно. И крестик нам никто не поставит, даже из веток. Потому что от нас ничего не останется.

Я засопел и отвернулся.

— Наш мир, к великому сожалению, далеко не идеален, —

продолжил Патрик, — в нём все часто бывает перепутано. Люди сами все путают и усложняют. И неоткуда взяться гарантии, что те, кто был близок в одной жизни, обязательно встретятся в другой. Настоящей любви некоторые ждут тысячи лет. Тысячи лет. Подумай. Есть даже красивая легенда о том, что двое, предназначенные друг другу, — это половинки целого. Если они смогут друг друга узнать, их души сливаются в любви и поэзии, и все такое. Они становятся единым существом, и оно вспыхивает, как звезда. И из этой звезды может родиться целый мир. Такая вот сказка. Кто тебе ответит, где ты был тогда? Почему тебя там не было? Не знаю, кто может это знать. Пути Господни неисповедимы.

— Поток, — я угрюмо настроил трубу, — он ведь всемогущий, он должен знать?

— Возможно. Спроси у него.

Мы замолчали и почти полчаса думали каждый о своём. От трубы у меня в глазах пошла рябь.

— Ладно, — сказал наконец Патрик, — этот склеп нам в любом случае придётся посетить. До темноты еще часа четыре. Ты поспи пару часиков, а я пока подежурю. Потом меня сменишь, я тоже вздремну, а то мы с тобой уже вторые сутки без сна путешествуем.

Я не стал препираться, молча передал Патрику трубу, постелил свой кафтан, подложил под голову нашу походную сумку, снял промокшие сапоги и лег в сухой мох.

То, что пережили Ромео с Майей, было ужасно. То, что Ромео оказался на моём месте, было ужасно. Всё смешалось в моей гудящей голове, и сердце терзали мысли, зубастые и озлобленные, как бродячие собаки. Может, я с ума схожу незаметно? Оттого, что открылась моя память. Нужно что-то делать со всем этим, иначе эти псы разорвут меня в клочья. Если даже Патрик не знает... А мне-то что теперь делать? Спросить Поток? О чём? А может, Ромео был как раз на своём месте? Может быть, это я тут совсем ни причем? Нет, этого не может быть. Я бы знал. Я бы точно знал. Сейчас ясно только одно — нужно найти Принцессу. Да, правильно. Найти ее и освободить от этой гадости, а там разберёмся. Разберёмся ли? Разберёмся. Понять бы, что было между нами. Ведь было что-то ещё. И я сам должен это помнить. Стоп. Я должен сам все помнить. Значит, я должен спросить Поток или самого себя. Вот ответ. Гениально.

Такое решение, которое в тот момент показалось мне удивительно простым и мудрым, принесло мне мгновенное утешение. Собаки, поджав хвосты, сгинули прочь, и через минуту я провалился в густой и терпкий сон.

Глава 36. Воспоминание

Вначале меня испугало то, что колыхалось и перетекало вокруг. Какие-то образы, невразумительные и гнетущие, неуловимые для взгляда. Я запаниковал и почувствовал, что сейчас меня увлечет это тягучее движение, затянет в эти перекаты, и я потеряюсь в них навсегда. Но потом я увидел, что было среди этого струящегося переплетения нечто более постоянное. Тень. Что-то, почти неподвижное и внушительное, как мегалит. Но оно было живое, я чувствовал это. Я обратился к этой тени и услышал в ответ тихий голос. Слова разобрать было невозможно, если, конечно, это были слова. Скорее, это было похоже на память незнакомого и древнего языка, давно уже умершего и иссохшего, погребенного под тяжелыми песками в городах погибших цивилизаций. Это звучало как печальная песня движущихся каменных плит, но смысл ее был мне понятен.

— Ты хочешь знать то, о чём просишь?

— Да.

— Зачем?

— Мне очень нужно.

— Ты нарушишь закон.

— Какой закон?

— Закон возвращения. Те, кто возвращаются в Поток, должны испить его воды, чтобы стать с ним единым.

— Воды забвения, — догадался я.

— Ты не можешь преступить этот закон ради своих желаний. Ты ничтожная песчинка, которая принадлежит бесконечной дюне, и которая не может избегнуть течения этой дюны.

— Свое ничтожество я вполне осознаю. Но ведь я вспомнил уже многое.

— Тебе было открыта лишь крупица знания, и путь твой лежит обратно в Поток. Там ты забудешь даже эту малость.

— Пусть. Но теперь я должен знать. Может быть, в этом весь смысл моей жизни. Я должен знать, иначе мне будет смертельно тяжело с этим жить.

— Возможно, эта тяжесть покажется тебе легче пуха, по сравнению с тем, что ты узнаешь, — тень умолкла, и, когда безмолвие затопило меня по горло, она неслышно выдохнула. — Что ж... Иди... Следуй за своей болью.

Фигура вытянулась, расслоилась текучими тяжами, стала

таять в темноте, расплылась и пропала вовсе. Вокруг стояла сплошная тьма. Я огляделся и прислушался. Конечно, я сразу нашёл то, о чем говорило это... это Нечто, эта Сущность. Из темноты к моему сердцу тянулась дрожащая алая нить. Моя боль. Я прикоснулся к ней пальцами и пошел за ней, сматывая огненный клубок на сердце.

Окружающая тьма стала таять по краям и вдруг плавно сжалась в точку, открыв светлое весеннее небо и живое море вокруг. Меня окатило светом. А точка осталась далеко, то теряясь, то вновь появляясь в волнах на рейде бухты. То ли птица на воде, то ли обломок рангоута, что-то мелькало там, где среди тринадцати затопленных кораблей покоился на дне и мой корабль. Но мысли мои были сейчас не о нём. Я обнимал свою единственную женщину, нюхал ее волосы, а волосы ее пахли порохом. Вот отчего к горлу подступал комок. И вот отчего сердце ныло, словно ободранное штуцерной пулей. Она не захотела уезжать после начала войны, и даже после той адской бомбардировки в октябре. Мне не удастся уговорить ее и теперь. Я это знаю наверняка. Она снова в десятый раз ответит мне, что она жена морского офицера и останется рядом. Что раненых и больных слишком много, и за ними нужен уход, а сестры милосердия не справляются. Насколько было бы мне легче, если бы она была в безопасности в Петербурге. А здесь, кажется, не осталось ни единого не покалеченного дома. Изо дня в день падает с неба чугун и свинец, методично и буднично, словно дождь. Это моя вина в том, что я не смог ее убедить уехать, и я бессилен защитить ее от смерти, бродящей день и ночь по израненному городу. Смерть ходит, словно слепая, ощупывает своими холодными костяными пальцами наши беззащитные затылки и выбирает среди тысяч обреченных по своему усмотрению. Стольких нет уже. И боль вокруг, и печаль, и остервенение, давно перешедшее черту, когда усилием воли человек решается на героический шаг. Это всё уже пройдено, и всё уже решено. Похоже, что всеми принята эта судьба — умереть здесь вместе с кораблями и вместе с городом. Несмотря ни на что. Ни на то, что главнокомандующий, теперь уже отозванный, князь, прозванный матросами Анафемой, брезговал заботиться о своем войске, ни на то, что интенданты воруют деньги у солдат и матросов, которые мрут от голода. Тех, которые день за днем проходят между пулями и рвут свое тело о французские и английские штыки во славу державы, кормят сгнившими сухарями, и они уже не ждут лучшего. Что им ждать от тех мерзавцев, которые, к примеру, позарились на деньги, выделенные на тёплую одежду к зиме? Эх, Россия, как живешь ты, так и воюешь. С одной стороны безудержное воровство, пьянство и глупость, а с другой стороны талант и ум, нечеловеческое упорство и храбрость. Удивительное разнообразие этих проявлений русской души, видимо, во веки вечные не оскудеет. Кто-то обкрадывает ближнего, а обкраденный тащит на себе свой крест, да ещё и крест вора. А ведь те, кто ворует у солдат, они не просто преступники, они ведь действуют на руку врагу, а это означает лишь одно — измена. Они предатели и, стало быть, наши враги. И они во сто крат опасней внешнего врага, ибо нет от них защиты. Своими грязными руками они изнутри душат самые основы армии — веру в командование и воинский дух. Своей губительной алчностью они легко совершают то, для чего неприятелю приходится тратить огромные усилия и жертвовать сотнями и тысячами жизней своих солдат. Но ворам это как будто неведомо.

Так вот и воевали, то в ноябрьской стылой грязи по колено, то по снежку и морозцу с метелями в январе, добывая с бою одеяла у англичан. Видно, за нашу терпимость нас только Бог и пожалел, дал в этом хаосе горсточку умных командиров, людей, для которых понятие чести — предмет естественный и незаменяемый, как дыхание. Солдата не обманешь, на смерть он готов идти лишь за такими людьми. Пожалуй, только на них, на этих неукротимых апостолах Неизреченного все и держится до сих пор, несмотря на то, что им всячески мешают. Но этих людей, как это, наверное, бывает во все времена, немного. Из них Смерть выбирает в первую очередь. Они ее любимчики. Смерть знает толк в людях.

— Саша, — встрепенулась Майя и улыбнулась, — вон Платон Васильевич возвращается.

Я обернулся. Платон Васильевич торопливо шагал со стороны пристани, придерживая рукой кортик. Как и все по случаю праздника, в свежем мундире. Вот еще один пример выдержки духа мне в укор, подумал я. Он ведь старше меня на двенадцать лет, повидал всякое, Синопское дело прошел и держится гораздо задорней меня, хотя... Я вижу, и в его глазах велика глубина печали.

— Вот уж не думал, что застану вас здесь, — улыбнулся он подходя. — Майя Николаевна, голубушка, что же вы позволяете держать себя вдали от музыки и веселья? В такой-то день. У Казарского уж полчаса, как народ гуляет. Потомству, так сказать, в назидание.

— Мы только на минуточку задержались, Платон Васильевич,— засмеялась Майя. — Здесь удивительно хорошо сегодня. Правда, Саша?

— Да, — кивнул я, — мы как раз уже собирались на бульвар идти.

— Александр Владимирович, — покачал он головой, с укоризной и в то же время с участием глядя на меня, — вижу я, как вы собирались. Я оставил вас здесь не менее часа назад. А вы все смотрите в море. Не пристало боевому капитан-лейтенанту предаваться унынию, это тяжкий грех. Тем более в светлейший из праздников.

— Это мы поправим, Платон Васильевич, — я улыбнулся через силу, — поправим.

— Майя Николаевна, для вас есть хорошая новость. Только что говорил с Павлом Степановичем, с завтрашнего дня ваших подопечных всех переводят сюда, на Николаевскую батарею. Пожалуй, теперь это самое безопасное место в городе.

— Слава Богу, — вздохнул я и краем глаза заметил, как по лицу Майи пробежала тень. Я знал, что это за тень. Ещё и двух недель не прошло с того случая, когда Майя чудом избежала гибели, когда бомба разорвалась в комнате дома, занятого под лазарет. Майя за минуту до этого вышла.

— Спасибо вам, Платон Васильевич, за ваши хлопоты, — Майя с благодарностью пожала ему руку.

— Что вы, Майя Николаевна, — покачал головой он. — Я преклоняюсь перед вашей отвагой. Но куда отрадней для меня было бы, когда бы вы поддались просьбам вашего супруга и моим уговорам уехать хотя бы в Симферополь. Там тоже развернули госпитали. Ей Богу, это было бы правильно, тем более, в вашем положении.

— Мне незачем уезжать. Все, что есть у меня — здесь. А город ведь выстоит, верно?

— Несомненно-с, — вздохнул Платон Васильевич, обменялся со мной печальным взглядом, потом вдруг заметил кого-то вдали у нас за спиной и заторопился. — А, вот вижу Ильинского. Прошу меня простить, мне еще нужно с ним перемолвиться, да и похристосоваться нам с утра не довелось.

Я обернулся. Действительно, Дмитрий Васильевич в шумной компании нескольких флотских офицеров направлялся в сторону Малого бульвара.

— На ловца, как говорят, и зверь бежит. Но я не прощаюсь с вами, — Платон Васильевич, уходя, поцеловал руку Майе и крепко пожал руку мне. — Вечером, как уговаривались, у нас.

— Да, конечно, — кивнул я, глядя ему вслед. И тут краем

глаза я заметил едва заметное течение переплетающихся тяжей. Слева, чуть в стороне, стояло это Существо, словно темный камень, лежащий в потоке среди длинных, вьющихся водорослей. И тогда весь мир покачнулся. Я всё вспомнил, и я увидел неотвратимое будущее, которое уже надвигалось из мглы, и которое уже готово было пожрать нас. Сегодня Пасха! А это значит... Это значит, что завтра здесь откроются огненные врата ада. Раскалённые мортиры будут надрывно отрыгивать пламя в густой туман, ревущее мутное небо разродится тяжелым и хлестким ливнем... И будет сыпаться нам на головы смертоносное железо... И потекут реки крови... И спасения для нас уже не будет. Для нас троих... Ни для меня, ни для нее, ни для ребенка.

— Я должен забрать ее отсюда, — в отчаянии закричал я этому Существу, — ты слышишь? Я должен забрать ее отсюда!

— Ты не сможешь этого сделать, — глухо ответило оно.

— Этого не может быть! Я должен забрать ее, иначе она погибнет здесь, вместе с ребенком! Ты слышишь меня?

— Это невозможно.

— Я не верю! Должен быть способ! Помоги мне забрать ее и вернуться!

— Я не могу тебе помочь. Это невозможно.

— Да кто ты вообще такой? Кто ты, чтобы решать это?

— Я никто, — ответило Существо.

— Что значит никто? Ты здесь, ты привел меня сюда, значит, можешь увести отсюда и меня, и её тоже!

— Я не могу этого сделать, — повторило Существо, — меня вообще нет.

Передо мной словно вдалеке возникло встревоженное лицо Майи.

— Саша, почему ты так побледнел? — торопливо спросила она. — Почему ты молчишь? Тебе плохо?

— Ты должен мне помочь! — кричал я, — их нельзя здесь оставлять! Это же верная смерть! Ты должен!

— Я не могу быть должен, меня нет. Здесь только ты. И ты был предупрежден. Ты хотел знать, ты узнал. Прощай.

Существо стало уплывать прочь и превратилось в черную точку, качающуюся на волнах.

— Стой! Стой! Ты должен мне помочь! — перед глазами у меня поплыло. — Больше некому! Ты можешь, я знаю!

Точка внезапно расплылась чернотой, поглотив весь мир, и я почувствовал, что задыхаюсь.

* * *

Я очнулся, трясясь от рыданий. Вокруг стояли сумерки, а Патрик зажимал мне ладонью рот. Я почти не мог дышать.

— Тихо, тихо! Ты что так орёшь? — громко шептал мне в ухо Патрик. — Тише! Нас ведь угробят здесь раньше времени! Что случилось-то? Тихо, да тихо ты!

Я отвел его руку от своего лица и сел, судорожно вдыхая.

— Патрик, — прошептал я срывающимся голосом, вытирая рукавом мокрое от слез лицо, — я был там... С ней. И я не смог её забрать...

— Тихо, тихо, — Патрик на мгновенье выглянул поверх кустов в сторону развалин. — Что случилось? Я ничего не пойму. Давай по порядку. Где ты был? Кого забрать?

— Я не смог забрать её... Не смог...

— По порядку, — шепотом повторил Патрик и протянул мне фляжку с водой.

Несколько глотков воды немного меня успокоили, но чувствовал я себя гадко. Ох, как гадко. Сбивчиво я пересказал свой сон Патрику.

— Чёрт знает что, — пробормотал он, тоже глотнул воды и покачал головой.

— Что это было? Сон? Или я действительно увидел еще одну свою жизнь?

— Не знаю, — Патрик хмуро потер лоб и завинтил крышку на фляге.

— Но я... Мне неоткуда больше знать об этом. И что это за Существо было? Почему оно обмануло, почему оно сказало, что не может помочь?

— Не знаю. Может, это Цензор говорил с тобой. Если это был он, то он никогда не врёт. Цензор или отвечает на твои вопросы или нет, или открывает тебе твою же память или нет. Но он не может изменить твое прошлое.

— А кто он вообще такой?

— Без понятия. Я с ним никогда не встречался.

Вдалеке глухо прокатился раскат грома.

— Значит, это была только моя вина, — прошептал я. — Я не сумел уберечь её.

— Считай, что это был сон, — жестко сказал Патрик. — Ты не был в прошлом, это было просто воспоминание. Ответ на твой вопрос. Ты ведь хотел знать.

— Это был не сон. Я всё испортил. Нужно было что-то делать тогда.

— Ты всё испортишь, если будешь продолжать ныть, — сурово сказал Патрик и встряхнул меня за ворот. — Слышишь меня? Потому что для Принцессы сейчас мы с тобой — это единственный шанс на спасение. Возможно, это шанс что-то исправить.

Эти его слова неожиданно подействовали на меня, как ведро холодной воды, вылитой на голову.

— Да, — растерянно пробормотал я, размазывая слезы по щекам. — Ты прав. Ведь Принцесса здесь. Значит, можно всё поправить. Я готов, готов. Теперь я её не подведу.

— Вот именно, — Патрик осторожно выглянул поверх кустов. — Я тебе об этом и говорю. Мало того, мы не просто...

Патрик не договорил. Он резко пригнулся, глядя на замок сквозь ветки кустарника.

— Всё, мой дорогой! — пробормотал он. — Финита ля комедия! Вот они, голубчики!

Я подполз к кусту и осторожно раздвинул ветки. Меж зубцов замковой стены мелькали три человеческие фигурки с факелами. Двое в монашеских рясах сопровождали женщину в бело-синем платье. Никаких сомнений быть не могло — это была прекрасная Луиза Монтес, она же наша незабвенная Изабелла, она же моя Принцесса, она же адженогер. Охранники провели ее по стене и скрылись в угловой башне.

— Сволочи, — прошептал я, вытирая мокрые глаза.

— Так, так, так, — пробормотал Патрик, всё еще напряженно всматриваясь в развалины. — Парадный вход нам не подходит.

— Придется через стену лезть? Там метров двадцать!

— Ну, не двадцать, положим, а двенадцать-четырнадцать, — уточнил Патрик, прищурившись, — но это неважно. Видишь, в стене, которая обрывается в реку, есть то ли окно, то ли ход?

— Нет, — я взял трубу и подкрутил резкость. — Да, вижу. Арка немного возвышается над водой. Голова и плечи пройдут.

— Вот. Для начала попробуем этот вариант, — Патрик сорвал ягоду и отправил ее в рот, но тут же выплюнул. — А, чёрт! С клопом попалась. Вот зараза... Если через ход не выйдет, тогда только через верх. Веревка у нас в сумке есть?

— Да, был моток. Патрик, знаешь, я, кажется, понял, почему Поток выбрал меня для этого дела.

— И почему же? — Патрик подозрительно на меня покосился.

— Видно, я достаточно для этого глуп... То есть, я хочу сказать, используя меня, как послушный инструмент, он избрал человека, не обремененного излишним интеллектом, чтобы добраться до Принцессы, точнее, до адженогера.

— Наконец-то! Озарение снизошло, — саркастически покачал головой Патрик, — Понял он... Ну, точно. А я-то думаю... А оно вон что, оказывается, интеллектом не обременен.

Глава 37. Лакуна

Под прикрытием деревьев и кустов мы пробрались к тому месту, где собирались переправиться через реку. Вблизи замок казался еще страшнее. Его пустые бойницы и узкие окна смотрели настороженно и холодно. Жизни в них было не более, чем в пустых глазницах почерневшего и разбитого черепа, однако взгляд этот пронизывал до самого копчика.

Дожидаясь, пока совсем стемнеет, мы притаились в прибрежных кустах и перекусили, устроившись на поваленном замшелом стволе. Ночь подбиралась тайком, словно боялась, что её вдруг окликнут, упрекнут в том, что она не принесла с собой спасения от духоты, и отправят обратно. Ветра не было вовсе, но гром подбирался все ближе. Тёмная река понемногу ожила скрипучим кваканьем лягушек, время от времени шумно плескала крупная рыба. Из камыша доносились шорохи, суетная возня и чавканье. Где-то далеко взвыла выпь. На равнину из лесу стал выползать призрачный туман.

— Смотри, — Патрик показал мне на башню.

В одном из окон вспыхнул свет.

— Думаешь, там её держат? — спросил я.

— Это уже не имеет значения, — ответил он и поднялся на ноги. — Нам предстоит познакомиться со всеми обитателями этого фамильного склепа.

Раскатистый гром прокатился у нас над головами.

— Надеюсь, что их будет не очень много, — пробормотал я, поглядывая на небо. — Но мне теперь всё равно.

Над верхушками деревьев черным клубящимся краем показалась туча.

— Надеюсь, не много. Это же не галера с пиратами, — Патрик проверил пистолет, — справимся как-нибудь. Так, возьми-ка мой нож.

Он протянул мне ножик, похожий на те, в которых складывается лезвие.

— Как пользоваться? — спросил я, разглядывая это немудрящее оружие.

— Когда понадобится, тут кнопочку придави и резко махни

рукой, он разложится. Потом кнопочку сдвинь, чтобы зафиксировать

— Понял, — пробормотал я, засовывая нож в карман.

— Ну, с Богом! — Патрик слегка хлопнул меня по плечу, и мы осторожно стали спускаться к воде.

Мёртвую пустошь высветили первые белые сполохи. Вода была прохладной, я поёжился и стиснул зубы, чтобы они не застучали, когда вода поднялась по грудь. Грести мне пришлось одной рукой, другой я держал над водой сумку. Мы старались плыть без всплесков, поглядывая на окна замка. В том месте, где зияла дыра хода, стена отвесно уходила в воду. Здесь течения почти не было, и небольшая заводь была сплошь затянута ряской. Пока мы плыли, у меня все время сосало под ложечкой, и очень угнетало ощущение тяжелого взгляда. Достигнув стен, мы немного отдохнули, придерживаясь пальцами за шершавые камни, затем медленно вплыли в арку, пугающую своей чернотой. Тут было совершенно темно и тошнотворно пахло гнилью. Борясь с отвращением и страхом, я плыл, стараясь не касаться осклизлых стен, и вытягивал шею, чтобы случайно не хлебнуть застоявшуюся воду.

Ноги уперлись в пол так неожиданно, что я чуть не вскрикнул. Патрик уткнулся мне в спину. Под ногами оказались ступени. Они вели наверх. Мы стали подниматься, и с нас шумными потоками потекла вода. Эти звуки в могильной тишине показались грохотом Ниагарского водопада. Лестница вывела нас на ровную площадку. Тут мы остановились, напряженно вслушиваясь, чтобы понять какой эффект произвело наше вторжение в этот подземный мир.

— В сумке контрабандный коробок со спичками, — шепнул Патрик.

Я на ощупь расстегнул сумку, достал свечу и коробок, замотанный в тряпку. Яркая вспышка выхватила из темноты кирпичные стены коридора, который шагов через десять сворачивал направо. После поворота мы прошли около сорока шагов и оказались в небольшом помещении. Отсюда в разные стороны вели три хода.

— Если я не ошибаюсь, — прошептал Патрик, прикрывая свечу ладонью, — крайний справа идет под стеной вдоль реки, он нам не нужен. Левый или средний?

— Оттуда дует, — поёжился я, глядя в черноту левого входа. Патрик подошел туда, и пламя свечи затрепетало.

— Сквозняк, — пробормотал Патрик, — верный знак.

— Знак чего? — спросил я, поправляя сумку на плече.

— Пока не знаю. По крайней мере, мы точно попадем внутрь замка, возможно во двор. Ладно, там разберемся. Вперед.

За очередным поворотом мы увидели, что впереди коридор освещён едва заметным голубоватым свечением. Патрик задул свечу, достал пистолет и замер.

— Не пойму, — пробормотал он, — как будто луна светит сквозь пролом в своде. Ну-ка, глянь.

Я стал осторожно продвигаться дальше. Патрик последовал за мной. В лицо всё сильнее веяло холодом. В какой-то миг мне показалось, что это слабое мерцание — вовсе не свет луны, а что-то совсем другое, и что воздух и стены в коридоре странным образом едва ощутимо колышутся. Потом я вспомнил, что луну сейчас, скорее всего, уже не видно из-за туч. Обстановка мне не понравилась, и я решил остановиться. Но оказалось поздно.

В один миг воздух вдруг стал вязким и плотным, как жидкий опалесцирующий лед. Этой странной субстанцией оказался заполнен весь коридор. Как будто в одно мгновение все погрузилось в морскую пучину. В уши ударил напряженный гул, и перехватило дыхание. Выронив сумку, я на секунду замер от потрясения, потом с трудом повернулся к Патрику. Он тоже был погружен в эту субстанцию, стоял, наклонив голову, и прижимал ладони к глазам, а его пистолет очень медленно падал. Патрик, видимо, что-то кричал, но звуки растягивались и искажались до неузнаваемости.

«Не останавливайся, — серьезно произнес тонкий голос где-то в середине моей головы, — иди вперед. Позади только смерть. И позови архастера, он потерялся».

Я понял, что это заговорил закши, я сразу узнал его голос, похожий на голос ребенка. Дотянувшись до Патрика, я схватил его за руку и, мысленно умоляя его двигаться, потянул за собой. Каждый шаг давался с тяжким трудом. В оцепенелом мозгу мелькнула мысль, что этот коридор, залитый под потолок жидким льдом, может тянуться бесконечно.

«Больше не могу», — подумал я, когда воздуха в легких больше не осталось.

«Можешь, — уверенно заявил закши, — ты почти прошёл».
Мне почему-то вспомнилось, как в детстве мне казалось, что под водой можно дышать, только если вдыхать совсем немного, чуть-чуть, как через малюсенькую трубочку. Неосознанно я это сделал, и чуть не распахнул рот от удивления — я почувствовал, что могу дышать! Внезапно мое лицо стало по-

калывать, как будто в кожу впивались миллионы мельчайших иголок. Потом покалывание появилось в груди, потом распространилось по всему телу, и я вдруг провалился вперед. От неожиданности я выпустил Патрикову руку, рефлекторно резко вдохнул, как будто вынырнул с большой глубины и, потеряв равновесие, повалился на каменный пол.

«Тащи архастера! — воскликнул закши, — он опять застрял».

Я торопливо поднялся на дрожащих ногах и бросился к Патрику. Он был виден как сквозь толщу льда. Он вытягивал руки вперед, но почему-то не мог сделать ни шагу. Глаза его были по-прежнему зажмурены, а лицо перекошено то ли от боли, то ли от отчаяния, то ли оттого, что он из последних сил боролся с удушьем. Я погрузил руки в ледяное желе, схватил Патрика за запястья и потянул к себе. И только теперь я с изумлением заметил, что руки мои горят золотым пламенем. Когда из толщи жидкого льда показались Патриковы кисти, они тоже вспыхнули огнем, только изумрудным. И по мере того, как появлялось его тело, оно становилось огненным. Преодолев путы вязкого плена, Патрик судорожно стал хватать ртом воздух, так же как и я, потерял равновесие и с ревом рухнул вперед, сбив меня с ног.

Лежа на полу, закашлялся, потом судорожно ощупал своё лицо, осторожно приоткрыл один глаз и, осмотревшись, увидел меня.

— Ты живой? — просипел он, тяжело дыша, и открыл второй глаз.

— Не уверен, — пробормотал я, заворожено рассматривая свое тело.

Оно было словно вылеплено из живого огня и нитей золотистого света, а одежда выглядела призрачной, совершенно не вещественной, как будто сотканной из тумана. Я сложил ладони вместе — мне казалось, что они легко могут пройти одна сквозь другую. Однако ощущение плотности было прежним.

— Мы вне Потока, — Патрик удивленно поднялся на четвереньки и сел, устало привалившись к стене. — Куда это нас занесло? Что-то не похоже на Мерцающий мир. И что это была за хрень, интересно? Вот это мы попали! Как свиньи в холодец!

— Мы только что прошли Воды Тьмы, — растерянно произнес я.

— Какие, на хрен, Воды? — слабо отмахнулся Патрик и вдруг напряженно сел. У него отвисла его пламенно-зеленая челюсть, и он уставился на меня своими огненно-изумрудными глазами. — Как это — прошли Воды?! Куда прошли? Ты что несёшь?

— Закши сказал, что мы прошли Воды Тьмы, — спокойно ответил я.

— Спроси у него, куда мы попали, — у Патрика в глубине его пламенного тела, где-то в области сердца, вспыхнул беспокойный алый огонек.

— Он говорит, что это похоже на лакуну, но он не знает, какому миру она принадлежит. А что значит лакуна?

— Иногда на Потоке возникают складки, — хмуро ответил Патрик, — бывает, что они закрываются и захватывают при этом небольшие области Мерцающего мира. Но лакуна с Водами — это что-то... Такого не может быть! Просто не может быть!

Он обхватил голову руками.

— Закши говорит, что граница, которую мы перешли, создана из Вод Тьмы вне сомнений, но что за мир лежит в этих границах, ему неведомо.

— Я ничего не понимаю, — Патрик тяжело вздохнул, постучался затылком о стену, потом посмотрел на меня. — Это ведь ты меня вытащил! Тебя закши вёл?

— Да, он сказал мне, что назад идти нельзя, это верная смерть. Я увидел, что у тебя глаза закрыты, и взял тебя за руку. Закши сказал, что ты потерялся.

— Потерялся... — фыркнул Патрик. — Да я чуть не сдох! Мне глотку сдавило как тисками, а в глаза как будто воткнули два раскаленных штыря. Постой, а ты, значит, видел в этой гадости?

— Да, я все видел, — кивнул я, — немного расплывчато, но гораздо лучше, чем под водой с открытыми глазами. Местами как будто сквозь прозрачный лед, но, в общем, всё понятно.

— Невероятно! — Патрик снова постучался затылком о стену, — я никогда не слышал о лакунах с Водами, никогда не слышал о людях, которые прикасались бы к Водам, не говоря уже о том, чтобы кто-то прошел сквозь них. Но самое хреновое, я не знаю, что делать дальше.

— По-моему, выбор у нас невелик, — рассудил я. — Закши сказал, что позади только смерть, да и мне что-то не очень хочется возвращаться. Стало быть, нам дальше по коридору.

«Я чувствую присутствие», — произнес закши и согрелся.

— Здесь кто-то есть, — шепнул я Патрику.

Мы вскочили и стали вглядываться в темную даль коридора. Патрик оказался у меня за спиной. Он положил мне руку на плечо и тихо произнес:

— Не оборачивайся.

— Почему? — спросил я одними губами, и тело мое окатило холодом.

— Я должен тебе кое-что сказать.

У меня ёкнуло сердце, а в темноте впереди я увидел слабое свечение. Оно медленно приближалось.

— Архастеры умеют менять облик в мирах, — шепотом произнес Патрик мне на ухо. — Когда увидишь меня, не пугайся, это что-то вроде накидки.

— Хорошо, не буду, — пробормотал я, и, не решившись оглянуться, кивнул вперед. — Там кто-то есть.

— Да, я вижу, — прошептал Патрик и убрал руку с моего плеча, — поговори с ним, он меня не увидит.

Я решился посмотреть на Патрика, каков бы он ни был. Но не увидел ничего. Только едва заметное мерцание Вод в обрамлении тёмно-серого коридора. Патрика не было. Я резко повернулся и обнаружил, что светящееся нечто оказалось человеческой фигурой, более всего похожей на призрак. Теперь между нами было не больше пяти шагов. Призрак остановился. Свечение его было тусклым и тяжелым, похожим на окисленное олово или, скорее, свинец. Лишь изредка по нему пробегали сполохи серебристого света. В чертах этого существа было что-то неуловимо знакомое.

— Не думал, что нам доведется встретиться еще раз.

Я вздрогнул, потому что сразу узнал этот хриплый голос и почувствовал, как в груди моей полыхнул алый огонь — по стенам блеснули отсветы.

— Довольно неожиданно, господин барон, — согласился я, стараясь унять тревогу в сердце.

— Это волнение от радости или от страха? — усмехнулся барон Риквильд.

— От недостатка информации, — честно признался я.

— Ну-ну, — барон сложил руки за спиной. — И какими судьбами на этот раз?

— Совершенно случайно, — пожал я плечами.

Барон рассмеялся и, к моему удивлению, в смехе его не было даже намека на злодейские или коварные интонации. Это был искренний смех человека, пожалуй, немного усталого человека, которого действительно насмешили. Я не чувствовал угрозы с его стороны, и закши молчал.

— Я все никак не могу понять, кто ты такой, — барон с интересом меня разглядывал, — ты не похож на бойцов Ордена

Гарма и вообще на воинов границы Потока. Ты не из Ордена Дракона, метки на тебе я не вижу. Еще меньше ты похож на Посвященного Храма Сфер. Ты явно не из людей Кверкуса, не свирли, не вуг, и на трикстера ты не тянешь. Цверг или эльф? Вряд ли. Кто же ты такой?

— Я и сам бы не прочь узнать, — проворчал я.

— Но мне всё-таки кажется, что ты каким-то образом связан с Посвященными, — задумчиво произнес барон, — иначе как объяснить твой неувядающий интерес к одной нашей общей знакомой? Или это любовь?

— Господин барон, — неожиданно для меня самого, я вдруг почувствовал себя уверенно, — если у вас ко мне дело, то выкладывайте без околичностей. Если же нет, мне было приятно с вами поболтать.

— Неплохо, — оценил барон мое выступление. — Тебе удалось пройти Воды и провести своего приятеля. Весьма любопытно. Кстати, ему не обязательно изображать стену, я не собираюсь на вас нападать.

Я услышал Патриков удивленный вздох и обернулся. И тут меня чуть не хватил удар. Я увидел, как участок стены отделился, сделал шаг в мою сторону и стал менять цвет. Спустя мгновение вместо моего наставника передо мной стоял смущенный сгусток темно-синего мрака, отдаленно напоминающий человеческое тело, с шипами и выростами в различных местах. Его голова была похожа на голову зауролофа, а глаза были как у осы. По его телу перетекали непонятные изумрудно-зеленые светящиеся знаки, похожие на иероглифы.

— Я потрясен, — восхищенно развел руками барон, — очень впечатляет.

— Благодарю, — проворчал Патрик и, увидев мое вытянутое лицо, прошипел, — я же тебя предупреждал.

Я сдержанно выдохнул, подтянул челюсть и повернулся к Риквильду.

— Если бы я не наблюдал за вами с того момента, как вы потревожили покой Вод, я бы никогда не догадался, что один из вас стал стеной, — откровенно признался барон, — неплохой трюк. Но теперь давайте вернёмся к делу.

— А у нас есть общее дело? — удивленно приподнял шипы и отростки Патрик.

— Опять? — добавил я.

— Возможно, — барон сложил руки на груди. — Для начала я предложу вам на выбор два пути. Путь первый: в память о нашем боевом прошлом, я позволю вам уйти живыми, вы пройдете обратно сквозь Воды, пока вас никто не видел, и вы больше никогда сюда не вернетесь. Но, насколько я могу судить, вам это не интересно.

— Не интересно, — согласился Патрик, и у него на загривке выросли ещё отростки, напоминающие иглы дикобраза.

— Это нам не подходит, — я решительно покачал головой.

— Тогда, возможно, вас заинтересует второй путь. Я проведу вас тайным ходом в апартаменты существа, которым вы так интересуетесь, а потом вы поможете мне. Думаю, такой вариант вас больше устроит.

— Больше, — согласился Патрик и втянул свои дикобразьи иглы обратно в голову.

— А нельзя ли поподробнее про второй путь? — поинтересовался я.

— Ну что ж, давайте присядем, — предложил барон, — здесь есть о чем поговорить.

Мы недоуменно огляделись, в коридоре присесть было не на что, разве что на пол.

— Встаньте под факельным кольцом, — Риквильд кивнул на ржавый железный крюк, торчащий из стены, — мне нужно опустить сиденье.

Мы переглянулись и нехотя встали. Я немного занервничал от этих непонятных маневров, но закши по-прежнему молчал. Барон подошел к факельному кольцу на противоположной стене, взялся за него, повернул и потянул. В тот же миг мне показалось, что мы взлетаем, и я прижался к Патрику, невзирая на его пугающий вид.

Глава 38. Симон Пилигрим

Но мы не взлетели. На самом деле справа и слева от нас быстро опустились участки коридора, длиной около трех метров. Пол, стены и потолок этих участков двигались вниз одновременно, как единое целое, издавая при этом лишь гулкий шелест. Опустившиеся потолочные плиты прикрыли собой провалы, образовавшиеся в полу, и замерли на уровне наших коленей. Мы снова переглянулись.

— Это старые ловушки, — спокойно пояснил барон, — в них давно нет нужды. Располагайтесь.

Он присел на край плиты. Мы нерешительно последовали его примеру и уселись на второй плите напротив.

— Прежде чем мы углубимся в детали, считаю своим долгом предупредить, — Риквильд посмотрел на нас очень серьезно. —

Второй путь не гарантирует, что вы останетесь живы. Но это вас, видимо, не очень беспокоит?

— Как это не беспокоит? — возмутился Патрик и снова оброс длинными шипами, — очень даже беспокоит!

— А первый путь вас по-прежнему не устраивает, — усмехнулся барон.

— Давайте углубимся в детали, — предложил я, отодвигая пучки Патриковых колючек.

— Ну что ж, — согласился барон, — давайте углубимся. Если мой рассказ покажется вам утомительным или наивным, прервите меня. Но мне кажется, я должен вам кое-что прояснить относительно себя, чтобы вы имели представление обо мне. Итак, мы расстались в разгар той памятной, жестокой и предательской битвы. Меня отправили в путешествие по новым мирам. Тело мое, растоптанное обезумевшими лошадями, осталось лежать на земле, смешанное с грязью. А я взлетел сквозь шум Реки Времен, сквозь холод мрака, сквозь переливчатый сияющий свет. И первый, кто встретил меня там, была моя мать. Она была прекрасна, как в молодые годы, какой я ее запомнил навсегда. От нее исходили свет и тепло. Она обняла, прижала меня к себе, и я подумал, что достиг наконец тихого берега, я вернулся домой. Но она заговорила со мной и открыла мне глаза. Она сказала, что не сможет удержать меня рядом, слишком тяжела была моя душа. Я никак не мог понять, о чём она говорит, ведь мы уже были вместе. Тогда она показала мне сияние светлых миров и чёрное свечение адской бездны. Она сказала, и я запомнил это слово в слово:

«В душе каждого человека есть капля золотого света, бессмертное зерно. В нем Сила, Мудрость и Дух Господа. И если душа чиста, она озарена этим светом, и сверкающие крылья Духа возносят ее в Небесную обитель. Наполни сердце свое светом, добротой и радостью. Помни о сияющих мирах и обо мне, и возвращайся. Когда тебе станет особенно тяжело, вспомни своего ангела-хранителя. Я буду ждать тебя и всегда буду думать о тебе. Я знаю, что ты вернёшься».

Тогда я посмотрел на себя и увидел, что душа моя тусклее свинца, что она покрыта чёрными струпьями. Пока я был воином в мире Времен, я не верил в Бога. Священники объясняли мне, что Бог свят и справедлив, что он любит нас, и что он властвует над миром. Но я-то видел совсем иное. Повсюду царили лишь сила меча, власть золота и яд коварства.

— Вам не повезло с друзьями, — пробормотал я, отодвигаясь от Патриковых отростков.

— Отчего же? У меня были друзья, — возразил барон, — у меня было тридцать шесть боевых товарищей. Свой отряд я собирал несколько лет. Но сейчас я говорю о другом. Законы волчьей стаи честнее законов человеческого общества. У благородного человека всегда больше шансов получить нож в спину. И я видел не раз, как погибали невинные дети и женщины от рук никчемных, недостойных жизни подонков. Тогда я спрашивал священников: «Где же ваш Бог? Где же его справедливость и любовь? Мерзавцы и воры купаются в роскоши и безнаказанно вершат свои грязные дела!». Что они могли ответить мне на это? Лишь то, что пути Его неисповедимы. Только здесь я отчетливо понял — Бог дал человеку право выбора, право решать свою судьбу и участвовать в судьбе других людей. Человек каждый день своей жизни выбирает, каким будет его следующий шаг. Какой станет жизнь человеческая, зависит от этого выбора. Но люди по большей части слабы, поэтому жизнь на земле иногда превращается в ад. Кроме того, демоны черных миров уродуют тела и души людей. Они мастерски искушают и умело подталкивают людей на преступления. И чем больше людей открываются их пагубному влиянию, тем многочисленнее и сильнее становятся легионы Тьмы.

Мать не смогла удержать меня и стала удаляться, пока не превратилась в далекую звезду. А я тем временем проваливался в бездну. Вначале меня охватило отчаяние, и тогда моё падение ускорилось. Потом я вспомнил слова матери и постарался удержать перед внутренним взором видение сияющих миров. На некоторое время это принесло мне покой. Но зияющая бездна притягивала меня и неумолимо приближалась. Тогда я воззвал к своему ангелу. Он появился немедленно. Он помог на время задержать моё падение, и многое рассказал о мирах. Именно тогда я кое-что для себя решил. А уже затем меня приняла бездна Аррада. Когда-нибудь я расскажу вам, что такое ад. Шансов выбраться оттуда почти нет. Но моё стремление к светлому миру, видимо, было так велико, что мне это удалось. Я сумел вернуться в Мерцающий мир. Правда, это случилось не скоро. Там я вновь встретился с матерью и ангелом. Я рассказал им о своем решении, и они благословили меня. Так я вернулся сюда, в свой замок, не испив из Реки Времен.

— Не испив Вод Забвения? — переспросил я. — Но ведь, если душа возвращается в тело Потока, она должна пить из него... Или нет?

— Обычно так и происходит, и при этом душа теряет память о прошлом, зато приобретает новое тело, — усмехнулся барон, — а этот обмен меня никак не устраивал. У меня были другие планы. Я решил стать призраком своего замка. Замок был давно заброшен, и никто не мешал моей работе. Я хочу вам кое-что показать.

Я почувствовал, как Патрик напрягся. Закши молчал. Риквильд поднес руки к лицу и плавно сделал движение, которым убирают в стороны волосы, закрывающие лицо. Покров свинцового цвета разошелся, и под ним открылось бело-голубое сияние. Эффект был таким, как будто раздвинули тяжелые портьеры, а из-за них ударил в глаза солнечный день. Лицо барона излучало свет, а на его груди ярче полированного серебра сверкал знак в виде орла с распростертыми крыльями.

— Ты... Ты Пилигрим? — ахнул Патрик, — Симон Пилигрим?

— Я предпочитаю — Саймон Риквильд, — улыбнулся барон.

— Я слышал о тебе от Хранителей, — Патрик втянул все свои иголки, шипы, гребни и отростки и пояснил мне: — О нём ходят легенды, но никто не знает, кто он на самом деле. Вот это да! Ну, дела!

— Никто и не должен знать, что Пилигрим и барон Риквильд — одно лицо, — сказал барон.

— Он вытаскивал души из Долины Каменных Снов, из-под носа охотников, — сообщил мне Патрик и снова повернулся к барону. — Но почему ты здесь?

— Здесь был мой дом. И потом, в этих краях граница между Мерцающим миром и миром Времен испокон веку была прозрачной. Потому и слава идет такая об этих местах — люди подлунного мира часто встречают здесь чужих, — барон убрал руки от лица, свинцовый покров вновь сошелся и скрыл сияние. — Это рубище я придумал еще в Бездне. Без него я не смог бы осуществить свой замысел.

— Вернуться в замок? — удивленно спросил Патрик.

— Не только, — усмехнулся барон, — у меня обнаружилась способность проникать в тяжёлые миры и возвращаться обратно. И я решил вновь собрать своих боевых товарищей для верного дела, но только на этот раз за пределами мира Времен. Возможно, мне удастся научить их тому, что умею я.

— Отряд пилигримов? — пробормотал Патрик, — перехватывать добычу у охотников? Снимаю шляпу, господин барон. Это непростая работёнка.

— Другого пути я не вижу. Но у меня возникло неожиданное затруднение. Чёрный Эмун каким-то образом проделал небывалый трюк.

— Чёрный Эмун — это близнец Изумрудного Дракона, — пояснил мне Патрик.

— Скорее, отливка по его форме, — уточнил барон, — он ухитрился погрузить конец своего хвоста в мир Времён.

— И что, он до сих пор торчит в Стволе? — изумился Патрик,— об этом никто не знает.

— Нет, он сразу убрал его, но капли Вод, которые стекли по хвосту, остались здесь и образовали эту лакуну. Таким образом, я оказался в плену. Я не могу перейти границу Вод. И до сегодняшнего дня это могло совершить лишь одно существо.

— Принцесса? — пробормотал я.

— Изабелла Монтес, — сказал барон, — так она себя называет. Она украла это имя у богини, которой поклонялись цверги.

— Она и была богиней, — вздохнул Патрик, — пока ее не захватил этот гад.

— А вам известно, что её атаковало не просто существо какого-то из тёмных миров?

Мы с Патриком только хлопнули глазами, ощущая веяние нехорошего предчувствия.

— Насколько я сумел разобраться, это не что иное, как эманация сущности Чёрного Эмуна, — сообщил Риквильд. — В какой-то степени, это сам Чёрный Дракон.

— Изабелла, то есть, адженогер, захвативший ее, это Дублёр? — Патрик нахмурился.

— Очень похоже, — кивнул барон, — Чёрный мессия. И я понимаю, что ваше появление здесь связано с его нейтрализацией.

— Да, — прямо ответил я.

— Надеюсь, у вас есть для этого подходящее средство.

Мы с Патриком кисло переглянулись.

— Кажется, мы влипли, — пробормотал я.

Только теперь мне открылся весь драматизм ситуации: мы намеренно дали себя увлечь в ловушку, но это оказалась не та ловушка, на которую мы рассчитывали. Судя по словам Патрика и барона, неизвестно, сможет ли кто-нибудь еще пройти сквозь Воды, чтобы нам помочь. Конечно, я мог бы попытаться вывести нас, я даже был уверен, что смогу провести Патрика обратно. Но это означало бы, что мы не выполним наше задание, и этот единственный шанс может быть утрачен навсегда. Если же мы попытаемся сами довести дело до конца, то, скорее всего, мы обречены на гибель. Ни Патрик, ни я не знаем, как бороться с Чёрным мессией.

— Нам необходимо приблизиться к ней на расстояние вытянутой руки, — вздохнул я. — Всё остальное должен был сделать Магистр.

— Почему же вашего Магистра нет с вами?

— Изабелла издалека чувствует его приближение, — пояснил Патрик. — Он должен появиться мгновенно, чтобы она не успела скрыться.

— А почему он выбрал для дела именно тебя? — спросил барон, взглянув на меня. — Он знал заранее, что ты сумеешь пройти Воды?

Я пожал плечами.

— Судьба Изабеллы как-то связана с его судьбой, — сказал мой наставник. — Но каким образом, мы понятия не имеем. Про эту лакуну не знал никто, разве только сам Поток. Не думаю, чтобы кто-нибудь из Посвященных предполагал, что ему придётся пройти Воды.

— Но он прошёл, — барон задумчиво посмотрел з пол и сложил руки на груди. — Не так давно двое пытались проникнуть в замок. Судя по меткам, это были рыцари Ордена Дракона.

— Да, — печально кивнул Патрик, — они должны были произвести разведку.

— Одного из них она протащила сквозь Воды. Долго над ним измывалась, а потом пожрала его душу.

— Пожрала? — ужаснулся я.

— Не думаю, что как-то ещё можно это назвать, — покачал головой барон. — А его тело теперь служит им.

— Им? — спросил я.

— А вы не знаете? — удивился барон. — Да у неё же здесь целая свита.

Мы с Патриком снова удрученно переглянулись.

— Второго они схватили снаружи, — продолжил Риквильд. — Выжгли ему на лбу тавро со знаком Дракона и отпустили. Они думали, что он бросится к Хранителям и расскажет им о страшной силе демонов, против которой он не смог выстоять. Но он решил вернуться за своим напарником. Он вошел в Воды и погиб. Воды растворили его душу, а эти свиньи всю ночь таскали его тело по лесам, забавлялись. Потом бросили его, растерзанного, у деревни.

Патрик тяжело вздохнул сквозь стиснутые зубы.

— Вот такие дела, господа, — сказал барон. — Думаю, выбор у нас невелик. Если вы вернётесь сквозь Воды и попытаетесь скрыться, они настигнут вас очень быстро. Мне кажется, нам нужно двигаться дальше. По крайней мере, у нас есть преимущество внезапности. Пока.

Патрик посмотрел на меня. В глазах его было отчаяние. Закши молчал. Я было подумал спросить у него совета, но вдруг осознал, что все они — и Патрик, и барон, и закши — ждут решения от меня. Но почему от меня? Только лишь оттого, что я прошел сквозь Воды? Но я ведь понятия не имею, как я это сделал!

Мне дико захотелось пить. Может быть, от страха или от волнения, или просто захотелось. И тут мне отчетливо послышалось, что кто-то меня окликнул. Я вздрогнул и обернулся. Кроме нас здесь никого не было, лишь Воды слабо мерцали в темноте коридора.

— Что? — настороженно прошептал Патрик, оглядываясь вслед за мной.

— Не знаю, — пробормотал я, — вы ничего не слышали?

— Нет, — прошептал Патрик.

Я перелез через плиту и медленно подошел к границе. Мне показалось, что по невидимой поверхности пробежала волна, и почему-то вспомнился морской берег, где мы в детстве играли с Женькой и ребятами. Камушки на дне, колышущиеся водоросли, солнечные искры на водной ряби.

— Это вода, — удивленно прошептал я и невольно улыбнулся. И тотчас на лице я ощутил лёгкое дыхание. — Ты — вода?

Барон с Патриком обеспокоено переглянулись и встали.

Мерцающее сияние стало похоже на ленивые солнечные блики от морских волн. Такие же, как под пирсом, где мы с Женькой собирали мидий. Тогда мы подолгу заворожено наблюдали за этой удивительной игрой света. Нам казалось, что перетекающий рисунок бликов иногда вдруг становится объемным и оживает сказочными существами из другого, волшебного мира. Толком разглядеть их не удавалось, они ускользали, будто дразнились. Просоленные морские запахи пропитали воздух, и я осторожно вдохнул. Лёгкий порыв ветра растрепал мне волосы. Я зачерпнул в пригоршни воды и умылся. Облизал губы, вода была солёная — настоящая морская! А ветер неожиданно подхватил волну и с силой плеснул ее на замшелый камень прямо передо мной, в двух шагах от берега. Мириады искрящихся брызг взметнулись вверх и осыпали меня дождём.

— Ух, ты! — восхитился закши. — Вот это салют!

Между камнями промелькнул краб.

— Краб! Смотри! Ты видел? — я побежал по камням, лежащим в воде, оступился и набрал воды в сапог. — Огромный, с тарелку!

— Скажи еще, с таз! — засмеялся закши.

— Сам ты таз! — отмахнулся я, выбравшись на камень и внимательно вглядываясь в густые водоросли. — У него клешня с кулак!

— У него клешня с кулак, а у тебя глаза с пятак! — ответил закши. — Ладно, давай выбираться обратно.

— Пить хочется, — я снова зачерпнул воды и плеснул себе в лицо. — Жаль, что солёная.

— Врешь, не жаль, — усмехнулся закши. — Если б захотел, была бы пресная. Ну что, пойдём?

— Ага, сейчас, — я вернулся по камням на берег, подхватил плоский голыш и запустил «блинчик». Он подпрыгнул и поскакал по воде, оставляя за собой ровную цепочку кругов. Затаив дыхание, я следил за ним, пока он не скрылся за горизонтом. — Жалко, Женька не видит.

Тут мне пришла в голову мысль. Я присел и опустил ладонь в воду, сложив ее лодочкой. Ладонь наполнилась. Я прищурился и представил, как вода сгущается в камень. Превращение произошло мгновенно, я даже не успел заметить момент перехода.

— Ловко, — прошептал закши.

— Чудеса, — пробормотал я, разглядывая камень, и потёр его пальцем.

Камень был настоящий, темно-серый с белыми прожилками. Я подбросил его в руке и запустил по воде. Голыш поскакал вслед за первым туда, где далеко-далеко белые толстопузые облака окунались в море.

— Видишь, это такая игра, — вздохнул я с облегчением.

— Пойдём, — позвал закши, — уже пора.

Я ещё раз взглянул на облака, повернулся и сделал шаг. На этот раз переход из Вод в лакуну произошел гораздо легче. На лице еще чувствовалось горячее морское солнце, и в коридор я принёс запах водорослей.

Патрик и барон смотрели на меня так, как будто я только что на их глазах превратился в гавиала.

— Ты что там делал? — недоуменно прошипел Патрик.

— Блинчики пускал, — смущённо пробормотал я.

— Это мы видели, — сказал барон.

— Ты торчал там не меньше десяти минут! — было заметно, что Патрик нервничает.

— Надо же, я и не заметил, — удивился я. — Кажется, я понял про Воды. Это такая игра.

Патрик с бароном переглянулись.

— Интересная игра, — барон пристально посмотрел мне в глаза. — Не думал, что создание иных реальностей — это игра.

— Получается, что так, — уверенно подтвердил я.

— Игра для демиургов, — усмехнулся барон. — Очень любопытно.

— Но я-то точно не демиург, — улыбнулся я.

— Если бы мы были в Мерцающем мире, я бы сказал, что мы оказались в Долине Джума, — пробормотал барон.

— В долине чего? — не понял я.

— Есть легенда такая, — Патрик поморщился, ему явно неохота было начинать длинные истории, — про мальчишку, который придумал эту долину. Точнее, он придумал игру в создание образов и существ. Это он так думал, что это игра. Работает это только в одном месте Мерцающего мира. Некоторым там удается создавать новые реальности. Он назвал его Долиной Серебристых Снов, но все называют эту долину его именем. А звали его Джум.

— Но мы не в Мерцающем мире, — барон многозначительно посмотрел на Патрика. — Может, он тоже Дублёр?

Я думал Патрик засмеётся, но он растерянно смотрел то на меня, то на барона. Потом он нерешительно подошел ко мне, и осторожно, как будто собирался погладить кобру, провел ладонью по моим мокрым волосам. Потом он присел и осторожно двумя пальцами снял с моего намокшего сапога зеленовато-бурый листочек. Внимательно его осмотрев, Патрик встал и повернулся к барону:

— Это морская водоросль.

Барон молчал, как будто сосредоточенно думал о чем-то своем. Патрик посмотрел на меня.

— У тебя знак на лбу проявился! — он показал на мой лоб. — Дать тебе пятак?

— Нет уж, спасибо, — проворчал я.

— Ты хоть осознал, что торчал в Водах непозволительно долго и вытворял там неизвестно что?

— Она сама меня позвала. Мне кажется, она меня ждала,— тут я окончательно смутился, и мне стало стыдно. Меня взяли в серьезное дело, на кону наши жизни и, возможно, жизни еще многих людей, а я поддался на детскую забаву.

— Она — это кто? — спросил барон.

— Вода, — я кивнул через плечо на мерцающую границу. — Ну, то есть Воды. Или кто-то, кто там внутри... Что вы на меня выпучились? Давайте лучше делом займемся.

Патрик всплеснул руками. Было видно, что и он, и барон

сильно озадачены. Хотя барон виду старался не подавать, только хмурился и покусывал губу.

— Он прошел несколько войн, на половине из которых его убили! — негромко воскликнул Патрик. — А до сих пор дитя дитём! Дай, я тебе пятак на лоб прилеплю.

— Да не нужен мне пятак! — сердито отмахнулся я и вытер рукавом мокрое от морских брызг лицо. — Вот что, взрослые дяди, ведите меня к вашим демонам. Мне кажется, я знаю, что нужно делать.

— Ага, я понял! — Патрик саркастически покачал темно-фиолетовыми перьями на голове. — Мы их блинчиками забросаем!

— У тебя есть идея получше? — проворчал я, выливая воду из сапога.

Патрик напыжился, сложил руки за спиной и стал нервно качаться с пятки на носок.

— Так каков будет план? — серьезно спросил меня барон.

— Проведите нас в их логово, — ответил я, надевая сапог, — желательно поближе к Принцессе. Вам, я думаю, не стоит в это вмешиваться, иначе они могут узнать, кто вы на самом деле. Это дело для нас двоих.

Патрик замер и удивленно вытаращился на меня.

— Ну что, идем? — спросил я. — Или будем ждать, пока демоны проголодаются?

— Ну что ж, — вздохнул барон. — Да, прошу прощения, я не спросил ваших имен.

— Я Патрик, архастер, — буркнул мой наставник, втягивая перья и преображаясь в нормальный человеческий облик.

— Ты, видимо, из людей Кверкуса. Приятно познакомиться. А вы, юноша? — барон посмотрел на меня. — Если мне не изменяет память, Саламандра. Так, кажется, вас называли ваши друзья в прошлой жизни?

Я поморщился, на мгновение задумался и вспомнил свой армейский позывной, который мне приклеили сослуживцы в подразделении разведки и управления.

— Зовите меня Тэнрек, — пробормотал я.

Патрик удивленно поднял брови.

— Очень приятно, — кивнул барон. — Тэнрек Саламандра. Значит, выбираем дерзкую атаку?

— Выбираем, — подтвердил я и посмотрел на моего опекуна.

— Не нравится мне все это, — Патрик вздохнул и сокрушенно покачал головой. — Предлагаю другой вариант. Ты проходишь обратно сквозь Воды, мчишься к Бензелю, он свяжет тебя с бойцами из оперативной группы Крылатого Пса, они в Дэбривиле и только ждут сигнала. Вернешься с подмогой и проведешь их через границу, а я демонов тут пока задержу.

— Нет, так не пойдет! — рассердился я. — Сам знаешь, что это полная ерунда!

Патрик некоторое время изучал моё лицо, потом тяжко вздохнул и пробормотал:

— Ладно, тогда дерзкая атака.

Глава 39. Дерзкая атака

— За такое дело смерть в бою — лучшая награда, — успокоил нас барон. — Итак, нам предстоит короткая прогулка по подземелью. Затем мы поднимемся по тайной лестнице на два этажа. Там есть дверь, о которой они не знают. Обычно Изабелла проводит время в большом зале.

— Это случайно не тот зал, где однажды мы уже побывали?— поинтересовался Патрик.

— Именно. Только теперь он выглядит несколько иначе. Но суть не в этом. Её свита, или охрана, состоит из дюжины демонов, среди которых есть охотники Аррада. Командует этой шайкой весьма мерзкий тип, гарх из Гиблого Леса Шоргизонда, по имени Грилл.

— Знакомые все лица, — поёжился Патрик.

— Нужно быть настороже. У охотников есть опасное оружие,— предупредил барон, — метательные удавки.

— Знаю, — кивнул я, — с этим я справлюсь.

В глазах барона промелькнуло удивление, и он посмотрел на Патрика.

— Справится, — не очень уверенно подтвердил мой наставник.

— Охотников четверо, — продолжил барон. — Кроме них еще шестеро эрапторов.

— Хорошая компания, — мрачно пробормотал Патрик, — я слышал про них, но встречать не доводилось.

— Они в общих чертах похожи на людей, в прошлом они действительно ими были. Их основное оружие — длинные когти, по одному на каждой передней конечности. На когтях с внутренней стороны есть короткие, но очень острые кривые иглы, они покрыты ядом, который вызывает сильную боль и онемение, даже если эраптор слегка оцарапает кожу. Если рана глубокая, яд может на время парализовать всё тело. Ещё они способны быстро передвигаться в неожиданных направлениях, стараются оказаться за спиной и захватить свою жертву живой.

— А есть что-нибудь, чего они не любят? — спросил я.

— Они не выносят солнечного света, — барон задумался. — И, похоже, их тело обжигает свет души, не изгаженной всякими наростами. Поэтому они предпочитают охотиться в серых мирах, а в мире Потска только ночью, и всегда пользуются своими когтями. Но самые опасные в этой компании двое дахаков. Они вооружены кривыми мечами, выкованными в Арраде из затвердевшего чёрного пламени. Звучит странно, но оружие смертоносное, и владеют они им прекрасно. Для дахака располосовать душу в лохмотья — дело трёх секунд. Но их я возьму на себя.

Мы вопросительно посмотрели на барона.

— Их ятаганам может противостоять пламя Изумрудного Дракона, слово Посвящённых Храма Сфер и вот это, — он отодвинул полу своего грязно-серого рубища и вынул из ножен меч. Клинок с изящным узором в виде крыльев птицы у рукояти сверкал и переливался, как знак орла на груди барона.

— Выкован из секретного сплава цвергов, — со знанием дела заметил Патрик.

— Да, этот меч сделан в Шоргизонде, — подтвердил барон.

— Красивый. А что такое Шоргизонд? — спросил я.

— Это один из древних городов цвергов в Мерцающем мире,— пояснил Патрик. — Они построили его для драконов.

— Для драконов? — удивился я. — А кто такие цверги?

Патрик тяжело вздохнул:

— Ты слышал истории о грутфах или гномах?

— О гномах слышал, — кивнул я.

— Я расскажу тебе о них очень подробно, но только не сейчас.

— Дахаков к себе близко не подпускайте, — предупредил барон, убирая меч. — И по замку бродит ещё кое-кто. Небольшая разношерстная компания во главе с разгульным негодяем. Его имя Зорилла. Он оборотень, но, по сравнению с головорезами Изабеллы, его банда — просто ангелы. Я не думаю, чтобы они ввязались в драку. Здесь они находятся не по своей воле. Так же как и мне, им приходится время от времени терпеть унижение и издевательства прихлебателей Чёрного мессии и выполнять его поручения, не всегда приятные для них.

— Мы уже имели удовольствие встретить этих самых ангелов, — Патрик снова поёжился, вспоминая ночные происшествия в деревне.

— Да, возможно. Надеюсь, у вас есть достойное оружие?

Патрик только руками развел. Пистолет он уронил, когда мы были врасплох застигнуты нахлынувшими Водами. Тут я вспомнил о Патриковом ноже, вынул его из кармана и протянул своему наставнику:

— Возьми, мне он не понадобится.

— Почему это? — нахмурился Патрик.

— Мне он будет только мешать, — я вложил нож ему в руку.

— Негусто, — покачал головой барон.

Патрик взял нож, сдвинул одну из кнопок на рукояти и махнул вниз, как будто хотел стряхнуть с ножа воду. Из рукояти выскользнуло узкое лезвие, причем оно оказалось не менее метра длиной.

— Неплохо, — хмыкнул я. — Как это сделано?

— Не бог весть что, — пробормотал Патрик, фиксируя кнопку, — но сталь не хуже дамасской, заговоренная. Можно пользоваться во всех мирах.

— Ладно, пойдем, — вздохнул я, — а то у меня что-то ноги мерзнут.

— Следуйте за мной, — барон повернулся и быстро пошел по коридору.

Мы двинулись следом.

— Так какой будет план? — шепотом спросил меня Патрик, меняя на ходу цвет и обрастая загнутыми шипами.

— Если вы меня прикроете, я постараюсь добраться до Принцессы. Да и выбора нет. Мне кажется, я знаю, как открыть лакуну, — я потрогал закши, который немного потеплел.

Мы прошли около пятидесяти метров, свернули в один из боковых ходов, поднялись по винтовой лестнице и остановились перед дверью. Барон знаком показал, в какую сторону открывается дверь, и уступил мне место. Патрик снял свой кафтан и обернул им предплечье левой руки. Я сбросил свой кафтан на пол, переодел перстень с левой руки на указательный палец правой, вздохнул, внутренне улыбнулся, толкнул дверь и вошел.

Зал меня удивил. Я прекрасно помнил его, каким он был в тот день, когда нам с Патриком пришлось отсюда спасаться бегством. Но теперь всё выглядело совершенно иначе. Грязно-серый камень стен был оштукатурен и выкрашен в приятный терракотовый цвет. Стены были украшены огромными картинами в массивных резных рамах, высокие окна занавешены тяжелыми темно-вишневыми с золотым рисунком портьерами.

Зал был наполнен уютным теплым светом множества свечей. Впереди, шагах в двадцати, жарко пылал камин, а перед ним, спинкой ко мне, стояло богатое мягкое кресло.

— Миленько, — пробормотал я и посмотрел наверх. В полумраке под сводами мерцала граница Вод.

Не теряя истекающих драгоценных секунд, я решительно двинулся к креслу. А из него уже поднималась Изабелла Монтес, баронесса Луиза, Майя и моя Принцесса в одном лице. Она повернулась ко мне, и глаза ее расширились от удивления, а по губам её я прочитал свое имя. Она узнала меня, это был знак. Однако адженогер быстро совладал с ситуацией.

— Смотрите, кто у нас в гостях! — воскликнула Изабелла негромко.

Мне показалось, что её звонкий голос дрогнул. Хотя это могло только показаться. Тени у стен ожили, но остались на своих местах, ожидая команды. Я отметил их движение боковым зрением, не сбавляя шага.

— Вас посвятили в рыцари, мой друг? — сверкнув глазами, усмехнулась Изабелла. — Тогда вы достойны и нашей отметки, юноша! Я вас поздравляю, вы избрали самый верный путь к своей смерти!

Теперь я увидел демона. Он был чёрен, как смола, размером не более трехлетнего ребенка. Голова его напоминала голову гарпии — обезьяноеда, филиппинского орла. Он сидел на шее девушки и внимательно следил за мной своими колкими антрацитовыми глазками. Две его верхних конечности были погружены в её мозг, две нижних охватывали шею и их отростки уходили в глубь её тела, к сердцу. Всё тело Принцессы было туго опутано сетью тонких чёрных щупалец, которые, похоже, также принадлежали чёрному наезднику.

— Майя, я пришел за тобой! — воскликнул я с широкой улыбкой и раскинул руки, как будто собрался обнять ее издалека.

Птичья голова едва заметно шевельнулась. От стены мне наперерез метнулась быстрая тень. Я успел заметить длинные, как ножи, кривые когти. Когда эраптор приблизился, я выставил навстречу ему сжатый кулак и от сердца направил в кольцо мощный заряд любви. Львиная голова на перстне неожиданно для меня раскрыла пасть, и сквозь ее клыки в лицо эраптору ударил жгучий поток золотого пламени. Действие оказалось сногсшибательным. Если бы эраптор с разбегу врезался головой в гулкий рельс, он рухнул бы менее картинно. Омерзительного вида существо опрокинулось, взметнув в воздухе ногами, грохнулось спиной об пол и дико взвыло, прижимая жилистые лапы к синюшной щетинистой морде.

— Получилось… — честно говоря, я не ожидал такого результата.

Со всех сторон стали приближаться тени. Патрик вынырнул у меня из-за спины справа и, грозно встопорщив свои перья, шипы и отростки, вступил в бой. Его тёмно-фиолетовое тело переливалось скользящими огненно-алыми иероглифами, узкий клинок в руках мелькал, как спицы в колесе. Закши стал горячим. В ту же секунду я заметил летящую ко мне удавку и, увернувшись, сжег ее огнём из пасти серебряного льва. Слева неожиданно возникла фигура, в которой я безошибочно узнал дахака. Магрибского облика рослый воин с суровым лицом цвета тусклой изъеденной бронзы готовил свой кривой меч. Тяжелый орнамент его золотой гарды витыми листьями охватывал гибкое лезвие черного пламени. Отчего-то более, нежели вид опасного оружия, меня поразили глаза дахака. Они были миндалевидные, без выраженных зрачков и гипнотически сияли, как сапфиры, подсвеченные губительной искрой. До меня ему оставалось лишь несколько шагов, когда между нами встал барон, вынимая из-под накидки свой меч.

У меня чуток отлегло от сердца, и я тряхнул головой, чтобы сбросить морок, который струился из глаз дахака, как тонкие переплетенные змеи. Я вернулся взглядом к Изабелле. Она стремительно шла мне навстречу.

Тут же передо мной выскочило некое нескладное, но мерзкое существо, похожее на обсосанный труп рослой гиены. В этот миг мне почему-то вспомнилось, как действовали пилюли Комьена и я, не задумываясь, изрыгнул на вертлявую тварь жгучий поток алой ярости дракона. Опалённая гиена взвыла от боли и завертелась на месте.

— Поиграем? — громко крикнул я приближающемуся адженогеру.

Я поднял руки вверх и тут же почувствовал на ладонях упругость морского ветра. Чуть прихватив его, я с плавным нажимом опустил руки вниз. Воды мгновенно ответили на мою игру и вслед за моим движением устремились из-под сумрачных сводов. Справа и слева встали две прозрачных стены толщиной около метра, образовав коридор, который отделил меня и Изабеллу от остального зала. Разъяренные тени беспомощно метались за непроницаемой для них границей.

Демон засверкал чёрными алмазами глаз и разинул свой гадкий клюв. Я понял, что он издал какой-то ужасающий крик.

Не услышал, а именно почувствовал. Этот неслышимый звук сотряс мое тело, как мощный удар тока. Мне стало дурно. Воды стен замутились, забурлили и стали медленно подниматься, отрываясь от пола. Я почувствовал дикую боль, которая, видимо, заставила и Воды сжаться.

— Не поддавайся! — закричал закши. — Борись! Вспоминай свет! Море! Солнце! Думай о хорошем! Дай ему в морду!

Я попытался улыбнуться. Между мной и Изабеллой было три шага. Неожиданно демон выбросил вперед свои щупальца. Ярости во мне больше не было. Я обжёг их пламенем кольца, но одно из щупалец захватило меня за шею и упругим рывком притянуло к Изабелле. С удивлением я обнаружил, что Майя была без сознания. Тело ее было безвольным, как у тряпичной куклы, глаза закатились, на губах появилась пена. Я почувствовал, как меня оплетают всё новые щупальца. Подняв глаза на демона, я увидел, что он целит своим хищным клювом мне в лицо. К счастью, моя левая рука была всё ещё относительно свободна. Не раздумывая, я схватил его за клюв и сжал, сколько было сил. Ладонь прижгло льдом, и как будто до самого сердца руку пронзили заиндевевшие иглы. От сердца по руке поднялся изумрудный огонь, но дурнота уже повела меня в сторону тьмы. Туда, где звуки искажались и вытягивались, где они обретали материальность в текучих отравляющих образах. Закши на груди стал горячим, от него исходили видимые волны, как будто воздух стал жидким. Волны обволакивали демона коконом густого подвижного марева. Ему это явно пришлось не по нутру, он слегка ослабил хватку и стал мотать головой, пытаясь освободиться от моего захвата.

— Открывай путь! — дрожащим голосом закричал закши, — а то я сейчас лопну! Открывай!

Мне было очень трудно вернуться к берегу, к хрустальной воде с живым отражением скал. Но я вернулся, и та, что была в Водах, стала говорить со мной. Но я не мог уловить смысл слов. Я ее почти не видел, только чувствовал, что она рядом, и пытается докричаться до меня. В моём затухающем сознании замелькали символы. Они едва угадывались и текли, словно шумные реки сухого песка. Что-то привлекло меня, некий знак, одна среди миллионов текущих песчинок, нечто похожее на раскаленный камень, на растрескавшуюся глину иссохшего мозга. И тогда внутри меня вспыхнуло чувство. Чувство смертельной жажды. Голова моя запрокинулась, и, будто сквозь мутные плавящиеся стекла очков, я увидел клубящиеся тёмно-сизые, почти черные, грозовые тучи.

«Будет дождь», — подумал я и улыбнулся.

Холодный ливень хлынул ревущими потоками, и зал мгновенно затопило по колено. Струи нещадно хлестали меня по лицу и сдирали с меня грубую бугристую кору, которая пустила в меня корни и приросла ко мне, как мидии прирастают к камню. Тучи стремительно таяли, они становились все более прозрачными, открывая высокие своды потолка. Яркая вспышка на миг ослепила меня, и тут же я оглох от могучего раската грома, потрясшего до основания древний замок. Демон взревел и вырвал свой клюв из моей онемевшей руки.

Потом я услышал голоса, а может быть, увидел их образы. В одном из них я узнал Магистра. Сознание моё стало медленно проясняться. Сквозь шум я разобрал его крик:

— Патрик!!! Живо забирай его отсюда! Ваше окно второе справа! Быстрее!!!

Закши горел и пульсировал на груди. Я осознал, что дышу, и что ко мне возвращается зрение.

В зале, по колено залитом водой, кипел бой. В отблесках пламени, в неожиданных ярких вспышках мелькала звенящая сталь, рвались плащи, таяли тусклые блики доспехов. Я увидел множество незнакомых людей, у некоторых на лбу сиял «Глаз Дракона». Демоны вились вокруг черными смерчами, над головой носились быстрые тени. Тут я понял, что меня кто-то тащит. Повернув голову, я увидел Патрика. Он был в обычном своем человеческом облике. С него градом катился пот. На лбу, наискось над левой бровью, у него была рассечена кожа, из раны обильно текла кровь, затекая в глаз. Он размазывал ее о предплечье правой руки, в которой держал на треть сломанный чужой клинок.

— Слышишь меня? Слышишь? — крикнул он мне, заметив, что я пришел в сознание, — Нам нужно сматываться! Ты все сделал, как надо! Теперь тут без нас разберутся!

Сбоку мелькнула тень, Патрик выпустил меня и принялся орудовать обломанным клинком, отражая нападение. А я без опоры рухнул в воду. Вода была холодной. Я погрузился с головой, потом поднялся на четвереньки, попытался встать, и вдруг прямо перед собой увидел страшное лицо. Оно было человеческим, но выглядело чучелом, набитым кое-как. На лбу его было выжжено безобразное тавро, напоминающее «Глаз Дракона». Я понял, кто это, но защищаться у меня не было сил. Бывший рыцарь Ордена Дракона замахнулся длинным и кривым мечом, недвусмысленно намереваясь раскроить мне череп. За мгновенье до удара из-за его спины вынырнул барон и захватил его за шею. Рука барона прошла сквозь тело и буквально выдернула из него черное существо, кожа или одежда которого была похожа на обгорелую древесину. Риквильд увлек его прочь, и я успел заметить, что тёмно-серое рубище барона светится многочисленными разрезами. Безжизненное тело бывшего рыцаря повалилось в воду. На меня опять накатила дурнота. Появился Патрик. Он был без оружия, видимо, его клинок окончательно сломался.

— Когда же кончится весь этот армагеддон? — кричал он, помогая мне подняться. — Я ведь не вояка! Я проводник. Что ж я попадаю-то всегда в самое пекло?!

Он пошлёпал меня по щеке.

— Проснись! Нужно сваливать! Сейчас тут будет свистопляска!

Патрик перекинул мою руку через свою шею и потащил меня к дальней стене с четырьмя окнами.

— Давай, давай! — подбадривал он меня. — Давай, немного осталось! Наше окно — второе справа. Помнишь? Вот это!

Когда мы, наконец, достигли стены, он рванул портьеры, и они тяжело рухнули вместе с карнизом. Патрик привалил меня к стене, схватил резной тяжелый стул и сильным ударом выбил сегмент витража. За окном все еще была ночь, и лил дождь. Я смотрел в плывущий перед глазами зал. Неподалеку от камина, где мы сошлись с Принцессой, я увидел Магистра. Охваченный бушующими протуберанцами бело-голубого пламени, он держал её за руки и что-то громко говорил. Демон на шее Майи корчился, как будто его жарили на сковородке. Вокруг них на некотором отдалении, повернувшись лицами к залу, стояли люди в белых хитонах, образовав плотное кольцо. А вокруг, перед ними, прямо на воде, горело кольцо синего пламени. Повсюду между сражающимися плавали мёртвые тела и обломки мебели. И демонов, и рыцарей, и незнакомых мне существ стало гораздо больше и, похоже, прибывали всё новые. В дальнем конце зала я увидел Грилла. Он что-то кричал эраптору и показывал на нас пальцем. Патрик тоже их заметил. Без лишних слов подхватил меня и выбросил в окно. Чувство внезапного полета перехватило дыхание, и я с шумным плеском грохнулся в воду. Патрик последовал за мной. Он тут же отыскал меня в темной воде и, помогая удержаться на плаву, отчаянно погрёб к берегу. Ночь была прохладной, небо затянуто плотными тучами, а дождь лил такой, что трудно было дышать. Я быстро замёрз, и зубы принялись отстукивать неровную чечётку.

— Ну что, очухался маленько, игрун? — крикнул Патрик,

отплевываясь ряской. — Работай конечностями, у нас мало времени!

Сверкнула молния, и оглушительно загрохотал гром. До берега оставалось не так уж далеко, когда ночь пронзил страшный крик ночной птицы. В тот же миг я почувствовал сильный удар в спину и жгучую боль. Я охнул и медленно оглянулся на замок. В проёме разбитого окна на фоне алых сполохов чётко вырисовывался чёрный силуэт. Это был Грилл. Мне показалось, что он смеётся, но он вдруг резко выгнулся, и из его груди показалось сияющее серебристое лезвие. Грилл качнулся и повалился внутрь. Вместо него на секунду появился профиль Риквильда, но тут же скрылся, отвлечённый боем. Мглистые струи стали заливать мои глаза, я больше не мог плыть.

— Ты что, что такое? — заволновался Патрик и в свете молний разглядел нож, торчащий в моей спине. — Ах ты, чёрт! Держись, держись, недалеко осталось! Держись! Как же тебя допереть-то!

Рядом появился кто-то ещё. Меня подхватили мохнатые лапы, и в слабеющее сознание проник запах тухлой рыбы. На берег выползти было трудно, руки и ноги скользили по жидкой грязи. Патрик падал, задыхаясь и отплевываясь ряской. Вуг шумно пыхтел рядом. Когда они наконец вытащили меня на твёрдую землю, оба были без сил.

— Архастер, — тяжело дыша, спросил Вуг, — это гарховский нож?

— Найду гада, порву, как мармозетку, — прохрипел Патрик, размазывая кровь по лицу и с ненавистью оглядываясь на замок.

— Плохи дела, — вздохнул Вуг, — не выдюжит.

— Выдюжит, — огрызнулся Патрик, — не каркай!

— Жалко было бы. Поверить не могу... Всё, как Бло говорил, «коснётся Изумрудный Дракон сердца смертного, проведёт его своей волей сквозь Воды Тьмы и поставит против посланца Чёрного мессии. Встанет воин Джала Джа, исполняющий долг, перед смертоносным ликом демона из миров Сети. Выйдут тысячи воинов Небесных Сфер против легионов армии Тьмы, и будет страшный бой»... Никто же мне не поверит, что я Джала Джа из реки вытаскивал.

— Да что ты несёшь? Какой еще Джа? Какая воля? Это друг мой! — Патрик трясущимися руками разодрал свою жилетку, оторвал клок от рубахи, скомкал его, потом осторожно вынул нож, отшвырнул в воду и придавил рану комком материи. — Чёрт бы их всех задрал! Надо вытаскивать его отсюда... Здесь недалеко до норы.

— Я помогу, помогу, — бормотал Вуг. — Смотри, у него знак на лбу. Всё, как Бло предсказывал. Изумрудный знак. У рыцарей золотой знак, а у него изумрудный, только гаснет уже. Надеюсь, он не держит зла на меня за то, что я на него плевался. Он же сам первый начал, а я ведь не знал тогда...

Что-то произошло. Моё тело сотрясла мощная дрожь. Как будто чьи-то лёгкие и сильные руки подняли меня, а через мгновенье, когда я посмотрел вниз сквозь мутную пелену дождя, я увидел троих на берегу. Двое сидели на коленях, приподнимая третьего, который лежал между ними. Невидящими глазами он смотрел вверх, возможно, на меня, и по неподвижному лицу его хлестали воды свинцового неба. Затем всё заволокла непроглядная мгла.

Глава 40. Возвращение невозможно
(Время и место не установлено)

Когда мрак выплюнул меня, первое, что я почувствовал, — это как бешено пульсирует амулет у меня на груди. Первое, что я увидел, — это как врач летит спиной в стеклянные шкафы, как лопается стекло, сыплются искристые осколки, и шкафы рушатся на пол. Как женщина в белом халате прижала ладони к лицу, окаменев от ужаса. Как «очкастый» зашвырнул вдогонку доктору стул, злобно выругался, скривил лицо от боли и осторожно потрогал свое распухающее ухо.

Я попытался пошевелиться, но тело не слушалось. А тем временем сбоку ко мне подошла маркиза Лиана. Я сразу узнал её, несмотря на серый мужской костюм. В руке у неё тускло сверкнуло узкое лезвие. На острие блестело что-то маслянистое, ядовито-зелёного цвета. Амулет сделался горячим.

— Кончай его быстрей! — раздраженно крикнул «очкастый».

Его неприятные слова заглушил треск ломающихся дверей и шум падения двух серых тел. Маркиза и «очкастый» резко обернулись, и в тот же миг раздался выстрел. Сквозь облачко дыма, переступив через лежащее тело, в палату вошел Патрик. Почему-то он был в кителе морского офицера. В вытянутой руке он держал дымящийся пистолет, направленный на «очкастого». Графиня, стоявшая рядом со мной, вдруг выронила стилет и безмолвно рухнула на пол.

— Ножичек сдай! — Патрик качнул пистолетом и показал «очкастому» пальцем в сторону и вниз. Тот нехотя отбросил свой нож к разбитым шкафам. Патрик медленно подошел к «очкастому» и стволом сбил с него очки. За чёрными стеклами блеснули жёлтые глаза с узкими вертикальными зрачками.

— Зорилла? — настороженно прищурился Патрик. — Какого чёрта?

Неожиданно Зорилла выбил у Патрика пистолет и отпрыгнул в сторону. Лицо его потемнело, глаза расширились и вспыхнули расплавленной бронзой. Он стал похож на страшного зверя.

— Подойди, — пророкотал он низким голосом и дохнул замогильным холодом.

— Пасть закрой, кишки простудишь! — огрызнулся Патрик.

В прошлый раз от морока этих глаз, источающих гипнотический свет, его спас бродячий пес. Но теперь Патрику не нужно было притворяться. Он шагнул к столу, выхватил из лотка широкий окровавленный скальпель и метнул в оборотня. Тот увернулся и мощным прыжком бросился на Патрика, обнажив плотоядные клыки в клочьях бурой пены. Патрик едва успел схватить стойку для капельниц и принять удар летящего зверя на ее рога. Оборотень скользнул когтями по стойке, напоролся горлом на крюк, повис, захрипел и задёргал судорожно лапой. Патрик с усилием отбросил его к стене и, тяжело дыша, приготовился к новой атаке. Но оборотень не поднимался. Чуть помедлив, Патрик выпрямился, устало отшвырнул стойку, подобрал свой пистолет и подошёл к лежащему зверю. Черный, как сгусток ночи, он лежал, поджав под себя лапы, и неровно дышал с шипящим клекотом. В его потемневших глазах тугими волнами плескалась боль.

— Неважные у тебя друзья, Зорилла, — хрипло произнес Патрик. — Доведут они тебя до греха.

Он щелкнул предохранителем, спрятал пистолет во внутренний карман кителя и подошел ко мне. Рана у него на лбу кровоточила, видимо, зверь дотянулся до него когтем. Патрик взял тампон из лотка, промокнул кровь и бросил тампон в корзину.

— Патрик, — с трудом прошептал я.

— Молчи пока. Извини, что долго, — пробормотал он.

У стены застонала и загремела боксами медсестра. Женщина врач наконец отняла ладони от лица, кинулась к медсестре и дрожащими руками помогла ей подняться, а потом они вдвоём, причитая сквозь слезы и в ужасе оглядываясь на оборотня, стали вытаскивать из стекла хирурга и совать ему в нос нашатырь.

Патрик наклонился, забросил мою руку себе на плечи и

помог мне встать. Тело меня по-прежнему не слушалось, ноги волочились, как перебитые. А на полу лежала маркиза Лиана. Лицо ее сделалось страшным, как шагреневая маска, ледяные мутные глаза смотрели в потолок с лютой ненавистью. Нагрудный карман ее костюма был испорчен маленькой чёрной дырочкой, а в середине лба ее я заметил знакомый небольшой круглый шрам.

— Пойдём, дружок, — отвлек меня Патрик, — нам нужно поскорей убираться отсюда. Я отсек хартара, так что эта красавица уже не проснется. Но боюсь, скоро могут появиться другие. Мы с тобой их сильно разозлили.

Патрик вывел меня в коридор и втащил в зеркало. Здесь было темно и прохладно.

— Тут мы пока в безопасности, — Патрик перевел дух. — Но они уже идут, я их чувствую.

— Патрик, ты живой! — бормотал я, и слезы катились у меня из глаз. — Патрик, я всё помню... Всё помню...

— Вот и ладно, — он оттащил меня от зеркала и усадил на пол, привалив спиной к какой-то стене. — Ты особо не напрягайся. Придётся, видно, тебя снова бабуле сдать. Сейчас передохнем малёк, и в путь...

— Патрик, а Майя где? Что с ней?? — прошептал я.

Патрик устало потер шею и опустился рядом.

— Врать не буду. Плохи дела... Говорят, она в коме.

— Но она жива. Да? Это ведь главное. Мне нужно увидеть её.

— Я же говорю, она в коме. Это, понимаешь, беда такая... Тело-то вроде как живое, с одной стороны, а с другой стороны, вроде, нет. Получается, что душа в западне. Она и покинуть тело не может и оставаться вроде как незачем... Не знаю... Мне кажется, шансов нет.

— Она обязательно справится. И мне всё равно её увидеть нужно.

— Тебе не то, что видеть её нельзя, а даже думать в её направлении смертельно опасно.

— Опасно для неё?

— И для неё, и для тебя. Очень серьёзно за нас взялись, а там точно будут ждать.

— Кто взялся? — прошептал я, пытаясь представить себе Майю, но чувствовал лишь черную сквозящую дыру на месте ее образа. — Может, обойдётся... Не зря же всё... Патрик, а эти... Зорилла с маркизой... Они почему здесь? Их же всех должны были...

— Я же тебе и пытаюсь объяснить. Видишь ли... — Патрик внезапно насторожился и привстал. По ту сторону зеркала послышался невнятный шум, и в коридоре появились люди. Некоторые из них были в таких же серых костюмах, как оборотень и маркиза, другие в незнакомой чёрной военной форме, и все они были вооружены.

— Вот они, голубки, — прищурился Патрик и вынул пистолет.— Быстро они... Кто же их водит? А это кто? Уж не господин ли это инквизитор собственной персоной?

У зеркала остановился человек в чёрном сюртуке. Всё, что мне было видно, это сальные пепельные волосы на квадратном затылке, белый воротничок, напряжённые плечи и чёрные лайковые перчатки на его руках, судорожно сцепленных за спиной. Он коротко и жёстко отдавал приказы, остальные члены группы немедленно бросались их исполнять.

— Он здесь, я чувствую, — его сухой голос был слышен, как будто сквозь стену, — Ответите мне головой, жало в плоть! Он нужен мне немедленно, мёртвым...

— Мрадон, — восхищенно прошептал Патрик и снял предохранитель. — В новом прикиде... Крут, как Эверест.

— Мрадон? — удивился я. — А он-то здесь откуда взялся?

— Оттуда же, откуда и все остальные. Они вскрыли Спящие Врата.

— Как вскрыли? — ужаснулся я. — Но там ведь Комьен...

— Комьен уже четыреста с лишним лет, как мирно почивает на аббатском кладбище. Не знаю, кто им помог, но нынешний гарнизон в аббатстве почти весь перебили, расслабились ребята не ко времени...

— Подожди, кто кого перебил? Я что-то ничего не могу понять. Или у меня с головой что-то, или... Что случилось-то?

— Всё просто. Чёрный мессия собрал остатки своей недобитой своры, ворвался в монастырь, положил там кучу народа и ушёл через Врата.

— Что значит, собрал и ворвался? — вытаращив глаза, я недоуменно уставился на Патрика. — Я собственными глазами видел, как Магистр его перехватил... Что за ерунда?

— Перехватить-то он его, конечно, перехватил, — пробурчал Патрик. — Но с таким же успехом можно трамвай перехватить на полном ходу. На нём даже удержаться можно. Какое-то время. В общем, это было, как ловля раков... Палец в норку засунул, рак тебя клешней цап, ты его хвать и в мешок. А тут палец засунули, а там оказался не рак, а Лохнесское чудовище. В общем, демон вырвался, убил нескольких Посвящённых, покалечил одного волхва, захватил тело одного из воинов ордена, разгромил аббатство и скрылся в неизвестном направлении. Вот такая вот титаномахия, если в двух словах...

— Титаномахия, — я растерянно перевёл взор на Мрадона, стоявшего спиной к зеркалу. — Только без титанов. Постой, но Мрадон-то как раз оставался во временах Комьена. И его я не видел в замке барона, и Риквильд-Пилигрим про него не говорил.

Патрик посмотрел на меня озадаченно.

— И это странно как-то, — покачал я головой. — Сколько они бились и пройти не могли через Врата, а тут вдруг в один момент, когда хвост прижарило, сходу проскочили?

— Это что получается? — Патрик достал платок и вытер мокрый лоб. — Значит, они пользовались Вратами втихаря? Но ведь там особый гарнизон стоял.

— Во-первых, не такой уж особый, раз их всех перебили. А во-вторых, на берегу этой запруды, где стоят Врата, есть домик. Его использовали, как убежище для тех, кто искал спасения в монастыре. В этом домике есть подземный ход, который ведет за стену. Комьен только слышал о нём один раз, мог и забыть, а вот Мрадон точно знал, где он находится, потому что сразу поставил там охрану. Это мне Вереск говорил. В принципе, можно переплыть заводь и добраться до хода так, чтобы никто не заметил. Тем более, если гарнизон бдительность потерял.

— Может быть. Возможно, что они давно так ходят...

— А ты посмотри, как здесь Мрадон распоряжается.

Мрадон за зеркалом словно что-то почувствовал. Он медленно повернулся к нам, и я вздрогнул, мне показалось, что его колючий холодный взгляд, метнувшийся из-под нависших бровей, остановился точно на мне. Между нами было не более трёх шагов. Рука в перчатке медленно легла на стекло. Я затаил дыхание и вжался спиной в стену, как будто это могло сделать меня более незаметным.

«Не бойся, — вдруг раздался бойкий голос закши, который испугал меня больше, чем страшный взор инквизитора, — Мрадон не пройдет! Кишкой не вышел!»

«Какой кишкой? — сердито подумал я. — Ты меня напугал до полусмерти! И так не говорят — кишкой не вышел».

«А как же говорят?»

« Говорят, что рылом не вышел, или что кишка тонка».

«Не важно, все равно не пройдет — ни кишкой, ни рылом!»

Инквизитор положил вторую руку на стекло, как будто собирался выдавить его.

— Отражаешься ли ты еще в зеркале, Мрадон? — процедил сквозь зубы Патрик, наведя пистолет в переносицу инквизитора.

— Закши говорит, что он не пройдет, — еле слышно сообщил я.

— Пусть только попробует...

В коридоре, видимо, из палаты, послышался какой-то крик, Мрадон резко отвернулся и исчез.

Неожиданно за нашими спинами послышался вибрирующий низкий рык. Я испуганно оглянулся. В пяти шагах, во тьме, окруженный мерцающими клубами тумана стоял посланник.

— Акиба, — одними губами выговорил Патрик и поёжился. Посланник ждал. Патрик поднялся и медленно подошел к нему. Акиба вынул из-под накидки бронзовый цилиндр и подал Патрику. Тот щелкнул предохранителем пистолета, положил его в карман, взял послание и быстро прочел его. После чего вернул цилиндр, сказал что-то на незнакомом языке и коротко поклонился. Посланник поклонился в ответ и исчез во внезапном вихре серебристого тумана.

— Что? — взволнованно прошептал я.

— Хотят нас с тобой иметь... Пред светлы очи, — тяжело вздохнул Патрик, подходя ко мне. — Так и знал. Только на рыбалку собрался съездить...

— А кто вызывает?

— Все кому не лень. И орден, и Совет Посвящённых, и Собор Священной Чары.

— И к кому мы отправимся?

— Ни к кому, — задумчиво ответил Патрик. — Ситуация сейчас нехорошая. Пока, пожалуй, я сам буду решать, что делать. А дальше поглядим.

— А, кстати, ты выяснил, кто тебя подставил с моим планом?

— Ага, — потер переносицу Патрик. — Только ты никогда не догадаешься.

— И кто же?

— Роман Андреич.

— Магистр? — изумился я.

— Да, и я его не виню.

— Как же так? — пробормотал я.

— Всё просто, — вздохнул Патрик. — Любовь.

— При чём тут любовь?

— Он нас все время подстраховывал, несмотря на запрет общего совета. И сразу оценил ситуацию, которая сложилась в тот самый критический момент. И он просчитал, что у меня в этой обстановке остался только один выбор — убить Майю. А он хотел совсем не этого.

— Убить? — я захлопал глазами. — Как это? Что значит убить?

— Таково было задание.

— Задание было добраться до нее и взять за руки…

— Это было твоё задание. И первая половина моего. Магистр просил сделать всё возможное, чтобы вернуть её живой. Волхвы Священной Чары приказали мне убить её сразу, как только представится возможность, чтобы не рисковать. А Совет Посвящённых Храма предоставил мне право выбора, исходя их обстановки. То есть, если бы я понял, что эта тварь высосала мозг Принцессы и шансов её спасти нет, я должен был её убить. Тогда было бы больше шансов захватить адженогера — из мёртвого тела им выпутываться трудней.

— Кошмар, — я опустил голову. — Она ведь узнала меня… Я видел по ее губам, она назвала меня по имени.

— Это могло показаться. Думаешь, мне было легко думать об этом? Думаешь, мне было все равно? Она и для меня значит немало…

— Ничего. Это ничего. Не знаю, как бы я поступил на его месте. Но он мог хотя бы предупредить…

— Не мог.

— Ничего… Главное, она осталась жива. Теперь хоть какая-то надежда есть…

— Вряд ли. Привыкай смотреть на вещи честно. Из-за той подставы мы потеряли кучу времени. И меня к тому же чуть не порубили в капусту.

— Но ведь не порубили.

— Да, только это был номер с большой вероятностью летального исхода. Мне пришлось проявлять чудеса фехтовальной техники и рукопашного боя, чтобы уговорить семерых бригандов.

— Но ты говорил, что Магистр тебе помог.

— Помог, конечно, но когда их тельца уже начали остывать.

— Неужели ты смог бы убить Принцессу? Никогда не поверю.

— Не знаю, Алекс, — Патрик поморщился и горестно потёр лоб. — Не знаю. Я слово Магистру дал, что сделаю всё, что смогу, даже против воли Совета и Волхвов. Я ведь не ликвидатор и даже не воин ордена, я проводник.

— А почему ты в морской форме?

— Да так, — замялся Патрик. — Хотел проверить кое-что. Ну ладно, пора винтить отсюда, пока нас не сцапали.

— Что значит, не сцапали? — всполошился я. — Здесь?

— Я же говорю тебе, за нас с тобой крепко взялись. Нам теперь нигде покоя не будет. Настоящая охота началась. Нужно убираться отсюда, пока не поздно.

— Значит, я не смогу туда вернуться? — я с тоской посмотрел на зеркало, на это странное окно в мой мир, и сердце у меня защемило.

Неживой дрожащий свет больничного коридора, облупленные стены, протёртый линолеум и потолок в ржавых разводах — безрадостная реальность, ограниченная прямоугольником зеркала. Но ведь это же не всё! Там есть и многое другое, то, что не уместилось в этом зеркале...

По коридору стремительно прошёл Мрадон, свирепо хмуря брови. Следом проскользнули несколько его бойцов, настороженно озирающихся вокруг.

И моя память там. Матушка, отец, сестрёнка, мои родные и друзья. Похоже, я совсем не готов к такой жизни. Видимо, всё-таки моё место там. Моё место в Потоке. Пусть он странный, порой жестокий, но это мой родной мир, я там родился...

Мимо зеркала парни в черной униформе протащили раненого оборотня и проволокли за ноги труп маркизы Лианы.

— Не переживай, — Патрик опустил руку мне на плечо. — Потом, когда всё это закончится, вернёшься на свое место. Если захочешь, проснёшься в тот самый день под дубом на поляне, где из-под корней бежит родник.

— А закончится ли это всё? — с сомнением пробормотал я.

Послесловие

У этой книги получилась довольно долгая история. Первые строчки были написаны в декабре 1984 года, на первом курсе биологического факультета МГУ. Времени для книжки тогда, да и потом, было немного. Поэтому закончена она была только в 1986 году. Ирина Иванова, с которой мы работали в одной лаборатории, помогла мне сделать электронную версию книги. Точнее, это она в основном и набирала текст, как сейчас помню, в редакторе «Lexicon». Книжку я издавать не собирался, только давал читать своим друзьям. Потом нас всех разбросала судьба. Мои дискетки с текстом потерялись. Остались только разрозненные черновики в разных рабочих тетрадях и просто на отдельных листочках и клочках бумаги. Я, конечно, переживал, но потом смирился. Потом наступили 90-е, стало совсем некогда. Но, хотя и понемногу, я постоянно писал продолжение и делал текстовые наброски с кратким описанием, чтобы ничего не забыть. Мало того, в дальнейшем происходили некие события, которые развивали этот сюжет. Записывал я опять в рабочих тетрадях и на клочках, но на этот раз более организованно (компьютер дома появился только в 1997 году). Все это творчество получалось естественно, без специального конструирования идей и персонажей. Постепенно сама собой обозначилась идея целого цикла повестей, объединенных общими героями и названием «Игры Демиургов». В конце 90-х неожиданно выяснилось, что Ирина Иванова не только сохранила электронную версию, но и скопировала текст первой книги со старых огромных дискет 5,25 дюйма, для которых уже сложно было найти привод. За что ей большое человеческое и авторское спасибо. Не знаю, решился бы я когда-нибудь сам восстанавливать записи из черновиков. Когда я перечитал текст, то понял, что он нуждается в правке по многим причинам. Во-первых, пришлось изменить имена некоторых героев, потому что такие имена появились в фильмах и книгах, вышедших за это время. Во-вторых, текст отлежался, и стали видны его недостатки. Впоследствии я делал правки еще пару раз, но в какой-то момент махнул рукой. Стало понятно, что этим можно заниматься бесконечно. В 2002 году моя добрая знакомая Эрика Гундлах (Шилова) прочитала книжку и предложила ее оживить и сделать сценарий, чтобы попытаться втюхать эту историю киношникам. Кино не получилось, но зато на книжке «оживление» сказалось самым благоприятным образом. За что Эрике тоже большое спасибо. Но кому больше других пришлось возиться с этой книгой, так это Ольге Каренгиной. Она читала и редактировала текст, начиная с самой первой версии. За этот самоотверженный труд и моральную поддержку я ей безмерно благодарен. Именно благодаря ее участию книга обрела свой окончательный вид. Летом 2004 года я сделал первую попытку издать повесть, но тогда что-то не срослось. Может быть, теперь пришло время? Посмотрим.

Сергей Каренгин

Краткие пояснения для устаревших и малоупотребительных слов, использованных в тексте повести

1. Пернач — холодное оружие ударного действия наподобие булавы с металлическими пластинами, «перьями». (стр. 34)

2. Бацинет — Открытый шлем полусферической или конической формы. (стр. 34)

3. Шоссы — деталь верхней одежды в виде свободных раздельных чулок на всю длину ноги. Подвязывались к поясу брэ (брэ — штаны, предмет нижнего белья). (стр. 36)

4. Ганза — слово имеет фламандско-готские корни и означает «товарищество» или «союз для определенной цели с определенными взносами». Впервые ганза появилась во Фландрии около 1200 года в городе Брюгге. Товарищество называлось фландрской Ганзой, состояло из 17 городов и вело торговлю с Англией. Однако фландрская Ганза не приобрела заметной политической силы. Развитие немецкого Ганзейского союза связано с городом Любеком, который стал вольным городом империи в 1226 году и начал бурно развиваться. В 1241 году был заключен договор между Любеком и Гамбургом, который заложил основы мощнейшего по тем временам сообщества. Говорят, что в период расцвета Ганзейского союза в XIV—XV веках, товарищество объединяло множество городов, в том числе и Новгород. Кроме торговых операций, Ганза занималась вопросами безопасности морской торговли, развитием инфраструктуры городов, организацией колоний, политической деятельностью, шпионажем, каперством и ведением масштабных боевых действий. Для достижения своих целей союз пользовался любыми средствами, в том числе насилием, подкупом и шантажом. (Штенцель А. История войн на море — М.: Изографус, ЭКСМО-Пресс. 2002.) (стр. 37)

5. Когг — парусное палубное судно с высокими бортами. Использовалось как в военных целях, так и в качестве торгового корабля, для грузовых перевозок. Было наиболее распространенным торговым судном Северной Европы в XII-XIV веках. (стр. 37)

6. Патрик цитирует строчки из романса «О приоре из Сан Хуана», входящего в состав романсеро (цикл испанских народных романсов) о короле доне Педро Жестоком. Леон дон Педро, король Кастилии, правил в 1350 — 1369 годах, был прозван Жестоким и стал героем множества мрачных легенд. (Библиотека всемирной литературы, т.10, изд. «Художественная литература», Москва, 1976, перевод Н. Горской. (стр. 42)

7. «Срок милосердия» устанавливал инквизитор, чтобы еретики могли добровольно явиться к нему с покаянием. Если отступник успевал покаяться в установленное время, он, якобы, мог рассчитывать на снисхождение при назначении кары инквизиторским судом. (стр. 52)

8. «Веревочники» — так называли монахов Францисканского Ордена, которые носили веревочный пояс. (стр. 53)

9. Доминиканцы — монахи ордена, который основал святой Доминик. (стр. 53)

10. Фальшион — меч с односторонней заточкой и расширяющимся к концу клинком. (стр. 55)

11. Донжон — (фр. donjon) — главная укрепленная башня замка. Обычно располагалась внутри крепостных стен и служила последним убежищем во время осады. (стр. 57)

12. Отец-госпиталий — монах, в обязанности которого входило оказывать прием гостям монастыря и следить за всем, что с этим связано. (стр. 57)

13. Уроборос — древнейший из символов в виде змея, кусающего свой хвост. Наиболее распространенные версии прочтения этого символа представляют его как олицетворение циклической сути космических процессов, времени, вечности, бесконечности. (стр. 57)

14. Новиций — человек, который хочет стать монахом должен пройти период испытаний. Этот период называется новициатом. Полноправным монахом новиций становится после пострижения. (стр. 61)

15. Возможно, реакция Авла Плавтия связана с тем, что его

супруга Помпония, Грецина, (стала его женой примерно в 40г. от Рождества Христова) теоретически могла быть знакома с христианским учением (с Евангелием в письменной форме) еще до вторжения в Британию в 43 году. (стр. 63)

16. Полутораручный меч (известен также как полуторный или «бастард») имеет удлиненную рукоять, что позволяет фехтовать и одной, и двумя руками. (стр. 64)

17. Pax vobiscum — (лат.) мир вам, мир да будет с вами. (стр. 66)

18. Certe — (лат., в ответах) несомненно, конечно. (стр. 68)

19. Crede mihi — (лат.) верь мне. (стр. 70)

20. Caligo mentis — (лат.) помутнение, помрачение рассудка. (стр. 70)

21. Meus credulus — (лат.) мой доверчивый. (стр. 73)

22. Альбигойцы — представители еретического движения в христианстве Южной Франции в 12-13 веке. По названию города Альби, что в Лангедоке. Говорят, что некоторые из альбигойцев встречались вплоть до конца 14 века. Альбигойцы исповедовали принципы так называемых катаров (греч. «чистые»). Катары считали, что весь мир создан Сатаной, и объявили Папу Римского наместником дьявола. Они отвергали церковные догматы, призывали церковь расстаться с собственностью, и т.д. (стр. 79)

23. Вальденсы — представители еретического движения, более поздние последователи катаров. Названы по имени основателя купца Пьера Вальда, который раздал свое имущество бедным и основал общину «совершенных». Вальденсы призывали всех вернуться к истокам первоначальной христианской веры. Они выступали против того, чтобы церковь имела собственность, против сбора церковью десятины, не признавали власть Папы Римского и т.д. (стр. 79)

24. Требюше — (фр. trébuchet — «весы с коромыслом»), гравитационная метательная машина. (стр. 88)

26. Машикули — (фр. machicoulis, от средневекового фр. mache-col, «бить в голову») выступающая галерея крепостной стены или башни. (стр. 89)

27. Мангонель — крупный требюше с фиксированным противовесом. (стр. 91)

28. «Волк» из Пассау — одно из самых старых клейм на клинках в средневековой Европе. Происходит от герба города Пассау. Эти клинки были известны уже в 14 веке. Говорят, что мастера, их создававшие, использовали в рабочем процессе таинственные ритуалы, которые делали их оружие смертоносным, а владельцев оружия неуязвимыми. «Волк» из Пассау пользовался уважением и спросом, а потому часто подделывался. (стр. 122)

29. Кольчужная бармица — кольчужная сетка, которая прикреплялась к шлему для защиты нижней части лица, шеи, затылка и плеч. (стр. 148)

30. Патрик цитирует строчки из третьей песни «Ада» (первая часть) «Божественной комедии» Данте Алигьери. В переводе М. Лозинского. (стр. 161)

31. Гамбезон — (поддоспешник) стеганая или набивная куртка, скроенная из плотного материала (кожа, лен, шерсть) и набитая конским волосом, сушеной травой или ветошью. Надевался под кольчугу или латный доспех для смягчения ударов. (стр. 196)

32. Визитатор — человек, уполномоченный проводить проверку (визитацию) подчиненных заведений. (стр.211)

33. Мшелоимство — здесь, корыстолюбие, порочная страсть к вещам, которая может иметь форму взяток вещами). (стр.255)

34. Забобоны — здесь самовольная служба, бесчиние. (стр.255)

35. Педагогон — (греч.) мужской детородный орган. (стр.259)

36. Габелу — сборщики соляного налога. Этот налог (габель)

существовал несколько столетий (отменен в 1790 году) и был причиной бунтов и обширной соляной контрабанды. Между габелу и соляными контрабандистами происходили постоянные войны. Контрабандистов народ считал героями, а сборщиков (габелу) очень не любили за то, что они часто действовали жестоко и превышали свои полномочия. В представлении крестьян ненавистная габель стояла где-то рядом со смертью или чумой. (стр.276)

37. Патрикова переделка строчек из романса «Король дон Педро приказал убить своего брата дона Фадрике». (Библиотека всемирной литературы, т.10, изд. «Художественная литература», Москва, 1976, перевод А. Ревича) (стр.318)

38. Строчки из романса «Священник предупреждает дона Педро об угрожающей ему опасности». (Библиотека всемирной литературы, т.10, изд. «Художественная литература», Москва, 1976, перевод А. Ревича) (стр.323)

39. Азеф И. Ф. состоял в партии эсеров и был одним из ее руководителей. При этом активно сотрудничал с Департаментом полиции. Был разоблачен как провокатор и предатель Бурцевым В.Л. в 1908 году. (стр.329)

ОБ АВТОРЕ

Сергей Валериевич Каренгин окончил биологический фа-
культет МГУ им. М.В.Ломоносова в 1989. В годы перестройки
поменял специальность и с тех пор успешно работает дизайне-
ром интерьеров, ландшафтов и фасадов зданий, отдавая свободное время литературному творчеству, музыке, живописи и
фотографии.